Friedrich Lienhard

Oberlin

Roman aus der Revolutionszeit im Elsass

Friedrich Lienhard: Oberlin. Roman aus der Revolutionszeit im Elsass

Erstdruck: Stuttgart, Greiner und Pfeiffer, 1910

Neuausgabe
Herausgegeben von Karl-Maria Guth
Berlin 2019

Umschlaggestaltung von Thomas Schultz-Overhage unter Verwendung
des Bildes: J. Gottfried Gerhardt: Johann Friedrich Oberlin, um 1800

Gesetzt aus der Minion Pro, 11 pt

Die Sammlung Hofenberg erscheint im
Verlag der Contumax GmbH & Co. KG, Berlin
Herstellung: BoD – Books on Demand, Norderstedt

ISBN 978-3-7437-3212-4

Bibliografische Information der Deutschen Nationalbibliothek

Die Deutsche Nationalbibliothek verzeichnet diese Publikation in der
Deutschen Nationalbibliografie; detaillierte bibliografische Daten sind
im Internet über www.dnb.de abrufbar.

Inhalt

Vorwort

Zur Zeit der französischen Revolution lebte im Steintal, einer Landschaft der mittleren Vogesen, der bedeutende Pfarrer Johann Friedrich Oberlin (geb. 1740, gest. 1826), ein ungewöhnlicher Mann, der weithin Liebe und Verehrung genoß. Dieser hohe Mensch ist das innere Ziel der folgenden Geschichte.

Es ist die Geschichte eines jungen Elsässers, der aus anfänglich dumpfen und verworrenen Zuständen zu Oberlins Ruhe und Reife hinanwächst.

Dieser Roman fußt auf genauen Studien und hat tatsächliche Grundlagen. Unveröffentlichte Papiere aus Privatbesitz; Reste von Oberlins Bücherei, worunter ein Dutzend Swedenborg-Bände mit Strichen und Randglossen; eine Reihe von Memoiren und Briefen der hier auftretenden Personen; endlich mannigfache Einzelschriften gaben die feste geschichtliche Unterlage.

Der Verfasser ist Elsässer; da sein Geburtsjahr vor 1870 fällt, so ist er sogar »geborener Franzose«, obschon unsere unterelsässische Ecke, die ehemalige Grafschaft Hanau-Lichtenberg, von französischer Zivilisation nur wenig Verwandlungen erfahren hat. Demnach kennt er Land und Leute aus eigener Anschauung und Blutsverwandtschaft. Er will gegen keine der beiden Nationen unbillig sein und keine Konfession verletzen. Seine Welt- und Kunstanschauung wurzelt im deutschen Geistes- und Gemütsleben und ist besonders in den »Wasgaufahrten«, im »Thüringer Tagebuch« und in den sechs Bänden »Wege nach Weimar« niedergelegt. Im letzteren Werke (Bd. 4, Bd. 6; auch als Sonderschrift in der Sammlung »Aus Schule und Leben« erschienen, Straßburg, Bulls Verlag) findet man die engeren Verhältnisse skizziert, die zu der hier erzählten Seelengeschichte den historischen Rahmen bilden.

Der Roman ist zunächst im »Türmer« (1909/10) veröffentlicht worden und wird nun, durchgesehen und hie und da ergänzt, im Herbst dieses Jahres als Buch hinausgehen.

Straßburg i. E., Sommer 1910.

F. Lienhard

Erstes Buch: Birkenweier

1. Der Perlenkranz

Sommerliche Ranken der wilden Rebe schaukelten am Fenster. Ein leiser Ostwind durchlief den Park und bewegte das zierliche Blattwerk. Die Sonne stand steil über dem Westgebirge; in flimmerndem Gold wogte die Luft. Es war über dem warm durchleuchteten Elsaß ein reiner Sonnenuntergang zu erwarten, dem gewöhnlich am dunkelblauen Wasgenwald ein langes Abendrot zu folgen pflegt.

Viktor Hartmann, der Hauslehrer auf Birkenweier, einem Landschlöß-chen im oberen Elsaß, neigte den gepuderten Kopf über seinen Roko-ko-Schreibtisch. Er war mit ganzer Seele seiner Lieblingsbeschäftigung anheimgegeben. Diese Beschäftigung bestand darin, daß er Gedanken und Empfindungen in ein Tagebuch eintrug.

Er schrieb in ein hübsches, von ihm selbst genähtes Schreibheft. Etwas von der beschaulichen Freude mittelalterlicher Mönche lag in der liebevollen Art, wie er die vergoldete Gänsefeder, ein Geschenk seiner Schülerinnen, in das verschnörkelte Tintenfaß eintauchte und dann seine wohldurchdachten Sätze zu Papier trug.

»Das fruchtbare Land, das sich zwischen Rhein und Wasichengebirge gleich einem wohlbebauten Garten erstreckt, ist vorzüglich berühmt wegen seiner Abendröten. Unter dem farbigen elsässischen Abendhim-mel macht das waldreiche Gebirge, das sich mit seinen vielen zerfalle-nen Schlössern als eine Mauer vor dem übrigen Frankreich erhebt, einen ausgezeichnet bedeutenden Eindruck. Auch hat derjenige das weltberühmte Straßburger Münster nicht erschaut, der es nicht in ei-nem dahinterscheinenden Abendrot aufmerksam betrachtet hat. Als-dann ist jener gewaltige und doch leichte Bau ein durchsichtiges Stangenwerk; es steigt die violett umränderte und von den Himmels-flammen durchsprühte Steinmasse siegreich gen Himmel und trägt auf ihrer Spitze das Kreuz. Der obere Turm hat an seinem Rande gleichsam Staffeln, auf denen man zu diesem triumphierenden Kreuz emporsteigt. Es läuten dazu die schweren und langsamen Münster-glocken. Auch im übrigen Elsaß findet man viele Kirchen und Glocken und ungemein zahlreiche Dörfer. Und so verbindet sich an manchem

Sommerabend mit dem vielfarbigen Himmel ein vielstimmiges Abendläuten. Das Elsaß ist ein sehr schönes Land; und ich bin stolz darauf, Elsässer zu sein.«

So schrieb der Kandidat Viktor Hartmann im Sommer des Jahres 1789. Er schrieb es mit einer schlanken, feinen und festen Handschrift, in deutschen Buchstaben. Dann legte er die Feder neben sein Journal oder Tagebuch und betrachtete mit seinen großen braunen Augen das nahe Gebirge.

Die Luft über den Bergen, jenseits der Rappoltsweiler Schlösser und der breiten Trümmermasse der Hohkönigsburg, begann weißlich zu erglühen. Die Ranken der wilden Rebe tanzten zwischen dem sinnierenden Schreibersmann und den umglühten Gebirgen. Viktors Gesicht verwandelte sich allmählich; es bemächtigte sich seiner eine zarte Sehnsucht. Und wieder bückte er sich auf sein Journal und schrieb das Folgende:

»Es ist zu wenig Liebe in der Welt. Und leider ist mein Herz nicht stark genug, der Welt entgegenzuwirken und an der großen Aufgabe teilzunehmen, die Welt mit Liebe zu erfüllen. Ich bin eine zu ängstliche Natur und muß daher vorderhand mein Herz verschlossen halten, bis ich dereinst der Außenwelt gewachsen sein werde. Jedoch in der Stille will ich mich üben, stark zu werden an guter Liebe und gleichzeitig zu wachsen an Tugend und Klarheit. Der beste Weg dazu scheint mir dieser zu sein, daß ich in den Büchern der Geschichte nachlese, wie es andre gemacht haben, um die Welt zu überwinden. Als der Größte erscheint mir Christus. Aber ich muß zu meinem Leidwesen bekennen, daß ich, obschon Kandidat der Theologie, von Christus noch nicht die Kräfte in mich einströmen spüre, die ich als wünschenswert erflehe; auch über viele andre große Erscheinungen und letzte Dinge bin ich noch unklar. Dies bekümmert und bedrückt mich oft. Ich sehne mich nach einem Freund und Führer, der mich stark und frei machen könnte. Ich komme mir in dieser Hauslehrerstelle wie ein stehendes Gewässer vor, über welchem sich blühende Sumpfgewächse auszubreiten beginnen. Es verkehrt in unsrem Schloß eine Frau Marquise v. M., die sommersüber in der Nachbarschaft wohnt; diese sagte mir, daß mir nicht die Bücher, sondern die Liebe die Augen öffnen würde. Indessen ist Frau v. M. eine Pariserin und neckt gern. Ob je einmal die Liebe bei mir anklopfen wird? Es träumte mir einst, es werde mich ein schönes, stilles und stolzes Mädchen lieben; sie schritt hoch und edel neben mir her; sie sagte wenig, aber ihre Gegenwart tat mir ausnehmend wohl. Du künftige Geliebte, wo werd' ich dich finden? Das müßte sein wie an einem Geburtstag, wenn das Kind morgens erwacht und auf dem Stuhl vor dem Bett ein neues Kleid oder eine Puppe findet; es reibt sich die Augen und glaubt erst gar nicht dran. Liebe? Ach, so ein armseliger Hofmeister wie ich! Sie soll mich meinetwegen auch fernerhin ›kleiner Pedant‹ nennen, wenn es ihr Spatz macht. Ich behalte mein Herz und mein Geheimnis für mich. *Au revoir, mon cher journal!* Ich höre Sigismund nach mir rufen und werde nun doch noch einmal zur Gesellschaft hinunter müssen.«

Der Hauslehrer verschloß das Tagebuch bedächtig in seinem Schreibtisch. Er hatte angenommen, daß er für heute seines Dienstes ledig sei. Die Damen des Hauses – Frau Baronin von Birkheim mit ihren Töchtern – hatten sich mit der reizend gesprächigen und reizend kleinen Marquise von Mably in einer Laube niedergelassen, als er sich für heute höflich verabschiedet hatte. Das lange Töchterchen der Marquise, Adelaïde, genannt Addy, hatte im Entzücken über Sigismunds russisches Pony ihre gewöhnliche Verträumtheit abgelegt und jagte mit den andern Kindern im weitläufigen Park umher.

Aber inzwischen war ein Wagen angefahren. Das Gefährt schüttete, nach den lebhaften Stimmen zu urteilen, eine ganze Anzahl Gäste aus. Und schon hörte der Lehrer, wie der Schwarm der Kinder – die drei Brüder Sigismund, Fritz und Gustav mit Fanny, der jüngsten ihrer Schwestern, und Adelaïde von Mably – samt Hunden und Pony im Park heranlärmten.

Gleich darauf kam Sigismund ins zweite Stockwerk emporgehastet und trug die Unruhe von unten in Hartmanns beschauliches Eckzimmer.

»Möchten Sie wohl die Güte haben, Herr Hartmann, und noch ein wenig in den Salon herunterkommen? Herr Pfeffel und Herr Lerse aus Kolmar sind angekommen!«

Sigismund, ein strammer Bursch von dreizehn Jahren, in der blauen Uniform der Pfeffelschen Militärschule, war ein wenig erregt. Er war Schüler des Pfeffelschen Instituts im nahen Kolmar, hatte aber den heutigen Sonntag im väterlichen Hause verbracht. Wenn nun zwei seiner wichtigsten Lehrer erschienen, so wurde wohl auch über seine Leistungen gesprochen. Und so hatte er sich von sämtlichen ankommenden Freunden des Hauses gerade nur jene zwei Herren gemerkt.

Hartmann legte die Hände auf den Rücken und betonte seinem ehemaligen Schüler gegenüber, den er für die Militärschule vorbereitet hatte, eine gewisse Würde.

»Sigismund, Sie laufen vor Ihren Lehrern fort? Und wo sind Ihre kleinen Brüder Fritz und Gustav? Und was für Herrschaften sind außerdem noch angekommen?«

»Die Türckheims – und Herr Direktor Pfeffel und Herr Hofrat Lerse – und Demoiselle Pfeffel. Und Fritz und Gustav sind unten an der Treppe. Kommen Sie mit hinunter?«

Des schlanken Erziehers bemächtigte sich immer eine verlegene Unruhe, sobald er in eine Gesellschaft sollte. Doch verriet er das äußerlich wenig; zumal vor dem ungeduldigen Knaben blieb er in einer gemessenen Haltung. Er trat vor den Spiegel und beschaute sein fein rasiertes, etwas blasses Gesicht; er zupfte, strich und rückte Frisur, Zopf und Jabot zurecht; er fuhr mit der Bürste über die langen braunen Rockschöße und warf einen raschen Blick über Kniehose, Strümpfe und Schnallenschuhe. Alles in Ordnung! Durch einen energischen inneren Befehl raffte sich der immer ein wenig lässig gebückte Träumer zu einer salonmäßigen Haltung auf und verfügte sich hinunter in die adlige Gesellschaft.

Im goldbraun durchfunkelten, vielverzierten Salon mit seinen glänzenden Vasen und glänzenden Möbeln war ein munteres Gewimmel von Gästen. Sie standen in Gruppen plaudernd beisammen, schlürften aus Untertäßchen oder bewegten sich mit mädchenhafter Lebhaftigkeit in hellen fliegenden Sommergewändern durcheinander.

Hartmann hatte unterwegs seine kleinen Zöglinge Fritz und Gustav an die Hand genommen und trat nun mit den drei Knaben in das leuchtende Gewirr von schönen Gewändern. Er faßte nichts Bestimmtes ins Auge, sondern verbeugte sich dreimal nach drei Seiten. Die Knaben an seiner Hand ahmten die Verbeugungen gewissenhaft nach. Niemand schien den drolligen Anblick zu beachten; so blieben sie denn vorderhand an der Tür stehen. Hartmann hielt, verlegen hüstelnd, die Hand an den Mund und ließ sie dann herabwandern an die Halskrause, sich überzeugend, daß er hoffentlich in seinem Anzug tadellos sei und keinerlei Anstoß gebe.

Während er noch etwas hilflos an seinem Kleid herumfingerte und seine beiden ungeduldigen Zöglinge von ihm abtröpfelten, um sich zu den Mädchen zu verflüchtigen, trat zum Glück Hofrat Lerse heran.

Der feste, gutgewachsene Mann hatte in Reitstiefeln auf einen Augenblick den Salon betreten; er war zu Pferd von Kolmar herübergekommen und gedachte sogleich wieder zurückzureiten. Franz Lerse war mit seinen vierzig Jahren das Bild einer sicheren, freimutigen Männlichkeit. Keine besondere Anmut zierte den Junggesellen. Unscheinbar und pockennarbig war sein Gesicht; die kleinen blauen Augen blickten heiter und durchdringend; seine Stimme klang treuherzig, bestimmt und trocken lebhaft. Es ging von ihm eine wohltätige Kraft aus; er hatte Befähigung zum Erzieher und zum Kommandeur.

»Nun, Sigismund«, begann er nach der Begrüßung, »Sie sind in einer gewissen Spannung, mein Lieber, nicht wahr? Sie denken, wenn Herr Pfeffel kommt, wird über Ihr Verhalten in der Kriegsschule peinlich Bericht erstattet? Nun, Sie können beruhigt sein. Schauen Sie einmal hinüber: der Herr Papa nickt behaglich, und der Herr Hofrat Pfeffel hat ihn am Knopf gefaßt, was bekanntlich ein Zeichen ist, daß ihm wohl und warm zumut ist, mit andren Worten: daß er Sie loben kann. Freut Sie das?«

Der gewandte und geweckte Junge hatte rasch seine Zuversicht wieder gewonnen, ergriff Lerses dargebotene Hand und dankte.

»Gehen Sie hinüber, Sigismund, und begrüßen Sie Herrn Direktor Pfeffel!« ermahnte Hartmann mit gebundenem Ernst.

Der Junge marschierte in seiner Uniform quer durch den Salon. Lerse sah ihm nach und wandte sich dann mit leicht ironischem Scherzton an Hartmann:

»Der schmucke kleine Kerl hat das Zeug zu einem tüchtigen Offizier. Was aber Sie betrifft, Kollege Hartmann, wir zwei sind Elsässer und nehmen einander nichts übel. Darf ich mal ein offenes Wort riskieren?«

»Ein Rat von Herrn Lerse wird mir stets wertvoll sein.«

»Sie sprechen wie ein frisch aus dem Lateinischen übersetztes Buch«, fuhr Lerse mit freimütigem Lächeln fort. »Ich habe Sie zufällig beobachtet, wie Sie mit den Knaben hereintraten. Drei Verbeugungen! Eine immer tiefer als die andre! Meiner Treu, Hartmann, das hat mich verdrossen. Es hat mich verdrossen! Darf denn ein so kenntnisreicher und gewissenhafter Mann wie Sie derart den Untergebenen spielen, statt als Geistesbaron sich diesen Aristokraten ebenbürtig zu wissen?

Darum besteht das offene Wort, das Sie mir gütigst gestatten, in folgendem: Sie verbeugen sich zu viel, lieber Hartmann.«

Franz Lerse klopfte ihm bei den letzten Worten kräftig auf die Schulter, lächelte jedoch dazu so gewinnend, daß man ihm unmöglich grollen konnte. Hartmann ärgerte sich gründlich und preßte einen Augenblick die Lippen zusammen; Lerses Wort hatte ins Schwarze getroffen. Der unreife junge Hauslehrer war stolz von Natur; aber dieser Stolz war nach außen hin unentwickelt. Das spürte er wohl. Sein höfliches Lächeln verzog und verzerrte sich daher ein wenig, als er nun die Hände ineinander rieb und eine Art Gegenwehr versuchte.

»Wenn nun aber«, sprach er, »eine gewisse Höflichkeit meiner Natur entspräche?«

»Aber, wackrer Freund, wir alle halten doch natürlich Höflichkeit für eine selbstverständliche gesellige Pflicht und Tugend. Damit muß jedoch ein schöner Freimut Hand in Hand gehen. Und Ihr Freimut – nichts für ungut, werter Landsmann! – wagt sich noch nicht heraus. Ich schätze Sie herzlich. Aber was Teufels, Hartmann, warum schleichen Sie denn immer so gedrückt herum?«

Sie waren unwillkürlich in eine Fensternische getreten. Stattliche Kastanienbäume und geräumige Wiesenflächen warfen ihren freien, frischen Glanz herein. Hier nun, wo er sich weniger beobachtet wußte, wich der salonmäßige Gesichtsausdruck des Hofmeisters einem fast mürrischen Ernst.

»Wenn man sich als schlichter bürgerlicher Kandidat zwischen wohlhabenden Adligen bewegt«, begann er.

»So hat man«, fiel der andre Elsässer ein, »erst recht Grund zu einem edlen Stolz. Denn Sie sind hier der berufene Vertreter der Bildung. Im übrigen ist Ihr Papa ein achtbarer Gärtnereibesitzer in Straßburg, und meiner Eltern in Buchsweiler brauch' ich mich auch nicht zu schämen. Und was wir etwa an eigenen Dummheiten geleistet haben – Himmel noch mal, dazu ist ja eben das Leben da, daß man's in Zukunft besser mache. Und schließlich sind doch das hier lauter wirklich liebenswürdige und unverstellt gute Menschen, unter denen Sie sich hier bewegen. Alle Wetter, Hartmann, da waren wir vor zwanzig Jahren zu Straßburg andre Kerle! 's ging toll zu manchmal, aber wir hatten Poesie im Leib. Den armen, kleinen, wunderlichen Lenz hat's in der Welt herumgewirbelt, und nun ist er hinüber; aber andre haben's durchgebissen, zum Exempel Freund Goethe, der jetzt in Sachsen-Weimar Minister ist. Kennen Sie Goethes Schauspiel Götz von Berlichingen?«

»Ich habe es wohl einmal gelesen«, versetzte Hartmann. »Doch besitze ich in meiner Bibliothek bloß Werthers Leiden« –

»Sie müssen den Götz lesen. Hartmann!«

»Ich liebe besonders die Oden von Klopstock, auch Gedichte von Gleim und Jacobi, nicht zu vergessen den gemütvollen Geßner« –

»Idylle, kein Heldentum!« rief Lerse. »Sie müssen den Götz von Berlichingen lesen, Hartmann! Zwanzigmal, wie's die Frau Baronin von Oberkirch getan hat. Erinnern Sie sich vielleicht, daß Sie darin den Namen Franz Lerse bemerkt haben? Nun, es ist mein eigener Name, es ist ein Denkstein meiner Freundschaft mit Goethe. Weiß Gott, wir waren wilde, unbändige, aber kreuzgute, brüderlich deutsche Gesellen! Wie manche Mondnacht haben wir im Kahn auf der Ill verschwärmt und bei der Laterne Ossian und Homer gelesen! Wie manchen Sommertag im Gras und Grillengesang der Ruprechtsau oder bei Fuchs am Buckel! Und haben manch einen Sonnenuntergang mit gefüllten Römern auf der Plattform des Münsters begrüßt. Oft auch sind wir mit abgekremptem Hut und unfrisiert zu Pferd durchs Elsaß geflogen. Goethe geriet da oft in Überschwang, band sich die Haare los und sprach Worte der Verzückung, so daß ich manchmal besorgt wurde, er würde überschnappen.«

Es trat in diesem Augenblick eine Dame heran, eine sehr anmutige, aber auch sehr ruhig-reife Erscheinung. Sie mischte sich lächelnd ins Gespräch:

»Nun, Herr Hofrat, wovon schwärmt man hier?«

»Von Goethe«, erwiderte Lerse rasch und feurig. Aber sofort auch biß er sich auf die Lippe. Er hatte nicht bedacht, wer die Frage an ihn gerichtet hatte. Es war die schöne blonde Gattin des Straßburger Bankiers Baron Bernhard Friedrich von Türckheim; ihre Vaterstadt war Frankfurt; ihr Geburtsname Lili Schönemann. Lerse hatte nicht bedacht, daß die einstmalige Braut seines großen Dichterfreundes vor ihm stand.

Frau Lili von Türckheim errötete leicht, setzte aber die Unterhaltung mit der ihr eigenen Ruhe und Sicherheit unbefangen fort. Es war der Rosenmond; sie trug eine Rosenknospe an den Bändern des Mieders. Ihr Auge blickte treu und träumerisch; Halslinie, Kinn, Mund und Nase waren von einer klassischen Ruhe und Festigkeit; der edelgeschlossene Mund schien zwar von einer liebreizenden Melancholie, doch lag über dem ganzen länglichen Antlitz derselbe Zug einer milden, gewinnenden Weiblichkeit. Eine aufgelockerte stattliche Haarfülle, von der etliche Locken auf die entblößten Schultern fielen, überragte das Gesamtbild der anziehenden Frau. In jeder ihrer Bewegungen war sie von einer gleichmäßigen Gehaltenheit und natürlichen Ruhe.

»Es ist angenehm, Herrn Hofrat Lerse erzählen zu hören, nicht wahr, Herr Hartmann?« sagte sie. »Besonders seine Straßburger Studienzeit schildert er schwärmerisch wie ein Poet.«

Hartmann versagte sich die Verbeugung, zu der es ihn jedesmal zuckend drängte, sobald von vornehmen Lippen sein Name fiel. Er bemerkte bloß in seiner etwas papierenen Umständlichkeit: »Herr Hofrat hat mir die Wohltat erwiesen, mir sozusagen ein wenig den Text zu lesen.«

»Einem Kandidaten der Theologie?« erwiderte Frau Lili, indem sie lächelnd Platz nahm. »Das Umgekehrte wäre doch wohl begreiflicher.«

Hartmann faßte den Fächer ins Auge, mit dem sich die schöne Frau kühlte, und beschloß mit der ihm eigenen zähen Gründlichkeit, Lerses Bedenken der Baronin vorzutragen.

»Ich schätze es«, sprach er, »wenn man mich auf einen Fehler aufmerksam macht, vorausgesetzt, daß der Ratgeber ein so verdienstvoller Mann ist wie Herr Hofrat Lerse, der auch im Tadel nicht verletzt. Kurz, er hat mir gesagt, ich sei übertrieben höflich. Finden Sie das auch, Madame?«

Lerse lachte laut und herzlich.

»Er appelliert!« rief er. »Vortrefflich! Insgeheim sprach ich nämlich meinem jungen Kollegen auch den Mut ab. Jedoch die gerade Art, wie er mein scherzhaftes Bedenken ins Auge faßt und einer edlen Frau zur Entscheidung vorträgt – *à la bonne heure*, Hartmann, ich bin entwaffnet! Ich liebe an einem Mann vor allem die Wahrhaftigkeit; daneben aber den Mut. Beides gehört zusammen. Denn wie kann ich wahrhaftig sein, wenn ich ein Hasenfuß bin? Sodann allerdings darf man von einem kultivierten Menschen verlangen, daß er nicht von Musen und Grazien verlassen sei, d. h. daß er Geschmack und Takt besitze. Hab' ich's in letzterem versehen? Alsdann hier meine Hand! Nichts für ungut!«

Er hielt dem jüngeren Manne die Hand hin, die dieser bereitwillig ergriff.

»Doch nun verschwinde ich eiligst. Mein Anzug gehört aufs Pferd und nicht in den Salon.«

Er verabschiedete sich von der Hausfrau nebst Umgebung und entfernte sich mit einer kurzen Verbeugung an den ganzen Salon.

Frau Lili führte, leicht zurückgelehnt, das Gespräch mit dem Hauslehrer weiter:

»Der Erzieher unsrer Kinder, Ihr Freund Fries, hat mir erzählt, daß Sie noch nicht recht wüßten, ob Sie sich für Lehramt oder Pfarramt – für Welt oder Kirche – entscheiden sollen. Sie lieben ja wohl besonders die Naturwissenschaft, nicht wahr?«

Viktor antwortete, daß er von seinem Vater her besonders für Pflanzenkunde Sinn und Neigung habe. Das Studium der Kräuter habe ihn aber dann zur Heilkunde geführt. Und so schwanke er vorerst zwischen Theologie nebst Philosophie auf der einen Seite und Botanik nebst Medizin auf der anderen.

»Es ist das«, schloß er philosophisch, »gleichsam ein Schwanken zwischen Seele und Natur. Beide Pole ziehen mich kräftig an: die Weisheiten der inneren Welt und die Schönheiten der äußeren Schöpfung. Herr Lerse fühlt ganz richtig, daß ich vorderhand mehr in der inneren Welt zu Hause bin und also durch vermehrte Höflichkeit nach außen hin eine gewisse Unsicherheit in der äußeren Welt zu verbergen suche.«

Die schöne Salondame und glückliche Gattin und Mutter, die in ihrer ruhigen Gesundheit vor ihm saß, schaute ihn klaren Blickes wohlwollend an.

»Die Elsässer sind manchmal ein wenig herb und trocken«, sprach sie, »nit ganz so gemütlich wie wir Frankfurter. Aber ich hab' jene Klasse von Elsässern lieb – ich weiß nicht, ob alle so sind, aber mein Mann ist auch einer davon –, die mit einem warmen Herzen eine ruhige Wahrhaftigkeit verbinden. Das sind sachliche und doch gute Menschen. Ich glaube, Sie werden einmal auch so einer, Herr Hartmann.«

Der junge Mann errötete vor Freuden, als er aus so holdem Munde so wohltuende Worte vernahm.

»Hoffentlich wächst mir noch die nötige Lebensenergie zu«, ergänzte er seufzend. »Ich bin meist so verzagt.«

Feinen und reifen Frauen gegenüber ging ihm das Herz auf. So auch manchmal im Gespräch mit der Mutter seiner Zöglinge. Aber dann empfand er doch wieder den Abstand und schloß sein halbgeöffnet Herz schroff und jäh wieder zu. Er besaß keinen Freund.

Es flog in diesem Augenblick ein Harfenklang durch das farbig bewegte, von frohen und heiteren Menschen erfüllte Zimmer. Octavie, die anmutigste der vier schönen Töchter des Hauses, erklärte dem Dichter Pfeffel und den Freundinnen ihre Harfenstudien. Zugleich schlug die musikalische Henriette, ihre jüngere Schwester, auf dem Spinett einen Akkord an. Alles horchte auf. War etwa ein kleines Hauskonzert zu erwarten? Baron von Türckheim, Lilis Gatte, dessen klare Stirn in der Nähe leuchtete, klatschte ermunternd in die Hände. Alles schwieg und schaute nach jener musikalischen Gruppe.

Das Bild war fesselnd. Inmitten der weißen Mädchengewänder mit all den bunten Zieraten von Bändern, Spitzen, Falbeln, Girlanden und Schleifen saß die dunkle Gestalt des Dichters und Pädagogen Pfeffel. Neben ihm stand der Knabe Sigismund, den er an der linken Hand hielt; die Rechte stützte sich auf den Krückstock. Er lauschte vorgebeugt und mit hochgezogenen Brauen in das freundliche Zungengeschwirr hinein; um die starke eckige Nase spielte ein heiteres Lächeln. Im goldenen Draht der Harfe verfing sich die untergehende Sonne und verschönte die jugendlichen Mädchengesichter. Annette von Rathsamhausen, eine nahe Freundin der Birkheims, und Pfeffels Tochter Friederike blätterten in Noten; Amélie, Adelaïde und Fanny kauerten mit den beiden Knaben am Boden, um ja genau zu erspähen, wie Octavie die Harfe schlage. Und inmitten dieses Farbenspiels saß der Dichter und nahm diese Schönheit durch das Gehör und mit der Phantasie in sich auf. Seine Augen waren geschlossen; er war blind.

»Wie wertvoll ist diesem Hause die Freundschaft mit dem edlen Pfeffel!« sagte Frau von Türckheim, als sich das allgemeine Plaudern wieder fortsetzte.

»*Oh, certainement, certainement!*« erwiderte mit scheinbar tiefer Überzeugung die Marquise von Mably, die in der Nähe mit der jungen Frau Waldner von Freundstein geplaudert hatte. Sie verstand wenig Deutsch; das Gespräch ging in ihrer Nähe sofort ins Französische über, das ohnedies im allgemeinen die Salonsprache dieser Kreise war. Frau von Birkheim, die Herrin des Hauses, erzählte von Pfeffel.

»Kennen Sie denn schon«, fragte sie die befreundeten Damen, »die Geschichte vom Perlenkranz, die sich in unsrem Hause zugetragen hat?«

Man verneinte.

»O, dann muß ich Ihnen das erzählen!« rief die Baronin.

Amélie hatte es vernommen und kam heran. »O, Mama, schicken Sie uns aber vorher hinaus, wir schämen uns zu Tod! Octavie, Mama will die Geschichte vom Perlenkranz erzählen!«

Octavie und Henriette ließen ihre Instrumente im Stich und eilten abwehrend heran.

»Helfen Sie mir, lieber Herr Professor!« rief die Bestürmte. »Das Pariser Beispiel steckt an: die junge Welt macht Revolution!«

Pfeffel kam an Sigismunds Hand langsam heran. Der alternde Herr war ein ziemlich großer, gut gebauter Mann. Mit schalkhaftem Lächeln fragte er:

»Warum meutert denn hier unsre junge Generation?«

»Sie wollen nicht haben, daß ich die Geschichte von den Perlenkränzen erzähle.«

»Meine jungen Freundinnen«, versetzte Pfeffel und sprach mit verbindlichen Bewegungen gleichsam nach mehreren Seiten, wo er die jungen Mädchen vermutete. »Ihre Revolution ist gänzlich aussichtslos. Gänzlich aussichtslos! Man ist nicht ungestraft mit einem vielreimenden Fabeldichter befreundet. Das Laster macht sich schon von selber auf allen Gassen bekannt genug, denn das Laster ist frech. Daher müssen wir andren dafür sorgen, daß auch die Tugenden bekannt werden und zur Nacheiferung anspornen. Also: wenn Sie nun hier aus Bescheidenheit protestieren, so hilft Ihnen das gar nichts. Denn, meine Damen, selbst gesetzt den Fall, es gelänge Ihnen, Ihre gute Mutter zu besiegen – so würden Sie doch hernach auch mich noch mundtot machen müssen. Denn kurz und gut: ich habe die Geschichte vom Perlenkranz bereits in Verse gebracht.«

Allgemeines Hallo! Auch bei den jungen Mädchen überwog die Neugier.

»Herr Pfeffel kann seine Gedichte fast immer auswendig«, rief die Schloßherrin, »er wird uns gewiß auch dieses vortragen. Nehmen Sie recht bequem Platz, lieber Herr Hofrat – so! Und Sie auch, meine Damen!«

Es bildete sich ein aufmerksamer Halbkreis. Der Poet saß im Fauteuil, mit der rechten Hand fein und ausdrucksvoll seinen Vortrag belebend, die andre Hand auf den Krückstock gelehnt. Mit warmer,

wohlklingender Stimme, gleichsam zu seiner Umgebung seelenvoll
sprechend, nicht deklamierend, trug er folgendes Gedicht vor:

Der Perlenkranz

Vor Zeiten lag in einem heitren See
Ein Eiland, das wie Florens Beete grünte,
Und einer holden, guten Fee
Und ihrem Hof zum Aufenthalte diente.
Vier junge Schönen zierten ihn,
Die Töchter einer Königin,
Die sie als Patin schon mit jedem Reiz geschmückt.
Den seinem Ideal Pygmalion verliehn,
And deren Geist sie als Erzieherin
Das Bild der Tugend aufgedrückt.
Einst redete die milde Lehrerin
Die Kinder also an: »Nun, Töchter, wird mein Wagen
Euch bald zurück zu euren Eltern tragen.
Ihr wißt, wie sehr ich eure Freundin bin;
Doch bin ich nicht mit allen gleich zufrieden
Und einer nur hab' ich den Preis beschieden,
Den ich zum Lohn der Besten ausgesetzt:
Es ist ein Perlenkranz, den morgen beim Erwachen
Die, so mein Herz am höchsten schätzt,
Um ferner ihren Trieb zum Guten anzufachen.
In diesem Körbchen finden wird.«
Sie reicht es jeder hin, es war von goldnem Drahte
Mit Feenkunst gestrickt. Halb freudig, halb verwirrt
Und mit Sylphidenschritte nahte
Die holde Gruppe sich, die Gabe zu empfahn.
»Du kriegst den Preis!« rief jede von den Schönen
Der andren zu, als sie allein sich sahn.
»Nein, dir«, erwiderte mit Freudentränen
Ihr jede, »nein, dir ist er zugedacht.«
Sie stritten lang, und keine will gewinnen.
Ein schöner Zank! Ihn endigte die Nacht.
Froh eilten nun die jungen Huldgöttinnen
Den seidnen Zellen zu … Kaum färbt Aurorens Pracht

Der Felsenberge blaue Zinnen,
Als jede sich aus ihrem Bett erhebt
Und stumm und schüchtern auf den Zehen
Zum Putztisch tritt, ihr Körbchen zu besehen.
Wie glühet ihr Gesicht, wie wallt, wie bebt
Ihr ganzes Ich, als sie den Kranz darinnen findet!
Ihr Rosenmund küßt dreimal das Geschenk,
Davon ihr Herz den süßen Wert empfindet.
Doch plötzlich legt, der Schwestern eingedenk.
Sie es zurück: »Sie sollen es nicht wissen,
Sie sind so gut! Ich schleiche mich allein
Zur Patin, werfe mich zu ihren Füßen
Und bitte sie, mir zu verzeihn.«
Nun eilet sie, das Kleinod zu verschließen.
So machten's *alle*. Doch die gute Fee
Sah tief gerührt auf ihrem Knapee
Den frommen Trug in ihrem Taschenspiegel;
Ihr Kammerzwerg ward abgeschickt,
Sie her zu rufen. Auf des Windes Flügel
Trägt er die Botschaft fort. Mit holder Scham geschmückt,
Erscheinen schnell die himmlischen Gestalten.
»Nun?« rief sie ihnen zu, »wer hat den Kranz erhalten?«
Sie schwiegen. Ihre Freundin drückt
Sie liebreich an ihr Herz. »Ihr wolltet euch betrügen«,
So sprach sie, »seid dafür gesegnet und geküßt!
Zehn Jahre Fleiß belohnt ein Augenblick Vergnügen,
Nicht mir allein, auch euch. Mit mütterlicher List
Hab' ich euch bloß geprüft: es sollte *keine* siegen,
Und *jede* fand den Preis in ihrem Körbchen liegen.
Weil jede seiner würdig ist.«

Hier setzten sich die weißen Hände und Handschuhe in Bewegung,
die hellen Stimmen der entzückten Frauen gesellten sich hinzu, und
vielfältiger Beifall dankte dem Dichter. Die vier Schwestern mußten
zärtliche Küsse und Liebkosungen über sich ergehen lassen. Die ma-
tronenhafte Mutter hatte Tränen des Stolzes und der Rührung in den
Augen und drückte dem Dichter warm die Hand. Dieser tastete nach

rechts und links, suchte von Octavie und Henriette je eine Hand zu erwischen und schloß alsdann herzlich:

»Erkennet euch an diesen Zügen,
Ihr Töchter Aristids, der still das Glück genießt,
In seiner Gattin alle Gaben,
Womit des Schöpfers Hand sein Ebenbild geziert,
Und Töchter, ihrer *wert*, zu haben.
Was ist in der Natur, das mehr entzückt und rührt,
Als wenn mit Schönheit sich die Tugend paart?
Durch dieses Band, das mehr als Sonnen Gott beweist,
Wird einer Schönen Leib zum Eden, und ihr Geist
Der Cherub, welcher es bewahrt.«

Abermaliger Beifall belohnte auch diese moralische Anwendung und Ausdeutung. Auch »Aristid«, der Baron, dankte dem Freunde. Hartmann war nicht minder warm berührt. Die Persönlichkeit Pfeffels war ihm außerordentlich verehrungswürdig. Der Zug von Schelmerei, der häufig und gern über des anakreontischen Dichters lauschendes Antlitz flog, glich den erbaulichen Beigeschmack seines Dichtens, zumal bei so warmem persönlichen Vortrag, wieder aus. Und trotz aller Neigung, seine Lebenserkenntnisse in lehrhafte Reime und Epigramme zu prägen, hielt sich Pfeffel doch von einem Tone der Salbung bis an sein Lebensende frei. So gingen in diesem Manne Geist und Gemüt, Geschmack und Weisheit, Poesie und Religion in einer milden Ausgeglichenheit Hand in Hand.

»Dieser ganze Kreis mit all unsren Freunden«, sprach er, »ist eigentlich ein Perlenkranz. Es befindet sich darin kein Mensch, der nicht in irgendeiner Weise schön, wertvoll oder interessant wäre. Und so wird es wohl noch manche Perlenkränze geben. Möge Gott verhüten, daß sie durch stürmische politische Ereignisse zerrissen werden!« Das Gespräch wandte sich zu den Pariser Unruhen. Die Gesichter wurden ernst; aber niemand in diesem Kreise ahnte die Schwere der künftigen Ereignisse.

Zu Paris tagte seit dem Frühling dieses Jahres die Versammlung der drei Stände. Ein Bruder des Herrn von Türckheim befand sich unter den Abgeordneten des elsässischen Adels. Man versprach sich in ganz Frankreich hoffnungsfreudig eine gerechtere Ordnung der

Dinge. Aber schon waren erschreckend heftige Meinungszwiste und brutale Straßenszenen ruchbar geworden. Der dritte Stand – das Bürgertum – riß gegenüber Adel und Geistlichkeit die Gewalt an sich; und von ferne knurrte hinter ihm, vorerst noch in seinen Höhlen, ein furchtbarer vierter Stand: der Gassenpöbel.

»Zudem ist Teurung im Lande«, bemerkte Birkheim bedenklich. »Was für einen harten Winter haben wir hinter uns! Schnee, Kälte, Armut, Hungersnot! Nun erwartet alle Welt, daß die Pariser Versammlung auch die Schädigungen der Natur ausbessern werde. Na, das wird Enttäuschungen geben! Und dann wird man den sogenannten Schuldigen suchen.«

»Aber es werden auch bedeutende Menschheitsprobleme zur Lösung kommen«, lenkte Pfeffel ein. »Ich erwarte Großes von der Bewegung.«

»Vorerst sind unsre Nußbäume erfroren«, beharrte der Landwirt Birkheim trocken. »Die Kastanienwälder da drüben gleichfalls; die Reben in den Niederungen desgleichen und müssen massenhaft ausgehauen werden.«

»Haben Sie übrigens gehört«, fiel eine der Damen ein, »was sich das Volk drüben in Rappoltsweiler erzählt? Man will gegen Ende April, als mildere Witterung eingetreten war, in der Nähe der Ulrichsburg eine unbekannte Blume gesehen haben, nämlich eine große feuerrote Blüte in der Form einer Narrenkappe mit einem Kreuz darauf.«

»O, o«, rief Frau von Birkheim, »das durchschauert einen ja ordentlich. Von allen Seiten hört man Unglück und Blutvergießen prophezeien. Kommen Sie, wir gehen in den Park, sonst werden wir noch melancholisch.«

Der Vorschlag fand Widerhall. Die älteren Damen verließen den Salon.

Frau von Birkheim, immer formvoll und gleichsam schüchtern im Verkehr mit dem Hauslehrer und den Dienstboten, zögerte noch einen Augenblick und bemerkte dann zu den nächststehenden Mädchen:

»Kinder, und wenn sich etwa Herr Hartmann zurückziehen will, nicht wahr, ihr nehmt ihn nicht länger in Anspruch.«

Die zurückhaltende, etwas leidende und gern auf Abstand achtende Dame schaute während dieser Worte ihren Fächer an; sie hatte sich an die Allgemeinheit gewandt, meinte aber den Hauslehrer, der unmittelbar neben ihr stand. Er sollte es hören; er sollte den kleinen Wink verstehen.

Hartmann verbeugte sich schweigend. »Ich bin also überflüssig«, dachte er, »und darf mich – nein, *soll* mich auf mein Zimmer zurückziehen.« So trat er denn beiseite und ließ die Gesellschaft vorausgehen.

Der blinde Poet rief unterdessen seine jungen Freundinnen zusammen und fügte eine weitere Anregung hinzu.

»Meine hübschen, guten, artigen Kinder«, sprach er, »Sie wissen, daß wir unter uns einen Verein oder Seelenbund oder Freundschaftskreis gebildet haben mit der Losung: ›Vereint, um besser zu werden.‹ Wohlan, ich möchte Ihnen den Vorschlag machen, wir veranstalten draußen unter diesem schönen Abendhimmel eine Sitzung.«

Die Mädchen hüpften vor Freude.

»Dasselbe wollten wir Ihnen vorschlagen!« rief Octavie.

»Gut, wir verstehen uns also wieder einmal«, fuhr der Dichter fort. »Nämlich, es handelt sich um die Aufnahme eines neuen Mitglieds. Sie kennen alle von Rothau her den edlen Pfarrer Oberlin im Steintal. Dies ist ein Mann von einer bewundernswerten inneren Kraft und Einheit. Er hat auch meine Schule zweimal besucht; er steht mit mir ebenso wie mit meinem Freund Lavater in Zürich in brieflicher Fühlung, und wir tragen einander auf betendem Herzen. Ich bin nun der Meinung, wir müssen diesen würdigen Freund auch in unsren Klub aufnehmen, wenigstens dem Geiste nach, und ihm heute einen Freundschaftsnamen beilegen. Einverstanden?«

Selbstverständlich war man einverstanden. Die lebhaften jungen Damen nahmen den Dichter in die Mitte und wollten eben in fröhlichem Gedränge den Park aufsuchen, als ein erheiternder Auftritt eine Zögerung veranlaßte. Fritz und Gustav, die jüngsten und noch nicht vollkommen leuchtenden Perlen des Birkheimschen Kranzes, waren in Reibung geraten. Der sechsjährige Gustav wollte sich dem zwei Jahre älteren Fritz nicht fügen. Pfeffel blieb stehen und mischte sich mit Humor in den Streit; Hartmann, ergrimmt, daß seine gute Zucht ausnahmsweise vor aller Welt versage, war auch sogleich bei der Hand und kommandierte die beiden heran: »Wie heißt das Gedicht? Hand in Hand, wenn ich bitten darf!« Fritz packte unwillig den feindlichen Bruder an der Faust und zog ihn mit heran. »Vereint, um besser zu werden!« rief Henriette lustig, und alle Welt lachte über den possierlichen Anblick. Das Lachen steigerte sich vollends, und die Mädchenstimmen überschlugen sich vor Ergötzen, als sich Fritz militärisch in

Positur stellte und kräftig und laut, aber mit komisch-weinerlichem Tonfall anhub:

»Ochs und Esel zankten sich« –

Weiter ging es zunächst nicht. Es war eine bekannte Pfeffelsche Fabel, die Hartmann in solchen Streitfällen aufsagen zu lassen pflegte, zur Beruhigung der erhitzten Gemüter.

»Ei, das interessiert mich, mein Junge!« rief Pfeffel mit künstlicher Neugier. »Worüber zankten sich denn die lieben Tiere?«

Also deklamierte denn Fritz, halb erstaunt, daß dieser Zank zwischen zwei untergeordneten Geschöpfen den Herrn Professor interessiere, halb verdrossen und grimmig, die Fabel herunter:

»Ochs und Esel zankten sich
Beim Spaziergang um die Wette,
Wer am meisten Weisheit hätte;
Keiner siegte, keiner wich.

Endlich kam man überein,
Daß der Löwe, wenn er wollte,
Diesen Streit entscheiden sollte.
Und was konnte klüger sein?

Beide reden tiefgebückt
Vor des Tierbeherrschers Throne,
Der mit einem edlen Hohne
Auf das Paar hinunterblickt.

Endlich sprach die Majestät
Zu dem Esel und dem Farren:
›Ihr seid alle beide Narren!‹
Jeder gafft ihn an und geht.«

Pfeffel setzte sich mit den Köpfen der beiden Knaben in Fühlung, zupfte jedem von ihnen die Ohren und versicherte mit Humor, daß er zu seiner Freude weder Langohren noch Hörner entdecke; woran er liebenswürdige pädagogische Bemerkungen knüpfte, die wieder Heiterkeit herstellten.

Dann wanderte man hinaus unter die abendlich beleuchteten Ahornwipfel und Platanen.

Inzwischen hatte über den Hauslehrer ein geheim angesammelter Verdruß Macht gewonnen. Was bedeutet – so grübelte der Hypochonder – jene Bemerkung Lerses? Was bedeutet die wohlwollende Vertröstung der Frau von Türckheim? Was bedeutet die Bemerkung der kühlen gnädigen Frau? Hatten sich die Eltern seiner Zöglinge hinter jene Freunde des Hauses gesteckt, um ihre Unzufriedenheit mit seinen Leistungen auf Umwegen an ihn gelangen zu lassen?

Der Jüngling neigte zu Mißtrauen; denn er traute noch nicht seiner eigenen Kraft. Ein schwaches und unsicheres Gemüt nimmt leicht übel und ist Mißverständnissen zugeneigt. Er konnte die Empfindung nicht unterdrücken, daß man ihn in diesen aristokratischen Kreisen nicht für voll nehme, obschon ihn die enge Freundschaft des Hauses mit dem bürgerlichen Pfeffel und seinen Töchtern eines Besseren hätte belehren können. Und so wechselte seine Stimmung häufig zwischen einer heiter-herzlichen Beschaulichkeit, in der er allen Pflanzen, Tieren und Menschen gut war und in sein Tagebuch mildleuchtende Sätze eintrug – und andrerseits einer grauen Stimmung gänzlicher Verlassenheit.

Höflich stand er abseits und ließ der Gesellschaft den Vortritt. Dann schritt er als letzter auf den kühlen, geräumigen Hausflur hinaus.

Hier hörte sich der Verdrossene, der sich eben zurückziehen wollte, plötzlich angerufen.

»Der Herr Gouverneur macht wieder sein unglücklich Gesicht«, sprach die muntere Stimme der kleinen Marquise von Mably, die ihr Fichu festband. »Würden Sie mir einmal erlauben, Ihnen ganz genau zu sagen, was Sie in diesem Augenblick denken? Kommen Sie, begleiten Sie mich ein wenig. Und werden Sie mir dann, wenn ich's erraten habe, eine Bitte erfüllen?«

Der Hofmeister verbeugte sich und machte eine höfliche Redensart.

Oft schon hatte sein unbeachteter Blick auf dieser hübschen kleinen Frau geruht. In jeder ihrer Bewegungen war Eleganz und Anmut, Raschheit und verhaltenes Feuer. Ihr zuzusehen, wie sie jetzt ihr weitläufiges Spitzenhalstuch um den weit ausgeschnittenen Nacken warf und in einer losen Schleife hinter der engen Taille festband, mit koketter Umständlichkeit dabei verweilend und so die Blicke ihres Gegenüber in dieselbe Richtung lenkend, das allein schon wirkte auf den jungen Beschauer fesselnd. Sie besaß ungefähr alles, was ihm abging: gesellschaftliche Sicherheit, Schlagfertigkeit, kecke, rasche Zunge. Und um die Provenzalin her war etwas Fremdartiges – etwas »Abenteuerliches«, sagte Birkheim gelegentlich mit leichtem Achselzucken –, was von dem Wesen der andern Damen hierzulande abstach.

Die Marquise warf einen prüfenden Blick in den Spiegel, der neben der Ausgangstüre hing. Dann schaute sie ihren jungen Begleiter mit ihren schwarzglänzenden Augen schalkhaft lächelnd von der Seite an und plauderte, während sie in den Park schritten, unbefangen wie ein guter Kamerad zum andern.

»Sie denken also folgendes, passen Sie einmal auf! Alle diese Menschen hier um mich her – so denken Sie – lieben sich untereinander, umarmen sich, streicheln sich, küssen sich, kurzum, sind in allerliebster Weise miteinander empfindsam. Und wie hübsch sind diese Damen und Mädchen, besonders diese kleine, aber freilich geistig unbedeutende Frau von Mably! Und wie reizend geschmackvoll gekleidet, besonders diese kleine, aber freilich geistig unbedeutende Frau von Mably, die an ihren Toiletten viele und fröhliche Farben liebt! O Himmel – so denken Sie weiter –, wie verlassen lauf' ich doch zwischen soviel Schönheit herum! O Himmel – denken Sie immer noch –, wenn doch mich unbeachteten, vergessenen Gouverneur dieser anmutigsten Schülerinnen der Welt auch jemand lieben möchte! Aber selbst wenn ich jemanden liebte, so würd' ich's ihr nicht zu gestehen wagen, denn ich bin bekanntlich ein äußerst schüchterner kleiner Pedant, wie mir das diese geistig freilich unbedeutende Frau von Mably bereits mehrfach zu Gemüte geführt hat. *Et cetera,* – so etwa denkt Herr Hartmann, Gouverneur der Kinder der Familie Birkheim. Hab' ich's erraten?«

Die übermütige Frau lachte mit unwiderstehlicher Fröhlichkeit und hob ihr spitzes Näschen und den schmalen Mund lustig zu ihm empor. Es klang wie der Triller eines Kanarienvogels. Sie trippelte neben dem schwerblütigen Elsässer in der Tat wie ein Vogel, flink und leicht, immer mit Züngchen und Augen in Bewegung. Und als sie nun, auf hohen spitzen Stöckelschuhen neben ihm einherschreitend, sich unbeobachtet wußte, legte sie in den Klang ihrer Stimme und in den Ausdruck der Augen so viel Glut und Innigkeit, daß den bereits erregten Jüngling ein feiner Schauer durchrieselte.

»Also, nun sagen Sie mir's einmal gerade heraus, mein lieber Herr Hartmann, warum sind Sie eigentlich nicht recht fröhlich? Hab' ich's im ganzen erraten? So bekennen Sie mir wie ein braver Kamerad dem andern mutig heraus: Ja, Madame! Nun?«

Hartmann schwieg verlegen, schaute dann in ihre lächelnden Augen, die ihn unverwandt festhielten, und erwiderte mit plötzlichem Ruck: »Ja, Madame!«

»O herrlich, herrlich!« jubelte sie, hielt ihm – der seine Verlegenheit hinter einem etwas gewaltsamen Lachen zu verstecken suchte – die Rechte mit dem weißen Spitzenhandschuh hin, packte aber, als er sich zierlich zum Handkuß bücken wollte, rasch die seine und schlug kräftig in seine Handfläche. »Der Pakt ist geschlossen! Ich hab's erraten – und Sie erfüllen mir nun eine Bitte. O wie lange schon streife ich um diesen sonderbarsten aller Sonderlinge herum, möchte gern etwas von seiner Weisheit profitieren und ihm aus Dankbarkeit einige Teufeleien ins allzu korrekte Blut jagen. Denn er ist schauerlich korrekt! Und nun sollen Sie mir den Gefallen tun und Ihre törichte und eigentlich etwas eitle Grille fahren lassen, als würden wir Sie nicht herzlich lieben und schätzen, wir alle, besonders die kleine Frau von Mably. Meine Bitte, mit der ich nun ankomme, wird Sie in dieser Überzeugung bestärken. Nämlich, mein teurer Herr Hartmann, alle hier herum sprechen besser Deutsch als ich, verstehen mehr von deutscher Literatur als ich, sind gebildeter als ich. O, ich bin entsetzlich ungebildet! Und doch liebe ich Poesie und Musik. Ahnen Sie, was ich will? Mein wirklich schätzenswerter Herr Hartmann – Sie sehen, ich bin bezaubernd liebenswürdig und umwerbe Sie förmlich –, die Eltern Ihrer Zöglinge sind entzückt von Ihrem sorgfältigen und geschickten Unterricht. Würden Sie sich wohl entschließen können, einer einsam lebenden Frau – die den Winter in den Pariser Geselligkeiten vertändelt, aber sich erst im Sommer auf dem Lande wohlfühlt – jede Woche einmal einige Stunden von der deutschen Literatur zu erzählen?« Sie unterbrach einen Augenblick den melodischen Tonfall ihrer leicht und rasch fließenden französischen Rede, fächelte sich und schaute den Hauslehrer liebreizend an. Dann fuhr sie fort:

»Würde Ihnen dies ein wenig Freude machen? Und glauben Sie wohl, daß Sie an mir und Addy dankbare Schülerinnen finden würden? Auch meine Addy schätzt Sie nämlich sehr.«

Hartmann war überrascht, überrumpelt, über den Haufen gerannt von einer so viel raschern Energie im Bunde mit so unwiderstehlicher Liebenswürdigkeit. Er war mit seinen Gefühlen etwas langsam, aber so viel war sicher: so liebevoll hatte noch niemand von diesen Vornehmen mit dem Hauslehrer gesprochen. Welch ein berauschender Duft ging von der feinen zierlichen Dame aus, wenn man so nahe neben ihr hinwanderte! Welche Modulation in ihrer Stimme! Sie tuschelte gleichsam nur mit Lippen und Zunge die Worte heraus, so daß sie wie perlende Töne eines Menuetts oder Scherzo von Haydn oder Mozart vorübertanzten. Das hatte er ja gar nicht geahnt, daß man ihn so schätzte, so verstand. Hier wurde endlich einmal, nach soviel allgemeiner und konventioneller Liebenswürdigkeit, an ihn ganz persönlich ein Wort des Vertrauens und der Teilnahme gerichtet. Er besaß also unter diesen gewiß wohlwollenden, aber untereinander ihr Genüge findenden Menschen eine ganz persönliche Freundin – eben diese überaus hübsche, überaus vornehme, gesellschaftlich so überaus gewandte Dame, die so viel genialer war als sein eigenes zähflüssiges Wesen! ... Welch ein Besitz!

Wie kurz vorher die harmlose Bemerkung Lerses, so wurden von dem Anfänger der Lebenskunst auch diese Sprudelworte der beweglichen Französin überschätzt. Er besaß den einzelnen Menschen gegenüber noch nicht das ruhige und rechte Augenmaß. Federleicht und entzückt schritt er neben ihr durch den Park. Die unlängst niedergetauchte Sonne warf Lichter durch den Buchengang; die Finken schenkten ihre Lieder und die Kirchen an den Bergen entlang ihr Sonntagabendgeläut. Von fern erklang das Lachen der Mädchen, die mit Herrn Pfeffel dem waldigen Teil des Parkes zustrebten. Über den Teich herüber, dessen Wasserläufe Wiesen und Haine durchschnitten, schimmerten die lichten blumengestickten Kleider, als zögen übermütige Nymphen mit einem Gefangenen den Wäldern zu.

Der schlanke, etwas vornübergebeugte Hauslehrer vergaß die ganze Welt oder sah sie vielmehr in einer neuen, feenhaften Beleuchtung und folgte seiner sicheren Nachbarin. Er überragte sie körperlich fast um Haupteslänge trotz ihrer Stöckelschuhe mit den hohen roten Absätzen und trotz ihres kunstvollen Haargebäudes im Stil der Königin

Marie Antoinette. Sie liebte es, sich ziemlich stark zu parfümieren; es mutete seine bürgerliche Unerfahrenheit vornehm an, wenn von einer Dame eine Wolke von Parfüm ausging, wie dieser kostbare Duft von Frau von Mably.

Die elastische kleine Person schritt auf ihr Ziel zu und besprach mit ihm den Unterrichtsplan. Sie hatte bei Frau von Birkheim vorgearbeitet. Es hatte nur noch der Einwilligung von Hartmann selbst bedurft. Und diese besaß sie nun. Die Honorarfrage wurde taktvollerweise nicht weiter berührt. Jeden Samstag nach dem Mittagessen sollte ihn das Pferd nach den Rappoltsweiler Hügeln hinübertragen, wo Frau von Mably ein abseits gelegenes Landhaus bewohnte. Der ganze Nachmittag sollte dann ihr und ihrem Töchterchen gehören. Die Birkheimschen Kinder hatten derweil Musik- und Tanzstunde; dem Hauslehrer stand es frei, zu beliebiger Stunde des Abends oder der Nacht nach dem Schloß zurückzureiten.

»Besorgen Sie dabei nicht«, fügte sie kokett hinzu, »daß Sie aus der hiesigen Atmosphäre, wo man Sie so angenehm behandelt, in einen öderen Bezirk versetzt werden könnten! Wir wollen Sie schon ganz hübsch verwöhnen. Herr Pfeffel hat die Familie Birkheim mit einem Perlenkranz verglichen: nun, sehen Sie einmal, eine vierfache Perlenschnur trage auch ich um den Hals. Lassen Sie mich also nur keck mit diesen andren Perlen hierzulande wetteifern!«

Viktor warf nur einen raschen Seitenblick auf den Hals seiner Nachbarin, die ihr Tuch mit flinker Bewegung beiseite warf, und schaute dann wieder emsig vor sich hin. Sie hatte ein unsagbar keck hingezeichnetes französisches Profil; er hatte bisher zu wenig auf dergleichen Dinge der Sinnenwelt geachtet.

»Und wenn wir besonders artig und fleißig gewesen sind«, schloß die muntere Frau, »so kommen Sie auch einmal Sonntags mit Ihren Zöglingen zu uns herüber, und wir machen einen gemeinsamen Ausflug nach der Dusenbach-Kapelle und den Rappoltsweiler Schlössern. Ich wollte diese so nahen Stätten schon lange einmal besuchen, aber ohne Gesellschaft langweilt mich dergleichen. Und Sie erklären uns dann Pflanzen und Steine und packen Ihre unendliche Weisheit aus. O, herrlich! Und dann mögen die andren in Paris oder wo es sei Revolution machen, solange sie Pulver und Picken haben!«

2. Belisar

Die Waldnymphen in ihren flatternden Sommergewändern, in weiterem Kreise umschwärmt von den Kindern und den beiden langhaarigen Windspielen, zogen den blinden Dichter im Triumphzug nach dem Gehölz. Amoretten flogen voraus; von Ast zu Ast schnellten sich Sylphiden. Es war eine Szene aus Märchenland; die Göttin Kypris stand auf einem Rosengewölk und winkte lächelnd Beifall.

»Belisar hat neulich Geburtstag gehabt«, rief Octavie, »heute muß er uns als Nachfeier einiges aus seinem Leben erzählen! Wollen Sie uns die Freude machen, lieber Herr Pfeffel?«

»Was bleibt mir denn andres übrig als zu gehorchen, mein Kind?« versetzte der Dichter. »Ich bin ja von einer Feenschar eingefangen, werde in ihr Land entführt und muß halt tun, was Ida und Immortelle und Eglantine und die andern holden Wesen beschließen.«

Pfeffel nannte die Schäfernamen seiner anmutigen Freundinnen: sie waren ja nun im Nirgendsland Arkadien, das von friedlichen Hirten bevölkert war, sie mußten also auch ihre bürgerlichen Namen ablegen und sich in idyllische Kosenamen hüllen. So hießen denn Henriette im Bundeskreise »Eglantine« (wilde Rose) und ihre Schwester Amélie »Lonny«; Annette von Rathsamhausen ward »Immortelle« getauft; Pfeffels älteste Tochter Katharine Margarethe pflegte in seinen Gedichten »Phoebe« genannt zu werden, während seine Lieblingstochter Friederike den Kosenamen »Rike« behielt; ein frühverstorbener Lieblingssohn war unter dem Geisternamen »Sunim« bekannt; Pfeffels Gattin wurde als »Doris« gefeiert. Ihn selbst aber, den Blinden, nannte man nach jenem – angeblich in seinem Greisenalter der Augen beraubten – Feldherrn des oströmischen Kaisers Justinian: Belisar.

»Erst aber müssen wir Herrn Oberlin benennen«, rief Ida, im bürgerlichen Leben Oktavie von Birkheim, die hierbei die Führung hatte. Sie war die älteste und war die anmutigste von allen, wahrhaft schön in ihrem kastanienbraunen Haar und mit den leuchtend blauen Augen, von verhaltenem Feuer, oft schnippisch und adelsstolz, aber dahinter von einem weichen Gemüt. Sie war »feuerfängerisch«, wie Hartmann bei Pfänder- oder Versteckspiel feststellte; aber sie war auch seelenvoll; und eine gute Erziehung dämpfte jenes Übermaß ihrer Natur.

Es erhob sich dort, im abendlich beleuchteten Park, unter Birken, Tannen und Haselbüschen auf einem künstlichen kleinen Hügel ein »Tempel der Freundschaft«. Ein rundes weißes Tempelchen aus Stein war es, auf drei Säulen gestützt. Aber die klare Antike war gemildert und umwölkt von blühendem Rankenwerk, das sich von benachbarten Wipfeln und Büschen herüberspann.

Hieher schwärmten die Jungfrauen. Da zu wenig Stühle vorhanden waren, sandte man die Kinder zurück und ließ Decken holen. Diese wurden ausgebreitet, und die jungen Mädchen lagerten sich darauf. Pfeffel hatte auf dem Rohrstuhl in Tempels Mitten Platz genommen, mit einer farbigen Decke weich umhüllt; und da saß er nun zwischen dem jugendlich anmutigen Völkchen, den Elfenbeinstock in der Hand, »wie Apollo inmitten der lagernden Schar der Mänaden« – oder, fügte er hinzu, »um artiger zu sein: wie ein Priester der delphischen Pythia zwischen den Tempeljungfrauen.«

Dann lenkte sich das Gespräch in den Ernst hinüber, und die jüngeren Kinder mit Sigismund entflogen nach und nach in den Park.

»Unser Freund aus dem Steintal also!« begann Belisar. »Seht, Kinder, es ist mir neulich eine merkwürdige Tatsache aufgefallen. Ob nicht die Weltgeschichte ihren geheimen Rhythmus hat? Oberlin hat dasselbe Geburtsjahr wie der warmherzige Dichter Mathias Claudius zu Wandsbeck und der mystisch fromme Augenarzt und Schriftsteller Jung-Stilling: nämlich das Jahr 1740. In demselben Jahre ist mein Freiburger Freund, der liebenswürdige Lyriker und Professor Johann Georg Jacobi geboren; und wenige Monate später unser weithin wirkender Physiognomiker und Seelsorger in Zürich, mein lieber Freund Lavater. Ich selbst bin vier Jahre vor Oberlin auf diese Welt der Arbeit gekommen, bin also eine Art Alterspräsident dieser Gruppe, mit der ich mich in recht vielem eines Herzens fühle. Und fünf Jahre nach Lavater, innerhalb desselben Jahres, sind die Erzieher Campe und Pestalozzi geboren. Sehen Sie, meine Freundinnen, dies ist doch ein wunderlich Zusammentreffen, nicht wahr? All diese Leute haben in der Menschheit eine ähnliche Aufgabe: sie haben der Jugend und den Erwachsenen Gemütswahrheiten zu verkünden. Und – beachtet es wohl – während man in Frankreich von außen her Revolution macht, versuchen diese Deutschen, Elsässer und Schweizer von innen her den Menschen zu erneuern. Wie köstlich, wenn beides gelänge: eine seelische und eine staatliche Erneuerung der Menschheit!«

»Und wie köstlich, mithelfen zu dürfen bei einem so schönen Werk!« rief Immortelle.

»Das kann jeder von uns«, bestärkte Pfeffel. »Ja, jede einzelne von Ihnen kann das! Heißt nicht die Losung unseres freundschaftlichen Kreises: ›vereint, um besser zu werden‹? Nun, was steht uns denn im Wege, mit uns selbst anzufangen und in unablässiger Selbsterziehung an uns zu arbeiten? Das wird dann ganz von selbst auch auf unsre Umgebung veredelnd überstrahlen ... Und solch ein Meister der Selbsterziehung und der ausübenden Liebe ist eben Pfarrer Oberlin im Steintal: ein Geist von einer prachtvollen Einheit und Geschlossenheit des Charakters. Es ist in der Tat bewundernswert, wie dieser energievolle und zugleich so einfache Mann das vordem fast gänzlich verwilderte Steintal in ein beseeltes Land verwandelt hat.« In diesem Augenblick streiften die Marquise von Mably und der Hauslehrer Hartmann in der Nähe vorüber. Als Pfeffels klare, wohllautende Stimme durch den stillen Sommerabend klang und die Worte »prachtvolle Einheit und Geschlossenheit des Charakters« besonders deutlich vernehmbar waren, blieb Viktor aufhorchend stehen.

»Von wem sprechen sie wohl?« fragte er die Begleiterin.

»Wir wollen sie belauschen«, versetzte die Marquise, »und hernach verspotten und karikieren wir sie ein wenig.«

Die beiden blieben einen Augenblick lauschend hinter dem Gebüsche stehen.

Pfeffel fuhr fort:

»Dieser edle Charakter steht auf den Felsen seines Steintals wie – nun, wie soll ich mich ausdrücken – ich würde sagen: wie eine Tanne, jedoch der Vergleich ist zu weltlich und zu trotzig. Es ist aber Wärme in Oberlins tiefem Gemüt, er ist zart und stark zugleich, er ist fromm und ist praktisch. Etwas Biblisches ist um ihn her; und so wäre er wohl eher zu vergleichen der Zeder auf dem Libanon.«

»Die Zeder!« rief Octavie, in die Hände klatschend. »Nennen wir ihn die Zeder!«

Die Marquise zog den Hauslehrer mit fort. »Kommen Sie schnell, lieber Herr Hartmann, sonst flüchten Sie sich unter den Schatten dieser Zeder und lassen mich einsame Frau im Stich! Kommen Sie, sonst werden Sie auf diesen umschwärmten Herrn Pfeffel eifersüchtig! Oder sind Sie es schon? Gestehen Sie's offen: wären Sie nicht lieber bei jenen jungen Baronessen als bei mir alten Dame?«

Die angeblich alte Dame von dreiunddreißig Jahren schaute ihn mit so heiter sprühenden Augen an, daß er lachend beteuerte, er sehne sich ganz und gar nicht nach jener poetischen Geselligkeit, er sei dazu viel zu nüchtern, auch vermisse ihn dort niemand.

»Wirklich? Sie sind doch ohne Zweifel in Ihre hübschen Schülerinnen verliebt!«

Hartmann lachte und wehrte mit einer Handbewegung ab. »Das wäre noch! Ein Hauslehrer ist weder Tanzmeister noch *maître de plaisir.*«

»Nun, finden Sie nicht besonders Octavie entzückend?« – »Madame, Sie vergessen bei dieser Neckerei den Abstand zwischen Lehrer und Schülerinnen, Sie vergessen meine Pflicht samt all dem Ärger, den sie mit sich bringt. Und abgesehen von allem andren bin ich überhaupt zu ernst für Liebeleien.«

»Kurz, ein Muster von Tugend, ein Pfeffel Nummer zwei.«

Hartmann blieb stehen.

»Warum mögen Sie Herrn Pfeffel nicht recht?« fragte er plötzlich.

»Oh, ich verehre diesen liebenswürdigen Erzieher und Menschen. Seine Bücher zwar kenne ich nicht.«

»Aber was vermissen Sie an ihm und seinem Kreise, wenn ich fragen darf?« beharrte Viktor.

Die Marquise schaute ihm mit ihren blitzenden Schwarzaugen voll ins Gesicht.

»Die Leidenschaft, mein Freund!« rief sie. »Jene magische Flamme, die in Rousseaus Heloïse brennt! Das Genie! Die Dämonie! Ein bißchen Teufelei, wenn Sie mir gütigst gestatten!«

Dann setzten sie ihren Weg fort. Hartmann empfand unter eigentümlichem Schauer, daß hier eine andere Art von Lebensflamme brannte als in jenem Tempel der Freundschaft.

»Erschrecken Sie nicht, Herr Hartmann«, plauderte sie lachend weiter. »Ich sage das nur, um Sie zu necken. Alles an Ihnen ist moralisch und korrekt. O Himmel, ist denn aber das Moralische wirklich der Gipfel des Daseins? Dann wären ja vertrocknete Betschwestern die vorzüglichsten Exemplare der Menschheit!«

»Das Moralische?« rief der Lehrer verwundert und verwirrt. »Aber was scheint Ihnen denn als das Höchste, wenn nicht das Moralische?«

»Die Liebe!« erwiderte die Frau, »die Leidenschaft!«

Inzwischen erzählte Pfeffel seinen liebenswürdigen Freundinnen Einzelheiten aus seinem Leben. Der durchstrahlte Hain, über den sich die Glut der Abendröte ausgoß, war kaum merklich vom spielenden Windhauch bewegt. In der Ferne jagten sich Kinder und Hunde; die Gruppe der Damen saß unter hohen alten Bäumen; in ihrer Nähe wanderten Birkheim und sein Freund Türckheim in politischen Gesprächen auf und ab; die Marquise suchte mit ihrem jungen Begleiter entfernte Pfade auf. Und im Tempel der Freundschaft unterhielt der seelenvoll erzählende Dichter seine aufmerksamen Zuhörerinnen.

Der blinde Sänger und Erzieher sog die Welt durch das Gehör ein. Ihn konnte eine melodische Stimme zu Tränen rühren. Einmal, in einer großen Gesellschaft, hatte ihm eine Dame im Vorübergehen nur etliche Worte zugerufen und war wieder entschwunden. Er gestand nachher, daß er diese Dame um ihrer lieben Stimme willen den ganzen Abend gesucht habe. So war er auch jetzt durch die Stimmen mit seinen jungen Freundinnen verbunden und erzählte selber ebenso wohllautend wie seelenvoll.

»Gemeiniglich«, sprach er, »empfinden es die Menschenkinder als eine harte Beschwernis, wenn ein Blinder am Arm seines Führers behutsam daherkommt und demnach ausgeschlossen scheint von den Schönheiten der Schöpfung. Ei gewiß, meine Guten, das ist nicht gerade ein besonderer Glücksfall. Und doch kann ich mir meine Blindheit aus meinem seelischen und geistigen Wachstum gar nicht Hinwegdenken. Ich bin durch diesen Zustand nach innen geführt und zur Einkehr gezwungen worden; ich habe mir die Schönheiten der Welt und der Menschenseele zu mir hereinversammelt und bin nicht unglücklich, wahrlich nicht. Und dann: ich habe bei Beginn dieses Augenleidens Gelegenheit gehabt, eine überaus herrliche und tapfere Frauenseele in ihrer ganzen Kraft und Hingabe kennen zu lernen und für mich gewinnen zu dürfen. Und dieser Besitz, samt den Kindern, die sie mir geschenkt hat, wiegt allein schon ein wenig Blindheit auf. Ihr wolltet diese zarte Begebenheit schon lange von mir hören. Sei's denn! ... Meine Frau ist eine geborene Divoux aus Straßburg. Ihr müßt wissen, daß ich mit den Divoux's weitläufig verwandt bin und mich in jungen Jahren viel in ihrem Hause aufgehalten habe. Das war so um die Zeit, als der geniale Preußenkönig die ersten Schlachten des Siebenjährigen Krieges schlug. Ganz Europa stand in Waffen. Da gründeten Doris und ich drüben in Colmar unsern friedlichen Bund ... Lange schon war mir die feine, häusliche Jungfrau lieb geworden. Wir verstanden uns in unseren Anschauungen; sie half mir, da ich damals schon an den Augen litt, indem sie für mich las oder nach meinen Diktaten schrieb. So gewöhnten wir uns aneinander. Aber wie sollte ein Kandidat, dem immer mehr Erblindung drohte, wagen dürfen, um diese anmutige Margarethe Cleophe Divoux anzuhalten? Es waren heiße stille Kämpfe. Ich ging mit der Vernunft und ging mit Gott zu Rat. Und eines Abends, als mein Herz übervoll war, beschloß ich die Werbung. ›Würden Sie mir noch einen Brief schreiben?‹ fragte ich die Freundin. – ›Gewiß, gern.‹ – So gehen wir denn auf mein Studierzimmer; sie setzt sich, nimmt Papier und Feder und schreibt, was ich ihr diktiere. Es war ein Brief, meine verehrungswürdigen Freundinnen, wie ihn die Seele schreibt, wenn sie übervoll ist von einer reinsten Liebe und Verehrung. Ich besitze das Schreiben als ein teures Andenken noch heute; es soll nicht untergehen, denn es war eine der heiligsten Stunden meines Lebens. Wenn ich Ihnen einige Sätze sage, so werden Sie sich einen Begriff vom Übrigen machen. ›Du bist die Auserwählte meines Herzens. Schon lange bist Du es. Ich segne die himmlische Stunde, da mir zum ersten Male vergönnt war, Dich meine Freundin zu heißen; doch nun wagt es mein Herz zu wünschen, laut zu wünschen, was es in unzählbaren feierlichen Augenblicken leise gewünscht hat. O könntest Du Dich entschließen, mehr als meine Freundin zu werden! Ich kann Dir nichts anbieten, das Deiner würdig wäre, als mein Herz. Nur eines bitte ich Dich, verehrungswürdige Freundin, und Tränen der Redlichkeit unterstützen meine Bitte: wenn meine Wünsche die Deinigen nicht sind, so bedenke, daß ich einst Dein Freund gewesen; und um der Gottheit willen, die unsere Seelen einander ähnlich schuf, höre nicht auf, meine Freundin zu bleiben‹ … So diktierte ich.«

Pfeffels Stimme war sehr leise geworden. Man vernahm daraus die nachzitternde Bewegung. Er schwieg einen kurzen Augenblick und überschattete das Gesicht. Die Mädchen saßen lautlos, kaum einmal aufseufzend in Teilnahme und Spannung.

»Ich brauche Ihnen nicht zu sagen, meine Freundinnen«, fuhr der Dichter fort, »daß meine Stimme bebte, als ich diesen Werbebrief diktierte. Auch sie, die neben mir saß, atmete schwer. And als sie zu Ende war, fragte meine Margarethe Cleophe mit ebenso bebender

Stimme ganz leise: ›Und an wen soll ich diesen Brief adressieren?‹ – ›An Margarethe Cleophe Divoux‹.«

Es ging ein Aufatmen, ein wohliges Seufzen der freudig gelösten Spannung durch die Mädchenschar. »O wie schön, wie schön!« Immortelle, die zu des Dichters Füßen saß, hatte Tränen in den Augen.

»Und was hat sie da geantwortet?!« rief Lonny etwas unbedacht. Pfeffel lächelte.

»Mein gutes Kind, das weiß ich wirklich nicht mehr. Ich weiß nur, daß es der seligste Augenblick meines Lebens wurde! Und solche Augenblicke pflegen jenseits der Worte zu liegen. Daß sie aber nicht nein sagte, beweist ja mein Dutzend Kinder, wovon eine neben mir steht und auf ihre Mutter stolz ist. Gel', Rike?«

Man lachte herzlich. Friederike Pfeffel beugte sich zu ihrem Vater nieder und küßte seine Wange.

»O möchte doch Belisar weiter erzählen!« rief Ida. »Wie gern hör' ich zu!«

»Waren nicht noch manche Schwierigkeiten tapfer aus dem Wege zu räumen?« forschte Immortelle.

»Die Tapferkeit war mehr auf seiten meines lieben Weibes«, fuhr der Erzähler fort. »Unabwendbar nahte meine Blindheit! Wie bang, wie bang war dem Verlobten zumute! Endlich entschloß ich mich zu einer letzten Operation: gelang sie, so war ich auf beiden Augen sehend, mißlang sie, so war ich auf beiden Augen blind. Wie nun aber? Sollte und durfte ich in solche Gefahr meine geliebte Doris mitnehmen? Nein. Ich schrieb ihr alles; ich teilte ihr mit, daß es nun auf Tod und Leben gehe – und, meine Freundinnen, ich löste schweren Herzens meine Verlobung wieder auf. Aber meine Doris stammt von wackeren Hugenotten ab; kaum hat sie Brief und Ring erhalten, so nimmt sie Extrapost, kommt mit ihren Eltern von Straßburg nach Colmar gefahren und bringt mir den Ring persönlich zurück. Noch konnt' ich mit dem einen Auge ihr liebes tapferes Gesicht ein wenig sehen; ich habe mir's damals tief eingeprägt, hab's eingetrunken für alle Zeit; noch heute steht sie vor meinem inneren Auge so jung und frisch wie damals. In jenen bräutlichen Tagen hat sie recht eigentlich durch ihr großherziges Aushalten mich erobert und bezwungen. Dann schritt ich zur Operation. Die Operation mißlang – und der junge Ehemann war fortan unheilbar blind.«

Wieder eine Pause. Der Dichter fuhr mit leisem Seufzen von der Stirn her über die erloschenen Augen herab. Dann sprach er mit einem gewinnenden Lächeln weiter, die Hand erhebend und Daumen nebst Zeigefinger zusammenlegend:

»Aber sehen Sie, wie das eigen ist: kann ich nicht frei hinauslaufen in alle Welt, so kommt nun die Welt zu mir herein, und ich zünde für sie und mich ein inneres Licht an. Wie viel gute und berühmte Menschen waren schon bei mir zu Gaste! Besonders seit ich meine Militärschule gegründet habe!«

»Wie sind Sie auf den Gedanken gekommen, ein so anstrengendes Erziehungswerk zu übernehmen?« fragte Ida.

»Immer nur von mir erzählen?« wehrte der Dichter lächelnd ab.

»Bitte, bitte!«

»Wir jungen Dinger haben ja noch keine Biographie«, fügte Immortelle hinzu, »wir wollen ja erst Menschen werden.«

»Um Ihnen zu erzählen, wie ich auf die Idee kam, mein Institut zu gründen«, sprach Pfeffel besinnlich, »muß ich von Sunim sprechen.« – »Papa, und das greift dich immer ein wenig an«, bemerkte Rike besorgt.

»Laß nur, Kind«, erwiderte der Blinde. »Ihr habt alle so ein wohltuendes Talent zum Zuhören. Ihr hört gleichsam melodisch zu. Es gibt ein melodisches Schweigen: da sprechen die Seelen miteinander. Und diese Landschaft, deren Abendrot ich in meinem Gesicht fühle, ist ungemein malerisch … Also um das Jahr 1770 war es. Da tollte in Straßburg ein stürmisches Literatenvolk, worunter auch noch mein jetziger Freund Lerse. Ich aber erlebte mein bitterstes Schmerzensjahr. Blindheit ist nicht schlimm, wenn ein so engelgutes Geschöpf, wie die Mutter meiner Kinder, dem Erblindeten zwei gesunde Augen leiht. Auch meine vielen Kopf- und Augenschmerzen – Gott sei Dank –, die zerbrachen meinen Frohsinn nicht! Aber meinen zehnjährigen Sunim verlieren – das ging fast über Menschenkraft.«

Der Dichter streichelte die Hand seiner Tochter, die neben ihm saß, und fuhr mit gedämpfter Stimme fort:

»Er wurde mir in seinem zehnten Lebensjahr entrissen. Man hoffte, ihn im allerletzten Augenblick durch einen Aderlaß zu retten; er sträubte sich; nur weil ich, sein Vater, ihn dringend bat, streckte er gewillig die fiebernden Händchen aus. Und bald darauf war er unter schweren Krämpfen hinüber. O Gott, wie Hab' ich ihn mit beiden

Händen festgehalten, mein Gesicht an das seine gedrückt und mit Tränen den Tod angefleht, ihn nicht zu nehmen! Sie mußten mich fast mit Gewalt von der kleinen Leiche hinwegtragen. Jahrelang habe ich dann mit Schwermut zu kämpfen gehabt. Da erschien mir eines Nachts im Traum Sunims verklärte Gestalt. Und er sprach zu mir:

›Zu lange hast du bittre Zähren
Um einen Seligen geweint;
Willst du mein Angedenken ehren,
So *nütze*! Werd' ein *Kinderfeund*!
Und bilde durch der Weisheit Lehren
Mir Brüder, bis uns Gott vereint!‹

Sehen Sie, meine gütigen Freundinnen, durch dieses Traumbild ist mir die Idee zu meinem Militärinstitut in die Seele gesenkt worden. Und daß es kein Phantom war, das hat sich in diesen sechzehn erfolgreichen Jahren bewiesen. Meine Schule hat mir Dank, Liebe, Trost, Beschäftigung die Hülle und Fülle gebracht. Es ist Sunims Eingebung.«

»Welch ein Trost, zu wissen, daß unsre Toten leben!« flüsterte Immortelle, die vor kurzem ihre Mutter verloren hatte.

»Sie leben, mein Kind!« fiel Sunims Vater ein. »Wir sollten sie die wahrhaft Lebendigen nennen, denn sie sind nicht tot.« Über des Dichters stets wolkenlose Stirne schien ein Leuchten zu gehen. »Sie, meine liebe Immortelle, haben einen schönen Namen; aber wir alle sind unsterblich. Alle großen Dichter und Weisen der Menschheit sind darin einig, daß die Erde eine Durchgangsstätte, ein Land der Prüfung ist, von dem wir in einen lichteren Zustand weiterwandern. Aus dieser Gewißheit geht mit Notwendigkeit die Tugend hervor. Denn wenn wir zu den Leuchtenden, die im Lichte wandeln, hinüberkommen, so wollen wir in eine so erlauchte Versammlung nicht in unreinen Kleidern eintreten, sondern im Festgewand der Tugend.«

So plauderte Pfeffel mit seinen gleichgestimmten jungen Freundinnen …

Die kleine nervige Marquise war zwar noch lange nicht ermüdet; aber es wäre aufgefallen, wenn sie länger mit ihrem künftigen Lehrer abseits geblieben wäre. Sie hatten das Nötige und noch mehr Überflüssiges miteinander besprochen und näherten sich nun wieder hinter

Gebüschen her dem Hain der Freundschaft, der nur nach Westen hin offen lag.

»Wir wollen sie abermals belauschen«, flüsterte die Marquise, »und dann an einer passenden Stelle lärmend hervorbrechen. Aha, ich dachte mir's doch, daß man hier von Tugend spricht.«

Die hübsche Frau entfaltete viel Grazie, als sie nun mit spitzen Füßchen an das Heckenwert heranschlich, den Finger am Munde, und den jungen Begleiter mit der schalkhaftesten Miene von der Welt anblinzelnd. Schon hatten sie also nun ein Geheimnis miteinander und wußten sich durch Hecken von diesem andren Kreise getrennt. »Pst!« Sie faßte ihn am Ärmel und versuchte sich an ihm, als an einem Stützpunkt, ein wenig in die Höhe zu recken, um vielleicht etwas zu erspähen. Ihn überflutete eine beängstigende Empfindung; die fest angepreßte Gestalt, der stark atmende Busen, das ganze Parfüm der berauschenden kleinen Person, die da an seinem rechten Arm hing und mit den im Handschuh verhüllten Fingern sich in den Ärmel einkrallte – all diese überlegene Keckheit ihres Naturells war ihm unheimlich. Aber Frau Elinor hüllte dies alles in eine so neckisch-graziöse Form, daß sie jeden Augenblick wieder die vornehme Entfernung herstellen konnte, sobald sie nur wollte. Sie beherrschte sich und ihn und die Situation vollkommen. Einen Augenblick blieb sie so an seiner Seite stehen, eng mit ihm verbunden; es schien ein Strom von Wärme von ihr herüberzufluten; als er die Augen, die er verlegen abgewandt hatte, wieder erhob, traf er mit ihrem flimmernden Blick zusammen. Wieder erglühte er über und über, senkte das Auge und zog langsam den Arm zurück.

Der feinen Versucherin genügte das Ergebnis des heutigen Tages. Sie legte ihm die Hand an den Arm und fragte flüsternd:

»Ich höre den Namen Belisar. Das ist wohl Pfeffels Bundesname? Wer war Belisar?«

»Ein blinder Heerführer.«

»O, ich kenne noch einen Belisar, der bis jetzt für das wirkliche Leben blind war.«

Sie sah ihn an; aber er wich diesem Blick aus. Die kluge Französin spürte, daß ein Funke bei ihm eingeschlagen und gezündet hatte. Das genügte; das erfüllte sie mit hinreichendem Entzücken. Sie verursachte ein absichtliches Geräusch, ließ Zweige zusammenschnellen und räusperte sich laut und heiter. Und als die Nymphen auf der andren

Seite mit hellen Sopranstimmen »Verrat!« schrien und wie aufgestörte Rebhühner emporschwirrten, trat sie mit dem unbefangensten Lachen in den jungfräulichen Kreis.

»Entweiherin des Heiligtums!« riefen die Mädchen. »Nehmt sie gefangen!«

Frau von Mably wurde im Triumph dem Dichter vorgeführt. Sigismund und Addy eilten auf den Lärm hin herbei, erfaßten die Szene sogleich und nahmen ihrerseits den Hauslehrer als Gefangenen in die Mitte.

»Gericht! Urteil! Belisar spreche das Urteil!«

»O ihr wilden Freundinnen!« rief der blinde Richter mit Humor, »welche Rachsucht! Bin ich am Ende doch unter thrakische Bacchantinnen geraten, die ja einst in Hellas den Dichter Orpheus zerrissen haben? Also Ruhe, meine Holden, Ruhe! Ich werde recht gern Richter sein, zumal ja die Gerechtigkeit eine Binde vor den Augen hat. Meine schönen jungen Freundinnen, von einer eigentlichen Entweihung unseres Haines kann man wohl in diesem Falle noch nicht reden; wir sitzen ja hier im Angesichte der klaren Abendröte, und jedermann kann uns bis in die Herzen hinein schauen, wir sind kein Geheimbund und haben nichts zu hehlen. Indessen scheint es sich hier doch um den Anfang einer bedenklichen Neckerei oder ähnlicher Schelmerei gehandelt zu haben; es liegt also die Absicht einer Störung vor. Verurteilen wir demnach die Gefangenen zu folgender Strafe: Die schuldige Frau Marquise beginne damit, uns sofort die interessanteste Stunde ihres gewiß interessanten Lebens zu erzählen.«

Ein weithin schallendes, lebhaftes Händeklatschen und Beifallrufen bestätigte den Richterspruch. Herr Hofrat Pfeffel hatte sich während der Verkündigung dieses Urteils erhoben. Dann legte er die Decke, die längst auf die Lehne geglitten war, sorgfältig zusammen und stellte auf seinem Rohrlehnstuhl einen weichen Sitz her. Höflich bot der Blinde der Marquise den Arm und ersuchte sie, auf dem Sessel Platz zu nehmen. Sie parlamentierte ein wenig, sie bat um Aufschub der Strafvollziehung; aber die Nymphen blieben hartnäckig. Und während der abseits stehende Kandidat ratlos in seinen Erinnerungen kramte und die Entdeckung machte, daß sein Leben eigentlich gänzlich uninteressant verlaufen sei, begann sich der flinke Mund der Marquise bereits in Bewegung zu setzen.

Sie erzählte ihre erste offizielle Vorstellung am Königshofe zu Versailles. Und von nun ab sah es aus, als erteilte die kleine Frau, die ihren Fächer ebenso genial handhabe wie Wort und Gebärde, den Versammelten Audienz. Pfeffel war entthront; es saß eine neue, anders gestimmte und gestaltete Göttin auf dem Throne, deren Augen überaus hell und blitzend waren. Dabei hatte sie das Talent der salongeübten vornehmen Dame, ihre Liebenswürdigkeit der Allgemeinheit zu erteilen, und doch so, daß jeder einzelne sich beachtet und beglückt glaubte. Hartmann erkannte das vornehme Persönchen nicht mehr; sie war wieder Marquise, überaus liebenswürdig, und dennoch jeder Annäherung entrückt.

»Also, mein großer Tag, der Tag meiner Vorstellung bei Hofe ... Diese schmeichelhafte Zeremonie, von der ich Ihnen nun zu erzählen gedenke, ist vor allem eine körperliche Anstrengung. Denn man ist eigentlich den ganzen Tag unterwegs und fühlt sich in seinem schweren Staatskleid von ich weiß nicht wieviel Pfund keineswegs behaglich. Ich hatte mir bei Mademoiselle Bertin einen Rock aus Goldbrokat, mit Blumen bestickt, unermeßlich gebauscht und umfangreich, anfertigen lassen. Es ist die Kleiderkünstlerin, bei der die Königin arbeiten läßt. Man kommt mit so einem Modekleid, wie sie da vorgeschrieben sind, kaum noch durch die Türe. Die Taille natürlich sehr eng, die Coiffure mit Draht durchgittert und möglichst hoch, meine Diamanten dran und an der Seite etliche Federn. Stellen Sie sich sodann vor, daß dem Rock ein langer Schwanz nachschleift, den man mit den Füßen geschickt beherrschen muß, wenn man ›à reculons‹, d. h. schrittweise zurückgeht, ohne sich dabei natürlich umzudrehen. Es wäre das Abscheulichste, das Trostloseste, was einer Dame auf dieser Erde begegnen könnte, wenn sie sich etwa angesichts des Hofes in ihr Kleid verwickeln oder gar bei einem Hofknix auf dem glatten Parkettboden ausgleiten würde. O lala, der bloße Gedanke jagt Schauer über den Rücken. Ich übte mich denn gründlich im Gehen mit solchen Hindernissen und verbeugte mich tausendmal täglich vor sämtlichen Polsterstühlen, an denen ich vorüberkam. Endlich war es soweit. Es war der 9. Mai 1782. Auf fünf Uhr nachmittags war ich nach Versailles befohlen. Ich ließ mich schon früh in mein Kleid einnähen, einbauen, eingittern; es war eine Riesenarbeit. Dann stieg ich vorsichtig mit diesem ganzen Kleiderapparat in einen Wagen, fuhr zu einer befreundeten Herzogin, die mich vorstellen sollte und sodann mit ihr nach Versailles. Vorher war

– um diesen höchst wichtigen Umstand nicht zu vergessen! – durch die Genealogisten des Hofes mein Adel geprüft worden; man muß bis zum Jahre 1400 seine Ahnen als adlig nachweisen; nur dann wird man des Empfanges bei Hofe gewürdigt. Im übrigen sind auch da wieder feine, feinste und allerfeinste Abstufungen, ob man z.B. auf dem Taburett zu sitzen ein Anrecht habe oder nicht. Und so noch mancherlei! Doch das so beiläufig. Kurz, es kam also die große Stunde. Ich war so aufgeregt, offen gestanden, daß ich von dem ganzen Saal und den darin Versammelten nicht viel bemerkt habe. Meine drei vorgeschriebenen Reverenzen gelangen vortrefflich – eine an der Tür, die zweite in der Mitte, die letzte unmittelbar vor der Königin. Marie Antoinette erhob sich, um mich zu begrüßen. Ich weiß nicht, ob Sie schon einmal die Ehre hatten, die Königin persönlich zu sehen? Nun, die Bilder und Medaillons, die man von ihr hat, kommen dem entzückenden Original nicht gleich. Ah, was für eine Haltung! Welche Majestät, in der österreichischen Adlernase und der etwas Habsburgischen Lippe, im Blick der schönen Blauaugen, in allem! Ruhig und edel, mild und vornehm, eine Göttin, so steht sie vor dem Thronsessel. Ich zog den rechten Handschuh aus und machte die vorgeschriebene Bewegung, den Saum ihres Kleides zu küssen. Aber mit einem leichten Fächerschlag, unendlich anmutig, schob sie die Falte des Kleides beiseite, andeutend, daß es nicht nötig sei. ›Ich bin entzückt, Sie hier zu sehen, meine liebe Marquise‹, sagte sie, ›wir haben uns ja bereits außerhalb des Hofes kennen gelernt.‹ Sie richtete noch einige Fragen an mich, verneigte sich dann leicht, und wir zogen uns schrittweise mit abermals drei Reverenzen zurück.

Dann wurde ich auch dem König und den übrigen Mitgliedern des königlichen Hofes vorgestellt. Ludwig XVI. ist von unendlicher Herzensgüte. Das lesen Sie mit einem einzigen Blick in sein rundes, volles, vor Damen leicht verlegenes Gesicht. Er pflegt bei Audienzen dieser Art nichts zu sprechen, legt aber sein ganzes großes Wohlwollen in den freundlichen Blick. Nachher nahm ich noch am offiziellen Spiel der Königin teil, wobei man in der Runde um den Spieltisch sitzt, indes die Königin umhergeht und mit jeder Dame ein wenig plaudert. Doch lassen Sie mich abbrechen! Wär' ich ein Mann, so schlösse nun mein Bericht mit einem Hoch auf König und Königin. So aber bemerke ich bloß dies: Meine Damen und Herren, zur Strafe für Ihre Gefangennahme habe ich Sie nun gründlich geneckt. Ich sollte Ihnen die interessanteste Stunde meines Lebens erzählen? Sehen Sie, Sie sind gefoppt: ich habe Ihnen bloß die offiziellste erzählt.«

Sprach's und schnellte lachend von ihrem Stuhl empor. Die Mädchen, gefesselt von der amüsanten Plauderei, stimmten in das Lachen mit ein, sprangen auf und hatten noch allerlei zu fragen; es sei doch schrecklich interessant, meinten alle, bei Hof empfangen zu werden. Ein Diener kam über den Rasen herüber und meldete, daß der Wagen von Frau von Mably vorgefahren sei. Und der ganze Schwarm brach auf. Daß noch ein zweiter Gefangener vorhanden war, hatte man vergessen.

Der übersehene Hauslehrer, auch von seinen Wärtern verlassen, folgte als letzter der vorauseilenden Schar der Fröhlichen. Seine schwarze Stunde war wieder im Anzug. Hielt ihn diese quecksilberne kleine Marquise zum besten? Keinen Blick, keine Bewegung hatte sie ihm gegönnt; nichts stimmte mehr zu den Worten, mit denen sie ihn auf dem Spaziergang beglückt hatte; sie war wieder die völlig Unnahbare, die gewiß mit Absicht diesen Empfang bei Hofe erzählt hatte: er sollte des Abstandes bewußt bleiben. So watete er denn langsam in seinem dunkelbraunen Frack und den weißen Strümpfen über die Wiesen und verglich sich in melancholischen Gedanken mit einem Storch. Weltverlassen steht der Storch in seinem Sumpfrevier, oft wie erstarrt in Einsamkeit, manchmal auch gebückt und suchend, alles in allem aber fremdartig unterschieden von der übrigen Vogelwelt. »Ich gehöre in die Linnésche Gattung der Einsamen«, dachte er bei sich selber. Wenn er vor diesem verwöhnten aristokratischen Kreise und nach einer so amüsanten und hübschen Erzählerin über seine sogenannte interessanteste Stunde hätte berichten sollen – welch ein Abfall!

Frau von Mably und ihre Tochter saßen bereits im Wagen, als er zu der Schar der Abschiednehmenden herantrat und bescheiden in einiger Entfernung stehen blieb.

Die Marquise, die den leichten Wagen selber lenkte, während der Kutscher den Rücksitz einnahm, bemerkte ihn und rief herüber:

»Richtig! Mein Mitgefangener hat uns ja noch seine interessanteste Stunde zu erzählen! Oder hat er sie überhaupt erst noch zu erleben?«

Hartmann überhörte die letztere Frage. Er bemerkte bloß mit einer leichten, reservierten Verbeugung und ziemlich spitz:

»Ein Kandidat und Hofmeister hat keine interessanteste Stunde.«

»Ei, das kommt noch!« rief die muntere Frau Elinor, knallte leicht und zuckend mit der langen Peitsche und fuhr durch die Dämmerung davon.

3. Vom Geistersehen

In jener Sonntagnacht träumte dem Hauslehrer von Feen und Königskronen. Er lustwandelte durch persische Rosengärten; er ward in Märchen aus »Tausend und eine Nacht« verstrickt und geriet in wonnige Labyrinthe von Liebesabenteuern mit Prinzessinnen von Bagdad, die in farbigen und kostbaren Gewandstoffen den Träumer umtanzten und nichts von Sünde wußten, sondern nur von Liebe. Ärgerlich sprang der Pädagog aus diesen Traumgebilden in den Wochentag von Birkenweier. Er wusch sich von Kopf zu Fuß und begann mit Entschlossenheit sein Tagewerk.

Es war noch früh. Viktor versuchte erst, eine Zeichnung zu vollenden, die er vor einigen Tagen begonnen hatte; aber die Stimmung fehlte. Und so setzte er denn das Etikettieren der unlängst auf einem Ausflug gesammelten Mineralien fort. Dann begann er einen Marder, den er geschossen, zu präparieren und auszustopfen. Er pflegte sich in solche Arbeiten der Stille so liebevoll zu versenken, daß er manchmal mit seinen Gegenständen vertraulich zu plaudern begann, als wären es lebendige Gesellen. Und so erging es ihm auch in glücklichen Stunden des Unterrichts. Zeit und Ort wurden vergessen; er war Kind mit Kindern; er riß die Jugend mit in seine Welt. Bis dann durch irgend eine Kleinigkeit der Strom unterbrochen und der Menschenfreund in einen Düsterling verwandelt wurde.

Nach dem Frühstück sollte der Unterricht mit den beiden älteren jungen Damen beginnen. Aber der Diener meldete, Fräulein Octavie hätte ein wenig Kopfweh; der Herr Baron ließe bitten, Herr Hartmann möge statt des Unterrichts die Rechnungen des Verwalters von Jebsheim prüfen.

»Und Fräulein Henriette?«

»Ist mit dem Papillotieren der Haare noch nicht fertig.«

»Und die andern?«

»Sind irgendwo im Park.«

»Schicken Sie mir nachher die Kleinen her! Die Rechnungen sind bald erledigt. Fräulein von Rathsamhausen ist zu Nacht geblieben?«

Octavies Freundin Annette war über Nacht geblieben. Und so bestand wohl, nach einem so anregenden Sonntag, nicht viel Bedürfnis bei den älteren Schülerinnen, die Woche mit Geographie, Englisch, Literatur und Religion zu beginnen. Sie waren der Schule im ganzen entwachsen, zumal Octavie; Henriette freilich saß nach wie vor viel über Büchern. Es war schwer, diesen jungen Damen gegenüber, deren älteste bald achtzehn Jahre wurde, Autorität zu wahren und einen planmäßigen Unterricht durchzuführen.

Drüben saßen inzwischen die Nymphen und hatten die gestrige Sonntagsstimmung samt den Festgewändern in den Schrank gelegt. Die müde Octavie, die bis tief in die Nacht mit Annette geplaudert hatte, bemerkte: »Ach, wenn er doch nur mit mehr Poesie und Anmut unterrichten wollte! Manchmal kann ich ihn gar nicht leiden. Wenn er nur nicht gar so trocken wäre!« Doch Henriette, deren Locken in Papierschnitzeln hingen, verteidigte den Lehrer und meinte: »In der Religion ist er nicht trocken; auch nicht in der Literatur oder auf botanischen Ausflügen. Aber du bist mitunter widerspenstig, Octavie.« – »Widerspenstig? Er ist zu Frau von Mably viel liebenswürdiger als zu uns«, versetzte das älteste gnädige Fräulein etwas ungnädig.

Hartmann schlug sich mit den Kleinen herum, die am Montag Morgen, nach einem verwildernden Sonntag, besonders straffe Zügel brauchten. Nach und nach überkam ihn die alte Freude am Unterrichten. Und als Henriette und Amélie eintraten, war er wieder frisch und energisch im Zuge. Es hätte einen erfolgreichen Tag gegeben, wenn nicht die harmlose Henriette die Bewertung hingeworfen hätte: Octavie meinte törichterweise, Herr Hartmann solle zu so jungen, unfertigen Kindern ebenso liebenswürdig sein wie zu – Frau von Mably!

Da blitzte der Getroffene auf.

»Frau von Mably ist eine erwachsene Dame«, erwiderte er gereizt. »Sie aber sind meine Schülerinnen, und ich Ihr Lehrer. Da handelt es sich nicht um Liebenswürdigkeit, sondern um sachliche Arbeit.«

Sein Mißtrauen war jählings wieder aufgewacht. Die Nüstern seiner sanft gebogenen Nase blähten sich; er spitzte die Ohren und schaute sich scharfäugig nach allen Seiten um, wie ein Hase im Kleefeld. Dann ward er wieder mild und überließ sich seiner natürlichen Güte. Denn Octavie und Annette kamen von einem Spaziergang zurück und baten, der letzten Stunde beiwohnen zu dürfen. Es war die Religionsstunde; Viktor sprach nun von den ernstesten Fragen des Lebens und sprach von den großen Geschehnissen des Christentums so warm und so eindringlich, daß sie alle miteinander, Bürgertum und Adel, eine einzige Familie bildeten während dieser schöngestimmten Stunde. Der Hauslehrer pflegte die Größeren in Form eines Vortrags zu unterrichten, an den er dann etwas wie Unterhaltung mit Fragen und Antworten anschloß. Heute ging man ohne Erörterung auseinander. »Es war alles so fesselnd und klar«, sagte Annette, »wir danken Ihnen herzlich.« Und so dankten ihm auch die andern.

Doch es lag etwas in der Luft, das sich nicht mehr bannen ließ. Beim Mittagessen warf die Baronin die Bemerkung hin:

»Herr Hartmann hat sich mit Frau von Mably verständigt und wird ihr und Addy deutschen Unterricht geben.«

Die Kinder horchten auf.

»Ei«, versetzte Octavie verwundert, »das ist mir ganz neu, daß sich die Marquise für deutsche Literatur interessiert.«

Es war arglos gemeint. Doch Hartmann wurde rot. Er hatte jenes Wort des Vormittags nicht vergessen; er empfand dieses neue Wort als spöttisch. Immer wieder Octavie! Er beschloß, ihr bei Gelegenheit anschaulich zum Bewußtsein zu bringen, daß er als Lehrer ihr unbedingt überlegen sei.

Nach dem Essen schien sich zu solcher Demütigung eine kleine Gelegenheit zu bieten. Octavie hatte, wie schon oft, ihr kostbares Federmesserchen irgendwo liegen lassen. Er hatte es gefunden. Und als sie nun vor dem Spiegel den Hut festband, trat der »kleine Pedant« hinzu und sagte:

»Mein gnädiges Fräulein, Sie haben wieder einmal Ihr Messerchen liegen lassen – bitte!«

Er betonte das »wieder einmal« und hielt ihr das Messer hin. Die Zerstreute beeilte sich nicht, es in Empfang zu nehmen. Kurzweg legte er das Messerchen auf ihren großen neuen Hut und schritt die Treppe hinauf.

»Sie verderben mir ja den Hut!« rief die junge Dame zornig. »Wie albern!«

»Octavie, wie sprichst du denn mit unserm Lehrer!« rief Henriette erschrocken und verweisend.

»Albern?!« rief Hartmann und blieb stehen.

»Wenn er sich albern benimmt!« erwiderte die wirklich erzürnte Besitzerin des neuen Hutes.

Hartmann trat einen Schritt näher, blaß vor Zorn. Er suchte nach Worten, ballte die Fäuste, drehte sich dann um und ging schweigend auf sein Zimmer. »Gott im Himmel, so demütigt man mich! So verächtlich, so von oben herab wagt mir dies hoffärtige, unreife Geschöpf ein ›albern‹ ins Gesicht zu werfen – mir, dem Lehrer! Ich hab's hundertmal niedergewürgt – ich kann nicht länger!« Er war über sich selber empört; denn er konnte sich nicht verhehlen, daß er sich ungeschickt benommen hatte. Er schämte sich dieser Kleinkämpfe, die kaum der Worte wert waren und doch von stillen Verärgerungen Zeugnis ablegten. Und inzwischen klang, vom sommerblauen Gebirg herüber, eine fremdartige Melodie. Das Zimmer ward ihm zu eng. Es war nicht mehr auszuhalten in diesen nichtswürdigen Banalitäten des Alltags!

Er warf sein Tagebuch in die Schublade; zu Eintragungen war er fortan nicht mehr fähig.

Es traf sich gut, daß der Baron heraufschickte: Herr Hartmann möge den Nachmittag mit ihm, Octavie und Annette in Kolmar verbringen. »Wohlan! Ich werde mich mit dem Baron aussprechen – und zwar in Gegenwart Pfeffels!« rief Viktor entschlossen. Er zog sich um. Sein Entschluß stand fest. Nach beiden Seiten galt es, von einem Banne frei zu werden, der ihn seit geraumer Zeit lähmte: – von den Lockungen der Marquise, der er grad' und sachlich ins Auge zu sehen beschloß, und von der Schwüle im Verhältnis zur Familie Birkheim, die ihn, wie er meinte, zu den Dienstboten hinunterzudrücken beabsichtigte.

Schon aber meldete sich von der einen Seite her eine Gegenkraft: der Diener brachte einen Brief der Marquise von Mably. »Der Marquise – an mich?!« Halb angezogen griff der Jüngling nach dem duftigen Papier, betrachtete das Wappensiegel, öffnete erregt und las. Dann machte er sich hastig fertig, steckte das Billet zu sich und eilte hinunter.

Im dämmrigen Hausflur erwartete ihn Octavie mit der ängstlichsten Miene von der Welt. Sie war zum Ausfahren angezogen und stand in ihrer ganzen Eleganz vor ihm, so daß ein seltsamer Gegensatz merkbar wurde zwischen ihrer vornehm-schönen Erscheinung und dem kindlichen Ausdruck, womit das weichherzige Mädchen nun um Verzeihung bat.

»Ich war sehr unartig, Herr Hartmann, bitte, verzeihen Sie mir, bitte, sagen Sie Papa nichts davon! Ich wollte Sie gewiß nicht beleidigen, und es tut mir von Herzen leid.«

Sie streckte ihm zögernd, ob er sie nicht zurückweisen würde, die Hand mit dem langen weißen Handschuh hin. Man spürte, daß es ihr aufrichtig leid tat. Und zugleich wollte sie, zumal in Gegenwart Annettens, eine Aussprache mit dem Vater vermeiden, der in solchen Sachen recht ärgerlich werden konnte.

Wenige Sekunden zögerte der Hofmeister. Dann warf er einen Blick in ihre flehenden Blauaugen und ergriff sofort ihre Hand.

»Mademoiselle«, sprach er, »Sie haben mich in der Tat sehr betrübt. Nicht nur heute. Ich gebe mir so herzlich Mühe mit Ihnen allen, und Sie machen es mir oft so schwer. Aber ich will es Ihrer Jugend und Ihrer Lebhaftigkeit zugute halten und – es war auch von mir vielleicht ungeschickt.«

Ihr Dank blitzte auf und sie huschte wieder ins Zimmer.

»Wollen Sie mal einen verliebten Roland sehen?« raunte ihm draußen der Baron gutgelaunt zu. »So betrachten Sie sich unsren Kutscher François! Sehen Sie nur, wie er ingrimmig an den Strängen und Geschirren herumzerrt und immerzu sein Leibwort › Crapule‹ den Pferden in die Ohren wirft! Dieser Pariser ist nämlich eifersüchtig. Er bemüht sich um unser Käthl aus dem Unterland, aber unser Küchenmaidl hält's mit dem Kutscher Hans oder Jean der hübschen und etwas leichten Frau da drüben an den Bergen; der Hans ist auch aus dem Hanauerländchen, so paßt das zueinander. Denken Sie sich, nun denunziert mir der hitzige Bursch da unser rotbackig Käthl: es treffe sich nachts mit dem Hans! Da sei man ja, meint er, seines Lebens nimmer sicher, wenn nachts fremde Leut' im Park herumstreifen dürfen; er werde den Jean zusammenschießen wie einen Marder, wenn ihm der Kerl innerhalb der Grenzpfähle von Birkenweier vor den Schuß gerate. Was sagen Sie zu diesem sonderbaren Stall- und Küchenroman?«

»Der Bonhomme François sollte lieber das Trinken lassen«, versetzte Hartmann kühl. »Sonst richtet er in der Tat noch einmal ein Unheil an.«

»Ich werde heute und überhaupt ein paar Wochen lang allein kutschieren«, erwiderte Birkheim. »Das straft ihn am besten. Einem Menschen, der sich selbst nicht zügeln kann, soll man keinen Zügel in die Hand geben.«

Diese Flutwelle aus den unteren Regionen mutete den empfindsamen Hofmeister nicht eben behaglich an. Er hatte schon mehrfach, im Bunde mit dem Baron, einen Kampf auszufechten gehabt gegen unzüchtige Dienstboten, die den Ton verdarben, so daß man die Kinder diesen verunreinigten Bezirken möglichst entrücken mußte.

Verstimmt durch diesen Zwischenfall, den er mit seinem eigenen Zustand in Beziehung setzte, und aufgeregt durch jenen Brief und die kleinen Vorfälle des Morgens, fuhr er mit nach Kolmar.

Man sprach unterwegs vom Lebenswerk des blinden Poeten.

Pfeffels Militärschule befand sich in einem hochgiebligen Gebäude der ehemaligen Korngasse. Der bescheidene Mann hatte anfangs nur etwa zwölf Schüler in Aussicht genommen. Rasch aber wuchs die Durchschnittszahl auf vierzig bis sechzig Zöglinge, die Externen oder Stadtkinder nicht mitgerechnet. So wurde denn die Zahl der Lehrer entsprechend vermehrt und das Haus durch Anbau vergrößert.

Die Anstalt des blinden Dichters und Erziehers war eine Notwendigkeit. Da die Königliche Kriegsschule zu Paris keine Protestanten aufnahm, so hatte bisher der protestantische Adel seine Söhne, soweit sie für den Militärstand bestimmt waren, im Ausland vorbereiten lassen. Diesem Notstand half Pfeffel ab. Seine Schüler, etwa im Alter von elf bis vierzehn Jahren, waren die Kinder protestantischer Adligen; und zwar bald nicht nur aus Frankreich, Elsaß oder Schweiz, sondern auch aus dem übrigen Europa, bis hinaus nach Schottland oder den baltischen Provinzen. Und so hatte der liebenswürdige Blinde durch Briefwechsel oder persönliche Besuche Fühlung mit der ganzen Welt.

Des blinden Mannes Tagewerk vollzog sich in genauer Ordnung. Pünktlich mit dem Glockenschlag verließ er sein Lager, kleidete sich an und wartete, bis eine seiner Töchter kam, ihn mit dem üblichen Morgenkuß zu begrüßen. War über Nacht ein Gedicht oder Epigramm entstanden, so schrieb die Tochter diese Verse in ein Buch. Dann wurde etwas Erbauliches als Morgenandacht gelesen, man ging zum Frühstück und dann an die Tagesarbeit. Der Sekretär stellte sich ein und arbeitete mit dem Anstaltsleiter bis gegen Mittag, wo dann Pfeffel regelmäßig kurz vor dem Essen einen Spaziergang oder einen Gang in die Stadt unternahm. Nach Tisch verweilte man in gemächlichem Gespräch; die Töchter lasen aus Journalen oder sonstwie leichtere Sachen vor. Um halb vier Uhr trat der Schreiber wieder an und arbeitete mit seinem Herrn bis sieben Uhr. Die Stunde vor dem Nachtessen wurde gewöhnlich in Gesellschaft von Freunden verbracht, etwa in einem Garten des Doktors Bartholdi oder bei Diakonus Billing. Pfeffel besaß Gesprächstalent; er war immer aufgeweckt und anregend. Die Zeit nach dem Nachtessen bis zum Schlafengehen gehörte ganz der zahlreichen Familie, wo sich dann das eigentliche Wesen des gemütvollen Mannes zu entfalten pflegte.

Aber auch am Unterricht beteiligte sich der Direktor; er hatte sich die Religionsstunde vorbehalten. Da ging dann eine außerordentlich fesselnde Wirkung von ihm aus; kein Schüler hätte Unfug getrieben, wenn der allgemein verehrte blinde Lehrer auf dem Katheder saß. Viele von diesen jungen Leuten nahmen Eindrücke für ihr ganzes Leben mit hinaus auf die Schlachtfelder und blieben zeitlebens in Dankbarkeit mit ihrem Erzieher verbunden ...

Es waren leidigerweise, wie so oft, Besucher bei dem Herrn Hofrat, als Hartmann vorsprach: ein paar junge Schweizer, die von dem befreundeten Ehepaar Sarasin in Basel Grüße bestellten. Der Hauslehrer entwich derweil hinüber in die Schule und wohnte Lerses Unterricht in der Strategie bei, warf einen Blick in den Turnsaal, wo er Sigismund fand, schüttelte ihm und dem Fechtmeister die Hand und verweilte, abermals in die Privatwohnung zurückgekehrt, einen Augenblick bei Pfeffels Gattin und ihren Töchtern. Er war von einem ungeduldigen, ihm selber lästig ungewohnten Suchen umhergetrieben. Die Luft lastete schwül in diesen engen Gassen von Kolmar; der Werktag und all dies Schaffen und Schulehalten tönte freudlos, nüchtern, einförmig. An den Horizonten aber winkte und wartete irgend etwas Neues und Großes, das zugleich von einer reizvoll süßen Gefährlichkeit schien.

Als er sich wiederum anmelden ließ, fand er wiederum Besucher vor: Baron Birkheim war von seinen Gängen zurückgekehrt und hatte die lange, hagere, geistvolle Frau Baronin von Oberkirch mitgebracht. Sie standen grade vor einer Soldatenuniform und ließen sich deren Eigentümlichkeit von dem blinden Fachmann genau erklären; in Uniformen und Wappen wußte Pfeffel Bescheid. Er packte Hartmann am breiten Brustlappen und zog ihn heran.

»Kommen Sie, Freund Tacitus, der Schweigsame, und plaudern Sie ein bißchen mit«, sprach er. »Wir sprechen eben von einer schweizerischen Uniform und von der Schweiz überhaupt. Und wie ich im Begriff bin, den Namen Lavater auszusprechen und über seinen und

Oberlins Geisterglauben meine Ansichten zu äußern, treten Sie herein. Nehmen wir's als ein gutes Omen!«

»Von Geistern, Magnetismus, Mesmerismus und dergleichen will unser guter Hartmann nicht viel wissen«, bemerkte der Baron lachend. »Er hält mich für einen ungesunden Mystiker und nennt das alles Aberglauben, weil ich mit einem Medium gelegentlich Versuche angestellt habe.«

Hartmann entschuldigte sich höflich, ob er etwa störe.

»Keineswegs«, entgegnete Pfeffel. »Ich sprach vorhin davon, wieviel gute und bedeutende Menschen ich schon in diesem Zimmer habe empfangen dürfen. So saß zum Exempel da, wo Sie jetzt sitzen, der Diakonus Lavater aus Zürich. Mit welchem Jubel haben wir uns in die Arme geschlossen, als wir uns hier auf diesem Fleck zum erstenmal persönlich kennen lernten!«

»Ja, das war zu niedlich«, fiel hier des Dichters Tochter Peggi ein, die den Hauslehrer hereingeführt hatte. »Papa war ein ganz klein wenig über die Störung verdrießlich, als ich ihn vom Mittagessen herüberholte. Aber er zwingt sich zu seiner gewohnten Freundlichkeit und fragt den Fremden: ›Und wer sind Sie, mein werter Herr?‹ – ›Lavater‹ – ›Welcher Lavater?‹ horcht Papa auf. – ›Lavater aus Zürich‹, erwidert jener. – ›Der Lavater, der in die Ewigkeit geblickt hat?‹ forscht Papa mit Spannung. ›Mein Freund Lavater?‹ – ›Eben der‹ Und da lagen sich denn auch die beiden Männer in den Armen. Himmel, hat sich Vater gefreut! Der arme Lavater mußte was ausstehen, bis er abgetastet, gestreichelt und erforscht war. Du hast ihm während des Gespräches sicherlich zwei Knöpfe abgedreht, Papa!«

Belisar stimmte vergnügt in das Lachen mit ein.

»Meine lieben Freunde«, rief er, »ich kann euch die Versicherung geben, die Unterhaltung mit einem solchen Mann ist ein paar Dutzend abgedrehte Knöpfe wert. Und was wollt ihr denn? Man neckt mich, daß ich mich mit meinem Gegenüber gesprächsweise auch persönlich oder körperlich in Verbindung zu setzen trachte und also gern etwa einen Knopf anfasse, während ich rede. Als ich dem leutseligen Kaiser Joseph II. gegenüberstand, kamen wir derart in eine fesselnde Unterhaltung, daß ich bereits im Begriff war, den Kaiser am Knopf zu fassen; doch zog mich Lerse, der mich am Arm hatte, glücklicherweise oder leider zurück. Erzählt man aber nicht auch vom berühmten Philosophen Kant, dessen alles zermalmende Philosophie jetzt die Welt beschäftigt, daß er während der Vorlesung einen bestimmten Punkt ins Auge zu fassen pflegt und dann gleichsam von diesem Pünktchen aus seine Gedanken entwickelt? Nun, seinem Lehrstuhl gegenüber pflegte ein Student zu sitzen, dem ein Knopf abgerissen war; diese Stelle, den fehlenden Knopf also, pflegte der große Gelehrte ins Auge zu fassen. Mehrere Tage ging's vortrefflich. Da hatte der unselige Studiosus den Einfall, den Knopf wieder anzunähen, und siehe da: Kant erscheint, sucht den abgerissenen Knopf, findet ihn nicht und hat keinen Orientierungspunkt; er wird verwirrt und kommt aus dem Text. Und das ist nun ein Mann mit zwei gesunden Augen und einem eminent gescheiten Kopf! Ist damit nicht der Beweis geliefert, daß selbst der gelehrteste Kopf einen Orientierungspunkt braucht, wenn in sein Leben Logik und Folge kommen soll?«

Die Zuhörer waren amüsiert, und Peggi zog sich lachend zurück, in Begleitung der Frau von Oberkirch, die Pfeffels Gattin zu begrüßen wünschte.

Nun war der Augenblick gekommen. Der beharrliche Viktor erhob sich, runzelte die Stirn und trat mit einem finstern Räuspern ans Fenster, andeutend, daß etwas in ihm zur Aussprache dränge.

Birkheim mit seiner Menschenkenntnis und seinem gesellschaftlichen Takt verstand sofort und kam ihm zu Hilfe.

»Unser Hartmann hat etwas auf dem Herzen. Heraus damit!«

»Ich glaube gleichfalls schon seit einiger Zeit zu bemerken, daß keine rechte Fröhlichkeit in Ihrer Stimme ist«, setzte Pfeffel hinzu. »Überhaupt, mein Lieber, wie ist denn das mit Ihnen? Was geht eigentlich in unserm Hartmann vor? Sie halten sich in unserm Kreise möglichst am äußersten Rande, als möchten Sie bei der ersten Gelegenheit vollends über den Zaun springen. Einen arkadischen Schäfernamen wollten Sie nicht annehmen, um rein als Lehrer Ihren Schülern gegenüberzustehen. Gut, ich verstehe das, obwohl Tacitus oder Taciturnus, der Schweigsame, ein recht geeigneter Name für Sie wäre. Aber ich selbst vermisse auch ein wenig die geistige Verbindung mit Ihnen, lieber Sonderling und Einsiedler! Freund Lerse hat mir von seinem kurzen Gespräch mit Ihnen und der Baronin Türckheim erzählt und war recht amüsiert darüber. Mich hat es eigentlich ernst gestimmt. Denn, lieber Freund, irgendwo *muß* unser Herz seine Heimat haben. Weilt es nicht in der Freundschaft der Guten, so irrt es in der Fremde herum und ist in Gefahr, sich zu verlaufen.«

Pfeffel sprach mit gewohnter Güte und Besonnenheit. Birkheim nickte ernst und sah seinen Hauslehrer erwartungsvoll an.

»Sprechen Sie sich aus, Hartmann«, sagte er schlicht.

Viktor setzte sich, schaute zu Boden und versuchte in maßvoller und salonmäßiger Form seine Klagen vorzubringen.

»Ja, unser Herz sucht seine Heimat, ich fühle das wohl, Herr Hofrat. Auch werbe ich seit Jahr und Tag um die Neigung meiner Schüler und Schülerinnen samt ihren Eltern. Oft, in gehobenen Stunden, glaube ich ihnen ganz nahe zu sein; ich bin dann der seligste Mensch und danke in meinem Nachtgebet Gott auf den Knien für einen so gesegneten Tag, der mir die Herzen so empfänglich geöffnet, daß ich mit Lust meine Saat säen konnte. Aber am nächsten Tag ist wieder alles verhagelt.«

Und der junge Mann schüttete nun eine Fülle von Einzelfällen aus, ohne ein einzelnes Kind bloßzustellen, bloß um die Art dieser nichtigen Reibereien und Unarten zu kennzeichnen. Es war mehr als offen: es war peinlich. Aber die dahinter spürbare Gemütsbewegung ließ alles in einem so raschen Zuge vorüberrauschen, daß man die Hauptsache nicht aus den Augen verlor.

»Und die Hauptsache«, endete er, »ist diese: ich stehe mitten zwischen Dienstboten und Herrschaft. Bald werde ich im Empfinden der Kinder als ein Ebenbürtiger geachtet, bald sehen sie mich als bezahlten Dienstboten an. So ist es leider, Herr Baron, ich übertreibe nicht. Und von manchen Gästen des Hauses werden die Kleinen in letzterem Standpunkt bestärkt: so hat sich erst neulich Herr von Glaubitz von allen andern höflich verabschiedet, mich ließ er stehen und würdigte mich keines Blickes. Braucht er mich aber zu einer schriftlichen Arbeit, so kommt er auf mein Zimmer und ist die Liebenswürdigkeit selber. Ich bin Sohn der Reichsstadt Straßburg; mein Vater ist ein unabhängiger Mann; Freiheitssinn steckt uns im Blute. Demnach habe ich für jenes Verhalten kein Verständnis. Und noch eins, um ganz offen zu sein: ich habe Grund zu fürchten, daß manche meiner Anordnungen durch einen Gegenwink der Frau Baronin heimlich wieder aufgehoben werden .... Glauben Sie mir, Herr Hofrat, ich liebe meine Pflicht, ich liebe die Tugend, ich unterrichte gern. Aber mein Geist braucht Freiheit und mein Herz weint nach Liebe, nach Freundschaft, nach Adel der Seele, nach den Wundern und Wonnen eines herzlichen Austausches von Mensch zu Mensch. Ich bin einsam, ich weiß mir nicht mehr zu helfen.«

Der Kandidat schwieg, griff erregt in die lange Rocktasche, um das Taschentuch zu ziehen, und stieß auf ein Papier, das ihn mit elektrischem Schlag berührte. Dann wischte er sich mit dem Taschentuch das schweißtriefende Gesicht und die feucht gewordenen Augen ab. Birkheim war unruhig aufgestanden und ging in aufrichtiger Bekümmernis hin und her. Pfeffel aber umklammerte Hartmanns Arm.

»Mein Lieber«, sprach er herzhaft, »und haben Sie denn schon sich selber abgesucht, ob nicht ein gut Teil dieses Gespenstersehens in Ihrem eigenen unausgeglichenen Wesen liegen mag? Wir Erzieher kennen gar wohl die kleinen Nadelstiche und Nüchternheiten des täglichen Betriebs; Kinder wechseln in ihren Stimmungen wie die Witterung: – darum aber stehe der Erzieher mit ebenmäßiger Spannkraft *über* dem wechselnden Spiel und sammle seine Kraft auf die Ausbildung der *eigenen* Harmonie und Stetigkeit, damit er abgeben kann an diese jungen haltlosen Geschöpfe, deren Blutumlauf und geistig-sittliche Entwicklung noch so sprunghaft ist. Oh, wieviel Kummer und Ärger muß der Erzieher insgeheim verarbeiten, um am nächsten Tage wieder ein heitres Gesicht zeigen zu können! Halten Sie sich an das Gebet, mein Freund! Und in Kleinigkeiten versuchen Sie's einmal mit Humor! Dichten Sie sich mit Epigrammen die Leber leicht, Hartmann!«

Belisar hatte während dieser Worte den Kandidaten am Arm gehalten und schüttelte ihn mehrmals fest und freundlich. Zugleich setzte sich nun Baron Aristides wieder neben seinen Hofmeister und gab ihm die Hand. Es war, als kämpften die Mächte des Guten mit vereinten Kräften um den bedrohten Jüngling.

»Ich bedaure«, sprach der Baron, »daß wir unwissentlich der Anlaß zu Ihrer Vereinsamung sind. Seien Sie versichert, ich werde mit meiner Frau und mit den Kindern eingehend über das alles sprechen. Ich schätze Sie herzlich, lieber Hartmann. Und ich weiß auch, daß die Meinen Sie schätzen und lieben. Und wenn da manchmal nicht immer der glückliche Verkehrston gefunden wird – nun, so bitte ich Sie, sprechen Sie's grad' heraus, lassen Sie's nicht zu einer Anstauung kommen! Sie kennen mich genügend, um zu wissen, daß ich einem braven, ehrlichen Manne wie Ihnen ein offenes Wort nicht verarge.«

Frau von Oberkirchs hohe Stirn mit den straff zurückgekämmten Haaren leuchtete wieder im Türrahmen auf. Man brach ab.

»Wir sprachen vorhin vom Somnambulismus«, sprach die lebhafte Frau. »Ich habe in Zabern bei Kardinal Rohan den sogenannten Grafen Cagliostro kennen gelernt. Ein unsympathisches Gesicht, ohne Zweifel, aber – trotz der fatalen Halsbandgeschichte – der Mann bleibt mir ein Rätsel.«

»Ich sah ihn einmal zu Straßburg in der Stallschreibergasse auf dem Balkon sitzen«, bemerkte der Baron, rasch und unbefangen die Unterhaltung wieder aufnehmend. »Er trug ein kostbares rotseidenes Kleid mit goldenen Knöpfen; Manschetten und Halskragen bestanden aus wertvollen Spitzen; an den Händen blitzten schwere Ringe, anscheinend Diamantringe. Und ich entsinne mich deutlich der ungeheuer eindrucksvollen Augen. Ich halte viel vom Mesmerismus und Somnambulismus, wie Sie wissen, bin jedoch geneigt, jenen Sizilianer Balsamo oder Cagliostro für einen Abenteurer zu erklären, trotz seiner Wunderkuren, die er unentgeltlich geleistet hat.«

»Meinen Augen hat er nicht helfen können«, warf Pfeffel zurückhaltend ein.

Hartmann, noch in starker Erregung, hörte ohne Interesse zu. Er hielt die Beschäftigung mit dem Somnambulismus, wie sie damals umlief, für einen Zeitvertreib aristokratischer Kreise.

»Was Cagliostro anbelangt«, wandte sich Frau von Oberkirch an ihren Verwandten Birkheim, »so haben Sie bezüglich der Augen recht: unheimliche Augen, nicht wahr! Wie gesagt, mein Mann und ich haben den Magier im Zaberner Schlosse kennen gelernt. Wir saßen mit Sr. Eminenz dem Kardinal in einer anregenden Unterhaltung, als der Türsteher beide Flügeltüren aufriß und mit lauter Stimme den Anwesenden mitteilte: ›Se. Exzellenz der Graf von Cagliostro.‹ Unwillkürlich fuhr ich herum. Das Auge des Wundermannes, nochmals, hat eine übernatürliche Tiefe; aber der Ausdruck wechselt: bald Flamme, bald Eis; er zieht an und stößt ab. Kardinal Rohan hatte es darauf abgesehen, meinen Gatten und mich mit dem Wundertäter zusammenzubringen. Wohlan, er verwickelt uns denn auch in ein Gespräch. Cagliostro steht vor mir und fixiert mich in geradezu gruseliger Weise. Plötzlich sagt er: ›Madame, Sie haben keine Mutter mehr; Sie haben sie kaum gekannt; Sie haben nur ein einziges Kind; Sie selbst sind die einzige Tochter Ihrer Familie und werden nicht ein zweites Mal Mutter werden.‹ Stellen Sie sich meine Erstarrung vor! Woher wußte das dieser Unbekannte? Woher die Kühnheit, derartiges bestimmt und herausfordernd zu einer Dame von Stand zu sprechen? Der Kardinal hatte gespannt zugehört; nun bat er mich, zu antworten, ob der Zauberer richtig geschaut habe. Aber ich wandte mich ab; wir erhoben uns beide, mein Mann und ich, beleidigt von dieser ganzen formlosen Attacke. ›Nun, nun, entschuldigen Sie nur‹, begütigte Rohan, der ja damals schon in Cagliostros Zauberkreisen war. ›Der Herr Graf ist ein Gelehrter, da nimmt man die Formen des Salons nicht so genau. Und Sie beide als freie Protestanten werden doch wohl unbefangen genug sein, die eben vernommene Aussage vorurteilslos zu prüfen: ist sie wahr oder nicht?‹ – ›Bezüglich der Vergangenheit hat der Herr sich allerdings nicht geirrt‹, entgegnete ich kurz. – ›Und irre mich auch nicht bezüglich der Zukunft‹, fiel Cagliostro umflorte Trompetenstimme ein. Nun, meine Herren, was sagen Sie dazu?«

»Es ist ein merkwürdiges Jahrhundert«, entgegnete Pfeffel, nachdenklich den Kopf schüttelnd. »Die einen beschimpfen Kirche und Christentum, predigen Materialismus und suchen den Menschen zum › homme machine‹, zur Maschine zu erniedrigen. Und hart daneben zwingen uns magische Kuren zum Aufhorchen.«

»Und oft sind es dieselben Leute«, ergänzte die Baronin, »die vom Unterglauben und Unglauben zum Über- und Aberglauben hinüberspringen.«

»Ich sehe keinen Grund ein, warum ich etwa die Wundertaten eines so übermenschlichen Wesens wie Jesus leugnen sollte«, fuhr Pfeffel fort. »Wer ohne Einblick in die Zusammenhänge zum erstenmal vom Luftschiffer Blanchard, von magnetischer Kraft, Galvanismus oder den Wirkungen des Schießpulvers vernimmt, der hält diese Dinge nach seinem bisherigen Verstand gleichfalls für widersinnig und unmöglich. Ich glaube an geheime Gesetze, an eine insgeheim waltende Vorsehung. So entsinne ich mich eines sehr eindrucksvollen Erlebnisses aus meiner Jugend. Ich wollte mit einigen Schulkameraden die Nacht in einem Gartenhäuschen vor der Stadt verbringen. Aber die Mutter widersetzte sich meiner Bitte standhaft und hartnäckig. Ich war über diesen unvermuteten und unbrechbaren Widerstand recht unglücklich. Aber was geschah? In derselben Nacht schlug der Blitz in jenes Gartenhäuschen, in dem wir hatten übernachten wollen! So etwas hat zwar keine mathematische Beweiskraft; aber man lernt doch mit feineren Ohren auf seltsame Zusammenhänge achten, die den ungeübten Organen entgehen. Auch kann ich mir, wie es ja alle Religionen annehmen, das

Weltall recht wohl mit Geistern und Engeln, Genien und Dämonen und allerhand ähnlichen Wesen bis hinauf zu den obersten Erzengeln erfüllt denken. Und an Unsterblichkeit zu zweifeln, kann doch wohl einem tiefer empfindenden Menschen, der einmal den Sinn und Gehalt des Wortes ›Leben‹ mit schauerndem Entzücken erfühlt hat, niemals einfallen. Allein gleichwohl: die ganze mystische Richtung von Lavater bis zu Swedenborg, von Jung-Stilling bis zu Oberlin – das ist etwas, was ein wenig außerhalb meiner Vorstellungskräfte liegt. Ich leugne nichts dergleichen. Allein für mich haben Menschenherz und Schöpfung, Kunst und Dichtung, Wissenschaft und Religion schon im Alltag so viel Wunder und Schönheiten, daß ich reichlich dadurch beschäftigt bin.«

»So kommen wir zu keinem Ergebnis«, rief der Baron, »das ist ein Ausweichen, lieber Freund! Es handelt sich bei unseren Sitzungen mit Somnambulen oder bei den Mesmer-Gesellschaften um den Experimentalbeweis, daß die Seele ein selbständiges Wesen sei, mit Fähigkeiten, die über alle Fähigkeiten der Sinne hinausgehen.«

Hartmann hatte aufgehorcht, als der Name Oberlin in sein Ohr fiel. Er verband seit jener belauschten Sitzung im Park mit dem Namen Oberlin den Vollbegriff einer frommen, festen, reifen Männlichkeit; er setzte in Gedanken neben den Namen des Predigers das Wort »die Zeder«. Doch sofort auch tauchte bei dieser Erinnerung das Bild der Marquise auf und stellte sich lächelnd zwischen ihn und jenem Baum. Wie hatte sie gesagt? »Kommen Sie mit fort, sonst flüchten Sie sich unter den Schatten dieser Zeder!« Es hatte vorerst keine Gefahr. Siedend heiß wallte ihm die Empfindung empor: in deiner Brusttasche knistert ein Brief der Marquise! In wenigen Tagen wirst du stundenlang bei der Marquise sitzen! Dann ist all dieser Ärger samt all diesen peinlichen Aussprachen vergessen. Seine Phantasie fing an zu arbeiten.

Er sprang auf, schützte sein tatsächliches Kopfweh vor und verabschiedete sich. Er werde auf der Straße nach Birkenweier vorausgehen, sprach er, der Baron samt den Damen werde ihn mit dem Wagen rasch einholen. Man kannte den Sonderling und ließ ihn ziehen. Pfeffel schüttelte ihm mit Wärme die Hand und flüsterte ihm zu: »Und nicht verstimmt, nicht wahr?«

Als sich Hartmann entfernt hatte, fuhr Frau von Oberkirch fort:

»Nun uns dieser junge Mann verlassen hat, will ich Ihnen noch etwas höchst Merkwürdiges anvertrauen. Die Vorgänge sind nicht etwa nacherzählt, sie sind von mir selber erlebt und mithin buchstäbliche Tatsache. Also, hören Sie zu! Es war am 18. Januar des jetzigen Jahres. Ein Freund von uns, Herr von Puységur, dessen magnetische Experimente mich schon in Paris gefesselt hatten, war nach Straßburg gekommen, und wir veranstalteten nun auch dort Sitzungen. An dem genannten Tage hatten wir eine Somnambule aus dem Schwarzwald, ein etwas kränkelndes Mädchen, das sich aber sehr für dergleichen Experimente eignet. Bei uns waren noch Marschall Stainville, der Kommandant von Straßburg, und der Königsleutnant Marquis von Peschery. Herr von Puységur wollte das Medium eben aufwecken, da kommt Herr von Stainville auf die Idee, der Somnambule Fragen über die Zukunft Frankreichs vorzulegen. Aber er sprach das nicht laut aus; er bat das Mädchen nur, sie möchte ihm sagen, was er in diesem Augenblick denke. ›Sie beschäftigen sich mit den Sorgen der Zeit‹, erwiderte die Somnambule. ›Sie wünschen über die Zukunft Frankreichs und insbesondere der Königin Näheres zu wissen.‹ Erstaunt bejahte der Marschall. Nun laufen ja freilich bereits trübe Weissagungen um; z.B. die unheimliche Weissagung des Herrn von Cazotte, die Herr von La Harpe nach Rußland an meine Freundin, die Großfürstin, gesandt hatte, von wo ich sie erst tags zuvor erhalten und mit Schaudern gelesen hatte. Um so erpichter war ich nun darauf, dies einfache Bauernmädchen zu vernehmen. Sie lag da in ihrem Sessel, mit geschlossenen Augen, und Schatten flogen über ihr Gesicht. ›Wieviel Blut!‹ murmelte sie. Der Marschall wollte Tatsächliches wissen. ›Sind die umherlaufenden Prophezeiungen richtig?‹ – ›In jeder Beziehung.‹ – ›Wie, alle diese Hinrichtungen werden stattfinden?‹ – ›Alle – und noch mehr!‹ – ›Wann?‹ – ›In wenigen Jahren.‹ – ›Und die höchsten Personen werden davon betroffen werden? Von Tod und Hinrichtung?‹ – ›Tod und Hinrichtung‹, wiederholte sie wie ein melancholisches Echo. – ›Und ich? Werde ich das Schicksal meiner Familie teilen?‹ – ›Nein.‹ – ›Was, so und so viele meiner Verwandten und Freunde sollen ihr Leben lassen – und ich alter Soldat soll zusehen? Das ist nicht Soldatenart!‹ Die Somnambule schwieg. Er wurde dringender. Sie schwieg. ›Armer Herr‹, sagte sie endlich, und Tränen liefen über ihr Gesicht, ›Sie werden das alles nicht mehr erleben.‹ – ›Um so besser, so brauche ich Frankreichs Schande nicht mit anzusehen. Ich werde also vorher sterben?‹ Ganz leise hauchte sie: ›Ja.‹ – ›Wann ungefähr?‹ – ›In wenigen Monaten.‹ Wir alle bebten schon längst; ich versuchte den Marschall zu trösten, es sei ja alles nicht wahr, was die Somnambulen weissagten. Aber der alte Kriegsmann erhob sich. ›An mir liegt wenig. Ich wollte lieber, sie würde sich bezüglich Frankreichs irren …‹ So verlief diese Sitzung. Und vor einigen Wochen ist, wie Sie wissen, der Marschall Stainville gestorben. Dieser Teil der Prophezeiung hat sich also bereits erfüllt: – wird sich auch der andere erfüllen?«

Im Blute Viktors und in den Lüften gärten Gewitter.

Er wand sich durch die Gassen der hochmütigen Juristenstadt Kolmar, die des Landes obersten Gerichtshof barg und im Winter von Redouten, Bällen und Geselligkeiten strotzte, und strebte ins Freie hinaus.

Er schritt durch die Judengasse, wo sich die Spitze des gotischen Münsters hereinreckt, bog in die Bäckergasse ein, hielt sich nach rechts und betrat durch das Wassergäßchen den Platz am Kloster Unterlinden. Dann verließ er die belanglose Steinmasse, wanderte auf der Schlettstadter Straße nordwärts und ließ sich vom Hauch der freien, weiten Ebene umspielen.

»Diese Aussprache«, so philosophierte der einsame Wanderer, »hat mein Blut erregt und wird Gutes wirken. Ich bin frei! Aber ich spürte sofort, als die Oberkirch wieder eintrat, wie man mich wieder ausschaltete und als überflüssig empfand. Diese Kreise sind nicht verloddert, wie man das der Pariser Aristokratie nachsagt. Aber auch sie bilden eine Kaste; auch sie sind hochmütig, ohne daß sie's wissen. Diese Frau von Oberkirch ist stolz auf ihre Freundschaft mit der Großfürstin, die aus Montbéliard stammt, mit der Herzogin von Bourbon und anderen Prinzessinnen, Fürsten, Herzögen, Grafen, Vicomtes – und Dichtern wie Wieland und Goethe, deren gelegentliche Briefe sie mit Vergnügen herumzeigt. Unterhielt man sich nicht neulich über die illustren Paten und Patinnen ihrer Tochter und zählte sie immer wieder an den Fingern ab? ›Die Großfürstin Maria Feodorowna, vertreten durch die Baronin von Pahlen, geborene von Dürckheim; die Fürstin Philippine Augusta Amalia, Gemahlin des regierenden Landgrafen von Hessen-Kassel, geborene Markgräfin von Brandenburg-Schwedt, vertreten durch die Frau Baronin von Hahn, geborene Lieven‹ – und der Kuckuck weiß wer noch, bis hinaus zu den Wurmser von Vendenheim! Das ganze Dasein dieser Kaste, die miteinander eine Gemeinschaft bildet und uns andere als minderwertig ausschließt, ist eine Beleidigung des Menschentums und des Christentums, das die Seele ansieht, nicht den Stand … Nun, ich bin bitter und ungerecht, ich sollte den Mund halten. Will aber diese Marquise mit mir spielen, so irrt sie sich!«

Es war Eifersucht, was den Liebesdurstigen durchglühte: Eifersucht auf den Adel, dem er Diener war, statt geliebter Freund und geachteter Spielkamerad, Eifersucht auf alles Schöne, das seinem harten Beruf so fern schien.

Die sommerlich grünende, wenn auch von schwülem Himmel bleigrau überwölbte Landschaft, überall mit Baumwipfeln durchsetzt, übte beruhigende Wirkung aus. Links und rechts, in weitem Abstand, begleiteten ihn die düsterblauen Berge des Schwarzwalds und der Vogesen. Es öffnete sich zur Linken das Kaysersberger Tal; Zellenberg leuchtete von fern auf seinen Rebenhügeln; weit vorn erhob sich fast als einziger farbiger Gegenstand über der dunkelgrünen Ebene der Kirchturm von Hausen; und zwischen Zellenberg und Hausen hindurch schloß der breite und hohe Berg, der die massigen Trümmer der Hohkönigsburg trug, den Hintergrund ab.

Dort, in der Nähe der Rappoltssteiner Schlösser, wohnte Frau Elinor von Mably. War sie doch vielleicht die einzige, die ihn schätzte? War dort nicht etwas wie ein Zugang zu diesen Kreisen?

Ein Ausdruck stillen Entzückens glitt in sein wandlungsfähiges, eben noch unfreundliches Gesicht. Er verlor sich in Ausmalungen. Ein rieselnd angenehmer Schauer durchwirbelte den Jüngling. Und allmählich, indem er dahinschritt, ward er entlastet; und die ihm eigentlich gemäße Stimmung stellte sich wieder bei ihm ein: anschauungswarme Liebe zu allem Geschaffenen, im Bunde mit feiner Zurückhaltung.

Die Landstraße, anfangs noch hie und da von Wagen oder Fußgängern belebt, bog in ein verstäubtes Gehölz ein. Hier war eine angenehme Schattenstille. Hartmann suchte sich abseits einen Rasen, trocknete die Stirn, schaute sich nach allen Seiten um und holte dann den Brief hervor, der ihm auf dem Herzen brannte.

»Mein sehr schätzenswerter Herr Hartmann! Also schon nächsten Dienstag, den 21. Juli, werde ich Sie mit meiner Tochter Addy im Wagen abholen und nach Feenland und Sorgenfrei entführen. Es ist alles mit den Birkheims besprochen. Und ich darf die Bemerkung hinzufügen, mein Herr, daß ich mich auf diesen Augenblick freue. Mein Eigennutz versteckt sich hierbei ganz und gar nicht, ich will tüchtig von Ihnen profitieren. Aber ich hoffe, daß mein Vorteil und

Ihr Vergnügen sich dabei mindestens das Gleichgewicht halten. Vor allem eins: darf ich immer alles frei und keck heraussprechen, selbst auf die Gefahr hin, daß auch Sie mich ein wenig oder sehr oder gänzlich für närrisch halten, wie die andren hierzulande? Halten Sie mich immerhin für eine Närrin, das macht nichts. Nur langweilig sollen Sie mich nicht finden. Ich wäre unglücklich, wenn mich jemand für korrekt, pedantisch, moralisch, vortrefflich, musterhaft – und was weiß ich was alles hielte. Ich möchte das gar nicht sein. Zwar auch das Gegenteil der eben genannten Tugenden ist nicht grade erforderlich oder wünschenswert. Aber wie kann man denn dies unendlich reizvolle, unendlich mannigfaltige Leben überhaupt in irgendeine Tugend einsperren wollen? Ich erlaube mir, heute sanft und morgen toll, heute blauer Himmel und morgen Regen oder Gewitter zu sein – just so, wie es das Wetter oder der Blutumlauf mit sich bringt. Denn ich bin nur ein Mensch, und weiter nichts. Sie aber, mein Herr Hartmann, sind in Gefahr, ein wenig einzustauben und in Moralismus oder Pedanterie zu vertrocknen, wenn ich Sie nicht aus Ihren Grundsätzen und Selbstgerechtigkeiten herausärgere und mit Leben anzünde. So werden Sie mir denn also vom nächsten Dienstag ab schöne Lehren erteilen, und ich gebe Ihnen dafür das bißchen, aber immerhin auch Schätzbare, was ich besitze: nämlich Wärme, Sonne, Feuer, Blut, Herz, Leben – und ein Körbchen Narrheiten oder Teufeleien als Gratisgabe dazu. Haben Sie Angst? Das rede ich nun alles bloß so hin, um Ihnen zu imponieren und meine Unwissenheit zu verschleiern. Denn Sie werden die schmerzliche Entdeckung machen, daß ich schauerlich unwissend bin. Ja, ich bin schauerlich unwissend! Aber das ist im Grunde recht gut so. Nun haben Sie mit mir um so mehr Arbeit, wie ich sicherlich auch mit Ihnen, Sie Inbegriff aller Korrektheit, aller Tugend und Moral! Und Ihr Würdegefühl wird nach gelungenem Unterricht um so aufgeblähter sein. Wollen sehen, wer zuerst mit dem andren fertig wird! Ich kündige Ihnen hiermit so eine Art Kampf an. Gibt es zu Paris eine hübsche kleine Revolution, wenn sich der Bürgerstand mit Adel und Geistlichkeit vermischt – wohlan, warum sollen nicht auch wir zwei eine niedliche Revolution durchmachen? Also, mein Herr, auf Wiedersehen! Ihre E. M.«

Der Empfänger dieses Briefes brauchte Zeit, dies herausfordernde Geplauder zu verarbeiten. Er küßte die dünn und flink dahintanzende Schrift, die nicht der Pfeile, Spitzen und Fanghaken entbehrte, und malte sich die bewegliche kleine Person aus, die dahinterstand. Dies alles war in seinem Leben eine Neuheit. Er las den Brief zum fünften und las ihn zum sechsten Male. Immer blieb der Eindruck einer angenehmen Verblüffung und verfänglicher Verheißungen. Und immer mehr wuchs ein Entzücken heran, mit Bangen gemischt: ein Entzücken, daß es ein solches Menschengeschöpf geben könne – grade für ihn.

Er steckte das Papier ein und wanderte auf der staubigen Landstraße weiter, wanderte schneller und schneller, Hände auf dem Rücken, Nase im Wind, die Augen starr ins wolkenverhangene Abendrot gerichtet. An den Bergen ging das Spätrot in ein Wetterleuchten über: dort, jenseits der Bücherwelt, saß das Leben unter sprühenden Blitzen der beginnenden Sommernacht an einem Waldbrunnen – eine nackte Fee! Du wunderlich Ding, du wildschönes Leben, was ist dein Sinn und Geheimnis? Bist du ein Weib und nicht zu enträtseln? Kannst du nur geliebt, doch nicht enträtselt werden?!

Keine pädagogische Weisheit reichte hier aus, kein reinlich Tagebuchblatt konnte dies feststellen. Dies Neue war größer als alle Literatur und Wissenschaft, als alles Gedachte, Geschriebene, Gedruckte – als alle Milliarden Bücher der Welt! ... Zum Teufel die Milliarden Bücher der Welt!

Das Unglaubliche geschah: der Hauslehrer der Birkheims auf Birkenweier fing an zu singen. Er sang! Er sang laut in die beginnende Gewitternacht. Die Natur um ihn her veränderte sich über seinem Singen. Jenes schwefelgelbe Abendrot im Nordwesten und die schwarzen Gewitter darin sangen; der wuchtige Wasgenwald darunter gab den Grundbaß; so sang auch des Wandrers Blut, so sang sein Mund und stellte den gleichen Rhythmus her mit dem starken Rhythmus der anwachsenden Gewitternacht.

Und horch! Diesem erdentrückten, wildheitren Gesang schien eine magisch heranbeschwörende Kraft innezuwohnen. Aus dem dämmernden Feld antworteten Gegenstimmen. Sofort schwieg Viktor, erschrocken über diese Wirkung. In der Tat, da sang es derb und deutlich herüber; es antwortete die rohe, unvergeistigte Naturkraft. Betrunkene sangen auf einem Feldweg.

Viktor setzte seinen Marsch mit beschleunigter Entschiedenheit fort, um dem Bereich dieser erdgebundenen Geister zu entrinnen. Plötzlich aber blieb er stehen und lauschte; eine der Stimmen klang bekannt. Und als er schärfer zusah, entdeckte er ein überaus drolliges Gebilde.

Es waren drei betrunkene Männer, die dort Arm in Arm über ein Kleefeld heranruderten. Wuchtig und breitschultrig zur Linken ein katholischer Priester, zur Rechten ein spindeldürrer, stangenlanger Küster und Organist, und in der Mitte, von den beiden an den Armen geschleppt, ein sinnlos lachender Holzschuhhändler, der seinen Ballast auf dem Rücken trug. Sie wirkten melodramatisch auf den unangenehm erstaunten Zuhörer ein; mit gerufenen oder durcheinandergesprochenen Worten wechselten Gesänge ab, die der Harmonie entbehrten; und zur Abwechslung setzte dann ein johlendes, alle Kunst vollends verschlingendes Lachen ein.

Der feine Hofmeister hatte sich durch schnellere Gangart diesem Dunstkreis entziehen wollen. Aber die drei verbündeten Mächte kamen ihm zuvor, riefen ihn an, stürmten durch die fahle Dämmerung herbei und fielen in seiner Nähe alle drei platt in den Klee. Es war ein lachendes Knäuel, aus dem sich als erster der Löffelschnitzer und Holzschuhhändler aus den Hochvogesen löste, der wenig Französisch und nicht viel Deutsch konnte und in seinem Kauderwelsch mit fortwährendem Lachen auf die zwei andren zeigte und gegen die Vergewaltigung protestierte. Dann erhob sich der wuchtige Abbé und schwang sich rittlings auf den Küster.

»Leo Hitzinger, bist du's?« rief Viktor, halb belustigt, halb angewidert, dem starken Pfarrer zu.

»*C'est cela*, Viktor, brav's Lämmel, ich bin's!« antwortete sein Straßburger Schulkamerad aus dem Kleefeld herüber. Dann trommelte er mit der Faust auf sein Reitpferd ein und schrie weiter: »Auf dem Satanas da reit' ich in d' Höll'! Der verführt mich zum Trinken!«

Er warf seinen Löwenkopf empor und schaute mit geblähten Nüstern und weit offenen Negerlippen zu Viktor empor, der am Straßenrand stehen geblieben war. Jäh mußte ihm dabei der Gegensatz zwischen seinem unwürdigen Zustand und der aufrechten Gemessenheit des Jugendfreundes im Bewußtsein aufblitzen; denn ernüchtert stand er auf, suchte seinen Hut und gab dem Daliegenden einen verächtlichen Fußtritt. Der lange Mensch, auf dem er gesessen, erhob den Kopf, blieb aber auf Knien und Händen liegen und stellte sich mit Komik vor: »*Monsieur*«, lallte er zu Viktor empor und zischte in kräftigem Alemannen-Französisch, »*excusez, je m'apelle Jean Jacques Lauth* – schreibt sich L-a-u-th, spricht sich awer Loth. Denn mr sen Franzuse un mache e bissel Revolution, *vous savez*.« Dann prustete er mit einem prasselnden Gelächter heraus, drehte den Kopf nach der Seite, blinzelte den Holzschuhmacher an und wälzte sich mit einer Art Wollust im Klee. Und als nun gar unzüchtige Worte aus dem Betrunkenen empordampften, versetzte ihm der Abbé einen abermaligen Fußtritt, sprang auf die Straße, nahm Viktor am Arm und eilte mit ihm fürbaß. Hinter ihnen verhallte das quietschende Lachen des Humoristen Jean Jacques Lauth, genannt Loth, und das Kauderwelsch des schwachmütigen Nicola.

Viktor empfand diesen Vorgang als grundhäßlich und fühlte sich aus all seinen Himmeln gerissen. Er entzog sich dem Arm seines Jugendkameraden und machte ihm heftige Vorwürfe. »Du entehrst deine Soutane, Leo, du entehrst dein Amt, du entehrst deine Kirche, du machst dem würdigen alten Priester, dessen Gehilfe du bist, Kummer und Verdruß.« Leo Hitzinger versuchte erst, die Sache ins Harmlose umzufärben: der verweichlichte Viktor, meinte er, habe keinen Sinn für volkstümlichen Humor. Aber dann ward er kleinlaut und gänzlich still; er verteidigte sich nicht mehr. Mit schweren Schuhen schlürfte der bauernhafte Recke neben dem schlanken Hauslehrer einher, in sich zusammengesunken, und murmelte von Zeit zu Zeit: »Leider, leider, 's isch wohr.« Die Blitze mehrten sich, die Dunkelheit wuchs. Der junge, starke Abbé wischte mit dem Ärmel über das dunstig feuchte Gesicht, blieb stehen und stöhnte leis und schwer: »O Maria, heilige Mutter Gottes, ich bin ein verlorener Mann!« Dann begann er, dumpf und stockend, und legte dem Schulkameraden eine Art Lebensbeichte ab – gründlich, bis in die Winkel seines Herzens hinein, durchdrungen von einer großzügigen Reue, zur Offenheit gepeitscht von nachwirkender Trunkenheit. Viktor schaute in Abgründe.

Trunksucht und wohl auch Wollust waren hier im Begriff, eine nicht unedle Kraftnatur zu zerstören. »Ich habe zu Hause zwei ältere Brüder, die Zwillinge, du kennst sie«, sagte der Unglückliche. »Diese sind vor Gott verantwortlich für das, was sie an mir getan haben. Die haben schon den Knaben in Laster eingeweiht, haben meine Phantasie vergiftet, haben mein Blut und Denken verunreinigt! Dann hab' ich mich in unsre heilige Kirche geflüchtet. Das hat anfangs gut getan. Und, Viktor, du bist zwar ein Ketzer, aber ich sag' dir: die Kirche ist das ein und alles auf der Welt, sie bleibt heilig, auch wenn sie unheilige Diener hat wie mich. Doch danach bin ich in dies Weinland versetzt worden und hab' den Säufer dort, den Späßelmacher, den

Wüstling kennen gelernt. Der hat die Krankheit wieder herausgeweckt. O heilige Mutter Gottes, o mein' Mutter Gottes, du liebe reine Jungfrau, jetzt bin ich wohl ganz verloren.«

Der Abbé setzte sich plötzlich an den Straßenrand und weinte.

Viktor war tief erschüttert. Er bückte sich zu dem Weinenden hinab, zog ihn am Arm empor und tröstete ihn mit treuherzigen elsässischen Worten, wie denn überhaupt dies kameradschaftliche Gespräch in der Mundart des Landes geführt wurde.

»Nimm dich vorm Wein und vor der Sünde des sechsten Gebotes in acht, Viktor!« fuhr Leo Hitzinger fort. »Es verdirbt Leib und Seel'. Anfangs hat das Laster Katzenpfötchen, hernach Krallen. In uns allen sitzen Wölfe, Hexen, Raubvieh, Geister und Teufel! Ich sag' dir, ich bin wie der Sankt Antonius in der Wüste, so zottelt und schnappt das wilde Vieh um mich herum! Jedem Weib schau' ich mit unreinen Blicken durch das Gewand hindurch – verstehst du das? Und wenn's mir zur Qual wird, so stürz' ich mich ins rote Meer – in den Rappoltsweiler Rotwein!«

So zerfleischte sich der kräftige Abbè mit Selbstvorwürfen und wimmerte wie ein Kind. Dann fuhr er mit leiserer Stimme fort, gleichsam noch Tränen verschluckend, aber mit so echtem Gefühl, daß es Viktor nicht minder naheging:

»Vor ein paar Tagen hab' ich ein Mädchengesicht gesehen. Viktor, wie eine Heilige ist das an mir vorübergegangen. Ich hab' ihr nachgeschaut, solang' ich gekonnt, dann hab' ich mich ins Gras gesetzt und hab' weinen müssen wie noch nie. Zum erstenmal ist mir da besser gewesen; da ist Frieden gekommen, schöner, stiller Frieden. Keine Wölfe mehr. Das Kind hat sie verscheucht. Es ist ein Kind noch, ist mit der Mutter gegangen, sie wohnen da drüben an den Bergen, feine vornehme Leut' – aber ich sag' dir, Viktor, als wenn die heilige Jungfrau aus der Dusenbachkapelle leibhaftig über die Erde wandeln tät'. Weißt, ich muß Bilder sehen, dann begreif' ich die Dinge. Wenn ich so ein schönes, reines Mädchen sehe, o so ein liebes Kindergesicht mit so guten Augen – da begreif ich, was Reinheit ist. Da seh' ich lauter Seele und keinen Körper mehr, da mal' ich mir nichts Häßliches aus, denn ich seh' das liebe Lächeln, sobald ich die Augen zumach'. Du liebe Mutter Gottes von Dusenbach, mußt mir nicht bös sein!«

Er hatte die letzten Worte sehr zart und innig vor sich hingesagt. Dann schwieg er, die Tränen von den Wangen wischend, und es klangen nur die harten Stiefelschritte der beiden Wanderer durch die schwüle Stille.

Die Nacht hatte nun das ganze Land verfinstert. Aber die fernen stummen Blitze tauchten die Gegend und die zwei Gestalten oft in eine übernatürliche Helle.

Von Kolmar her nahte ein rasch fahrender Wagen. Deutlich vernahm man den scharf herüberklingenden gleichmäßigen Trab der wohlgeschulten Herrenpferde.

»Da kommt mein Baron gefahren«, warf Viktor hin.

Der Abbé blieb stehen, lauschte und bog mit einem kurzen, scheuen »Gut' Nacht!« in einen Seitenweg ab. Rasch war die breite, dunkle Gestalt verschwunden.

Als Viktor gleich darauf den Wagen anrief und aufgenommen wurde, empfand er das ganze Erlebnis wie einen Sommernachtsspuk.

Octavie und Annette hüllten den erhitzten und bestäubten Fußwanderer sorglich in ein Tuch, um ihn vor dem Nachthauch zu schützen. Wohlig empfand er diese zarte Fürsorge, womit Octavie ihr heutiges Benehmen gut zu machen trachtete. Er überließ sich, immer wieder rasch zur Versöhnung bereit, aufs neue einer Atmosphäre, die er noch vor einer Stunde mißmutig verurteilt hatte. Er hatte hier doch so etwas wie eine Heimat; es waren hier doch gut und rein empfindende Menschen, die zugleich durch die Überlieferungen einer vornehmen Kultur hindurchgegangen waren.

»Eigentlich«, sagte Octavie, »müßten Sie uns nun bei so schönschauerlichem Wetterleuchten einige Spukgeschichten erzählen.«

»Der Arme!« rief der kutschierende Baron herum und schlug mit Absicht einen gemütlichen Ton an, um die Spannungen des Tages auszulösen. »Er ist ja eben erst vor unsren Geistergeschichten davongelaufen!«

»Glauben Sie denn nicht an Geister, Herr Hartmann?«

»Aber mein, Fräulein«, versetzte Viktor, »die ganze Welt ist ja voll Geister, und ich bin ja selber einer.« – »Ich meine die Geister, die nicht mehr leben, die keinen Körper haben, die sogenannten Toten nämlich, oder auch die Naturgeister, die ein Reich für sich bilden. Glauben Sie, daß es solche gibt? Und glauben Sie, daß sie sich, wie in den Sagen berichtet wird, mit manchen Menschen in Verbindung setzen können?«

»Das wäre noch so ein Handwerk, lieber Hartmann!« rief der Baron abermals zurück. »Geisterbanner! Oder Schatzgräber auf einer der alten Burgen da oben! Binden Sie mal den beiden etliche Bären auf: etwa vom weißen Fräulein, das an den Ufern der Fecht spukt, oder von der gelben Dame, die manchmal auf der Königsburg erscheint und mit dem Schlüsselbund rasselt, oder vom Büßer zu Kaysersberg, der in großen Holzschuhen tappt und ein Kreuz auf dem Rücken trägt!«

»Aber warum sollten wir denn außerhalb der lebendigen Menschheit Geister und Schätze suchen?« versetzte Hartmann, dessen Gedankenstrom wieder floß. »Gibt es nicht in den Herzen der Menschheit Geister und Schätze genug? Ich meine, es kann nichts Schöneres geben, als auf einen unglücklichen oder verwirrten Menschengeist günstig und klärend einzuwirken. Das heißt Teufel verjagen und Engel einführen.«

Er dachte an den unseligen Freund, der, von Dämonen gepeitscht, nun über das nächtliche Feld irrte. Und unter dem gespenstischen Zucken der Blitze und den nachwirkenden Erlebnissen des Tages überkam ihn etwas wie Genialität.

»Überhaupt«, sprach er ernst und tief, »können einen die mesmerischen Experimente auf sonderbare Gedanken bringen. Ob nicht alles geistige und seelische Leben davon abhängt, wie die Menschen aufeinander wirken und einander entzünden? Ob nicht Sonne und Erde gegenseitig in einem Verhältnis stehen wie Mann und Frau? Oder wie Hypnotiseur und Somnambule? Die Erde wird vielleicht von der Sonne entzündet, nicht weil die letztere ein geheizter Ofen ist, sondern weil eben die Sonne entflammend auf uns wirkt – wie eine Seele auf die andere. Vielleicht wirken wir Planeten ebenso auf die Sonne zurück? und fetzen sie vielleicht in die Glut, die sie uns zurückgibt? Ich denke mir, solch ein Wechselverhältnis ist in aller Liebe und Freundschaft. Und so wird es wohl auch leider sein zwischen Verführer und Verführtem. Es kommt alles darauf an, wie Menschen aufeinander einwirken: mit belebenden oder mit zerstörenden Flammen.«

Annette von Rathsamhausen griff mit Begeisterung den Kern dieses Gedankens auf. Sie wandte ihn, nach weiblicher Weise, sofort auf einen persönlichen Einzelfall an: auf die schöne Einwirkung, die sie von ihrem väterlichen Freunde Pfeffel erfahren hatte.

»Ich erinnere mich mit Entzücken des Augenblicks, wo ich ihn zum erstenmal sah«, plauderte sie. »Unsere Birkheims hatten mir oft mit dem tiefen Respekt, den er einflößt, von ihm gesprochen; das vermehrte natürlich meine angeborene Schüchternheit, über die ich mich manchmal tüchtig ärgere. Nun, eines Tages gaben meine Freundinnen zu Kolmar ein Konzert vor einem großen geladenen Kreise von etwa sechzig Personen. Ich kam zu Pferd von unserem Landgut Grüßenheim herüber und trat ohne weiteres im Amazonenkostüm in den Salon, erschrak über die festliche Versammlung, zog mich zurück und kleidete mich um. Dann lief ich auf das Stadthaus, um eine Sache zu ordnen, die meinen Vater betraf, und kam zurück. Da hatte man denn die Aufmerksamkeit, mich unmittelbar neben Pfeffel zu setzen, dem man ganz leise meinen Namen ins Ohr sagte. Die Musik war entzückend, meine Freundinnen schön wie Engel – jawohl, Octavie, ihr waret süß wie immer, – und mir war über all dem Schönen das Herz so voll, daß ich kaum zu atmen wagte. Ich brannte schon so lange darauf, den Dichter Pfeffel persönlich kennen zu lernen – und da saß er nun still und lauschend an meiner Seite! Pfeffel ist eine sensitive Natur, er spürte mein erregtes Atmen und ergriff meine Hand, die er ganz zart und beruhigend drückte. Das war zuviel für mich – ich lief wieder hinaus, ohne ein Wort über die Lippen zu bringen! Sehen Sie, darum verstehe ich so gut, so sehr gut, wie Menschen aufeinander wirken können. Am andern Tage ging ich dann natürlich mit meinen Freundinnen in seine Wohnung, um mein törichtes Betragen wieder gut zu machen. Fanny war krank gewesen: Pfeffel schloß sie bei der Begrüßung mit einer solchen zärtlichen Liebe väterlich in die Arme, daß es mir ein unvergeßlich rührender Eindruck geblieben ist. Ich bat Gott im stillen, auch mir Menschen zu senden, die so zu lieben wüßten wie dieser gütige Mann.«

Octavie, die mit der Freundin in eine gemeinsame Decke eingehüllt war, schlang noch zärtlicher den Arm um sie und küßte Annettens Wange. Auch Hartmann fand beistimmende Worte. Dann flog sein Gedanke wieder hinaus ins nächtliche Feld, über die ganze nächtliche Menschheit, wo so manche unglückselige Seele trüb und traurig umherirrt und nach Menschen sucht, nach einem guten Wort, nach Wärme, nach Liebe.

4. Blutstropfen

»Den hätten wir gefangen, Addy!« rief Frau von Mably, als sie am vorausbestimmten Nachmittag durch die staubgraue Pappelallee des Schloßgartens davonfuhren. »Hinter uns der Tugendbund – vor uns das Leben!«

Der Sommer lag in schwerem, lastendem Blau an den Bergen. Die blühende Ebene an den Rebenhügeln strotzte von erdfester Kraft und Fruchtbarkeit.

Wohl waren in den letzten Tagen Schüler und Schülerinnen von einer musterhaften Aufmerksamkeit gewesen; die Baronin hatte den Hofmeister artig, ja gütig behandelt; offenbar hatte Birkheim gründlich mit den Seinen gesprochen. Und doch war es dem jungen Mann, als schüttelte er einen Zwang ab und entflöge mit einer Fee aus der Unnatur in die freie, wilde, schöne Natur. Es waren gestern abend Prinzen zu Tisch gewesen samt ihrer Schwester, einer hochvornehmen Äbtissin des Stiftes Andlau. Bei diesem Anlaß war der Hofmeister vom Tisch verbannt; heute jedoch saß er vor einer Prinzessin, die ihn gelten ließ.

»Sind Sie uns auch recht dankbar, Herr Hartmann, daß wir Sie nach unserm Trianon und Sanssouci entführen?«

Mutter und Tochter saßen im Wagen dem Hauslehrer gegenüber. Adelaide schmiegte ihr madonnenfeines, aber etwas gemächlich-lässiges Backfischgesichtchen mit den verschleierten grauen Augen und den tizianblonden Locken an den Busen der Mutter, die in ihrer ganzen feinen, elastischen, jungreifen Frauenkraft den Gefangenen anstrahlte. Hartmann sah sich ohne Möglichkeit der Flucht zwei schönen weiblichen Gesichtern ausgesetzt. Der Wagen war mit einem kleinen Zeltdach überdeckt; Viktor mußte nach rechts und links mit den Blicken ausbiegen und die Landschaft aufsuchen, wenn er sich nicht in vier Augen verstricken sollte. Der etwas lang aufgeschossene Jüngling saß gebückt; und so kam sein Kopf naturgemäß den Mitfahrenden noch näher.

Frau von Mably strotzte von Angriffslust.

»Hier kann er uns nicht durchbrennen, Addy. Nun wollen wir ihn einmal tüchtig necken – necken bis aufs Blut!«

»Aber hör mal, meine kleine Mammy«, sagte Addy mit einem scherzhaft verweisenden Ton. »Bist wohl wieder einmal ein wenig übermütig? Ich habe dich wohl schon lange nicht mehr erzogen?«

Mutter und Tochter standen in einem von Frau Elinor selber großgezogenen Neckverhältnis. Die manchmal ein wenig schlaffe und ungelenke Addy konnte äußerst reizend und lebhaft werden, wenn ihre genialere Mutter etwas von der eigenen Elektrizität auf sie übersprühte. Die beiden hingen zärtlich aneinander. »Wie zwei jungi Kätzle«, pflegte der elsässische Kutscher Hans aus Uhrweiler im Unterland zu sagen, ohne daß er aber ein anerkennendes Schmunzeln unterdrücken konnte. Denn die Dienstboten hatten es gut bei der lebenslustigen Dame, sofern sie nicht gerade ihre Gewitterlaune hatte, wo es dann freilich rechts und links auf gut und böse einschlug.

»Wir erziehen uns nämlich gegenseitig, Addy und ich«, erklärte Frau von Mably ihres Töchterchens Bemerkung. »Wenn ich einmal meine Regenstimmung habe und den ganzen Tag weine –«

»Kommt das vor?« fragte Hartmann mit ungläubigem Lächeln.

»O ja, das kommt vor«, bestätigte sie ernsthaft. »Dann tröstet und streichelt mich dies längliche Gestell. Und wenn ich zu ausgelassen bin, warnt sie mich mit einem vielsagenden ›Aber Mammy?!‹. Macht sie aber ihrerseits Dummheiten –« – »Kommt das vor, Fräulein Addy?« fragte Hartmann abermals mit noch ungläubigerem Lächeln.

Addy verbarg etwas kokett-verschämt das Gesicht an ihrer Mutter weißem Busentuch, so daß nur die geringelten Locken zu sehen waren. Dann wandte sie sich wieder ein wenig empor und schaute mit ihren großen grauen Augen stumm den Hauslehrer an. Sie war gewohnt, daß man sie nicht beachte. Und so pflegte das schmale Geschöpfchen mit der rosarot überhauchten marmornen Gesichtsfarbe seinen eigenen Gedanken nachzuträumen, soweit diese Gedanken nicht im Taktschlag der Mutter gingen.

»Ob das vorkommt?« fuhr die Marquise fort. »Das will ich meinen! Dies Mädchen ist zwar meine Tochter, aber sie hat keine einzige meiner Tugenden. Dafür hat sie sämtliche Untugenden eines aus Deutschland oder Österreich stammenden Urgroßvaters geerbt. Sie ist schwerfällig, faul, genäschig – ja, man kann geradezu sagen –«

»Willst du wohl, Mammy?!«

Addy schoß empor und hielt ihrer Mutter den Mund zu. Hartmann lachte laut auf. Die Marquise aber fuhr unter Addys langer Hand undeutlich zu sprechen fort, bis ihr das Mädchen mit Küssen den Mund verschloß.

»Schmeichlerin, du willst die Wahrheit hinwegküssen? Oh, das hilft dir nichts. Wahrhaftig, Herr Hartmann, das Mädchen schlingt manchmal mit einem Wolfshunger Küche und Keller leer, ja, ja, so ätherisch sie auch aussieht! Nachher legt sie sich in die Hängematte und schläft wie ein gefüllter Tiger, der zwei bis vier Hindus verspeist hat. Will ich sie aber zu einem Spaziergang ermuntern, so rekelt sie sich lang aus wie eine Spinne: ›Ach, ich bin so müde!‹ Indessen, ich muß gerecht sein, sie hat auch einige Tugenden. Wenn ich mir z.B. Bonbons und Backwerk zurückgelegt habe, so nascht sie mir's weg, damit sich Mammy den Magen nicht verderbe.«

Hartmann lachte diesem Sprudelquell von Worten gegenüber, er lachte, selbst auf die Gefahr hin, geschmacklos zu werden und seine Muskeln zu verzerren. Jetzt aber schien Adelaide aus ihrer trägen Ruhe aufgestöbert und setzte sich ernsthaft zur Wehr.

»Mammy, wenn du dich nicht sofort ruhig verhältst, so plaudr' ich nun auch von dir aus!«

Frau von Mably schloß sie in die Arme und küßte sie stürmisch.

»O mein kleines, liebes, zuckriges Schäfchen du, ich liebe dich ja so närrisch, du meine einzige Freude auf der Welt! Meine süße kleine Addy, wie oft haben wir zwei uns schon in den Schlaf geweint! Arm in Arm, nicht wahr, mein Engel!«

Der merkwürdigen Frau standen plötzlich Tränen in den Augen. Addy sah es und küßte ihr säuberlich und zärtlich beide Augen. Dann legte sich das Kind wieder still an der Mutter Brust, den Arm um ihren Hals schlingend. Frau Elinor aber schaute mit verändertem Ausdruck in die Landschaft hinaus und schwieg.

Hartmann bemerkte die Veränderung erstaunt und war taktvoll genug, das Gespräch auf die Landschaft abzulenken. Er sprach von den alten Bergschlössern des Wasgenwaldes. Überall auf diesen ansehnlichen Waldbergen zeichneten sich ihre Türme und Fensterhöhlen in den blauen Duft, umbüscht von weitläufigen, sagenreichen Waldungen.

»Wie reizvoll mittelalterlich ist jenes Städtchen Reichenweier! Und Kaysersberg, Türkheim, Zellenberg, Hunaweier, Kienzheim, Rufach, Rappoltsweiler – wieviel alte Geschichte birgt sich in all diesen Stadtnestern am Vogesenrand! Blicken Sie nur einmal hier hinaus, wieviel Burgruinen man von hier aus gleichzeitig sieht! Dort die Hohkönigsburg, breit wie eine Stadt auf dem Berge, darunter lauert in irgendeiner Nische Kienzheim, hier die drei Schlösser der Herren von Rappoltstein:

ganz oben der Turm im Walde ist Hoh-Rappoltstein, dort das gestaffelte, gebäudereiche Schloß mit den schönen romanischen Pallasfenstern ist die Ulrichsburg, und daneben das steile Giersberg. Im nächsten Seitental heben sich Ortenburg und Ramstein vom Himmel ab, und weiter hinten im Weilertal die hohe und einsame Frankenburg. Südwärts die Hohlandsburg; weiter im Norden würden wir in der Gegend von Barr die alten Bergschlösser Andlau, Spesburg und Landsberg finden; vom Odilienkloster aus könnten wir den umwaldeten Turm von Girbaden sehen und um die uralte Heidenmauer her Kageneck, Birkenfels, Hagelschloß, die Dreisteine und gleich davor, am Fuße des Elsbergs, die beiden Ottrotter Schlösser. Und so ist's im schönen Elsaß aller Enden – –«

»So seh' ich Sie gern, Herr Hartmann!« unterbrach plötzlich Frau Elinor. Sie hatte ihn emsig betrachtet, aber kaum zugehört. »Nämlich: wenn Sie ins Erzählen kommen und ein wenig warm werden, so belebt sich Ihr Gesicht, und es ist dann ordentlich ein Leuchten darin, und entzückende Fältchen spielen um Ihren Mund herum, daß man den kleinen Pedanten gar nicht mehr erkennt. Nicht wahr, Addy?«

Hartmann geriet durch diese körperhafte Bemerkung völlig aus der Fassung. Er hatte sich über seine Heimat und deren Schlösser ausgebreitet und sah nun plötzlich die Aufmerksamkeit seiner Zuhörerinnen auf seine Person versammelt, nicht auf seine Worte. Das ärgerte den Lehrer, das war ihm lästig. Er schwieg verlegen und etwas verdrossen.

»Hab' ich Sie mit meinen Worten geärgert?« fragte die scharfsichtige Frau und streckte ihm sofort die Hand hin.

»Durchaus nicht, Madame«, beeilte er sich mit verbindlichem, aber verlegenem Lächeln zu versichern. »Ich war nur einen Augenblick überrascht, daß es mir nicht gelungen ist, Sie bei den Schönheiten unserer Landschaft festzuhalten.«

Sie hielt seine Hand fest. »Ein schlechter Anfang, nicht wahr! Aber das ist ja das Liebenswürdige an Ihnen, Sie drolliger Herr Schwärmer, daß Sie in solchen Augenblicken alles um sich her vergessen. Addy, halt einmal seine andre Hand fest! Er wird nicht eher losgelassen, bis er feierlich verspricht, uns nie eine Neckerei übel zu nehmen. Nun, mein gelehrter Herr, werden Sie das gütigst versprechen?«

Das Mädchen ging sofort auf den Scherz der Mutter ein und hielt mit beiden Händen Hartmanns Linke fest. Der Bedrängte mußte wohl oder übel seine Tonart auf den Scherzton seiner mutwilligen Begleiterinnen einstellen und bedingungslos auf ihre Manier eingehen. Er versuchte gleichfalls ein Schelmengesicht zu machen. »Und wenn ich nun nicht verspreche?«

»Allerliebst! Addy, was für ein allerliebstes Spitzbubengesicht hat dieser korrekte Herr Lehrer auf Lager! Aha, mein Lieber, nun sind Sie durchschaut! Addy, gesteh einmal ehrlich: hättest du diesem Herrn Hartmann ein solches Gaunerlächeln zugetraut?«

»Nein wirklich, Herr Hartmann, Sie sind ein Schlauer!« unterstützte Addy lachend und hielt mit ihren warmen länglichen Händen seine Hand noch fester. Es schien, als ob ihr dieser scherzhafte Angriff ebenso angenehm wäre wie der Mutter.

»Sie wollen also nicht versprechen, Herr Gefangener?« fuhr die übermütige Pariserin fort. »Nun, so setzen wir Sie in eins der Verliese da oben auf einer Ihrer langweiligen, verschimmelten Burgen. Addy, zum Angriff!«

Und im Nu schwang sich die kleine Marquise auf den Vordersitz neben den Verblüfften, Addy auf die andere Seite – und er fühlte die warme, weiche Hand der lustigen Frau an seiner Halskrause, während sich Addys fix nachahmende Hand an seinen Nacken legte. »Wollen Sie versprechen?« rief die Mutter mit gut geheucheltem Grimm. »Wollen Sie versprechen?« tönte das Echo des lachenden Töchterchens.

»Zu Hilfe!« rief der Gefangene, auf den kecken Scherz eingehend. »Räuber! Mörder! Ich verspreche alles und noch mehr.«

»Bedingungslos?«

»Bedingungslos!«

»Gut! Addy, laß los! Er nimmt also fortan keine Neckerei mehr übel.«

Und sie saßen ihm wieder gegenüber.

»Ausgelacht!« rief die Marquise und schabte ihm ein Fingerchen. »Ausgelacht!« kam Addys Widerhall. »Ausgelacht!« rief aber auch Hartmann, »es war ein erzwungenes Versprechen, und diese braucht man nicht zu halten!« – »Das sind ja schöne Grundsätze!«

Frau von Mably markierte die Entsetzte und sah ratlos ihre Tochter an, die gleichfalls ein überraschtes Gesicht zu ziehen versuchte und ihrerseits die Mutter anschaute. »Addy, da sind wir nun geprellt worden. Was fangen wir denn jetzt mit ihm an?«

Addy zog in scheinbarem Nachdenken die Stirne kraus, dann, als wär' ihr ein rettender Gedanke gekommen, sagte sie plötzlich:

»Weißt du was? Lassen wir ihn eben laufen!«

»Gut, lassen wir ihn laufen! Danken Sie Ihrem Schöpfer, Viktor Hartmann, daß wir zwei liebenswürdige Geschöpfe Gnade für Recht ergehen lassen. Sonst wären Sie jetzt nicht mehr lebendig, sondern lägen hier irgendwo erdrosselt in den Reben!«

»Welch ein angenehmer Tod!« lachte Hartmann, dem der lustige Angriff ordentlich das Blut in Umlauf gebracht hatte, und der anfing, dieser Art von Unterhaltung Geschmack abzugewinnen.

In diesem Augenblick vernahm man von hinten her die jubelnde Stimme des kleinen Fritz von Birkheim. Und gleich darauf sprengte der Junge auf Sigismunds Pony zu allgemeiner Überraschung aus einem Seitenweg hervor.

»Triumph! Da hab' ich euch eingeholt!« rief der Knirps und schwang sein Barett. »Fanny sagte, ich würd' euch nicht einholen! Da seht ihr's nun! Addy, willst du Pony reiten?«

»Aber, Fritz, dich können wir heute nicht brauchen«, wies ihn der Hofmeister zurecht. »Und eure Tanzstunde?«

»Herr Favre ist krank, die Lektion fällt aus, da bin ich euch nachgeritten.«

»Mammy, darf ich?«

Addys Augen leuchteten vor Eifer; sie wurde ganz lebendig und wollte sofort vom langsam durch die Weinberge hügelan fahrenden Gefährt abspringen. Frau von Mably rief dem Kutscher zu und ließ halten.

»Aber, Fritz, wenn sie dich zu Hause vermissen?«

»Fanny weiß es. Komm, Addy! Ich reite bald wieder zurück und fürchte mich nicht.« Schon war der Kleine abgesprungen und half der bedeutend längeren Spielkameradin aufs Pferd.

»Weißt du, Jean«, rief die Marquise dem Kutscher zu, »wir machen das einfach so: Herr Hartmann und ich gehen den Weinberg hinauf und treffen dich wieder oben auf der Höhe. Die Kinder können mit dir auf der Straße bleiben; behalt sie im Auge! Und wartet oben, falls ihr vor uns dort seid!«

Die behende Frau sprang vom Wagen. »Ah, wie das wohl tut, einmal wieder die Füße zu gebrauchen! Also voran, Kinder! Herr Hartmann und ich gehen den Fußweg. Daß mir meine Kleine nicht auf die Nase fällt! Fritz, paß auf deine Dame auf!«

Hartmann hatte das Spitzentuch der Marquise über den Arm genommen und schritt neben ihr her in den Hohlweg.

Es wuchsen dort üppige Hecken, es standen am hohen Rain lange Gräser, und dahinter dehnten sich die endlosen Reben. Nach dem lauten, übermütigen Schwatzen und Lachen und dem Geräusch des Wagens war es in dieser umwachsenen Enge wunderbar still. Sie gingen schweigend nebeneinander her, Hartmann in einem nervösen inneren Beben. Er ahnte dunkel das Bevorstehende. Und er fühlte, daß er nicht die Führung in Händen hatte.

Plötzlich blieb sie stehen und schaute ihm voll ins Gesicht.

»Sind Sie mir böse?«

»Weshalb sollt' ich Ihnen böse sein?«

»Bin ich zu übermütig?«

»Haben Sie mir nicht in Ihrem Briefe zur Bedingung gemacht, daß Sie sich ganz so geben dürfen, wie Sie sind? Ich muß vielmehr meinerseits um Entschuldigung bitten, falls ich einmal, auf Ihre Scherze eingehend, den erforderlichen Respekt verletzt haben sollte –«

»Und so weiter! Ach Sie Guter, Sie allzu Ängstlicher, Sie kleiner Hasenfuß, das können Sie ja gar nicht! Ich möchte wohl wissen, wie es Herr Viktor Hartmann anfängt, wenn er einmal verliebt ist und sich seiner Angebeteten erklären soll. Gewiß muß er sich aus einigen Flaschen den nötigen Mut antrinken. Haben Sie überhaupt jemals gewagt, ein Mädchen zu lieben oder gar zu küssen? O köstlich, er wird rot, er wird wahrhaftig rot! Und ich garstiges Geschöpf necke den Ärmsten schon wieder! Nun, das kann ja ein heitrer Unterricht werden! Im Ernst, mein Lieber, seien Sie mir wieder gut, ich will nun ganz ernsthaft sein. Und pflücken Sie mir zum Zeichen unsrer Versöhnung die Rose dort, die so vereinzelt in den Hecken hängt und sich gewiß nach einem warmen Menschenherzen sehnt!«

Viktor arbeitete sich gewillig an der Böschung empor; sie hatte ihm das Tuch abgenommen, stand und wartete. Er brach die Blume geschickt aus den Dornen heraus, wollte wieder zurückspringen, rutschte aus und griff mit ganzer Hand in den wilden Rosenstrauch, was ihm einen unwillkürlichen Schmerzenslaut entpreßte. Wohl sprang er noch auf beide Füße; aber schon besah er auch die Hand: Dornen saßen in den Fingern, und Blut quoll heraus.

»Ach, Sie Armer, was machen Sie denn?! Da hab' ich Sie nun zu einer schönen Dummheit verführt! Und gerade noch die Schreibhand! Schnell die Dornen heraus!«

Die Marquise packte die wunde Hand, zog sie nahe heran, so daß er ihren Atem spürte und ihr pochend Herz vernahm, und zupfte mit feinen, spitzen Fingern sorgfältig die kleinen Dornen heraus. »Wie es blutet! Ach, zu all den bösen Neckereien des Tages auch noch Wunden!« Sie zog ihr Batisttuch aus dem Busen empor und tupfte, trotz seines leisen Einspruchs, das Blut hinweg. »Diese liebe, fleißige Hand!« Und plötzlich tat sie, was sie wohl bei Addy gewohnt war: bebend fühlte er, der in einer Art Betäubung vor ihr stand und willenlos mit seiner Hand verfahren ließ, ihren Mund an seinen Fingern; sie saugte ihm die Wunde aus. Aber hatte sie sich zuviel zugemutet? Im nächsten Augenblick erblaßte sie, schwankte ein wenig, taumelte – und hätte Hartmann sie nicht festgehalten, sie wäre vielleicht hingefallen. Leicht gebogen, wie eine Rosenranke, hing die kleine, geschmeidige Gestalt über seinen Arm, die Augen geschlossen, das runde rote Mündchen halb geöffnet. Hals und Brust leuchteten weiß empor, sie schien erblaßt, das Tuch fiel zu Boden. »Lieber Freund«, lächelte sie matt und schlug die Augen flüchtig auf, um in sein verwirrtes Gesicht zu schauen, »haben Sie Nachsicht mit mir schwachem Geschöpf. Ich kann kein Blut sehen.« Aber sie veränderte ihre Haltung nur wenig, lehnte den Kopf inniger an ihn, und ein emporschmachtender Ausdruck mit einem tiefen Seufzer überglühte nun das ausdrucksvolle, sprechende, eben noch so blasse Gesichtchen, das jetzt von einer mädchenhaften Süße schien. Hartmann verstand, was dies alles wortlos zu ihm sagte; es zog ihn tief und tiefer; und als sein Gesicht dem ihrigen nahe war, riß sie in plötzlich ausbrechender Leidenschaft seinen Kopf herunter und küßte ihn zuerst mehrmals auf den Mund. Dann schlang sie beide Arme um seinen Hals und legte bebend den Kopf an die Brust des nicht minder bebenden Jünglings.

Aber wiederum sprang sie zuerst von ihm hinweg, warf hastig einen Blick nach beiden Seiten des Hohlwegs, ergriff seine Hand und küßte die Finger abermals, nicht achtend auf seinen abwehrenden Laut. Und ihr duftendes Taschentuch um die zwei verwundeten Finger wickelnd, flüsterte sie: »Behalten Sie's, als Andenken an diese Stunde!« Mit zärtlich berauschten Blicken sah sie wieder zu ihm empor, riß sich aber los, warf ihr Halstuch um und schritt energisch weiter. »Wir müssen gehen.« Doch streichelte sie von Zeit zu Zeit leise liebkosend die verbundene Hand des schweigend zu ihrer Linken wandernden Begleiters. Und plötzlich blieb sie stehen und schaute ihm wieder mit verzückten Augen ins Gesicht. Gleichgestimmte Blicke flogen ineinander. Sie fielen sich wortlos in die Arme und küßten sich.

Dann ließ sie sich von ihm das Halstuch wieder zurechtlegen und schritt sittsam neben ihm her, manchmal nur von der Seite her sein Auge suchend. Und unmittelbar vor dem Ausgang, als sie schon die Kinder und den Kutscher hörten, packte sie ihn am Arm und zischte mit wogendem Busen ihre stürmische Erregung zu ihm empor: »Ich liebe dich, ich liebe dich, ich liebe dich!«

So kamen sie zu den Kindern. Und nun war die elastische kleine Marquise mit einem Schlage wiederum verwandelt. Sie war die Unbefangenheit selber; sie erzählte mit einem Schwall von ausmalenden Worten den kleinen Unfall; sie war voll von einem meisterhaft gespielten Mitleid und steckte alle Welt mit gleichem Mitleid an. Und so drehte sich fortan das Gespräch um die verwundete Hand des Herrn Hartmann, der in der Tat recht verwirrt war und seine Gleichgewichtslage noch nicht wieder gefunden hatte.

»Ich möchte Sie fast bitten, mich für heute zu beurlauben«, sagte der Jüngling endlich.

»Gewiß, Sie Ärmster«, erwiderte Frau Elinor. »An Unterricht soll heute nicht gedacht werden. Aber mit uns hinüber müssen Sie auf alle Fälle; wir werden Ihnen einen ordentlichen Verband anlegen. Die Pferde ruhen ein wenig aus, wir legen uns den Unterrichtsstoff für das nächste Mal zurecht, und dann können Sie zurückkehren, sobald Sie Lust haben.«

»Fritz kann ja wohl mitkommen?« fragte der Hauslehrer. Er hatte das Bedürfnis, den Jungen um sich zu haben.

»Fritz kommt mit, ja wohl, damit Ihnen bei uns nichts geschieht«, versetzte Frau von Mably. Und etwas vom alten Spott zuckte aus ihrer Stimme und den blitzenden Augen. »Allez, Kutscher, voran!«

Addy stand magnetisch mit dem Gefühlsleben der Mutter in Verbindung. Lebhafte Schwingungen der letzteren sprangen auf das Kind über. Auch in diesem Falle spürte Addy die Erregung, die sich der beiden Liebenden bemächtigt hatte. Sie schob die Ursache auf die Verwundung, die sie für bedeutend gefährlicher hielt, als sie in Wirklichkeit war. Und so wurde das gefühlvolle Mädchen in denselben

Strom hineingezogen, der auch die Mutter durchrann; aber in ihr verwandelte sich, was bei der Mutter Leidenschaft und Liebe war, in ein kindliches Mitgefühl.

Sie fuhren durch das Gartentor an der langen weißen Villa vor. Hartmann war erst einmal und flüchtig mit seinen Zöglingen hier gewesen; der Verkehr der Frau von Mably mit den Birkheims war kein allzu inniger; über Vestibül und Empfangszimmer war man nicht hinausgekommen. Jetzt führte ihn die Herrin des Hauses in die inneren Räume, die mit ihren tausenderlei Nippsachen, Gemälden, Vasen, Medaillonbildern einem kleinen Museum glichen. Jahrhundertelange Tradition hatte hier gesammelt. Von den Wänden grüßte eine ganze Ahnengalerie.

»Ich habe mir aus unserem Pariser Hotel nur wenig mitgenommen«, bemerkte die Herrin gleichwohl gelassen und obenhin, »nur das, was mein Herz liebt.«

»Das ist erstaunlich viel«, dachte Hartmann, der auch hier wieder Zeit brauchte, um sich zurechtzufinden.

Während sich Frau Elinor umkleidete und Fritz in Stall und Wirtschaftsräumen umherstrich, saß die gute Addy traulich bei dem Verwundeten. Sie hatte Schwamm und ein Waschbecken mit warmem Wasser gebracht und behandelte nun Hartmanns Finger. Der junge Mann war erstaunt, so viel schmeichelnde Zartheit in diesem Kinde zu entdecken. Sie plauderte mit den Fingern, als wären es lebendige Wesen; dabei erhob sie manchmal mit schalkhaftem Lächeln die grauen Augen von der Seite her und äugte zu ihm empor, ob er wohl dazu lächle.

Er blieb ernsthaft und ließ sie gewähren. Und wie er so saß und auf ihr länglich Köpfchen schaute, auf die sanfte Wölbung der Stirn, auf die mild geschwungenen Augenbrauen und die gerade Nase, da war es ihm, als wäre eine Raffaelsche Madonna gütevoll zu ihm getreten, besonders wie sie auf dem Verlobungsbilde gestaltet ist. Es war ein wohliger Ausruhezustand nach den Leidenschaften der Mutter; er überließ sich gern den Berührungen ihrer schlanken Finger.

Plötzlich schoß ihm die Erinnerung an jenen nächtlichen Spuk in den Kopf: Leo Hitzinger! Und sofort auch die Erkenntnis: Dies Mädchen ist es, Addy ist es, die jener Abbé gesehen hat!

Er hatte diese Einzelheit vergessen gehabt. Jetzt schoben sich ihm jene Bilder wieder ein; er sah den mächtigen Löwenkopf des Priesters mit seinen großen Augen diesem Kinde nachschauen, er sah ihn am Straßenrande sitzen und über seine unreinen Sinne weinen. Addy war es, diese Addy, deren seelenvolles Gesichtchen so madonnenhaft auf jenen Verirrten einwirkte!

Hartmann betrachtete das Kind mit neuen Augen. Er forschte mit Vorsicht, ob Addy und ihre Mutter mit Priestern der Umgegend bekannt wären.

»Mit dem Rektor Pougnet in Rappoltsweiler«, versetzte Addy unbefangen. »Wir gehen dort manchmal zur Beichte und Kommunion.«

Das war ja wieder etwas Neues. Diese lustige Frau Marquise geht zur Beichte?! Diese Verehrerin Voltaires spöttelt öffentlich – und kniet heimlich am Beichtstuhl?!

Der Protestant sah sich vor Rätsel und Widersprüche gestellt. Er fand sich in eine fremdartige Welt versetzt und ahnte künftige Verwicklungen. Schlag auf Schlag enthüllten sich seinem inneren Blick die Widerstände. Ihr Gatte – warum hörte man so wenig von dem Marquis? Denn diese Frau hat ja einen Gatten! Diese Frau ist gebunden, sie ist von hohem Stand, sie ist eine ganz anders geartete katholische Südfranzösin – Abgründe zwischen ihm und ihr! Und in traumwandelndem Zustande war er in diese Abgründe hineingesprungen, mitten hinein, dort im Hohlweg an der Rosenhecke, und sah sich nun verstrickt mit allen Sinnen!

Die kleine lebhafte Frau, umflossen von einem weit wallenden, rotseidenen, spitzenbesetzten Hauskleide, trat in ihrer ganzen sieghaften Anmut wieder ein. Alles Trennende – Konfession, Stand, Ehe – verschwand; und ihn erfüllte bei ihrem Anblick ein süßes Verlangen.

Addy wurde gelobt, auf die Wange geküßt und entlassen.

»Wenn meine Kleine etwas verbindet, so heilt es tadellos. Brav, mein Herz! Komm, kriegst einen Kuß – halt, gleich zwei, einer ist von Herrn Hartmann als Dank für treue Pflege. Nun adieu! Geh zu Fritz! Wenn wir euch brauchen, ruf' ich.«

Addy wischte sich lachend und errötend ob des Kusses »von Herrn Hartmann« über beide Wangen und verschwand mit dem Waschbecken. Die Marquise zog die Gardinen zu, nahm mit Unbefangenheit Hartmanns Arm und führte ihn vor die einzelnen Wandgemälde.

»Ich will Sie meinen Verwandten und guten Freunden vorstellen«, sagte sie. »Hier finden Sie nur solche, denen ich gut bin. Die andern sind in Paris und mögen dort bleiben.«

Ihr Gatte war nicht darunter. Sie nannte die langwierigsten Namen und Titel von Geschwistern, Eltern, Großeltern und andren stattlichen Perücken und Coiffuren. Es waren zum Teil sehr alte, prachtvoll und prunkhaft in Öl gemalte Bildnisse mit unübersehbaren Geschichten und Ehrungen, die sie kurz und geistvoll erwähnte. Wollte die hochgeborene Grafentochter aus der Provence dem einfachen Lehrer gegenüber wieder den Abstand herstellen? Wollte die provenzalische Schloßherrin ihren Wert erhöhen, indem sie ihren uralten Adel vor ihm vorüberwandern ließ? Kaum. Denn mit einem Ruck blieb sie stehen, umschlang ihn mit beiden Armen und flüsterte heiß zu ihm empor: »Dich aber allein liebe ich, mein Freund! Tausend Beweise meiner Liebe will ich dir geben! Ich habe nie empfunden, glaub mir, was Liebe ist – jetzt aber weiß ich es, o mein Geliebter, glaub mir, ich bin dein!«

Er setzte sich auf den Diwan, sie schwang sich gewandt und geübt auf seine Knie und legte ihr Gesicht an das seine, mit einem trunkenen, weltvergessenen Ausdruck. Er wurde von demselben Rausch wie dort im Weinbergweg ergriffen und suchte nun zuerst ihren Mund.

»Mein Freund, mein Geliebter, mein Gatte!« flüsterte sie mit ihrem tuschelnd leichten Französisch, das auf ihren küssenden Lippen zu sitzen schien. »Weißt du auch, daß ich ein Andenken an jenen Spaziergang im Weinberg behalten habe? Auf mein Busentuch fiel ein Blutstropfen von deiner Hand. Und ein zweiter« – mit leiser Stimme sprach sie gleichsam in seine Lippen – »fiel zwischen dem Tuch tiefer hinab – auf die Brust. Küß mir ihn fort, sonst bringt er Unglück!«

So verwob die Berauschte dieses Blutströpfchen in ihr Liebesspiel und forderte das Schicksal heraus. Doch die Stimmen der Kinder wurden in diesem Augenblick laut, und sie sprang rasch von seinen Knien herunter.

»Geh fort für heute, Geliebter! Du raubst mir die Besinnung!«

Die flammende Südländerin bedeckte sein Gesicht mit leidenschaftlichen Küssen.

»Geh fort für heute, wir verraten uns!«

Und die Liebende besaß Geistesgegenwart genug, mit einem graziösen Kuß seine Frisur zu ordnen, flink einen Blick in den Spiegel zu werfen, dann »Werthers Leiden« aufs Geratewohl aufzuschlagen und auf den Tisch zu legen, als hätte man darin gelesen. Nun erst rief sie durchs Fenster den Kindern zu, sie möchten den Kutscher anspannen heißen und hernach hereinkommen.

Als sie die Kinder heranspringen hörte, ersuchte sie den Hauslehrer, laut zu lesen, und heuchelte eine aufmerksam zuhörende Stellung. Der Erhitzte rollte mit lauter, bebender Stimme Werthers leidenschaftliche Melodien auf:

»Es hat sich vor meiner Seele wie ein Vorhang weggezogen, und der Schauplatz des unendlichen Lebens verwandelt sich vor mir in den Abgrund des ewig offenen Grabes. Kannst du sagen: ›Das ist's‹, da alles vorübergeht? Da alles mit der Wetterschnelle vorüberrollt, so selten die ganze Kraft seines Daseins ausdauert, ach, in den Strom fortgerissen, untergetaucht und an den Felsen zerschmettert wird? Da ist kein Augenblick, der nicht dich verzehrte und die Deinigen um dich her, kein Augenblick, da du nicht ein Zerstörer bist, sein mußt! Der harmloseste Spaziergang kostet tausend armen Würmchen das Leben; es zerrüttet *ein* Fußtritt die mühseligen Gebäude der Ameisen und stampft eine kleine Welt in ein schmähliches Grab. Ha, nicht die große, seltene Not der Welt, diese Fluten, die eure Dörfer wegspülen, diese Erdbeben, die eure Städte verschlingen, rühren mich; mir untergräbt das Herz die verzehrende Kraft, die in dem All der Natur verborgen liegt, die nichts gebildet hat, das nicht seinen Nachbar, nicht sich selbst zerstörte. Und so taumle ich beängstigt, Himmel und Erde und ihre webenden Kräfte um mich her: ich sehe nichts als ein ewig verschlingendes, ewig wiederkäuendes Ungeheuer.«

Der berauschte Liebhaber warf das Buch auf den Tisch. Er empfand diese Gedanken, die noch einem Faust und Tasso die Seele beängstigen, als haltlos und schwächlich.

»Ein Schwächling, dieser Werther! Dieser Werther vergißt, daß aber auch in jedem Augenblick die Natur *Neues* schafft! Es *muß* das Alte vernichtet werden, wenn Raum werden soll für neue Kraft. Stirbt der schläfrige Mensch in uns, so erwacht der elastische Mensch. Er *soll* sterben, jener schlaffe Mensch, fort mit ihm!«

Die Marquise, die dem Dienstmädchen Erfrischungen abnahm und an die Kinder verteilte, unterbrach sich in ihren Hantierungen und warf ihre funkelnden Blicke herüber.

»Ja, Herr Werther, was liegt daran, wenn einer über die freie Steppe sprengt und ein paar krabbelnde Käfer zertritt? Will das Geziefer ewig leben? Wer von uns Sterblichen lebt ewig? Die *Liebe* ist ewig – sonst

nichts! Und wer Liebe erfahren, sei's nur ein Stündchen, der sterbe –
denn er hat gelebt! – Kinder, allerliebste Naschkätzchen, trinkt,
schleckt, schlürft! Das Leben ist kurz, aber süß!«

Der Kutscher knallte.

»Schon?« bedauerte Addy. »Wie schade!«

»Auf baldiges Wiedersehen!« sagte die Frau des Hauses glutvoll,
innig und vornehm, indes sich der Hofmeister mit tiefer Verbeugung
über ihre Hand neigte.

Die kleine Frau winkte den Abfahrenden aus dem Fenster nach.
Dann zog sie sich auf ihr Zimmer zurück und weinte ihre Erregung
aus.

5. Revolution

In jenen Tagen kam über die Vogesen herüber die Revolution und
riß das Elsaß in die Lebenswirbel, die von Paris ausgingen.

Man erfuhr in Straßburg das Ereignis des Bastillensturms am
Sonnabend den 18. Juli gegen Abend. Der neue Gasthof »zum roten
Haus« am großen Paradeplatz wurde festlich beleuchtet. Volk aus allen
Gassen und Gäßchen krabbelte hervor und sammelte sich dort; die
Wagges und Straßenjungen bekamen ihre Karnevalstage; man
schleppte Stroh und Holz zusammen und entzündete ein Freudenfeuer,
das man umtanzte. Rasch durchflackerte die Nachricht die ganze Stadt
und züngelte an allen Fenstern empor. »Lichter 'erüs!« hieß es überall.
»Oder mr werfe d' Fenschter in!« Im Nu stand die nächtliche Stadt
in Festbeleuchtung.

Ein erregter Sonntag folgte. In ganz Frankreich besprach man das
Pariser Ereignis. Man teilte grüne Kokarden aus, wie sie der junge
Camille Desmoulins im Garten des Palais Royal zuerst von den Bäumen
gerupft hatte, jenes rosettenförmige Zeichen der Freiheit, das bald der
dreifarbigen Kokarde Platz machte. Und mehr und mehr nahm der
Gedanke drohende Gestalt an: was in Paris möglich war, warum soll's
nicht auch in den Provinzen gelingen?

In der freien Stadt Straßburg befand sich freilich keine Bastille. Aber
das Rathaus, die sogenannte Pfalz, schien vielen eine papierene
Zwingburg der Straßburger Freiheit. Seit Monaten war im Lande
wirtschaftliche Not; seit Monaten haderten die Zünfte, vor allem die

Metzgerzunft, mit den »Herren Rät und Einundzwanzig«, dem mittel-alterlich-schwerfälligen Apparat der Stadtverwaltung, besonders mit der Kammer der Fünfzehner. Die Bürgerschaft hatte Volksvertreter gewählt und Beschwerdehefte eingereicht; man verhandelte hin und her; es war des Wortemachens kein Ende. Als nun der Pariser Bastil-lensturm dazwischenfuhr, da fiel es wie ein Bann von den verwirrten Köpfen und ergrimmten Herzen. Alle diese bisherigen parlamentari-schen Verhandlungen waren für den ungeschulten Mann des einfachen Volkes verwickelt Geschwätz, kaum zu verstehen und schwer zu lösen; aber jene Tat war bis zum geflickten Straßenbuben herunter verständ-lich und greifbar. Der Bastillensturm war zur Grammatik der Revolu-tion das erste anschauliche Beispiel.

Baron Bernhard Friedrich von Türckheim, dessen Bruder als Vertre-ter Straßburgs unter den Pariser Abgeordneten war, kam mit zwei Straßburger Bekannten Namens Pasquay und Ehrmann durch Birken-weier. Es war noch ein Verwandter des Hauses, ein Herr von Glaubitz, und die befreundete Familie Golbéry anwesend. Auch der wohlbeleibte Bruder Birkheims, der in Rappoltsweiler wohnte, war auf seinem Ca-briolet herübergefahren.

»Dieser sogenannte Bastillensturm«, sprach der Aristokrat, »der aber kein Sturm war, denn die Schweizer blieben unbesiegt, hat nun einen neuen Faktor eingeführt, mit dem wir fortan werden rechnen müssen: den Pöbel. Hätte dort der Kommandant mit eiserner Energie Wider-stand geleistet bis zum äußersten und den Pöbel dezimiert – oder hätte er, wie er beabsichtigte, die Lunte ins Pulverfaß geschleudert und die Festung samt den Eingedrungenen in die Luft gesprengt: – das Raubtier hätte wohl auf weitere Taten verzichtet, glauben Sie mir!«

Birkheim, der ehemalige Offizier, stimmte mit Nachdruck bei, ob-schon er den neuen Ideen mehr zugeneigt war als Türckheim. Pasquay und Ehrmann, Fortschrittsmänner beide, widersprachen.

»Der dritte Stand«, bemerkte Pasquay, »will sich mit dem zweiten und ersten verbinden zu einem neuen Ganzen. Die Stände streben also untereinander eine neue Verbindung an; das ist ein chemisches Expe-riment; und in einer chemischen Retorte pflegt es zu zischen.«

»Warten wir ab«, erwiderte Türckheim.

Und Lilis Gatte erzählte Einzelheiten von der Verwüstung des Straßburger Stadthauses.

»Wie es in solchen Fällen gemeiniglich zu gehen pflegt, so erlebten wir es auch hier: spürt der Unfug, daß man nicht gleich seinen ersten Äußerungen standhaft widersteht, so wird er frech und gewinnt die Oberhand. Denn Führung muß sein, so oder so. Erst warfen Gassenjungen mit Birnen oder Kartoffeln, die sie den Marktweibern auf dem Gärtnersmarkt entwendet hatten, die Fenster unserer Pfalz ein. Das war die Ouvertüre. Als dies weiter nicht gerügt wurde, organisierte man sich insgeheim zu einem regelrechten Pfalzsturm. Zwar bewilligte der Magistrat die Forderungen der Volksvertreter; aber da fing dann ein Wort seine Wirkung an, das man wohl noch oft in Frankreich hören wird: das Wörtchen ›Verrat‹. Sie meinen's nicht ehrlich, hieß es; sie werden das Versprechen nachher zurücknehmen. So kam es denn von allen Seiten her, das Ungeheuer Volk oder Pöbel, das man nicht greifen noch erklären kann, das einem zwischen den Fingern zerläuft wie Wasser, wenn man's anfaßt; die Handwerker verließen ihre Buden; unglaubliche und nie geschaute Brigantengesichter kamen aus den Höhlen, Winkeln oder von auswärts; mit Leitern, Hämmern, Äxten, Brecheisen rückten sie an – und alle auf die Pfalz los, unser altes Stadthaus. Das Militär schlägt Alarm, die Stadttore werden geschlossen, Truppen rücken auf den Platz und umzingeln das Rathaus. Aber das Unbegreifliche geschieht: diese Truppen sehen zu, wie das Gebäude verwüstet wird! Das Ungeziefer klettert auf Leitern empor, bricht Tor und Türen und Schränke auf, zerfetzt Akten und wirft sie massenweise auf die Straße, raubt das Kassengeld und zerreißt das schöne Stadtbanner: Jungfrau Maria mit dem Jesusknaben. Das ganze Haus ist wie mit Bienen oder Wanzen umklettert und durchtrabbelt. Sie steigen sogar auf das Dach und beginnen, die Ziegel abzuwerfen; sie steigen in den Keller, zerschlagen die Riesenfässer und lassen den Ratswein drei Schuh hoch in den Keller laufen. Hier betrank sich der vierte Stand. Weiber schleppen in Kübeln Wein weg, andere muß man in ihrer Trunkenheit davontragen, sonst wären sie in dem unterirdischen Rotwein-Weiher ertrunken. Es sind etwa dreizehnhundert Ohm vergeudet worden. Und die Truppen? Die standen dabei, Gewehr bei Fuß!«

»Und Klinglin, der die Truppen unter sich hat?«

»Der ritt herum und rief in seiner jovialen Weise den Straßburgern zu: ›Kinderle, macht was ihr wollt! Nur nit brennen!‹ Er glaubte jedenfalls durch diese Zurückhaltung Schlimmeres zu verhüten.«

»Schon sein Vater, der Prätor, hat die Stadt in Unehre gebracht und mußte verurteilt werden.«

»Eben darum hat der Sohn nicht viel Ursache, dem Magistrat Kastanien aus dem Feuer zu holen.«

Birkheim wetterte und fluchte. »Und der Stadtkommandant, diese Schlafmütze von Rochambeau?!«

»Wir haben ihm kräftig Vorstellungen gemacht«, nahm Pasquay das Wort. »Ich war selbst bei einer Abordnung. Aber er wollte nicht auf die Bürger schießen lassen. ›Bürger?‹ sag' ich. ›Gesindel! Lassen Sie die Kolben benutzen, so läuft das Gesindel, was gehst, was hast, so schnell's die Beine tragen!‹ Der Prinz von Hessen-Darmstadt war gescheit genug, ein Detachement seines Regiments zu nehmen, ohne Befehl abzuwarten, und von der Schlossergasse her säubern zu lassen. Das ging wie geschmiert. Die Stürmer flogen nur so unter den Kolbenstößen hinaus. Da ließ denn auch Rochambeau trommeln: die von Royal-Elsaß rückten von der andren Seite an, Schritt für Schritt; auf dem Schwibbogen über der Schlossergasse treffen sich die beiden Regimenter – und die Pfalz war geleert, ohne daß es auch nur einen einzigen Toten gab.«

»Warum hat man das nicht gleich getan?« rief Birkheim.

»Die alte Geschichte! Diese Unentschlossenheit wird der Stadt so einige 60.000 Livres kosten«, sprach Ehrmann. »Aber das Gute hat sie wenigstens, daß nun wir Bürger eine Schutzgarde, eine Nationalgarde formieren werden. Das wird Ordnung schaffen. Die freie Reichsstadt hat früher ihre Bürger in Waffen geübt, wir werden's in Zukunft wieder also halten.«

»Ja, ja, unsre gute alte Reichsstadt Straßburg!« seufzte Türckheim. »Bis zum Pfalzsturm, bis zum 21. Juli 1789, war Straßburg trotz französischer Oberhoheit selbständig. Fortan wird Straßburg tun, was Paris tut. Der Pfalzsturm ist eine lächerliche Nachahmung des Bastillensturms.«

»Und Dietrich?« fragte Birkheim plötzlich neugierig. »Was sagt denn Freund Dietrich zu dem allem?«

»Er hat sich redlich um Frieden zwischen Volk und Stadtrat bemüht«, antwortete Pasquay.

»Er geht ja wohl ganz in Politik auf?«

»Ich glaube wohl«, versetzte Türckheim zurückhaltend, nahm eine Prise und fuhr mit der Hand über Gesicht und Kinn. »Die Politik scheint doch wohl sein recht eigentlich Element zu sein. In unserem Freund Dietrich ist ein seiner, edler Ehrgeiz, eine umfassende Arbeitskraft, eine nimmermüde Fähigkeit der spannkräftigen Repräsentation. Straßburg braucht gerade jetzt einen solchen Mann. Er wird eine glänzende Karriere durchlaufen bis hoch hinauf.«

Hier schwieg Baron von Türckheim bedächtig. Es waren Worte der Bewunderung, die er über den hochbegabten Freund äußerte. Aber es klang Sorge hindurch. Die Türckheims wohnten zu Straßburg an der Ecke der Brandgasse, in der Nähe des Zweibrücker Hofs. Die Rückseite des vornehmen Hauses ging mit einer Terrasse auf den Broglieplatz hinaus. Und ebendort am Broglie lag das Hotel des vornehmen und feingebildeten Barons Philipp Friedrich von Dietrich, der jetzt als königlicher Kommissar zwischen den streitenden Parteien der Stadt eine wichtige vermittelnde Stellung innehatte.

»Wenn er sich«, fügte Türckheim nachdenklich hinzu, »bei grundsätzlicher Anerkennung der neuen fortschrittlichen Ideen in seiner parteilosen Stellung zu halten weiß – nun, so wird er gut fahren. Man muß abwarten, ob sein Naturell ihm das erlaubt.«

Hartmann hatte diesem Gespräche beigewohnt. Er empfand die herbe, männliche Art, wie sich die Herren über die nervöse Zeitlage äußerten, als wohltätig. Aber die Tatsachen selbst empörten den Moralisten.

»Wie kann man nur diese Verwegenheit des Pöbels dulden!« rief er aus. »Wenn das Tier mächtig wird, so müssen ja ideale Grundsätze zuschanden werden!«

»Wir müssen uns noch auf manchen Blutstropfen gefaßt Machen«, bemerkte Birkheim.

Das Wort Blutstropfen ließ den jungen Mann erröten. Seine persönlichsten Angelegenheiten standen plötzlich um ihn her und schauten ihn schweigend an. Er verabschiedete sich von der Gesellschaft und suchte sein Zimmer auf.

Dort schritt er eine Zeitlang ernst und düster, mit gekreuzten Armen, hin und her. Dann erwies ein neuer Brief, den er von der Marquise an diesem Nachmittag erhalten hatte, seine lockende Gewalt: er zog das Schreiben heraus und küßte die zierliche Handschrift. Die Beziehungen, die durch das Wort »Blutstropfen« zwischen den Stürmen seiner Seele und den Stürmen der Revolution vorübergehend in seinen Gedanken aufgetaucht waren, verflüchtigten sich wieder. Da lag vor ihm in der Schublade sein Tagebuch mit den säuberlich geschmiedeten goldenen Gedanken. Er hatte es seit jenem Abend, an dem er das wohldurchdachte Lobwort auf die elsässischen Abendröten eingezeichnet hatte, nicht mehr angerührt. Wie beschaulich und charaktervoll klangen die damals geschriebenen Sätze! Und jetzt?

Und jetzt? ...

Diese Französin hatte einen Strich unter sein bisherig Leben gezogen. Dieses gallische Weib hatte ihn aus dem gemächlichen und selbstgerechten Weisheitstrab heraus- und in ihren rascheren Lebensritt mitfortgerissen.

»Mein lieber Herr Hartmann! Da bin ich also wieder und erfülle die äußerst angenehme Vorschrift meines Herrn Lehrers, indem ich die angegebene Stelle aus den ›Leiden des jungen Werthers‹ in die schönste Sprache der Welt übersetze. Also, hören Sie zu, ob ich es gut mache! Lotte an Werther: Geliebter, Heißgeliebter, Gedanke meines Herzens Tag und Nacht! Ich habe mir bei Dir ausbedungen, daß ich frei heraussagen darf, was ich empfinde. Wohlan, das tu' ich auch heute wieder, werde es immer und ewig tun, will und werde mich nicht einzwängen in konventionelle Lügen und Phrasen. Und so muß ich Dir denn sagen, mein Geliebter, daß ich krank bin vor Sehnsucht nach Deinem Mund, nach Deinen Armen, nach Deinem Duft, nach Deiner Stimme, o mein Geliebter! Ich konnte in jener Nacht nach jener unvergeßlichen Dornhecke keine Stunde schlafen, bin zehnmal ans Fenster gesprungen und hab' im Nachtkleid hinausgeschaut in der Richtung, in der Du fortgefahren, und hab' über die Ebene gelauscht und Deinen Namen auf meine eigenen Hände geküßt. O käm' er jetzt durch diesen weißen Mondschein gegangen! So dacht' ich tausendmal bei mir – und malte mir aus, mein Freund, Du schwängest Dich plötzlich dort auf die kleine Gartenmauer und beruhigtest den Hund durch ein Stück Brot, und riefest leise zu meinem Fenster herauf. Mein Gott, ich erschrak und trat schnell hinter die Gardine zurück, um nicht im Negligé gesehen zu werden. Dann ging ich ins Wohnzimmer und setzte mich an die Stelle, wo Du gesessen und malte mir noch einmal alles aus – und legte mich wieder zu Bett und habe mich vielleicht in den Schlaf geweint, vielleicht, ich weiß es nicht, ist ja auch nicht nötig, daß ich Dir das alles hübsch deutlich sage, mein ohne Zweifel bereits hochmütiger Herr Werther, sonst wähnst Du am Ende, Du könntest diese verschwärmte Lotte beherrschen?! Glauben Sie das nicht, mein Herr, ich lasse mich nicht beherrschen! Ich kleine, dumme, gutmütige Person bin oft genug im Leben von Manneslaune beherrscht, getäuscht, getreten, mißhandelt worden, bis ich die Krallen zeigte! Ich habe Krallen – und ich kann mich wehren. Überhaupt: nimm nicht alles zu ernst, was ich Dir Hübsches gesagt habe, es ist Neckerei dabei. Deine deutsche Schwerfälligkeit, Dein einfältig gutes Gesicht, das immer so verblüfft zu fragen scheint, wenn etwas Ungewohntes an Dich herantritt – das amüsiert mich. Ich kann es nicht oft genug sehen, das liebe, ratlose Gesicht, und so such' ich Dich zu verblüffen, bald durch närrische Zärtlichkeit, bald durch Neckerei, und so bist Du in beiden und allen Fällen der Gefoppte und kommst aus Deinem entzückenden Verwunderungsgesicht gar nicht mehr heraus. O mein Süßer, wenn ich Dich doch hier hätte! Ich rede ja töricht, denn ich liebe Dich rasend, und da reden die gescheitesten Frauen töricht, geschweige denn ich unbedeutende Person. O mein Lieber, soll ich Dich denn wirklich erst in acht Tagen wiedersehen? Wirst Du nicht in der Zwischenzeit wieder in Pedanterie und Moralismus entarten und mich am Ende mit einem korrekten Absagebrief beglücken? O nur das nicht! Mein Freund würde mir das Herz brechen. Ich bin ja grauenhaft allein. Wenn Du mich einmal noch viel lieber hast als jetzt, so erzähl' ich Dir das Schwere, Schreckliche, Scheußliche, das ich zu Paris habe durchmachen müssen, so daß Du der allererste reine Klang bist in einem Dasein voller Entwürdigung. Bleib mir, o bleib mir! Und wenn Du mich nicht lieben kannst, so sag's jetzt gleich – oder komm und überzeuge mich küssend vom Gegenteil! Ich will Tag und Nacht auf Deinen Schritt lauern! Komm! Lotte. – Nun? Hab' ich das fein übersetzt, sehr verehrenswerter Herr Hartmann? Wohlan, so senden oder bringen Sie ein Zeichen Ihrer Anerkennung recht bald Ihrer erwartungsvollen Elinor.«

Der schwerblütige Alemanne schlürfte diese Mischung von spöttisch ausweichendem Stolz und unverhaltener Leidenschaft wie einen französischen Champagner. Sein Blut war belebt, seine Gestalt gestrafft, Herz und Sinn entzückt von dieser leidenschaftlichen Hingabe einer verführerisch anmutigen Frau.

Man spürte diesen verstärkten Lebensstrom, der sich als geheimes Feuer durch Hartmann ergoß, auch in seinem Unterricht. Die Religionsstunde war von innigster Überzeugung durchglüht. Mit fast zärtlicher Genauigkeit widmete er sich seinen nicht leichten Lektionen. Es fiel sogar dem kleinen Gustav auf, daß der ehedem leicht verdrießliche Lehrer ins Zärtliche umgewandelt sei. »Sie sind auf einmal so gut, Herr Hartmann«, sagte er unvermittelt, als Hartmann mit milder Nachsicht zurechtstellte, was er sonst ärgerlich und laut zu rügen pflegte. Für Birkheim, der nicht gern am Schreibtisch saß, übernahm er willig umfangreiche landwirtschaftliche Rechnungen und ließ sich am Spieltisch gern im Tarok besiegen, um dem Baron, der sich über verlorene Partien jedesmal zu ärgern pflegte, Freude zu machen. Es ging Wärme von dem jungen Manne aus, seit er sich dem Glanze jener Sonne ausgesetzt sah; wie der Phosphor nächtlich nachleuchtet, wenn er tagsüber belichtet worden.

An jenem Abend legte sich eine weiche Sommernacht über das Gelände. Aus den heißgekochten Reben schien in der kühlenden Nacht ein berauschender Weinduft herüberzuwehen. Der Duft verband sich mit dem abendlich feuchten Heugeruch der Wiesen. Die Frösche sangen in daseinsfrohem Chor weithin dem Vollmond entgegen. Kein Nachtwind. Unter den Parkbäumen, die stumm wie eine Mauer standen, und draußen im scheinbar endlos weiten Lande bis hinüber ins Ried und an den Rhein war eine magische Stille.

Was für ein Ton kam durch diese silberne Sommernacht? Eine Pappel stand steil in der Ebene; dahinter der Mond; sie stand wie eine lodernde Fackel. Von dort rann das blasse Licht durch die silberne Ebene. Kam von dort der Ton? Oder war irgendwo, in kaum noch herwirkender Ferne, ein Dorf in Brand? Kam ein klagendes Sturmläuten von irgendwoher und verwandelte sich hier in säuselnden Traumfrieden? Oder war ein Abendglöckchen am Rain eingeschlummert und erwachte nun und läutete sein Nachtgebet zu Ende?

Ein Käuzchen rief übers offene Feld; ein Tropfen oder ein Käfer fiel vom Baum, unter dem Viktor am äußersten Parkrande stand, ohne sich in die milchweiße Helle hinauszuwagen.

Schwarz und massig, wie der Krater eines Vulkans, lagen die Gebirgskämme zwischen dem Elsaß und Frankreich. Dahinter war jetzt Revolution. Die Bilder von dort mischten sich in seine Sehnsucht nach der Frau da drüben am Gebirge. Türckheim, der durch den in Paris weilenden Bruder genau unterrichtet war, hatte schauerliche Einzelheiten erzählt. Die Vorstadt Saint-Antoine hatte aus Dunst und Ruß und Lumpengestank ein schwärzlich Kloakengesindel ausgespien: fahle Gesichter, gezeichnet von Hunger und Laster, mit wild herabhängendem pechschwarzen Haar und einem bis zu Krampf und Erschöpfung brüllenden Mund. Wie ein Bündel wird der Bastillenkommandant in dieser gepreßten, tobenden Volksmasse von Faust zu Faust gewirbelt und in blutige Fetzen zerrissen. Und so wird auch der Greis Foulon, der flehentlich um sein Leben winselt, von der heulenden Menge an die Laterne gezerrt – zwei Stricke reißen – der herabgefallene Alte jammert laut – bis er endlich erwürgt schweigt. Man hackt ihm den Kopf ab, steckt ihm Heubüschel in den Mund, trägt den blutigen Schädel auf einer Pike durch Paris. Ähnliches widerfährt seinem Schwiegersohn Berthier, der aber eine Flinte packt und mit dem Kolben um sich schlägt, bis auch er zerstampft ist. Mit solchen Mordtaten wird dort die neue Zeit eingeläutet ...

»Schurken – aber sie haben Mut und Kraft«, knirschte der verzagte Hartmann. Und es brach eine andre, eine nächtliche Moral aus dem Stubenmenschen heraus, die zu seiner Entrüstung von heute nicht wohl paßte. »Ich verabscheue den viehischen Pöbel – aber auch diese wollen leben, lieben, genießen und sterben wie wir alle! Sie wollen Liebe, sie wollen Leidenschaft!«

Seine Seele schäumte empor.

Und nun drängte das Gewimmel seiner Gedanken immer bewußter dahin, wo für ihn die Lebensfrucht am Baum hing.

Er hatte mit jähem Sprung den schwarzen Park verlassen. Er wanderte stürmisch, die Hände auf dem Rücken, mit fliegendem, langem Rock, weit ausschreitend; es riß ihn auf Wiesen- und Feldwegen dem dunkelblassen Gebirge zu. Mondschimmer spannen ihn ein, als er aus dem Schatten herausgetreten war; Luftgestalten empfingen ihn; es lockten Sylphiden und Feen ihm voraus – und die süßeste von allen Feen hieß Elinor und wartete drüben am Gebirge. Das viel zu ferne Landhaus der Marquise zu erreichen, war anfangs nicht seine Absicht. Er folgte blindlings einem seiner Rauschanfälle. Das in ihm Angestaute brach empor und trieb ihn vorwärts. Er dachte nicht an Besitz, er war nicht erpicht auf Genuß, als er in elastischer Gangart dahineilte. Sein Herz und seine Phantasie waren viel zu stark beteiligt; er war in einem zeitlosen Feenland. »Ihr Haus von ferne sehen – eine Blume vor's Fenster legen – und wieder zurück an die Pflicht!« ...

Gibt es zwischen Menschen, die aufeinander gestimmt sind, eine Fernwirkung? Ahnte die Marquise, daß die fein andeutenden Lockungen ihres Briefes wirkten?

Auch Frau von Mably schritt schlaflos durch ihren Garten. Mehrfach blieb sie am weißgestrichenen Holzgitter des Hoftors stehen. Es war spät in der Nacht. Aber sie konnte sich nicht zum Schlaf entschließen. Endlich, nachdem sie noch einmal nach dem mondscheinstummen, ganz in Schlummer versunkenen Hause zurückgehorcht hatte, glitt sie hinaus. Doch war sie vorsichtig genug, den großen Hofhund mitzunehmen, der schwer und treu neben der leichten Gestalt einherschritt. Nur bis zum nächsten Hügel wollte sie sich vorwagen, nur über die Weinberge hinüber in die Ebene den Blick fliegen lassen, in diese zauberhaft vor ihr ausgebreitete elsässische Sommermondnacht.

Kaum auf dem Hügel angekommen, wo der Hohlweg einsetzt, der für sie beide so rosige Erinnerungen barg, vernahm sie durch die weithin stille Nacht die Schritte eines herankeuchenden Wanderers. Ihr erster Gedanke war Flucht; aber sie blieb stehen. Es ging ihr sofort die Gewißheit auf, wer der Herannahende sei. Sie hielt den Hund am Halsband fest; sie stand neben dem dunklen Tier wie eine helle Bildsäule. Da trat jener heraus ins weiße Licht. Er sah die Gestalt – und wie ein leiser Überraschungs- oder Triumphruf entquoll es der heftig arbeitenden Brust. Festgebannt stand auch er. Doch nur einen Augenblick, dann hatten sich beide erkannt, hatten beide gar nichts anderes erwartet – flogen aufeinander zu und schlossen sich mit Lauten des Entzückens in die Arme. Nie zuvor und nie nachher wieder schlugen mit so gleichmäßiger Gewalt von beiden Seiten her die Flammen der Liebe ineinander über.

Sie streichelte ihn unter Weinen und Lachen, sie wischte ihm mit ihrem Taschentuche die heiße Stirn ab, sie zupfte den Geliebten am Rockkragen, wie um sich zu überzeugen, daß er lebendig und leibhaft nahe sei; sie umschlangen sich wieder und wieder und stammelten Worte der Zärtlichkeit. Alle Furcht, die ihm jenen ersten Tag noch beeinträchtigt hatte, war aus seinem Wesen gewichen; und auch der letzte und leiseste spöttische Zug ihres Gesichtchens oder Ton des Übermuts in ihrer Stimme war vertilgt. Nur der quellende Laut einer allmächtig ihr Wesen erschütternden Liebe jubelte aus ihr empor; bis sie endlich beruhigter Arm in Arm nebeneinander dahinschritten. Sie schmiegte sich wie ein Kind an ihn; das gleiche Tuch umhüllte sie und den noch erhitzten Wanderer; er neigte sich manchmal in überfließender Zartheit und Güte zu ihr nieder und küßte ihr Tränen des Glückes aus den Augen.

Nach und nach stellten sich wieder zusammenhängende Sätze ein; sie gingen in ein flüsternd Gespräch über, das gedämpft unter dem hohen Sternhimmel verklang. Sie gestand, sie hätte es nie für möglich gehalten, daß es etwas so – sie suchte nach einem Wort und sagte endlich – »etwas so Heiliges« geben könne. »Denn heilig bist du mir, o du mein süßer Geliebter! Ich bin ja so sehr beschmutzt worden in meinem Leben!« Sie atmete heftig, lehnte den Kopf an seine Brust, und die Erregung drohte sich in Tränen zu lösen. Er legte sanft und zart das verschobene Tuch wieder um die Schulter und küßte ihr die Tränen fort. »O wie gut du bist!« murmelte sie. »Wie kann es nur etwas so Gutes geben! Ich hielt die Männer alle für roh und schlecht, ich habe sie nie anders kennen gelernt.«

Und nun ergab es sich von selbst, daß die liebende Frau auf ihr Lebensschicksal zu sprechen kam, häufig von Tränen, Küssen und Erschütterungen ihres kleinen, eleganten und sensitiven Körpers unterbrochen. Sie enthüllte die seelische Dürftigkeit und Schande ihrer Ehe. Wie sie aus dem Kloster heraus in vollster Einfalt und Verspieltheit frühe schon einem Lebemann vermählt worden – wie mit dem Hochzeitsabend ihr langes Leid begonnen – wie »er« sie danach in schamloser, zynischer, stadtbekannter Weise betrogen und mißachtet habe. Sie bat um Verzeihung, daß sie Nachteiliges rede von »ihm«, den sie weiter nicht nannte; er habe seine ritterlichen Tugenden, sei aber, wie fast alle dort in Paris, liederlich und leichtsinnig und huldige sogenannten vornehmen Passionen.

Hier brach sie ab. Sie umkrampfte den Geliebten unter erschütterndem Weinen und stieß in ihrer rücksichtslosen Offenheit ein letztes Bekenntnis heraus. »Da bin auch ich – auch ich nicht immer tugendhaft gewesen – ich habe zum Trotz auch nach ihm nichts gefragt – ich bin hundertfach leichtsinnig gewesen – ich bin schlecht, schlecht, aber ich hab' dich lieb! Ich liebe dich, das ist alles, was ich dir sagen kann! O glaube mir, ich habe noch nie geliebt wie jetzt, glaube mir, ich liebe zum ersten Male! Durch dich, Süßer, weiß ich, was Liebe ist. Nun hab' ich nur noch einen einzigen Wunsch: von dir geliebt zu werden – ein kleines Stündchen von dir geliebt zu werden – und dann zu sterben!«

Viktor hatte sich an den Rain gesetzt. Sie lag zwischen seinen Knien wie in der Nische vor einem Heiligenbilde.

Was an Güte, Innigkeit und Trostkraft in dem liebenden Manne war, strömte nun in Aberfülle auf sie herab. Er wiegte sie wie ein Kind in seiner Zärtlichkeit, er gab ihr die seelenvollsten Namen, Erd' und Himmel schienen sich zu vermählen. Und die sonst so beherrschungsstarke, ihr Leid lächelnd und spöttelnd in sich verbergende Gesellschaftsdame trank seine Worte und Küsse begierig in sich ein. Sie ließ sich hegen und herzen, wiegen und tragen. Es war die seligste Stunde ihres Lebens. Erst als der Hund anschlug und in irgendeiner Ortschaft ein Nachtwächter die Stunde sang, besannen sie sich, daß sie auf der Erde waren, und daß der Morgen nahe war. Nun spürte er seine ungeheure Ermüdung. Er bot ihr den Arm und führte sie schweigend bis in die Nähe des Hauses. Noch ein Aufzucken, als sie Abschied nahmen – dann war sie verschwunden. Und er schritt den weiten Weg zurück.

Woche für Woche ritt Hartmann ans Gebirge hinüber, um deutschen Unterricht zu erteilen. Die heißblütige Frau war von vornherein gewillt, diesen Unterricht nur als einen Vorwand zu benutzen. Erst kam Addy an die Reihe; die Mutter wohnte bei; dann gedachten die beiden Liebenden leichtere Stellen miteinander zu lesen. Das hübsch zusammengestellte Programm umfaßte eine Auswahl aus Werthers Leiden, Pfeffels Fabeln, Klopstocks Oden, Geßners Idyllen und Tod Abels, Wielands Agathon und aus den Alpen von Haller. Der Lehrer unterzog sich anfangs auch hier seiner Aufgabe mit eigensinniger Zähigkeit, obschon ihn die Neckereien und Liebkosungen der unseßhaften Frau wie Sommerfalter umtändelten. Seine vielbelächelte Gewissenhaftigkeit war ihm eine Zeitlang Halt und Gegengewicht. Aber diese Stütze war nicht zuverlässig; immer längere Pausen der Liebkosung drängten sich in die Lektüre ein. Zuletzt waren Buch und Pflicht nur noch Mittel, um die Außenwelt zu täuschen.

Dem 14. Juli war inzwischen die vierte Augustnacht gefolgt: jener Ausbruch einer großzügigen Begeisterung, die den französischen Adel hinriß, in einer einzigen Nachtsitzung auf seine sämtlichen Feudalrechte freiwillig zu verzichten. Dieser gallische Elan schlug in Frankreich, schlug in ganz Europa durch. Das erwarb der französischen Nation und ihrer revolutionären Bewegung die Sympathien der besten Geister. Deutsche Dichter und Denker wie Klopstock und Kant erfaßten mit Wärme die übernationale Bedeutung dieses freiheitlichen Bruchs mit aller Despotie. Der sonst so höfliche Kant, ein Meister feingetönter

Geselligkeit, konnte unhöflich werden und das Gespräch abbrechen, wenn man seiner Lobrede auf die französische Revolution widersprach. Die schwarzröckigen Tübinger Stiftler tanzten um Freiheitsbäume herum; und so tanzten die Gedanken manches europäischen Bürgers begeistert den Rhythmus der raschblütigen Franzosen mit.

Man schüttelte zwar bedenklich zu manchen Begleiterscheinungen den Kopf. In dieser liebenswürdigen Nation lag ein Raubtier verborgen; die Pfoten dieser anmutigen Tigerkatze hatten Krallen. Doch glaubte vorerst noch jedermann an die Möglichkeit eines freiheitlichen Königtums, einer konstitutionellen Monarchie.

Auch in nächster Nähe geschahen Dinge, die zu Besorgnissen Anlaß gaben. In Kolmar gerieten die Zünfte heftig aneinander. Im Sundgau mit seinen grobkörnigen Bewohnern rottete sich Raubgesindel zusammen und plünderte zu Sierentz und andren Orten. Zu Gebweiler kamen bei fünfhundert Bauern aus dem Sankt Amarintal und verwüsteten das Schloß des Fürsten von Murbach. »Alle Fenster mitsamt den Rahmen«, erzählte ein Hausierer, der durch Birkenweier kam, »haben sie mit Äxten zerschlagen; die Kommoden, Büfette und Kästen sowie alle Ziegel sind zertrümmert; auf dem Parkettboden haben sie Feuer angemacht und die Bibliothek verbrannt; die Tapeten, Spiegel und Betten sind in Fetzen und Stücke gegangen; den Wein haben sie verschüttet oder gesoffen; 's ist ein Faß von 1600 Ohmen halb leer gelaufen; das Silbergeschirr haben sie mitgenommen – kurzum, sie haben vom Straßburger Pfalzsturm gelernt, was eben zu lernen war. Nachderhand ist zwar ein Detachement Dragoner eingeritten – aber, lauf du ihnen nach, die losen Vögel waren längst wieder über alle Berge!«

Auf alle Fälle hielt man in Birkenweier die Flinten im Stand und richtete zeitweilig Nachtwachen ein. Und wenn man nach Kolmar fuhr, so steckte man dreifarbige Kokarden an den Hut.

Die Liebenden achteten wenig auf diese Wirbel um sie her.

Eines Nachts fand der Hauslehrer am Parkrand ein gesatteltes Pferd angebunden. Er traute seinen umdämmerten Augen nicht. War das ein Spuk? War das ein gespenstisch Roß und vom Teufel gesattelt und vorgeführt, um ihn zu versuchen? Nein, es war Frau Elinors Reitpferd; er kannte es sofort an dem weißen Fleck über den Nüstern. Da glitt für einen Augenblick ein Schreck in seine Seele: das war offenbar Hans, der Kutscher! Der war herübergeritten, pürschte durch den weitläufigen Park hin seinem Käthl nach und setzte sich der Pistole eines Nebenbuhlers aus! Himmel, welch ein Unglück könnte das geben! O frevelhafte Tollheit verliebter Leidenschaft ... Aber da sprang auch schon eine weibliche Gestalt aus dem Schatten und warf sich an seinen Hals: »Ich konnt' es nicht aushalten, Geliebter, ich mußte dir jenen nächtlichen Besuch erwidern, da bin ich herübergeritten!«

Viktor schloß übersprudelnd vor Glück und Wonne die liebende Frau in die Arme. Der Beigeschmack von Gefahr steigerte die zärtliche Leidenschaft. Er neckte sie: ob sie wohl auch diesen nächtlichen Feenritt beichten würde? Sie lachte und küßte; seit dem Weinbergweg hätte sie nicht mehr gebeichtet. »Das war früher noch so eine Schwäche, ein Überrest vom Kloster, den ich vor der Welt verbarg; nun ist mir auch dies gleichgültig, Kirche, Staat, Gesellschaft, Sitte – alles gleichgültig! Nur nicht deine Liebe!«

Von nun ab sahen sie sich manchmal auch in hellen Nächten. Und in all diesem verwegenen Wirbel hatte Feenkönigin Elinor die Führung. Sie war keine grobsinnliche Natur; vielmehr amüsierte und reizte die Provenzalin der Hauch von Abenteuerlichkeit, der mit diesem listigen und kühnen Liebesspiel verbunden war. Sie war in dergleichen geübt und war voll von den Fiebern einer sterbenden Luxus-Epoche. Daß sie den ernsten Jüngling bis auf den Grund seines Nerven- und Seelensystems verwirren und in ihrer Umgebung Unheil anrichten könnte, kam ihr nicht zum Bewußtsein. Grade die Einfalt und Hingerissenheit seiner Liebe entzückten sie als etwas Neues. Und gegen Moral und Reue schien sie gefeit.

Mit Adelaïde, der Tochter der Marquise, ging um diese Zeit eine merkliche Veränderung vor. Das zwölf- bis dreizehnjährige Mädchen war in manchen Dingen früh entwickelt und auch äußerlich lang aufgeschossen. Nun schien sie trotz der guten Landluft blasser und zugleich noch zärtlicher zu werden. Wohl war sie seit geraumer Zeit bekannt dafür, daß sie leicht zur Ermüdung neigte; aber noch häufiger als sonst zog sie sich vom wilden Kinderspiel zurück, dem sie in früheren Jahren oft ausgelassen gehuldigt hatte, und setzte sich zur Mutter. Die ungelenke, langgliedrige Gestalt des Mädchens kauerte sich zusammen; sie legte den Kopf an die Brust der kleinen Mutter, wühlte die Ringellocken recht fest an Mammy ein und schaute mit großen, glänzenden Augen stumm die Anwesenden an, besonders Viktor. Scherzweise nannte man sie mitunter »Fräulein Dornröschen«:

sie habe sich offenbar an einer Spindel gestochen und neige daher zur Schlafsucht. Dann lächelte sie einen Augenblick ihr reizend melancholisches Lächeln, das wie ein Windschimmer auf einem Teich über ihr fremdartig ernstes Gesicht flog und wieder verging.

Indessen war die sonst überzärtliche Mutter von ihrer eigenen Leidenschaft viel zu sehr in Anspruch genommen, um diesen Erscheinungen eines Übergangsalters einen besonderen Wert beizumessen. Dann aber kam ein Tag, da horchte sie erschrocken auf und hatte fortan mit einem Angstgebilde zu kämpfen, das dauernde Spuren in ihr zurückließ.

Mutter und Tochter waren auf einem ausgedehnten Spaziergange von einem Gewitter überrascht worden, das hinter ihnen herjagte und große Regentropfen voraussandte. Adelaïde schlug den eigenen Sommermantel auch um die zierliche Mutter und legte liebevoll besorgt den Arm um die kleine Frau; so schritten sie als ein Doppelwesen eilig den Hügel hinan. Sie hatten, wie schon häufig auf ihren Spaziergängen, von Hartmann gesprochen.

»Ich wollte, ich hätte einen Bruder«, hatte Addy geplaudert. »Aber er müßte älter sein als ich, so etwa wie Herr Hartmann. Es ist so schön, wenn man sich zu einem großen Bruder flüchten kann, der alles weiß und versteht. Herr Hartmann weiß sehr viel, nicht wahr, Mammy?«

»Gewiß, mein Kleines. Leider mußt du dich nun aber mit deiner Mutter begnügen.«

»Es ist auch ganz gut, daß Herr Hartmann nicht mein Bruder ist.«

»Warum?« – »Du hättest ihn ja doch viel lieber als mich.«

»Als dich, meine Addy? Wie kommst du auf einen so törichten Einfall?«

»Ich weiß ja doch, daß du ihn lieber hast als mich.«

»Addy –?!«

»Aber, kleine Mammy, tu doch nicht so!«

»Wie kommst du auf eine solche törichte Grille, Addy?«

»Ich weiß es«, beharrte das Kind.

Die Marquise war äußerst bestürzt. Sollte das Mädchen etwas bemerkt haben?

»Addy«, fragte sie ernst, »sag mir, wie kommst du auf diesen Gedanken?«

»Herr Hartmann verdient es ja auch«, wich sie aus. »Er ist so gut zu dir.«

»Das ist er auch zu dir, Addy, und zu allen. Und dann: sollen wir ihm nicht in den wenigen Wochen, die wir ihn noch haben, recht viel Aufmerksamkeit erweisen?«

»Wenige Wochen?«

Addy blieb erschrocken stehen.

»Nun, im Herbst reisen wir nach Paris zurück, und er vielleicht auf eine deutsche Universität. Wer weiß, ob wir uns dann überhaupt noch einmal sehen im Leben? Drum laß uns vergnügt die Gegenwart genießen – und dann Strich drunter! Vorwärts, Herzchen, es regnet!«

Addy sagte nichts weiter. Sie eilten beide den Hügel hinan, fast schon im Laufschritt, verfolgt vom Donner, vorwärts gepeitscht vom beginnenden Platzregen. Plötzlich blieb das Mädchen stehen und griff ans Herz. »Ich – kann nicht mehr – Mammy –« Und da sank sie auch schon auf die Mutter hinüber. Die tödlich erschrockene Frau hielt mit ganzer Kraft die Ohnmächtige fest. Addys Gesicht war wachsbleich, die Arme hingen schlaff herab, es regnete auf die gebogene, dünngeschmeidige Gestalt wie auf eine gebeugte Herbstblume. »Addy, mein Kind!« Sie erwachte wieder. Und mühsam, halb von der Mutter getragen, erreichte sie das Haus. Rasch wurde sie zu Bett gebracht, mit Tee und heißen Tüchern durchwärmt; und am andren Morgen, nach einem tiefen Schlaf, war sie zur närrischen Freude der Mutter wieder vollkommen munter.

Dieser Vorfall störte Frau Elinor auf. Die Sorge um ihr Kind schlief nicht wieder ein. Mit dem Körper oder der Seele dieses Mädchens war irgend etwas nicht in Ordnung. Sollte eine Herzschwäche, die den Großvater früh entrafft hatte, in diesem engelsanften Wesen wieder auftauchen? Der Marquise zitterten die Knie bei diesem Gedanken. »Herr im Himmel, nimm mir alles, alles, alles, nur nicht mein Kind!« Sie ward inne, wie wurzelhaft sie mit diesem einzigen Wesen verwachsen war. Oder sollte – auch das schoß ihr in die besorgte Seele – sollte das frühreife Mädchen von einem ähnlichen Schicksal ergriffen sein wie sie selbst? Sollte sich etwas von ihrer eigenen Leidenschaft für Viktor auf das Mädchen übertragen haben? Nein, nein, dies allzu junge Geschöpfchen mit seinem kräftigen Appetit und seiner gähnenden Müdigkeit wußte noch nichts von Liebe; es mochte sich allenfalls um eine harmlose Schwärmerei handeln, wie sie diesem Alter angemessen ist. Wenn aber gar – wenn Addy die unvorsichtigen Liebenden in verfänglichen Stunden belauscht hätte?!

Die kleine Marquise saß in sich gebückt, preßte den feinen Mund zusammen und zählte mit peinlicher Sorge alle Liebesstunden nach. Sie kam auf diese Weise zum erstenmal zu einer Art Rückschau. Sie vergegenwärtigte sich ihre gesellschaftlichen Bekannten und deren Mienen: ob man wohl etwas erraten habe von ihrem geheimen Verhältnis zu diesem Hofmeister? Hatte nicht neulich Baron Birkheim von »Frau Elinor, der Liebeskünstlerin« gesprochen? Hatte möglicherweise bereits alle Welt diese Leidenschaft einer Dame von Stand bemerkt und belächelt? Hatte Addy selber nicht nur die Leidenschaft, sondern auch die Spötteleien darüber beobachtet und schwieg und litt –?! »O mein Gott! O mein Kind!«

Das Nervensystem der leidenschaftlichen und körperlich nicht sehr starken Frau hatte sich in diesen erregten Wochen erschöpft und war dieser neuen Sorge nicht mehr gewachsen. Sie brach zusammen. Und tags darauf kniete sie in der kühlen Stadtkirche von Rappoltsweiler und murmelte ihre Reue und Sorge in den Beichtstuhl.

Um dieselbe Zeit streiften eines Nachts der Baron und sein Hauslehrer mit ihren Jagdflinten durch den Park. Die Nacht war schwarz und schwül. Der Baron trug eine Blendlaterne, die er von Zeit zu Zeit aufblitzen ließ. Um die beiden Männer her schnoberten die Jagdhunde.

Man besorgte zwar keinen gewaltsamen Überfall; aber es war Brandstiftung durch umherstreifendes Gesindel zu befürchten. Der Baron war mild gegen seine Untergebenen und den liberalen Ideen nicht abgeneigt; im Punkte der Selbstverteidigung jedoch war er ein eiserner Aristokrat.

»Ich würde«, sprach er, »einen Brandstifter oder Einbrecher ohne Gewissensbisse niederknallen. Und denken Sie sich, Hartmann, vor ein paar Tagen wäre ich beinahe in die Versuchung gekommen, einem Verliebten einen Schrotschuß zu versetzen. Ich lief noch einmal durch den Park, obschon ruhiger Mondschein war, und sah, wie sich ein Mann am Parkrand bewegte und gleich darauf mit einem Frauenzimmer traf. Schon war meine Hand am Gewehr und ich überlegte einen Augenblick: soll ich? soll ich dir einen Denkzettel geben, unvorsichtiger Bursch? Aber ich wollte dem Menschen und unsrem Hause die Blamage ersparen, bog ab und ging zurück. Tags darauf habe ich meinem

Dienstpersonal eingeschärft, in gegenwärtiger Zeit solche verliebten Streifereien zu unterlassen; im Wiederholungsfalle würde ich losknallen. Natürlich hat mein François Stein und Bein geschworen: das waren Jean und Käthl. Na, ich will das weiter gar nicht wissen. Malen Sie sich aber einmal das Schauspiel aus, wenn man den angeschossenen Burschen auf einer Tragbahre ins Haus getragen hätte, mitten durch ein Spalier von zusammengelaufenen Kindern und Dienstboten!«

Die Nacht breitete ihre wohltätige Finsternis über die Gesichter der beiden Männer. Es war schwül unter dem Blätterdach. Die Hunde raschelten in den Gebüschen. Und im Arm des Kandidaten zitterte die Flinte.

Wenige Tage darauf, ohne daß sich die Liebenden vorher noch einmal gesehen hatten, fand ein längstgeplanter allgemeiner Ausflug in das nahe Gebirge statt. Die Familie Birkheim wollte, bevor man auf einige Wochen nach Rothau zu den dortigen Dietrichs übersiedelte, noch einmal die Freunde des Hauses insgesamt bewirten. Und zwar in Form eines Picknicks im Walde, oberhalb der Dusenbachkapelle, in der Nähe der Ulrichsburg.

Auch Pfeffel und zwei seiner Töchter, Peggi und Friederike, waren mit von der Partie; ebenso Sigismund, der junge Fritz von Dietrich und einige andere Knaben und Jünglinge; Octavie und die Freundinnen hatten Lieder eingeübt; Hartmann hatte sein Waldhorn gestimmt; eine kleine Musikkapelle fehlte nicht; und insgeheim wurden scherzhafte Überraschungen vorbereitet, um das Waldfest abwechslungsreich zu gestalten.

Viktor war an diesem Tage von einer nervösen Ausgelassenheit. War es Absicht oder Überreiztheit der letzten Wochen? Wollte er die große Gesellschaft von seinem geheimen Verhältnis mit der Marquise nichts merken lassen? Er kümmerte sich um die Geliebte absichtlich so wenig als möglich und vermied aus übertriebener Ängstlichkeit jeden Blick, den ein Beobachter etwa hätte auffangen können. Er fürchtete des Barons Scharfblick. Um so galanter war der erwachte und erregte Träumer von ehegestern gegenüber den jungen Damen. Meistens ritt er neben Octavie und Annette, die gleichfalls zu Pferde saßen; er war von einer unreifen und gesellschaftlich nicht immer geschickten Lustigkeit. Der feine Horcher Pfeffel, der seit einigen Wochen durch gelegentliche rheumatische Gesichtsschmerzen in seiner Stimmung gestört war, schüttelte den Kopf dazu.

»Bemerkt ihr es auch?« rief Octavie vom Pferd her in den Wagen, in dem auch Frau von Mably saß, und das braune Haar der Reiterin flog im Winde, ihre klassische Gesichtsbildung leuchtete schöner als je. »Herr Hartmann ist galant! Er macht uns den Hof!«

»Wir haben noch mehr bemerkt«, rief die junge Frau von Waldner. »Statt Frau von Mably deutsch beizubringen, hat er von ihr den Pariser Akzent angenommen und spricht ein fast klassisches Französisch.«

»Habt besonders auf sein ›R‹ acht!« fügte Oktavie lachend hinzu. *»Il pa'le comme un pa'isien!«*

»Warum haben Sie so viel Talent unter den Scheffel gestellt, Herr Hartmann?« rief ihm die Baronin von Birkheim zu, als er wieder einmal in unmittelbarer Nähe ihres Wagens dem Waldhorn melodische Töne entlockte.

»Die Völker sind erwacht!« rief der Übermütige zurück. »Die Freiheit ist im Anmarsch!«

Abermals trompetete er über die hallenden Weinberge und galoppierte in freilich nicht musterhafter Körperhaltung den jungen Damen nach. Der sonst leicht Empfindliche besaß heute kein Gefühl dafür, daß man sich über ihn lustig machte, daß diese unnatürliche Ausgelassenheit seinem sonst so gehaltenen Wesen gar nicht stand.

Auch hatte der solchermaßen auf seinen Stimmungen dahingaloppierende Reiter nicht bemerkt, daß er mit all dem nervösen Mutwillen zwei Menschen weh tat. Addy saß im Wagen bei ihrer Mutter. Die Marquise fühlte sich in diesen Tagen nicht wohl. Beide schwiegen still. Die Rollen schienen vertauscht; die Lebenskraft der Villa Mably schien sich an den Besucher geheftet zu haben.

Als man langsamer fuhr, stieg Adelaïde mit Fanny und dem anderen jungen Volk aus und lief dem langsameren Gefährt vorauf. Die einsame Frau fühlte sich noch einsamer. Sie plauderte ein Weilchen die laufende Unterhaltung mit; dann sprach sie von ihrem Kopfweh und sprang gleichfalls vom Wagen ab, um zu Fuß zu gehen. Die Reiter und Reiterinnen waren weit voraus. Die allein wandernde Frau setzte sich endlich an den Wegrand und zerstieß mit dem spitzen Sonnenschirm den Rasen, als sollte jeder Stoß in ein Herz treffen.

»Er ist brutal!« knirschte die Leidende. »Wenn er den Duckmäuser ablegt, wird er brutal! Um mich zu ärgern, macht er der jungen Welt die Cour. Er fühlt, daß ich ihm über bin – mit Brutalität und Prahlerei will er mir den Vorsprung abgewinnen, will mich ducken und demütigen, da ich mich angesichts der Gesellschaft nicht wehren kann. So sind sie, diese Herren, auch dieser! O, mein Gott, wie das schmerzt! Aber nur nichts merken lassen!«

So wirbelten die bitteren und ungerechten Gedanken aus der leidenden Frau empor. Aber gleich darauf trat sie mit der unbefangensten Miene wieder an den Wagen heran.

»Mein Kopfweh ist fort!« rief sie. »Sehen Sie, das war eine brillante Idee, daß ich zu Fuß lief. Kutscher, Trab!«

Der Hans von Uhrweiler, der auf dem Bock saß, kannte den Ton seiner Herrin; er warf nur einen unaussprechlich bezeichnenden Blick zu der Kranken herum und fuhr dann weiter.

Und immer mehr Sarkasmen, scharfe, stechende Worte blitzten aus der Marquise auf. Alle diese Wortpfeile suchten und trafen Herrn Hartmann, der wieder neben dem Wagen ritt. Jedes Wort saß; knapp und pointiert.

»Seinem Lehrer soll man nicht schmeicheln; Geschmack und Respekt verbieten das; wenn er aber reitet wie ein Gott? Was dann? Da wird der Respekt blinde Bewunderung .... Ihr Anblick allein, Herr Hartmann, wiegt sämtliche andere Belustigungsnummern des Tages auf .... Herr Hartmann hat einen Sporn verloren? Entschieden hat einer Ihrer Ahnen die Sporenschlacht von Guinegate mitgemacht, und Sie wollen hinter so viel Heldentum nicht zurückbleiben.« ...

»Ich weiß gar nicht, wie du heute bist, Mammy«, sagte die beklommene Addy.

»Ich auch nicht«, erwiderte sie kurz.

Die Wagen rasselten durch die alten Turmtore von Rappoltsweiler. Die Ulrichsburg schaut mit prächtigen romanischen Fensterbogen in die schmalen Gassen herunter; ein frisches, rasches, in Steine gepreßtes Bergwasser schießt an der Straße entlang. Die blumengeschmückten Wagen rollten unter nicht immer freundlichen Blicken angehender Revolutionäre hindurch und jenseits hinaus in das Tal. Zur Linken lagern dort breite Laubwälder, mit Nadelwald durchsetzt; rechts in der Höhe die Burgen Giersberg und Ulrichsburg und schwärzlich steile Felsen. Am Dusenbach stieg man aus und strebte zu den frommen Gebäuden hinan, die dort in engem, waldumdunkeltem Seitentälchen auf felsigem Untergrunde sitzen.

Während die Dienerschaft Proviant und Flaschen zu dem höher gelegenen Lagerplatz hinaufschaffte, besichtigte die Gesellschaft Kapellen und Kirche und betrachtete das altberühmte wundertätige Marienbild, das dort in der vorderen Kapelle in goldgewirktem Kleide über dem Hochaltar thront.

Die Katholikin Frau von Mably hatte nicht das Bedürfnis, mit hineinzugehen. Waren ihr diese Dinge insgeheim zu heilig? Fürchtete sie unzarte Bemerkungen der Protestanten mitanhören zu müssen? Sie machte einige leichte, spöttelnde Randglossen über die vielen Gebete, die da drin gewiß in der Luft hingen, und hielt sich draußen. Sie war heute voller Schärfen. Drinnen knieten etliche wenige Beter und Pilger, darunter ein kräftig gebauter Priester, der vor dem Altar lag und sich nicht umschaute. Als die Gesellschaft die Kapelle verließ, kniete der Betende noch immer.

Eine Stunde später, als man oben eine Gruppe von Granitfelsen besetzt hielt und das Tal mit den Tönen einer heiter-weltlichen Geselligkeit erfüllte, stand unten am Waldbach der nämliche junge Priester und horchte mit großen Augen empor. Dann schritt er langsam und gedankenstill in seine Pfarrei zurück, die er in gesunden Wochen mit aufopfernder Hingebung zu besorgen pflegte.

Es war eine glückliche Lagerstelle. Gradaus, über Dusenbach und Kapelle hinüber, schichteten sich die massigen, mit gemischtem Wald bedeckten Gebirge um Altweier. Hie und da strahlten nackte grüne Hochgebirgshalden und Weideflächen herüber. Zur Linken, etwas rückwärts, tat sich ein Ausschnitt der sommerlich verschleierten Rheinebene auf, worin besonders das fest abgegrenzte, rings ummauerte Zellenberg auf seinen Rebhügeln bemerkbar war. Im Rücken der Lagernden wuchtete die nahe Ulrichsburg; zur Rechten kletterte das Tal zum Tännchel empor. Und überall Waldmassen. Schweres Geläut schwamm im Ostwind manchmal aus der sommerheißen Ebene herauf. Gesänge, Waldhorn, die etwas entfernt im Gebirgswald versteckte Musikbande, lachendes Plaudern, Jodler und knallende Pfropfen: – das alles gab dem leis vom Wind bewegten Hochwald eine lebensvolle Stimmung. Wie ein Ton der Tiefe mahnte nur manchmal jene dunkle, schwere Glocke, deren Geläut langsam heraufscholl und im Wald verging.

Es fehlte nicht an Scherzen und Überraschungen. Daß einmal ein grasgrüner Riesenlaubfrosch mitten unter die aufschreienden Damen hüpfte, verursachte keinen langen Schrecken: denn der Frosch hob sofort den breiten Kopf ab – und der kleine Gustav rief beruhigend heraus: »Mama, ich bin's nur!«

Pfeffel pflegte sich bei solchen Ausflügen die Himmelsrichtungen angeben zu lassen; dann stellte sich der Blinde hin und erklärte mit meisterhaftem Gedächtnis und Ortssinn dem sehenden Publikum die ganze Gegend. Was verschlug es, daß heute weder Schwarzwald noch Jura sichtbar waren? Der Blinde sah die fernen Gebirge und zählte die Ortschaften der Nähe auf.

»Und dann schauen Sie noch weiter«, fuhr der Seher fort, »schauen Sie durch diese Berge hindurch ins revolutionäre Frankreich! Vernehmen Sie das Rataplan der Trommeln? Gott gebe, daß sich dies Feuer löschen lasse, damit der Segen der neuen Ordnung nicht zum Unsegen werde! Schauen Sie dann hinüber ins stille Deutschland: so erblicken Sie das Heilige Römische Reich Teutscher Nation in politischem Schlummer. Aber geistig große und ehrwürdige Männer sind um so emsiger an der Arbeit, das Menschentum zu erneuern, zu beseelen, zu vertiefen. Welch eine stillere Gemütsstimmung als in Frankreich! Und wir Elsässer inmitten, dem Stamm und der Stammessprache nach deutsch, aber staatlich französisch – wie werden wir in diesen Stürmen bestehen?«

Und Belisar plauderte von seinem badischen Freundeskreise, behaglich zurückgelehnt und zuletzt mit Rappoltsweiler Riesling herzlich auf Liebe und Freundschaft und alles Hohe anstoßend. Er war besonders mit dem trefflichen Johann Georg Schlosser befreundet, dem Gatten der früh verstorbenen Schwester Goethes. »Ein edler Mensch!« rief er aus. »Seine Briefe und Worte atmen eine so warme Anhänglichkeit an Christus, eine so eherne Festigkeit der Grundsätze, daß ich mich mit jedem Tage inniger an ihn angeschmiegt habe. Als er noch in Emmendingen war, sahen wir uns öfters; nun ist er in Karlsruhe und wird sich wohl bald in seine Vaterstadt Frankfurt zurückziehen. Kein unreiner Faden läuft durch das Gewebe seines Lebens. Und was für Kenntnisse! Wäre der zerfahrene Dichter Lenz zu retten gewesen, Schlosser hätte es vermocht. Peggi, wie heißt es doch in jener wahrhaft würdigen Dichtung Goethes, die uns einmal der durchreisende Knebel aus Weimar vorgelesen hat? Ich meine die ›Iphigenie‹. Knebel kam damals von Emmendingen und hatte bei Schlossers das edle Werk vorgetragen; er besah sich meine Schule, wohnte dem englischen und italienischen Unterricht Lerses bei und erfreute uns dann abends gleichfalls mit jener Dichtung seines Freundes Goethe. Ich habe mir eine Stelle gemerkt, herrlich vor allen andren: ›Wem die Himmlischen viel Verwirrung zugedacht haben, wem sie erschütternde Wechsel des Schmerzes und der Freude bereiten, dem geben sie kein höher Geschenk als einen *ruhigen Freund* Ja, auf die Freundschaft! Meine Damen und Herren, auf die ruhige, tiefe, gegründete Freundschaft! Sie ist die reinste und edelste Form der Liebe, sie gibt Kraft, wenn der Freund in Unkraft ist, sie verargt nicht und verletzt nicht, sie sinnt Gutes, wenn Ungüte dem Freund weh getan hat, sie übt uns in selbstlosem Gutsein und Glücklichmachen! Der *Freundschaft* auf diesem Wasgauberg ein hellklingend Hoch!«

Begeistert, aus innerer Überzeugung heraus nahm das allgemeine Hoch diesen Trinkspruch auf; in klingendem Konzert stimmten die Gläser zusammen. Eine aber, nachdem sie getrunken, warf ihr Glas splitternd an den Felsen.

»Brav!« rief der jugendliche Alte hingerissen, »an die Felsen die Gläser! Scherben bringen Glück!« Und Pfeffels Glas flog dem Glase der Frau von Mably krachend nach. Die andren Gläser folgten ohne alle Ausnahme. Es war ein Batteriefeuer zu Ehren der Freundschaft.

Bald hernach zerstreuten sich die Kinder mit Hartmann in den Wald, Blumen suchend und Steine prüfend. Dem allmählich etwas abgespannten jungen Lehrer war die scharfe Stimmung der leidenden Marquise aufgefallen; er war unruhig und besorgt. Aber er plauderte gleichwohl der Jugend von den Schönheiten des lichteinsaugenden und lichtverarbeitenden Waldes, der von den Regenwürmern, Milben und Käfern bis hinauf zur Blumenkrone und zur Blätterstellung der Baumwipfel eine großartige Staatsgemeinschaft bildet. Addy schloß sich unbefangen und gefesselt seinen Untersuchungen an; sie klopften am Granit mit dem leichten Hammer; man zerlegte und benannte Kräuter und Gräser. Viktor war sehr zärtlich zu der Kleinen und legte ihr das Tuch um oder half ihr beim Steigen. Die Mutter beobachtete scharf und nervös. Und bald darauf erhob sie sich, verließ die vergnügte Gruppe und irrte allein durch den Wald hinüber nach der Ulrichsburg. Hier traf es sich endlich, daß Hartmann, von den suchend zerstreuten Kindern getrennt, plötzlich vor der Geliebten stand. Ein Blick in den Wald – niemand in der Nähe – und mit ausgebreiteten Armen flog er zu ihr heran. »Elinor! Was ist dir denn heute?! Ich sterbe vor

Sehnsucht!« Aber diesen Augenblick hatte das unheilvolle Naturell der leidenschaftlichen Frau gesucht und ersehnt. Die angesammelte Pein der letzten Tage entlud sich, greller als das Batteriefeuer am Felsen. »Gehen Sie! Fort mit Ihnen! Zu den jungen Mädchen! Täuschen Sie nicht eine einsame Frau! Mensch ohne Form, Egoist, unritterlicher Gesell, Emporkömmling – wagst du's, dich über mich lustig zu machen?! Geh zu deinesgleichen! Fort!«

Peitschend knatterten ihm die Worte um die Ohren. Ihre Augen sprühten Flammen; ihr Mündchen zuckte ebenso wie ihre Hände; die ganze Person war in einem elektrischen Beben. Mit einem Ruck drehte sie sich um und eilte so rasch durch den ungleichen Wald davon, daß sie beinahe fiel. Dann war überall tiefe Sommerstille; es war, als hätte das schrille Schelten eines Eichelhähers einen Augenblick durch den Wald gegellt und wäre ebenso jäh wieder verhallt.

Der gänzlich Betäubte stand mit den Blumen, die er ihr hatte schenken wollen, und den entfallenen Mineralien allein ...

Die Heimfahrt verlief belanglos. Die Marquise war bleich und still; nur einmal erkundigte sie sich eifrig nach Ärzten in Straßburg oder Kolmar, die besonders für Herzkrankheiten in Frage kämen. Die zuckenden Flammen in ihr erschienen erloschen zu sein; nur zu ihrem Kinde war sie von vermehrter Zärtlichkeit. Kühl gesellschaftlich winkte sie beim Abschied mit der Hand zu Hartmanns Pferd hin, während Addy ein zärtliches »Auf Wiedersehen, Herr Hartmann!« hinüberrief.

Tags darauf erhielt er ein Briefchen.

»Mein Freund, seien Sie großherzig! Ich bin krank und dem Wahnsinn nahe. Ich war abscheulich gestern, aber ich bin krank vor Kummer und Sorgen. Ich habe keine andere Entschuldigung, kann Ihnen auch nichts weiter sagen, muß es allein tragen. Nur eins: erwäge, mein Geliebter, daß ich nicht nur Freundin, daß ich auch Mutter und Gattin bin. Ich habe schwerer zu tragen als ihr alle. Nächste Woche gehen Birkheims nach Rothau, Du mit ihnen, wir wollen uns nicht eher sehen, bis Du wieder zurück bist. Dann bin ich vielleicht ruhiger. Ach mein Freund, wo einst ein lieber Blutstropfen lag, sammeln sich nun Tränen! Seien Sie edelmütig, grollen Sie nicht Ihrer kranken, verzweifelten Elinor von Mably.«

6. Die Zeder

Das Steintal ist ein geräumiges Doppeltal am rechten oberen Ufer der Breusch und breitet sich diesseits und jenseits der Perhöhe vielgestaltig aus. Drüben, bei Waldersbach, rieselt und rauscht die kleine Schirrgoutte; auf der Seite von Rothau kommt vom Hochfeld her die Rothaine. Drüben bilden das Kirchlein von Belmont und, über Bellefosse, das dunkelgraue, zertrümmerte Steinschloß eine Art Wahrzeichen; unten in der Talsenke birgt sich Waldersbach, die Wohnstätte des Pfarrers Oberlin. Ein halbes Stündchen weiter schauen die Hütten von Fouday in das hellbraune, starke Gebirgswasser der Breusch, die ins elsässische Flachland rauscht und, mit der Ill verbunden, ihre schweren Gewässer durch Straßburg schiebt, um sie jenseits der Festung dem Rhein zu übergeben. Diese Täler sind wasserreich; überall in diesen Weilern und an diesen Weidehängen sprudeln frische Brunnen und sammeln ihre Kristallgewässer in hölzernen Tränken. Und überall entdeckt man noch irgendeinen einzelnen Hof oder einige Häuschen, die sich in irgendeiner Falte eingenistet haben. Der Weiler La Hutte und das Dörfchen Solbach lagern in solchen traulichen Nischen; Wildersbach und Neuweiler schmiegen sich anmutig an die unteren Ränder der Berglehnen. Vorn aber, im breiter auseinanderstrebenden Breuschtal, rauchen die Hüttenwerke von Rothau.

»Man ist hier in einem abgeschiedenen Hochland für sich«, bemerkte der kräftig schreitende Baron, der nach seiner Gewohnheit mit dem langen, blassen Hofmeister den beiden Reisewagen vorauslief. »Diese Insel da zwischen den Meeren von Waldungen scheint von den wechselnden Unruhen der Zeit nicht erreichbar zu sein. Blicken Sie um sich: rund herum Bergmassen und umfangreiche Wälder! Dadurch sind diese Dörfchen von der französischen wie von der elsässischen Ebene gleichermaßen abgeschlossen. Man hört manchmal von dem rauhen Charakter dieses Geländes und den Unbilden hiesiger Witterung übertreibende Dinge sagen. Ich meinesteils finde die Landschaft zwar ernst, ja bedeutend, aber weder wild noch rauh. Sehen Sie nur, wie schmuck sich diese einstöckigen weißen Häuschen ausnehmen! An den Fenstern Blumenstöcke, hinter den Scheiben freundliche Frauengesichter, und an der Straße grüßende Kinder. Und welche Ruhe allenthalben! ... Hier also sind wir nun in Oberlins Revier. Hier arbeitet der wunderbare Mann an den Herzen, Straßen und Feldern seit mehr denn zwanzig Jahren, nachdem sein Vorgänger Stuber, der nun in Straßburg an St. Thomä wirkt, einen guten Grund gelegt hatte.«

Die zwei Herren, beide in grauen Reisemänteln und Stulpstiefeln, hatten die Hände auf dem Rücken und marschierten auf holprigem Wege tüchtig vorwärts. Langsamer folgten Chaise und Wagen. Man war morgens um sechs Uhr in Birkenweier aufgebrochen, hatte von Schlettstadt und Kestenholz her das Weilertal durcheilt und im artigen Städtchen Weiler Rast gemacht. Dort wartete ein festgebauter Wagen aus Rothau, da die Gebirgswege für die Kutsche nicht fahrbar waren. Die hochgestapelte Bagage wurde umgepackt; und dann ging's, über das lange Dorf Steige, mit Knarren und Schütteln und Schwanken ins unwegsame Gebirge, bis gegen Abend Fouday in Sicht kam. Bei diesen steinigen Wegen lief der Hauslehrer oft zu Fuß. Birkheim schloß sich ihm häufig an; mitunter versuchten auch Jäger und Kammerjungfer ein Gespräch mit dem Kandidaten, den sie halb und halb zum Gesinde rechneten. Aber seit jenem Ausflug an die Ulrichsburg war der Lebensanfänger, durch den die Stürme leidenschaftlichen Begehrens verheerend hindurchgezogen waren, verschlossener als je zuvor. Als nun Oberlins Name in Viktors Ohr fiel, horchte der Träumer – wie einst bei Pfeffel – aus seiner dumpfen Versunkenheit wieder einmal empor. »Die Zeder«, sprach seine Lippe mechanisch vor sich hin. Wieder sah er sich im Freundschaftspark von Birkenweier; und daneben stand wieder die Marquise, von der er heute kein Briefchen auf dem Herzen trug: diesmal die sprühende Marquise, vibrierend vor Zorn, mit jenem zusammengepreßten, scharfen Eidechsen-Mündchen .... Viktor stöhnte.

Birkheim sah ihn bekümmert an und schüttelte den Kopf.

»Lassen Sie sich sagen, Hartmann«, sprach er, »in Ihnen steckt eine Krankheit. Sie wissen, ich huldige medizinischen Liebhabereien und halte viel vom Purgieren und Magnetisieren. Aber Sie leisten mir einen zähen, stummen Widerstand, wenn Sie nicht grade bei Laune sind, lieber Freund. In Ihnen ist kein Talent zur Freundschaft. Mein Gott, wie scheu und schwerblütig weichen Sie allen heitren Annäherungen aus! Die einzige, die etwas mit Ihnen fertigbrachte, ist Frau Elinor. Und ich bin wahrlich schon auf den Gedanken gekommen, unser guter, trockener, fleißiger Herr Hartmann könnte sich in die lustige Frau verliebt haben. Na, na, ärgern Sie sich nicht, ich scherze nur! Übrigens wären Sie der erste nicht. Diese Ninon de Lenclos kann sehr artig sein, wenn sie will. Dabei steckt sie gegenwärtig nicht in beneidenswerter Lage; der Marquis soll in Paris üble Dinge erlebt haben, und ihr Schloß in der Provence soll von den Bauern bedroht sein. Das heißt: wenn man ihr glauben darf. Denn sie spielt mit den Tatsachen wie mit den Menschen ... Doch kommen Sie, wir sitzen wieder auf. Der Weg ist von nun an besser. Wir sind in Oberlins Revier.«

Sie stiegen auf. Und Viktor, der mit zuckenden Lippen schweigend zugehört hatte, spann unter verstärkter Seelenqual seine düsteren Gedanken weiter ...

Nach Empfang jenes verzweifelten Briefchens der rätselhaften Frau hatte der verstörte Liebende die sorgenvollsten Worte zurückgeschrieben und eindringlich die Freundin angefleht, ihn der Teilnahme an ihrem Kummer zu würdigen. Keine Antwort. Er schrieb einen zweiten Brief; aber er zerriß ihn wieder. Das Wort »Emporkömmling« grade aus diesem adligen Munde hatte zu scharf getroffen; es sprang als zündender Blitz mitten in seine Empfindungen und verbrannte jede Zärtlichkeit. Gleichwohl ritt er am gewohnten Tage mit stolzem Zähneknirschen und bangem Herzklopfen an die Berge hinüber. Doch da gesellte sich eine neue Demütigung zu den früheren: er wurde nicht empfangen. »Madame ist nicht zu sprechen«, sagte das Kammermädchen kurz und schnippisch, »Mademoiselle nicht wohl.« – »Madame ist krank?« – »Ich wüßte nicht«, betonte recht geflissentlich das untergeordnete Geschöpf, das er nie zu beachten pflegte, »Madame ist munter wie ein Fisch im Wasser.«

Viktor war sprachlos. Einen Augenblick war er versucht, mit Fußtritten die Türen zu zerschmettern, die ihn von der ehedem Vertrauten, jetzt unbegreiflich Schweigsamen trennten. Aber er ließ mit höflicher und leiser Stimme Besserung wünschen und ritt still und bleich nach Birkenweier zurück, ohne mit dem biedren Kutscher Hans ein Gespräch zu führen und etwa auf diese Weise Näheres zu erkunden. Die Ungewißheit, in die er sich versetzt sah, demütigte und erbitterte ihn. Der bürgerliche Kandidat, der sich von seinen adligen Eleven und deren Angehörigen so oft nicht genügend geachtet glaubte, sah sich nun auch von dieser leidenschaftlich geliebten Frau mit Flammenhieben wieder aus dem Paradiese gejagt. Die Lebensenergie von dorther hörte auf wie abgeschnitten. Er sollte plötzlich wieder allein gehen und suchte taumelnd nach einem Halt. Und all dies folgte so unerwartet schnell, so Schlag auf Schlag, als hätte ein Genius von französischem

Temperament die Leitung seines Schicksals in die Hände genommen. Der deutsche Elsässer war in seinem ratlosen Grimm mitunter versucht, die aristokratische Höflichkeit abzuschleudern und mit einem bauernhaften »Dunderwetter« aus der Affäre herauszuspringen.

Tatsächlich tobte er an jenem Abend, als ein furchtbares Gewitter über Birkenweier hinwegzog, seinen Ingrimm in der Gesindestube aus. Die Mägde schickten zu ihm: er möchte herüberkommen, sie wären voller Ängste wegen des Wetters, und Jäger und Kutscher schlügen sich die Köpfe blutig. Selber eine donnernde Feuerwolke, flog Hartmann hinüber. Und während eine stattliche Pappel in der Nähe des Freundschaftstempels vom himmlischen Feuer zerschmettert und verzehrt wurde, packte der Kandidat nach kurzem Wortwechsel den kleinen Pariser am Kragen und schüttelte ihn mit der Stärke der Wut derart, daß dem Gevatter François Hören und Sehen verging. Es war ein unerhörter Ausbruch; die Dienstboten waren sprachlos vor Entsetzen. Aber schon tat es dem erregten Jüngling bitterlich leid; er machte sich an den Fenstern zu schaffen, trocknete mit Eimer und Handtuch den hereindringenden Regen auf, biß sich auf die Lippen und weinte nach innen. Dann suchte er das Gespräch ins Harmlose hinüberzuführen und zog sich zurück, während drüben Katharina, das Bauernmädchen, zur Versöhnung der erregten Gemüter dem abziehenden Nachtgewitter Volkslieder nachsang: »Es stehen drei Sternlein am Himmel, die geben der Lieb' ihren Schein ...«

Hartmanns aber bemächtigte sich jene Erstarrung, die schon in seiner Kindheit von seinen Eltern gefürchtet war. Keine Stockschläge des Vaters, keine Bitten der Mutter hatten dann auch nur ein Wörtchen von seinen blutleeren, festgepreßten Lippen oder eine Träne aus seinen Augen gezwungen. Erst später, wenn alles vorüber war, pflegte sich der eisige Zustand in einem herzbrechenden Schluchzen zu lösen, wobei er aber niemanden Zeuge sein ließ.

Im Zustande dieser Erstarrung befand sich Viktor auch jetzt.

Wie ein fremdes Heimweh-Lied sang aber durch seine Seele ein Wort, das er einmal von Belisar gehört hatte.

»Wem die Himmlischen viel Verwirrung zugedacht haben, wem sie erschütternde, schnelle Wechsel der Freude und des Schmerzes bereiten, dem geben sie kein höher Geschenk als einen ruhigen Freund« ...

Dieses edle Goethewort aus der ersten Fassung der Iphigenie hatte sich in Viktor festgesetzt. Er suchte im Geist seine guten Bekannten ab; er dachte etwa an den Buchhändler Neukirch in Kolmar, an Rat Steinheil oder Magister Rautenstrauch in Rappoltsweiler: liebe Menschen, in deren Bereich ihm wohl war. Aber so delikate Dinge ließen sich dort nicht besprechen.

Und der menschenfreundliche Pfeffel? Der feinhorchende Belisar?

Dieses Meisterbild eines Freundes der Birkheimschen Familie war von so vielen umringt, daß sich der Grillenfänger Hartmann nicht auch noch aufzudringen wagte. Einmal, bei jenem Besuch in Kolmar, hatte er den guten Feldherrn Belisar wirklich gesucht; aber die Aussprache war zu spät gekommen; denn –: in des Suchenden Brusttasche knisterte der Brief der Marquise, die damals mächtiger war als irgend ein Freund.

Damals … Heute nicht mehr …

»Ich suchte damals den feinen Pfeffel – und fand dafür den derben Leo Hitzinger. Welche Ironie! Und worin unterscheid' ich mich denn heute von dem unglückseligen Abbé?«

In solcher Seelenverfassung kam Viktor Hartmann ins Steintal ....

Er wachte wieder aus seiner dumpfen Trauer auf, als sich der Baron in der voranfahrenden Chaise erhob, eine noch entfernte Gruppe von Bauern ins Auge faßte und alsdann nach dem zweiten Wagen zurückrief:

»Hartmann, da kann ich Sie nun dem geistigen Herrn dieses Hochlands vorstellen!«

»Dem Baron von Dietrich?« rief Amélie.

»Nein, mein Kind, der zieht die Steuern ein. Aber der dort vorn, der Mann im langen Pfarrersrock, der in Stiefeln zwischen seinen Holzschuhbauern steht und den Weg ausbessern hilft –«

»Das ist der Pfarrer von Waldersbach?«

»Das ist Oberlin.«

Alles reckte die Köpfe, ohne jedoch bereits Deutliches erspähen zu können. Die Gespräche, unterwegs heiter und ausgelassen, da man etwaige Gefahren der Revolution nicht mehr befürchtete, sammelten sich um Oberlin. Fritz und Gustav waren zu Hause geblieben, und so sah sich der Hofmeister vom Gezwitscher der jungen Damen umwirbelt und hörte mit gekreuzten Armen schweigend zu.

»Er hat eine Karte vom Jenseits in seinem Zimmer hängen« – »er hat in seinem Zimmer eine Farbentafel; davor stellt er seine Besucher und fragt sie, welche Farben ihnen am besten gefallen; daraus schließt

er dann auf den Charakter« – »er hat sich von all seinen Gemeinde-
gliedern Silhouetten angefertigt und studiert danach ihren Charakter«
– »er schreibt die Namen derer, für die er beten will, mit Kreide an
die Tür seines Schlafzimmers ...«

So sprudelten die gnädigen Fräulein lebhaft hinaus, was ihnen an
Merkwürdigkeiten aus dem Leben des seltsamen Mannes bewußt war.

Plötzlich hielten die Wagen an. Man hatte die Gruppe der arbeitenden Bauern erreicht.

Pfarrer Oberlin nahm den Hut ab und trat langsam heran, während
seine Leute mit den Mützen in der Hand bescheiden am Wegrand
stehen blieben.

Der etwa fünfzigjährige Geistliche war nicht groß. Aber er hielt sich
mit soldatischer Geradheit und war von einer natürlichen männlichen
Würde. Eine hohe, feine Stirne, an deren Schläfen das Haar leicht er-
graut war, milde Augen von einer tiefen Güte, eine edel-energische,
grade Nase gaben dem Gesicht ein durchgeistigtes und zugleich wil-
lensstarkes Gepräge. Die suggestiv wirkende Kraft, die von seiner
Persönlichkeit unwillkürlich ausströmte, war gedämpft durch die
Sanftmut seiner guten Augen und durch den natürlichen Wohllaut
seiner weichen vollen Stimme. So stand diese schlichte, wahrhaftige
und bedeutende Persönlichkeit am Wagen der adligen Reisegesellschaft,
vom Schmutz der Arbeit bespritzt, die linke Hand auf den Spaten gestützt, in der rechten Hand den Hut.

»Seien Sie herzlich willkommen im Steintal!« sprach Oberlin zu dem
ihm bereits bekannten Baron. »Indes kann ich Ihnen nicht gut die
Hand geben. Das Geschäft, das wir hier besorgen, ist nicht eben reinlich, aber es ist notwendig. Unser Leben ist hierzulande ein Kampf
mit Regengüssen und stürzenden Wassern, die uns das bißchen Erd-
reich hinausspülen möchten ins ohnedies schön fruchtbare Elsaß. Da
müssen wir hartnäckig auf unsrem Posten stehen und Rinnsale, Mauern
und Brücken anlegen, sonst verwandeln sich unsre Wege, die wir uns
selber mühsam gebaut haben, in lebensgefährliche Sturzbäche. Und
dann besucht uns erst recht kein Mensch mehr in unserem abgelegenen
Steintal.«

»Lieber Herr Pfarrer«, erwiderte der Baron, der abgestiegen war, in
seiner schönen menschlichen Unbefangenheit und Achtung vor allem
Tüchtigen, »da hilft Ihnen nun alles nichts: Sie müssen mir die Hand

geben. Ich will Ihre Hand sogar herzhaft schütteln und guten Fortgang wünschen zum guten Werk.«

»Und auch uns andren müssen Sie die Ehre antun, Herr Pfarrer!« fügte die Baronin hinzu.

Die jungen Damen unterstützten die Mutter lebhaft, und im Nu streckten sich dem Geistlichen ein halbes Dutzend weißer Spitzenhandschuhe entgegen.

»Es wird Ihren Handschuhen nicht gut bekommen«, versetzte Oberlin lächelnd und wanderte von Hand zu Hand. »Wir werden uns ja ohnehin am Sonntag zu Rothau sehen. Ich bin dort zum Mittagessen eingeladen. Und Sie werden ja gewiß auch einmal nach Waldersbach herüberkommen, nicht wahr? Sie wissen, daß Sie mir in meinem Pfarrhause allezeit willkommen sind.«

»Also denn auf Wiedersehen!« rief der Baron.

Und nachdem sämtliche Insassen kräftig und warm des Pfarrers Arbeitshand geschüttelt hatten, fuhr man mit vielstimmigem »Auf Wiedersehen!« weiter, indes Oberlin und seine Mitbürger wieder ihre Arbeit aufnahmen.

Hartmann schaute noch lange zurück und prägte sich mit erstauntem Gemüte die Erscheinung des einfachen Waldpfarrers ein. Er hatte etwas anderes in seiner unklaren Phantasie erwartet: etwas Markantes, etwas Auffälliges. Aber von diesem Mann ging eine ruhige Selbstverständlichkeit aus. Oberlin hatte nichts von Rhetorik und Pathos, er fiel auch nicht durch Salbung oder Demut auf. Es war hier eine edle Natürlichkeit verkörpert. Und man hätte sagen können: Dieser Mann braucht seine Stimme nicht besonders laut zu erheben, und er zwingt dennoch durch seine freundliche und fachliche Überzeugungskraft in den Bann seiner Vorstellungen. Er blendet nicht, er überredet nicht: er gewinnt, fesselt und überzeugt.

Es glomm nun über dem abendlich geröteten Steintal eine fremdartige Regenbeleuchtung. In den Lüften lag eine wundersam innige Stille. Kein einziges Blatt mochte nun wohl seine Lage verändern; kaum einmal von einem langen gebogenen Halm ließ sich ein schwerer Tropfen zitternd herunterfallen. Alle Menschen und Dinge waren scharf umrissen und deutlich und still. Letzte Tagesflammen sprühten von einem verschäumenden Gewölk herüber, das jenseits der Breusch über den Salmschen Bergen hing.

Und so prägte sich auch Oberlins klare Gestalt fest und bleibend dem Gedächtnis ein.

Es schien dem Hofmeister, vielleicht unter dem Druck seiner eigenen Verdüsterung, daß in dem anmutig am Hügel ragenden, viereckigen, durch keine architektonische Zier ausgezeichneten Schloß von Rothau nicht viel Freude zu Hause sei. Man hatte die Reisegesellschaft mit Böllerschüssen empfangen; und die Begrüßungen besonders der jungen Mädchen mit den beiden Töchtern des Hauses – Luise und Amélie von Dietrich – waren lebhaft und innig. Auch die Erzieherin, Demoiselle Seitz, erwies sich bald als eine sehr gehaltvolle, allerseits mit Recht verehrte Persönlichkeit.

Aber aus einer gelegentlichen, herrisch klingenden Bemerkung des siebzigjährigen Barons, der bei dem älteren seiner beiden Söhne in diesem Rothauer Besitztum weilte, schloß Hartmann, daß des etwas harten alten Herrn eigentliche Hoffnungen dem jüngern Sohne galten, dem Straßburger Königlichen Kommissar und stellvertretenden Prätor Philipp Friedrich von Dietrich, auf den jetzt überhaupt die Augen der politischen Welt gerichtet waren. Der hier wohnende ältere Bruder Johann von Dietrich war Kavalleriekapitän gewesen; man nannte ihn gewöhnlich den »Rittmeister«; sein Leben bot weiter nichts Belangreiches; seine Begabung ließ keine besondere Fernwirkung erwarten.

Das Haus am Hügel füllte sich mit Gästen. Die Gattin des Straßburger Dietrich, eine geborene Ochs aus Basel, klein, hübsch und voll musikalischen Feuers, war bereits anwesend und erwartete zum Sonntag auch den Gatten. Mit ihr war Frau Lili von Türckheim gekommen. Und der veränderte, bleiche Hauslehrer hatte beschämt vor ihr den Blick gesenkt; er erinnerte sich ihres Wortes, daß er zu jenen Elsässern gehöre, die mit einem warmen Herzen eine ruhige Wahrhaftigkeit verbinden ... Ruhige Wahrhaftigkeit! Viktor biß sich in die Lippen. Um ihn her schien man den heitren Feenpark von Birkenweier in dies herbe Hochland überführen zu wollen. Diese weiche Fröhlichkeit war indessen nicht die Luft, die Hartmann brauchte; er war durch das Weibliche verwundet worden und barg in all seiner Verrammlung und Verschlossenheit eine düster schwelende Glut.

So trug er denn, da er nun Ferien hatte, seine heimlich glühende Unrast in die Natur. Er durchmaß auf seinen Wanderungen ansehnliche Strecken, vom Hochfeld bis zu den Bergen von Salm, vom sargähnlichen Climont bis zum Doppelgipfel des Donon. Wie ein getroffenes Wild suchte er mit brennenden übernächtigen Augen den schonenden Schatten des Dickichts auf; der Wald, dessen sonnenstille Lichtungen ehedem des Träumers Entzücken und Studium gebildet hatten, war ihm jetzt nicht finster genug. Er wollte Männlichkeit, rauh, hart, verschlossen; aber er wollte sie nur deshalb, weil ihm die Ergänzung fehlte, die er suchte. Er suchte in Wahrheit die Frau, den Freund, die grade für ihn von Urzeiten her bestimmt waren; nicht irgendeinen Freund, sondern *den* Freund, nicht irgendein Weib, sondern *das* Weib, *sein* Weib. Er suchte den Ruhepunkt, er suchte sein Ich, er suchte die Gottheit, in deren wahrer Liebe für immer und ewig ein Ausruhen ist. So trug er seine schwärende Wunde durch das Wälderwirrsal des Breuschtals und brachte sie treulich wieder mit nach Hause.

Am Sonntagmorgen, als er vor dem Gottesdienst durch die kümmerlichen nahen Felder strich, lief ihm eine Zigeunerin über den Weg. Sie heischte von ihm eine Gabe und wollte ihm dafür aus den Linien der Hand weissagen.

»Gute Frau«, antwortete er auf ihr Kauderwelsch, indem er ihr eine Münze zuwarf, »es wäre mir lieber, ich würde mit der Gegenwart fertig. Die Zukunft macht sich dann von selber.«

Aber die Alte hatte bereits seine Hand erwischt, und er ließ es halb unwillig, halb neugierig geschehen, daß sie sich starren Blickes mit seinem Seelenleben in Verbindung setzte.

»Eine Mutter – eine Tochter – ein Mädchen«, dies etwa entnahm er dem Gemurmel, »die Dritte ist die Rechte, die Dritte ist im Himmel beschlossen – viel Glück, viel Glück – geh nur, sie warten schon da unten im Schloß, die dir helfen werden!«

Eine Frage brannte in seinem Herzen. Aber auch hier blieb diese Region für die Zunge verschlossen.

Die Zigeunerin schien etwas davon zu lesen.

»Die eine wirst du nicht wiedersehen – nur die andre – aber die Dritte ist die Rechte. Glück, viel Glück!«

Sie humpelte davon. Und Viktor dachte bei sich selbst: »Glück weissagen sie immer, diese Weiber, wenn man ihnen etwas schenkt. Glück! Ist nicht Seelenfrieden und dauernde reine, tiefe, treue Liebe, und edles Wirken aus diesem inneren Besitz heraus mein ganzer glühender Wunsch? Die Dritte – ach, die Dritte! Ich leide schon an der Ersten genug!«

Und eine Sekunde sah er sich nach dem Weibe um, willens, nach Frau Elinors Ergehen zu fragen. Ergehen? Das wußte er ja hinlänglich. »Krankheit – Wahnsinn – Kummer – –« Aber ihre Denk- und Gemütsart, ihre Motive, ihre Seelengeheimnisse? Mochte das ein solch armselig Zigeunerweib deuten? Und *wenn* sie's deutete – blieb nicht der bohrende Schmerz, daß die Freundin ihn nicht mehr ihres Vertrauens würdigte?

Er kehrte nach Rothau zurück und hörte beim evangelischen Ortspfarrer Brion eine schlicht erbauliche Predigt. Sonntägliche Tischgesellschaft war im Schloß von Rothau versammelt. Auch hier überwogen, wie in Birkenweier, die geschmackvollen Toiletten der Damen, zwischen denen sich die dunkleren Silhouetten der Herren vereinzelt bewegten. Ein Arzt aus Paris, der sich nachher bei Tisch durch praktische Nahrungseinfuhr und jetzt schon im Gespräch durch theoretischen Materialismus als Verwandter Lamettries erwies, sodann der Ortsgeistliche Brion und sein katholischer Kollege Jäger, Oberlin aus Waldersbach und der Straßburger Dietrich, der sofort als belebendes Element empfunden wurde, hatten die Gesellschaft vermehrt. Auch waren zwei bürgerliche Damen zu Tisch geladen, die sich in der Nachbarschaft besuchsweise aufhielten, eine dunkel gekleidete Witwe mittleren Alters und ihre noch sehr junge Tochter.

Diese Witwe war es, deren angenehme Stimme dem Hauslehrer zuerst ins Ohr klang, als er in feiertäglicher Haltung den menschenvollen Saal betrat. Es war eine etwas leise, aber gute und feste Stimme; es ging beherrschte Wärme, ein Feuer zarter und doch starker Art von ihr aus. Etwas in der Klangfarbe erinnerte ihn an Oberlins Stimme. Sie war nicht laut, diese Stimme, aber sie verbreitete Stille um sich her; und in der Stille fielen dann die Worte rein und deutlich, wie einzelne Tropfen nach einem lauten Regen langsam und besinnlich vom feuchten Strauche fallen. Was für eine *gute* Stimme! war Hartmanns erster Gedanke.

Die Dame, ziemlich groß und von kräftigem alemannischen Typus, unterhielt sich mit dem schnupfenden und zerstreuten Arzt über die Widerstandskraft in schweren Krankheiten. Der alte Herr, in seinem Äußeren etwas an Voltaire erinnernd, sprach elegant und hochmütig; Betäubungsmittel seien das einzig Empfehlenswerte; wozu solle der Mensch leiden? Zum Vergnügen und zum Glück sei der Mensch geboren; auch zur Pflicht, gewiß, selbstverständlich sogar; geht's nicht mehr, und muß das Fleischgestell sich auflösen, so müsse man Narkotika zur Hilfe rufen, bis eben alles erloschen sei. So legte er schnupfend und achselzuckend dar.

Die Dame stand ruhig und in guter Haltung, obwohl sie, wie aus ihrer Antwort hervorging, verwundert war über die Dürre solcher Lebensanschauung. Dann legte sie ihm dar, daß es doch wohl eine noch feinere Substanz gebe, die dem Menschen das Leiden, auch schwere körperliche Leiden, als eine Läuterung unsrer geistigen Natur ertragen helfe: nämlich religiöse Seelenkraft.

»Einbildungen, allerdings, eine Art Selbsthypnose«, versetzte der knochige Alte.

»Dann will ich mich doch an diese glücklichen Einbildungen halten«, widerstand die Witwe gelassen. »Ich habe in meines Gatten schwerer Erkrankung –«

»Was war's?«

»Ein tödliches Kehlkopfleiden, nachdem zwei Jahre vor diesem Siechtum ein Schlaganfall seine Kräfte gelähmt hatte –«

»Hm, ja, ja, das sind nicht üble Komplikationen«, nickte der Alte händereibend.

»Da habe ich aus nächster Nähe miterlebt, wie ein Christ zu leiden und zu sterben vermag, mit einem Lächeln, das von innen kommt. Und an seinem Leben habe ich gesehen, wie jene heimliche Kraft mit Leiden und Unbilden aller Art fertig zu werden weiß.«

»Sie sagen: ein Christ«, versetzte der Arzt, »sagen wir exakter: ein Philosoph.«

»Falls wir beide dasselbe meinen«, erwiderte die Dame, »so lege ich auf das Wort keinen besonderen Wert. Wenn jemand diese lächelnde und gütige Geduld und diese herzliche Tatkraft aus der Philosophie lernt, so wird ja wohl auch diese Form von Philosophie etwas Göttliches sein. Denn alle Kräfte dieser Art kommen doch wohl von Gott. Doch hierüber kann eine Frau nicht gut streiten; ich wenigstens lebe zu viel in praktischer Arbeit und bin zu einfach erzogen, um Ihren Theorien zustimmen oder widersprechen zu können.«

Der Freigeist, durch diese schöne Ruhe gereizt, holte weitere Pfeile wider Religion und Kirche aus dem Köcher heraus. Die Fremde schwieg und sah sich gleichsam hilfesuchend um; diesen Augenblick benutzte Hartmann, griff in das Gespräch ein und lenkte den Angriff des trockenen Hagestolzen auf sich selber ab, während sich die Witwe mit dem verlegen in der Nähe stehenden Töchterchen unter die übrigen Damen mischte. Dabei rückte der geschulte Kandidat der Theologie und Naturforschung mit seiner gewohnten Ernsthaftigkeit dem kleinen Alten dermaßen auf den Kopf, daß er mit seiner länglichen, vornübergebeugten Gestalt und seinen eindringlichen Gesten den pavianartigen Kleinen förmlich unter sich bedeckte.

»Mein werter Herr«, sagte der Arzt, blinzelte nach oben und führte sich eine Prise zu, »es ist die Weltanschauung einer zurückgebliebenen Provinz, die ich hier vernehme. Kommen Sie in die große Welt, unter Hofleute, Juristen, Akademiker, Philosophen, Freigeister – und tragen Sie diese Theologie des sechzehnten Jahrhunderts vor! Sie dürften als prähistorische Erscheinung in Paris Ihr Glück machen. Noch im vorigen Jahre, ehe ich die jetzt etwas ungemütliche Stadt verließ, waren wir noch einmal alle beisammen. Ah, diese Abende! Chamfort las uns eine seiner entzückend unmoralischen Erzählungen vor – und ich versichere Sie, die Damen waren so gespannt, daß sie ganz vergaßen zu erröten oder hinter die Fächer zu flüchten. Jemand zitierte aus Voltaires ›Pucelle‹, und man freute sich an Diderots Versen, worin dieser freie Philosoph empfiehlt, mit den Gedärmen des letzten Priesters den letzten König zu erwürgen – Sie erschrecken, junger Mann? Sehen Sie, durch diese kleine Probe habe ich Ihnen nun bewiesen, daß Sie nicht den Mut haben, frei zu denken. Und indem man Voltaires Verdienste um die Aufklärung rühmte, da er so elegant und doch so verständlich geschrieben hat, daß man ihn an den Höfen ebenso liest wie in den Barbierläden –, erzählte einer meiner Freunde ein reizendes Bonmot seines Barbiers. ›Sehen Sie‹ sprach der Perückenmacher, indem er meinen Freund puderte, ›ob ich schon ein elender Gesell bin, so hab' ich doch nicht mehr Religion als irgendein andrer.‹ Reizend, was?!«

Hartmann gab es auf, hiergegen anzukämpfen. Hier grinste ihn der Zeitgeist an, von dem er in den Erzählungen der Marquise Gelegentliches vernommen hatte, und mit dessen Theorien und Systemen sich Viktor bereits auf der Universität herumgeschlagen hatte. »Wieviel reiner, herzlicher, unverdorbener«, dachte er, »ist doch unser Landedelmann Birkheim-Aristides und seine Familie, wenn sich auch ihr Tagewerk nicht besonders gehaltvoll erweist.« Und er tat wieder einmal im stillen Abbitte, zumal er gestern abend bereits an drei durchreisenden

Offizieren, die kaum vom Spieltisch wegzubringen waren, des Gegensatzes bewußt geworden war.

So überließ er denn den ausgepichten Alten einigen herbeigeeilten jungen Damen, die des grauen Theoretikers Art bereits kannten und ihn fortan mit ihren Neckereien umtanzten, bis er sich mit behaglichem Schweigen den Freuden des Mahles überließ.

Hart neben diesem materialistischen Zwischenspiel saß die schöne Frau Lili von Türckheim. Vor ihr stand in bescheidener Haltung der noch junge Ortspfarrer Brion.

»Ist Ihnen der Übergang von Sesenheim nach Rothau nicht schwer geworden, Herr Pfarrer?«

»Dies Gebirgsland«, versetzte der Geistliche, »sticht allerdings von unserer fruchtbaren Rheinebene erheblich ab. Indessen hat mich ja ein Stück Heimat hierherbegleitet.«

»Wieso das?«

»Meine zwei unverheirateten Schwestern sind mit hierhergezogen.«

»Das ist schön. Sie wohnen also zusammen und führen gemeinsamen Haushalt?«

»Nicht ganz. Meine Schwestern wollen gern selbständig ihr Leben bezwingen, und so haben sie sich eine Pension eingerichtet für Mädchen aus unserer Rheingegend, die gern Französisch lernen möchten hier im französischen Sprachgebiet. Sophie hält zudem einen kleinen Laden und freut sich, wenn sie auf diese Weise mit der Bevölkerung in Berührung kommt.«

»Wie heißen Ihre Schwestern?«

»Sophie und Friederike.«

»Friederike«, wiederholte Frau Lili gedankenvoll. »Sagen Sie Ihren Schwestern einen Gruß von der Baronin Türckheim, lieber Herr Pfarrer. Was Sie mir hier sagen, berührt mich so eigen, daß ich Ihnen dafür danken muß. Es erhebt das Gemüt, wenn man Menschen begegnet, besonders Frauen, die so tapfer und selbständig das Schicksal zu meistern suchen. Und wie wunderlich spielt doch dieses Schicksal oft mit uns Menschenkindern! Auch ich hätte mir vor fünfzehn bis zwanzig Jahren in meiner Vaterstadt Frankfurt nicht träumen lassen, daß ich einmal in einer so seltsamen Epoche mit den Schicksalen des Elsasses und der Stadt Straßburg verflochten würde.«

»Nicht alle Blüten werden Frucht«, versetzte der Bruder Friederikens nicht minder besinnlich. »Auch die Erde will wohl eine Art Dankopfer haben und wählt sich dazu Blüten, die in jedem Frühjahr ihr zu Ehren vorzeitig vom Baum fallen und den noch etwas blumenarmen Boden mit Schmuck bedecken. Das muß ich manchmal denken, wenn ich die vielen unverheirateten Mädchen sehe, die niemals in irdischem Sinne Frucht werden, sondern Blüte bleiben und als Blüte zur Erde zurückkehren.«

Der Saal war durchflossen von einem weißen Mittagslicht. Viktor, der in der Nähe stand und die letzten Worte vernommen hatte, ahnte nichts von der Bilderfolge, die sich einst bei den Namen Friederike Brion und Lili von Türckheim, geb. Schoenemann, für spätere Geschlechter auftun würde. Die stille Schwester des Pfarrers und die feingeartete, reiche Baronin waren beide von einem großen Dichter geliebt und in die Ahnengalerie unsterblicher Frauen aufgenommen worden. Hier berührten sie sich leise; und ein Harfenakkord klang bei dieser Berührung durch den vollen Saal und verhauchte wieder, ohne jedoch Wehmut zu hinterlassen ...

»Nur nicht Blüte bleiben!« seufzte der junge Lehrer. »O Gott, nur Frucht werden, Wirkungen üben, reifen – und dann sterben.«

Er schwankte ein Weilchen zwischen Politik und Theologie: zwischen Dietrich und Oberlin. Die dunkle Gestalt des letzteren saß etwas entfernt in einem Kreise ehrfürchtig lauschender Mädchen; ersterer stand in der Nähe bei Vater und Bruder nebst einigen anderen und beteiligte sich taghell und lebhaft an einer politischen Erörterung. Viktor trat heran. Und sofort umfing ihn die rauhmännliche Stimmung der Gegenwart.

Baron Philipp Friedrich von Dietrich stand in der Vollkraft seiner vierzig Jahre. Was für eine angenehm auffallende, gleichsam repräsentative Erscheinung! In ihm strebten äußere Eleganz und innere Bildung eine glückliche Vereinigung an. Unter dem braunen, fein an den Schläfen gewellten und leicht gepuderten Zopfhaar des schön entwickelten Mannes leuchtete eine ebenmäßige Stirn mit zwei freundlich blauen Augen; an eine feste, kühn hervortretende Nase fügte sich ein angenehmer, fast etwas weichlicher Mund und ein anmutig abrundendes Kinn. Aus den Spitzenmanschetten des Ärmels drang eine vielbewegte Hand hervor, die den lebhaften Worten dieses geborenen Redners Schwung, Ausdruck und Eindringlichkeit verlieh. Dieser wissenschaftlich gebildete und musikalische Mann überzeugte nicht wie Oberlin durch ruhigschwingende Seelenwärme; er riß hin und überredete durch seine spannkräftige, für seine Anschauungen voll eintretende Persönlichkeit. In ihm verband sich die Bildung der Aufklärungszeit mit dem Würdegefühl des Reichsstädters und der höfischen Gewandtheit eines königlich französischen Beamten, der sich lange zu Paris aufgehalten hatte. Dietrich war von liberaler Beweglichkeit und von konservativem Gemütsgehalt; das altstraßburgische Bürgertum hatte sich hier, in einer wahrhaft modernen Gestalt, mit französisch-vornehmer Kultur des *ancien régime* verbündet. So fühlte sich der elastische, arbeitskräftige, redefrohe Politiker als Vertreter einer wichtigen Mission: ihm schien die Aufgabe zugewiesen, die Stadt Straßburg und das ganze deutsch geartete, vom französischen Naturell abstechende Elsaß aus dem früheren Despotismus und den Wirren dieser Übergangszeit in eine freiheitlich gestimmte Monarchie hinüberzuleiten.

»Wir gehören zu den reichsten und daher verantwortungsvollsten Familien dieses Landes«, sprach eben sein wuchtiger siebzigjähriger Vater, der trotz Gicht und Podagra Geistesenergie genug besah, die neue Zeit mitzumachen, sofern sie seiner Familie eine ehrenvolle Mitwirkung gestattete. »Es hat mir einmal ein abergläubischer Mann gemunkelt, das Blut des vor mehr als hundert Jahren enthaupteten Obrecht verlange noch das Blut eines Dietrich; denn unser Ahnherr, der Ammeister Dominikus Dietrich, hätte jene Enthauptung Anno 1672 verursacht. Diesem Mann hab' ich indessen die Antwort erteilt: Euer Prokurator Obrecht war ein niedriger Pasquillant; er hat in einer für unsere Grenzstadt peinlich schwierigen Zeit die Bürgerschaft durch anonyme Schmähschriften verhetzt und aus Rache hochangesehene Männer verleumdet; er ist erwischt worden, hat's eingestanden und hat nach dem Gesetz den Kopf lassen müssen. Mag er arm gewesen sein mit seinen zehn oder elf Kindern – Armut darf keinen Ehrenmann zu unehrenhaften Dingen verführen. Brutal waren die Gesetze unsrer alten Reichsstadt, sagt man? Ich sage: Sie waren gerecht. Nach dem Buchstaben des Gesetzes hätte dem Verleumder sogar noch die rechte Hand vor der Enthauptung abgehackt werden sollen; aber die Beleidigten haben sich mit der einfachen Enthauptung begnügt.«

»Wie kommst du plötzlich darauf, den Schatten jenes unseligen Advokaten zu beschwören?« fragte der jüngere Dietrich.

»Es hat mir bittere Tage gemacht in jungen Jahren«, versetzte der Alte. »Und von dort ab ist das Unglück über unsren bedeutenden Ahnherrn, den Ammeister Dominik Dietrich, herniedergebrochen.

Man hat diesen Ehrenmann fast hundert Jahre lang infolge jener Verleumdungen einen Verräter genannt, nicht nur im Elsaß, sondern in Deutschland und Frankreich überhaupt; man sagte, er habe die Stadt Straßburg an Frankreich verraten! Der Magistrat hat sich amtlich Mühe gegeben, die Lügen zu zerstreuen. Umsonst! Es ist mit solcher Teufelsaussaat wie mit dem Unkraut auf dem Acker. Armer Dominikus Dietrich! Zu aller Verleumdung erlittest du noch die Verfolgungen eben jenes Frankreich, an das du verraten haben sollst, schmachtetest im Kerker, kamst endlich siech und gebrochen nach Hause, um drunten am Nikolausstaden zu sterben. Und warum diese Verfolgung? Weil dieser zähe Mann an seinem evangelischen Glauben festgehalten hat; weil er als einflußreichster Ratsherr dem ganzen Gemeinwesen der Stadt Straßburg durch seine Beharrlichkeit ein übles Beispiel gegeben habe – darum! Darum hat Minister Louvois unsren Urgroßvater verfolgt und eingekerkert. Dahingegen der älteste Sohn des Verleumders, Herr Ulrich Obrecht, trat zum Katholizismus über und wurde der erste königliche Prätor der französisch gewordenen Stadt Straßburg. Wo sitzt also der eigentliche Märtyrer? Mir scheint, der Märtyrer heißt Dominikus Dietrich, ehemaliger braver Ammeister der freien Reichsstadt Straßburg, verstorben als ein von Frankreich der Ehre und der Gesundheit beraubter Greis im Jahr des Heils 1694.«

Der alte Herr Dietrich, der neben seiner eleganten Schwiegertochter, Frau von Dietrich-Ochs, auf dem Sofa saß, hatte mit Wucht und Erregung gesprochen. Er schaute sich nun in dem Kreise um, ob etwa irgend jemand diesen gewichtigen Darlegungen zu widersprechen versuchen wolle.

»Nun, Freund, seitdem hat der fünfzehnte Ludwig an eurer Familie gut gemacht, was der vierzehnte verschuldet hat«, bemerkte Birkheim beruhigend.

»Das ist wahr, das hat er getan«, lenkte der Greis gemächlich ein und verbreitete sich mit der Erinnerungsfreude des Alters über sein Leben. »Wir Dietrichs dürfen jenes Unrecht als gesühnt betrachten. Wir verdanken dem französischen Königtum und dem deutschen Reiche Ehre über Ehre und sogar den Adel. Wenn ich auf mein Leben zurückblicke, nun, so darf ich wohl ohne Ruhmredigkeit meinen siebzigsten Geburtstag demnächst recht mit Behagen feiern. Die Finanzoperationen mit meinem Schwiegervater, dem Bankier Hermann, haben mir den soliden Untergrund gegeben. Und so konnte ich Teile der

Herrschaften Oberbronn, Niederbronn, Reichshofen, die Grafschaft Steintal, die Herrschaft Angeot, Ramstein und andre Lehen an mich bringen. Auch die Straßburger haben mich geehrt, haben mich zum Ammeister gewählt und haben mir sogar den Ehrentitel eines Straßburger Stettmeisters verliehen. Alles in allem, ich darf wohl summieren: unsre Familie gehört mit zu den glänzendsten des Elsasses. Aber warum betone ich heute diese Dinge? Wie ich schon sagte: weil dies alles *verpflichtet*. Wir stehen an einer Zeitenwende. Und da hoffe ich, wir Dietrichs werden an der Spitze bleiben.«

»Gewiß, Papa, wir werden nicht zurückbleiben!« setzte nun der jüngere Dietrich ein. »Die Nationalversammlung in Paris weist uns den Weg, den wir zu gehen haben. Es handelt sich darum, mit der Macht der überzeugenden Rede das Volk zur einmütigen und freiwilligen Mitarbeit an der Neugestaltung zu gewinnen. Denn es kann gar kein Zweifel darüber bestehen: die oligarchischen und aristokratischen Regierungsformen werden in liberale Formen übergehen. Das mündige Volk wird sich beteiligen, wird seine Vertreter wählen. So wird sich in Straßburg der bisherige verwickelte Apparat der alten Reichsstadt umwandeln in einen einfachen Gemeinderat mit einem Maire an der Spitze. Dieser Munizipal- oder Gemeinderat wird öffentlich seine Sitzungen abhalten; im Sitzungssaal werden Galerien sein; jeder, der eine Karte löst, kann beiwohnen. Ebenso werden die neu zu gründenden Klubs oder Volksgesellschaften ihre Sitzungen öffentlich halten. Das Wort auf den Tribünen und das Wort in den Journalen – kurz, die freie öffentliche Rede und Debatte werden fortan die Meinungen bilden, nicht irgendwelche Erlasse irgendwelcher privilegierten Kaste oder Körperschaft. Fort mit dem veralteten Plunder! Der König bleibt nach wie vor Repräsentant und Vertreter der Nation, selbstverständlich. Aber mit und neben ihm berät das vom Volk erwählte Parlament und hat den wesentlichen Teil der Arbeit zu leisten.«

So entwickelte Friedrich von Dietrich mit Feuer und Gewandtheit seine liberalen Anschauungen. Der alte Reichsbaron wurde unruhig bei solchem Elan des beredten Sohnes.

»Ob dieser weitläufige Mechanismus, dieses Miträsonieren des ganzen Volkes – ob das wohl die Wucht und Würde haben wird wie die geschlossene Regierungsform unsrer guten alten Reichsstadt?«

»Jedenfalls wird es uns vor Tyrannei, Bevormundung und finanzieller Mißwirtschaft bewahren, weil alle miteinander aufpassen und ihr Wort mitreden.«

»Lieber Junge, es sitzen 133 Advokaten im Pariser Parlament«, bemerkte der Alte bedenklich. »Es wird eine schöne Zeit für diese Gattung von Wortverdrehern, für die Räsoneure, Maulhelden, Rabulisten, Sophisten, Jongleure des Worts. Kurzum, die vornehme Stille geht zum Teufel. Vertiefung ist bei solchem Redeschwall unmöglich. Das Reformwerk wird flach und platt, so recht von der Masse für die Masse gezimmert. Oh, ein gefährliches Prinzip, ein ganz gefährliches Prinzip, euer allgemeines und freies Wort- und Wahlrecht! Der hochentwickelte Mann der Bildung, der streng an sich gearbeitet hat, gilt also staatsrechtlich fortan nicht ein Tüttelchen mehr als der Flachkopf und Dummkopf? Gebt acht, ihr Volksmänner, daß ihr euch nicht miteinander in die Sengnesseln setzt!«

»Falls sich der gebildete Mann nicht des Tölpels zu erwehren weiß, so geschieht's ihm eben recht, wenn er in die Nesseln gerät!«

»Der Tölpel möchte noch angehen, – obwohl du hier wider dein Prinzip der Gleichheit redest, indem du von deinen freien und gleichen Mitbürgern voraussetzest, daß unter ihnen Tölpel sind. Aber die Boshaften? Die Verleumder, die Streber, die Schikaneure des Wortes – die natürlich nicht verdächtigt haben, sobald man sie fassen will! Oh, ihr allgemeinen, freien und gleichen Mitbürger, Brüder und Patrioten, das wird ein lustiger Cancan werden! *Dansons la, carmagnole!*«

»Hast du Angst, Papa?« fragte Friedrich lachend.

»Nein, aber die Zeitvergeudung tut mir leid«, antwortete der Alte. »Und die Wortvergeudung, bis alle die Simpel und Schuster und Schneider widerlegt sind, die nun fortan politisieren werden. Das wird ja ein Hexentanz des Dilettantismus! Fritz, ich gebe dir dringend den einen Rat: Zurückhaltung! Sei vornehm! Beteilige dich nicht an den Debatten dieser geplanten Klubs und Volksgesellschaften!«

»Im Gegenteil, mein Vater, ich gedenke mich sofort als Mitglied aufnehmen zu lassen und recht kräftig mitzureden.«

»Auch wenn du Maire von Straßburg wirst?«

»Dann erst recht! Ich werde der erste liberale Maire von Straßburg sein. Das ist nicht mehr der Ammeister des Perückenzeitalters. Es liegt nicht im Wesen des Liberalismus, sich vom Volk und von der Debatte in falscher Vornehmheit abzusondern.«

»Aber es liegt im Wesen des Stadtoberhauptes, daß er *über* den Parteien bleiben muß!«

»Die Volksgesellschaft ist keine Partei!«

»Wird sich aber sofort in Parteien spalten! Bei so allgemeiner Wort- und Scheltefreiheit?! Glaubst du, daß sich da die Leidenschaften zügeln werden?! O Parlamentswirtschaft! Wie werden da beleidigte Eitelkeit und verletzte Rechthaberei ein aufdringliches Wörtchen mitsprechen! O ihr Illusionisten à la Rousseau!«

»Ich halte mich zur Partei der Vernünftigen, der Gebildeten, der Intelligenz – genügt dir das?«

»Also doch Partei? Und wirst dann von der Gegenpartei verdächtigt und verlästert?«

»Wogegen mich meine Freunde verteidigen werden!«

»Fritz, laß dir ein ernstes Wort sagen«, sprach der Alte und erhob sich. »Bleib mir von der Rednertribüne dieser künftigen Volksgesellschaften fort! Setze dich überhaupt nicht den Parteien aus! Und wenn's dir noch so sehr in allen Fingern zuckt und das Donnerwort von den Lippen will – halt an dich, Fritz! Bleib *über* den Parteien! Gesetz auch, du wirst den Gegner in glänzender Rede wie beim Gänselspiel ins Wasser werfen – der Besiegte wird dir deine Überlegenheit nicht verzeihen. Du wirst dich in Polemik verzetteln, schwächen und verbittern. Daher übe dich in Willenskraft und Selbsterziehung: behalte das Ganze im Auge, imponiere nach allen Seiten durch leidenschaftlose Sachlichkeit!«

Der alte Johann von Dietrich sprach aus der Fülle seiner Erfahrung mit Würde und Nachdruck. Seine Hand lag schwer auf des Sohnes Schulter, während er diesen gewichtigen Rat aussprach. Es leuchtete ihm visionär die Besorgnis auf, daß gerade die glänzende Redebegabung dieses jüngeren Sohnes dessen Gefahr werden könnte.

Fast alle Gruppen des Saales hatten sich nach und nach herangezogen oder doch zu sprechen aufgehört und lauschten herüber. Die Damen bewegten schweigend und gespannt ihren Fächer; sogar der Arzt hielt mit Schnupfen inne und behielt die Prise unfern der Nase in der erhobenen Hand. Es war ein Augenblick erwartungsvoller Stille. Was wird der seiner Kraft bewußte Sohn antworten?

»Dein Rat ist theoretisch vortrefflich, Papa«, erwiderte der künftige Maire von Straßburg nach kurzer Pause. »Wollt' ich ihn befolgen, so müßt' ich erstens mein Naturell und zweitens den Rhythmus und

Pulsschlag der Zeit um ein Beträchtliches verlangsamen. Die Dinge sind jetzt in viel zu geschwindem und energischem Lauf; und mein Blut ist noch viel zu jung und zu rasch. Will ich mithalten, so muß ich in den Formen und Prinzipien mithalten, die jetzt die Zeit bestimmen. Will ich die Gefahren dieser Prinzipien fürchten, wohlan, so kann ich mich gleich nach Jägerthal oder Niederbronn zurückziehen und mein Werk über die Mineralien und Hüttenwerke Frankreichs zu Ende schreiben. Aber ich denke, wichtiger als Schriftstellerei ist jetzt die Politik.«

Die Sache war entschieden.

Der alte Dietrich zuckte die Achseln, reckte die Brust und sprach kurzerhand, gleichsam abschließend und die Verantwortung ablehnend:

»Nun, du mußt das schließlich mit dir selber abmachen. Meine Damen und Herren, gehen wir zu Tisch!« ...

Die Mahlzeit begann. Diener liefen hin und her; das Geräusch der Teller und Gläser, das Geschwirr der Stimmen ward allgemein; und allgemein wuchs bei gutem Tischtrank der Enthusiasmus für das Abenteuer der Revolution. Man sprach von der neuen Bürgerwehr, der Nationalgarde; jeder Elsässer war ergriffen vom Drang des Soldatenspiels und des Mitredens in öffentlichen Angelegenheiten; Jüngling, Mann und Greis zogen den blauen Rock an und bezogen die Wachen, exerzierten an Feiertagen und marschierten mit Lust in Kompanien und Bataillonen, zur Eifersucht der stehenden Regimenter. Man sprach von den französischen Truppen insgesamt.

»Seht euch die berittenen Karabiniers an – was für eine prächtige Truppe!« rief der ältere der beiden Brüder, der ehemalige Kavallerist. »Ich sah daneben ein Schweizerregiment in seiner hellroten Uniform – gewiß, derbe Kerle, tapfer, aber neben den schlanken Kürassieren die reinen Wollsäcke! Das Regiment Hessen-Darmstadt hat die beste Musikkapelle – gebt acht, die Nationalgardisten werden auch in der Musik mit den Regimentskapellen wetteifern. Was schadet's? Wir vom Publikum haben den Profit davon.«

»Siehst du, Papa, das ist das liberale Prinzip des freien Wettbewerbs!« fiel der junge Dietrich ein. »Willst du leugnen, daß es den Ehrgeiz anspornt und die Kräfte beflügelt?«

»Und die liebe Eitelkeit!« ergänzte der Alte.

»Was sagt denn wohl Herr Pfarrer Oberlin zu dem Feuer, das jetzt unser Vaterland belebt?« wandte sich der jüngere Dietrich plötzlich an den Pfarrer des Steintals. »Erlauben Sie mir, auf Ihre Gesundheit zu trinken, werter Herr Pfarrer!«

Oberlin, der bei Frau von Birkheim saß, hatte sich über den blinden Pfeffel unterhalten. Dann war man im zwanglosen Gespräch auf Praktisches gekommen, auf die schlechte Ernte des Jahres, auf das mannigfach gestörte Verhältnis zwischen Bauer und Grundherr, auf Jagd- und Waldfrevel, auf die wachsende sittliche Verwilderung.

Nun erhob er dankend sein Glas, nippte und erwiderte ein wenig ausweichend. Es widerstrebte ihm offenbar, angesichts der stiller gewordenen und auf seine Antwort lauschenden Tischgesellschaft eine Erörterung fortzuspinnen, die soeben zwischen Vater und Sohn ergebnislos verlaufen war. Neben dem anmutigen und weltmännischen Baron wirkte die abgeklärte Ruhe des stillen Landgeistlichen nahezu nüchtern, schlicht und etwas unbeholfen.

»Sagen Sie meinem Mann nur tüchtig Ihre Ansicht, Herr Pfarrer!« ermutigte die unendlich graziöse Frau Luise. »Sie haben ja gehört, mein Schwiegervater ist nicht mit ihm fertig geworden.«

Oberlin entschuldigte sich in ungesuchter Einfachheit abermals mit der Bemerkung, daß dies alles der staatlichen Ordnung der Dinge angehöre und also sein Arbeitsgebiet nur mittelbar berühre.

»Und was nennen Sie Ihr Arbeitsgebiet?« beharrte Dietrich. »Wollen Sie sich von der übrigen Gattung der Menschheit ausschließen?«

Wieder lauschte man auf Oberlins Antwort. Es schien sich nun doch ein neuer Waffengang vorzubereiten.

»Es geht durch die Welt eine wunderbare und beachtungswürdige Zweiheit«, holte der Hochlandspfarrer langsam und nachdenklich aus. »Es wird das wohl so in Gottes großem Schöpfungsplan vorbestimmt sein. Die einen – und das sind die meisten – betrachten die Geschehnisse von außen und wirken mit den Mitteln der Welt, als da sind Gewalt, Rechtspflege, Verhandlungen, Verträge und dergleichen mehr. Sie wirken durch staatliche Gesetze und wenden sich an die Vernunft, an den Ehrgeiz, an den Vorteil, an die Furcht vor Strafe und andres mehr. Es ist jene Region, welche in der Schrift ›die Welt‹ genannt wird. Solche weltliche Ordnung ist wichtig; und man darf solches Regiment nicht unterschätzen. Aber dies ist noch kein Christentum; denn schon die alten Römer waren darin berühmte Meister. Nun gibt es andre Menschen – und zwar in der Minderzahl –, die von innen bauen. Diese wenden sich mit seelischen Mitteln an die Seelen der einzelnen. Sie versuchen den Menschen in seinem Kernpunkt anzufassen: an seiner unsterblichen Seele; sie kommen ihm besonders in solchen Fällen nahe, wo der leicht zerstreute und durch Glück verwöhnte Mensch durch Leid, Krankheit, Unglück auf sich selbst zurückgeführt wird und sich auf seine innere Welt zu besinnen anfängt. Ihre Arbeit ist demnach eine Arbeit der Stille. Sie versuchen den Menschen in Stunden der Empfänglichkeit zu läutern und zu allem guten Werk geschickt zu machen. Dennoch dienen auch sie der Gesamtheit; denn je mehr gute und von Leidenschaften gereinigte Menschen in einem Volke sind, um so besser steht es mit einem solchen Gemeinwesen. Auf dieser innerlichen Seite stehen der Geistliche, der Philosoph, der Erzieher. Und da stehe auch ich.«

Oberlins Worte breiteten in ihrem schlichten Ernst eine feine Stille über das Geräusch der Versammlung aus. Die Kirchen des Steintals sind klein; man braucht von ihren Kanzeln nicht laut zu sprechen. So war auch diese Rede Oberlins ein ruhiges Sprechen von verinnerlichter Tonart. Zumal die Frauen atmeten auf unter dieser Stimme des Friedens, die einem Glockenklang aus tiefem Walde vergleichbar war.

»In Deutschland scheint man in diesem schönen Versuche, den Menschen von innen heraus zu erneuern, gegenwärtig mehr zu tun als in Frankreich«, sprach Frau von Türckheim. »Wenigstens hat mein Schwager, der Deputierte in Paris, bereits erwogen, ob er nicht aus dem revolutionären Frankreich ins philosophische Deutschland auswandern solle, etwa nach Baden; so sehr betrübt ihn das dortige Treiben.«

»In dem Hotel, in dem ich dort abstieg«, raunte Johann von Dietrich dem Kandidaten zu, »wohnten drei Abgeordnete: alle drei mit ihren Mätressen. Das lebt flott – und schimpft dann auf den Adel. Soll ich Ihnen die Ursachen der Revolution sagen? Eifersucht! Ganz gemeine Eifersucht!«

»Ob es nicht empfehlenswerter sein mag, wir Straßburger geben den Parisern ein Vorbild, wie man ohne Blutvergießen und Roheiten dennoch tatkräftig reformiert?« rief Dietrich der Jüngere. »Und wohin denn flüchten, verehrte Frau? Sind nicht sogar in der Kirche Leidenschaften, Herr Pfarrer? Sind nicht auch in der Philosophie und Literatur Pamphlete an der Tagesordnung?«

»Ja, so ist es leider«, bestätigte Oberlin. »Sie können sogar weitergehen, Herr Baron, und hinzufügen: auch in uns selber ist Streit und

Leidenschaft. So geht jener Zwiespalt durch alles Irdische – und wohl noch durch die Geisterwelt, die sich in Engel und Dämonen spaltet. Aber irgendwo ist ein Land, da ist Ruhe. Augustin hat seine Konfessionen mit den Worten begonnen: ›Cor nostrum inquietum est, donec requiescat in te‹, – unser Herz ist unruhig, bis es in dir ruht! In wem? In Gott, in dem was göttlich ist: in reiner Liebe, nicht im Chaos der Leidenschaften.«

Oberlins Worte wirkten durch die Wärme der Überzeugung auch dann noch wohltuend, wenn man den Anschauungen dieser Persönlichkeit im einzelnen zu widersprechen verpflichtet war, aus einer gegenteiligen Anschauungsweise heraus. Der Arzt murmelte längst zwischen Geflügel und Tischwein; aber Dietrich nickte freundlich, wenn auch mit einem reservierten Lächeln.

»Ich bin Philosoph«, sprach er. »Wenn Sie wollen, ein wenig Freigeist. Wollen Sie mir die Philosophie absprechen, wenn ich mich politisch betätige? Darf ich überhaupt fragen, wie Sie sich zur Philosophie stellen, mein werter Herr Pfarrer?«

»Alle Achtung vor Ihren Geistesschätzen!« rief der belesene Geistliche. »Gleichwohl stehe ich nicht an, zu behaupten, daß es noch ein unmittelbareres Lebensverhältnis gibt als die Philosophie. Nämlich das direkte Sprechen mit Gott, ohne den Umweg der Systeme. Dies Sprechen mit Gott erhebt sich über die Systeme der Philosophie, wie sich das Genie über die mühsame Arbeit des Talentes erhebt. Dies Geniale des Herzens und Wunder des Geistes heißt – das Gebet.«

»Wie wunderschön sprechen Sie mir aus dem Herzen!« rief Frau von Türckheim. Octavie schaute mit Begeisterung zu Oberlin herüber, und die Augen des seelenvollen jungen Mädchens waren feucht. Hier wurde bestätigt, mit einer ansteckenden Sicherheit, was sie von Pfeffel in anderem Ton und Rahmen vernommen hatte. Oberlins Worte fielen ruhig und selbstverständlich. In diesem Manne gab es keine Zweifel und Zwistigkeiten mehr; hier gab es nur Erlebnis und durch Erlebnis Gewißheit.

Dietrich gab die freundschaftliche Debatte taktvoll auf.

»Es ist nun einmal nicht anders«, sprach er, »Sie und ich, Herr Pfarrer Oberlin, wirken trotz unserer menschlichen Sympathien in getrennten Zimmern. Sie in der Bureauabteilung, die mit der Seele zu schaffen hat, ich im Aktenzimmer der Politik. Nach Ihrer Ansicht darf wohl der Christ überhaupt kein Politiker sein?«

»Jedenfalls würde ich, wenn ich zu raten hätte, allen vom Volke Gottes den Rat geben, sich in den kommenden schweren Zeiten der Leidenschaften *über* den Parteien zu halten – wie es Ihr verehrenswerter Herr Vater gleichfalls empfohlen hat. Aber ich brauche diesen Rat nicht auszusprechen; die innere Stimme rät Ihnen das von selbst.«

Man hob die Tafel auf. Die Gesellschaft zerstreute sich in die benachbarten Räume ....

Viktor Hartmann hatte mit wachsender, ja leidenschaftlicher Anteilnahme diesen Erörterungen gelauscht. Der junge Zuhörer fühlte sich zwischen Dietrich und Oberlin stehend, angezogen von beiden, begeistert von Dietrichs energischem Optimismus, bewundernd die reife Ruhe und Geschlossenheit des milden, klaren und festen Hochlandspfarrers. Dort Staatlichkeit, hier Innerlichkeit; dort Politik, hier Seele; dort Parlaments- und Kopfdebatte, hier Sprache des Herzens und der einsam-großen Natur.

Wohin?

Die »Frau mit der guten Stimme«, wie er sie innerlich nannte, verabschiedete sich eben in seiner Nähe und kam bei ihm vorüber. Man hatte sie ihm inzwischen als eine bürgerliche Madame Jeanne Frank sehr achtungsvoll genannt, »nicht zu verwechseln mit Frau von Franck-Türckheim, deren Salon weltberühmt ist«, während diese Witwe mit ihren beiden Kindern gänzlich in der Stille lebe, im Sommer zu Barr, im Winter zu Straßburg.

»Ich muß Ihnen doch noch danken«, sagte Frau Frank im Vorübergehen, »daß Sie mich vorhin so schön herausgehauen haben. Sie sind ja übrigens, wie ich höre, au'e Stroßburjer? Könnten Sie mir nicht *en passant* einen guten Rat geben? Ich suche nämlich schon so lange eine neue, möglichst stille Wohnung.«

»Die Langstraße ist ein bißchen laut«, erwiderte Hartmann. »Sonst würde ich sagen: Gehen Sie zu meinem Vater. Das zweite Stockwerk unsres Hauses steht leer. Er selbst wohnt mit meiner alten Tante, seiner Schwester, im ersten. Und im Erdgeschoß der Bäcker Hitzinger. Es ist nicht weit vom Rebstöckl. Aber wie gesagt, die Langstraße ist ein wenig laut.«

»Ach, das stört uns wenig, nicht wahr, Leonie, wenn nur im Hause selbst ruhige Leute wohnen«, entgegnete die Witwe.

Man besprach noch einiges, und sie merkte sich die Adresse. Dann gab sie mit der ihr eigenen stillen Freundlichkeit dem Hauslehrer die

Hand, das hochaufgeschossene Töchterchen mit den Kornblumenaugen und den hübsch gewölbten, meist erstaunt halbgeöffneten Lippen machte einen Knix – und die beiden gingen geräuschlos davon. Was für gute Augen hat das Kind! dachte Viktor; und was für eine gute Stimme die Mutter! Beide Frauen waren von einer angenehm gesunden, schönen, bräunlichen Gesichtsfarbe und hatten dunkelbraunes Haar; die Tochter trug es nach damaliger deutscher Art in verschlungenem Zopfwerk hochgebunden. Es waren etwas eckige und herbe alemannische Gesichter, mit einem keltischen Einschlag, nicht eigentlich schön, außer wenn sie lächelten; die Haltung war fast streng; aber sie waren von einem geheimen Wärmevorrat durchglüht und schienen überaus ruhig, glücklich und gesund. Und doch war alles dies noch nicht ausreichend, die magnetische Anziehung zu erklären, die von ihrer stillen Art ausging. Sie schienen ihm seit Jahren wohlbekannt. Es war ihm in ihrer Nähe eigentümlich mild und wohl zumute, auch wenn er abgewandt nur die Musik ihrer Stimme vernahm. Er war erstaunt, dies trauliche Heimgefühl an sich zu beobachten; denn – – mit fast zuckender, schmerzender Plötzlichkeit ward er sich unmittelbar nach ihrer Entfernung wieder seiner Wunde bewußt.

Viktor trat in den Park hinaus und ließ die frische Luft um die heißen Wangen spielen. Er hatte ziemlich Wein getrunken. Die freie Natur wirkte nach all dem Geräusch und der Schwüle des vollen Saales wohltätig. In der Ferne bildeten steile, weißgeränderte Wolken eine himmlische Landschaft. Die Nähe war in ein durchsichtig weißes Mittagslicht eingehüllt. Im Tal, an der Breusch entlang, fuhren die beiden Straßburger Damen davon, die in Schirmeck oder sonstwo zu Besuch sein mochten. Und in Viktor, der trüben Mutes in diese verhaltene Naturstimmung schaute, war ein Heimweh.

Hier geschah es nun, daß der alte Postillon und Bote des Orts, unter vielen Selbstverwünschungen, es mög' ihn der und jener holen wegen der verdammten Vergeßlichkeit, sich aus einem Torwinkel heranmachte und dem erschrockenen Hauslehrer ein wohlverpacktes Buch übergab. Was ist das? Die Buchstaben der Adresse ließen ihn erblassen. Von ihr?! Er entlohnte den Überbringer, der die Sendung schon gestern hätte bestellen sollen, eilte hinter schirmende Tannen den Park hinan und riß das mehrfach versiegelte Paket stürmisch auf. »Werthers Leiden!« Nichts weiter als »Werthers Leiden«. Richtig, er hatte das Buch einmal in Villa Mably liegen lassen. Er blätterte, suchte – kein Brief darin! Er durchforschte den inneren Umschlag, die Innenseite des Deckels – nichts. Endlich sah er im Text einen Strich am Rand: es waren die Worte, die er einst in ihrem Hause laut und heftig gelesen hatte. »Es hat sich vor meiner Seele wie ein Vorhang weggezogen« … Und gleich dahinter, in dem Abschnitt, der »am 21. August« datiert ist, waren weitere Druckzeilen mit Rotstift unterstrichen. »Ein Strom von Tränen bricht aus meinem gepreßten Herzen, und ich weine trostlos einer finstren Zukunft entgegen.« Er durchblätterte fieberhaft das ganze Buch. Nichts! Weiter nichts!

Noch einmal besah er die Verpackung. War es denn wirklich von ihr abgesandt? Es war ihr Wappen auf dem Siegel, es war ihre Schrift – und keine Zeile weiter!

Wut und Schmerz kochten in Viktor auf. Er war versucht, Buch und Verpackung zu zerstampfen in einem seiner seltenen Anfälle – und zu zerstampfen dieses ganze wildsüße, falsche Narrenspiel einer Sommerleidenschaft. Das Buch in der krampfenden Hand und die freie Faust geballt, schritt er mit langen, fliegenden Rockschößen wie ein Wahnsinniger zornschnaubend hin und her. Wenn sie wirklich »einer finstren Zukunft entgegenweint«, wenn dies hier angestrichene Wort mehr ist als eine sentimentale Phrase und tragische Pose, so mußte sie doch den Freund einer Aussprache würdigen! So mußte sie doch den Geliebten mit einem ernsten, meinetwegen bittren Abschieds- wort oder irgendeiner Begründung ehren! »Aber so brutal hat sie wohl ihre früheren Liebhaber entlassen«, knirschte es in ihm, »so brutal wirft sie nun auch mich zum Kehricht!« Sein Herz weinte vor Wut und Qual. Aber es kam kein Wort über seine blassen Lippen, und keine Träne rollte an den zitternden Nüstern herab. Es war ein gera- dezu körperlicher Schmerz, ein Brand geradezu, der seine Rippen zu sprengen drohte. Wuchtiger und sinnenhafter als je zuvor flammte das Bewußtsein seines Zustandes grade heute, nach diesem anregenden Mittagessen, nach diesen Gesprächen, nach diesen Begegnungen in dem Einsamen auf.

In diesem Augenblick fiel der Schatten der »Zeder« auf Viktors Weg.

Pfarrer Oberlin stand vor ihm. »Ich will eben durch die obere Pforte den Park verlassen und über die Perhöhe nach Waldersbach heimkehren. Hätten Sie vielleicht Lust, mich ein Stückchen zu begleiten, Herr Kandidat?«

Viktor hatte während der Mittagsstunden nur nebenbei einmal mit Oberlin gesprochen. Aber Octavie, die zarte und schwärmende Verehrerin alles Edlen, hatte sich mit der »Zeder« über vieles unterhalten; so auch über den oft grillenhaften, verschlossenen, freundlosen Hofmeister, den sie angelegentlich dem Seelsorger empfahl.

Nur einen Augenblick zögerte Viktor. Dann hatte er sein Gleichgewicht wieder hergestellt und bemerkte höflich, er wolle nur das Buch hinauftragen und den Hut holen; es würde ihm dann eine ganz besondere Ehre sein. Er flog mit langen Sprüngen den Garten hinunter, hinauf in sein Zimmer und wieder herab: – und sein Entschluß war gefaßt, dem Pfarrer von Waldersbach sein bis zum Bersten volles Herz auszuschütten.

Er suchte, mit der ihm eigenen Entschiedenheit, sobald einmal ein Entschluß fest war, sofort nach einer Einleitung. Und er fand sie rasch. Hitzinger fiel ihm ein: so wie damals der junge Priester stürmisch und explosiv ihm gebeichtet, so stand jetzt er selber vor einem größeren Lehrmeister. Er erzählte daher ganz einfach dem Hochlandspfarrer die Seelengeschichte zweier junger Theologen, eines katholischen und eines evangelischen, ohne seinen oder Hitzingers Namen zu nennen. Er ging aus von jener grotesken Begegnung mit dem Betrunkenen an der Straße von Kolmar; er endete mit der Darlegung seiner eigenen Erlebnisse. Er nannte nicht Orte noch Namen, er legte nur geschickt und energisch den seelischen Fall dar. »Und nun? Was wäre diesen beiden Unglücklichen zu raten?«

Die beiden Spaziergänger hatten den Wald verlassen und traten in den freien Bergwind hinaus. Der Fuß glitt lautlos über das Gras; Ginster streifte das Kleid. Einmal waren sie an beerensuchenden Kindern vorübergekommen; eine steinalte Frau, die am Wegrand saß, erhob sich mühsam und grüßte mit einem höflichen »*Bonjour, monsieur le ministre*« (so pflegte man damals die Geistlichen zu nennen); Oberlin nötigte sie wieder zum Sitzen und wechselte mit ihr einige leutselige Worte. Manchmal auch blieben sie stehen, und der ruhig zuhörende Pfarrer machte auf eine Pflanze oder auf einen reizvollen Blick ins Tal aufmerksam. So wurde das anfangs leidenschaftliche Ungestüm des jungen Bekenners unter dem Einfluß des älteren Gefährten unvermerkt in eine ruhigere Gangart übergeleitet.

Es eilte auch jetzt dem Seelsorger ganz und gar nicht, sich dieses interessanten Doppelfalles zu bemächtigen und etwa eine moralische Betrachtung über sein Beichtkind auszuschütten.

In zwanglosem Geplauder an den Umstand anknüpfend, daß hier von zwei Theologen die Rede war, kam Oberlin zunächst auf etliche Straßburger Professoren zu sprechen: auf seinen Bruder Jakob Jeremias Oberlin, auf den Hellenisten Schweighäußer, auf den Pfarrer Blessig. Straßburger Jugenderinnerungen wurden in ihm wach. Er selbst war Sohn eines dortigen Gymnasialprofessors.

»Was für eine glückliche Jugend hab' ich erlebt!« rief er aus. »Wie rein, kräftig und offen war unser Verhältnis zu den Eltern! Meine Mutter angenehm im Äußeren und von angenehmem Herzensinnern, fromm, geistig lebendig. Wir wurden mit spartanischer Einfachheit zum Sparen erzogen und nicht in Genüssen verwöhnt, denn meines Vaters Besoldung war nicht glänzend. Doch wurde man dabei kein sauertöpfisches Wesen gewahr. Stellen Sie sich meinen Vater vor, wie er sich auf unsrem kleinen Landgut in Schiltigheim die Trommel umhängt und mit seinen sieben Knaben nach dem Takt marschiert und exerziert, so genügt Ihnen wohl dieser eine Zug, um Ihnen seine lebensheitre und dabei feste und fromme Art zu kennzeichnen. Meine Neigung war bis in erwachsene Jahre hinein auf den Soldatenstand gerichtet; wär' ich nicht Pfarrer geworden, ich wäre Soldat. Nicht wegen des äußeren Tandes; vielmehr ging meines Vaters Erziehung vor allen Dingen dahin, den Willen zu stählen. Erziehung zur Selbstüberwindung und zu straffer Pflichterfüllung – dies spartanische Element habe ich meinen Eltern zu verdanken. Daneben wurde mein Sinn für die Natur gebildet; ich habe mir ein Naturalienkabinett angelegt, das ich ständig vermehre. Und Sie sehen hier wohl kein Kräutchen und keinen Stein, die mir nicht bekannt wären. So war alles in einem gesunden Wechselverhältnis. An Störungen fehlte es natürlich auch nicht, zumal ich von Natur heftig und jähzornig bin. Aber das innige Einsgefühl mit Dem, der uns über alle Maßen lieb hat, half immer wieder darüber hinweg. Wenn dies Gefühl festsitzt, so schnellt der Mensch immer wieder ganz von selbst in seine natürliche Lage zurück, wie ein Ast, der von seiner Schneelast befreit ist.«

So plauderte Friedrich Oberlin, zwanglos und allgemein, angeregt durch Viktors Erzählung. Dann blieb er stehen und schaute in die

Berglandschaft des Steintals hinaus, die sich in gedämpftem Lichte weithin vor ihnen auftat.

»Sehen Sie nur, Herr Hartmann, wie zart sich jene weiße Luftschicht vom Rande des dunkleren Gebirges abhebt! Grade bei einer etwas trüben und bedrückten Landschaftsstimmung liebe ich es, mit dem Auge jenen glitzernden Himmelsrand zu suchen oder die silberne Umrahmung der Wolken festzuhalten: denn es ist eine Andeutung der Lichtfülle, die dahinter wohnt, auch wenn wir sie einmal nicht in ganzer Klarheit schauen. So wandeln, sag' ich mir dann, wie jetzt mein Auge wandert, die Himmlischen leicht und sicher in ihren ätherischen Gefilden über den Mühsalen und Irrungen der Erde dahin. Nicht in bequemem Ausruhen, denn auch in der Seligkeit sind sie unablässig in lebensvoller Bewegung und Nutzwirkung: sie stärken durch gute Gedanken von dorther das Gute, sie scheuchen warnend das Böse in seine Grenzen zurück. Sie haben Ihnen, lieber Hartmann, vielleicht den Gedanken eingeflößt, mit mir über jene beiden Theologen zu sprechen; sie haben vielleicht überhaupt Viktor Hartmann und Friedrich Oberlin zu diesem Spaziergang zusammengeführt. So sind wir immer in einem großen Gespinst unsichtbarer Leitungen, die sich der stilleren Seele oft enthüllen, so daß zur rechten Stunde das rechte Wort fällt. Mit diesem großen, festen Vertrauen würde ich in Ihrem Falle auch Ihre beiden Verirrten anzustecken versuchen. Laßt einmal – so etwa würde ich raten – die Einschau in euren allerdings beklagenswerten Zustand ein Weilchen bleiben, übt euch statt dessen mit ganzer Energie in der Aufschau zu den Bergen, von welchen uns Hilfe kommt. Ihr seid in eine Sackgasse geraten. Wohlan, nun verzehrt euch nicht in Rückschau auf begangene Versehen, sondern gebt diesen Abschnitt eures Lebens als eine verlorene Sache mutig auf! Sie ist nicht verloren, sondern ein Gewinn, sobald ihr mit ganzer Kraft der Reue und Buße an einem neuen Ende reinere Taten zu leisten entschlossen seid. Die Ewigkeit ist lang, gute Arbeit harrt aller Enden; die kleinste Arbeit, zum Wohl des Ganzen tapfer und treu vollbracht, entzündet Kräfte guter Art in uns, veredelt und reinigt den Menschen. Nie ist es zu spät, denn Gottes Gnade ist ewig und unermeßlich wie das Universum!«

Und nun faßte der Hochlandpfarrer das Besondere der vorliegenden Fälle schärfer ins Auge.

»Dieser Katholik scheint mir in seinem elementaren Sündigen und Bereuen dem Reiche Gottes näher zu stehen als der evangelische Kandidat. Denn der letztere ist, wenn ich Ihren Bericht genügend verstehe und richtig deute, noch gar sehr in Hochmut, Trotz, Egoismus und übelnehmender Eitelkeit befangen. Er ist selber in die Sünden eines leichtsinnigen und genußsüchtigen Zeitalters geraten: und doch denkt er nur daran, wie man ihn beleidigt habe – nicht aber, was er etwa im Herzen der beiden Frauen und was er wider das göttliche Gebot überhaupt angerichtet hat. Wäre sein Herz schon zur Güte hindurch-gedrungen, so hätte er alles andre nicht beachtet und nicht empfunden außer der einen Angst und Sorge: Wie mach' ich das wieder gut? wie kann ich jenen beiden Frauen helfen? wie kann ich Wohltat und reine Liebe geben, wo ich bisher nur trübe Leidenschaft gegeben habe? Er steckt im Subjektivismus, dieser unfertige Gottesgelehrte, der von Gottesweisheit so blutwenig besitzt. Jene Frau aber scheint zwar von hitzigem und sündigem Naturell, aber nicht unedel. Vielleicht kann sie sich nur durch ihr grausam scheinendes Gewaltmittel des Schwei-gens von ihrer Leidenschaft losreißen. Wie fällt doch einer Frau das Entsagen schwer! Wie verehrenswürdig ist eine leidenschaftliche Frau, die solchen Sieg über sich selbst erringt! Nein, diese Frau scheint mir nicht unedel zu sein. Der junge Mann, dem sie ihre verbotene Liebe geschenkt hatte, würde vielleicht Tag und Nacht weinen, wenn er mit ungetrübten Augen in das Herz einer solchen Frau Einblick hätte. Sie hat nur dies eine Kind? Und sie hängt leidenschaftlich an dem krän-kelnden Mädchen? Mehr brauchten Sie eigentlich einem Vater nicht zu sagen. Die arme Frau!«

Es klang ein tiefes Mitleid aus Oberlins Stimme, als er dies alles still und weich in einer Art von Selbstgespräch vor sich hinsagte. Der stumme Begleiter atmete heftig; und plötzlich schossen ihm die Tränen in die Augen. Er verbiß es zwar; er würgte das Angestaute, das empor wollte, noch einmal gewaltsam hinunter. Aber er spürte, daß die Er-starrung zu Ende ging. Oberlins Wort und Wesen hatte all die vereisten Wasserläufe seines Inneren in klingende, rauschende Bewegung ge-bracht. Er lernte mit neuen Augen auf seinen verworrenen Zustand schauen; was an Edelsinn und guter Liebe in ihm war, bemächtigte sich der Führung. Mühsam hielt er die Tränen zurück, die von allen Seiten seines erschütterten Organismus zusammenströmten und em-pordrängten.

»Glauben Sie mir, mein lieber Herr Hartmann«, fuhr Oberlin in schlichter Erhabenheit fort, ohne den erregten Zustand seines Begleiters zu beachten, »nichts ist heiliger und größer auf Erden und im Himmel als die wahre Liebe. Das haben Sie vielleicht oft gehört; aber wenige erleben dies hehre Geheimnis. Mein großer Swedenborg hat recht: nichts ist seltener. Es fehlt hienieden gewiß nicht an edlen Freundschaften, guten bürgerlichen Ehen, an zärtlichen oder noch mehr an sinnlichen Regungen und Leidenschaften. Aber die wahre eheliche Liebe ist von Urbeginn her im Himmel beschlossen und stellt alles andere in Schatten. Wer nicht von ihr berührt und geweiht worden – verstehen Sie mich wohl: ich meine den seelischen Vorgang, nicht die bürgerliche Ehe an und für sich – der behält in allem scheinbaren Glück ein Suchen in sich sein Leben lang. Bedenken Sie, was das liebende Weib dem ebenbürtig liebenden Gatten gibt: auf Tod und Leben den ganzen Körper und die ganze Seele! Welch ein Bund! Und da sie aus der rechten Liebe sind, so lieben beide mit vereinten Kräften Gott und ihre Mitmenschen, denen Gutes zu tun ihre größte Wonne ist. Und so berühren sich Himmel und Erde in einem wahrhaft bis in die tiefste Seele liebenden Ehepaar; und es zittert ein Strahl von ihrer Liebe durch das ganze Universum hindurch bis mitten in das Herz Gottes, der solcher Liebe Ursprung ist. So heilig und groß ist es, wenn diejenigen sich finden, die von Uranfang an zusammengehören. O ihr beiden Unglücklichen, von denen Sie mir da erzählen, suchet, bis ihr gefunden, aber suchet das Reine! Entsaget, wenn ihr nicht findet, aber werdet nicht irre am Reinen! ... Darf ich wieder von meiner eigenen Erfahrung sprechen? Ich habe durch etwa fünfzehn arbeitsvolle Jahre das unaussprechliche Glück einer gesegneten Ehe erleben dürfen. Dabei standen wir beide recht fest auf der Erde. Meine Frau war eine entfernt mit uns verwandte Jungfer Witter aus Straßburg, Tochter eines Universitätsprofessors, und hielt sich in Mädchenjahren krankheitshalber bei uns im Steintal auf. Mutter oder Schwester führten mir den Haushalt. ›Du mußt heiraten‹ meinte meine Mutter, ›nimm dir doch die Jungfer Witter‹. Aber ich war noch blind; ihr Straßburger Kleiderputz in unsrem einfachen Tal, in dem ich so schwer zu arbeiten hatte, verdroß mich. Noch am Sonntag meiner Werbung predigte ich in Belmont wider den Kleiderprunk; sie saß in der Kirche und errötete nicht wenig. Aber die Worte: ›Nimm dir die Jungfer Witter‹ verfolgten mich Tag und Nacht. Gebet verhalf zur Klärung. In der Gartenlaube trug ich

ihr meine Hand an, und mit abgewandtem Gesicht, noch mehr errötend als in der Kirche, reichte sie mir die ihrige. Ich führte sie als
meine liebe Braut an den Mittagstisch in die Arme meiner Schwester
... Und wie genial ist dieses Weib aufgeblüht! Wie haben wir miteinander gearbeitet, so daß wir uns oft nur im raschen Vorübergehen die
Fingerspitzen reichten und uns lächelnd und schweigend zunickten.
Zweimal sieben Jahre! Und sieben Kinder hat sie mir hinterlassen.
Nun ist sie seit sechs Jahren hinüber, weil es so zu unserer Entwicklung
notwendig ist. Aber sie ist nicht von mir geschieden; wir verkehren
oft miteinander. Und wenn ich mein Werk in diesem Tal vollendet
habe, werde ich mich wieder mit ihr vereinigen, und wir werden miteinander durch die Sphären der Ewigkeit emporwandern bis in den
Ursprung des Lichts und der Liebe ... Und darum, mein Guter, weil
ich weiß, was wahre Liebe ist, so können Sie ermessen, wie weh mich
jene beiden Unglücklichen berühren, die ihre feinsten und vornehmsten
Nerven derart mißbrauchen und aufregen, und die noch in der Hölle
der Leidenschaften sind, nicht im Himmelreich der Liebe. Besonders
aber jene stürmisch suchende Frau tut mir leid; sie hat vielleicht bei
jenem Jüngling Reinheit gesucht – und statt dessen hat sie den
schwachen jungen Menschen in ihre eigenen Wirbel mitgerissen. Die
arme Frau!«

Die tiefgefühlten Worte »Die arme Frau«, mit denen Oberlin abermals schloß, hallten wie ein wehevoll Glockenspiel durch die Seele des
Jünglings. Er hielt nicht länger an sich. Mit einem Ruck blieb er stehen,
wischte heftig über die Augen und sprach schwer atmend:

»Ich danke Ihnen, Herr Pfarrer. Sie pflegen, hat man mir erzählt,
die Namen derjenigen, deren Sie im Gebet gedenken, mit Kreide an
die Tür Ihres Schlafzimmers zu schreiben, um sie stets vor Augen zu
haben. Schreiben Sie, bitte, auch den Namen des evangelischen Theologen hinzu, von dem ich Ihnen hier erzählt habe. Er heißt Viktor
Hartmann.«

Und er wandte sich um und schritt rasch zurück, obwohl er vor
nunmehr heiß herausbrechenden Tränen keinen Weg mehr sah.

7. Humboldt

Am Sigolsheimer Wäldchen erging sich die Marquise von Mably, Arm in Arm mit ihrem Töchterchen Adelaide. Die Damen gingen langsam. Die Luft des Spätsommers war mild und müde; die Farbe des Himmels herbstlich bleich; Stengel und Gräser, Stauden und Büsche am Rain neigten sich versengt und zerknittert. Wandervögel zogen nach Süden. Hinter den Bergen warteten die herbstlichen Stürme.

Beide Damen liebten es, sich in freundliche Farben zu kleiden. Die Marquise zumal hatte eine Vorliebe für stattliche Hüte mit Bändern, Straußenfedern und großen, glänzenden Agraffen; auch schätzte sie blumenbestickte, kostspielige Kleiderstoffe. Sie wußte ihr anmutiges Persönchen zu einem geschmackvollen Kunstwerkchen zu gestalten. Addy hingegen war einfacher; das Mädchen liebte perlgrau oder meergrün schimmernde Stoffe von lichtem Gewebe und ließ sich gern von feinen Gazeschleiern umfliegen. Mit ihren taubenfrommen Augen, die das ovale Gesichtchen bedeutungsvoll zierten, wandelte sie wie eine ätherische Gestalt neben der eleganten, geschmückten und parfümierten Mutter einher.

Gemächlich folgte der große Bernhardiner. Und in ziemlicher Entfernung schritt der bejahrte, gemessene, schweigsame Diener, der Tücher oder Kleider auf dem Arm trug. Auf der Landstraße aber hielt die Kutsche. Es war ein Pastellbildchen aus dem *ancien régime,* wie diese drei Personen am sonnenstillen Herbsthügel dahinwandelten: ruhig, vornehm und dem Tode geweiht. Ihnen begegneten auf dem hellen Feldweg zwischen vergoldeten Reben und ziehenden Sommerfäden vier schwarze Gestalten. Es waren vier katholische Geistliche. Sie hatten sich heute zu einer Besprechung über den Ernst der Zeit zusammengetan und befanden sich nun auf dem Rückweg. Voran gingen die beiden älteren Herren, die Rektoren Pougnet aus Rappoltsweiler und Dupont aus Bennweier; ihnen folgten die beiden Abbés Liechtenberger und Hitzinger.

Erst als sie ziemlich nahe waren, bemerkten sie die Marquise und ihre Tochter. In demselben Augenblick wurden vier Hüte gezogen; und die Geistlichen standen mit entblößten Häuptern ehrfürchtig vor der vornehmen Katholikin. Rektor Pougnet, der die Marquise persönlich kannte, stellte seine Amtsbrüder vor. Leichtes Neigen des Federhutes und ein Nicken der angeschmiegten Addy. Dann deutete der weltgewandte Dupont, der im Hause Birkheim ein beliebter Gast war, den Inhalt ihrer Gespräche an. Wenn das französische Parlament von der Geistlichkeit den Eid auf die Verfassung verlange, wenn man sich dort Ernennungsrechte und dergleichen anmaßen werde, die seither nur dem Bischof und dem Heiligen Vater in Rom zugestanden – was wäre da wohl zu tun?

»Nicht gehorchen!« sagte die kleine Aristokratin kurz und bestimmt, ja mit einem Ausdruck von Fanatismus. »In der Pöbelherrschaft, der wir entgegengehen, ist die Kirche der einzig feste Felsen. Halten Sie aus, meine Herren! Oder ist es eine Schande, Märtyrer zu sein?«

Sie kamen in ein Gespräch, das sie ein Viertelstündchen festhielt. Die andren drei Geistlichen hatten die Hüte auf einen Wink der Marquise längst wieder aufgesetzt; nur Hitzinger stand abseits, hielt den Hut in der Hand, vergaß Zeit und Raum und schaute Addy an. Das Kind wirkte mit einem unbeschreiblichen Zauber auf ihn ein. Es war in ihm nicht der Schatten eines unreinen Gedankens; der große und kräftige junge Priester mit den sinnlichen Lippen und den feurigen schwarzen Augen stand wie in Kontemplation versunken, wie in Anschauung des Heiligen, gleich jenem vergeisterten Mönch, dem sich wenige Augenblicke zu einem Jahrhundert ausdehnten.

Dann lösten sich die beiden hellen Frauengewänder aus der dunklen Gruppe; und auch die vier schwarzen Gestalten setzten ihren Weg fort. Jetzt erst, angestoßen vom Vikar Liechtenberger, erwachte Leo Hitzinger und drückte seinen Hut wieder auf das mächtige Haupt. Auf seinem knochigen und kühnen, von Leidenschaften zerrissenen Gesicht, das von fern an seinen Landsmann Kleber oder an den wilden Parlamentarier Danton erinnerte, lag ein zartes Leuchten.

Der Dämon in ihm hatte seinen Engel gesehen.

Wenige Wochen danach erhoben sich aus dem Atlantischen Ozean die herbstlichen Regentage und wandelten in schweren, schleppenden Gewändern über die europäische Erde.

Das Schlößchen Birkenweier stand eingeregnet. Der Park der Freundschaft lag verlassen; der Sommer der Leidenschaft war verraucht wie die Feuer auf den verödeten Kartoffelfeldern. Und der lustigste Tag des Spätsommers, der Pfeiffertag von Rappoltsweiler, war in diesem Jahre ohne viel Wirkung verhallt.

Hartmann, von Rothau zurückgekehrt, stand am Fenster, wo die dunkelrote wilde Rebe die Glut der Sommersonne in sich eingesogen hatte und sich nun wehrte gegen den Beutezug des Herbstes. Er dachte durch den Trommelmarsch des Regens hindurch an das ferne Steintal.

Der Gedanke an das stille und hohe Land dort hinter den Bergen war für ihn fortan ein Lebenshalt. Dort wuchs die Zeder. In jenem Hochland war der ruhige Freund zu finden, wenn das Flachland Schuld und Verwirrung schuf.

Im Geiste sah er, irgendwo hinter den Gipfeln des Tännchel oder des Brézouard, das eng eingenebelte Tal, durchtost von gelben, rauschenden, stürzenden Herbstwassern. Die ärmlichen Leute saßen in ihren umwetterten Häuschen an Webstühlen und Strickstrümpfen. Aber der unermüdliche Seelsorger war auch jetzt, in den frühen Dämmerungen und langen Nächten, die geistige Leuchte jener glücklichen Dörfchen.

Und Viktor sann weiterhin dem Gedanken nach, wie er in den Waldungen der mittleren Vogesen hier und da Holzschlitter bewundert hatte. Diese Männer müssen mit Kraft und Gewandtheit ihre wuchtig und rasch dahingleitenden Lasten zu Tale führen, wenn sie nicht niedergerissen und überfahren werden wollen. Die Bahn besteht in festgerammten Querhölzern, über die der schwerbeladene Holzschlitten bergab saust; der Schlitter steht vorn zwischen den hochgebogenen Läufen seines Fahrzeugs, die er wie Hörner mit beiden Fäusten rechts und links gepackt hält; und nun springt er, seiner hochragenden Last voran, mit Sicherheit von Holz zu Holz, immer die Ferse an den Querbalken der Schlittenbahn einstemmend und mit dem ganzen Körper zurückwuchtend. So lenkt und beherrscht er die hinter ihm folgende Holzlast. Würde er eins dieser Querhölzer verfehlen und ausgleiten oder hinstürzen, so ginge die wuchtig dahingleitende Ladung über den gefallenen Führer hinweg.

Dies bedachte der unfertige Lebenskünstler, auf seine sommerliche Ausfahrt zurückblickend. Und er träumte durch die nassen Scheiben nach dem Landhause der Marquise hinüber ...

Das weiße Landhaus auf den Hügeln von Rappoltsweiler stand mit festgeschlossenen Läden. Der Garten mit seinen überquellenden sommerlichen Syringen und Goldregen war verwaschen und verwelkt.

Frau von Mably hatte Viktors Rückkehr nicht mehr abgewartet. Wenige Tage zuvor war sie mit ihrer Tochter nach Paris abgereist.

Aber er besaß von ihr einen letzten Brief.

Noch in Rothau, unter dem bedeutenden Eindruck jener Unterredung mit Oberlin, hatte Viktor mit leidenschaftlicher Herzlichkeit an die Marquise geschrieben. Was an Dank und Güte, an Zerknirschung und Sorge in ihm war, strömte nun in dies Schreiben eines nur noch liebenden, nicht mehr begierigen Herzens aus. Und es gelang dieser unwiderstehlichen Beredsamkeit, eine Antwort aus der rätselhaften Frau herauszulocken. Zwar begann sie mit einem gemessenen »Je vous remercie, monsieur«; aber die kühne kleine Frau enthüllte nun in flinken, festen Sätzen, die wie geschliffener Stahl blitzten, ihre wahrhaft verzweifelte Lage: daß »der Marquis« bedenklich krank sei, infolge von Mißhandlungen, die ihm der Pariser Pöbel zugefügt; daß er sich in Paris verborgen halte und nun, da ihn seine Kreaturen verlassen, keinen Menschen habe, der ihn pflege; daß die Besitzung in der Provence gefährdet oder bereits verwüstet sei; daß für Addy ein fachmännischer Arzt ersten Ranges besorgt werden müsse, weil des Kindes Herz zu Besorgnissen Anlaß gebe – daß mithin Energie notwendig sei, um solchen Anfällen zu begegnen. Sie gedenke das zu übernehmen. Daher reise sie heut' abend nach Paris ab. Und sie schloß den Brief mit den Worten: »Ich verkenne nicht, was Sie mir in diesem Sommer gewesen sind. Es ist jetzt nicht die Stunde, darüber zu sprechen. Ich schreibe zwischen Kisten und Koffern, und draußen wartet der Kutscher. Dies aber will ich Ihnen sagen, mein Freund, und will Sie mit dem Höchsten ehren, was ich noch zu geben habe: sollte ich erliegen, sollte mein Liebstes hienieden, mein Kind Addy, schutzlos zurückbleiben – dann – ich bitte und beschwöre Sie – seien Sie meiner Addy ein väterlicher Freund und Beschützer! Sie werden einer Frau, die vor allen Dingen Mutter ist und nichts auf Erden so rein geliebt hat wie ihr Kind, diese letzte Bitte nicht versagen. Und vergessen Sie nicht über all denen, die Sie künftig lieben werden, den Sommer von 1789 und Elinor von Mably.«

Der Vereinsamte zerfloß in Tränen, als er diesen Brief las. Die Reste von Selbstsucht und Empfindlichkeit, die seine unreife Natur verunziert hatten, verbrannten auf diesen Altären der Energie und Opfergröße. Ja, sie war die Stärkere! Ja, diese Frau war genial, war großzügig. Niemand kannte sie, wie er sie kannte. Er sah sich von dieser echten

Aristokratin, in der altfranzösische Tugenden aufblitzten, gedemütigt und erhoben zugleich, weil geehrt. Neben solchem elastischen Heldenmut einer opferfähigen Mutter war er in der Tat ein »Parvenü«, ein Emporkömmling. Der junge Deutsche sah nicht mehr die sinnlichen Flachheiten der Französin; er sah verklärend nur noch ihre Vorzüge und faltete die Hände in Gebeten der Fürbitte.

Viktor zitterte, wenn er bedachte, daß sich die Rücksichtslose nun den Stürmen der Revolution aussetze. Ein solches Naturell war nicht darauf angelegt, Worte zu wägen. Es liefen in jenen Tagen Einzelheiten über die neuesten Pariser Ereignisse um: man sprach vom Weiberzug nach Versailles, von wüsten Vorgängen im Schloß und Beleidigungen des Königspaares durch die Canaille; vom triumphierenden Herüberholen der königlichen Familie in die Tuilerien. Der Pöbel begann dort mitzuregieren. Im ruhigeren Elsaß aber schien sich die Neuordnung der Dinge friedlich zu vollziehen.

»Ich darf diesen qualvollen Gedanken nicht länger nachhängen«, sprach Viktor endlich zu sich selber. »Sonst wird mir dies alles zur Lebenshemmung. Ich muß mit alledem abbrechen! Ich muß fort, muß hinaus! Diese erste Ausfahrt ins Leben ist mißglückt, – also fort zu neuem Versuch! Es ist nie zu spät, Oberlin hat's gesagt. Ich habe nur meinem Vater zuliebe Theologie studiert und bin nur aus Verlegenheit Hofmeister geworden – wohlan, ich gehe wieder zur Universität und vervollkommne mich in meinen Lieblingsfächern Botanik, Naturforschung, Heilkunde, Lebensphilosophie überhaupt. Dieser Sommer war phantastisch, sündig und unnatürlich – aber er hat eine fortwirkende Erschütterung in mein vorher dumpfes Leben gebracht, so daß ich ihn nicht zu lästern vermag. Denk' ich dein, Elinor, so denk' ich an Rosengärten, an Mondnächte der Troubadours, an ritterliche Abenteuer in den Wäldern der Bretagne – an wilde, süße Poesie, von der mein stumpfer Geist vorher nichts wußte. Und doch, und doch! Gott verzeihe mir! Gott gebe mir Gelegenheit, gut zu machen, was ich nicht bereue und doch mit schwerem Herzen durchdenke. Kleine gute Addy! Ach, du gute Addy, ich will dir ein Freund sein, wie es nie einen treueren gegeben hat! Denn deine Mutter, ich ahne das, deine hinreißend süße Mammy geht in den Tod!«

Sie hatten ihm »Paul und Virginie« mitgeschickt, ein soeben erschienenes idyllisches Buch, das in jener unidyllischen Zeit Aufsehen erregte. Beide, Mutter und Tochter, hatten vorn ihre Namen nebeneinander eingetragen: »ihrem Freunde Viktor Hartmann, Herbst 1789.« Er las das Buch und bezog vieles daraus auf seinen eigenen Zustand. »Alle empfindsamen und leidenden Wesen fühlen den Drang, sich in die wildesten Einöden zu flüchten, gleich als ob Felsen Wälle wären gegen das Unglück, als ob die Stille der Natur die leidigen Stürme im Innern beruhigen könnte. Allein die Vorsehung hatte der Frau de la Tour eines aufbewahrt, welches weder Reichtum noch Größe gewähren: eine Freundin« – ein lebendiges, liebendes, verstehendes Menschenherz, ja es ist das Heiligste des Erde! »Tiefe Stille herrscht in ihrem Umkreise; hier ist alles friedlich, die Luft, die Gewässer und das Licht. Kaum führt das Echo das Rauschen der Palmen an unser Ohr.« … Alles Empfindsame, das in diesem Sohn eines empfindsamen Zeitalters lebte, entlud sich noch einmal in wehmutvollen Tränen. »O Elinor, o Addy, meine Freundinnen, die ich so liebe und die ich wieder verloren! Wenn ich wieder einmal auf die Erde kommen sollte, wie die Indier lehren, dann will ich mit euch auf das fernste Eiland Isle de France ziehen und dort am Busen der Natur schuldlos glücklich sein!«

Eine Adresse hatte Frau Elinor nicht hinterlassen; sie hatte sogar gebeten, sie nicht durch Zuschriften in ihrer Aufgabe zu stören. »Das will *allein* getan sein.«

Der Sommer war in jedem Sinne zu Ende ....

Viktor wusch sich die Augen und ging hinüber, um in der Kutscherwohnung nach dem kranken François zu sehen.

Seit der Weinlese bei Jebsheim lag der Kutscher im Fieber. Der Hauslehrer setzte sich zu ihm, schickte den Gärtner fort und versprach, ein Stündchen zu wachen. Es machte ihm Freude, Unglücklichen gut zu sein, auch wenn sie nicht viel taugten, wie dieser arme Bursch, der in nicht immer schönen Ausdrücken von verlorener Liebe phantasierte. Denn Katharinas Pfirsichwangen waren aus Birkenweier verschwunden und nach dem Hanauer Ländchen heimgekehrt; das heitre Mädchen hatte sich in aller Form mit dem Kutscher Hans der Frau von Mably »versprochen«; ihr Verlobter jedoch, einer wanderkühnen Sippe entstammend, war vorerst noch mit seiner Herrin nach Paris gezogen, um sich die Revolution aus der Nähe zu betrachten.

Viktor saß mit seltsam verwandten Gefühlen am Lager des Fieberkranken. Die Nußbäume rieben ihr Astwerk am Moosdach der Kutscherwohnung; der Regen rieselte am Fenster und sang um die alten Wasgauburgen sein wuchtig Lied. Nun fehlte bloß noch, dachte der

Krankenpfleger, daß Leo Hitzinger naß und müde aus dem erloschenen Sommer hereintrete und sich dort an die andre Seite der schmalen Bettstelle setze, um schweigend mit mir auf unsern Leidensgenossen herniederzuschauen.

Aber der Abbé war nach einem Dorf im Ried versetzt worden und trug seine Seelenstimmung an den Ufern des herbstlich brausenden, randvoll dahinschäumenden Rheinstroms entlang.

An einem Novembertage saß in Pfeffels Besuchszimmer ein vornehmer, schlanker und in seinen gesellschaftlichen Formen trotz aller Jugend sehr gehaltener und beherrschter Gast. Die Gesprächsleitung, ursprünglich von dem anregenden und liebenswürdigen Hausherrn ausgehend, wurde immer mehr von diesem Jüngling übernommen, dessen gehaltvolle Bildung im Bunde mit einer seinen Wärme des Empfindens zugleich fesselte und erhob.

Dieser durchreisende Gast zeichnete sich nachher als ein Herr Wilhelm von Humboldt, aus Tegel bei Berlin, in Pfeffels Fremdenbuch ein.

Hartmann hatte aus einem unliebsamen Anlaß in Kolmar zu tun. Sigismund, ein guter Junge, der seinen ehemaligen Erzieher Viktor liebte, gab in der Militärschule denn doch zu mancherlei Klagen Anlaß und sah gegenwärtig im Arrest. Der Hofmeister, vom Fieber des Sommers befreit, betrachtete die Wirklichkeit der Dinge nun ruhiger und schlichter, aber zugleich auch milder; konnte doch er selber ein Lied davon singen, wie leicht der Mensch in Schuld und Irrsal gerät, während er doch nur reine Liebe und ruhige Freundschaft gesucht hatte. Er sprach mit dem Baron über den Luxus in der Juristenstadt Kolmar, über den Hochmut der sogenannten »Conseillers«, der Gerichtsherren vom Appellationshof; er glaubte zu bemerken, daß etwas von diesem üppigen Auftreten auf die Bürgerschaft abfärbe; er vernahm Pfeffels bekümmerte Geständnisse, daß ihm die Erziehung grade von Söhnen nahestehender Familien oft schlecht gelinge; er entsann sich, daß ihm ein befreundeter Hofmeister, der eines Generaladvokaten Sohn erzog, geklagt hatte: »Hier behandelt man mich wie einen Lakaien, und ich bin doch als Sohn eines deutschen Hofrats Besseres gewöhnt.« Und diese Tänze, Redouten, Konzerte, Festessen, Komödien mit all dem umständlichen Kleiderprunk!

Viktor faßte die Revolution sachlicher ins Auge. In dieser großen Bewegung ereignete sich Elementares, herauswachsend aus natürlichen Bedingungen. Ein Mord, der im vorigen Winter die Stadt entsetzt hatte, tauchte wieder in seiner Erinnerung auf: der achtzehnjährige Sohn eines hohen Beamten war von einem anderen jungen Menschen erstochen worden. »Was Wunder!« sagte der Baron, der ein gesundes Urteil hatte, wenn er auch selber mit den Seinen den Ton der Welt mitmachte. »Diese jungen Leute laufen mit dem Hausschlüssel herum, ohne daß sich die Eltern um ihre nächtlichen Abenteuer bekümmern. Da gründet man denn eine Saufgesellschaft, die sie selber ›Lumpengesellschaft‹ benamsen – na, und in einer solchen durchgeschwärmten Nacht ist das Unglück passiert.«

Unter solchen ernsten Gedanken, bedrückt von der nüchternen und harten Wirklichkeit und voll von einer aufgewirbelten und unbefriedigten Sehnsucht, betrat der gute Junge in seiner gewohnten unauffälligen Stille das Pfeffelsche Haus. Und hier kam er nun mitten in ein gehaltvolles Gespräch, das seinen ermatteten Geist wunderbar beflügelte. Die Stimme dieses Herrn von Humboldt war von einer eigentümlichen Überzeugungskraft; sie setzte den Gegenstand, dem sich sein Geist zuwandte, in ein zugleich warmes und klares Licht. Auch erinnerte sie ihn an jene beiden Stimmen, die den Suchenden bisher am reinsten berührt hatten, so daß der übliche Spannungszustand, in dem er sich gegen die Menschheit befand, einem wohligen Vertrauen Platz machte: an Oberlin und jene Frau Frank, mit der er dort in Rothau einige Worte gewechselt hatte.

»Mit meinem ehemaligen Hofmeister Campe, dem Pädagogen«, erzählte Herr von Humboldt, »habe ich die französische Revolution in ihrem eigenen Lager beobachtet. Ich komme auf Umwegen von Paris. In Mainz haben wir uns getrennt; von dort bin ich über Heidelberg und Stuttgart nach Zürich gereist und habe Lavater besucht.«

»Nun, da bin ich neugierig«, rief Pfeffel mit horchend emporgezogenen Brauen. »Sie pflegen, soweit ich mich bis jetzt in Sie hineingefühlt habe, Menschen und Dinge gewissenhaft zu beobachten. Und was für Eindrücke und Erkenntnisse haben Sie mitgebracht?«

»Es ist eine weite Reise von der Berliner Aufklärung bis zum Mystiker Lavater«, versetzte der Besucher lächelnd. »Mich hat schon der Philosoph Jacobi in Pempelfort von den Einseitigkeiten der Aufklärer befreit, nicht minder Freund Forster in Mainz. Aber darum möchte

142

ich doch, wenn Sie mir diese Bemerkung gestatten, nicht in die entgegengesetzte Einseitigkeit übergehen; möchte mich überhaupt von Dogmen und Parteien freihalten und mein Wesen rein und treu entwickeln. Da sind mir denn im leidenschaftlichen Paris wertvolle Erkenntnisse aufgegangen. Die Revolution wird für die europäischen Staaten sehr bedeutsam werden, das ist mir gewiß. Und Campe, ein wirklich gutmütiger, sanfter, verträglicher Mann, dabei heiter und aufgeräumt, hat denn auch in Rousseaus Sterbezimmer zu Ermenonville Tränen der Rührung geweint, hat im Gewimmel des Palais Royal mitgeschwärmt, hat auch in den Volksversammlungen und im Gebaren der Straßenbevölkerung überall die Segnungen der Revolution entdeckt. Ich aber habe immer mehr eine andre Vorstellungsart in mir wachsen gefühlt. All diese Dinge da drüben in Paris erscheinen mir belanglos gegenüber dem, was sich mir immer deutlicher als die Kardinalfrage der Menschheit offenbart hat.«

»Und diese Kardinalfrage wäre –?«

»Die Arbeit an der eigenen Persönlichkeit.«

Pfeffel klatschte in die Hände.

»Herrlich, mein junger Freund! Haben Sie das Lavater erzählt?«

»Ich blieb vierzehn Tage an des ›schimmernden Sees Traubengestaden‹, wie Klopstock in seiner schönen Ode singt«, erwiderte der Besucher. »Ich habe den Herrn Diakonus am Petersplätzchen häufig aufgesucht. Grade von ihm, dem Gegner der flachen Aufklärung, habe ich mir ein gerechtes Bild zu machen gesucht. Aber wie ich Ihnen schon angedeutet habe: es ist doch wohl nicht ganz die Weise, die ich für mich selber brauche. Herr Lavater ist sehr moralisch, sehr enthusiastisch, sehr wohltätig; indessen kann ich mir Naturen denken, die noch etwas anderes brauchen. Wie soll ich dies andre nennen? Vielleicht Freude an der Plastik. Vielleicht Bedürfnis nach Maß und Gehaltenheit im Sinne der griechischen Kunst, wobei ich denn an Winckelmanns Schönheitslehre denke, an die edlen Formen eines Apollo von Belvedere, eines Zeus, einer Hera und Aphrodite.«

Pfeffel wiegte besinnlich den Kopf.

»Das ist mir überaus interessant. Ich spüre ordentlich, wie es in Ihnen nach etwas Neuem und Selbständigem ringt. Das würde in etlicher Beziehung über den Kreis hinausweisen, in dem ich mich selbst zu bewegen pflege, etwa zu Basel, Zürich oder Freiburg.«

Und der blinde Dichter verbreitete sich unwillkürlich und mit dem gemütlichen Behagen des Alters über seinen badischen Freundeskreis.

»Wir haben da in Heitersheim bei Freiburg einen idyllischen Garten, worin wir Freunde einen besonders lauschigen Platz den Poetenwinkel getauft haben. Er gehört meinem Freund Ittner, dem Kanzler des dortigen Malteserordens. Nichts Schöneres als ein Gespräch mit geist- und gemütvollen Freunden! Es ist das Paradies auf Erden!«

»Ja, so ist es«, stimmte Humboldt mit Wärme bei. »So wandelte Plato mit seinen Schülern am Ilissos – Plato, den ich ganz besonders liebhabe. Aber Frauen müssen dabei sein. Ich kann Ihnen nicht sagen, wieviel Gutes ich der Teilnahme edler Frauen verdanke.«

»Sehr wahr«, rief der Dichter, »was wären wir ohne die Teilnahme seiner Frauenherzen! Und da begreife ich nun in der Tat Ihr Bedenken wider die französische Revolution: ob nicht bei so viel zerstörendem Haß die Taten und Worte der *Liebe* außer Übung kommen und verkümmern? Wie anders da drüben in unsrem Badener Ländle! Da plaudern wir mit Ittner über griechische und römische Literatur; Ittners Tochter serviert den Damen Milch und Kaffee und den Männern etliche Flaschen aus dem Schloßkeller; da liest mir etwa der junge Dichter Hebel aus Jacobis ›Iris‹ vor; der Rat Schnetzler, Laßberg und andre unterhalten sich über irgendein gelehrtes Thema. Der Garten selbst wetteifert durch seine Gewächse mit dem Reichtum an Gedanken und Empfindungen, die in den Gesprächen blühen. Er ist voll von in- und ausländischen Pflanzen, von Feigen, Mandeln, Pfirsichen, Pflaumen und schweren Weintrauben. Der Poetenwinkel – Sie müssen sich das deutlich vorstellen – liegt am Abhang eines mit Bäumen besetzten Hügels; es ist da eine kleine Felspartie, aus natürlichem Gestein; über den Thronsitz breitet ein Holderbaum seinen undurchdringlichen Fächer aus; eine kanadische Pappel steht in der Nähe und winkt wie eine Fahnenstange weit über die Rheinebene hin. Rechter Hand befindet sich eine Pyramide aus Tuffstein, die ist mit Efeu bewachsen. Auch ein wilder Ölbaum steht daneben, dessen gelbe Blüten in silberschuppigem Kelch die ganze Umgebung mit Wohlgeruch erfüllen. Sie sehen da ferner die rote virginische Zeder, den Lebensbaum, eine karolinische breitblättrige Linde – –«

Hier unterbrach sich der Blinde lächelnd.

»Allein ich sehe, daß ich in beschreibende Kleinmalerei ausschweife. Halten wir die großen Ideen fest, zu denen Sie, Herr von Humboldt, besondere Neigung zu haben scheinen. Ich wollte nur bemerken: Gesegnet sei unsere sonnige Rheinebene! Doppelt gesegnet sei das Land, das gute und große Herzen sein eigen nennt! ... Und nun, wo standen wir denn gleich?«

»Wir sprachen«, antwortete Herr von Humboldt, »von der plastischen und geschmackvollen Bildhauerarbeit am inneren Wenschen. Ich wollte etwa dieses bemerken: so leuchtend weiß und planvoll und ebenmäßig schön wie die griechischen Marmorbilder müßte nun der innere Mensch gestaltet werden und formend in den äußeren überstrahlen. Etwas von dieser marmornen Ruhe und feinen, klaren Plastik fehlt mir in Lavaters Naturell, Diktion und Gedankenwelt. Dies sage ich jedoch von meinem persönlichen Bedürfnis aus; ich möchte nicht ungerecht erscheinen, denn ich habe z.B. Lavaters Physiognomik viel zu verdanken in Ansehung der Menschenbeobachtung. Aber ich glaube, daß ich für meine Natur eine gedrängtere Lebensform herausmeißeln muß. Verargen Sie mir diese Worte über Ihren edlen Freund, Herr Hofrat?«

»Keineswegs, mein Verehrtester! Sie sprechen da lichtvoll ein Lebensideal aus. Ich möchte sagen: es ist mein eigenes Erziehungsprogramm – und doch ist darin eine neue Nuance, ein Etwas, das von Pädagogik und Moral allein nicht gegeben werden kann, etwas, das Sie ganz richtig mit der hellenischen Kunst, mit der Plastik der Griechen in Verbindung bringen. Der Plastik stehe ich naturgemäß ein wenig ferner, da sie ganz und gar auf das Auge eingestellt ist.«

»Und dabei wissen Sie so anschaulich zu beschreiben?« versetzte Humboldt verbindlich. »War nicht auch Homer blind?«

»Ja, Homer!« entgegnete der Fabeldichter aufseufzend. »Das Geheimnis liegt leider tiefer. Homer war ein großer Dichter, Pfeffel ist ein kleiner Schriftsteller, der viele Fabeln und Epigramme zusammenreimt, Dramatisches aus dem Französischen übersetzt oder auch selber ohne Glück einiges Dramatische versucht hat, der sich in Erzählungen und andrer Prosa übt – und alles in allem für die Weltgeschichte nicht weiter von Bedeutung ist. Was ich an meinen lieben Zöglingen tun konnte, nun, das wurde mit dem Herzen getan und ist in Gottes große Chronik eingeschrieben. Aber alles bei mir und in dieser trauten elsässischen Ecke ist ein bißchen eng, mein wertester Herr. Edel, seelenvoll, gut sind diese Menschen, vornehm sind unsre Herzensfreundschaften, möge die Nachwelt uns nicht unterschätzen! Wir haben mitgewoben am Zeitgeist guter Art. Aber Neues will sich nun herausgestalten, Größeres, Weitwirkendes, was den kommenden Umwälzungen standhält als ein Bildungsideal ersten Ranges. Etwas Derartiges scheint man überall zu ahnen. Allein was Sie mir da sagen, scheint mir vorerst noch – verzeihen Sie mir diese Bemerkung – ein zu sehr aristokratisches Bildungsziel, erreichbar nur solchen Menschen, die schon durch ihre finanzielle Unabhängigkeit die Welt mit ihren Bildungsmitteln offen um sich ausgebreitet sehen. Paßt es aber auch für den schwer arbeitenden Durchschnitt?«

Humboldt schwieg achtungsvoll und erwog diesen Einwand. Und Hartmann, der gefesselt lauschte, dachte hier an seinen immer tätigen Oberlin, dessen Charakterbild gleichwohl so plastisch und ruhevoll heraustrat, an Oberlin, der bei mannigfaltiger persönlicher Bildung dennoch seine Arbeitskraft jenen geringen Wasgaudörfern widmete und bis ins kleinste hinein aufmerksam und sorgfältig seinem Tagewerk nachging.

»Erwägen Sie wohl«, fuhr Pfeffel fort, »wieviel Rauhes und Häßliches Tag für Tag loshackt auf dies arme sogenannte Marmorbild, das leider nicht in einem heiligen Hain steht, sondern fronen und schaffen muß in den herben Wirklichkeiten des Lebens! Da geht es nicht ohne Schmutzflecken, Unebenheiten und Temperamentsfehler in Wort und Werken ab. Und hier setzt nun für mich eine Kraft ein, mein lieber Herr, die unsrer verwundeten Seele nicht vom Griechentum allein gespendet werden kann. Hier steht für mich die größere und geistigere Plastik des göttlichen Heilandes, dessen Gestalt von universaler, von kosmischer Bedeutung ist. Alle Bildungsideale gehen auf ihn zurück, der weit über das heiter oberflächliche Griechentum hinausweist, wennschon auch dort ein Plato und Pindar ernste und tiefe Weisheit geprägt haben. Aber die Augen des Madonnenkindes scheinen mir tiefer zu sein als die Augen des Zeus von Olympia.«

»Es möchte in Wahrheit das Höchste sein, wenn eine zukünftige Menschheit den Berg Akropolis zu Athen und den Berg Golgatha zu Jerusalem versöhnen könnte«, bemerkte nun Viktor, einen Ausgleich versuchend. »Das Ideal wird das gleiche bleiben, wie es unser schweizerischer Nachbar Pestalozzi in seinen ›Abendstunden eines Einsiedlers‹ geprägt hat: allgemeine Emporbildung der inneren Kräfte zu reiner Menschenweisheit.«

»Das ist es«, sprach Humboldt. »Darum beginnt die französische Revolution mir zu widerstreben: vor lauter Reformeifer verzerren diese Tribünenrhetoriker sich selbst, vernachlässigen ihr persönliches Menschentum und erfüllen sich und die Welt mit Geräusch, Chaos und widrigen Dissonanzen. Das ist keine Bildung.«

Viktor badete sich mit Wonne in dieser großgeistigen Luft. Das Gespräch wandte sich auf Winckelmanns Kunstgeschichte, in demselben Jahre 1764 erschienen wie Glucks »Orpheus«, dann auf den Wiener Musikus Haydn und die beruhigende Wirkung der Musik; man streifte die Kantsche Philosophie, wobei Humboldt Bewunderung, Pfeffel Bedenken verriet, die er erst neulich – fügte er gegen Hartmann hinzu – »unsrer gemeinsamen Freundin Immortelle« auseinandergesetzt habe.

»Immortelle? Ein schöner Name!« warf Humboldt ein.

»Es ist ein Freundes- oder Bundesname für ein Fräulein von Rathsamhausen«, erklärte Belisar.

Dies gab Veranlassung, eine niedliche Übereinstimmung festzustellen. Der Berliner Gast wußte von einem ähnlichen Bunde und Freundesbriefwechsel zu erzählen; auch einige Thüringer Damen gehörten diesem Freundschaftskreise an; die letzteren gedachte er nun vom Elsaß aus in Erfurt zu besuchen. Und indem er gleich danach im Fremdenbuch blätterte, stieß er mit einem Ausruf des Erstaunens auf die Namen Karoline und Charlotte von Lengefeld.

»Das ist ja ein anmutiges Zusammentreffen! Diese Damen sind hier durchgereist?! Eben diese sind es ja, die ich bei Fräulein von Dacheröden in Erfurt treffen werde.«

»Diese Damen besuchten mich mit ihrer Mutter im Frühling 1784«, bemerkte Pfeffel. »Sie kamen ebenso wie Sie aus Zürich von Lavater und, wenn ich nicht irre, vom Genfer See.«

Humboldt, der spätere Gatte jener Karoline von Dacheröden, erzählte sogleich von ihren freundschaftlichen Beziehungen zum Dichter Schiller, der seit Mai dieses Jahres – in demselben Monat, als zu Paris der Revolutionssturm begann – zu Jena als Professor der Geschichte auf dem Katheder stand. Man sprach von den dortigen Professoren Reinhold, dem Dolmetscher Kants, von Schütz, Paulus, Griesbach, Hufeland; Humboldt gedachte der Anregungen, die er dem Professor Heyne in Göttingen verdanke, und sprach wärmste Freundesworte von Forster in Mainz. Man berührte die Gedankenwelt Herders, die

Dichtungen Schillers, besonders den »Don Carlos«, und hernach Goethes, dessen »Werther« von Pfeffel mißbilligend abgelehnt wurde. Auch Hartmann griff ein und verteidigte den »Werther«, durchbebt von persönlichen Erinnerungen; man erwähnte mit Feuer Homer und Ossian und war wunderschön im Zuge.

Plötzlich jedoch wurde die Aufmerksamkeit wieder auf die Gegenwart gelenkt. Trommeln, Hörner und Marschgeräusch rückten durch den grauen Regentag heran.

»Kommt etwa die Militärschule von einem Ausmarsch zurück?« fragte Humboldt.

»Es scheint mir eine Abteilung der neuen Bürgergarde zu sein«, entgegnete der aufhorchende Blinde. »Da ist mein Freund Lerse so recht in seinem Element. Sie haben ihn zum Major unserer Kolmarer Nationalgarde ernannt, und er hat's angenommen, was mich eigentlich freut, denn Lerses Gesundheit macht mir Sorgen, er überarbeitet sich leider. Ja, das Soldatentum gedeiht bei uns. Von den Mitgliedern des hohen Rates, der hier residiert, bis herab zum jüngsten Militärschüler bezieht nun jeder die Wache und sorgt für öffentliche Ordnung.«

Humboldt und Hartmann traten ans Fenster. In der Tat bog eine größere Abteilung der Kolmarer Nationalgarde, in nicht immer gleichmäßigen Umformen, vermischt mit den schlanken blauen Kolonnen der Militärschüler, in die Gasse ein. Kommandoruf – die marschierende Masse hält an, die Trommeln schweigen; Major Lerse verabschiedet sich und gibt einem andren das Kommando über die Bürgergarde. Erneuter Trommelmarsch, die Bürger marschieren weiter: und der Subdirektor nebst seinen Jünglingen, mit bespritzten Gamaschen und tüchtig durchgeregnet, rücken in den Hof der Militärschule ein.

So sah man sich denn aus hochgeistigen Regionen wieder in die rauhe Gegenwart zurückversetzt. Neben Lerse war irgendein geschmeidiger, nerviger Mann von fremdartigem Typus einhermarschiert, unter seinem karierten Plaid mit Enthusiasmus ausschreitend, trotz grauer Haare einem großen Jungen vergleichbar. Mit gelassener Eleganz marschierte dahinter ein Offizier in französischer Uniform, der gleichfalls den Übungen beigewohnt hatte. Beide Herren wurden gleich darauf angemeldet, von Major Lerse in die stille Stube eingeführt und dem Direktor nebst den Anwesenden vorgestellt. Der erstere war ein schottischer Graf aus der Landschaft Argyll, der einen verwandten Militärschüler besuchte; der andre ein Oberst aus dem inneren

Frankreich. Sie brachten frischen, derben Regengeruch mit herein. Und sofort wurde nun die Unterhaltung laut, flach und gegenständlich. Man erörterte die Leistungen der Nationalgarde, die Segnungen der Revolution; man sprach vom elsässischen Adel im allgemeinen und den Straßburger Geselligkeiten im besonderen. Franz Lerse, der etwas angegriffen aussah, zog sich vorerst zurück, um sich umzukleiden.

»Man amüsiert sich brillant in Straßburg«, versicherte der Offizier. »Eh, ich kannte sie ganz gut, die Tanzmeister Sauveur, Le Pi und Le Grand! Sie leiteten gelegentlich ganz exzellente Redouten und Maskenbälle. Haben Sie mal einen Maskenball im Komödienhause am Broglieplatz mitgemacht, meine Herren? Nun, das Parterre wird in die Höhe geschraubt und mit der Bühne in gleiche Ebene gebracht: Sie sehen also da in einem Hui einen großen Festsaal, der durch Kronleuchter allerliebst beleuchtet ist. Die Damen von Stand sind natürlich maskiert, die Chapeaux mögen es nach Belieben halten. Eh, bien, ich erinnere mich einer Frau von Reich, die als Zauberin kostümiert war und aller Welt sehr witzige Dinge zu sagen wußte. Es war da ein Fräulein von Waldner, jetzt Baronin Oberkirch – sehr viel Esprit – eine Frau von Sinklaire, von Rathsamhausen, von Klinglin – Sie sehen, ich habe die Straßburger Gesellschaft in ausgezeichneter Erinnerung. Drollig war es, als in der Mitte aus einer Versenkung eine Anzahl Zuckerhüte auftauchte; es waren Masken, müssen Sie wissen, die erst unter allerlei Neckereien im Saal herumspazierten, endlich die Hüte abwarfen und sich als Leute aus den besten Ständen entdeckten. Amüsant, nicht wahr?«

Humboldt war einem feinen Genuß keineswegs abhold; aber dies Gespräch ermüdete ihn, zumal der Schotte ein halsbrechend Französisch zum besten gab. Dieser keltische Sonderling sprach zunächst von einem dichterischen Genie, das in Schottland aufgetaucht sei, einem einfachen Pächter, aber melodienreich wie der Bergwind und in Edinburg der »Löwe der Saison«. Den Namen hatte er wieder vergessen; doch glaubte er es dem Dichter Pfeffel schuldig zu sein, zunächst mit einem literarischen Gegenstande zu beginnen. Er verstand offenbar wenig von Literatur und freute sich, als dies erledigt war. Und doch war in ihm eine natürliche Poesie, ein phantastischer Zug. Er sprach wirr und ungeschult von seinen Reisen, von Stürmen der Nordsee, von Gasthöfen, Pferdewechsel, groben Postkutschern und immer wieder von Schottlands wilder Schönheit, wobei er nach jedem dritten Wort den französischen Freund nach dem Ausdruck fragte. Besonders die »highlands«, seine schottischen Hochlande, besaßen sein Herz. Und hier sprach er plötzlich in allem sprachlichen Dilettantismus einen Gedanken aus, der auch Humboldt und Hartmann aufhorchen und Pfeffel beifällig nicken ließ. In den Hochlanden – dies etwa meinte der Schotte – wohnen die Gälen oder Kelten; die Kelten sind seelenvoll, phantastisch, musikalisch; sie lieben die Freiheit und die Natur; sie sind abenteuerlich, ritterlich und suchen das Unbekannte, wie einst die Ritter der Tafelrunde. In der feisten Ebene sitzen die Angelsachsen und gründen Staaten und haben fette Höfe. So ist es überall in Europa: in den Wäldern und Bergen sitzen die Idealisten, Dichter und Musikanten, auf den fetten Höfen und in den Städten voll Gier und Genuß und Luxus lassen sich's die Realisten wohl sein. Wehe, wenn eine Nation die wilden freien Wälder und die singenden raschen Gewässer vergißt! »Erlauben Sie mir, meine Herren, Sie aufzufordern, mit mir auf die freien, stolzen, dem Himmel benachbarten highlands ein Glas zu leeren!«

Man hatte bisher über all dem Geplauder den auf dem Tische stehenden Wein kaum berührt. Nun mußte man wohl dem Schotten den Gefallen tun. Hartmann, der mit seinen ältesten Schülerinnen eifrig Englisch trieb, freute sich über des Schotten Lieblingswort »highland«, Hochland, dessen Aussprache ihn durch Lautklang an den Heiland und alles Heilende überhaupt erinnerte.

Die Unterhaltung mit dem schlecht Französisch, zur Hälfte Englisch und gar nicht Deutsch redenden Schotten war anstrengend. Und so verabschiedete sich Herr von Humboldt auf das höflichste und mit ihm Hartmann. Auch die beiden andren Herren zogen sich zurück. Lerse, der als Zivilist wieder eingetreten war, brachte die Gesellschaft ans Tor. Und Humboldt, als er sich nun mit ihm und Hartmann, nach Entfernung der beiden Fremden, allein sah, lud mit der ihm eigenen formvollen Liebenswürdigkeit die beiden Elsässer zu einem stillen Glas Wein in seinen Gasthof ein. Beide sagten zu. Und so wanderten sie in den Gasthof zum schwarzen Berg. Dort, unter dem Einfluß der bald wieder sehr lebensvollen Unterhaltung, entschloß sich Hartmann vollends, frischweg in die Weite hinauszuwandern, die sich in den heutigen Gesprächen so ermutigend aufgetan hatte. »Ich gehe nach Deutschland, ich nehme meine Studien wieder auf!« rief er entschieden. »Die Sache ist abgemacht! Ich tauge nicht zum Theologen und bin zu unfertig zum Erzieher. Ich fahre nach irgendeiner Universität, ich studiere Naturwissenschaft, Medizin und Philosophie.«

Lerse war eine sachliche Natur; er sammelte Münzen und ähnliche Gedenkzeichen der wechselnden Zeiten und Völker, spürte auch etwa alten Erdhügeln nach, wobei ihn Hartmann einmal durch Leitung der Ausgrabungen gewillig unterstützt hatte. Jetzt besah er den studentisch ausbrechenden jungen Kollegen lächelnd von der Seite.

»Wissen Sie«, sprach er, »was mir Buchhändler Neukirch oder sonst jemand hier in Kolmar neulich hinterbracht hat? Eine Philisterin habe so recht unwillig ausgerufen: ›Der Lerse arbeitet zuviel, ist immer wieder unpäßlich, hat's wahrscheinlich auf der Brust – der heiratet ja doch nicht mehr, da muß man halt dem Hofmeister der Birkheims einen Wink geben, daß er eine von Pfeffels Töchtern nimmt und hernach das Institut leitet!‹ Na, Hartmann, neidlos unterbreit' ich Ihnen den Vorschlag. Wie nun? Haben Sie inzwischen den Götz gelesen? Wissen Sie noch, was ich Ihnen in Birkenweier empfohlen habe, worauf Sie dann an die schöne Frau von Türckheim appellierten?«

Hartmann lachte in seiner herzlichen und etwas schüchternen Art.

»Töchter hat das Land genug, z.B. Pfarrer Pabst in Ostheim oder Pfarrer Erichson in Jebsheim, da könnte man sich ja wohl mit etlicher Anstrengung in eine gesegnete Pfründe hineinheiraten. Aber Sie kennen mich genügend, Herr Hofrat, um zu wissen, daß Behaglichkeit nicht mein Ziel ist.«

»Das glaub' ich Ihnen gern«, nickte der arbeitsame Junggeselle Franz Lerse, »so wenig wie das meinige.«

»Und vor dem theologischen Spießbürgertum graut mir ganz besonders«, fuhr Viktor fort. »Ich habe in Pfarrhäusern neben mancher schöngestimmten Weihnachts-Winternacht der Liebe oft recht viel üble Laune und geistigen Stillstand gefunden. Ich sah manche Geistliche rennen und laufen, als ob Leben und Seligkeit von einer wohldotierten Pfarrstelle abhinge – – aber nach dem *einen* Kleinod, *sich selber* zu Menschen-Idealen zu erziehen, sah ich nur wenige trachten. And grade danach steht mein sehnlich Verlangen!«

»Darf ich Sie beglückwünschen, mein werter Herr?« fiel hier Wilhelm von Humboldt ein. »Ihrer hat sich Eros bemächtigt, der Gott der Liebe, den aber Plato tiefsinnig deutet als den Drang nach Vollendung. Folgen Sie dieser Sehnsucht, wandern Siel Gehen Sie nach Jena! Befriedigen Sie in Reinholds Vorlesungen über Kant dies Heimweh nach den ewigen Ideen! Lernen Sie Schiller lieben! Ich selbst werde mich vorerst zwar zum Staatsdienst nach Berlin bequemen und am Kammergericht Referendarius werden. Aber ich sehe schon den Zeitpunkt voraus, wo mir Thüringen gleichfalls wichtig werden dürfte, insofern ich mich nämlich ins Privatleben zurückzuziehen gedenke, um aller Lebensmoral erstes Gesetz zu befolgen: Bilde dich selbst! Und hernach erst das zweite: Wirke durch das, was du bist, auf andre ein!«

So entzündeten diese drei Söhne der Zeit gegenseitig ihr inneres Feuer. Die Welt ward ihnen warm und weit; machtlos rann über Kolmar der trübe Regen.

Humboldt glaubte den beiden Elsässern eine Verbindlichkeit äußern zu dürfen.

»Es ist in diesem aparten Lande«, sprach er wohlwollend und vorsichtig zugleich, »eine sehr hübsche Mischung von französischer und deutscher Art. Die Natur ist deutsch in Gegend und Menschen. Die Gesichter bieten deutsche Züge dar, und ebenso ist das Benehmen der Menschen von süddeutscher Wärme. Damit ist nun ein französisches Wesen verbunden und gleichsam darauf gepfropft. Das kann unter glücklichen Umständen – wie ich bemerkt zu haben glaube – eine sehr interessante und angenehme Mischung sein. Von einer anderen Seite betrachtet, könnte man auch vielleicht anders darüber urteilen und grade über die Vermischung das Verdammungsurteil aussprechen. Denn es ist nun leider in vielen Fällen weder echte Deutschheit noch wahres französisches Wesen. Das kann in Zukunft noch zu recht schwierigen Fragen Anlaß geben.«

Lerse wich der hier angeschnittenen Frage aus.

»Sie sollten, Herr von Humboldt«, sprach er, »unser Hanauer Ländchen kennen lernen und überhaupt den Menschenschlag und die Gebräuche im ganzen unteren Elsaß. Sie würden vollends die Empfindung haben, in einem völlig deutschen Lande zu sein. Unsere schönen Bauerndörfer dort auf den Hügeln bei Buchsweiler, nicht wahr, Hartmann, eine Pracht! Oder gehen Sie nur ins württembergische Reichenweier hinüber, kaum zwei Stunden von hier, so sind Sie mitten im deutschen Reformationszeitalter. Überhaupt: kann es eine geflicktere Karte geben als unser jetziges Elsaß? Da sind, von der Ritterschaft und den Reichsstädten abgesehen, begütert das Haus Darmstadt, Pfalz-Zweibrücken, Württemberg, Baden, der Bischof von Straßburg, das Bistum Speier, auch Leiningen, Hohenlohe – ich weiß nicht, wer noch alles! Die Suzeränität Frankreichs spürten wir bisher kaum. Was jetzt allerdings anders wird. Warum, fragt' ich mich oft, sollte sich nicht ein reifes Europa zu einem ähnlichen europäischen Völkergebilde zusammentun? Dazu kommt noch, daß wir im Elsaß in Katholiken und Protestanten zerspalten sind, wozu nun wohl noch die Emanzipation der Juden kommen wird. Was für Kämpfe um Glaubens- und Gewissensfreiheit hat dieser Boden gesehen, von den Tagen der Augsburgischen Konfession bis zu den Schwedenkriegen unter Horn und Bernhard von Weimar und den Dragonaden des vierzehnten Ludwig!«

Franz Lerse verbreitete sich in kerniger Darstellung über die Geschichte der Reformation in Kolmar, die er vor kurzem in einer besonderen Studie behandelt hatte. Er sprach markig und nervig; sein wenig schön gezeichnetes Gesicht verschönte sich unter dem Feuer von innen; er wußte die Belagerung Kolmars unter Gustav Horn, die Händel zwischen Evangelischen und Katholiken mit Anschauungskraft und nicht ohne Sarkasmus zu schildern. »Seit Luther und Lessing«, schloß er, »arbeiten wir daran, das Wesen der Gewissensfreiheit und einer edlen Toleranz herauszugestalten. Welche Beispiele von Intoleranz beflecken die Religionsgeschichte! Bilden wir charaktervolle freie Seelen heraus, so ergibt sich eine edle Bildung von selbst. Denn der charaktervolle und doch weitsichtige Mann ist in seinen Überzeugungen ruhig und gefestigt, hat also keine Angst vor den Überzeugungen andrer. Die Konfessionen sind Systeme: er läßt die Systeme achtungsvoll auf sich beruhen und trachtet vor allem danach, das Gute, das sie lehren, zu *tun* – auf das Tun legt er allen Nachdruck. Menschen der Leidenschaft und Erbitterung sind unfreier Pöbel; vom Mann und Christen verlang' ich Maß und Beherrschung. Ich selbst bin Protestant. Begegnet mir aber einer aus einem andren Lager und ich spüre aus seinem Wesen denselben Drang nach Emporläuterung der animalischen Menschheit zu einem humanen Menschentum – wohlan, so rufe ich diesem Mitwandrer nach der Gottesstadt Grüße zu.«

Humboldt war unter Friedrich dem Großen emporgewachsen und solchen Gedankengängen nicht fremd.

»Uns in der Mark Brandenburg«, sprach er, »ist ein freies Gewissen in Religionsdingen eine Selbstverständlichkeit. Unser großer Philosoph in Sanssouci ließ jeden nach seiner Fasson selig werden und verlangte nur eine allerdings peinliche Pflichterfüllung. Und doch scheint mir nun in Preußen auch der Pflichtbegriff eine Gefahr zu werden: schon droht nun dort der *Staat* eine Despotie auszubilden, wie sie hier im Süden Deutschlands und Europas von Absolutismus und Hierarchie zugleich ausgeübt ward. Ich fürchte, daß darunter die menschliche Persönlichkeit ebenso verkümmert wie unter jedem andren tyrannischen Mechanismus. Große Geister dieser letzten Jahrhunderte haben schwer um die innere Würde des Menschen gerungen – und immer wieder drohen Systeme und Methoden das Geniale in uns zu vergewaltigen. Hier, mein' ich nun, setzt Deutschlands welthistorische Mission ein; denn es ist bei uns in allen Ständen mehr Hinneigen zu Ideen und zu Idealen; und am reinsten und unmittelbarsten lebt man in den Idealen – ja, wenn es nicht zu fromm und mystisch klänge, würd' ich sagen: in Gott.«

So sprachen diese drei Männer von dem, was man damals die Ideale der Humanität nannte.

Spät erst ließ sich Hartmann sein Pferd vorführen, nahm eine Laterne unter den Reitermantel und jagte, großer Entschlüsse voll, umblitzt vom Licht und umblitzt von Gedanken, wie der wilde Jäger nach Birkenweier zurück.

Viktor Hartmann hatte sich entschieden. Hinweg von dem Abenteuer der französischen Revolution! Hinüber zu dem deutschen Abenteuer einer persönlichen Läuterung und harmonischen Steigerung aller guten Kräfte!

»Zwischen dem Steintal und dem Saaletal, das fühl' ich, wird sich fortan mein Lebensbezirk abgrenzen. Entringe dich dem Fieber der Zeit! Suche deine Seele! Bilde dich selbst!«

Dies etwa waren seine allgemeinen Erkenntnisse, mehr gefühlt als klar geschaut. Sie waren noch nicht das Tiefste, das ihm zu erleben beschieden war. Aber sie verdichteten sich zu dem Entschluß, willenskräftig an einem neuen Ende anzufangen.

Am andern Morgen, noch bevor der späte Tag durch die Gardine drang, saß der Hauslehrer bereits am Rokoko-Schreibtisch und verfertigte beim Lichte seines Lämpchens, in schlanker und fester Handschrift, ein Abschiedsgesuch an den Baron von Birkheim. Als dies mit liebevoller Sorgfalt und genauer Begründung erledigt war, schrieb er einen zweiten Brief an seinen Vater nach Straßburg. Hier wurde knapper motiviert. Der alte Herr Hartmann war ein herber und etwas trockener Charakterkopf, der als Gärtner zwischen seinen Pflanzen und Gemüsen schweigen gelernt hatte und eine wortknappe Gemütsart auch bei andren schätzte.

Birkheim, dem der Diener den Brief brachte, nahm die unangenehme Überraschung erst nicht ernst. Sein Hauslehrer, der »alte Hypochonder«, hatte schon mehrmals bei pädagogischen Mißerfolgen mit Kündigung gedroht, hatte sich aber jedesmal wieder besänftigen lassen. Diesmal aber traf der Baron auf eine heitere Entschiedenheit. Langsam zwar pflegten sich Hartmanns Erkenntnisse durchzuringen, aber sie saßen dann fest. Und seine Entschlüsse kamen meist spät, falls nicht mitunter im Jähzorn oder ähnlicher Aufwallung gefaßt, aber sie wurden dann mit Beharrlichkeit durchgeführt.

Auch der Jugend ward über ihres Lehrers Absicht das Herz schwer. Sie hatten sich doch sehr an seine Art gewöhnt und wußten ihn zu schätzen, was sie nun durch allerlei rührende Abschiedsgeschenke zum Ausdruck brachten. Die Baronin ging mit schönem Beispiel voran: sie selbst trug auf den Armen einen kostbaren Tuchstoff in Hartmanns Zimmer und bat ihn, das Kleid anzunehmen und zu ihrem Andenken zu tragen. Sigismund brachte eine Dose; die Mädchen ließen ihre Silhouetten schneiden und malten ihm allerlei zierliche Kleinigkeiten. Ihm war Henriette in ihrer einfachen Natürlichkeit besonders lieb; zu Octavie fand er nur langsam das rechte Verhältnis; er hielt das hochgewachsene, schöne und von manchem Besucher verwöhnte Mädchen noch immer für standeshochmütig und sinnlichen Eitelkeiten zugänglich. Vielleicht spielte Eifersucht mit; sie beachtete ihn vielleicht zu wenig und hielt sich lieber zu gewandten Gesellschaftsmenschen. Aber grade hier hatte er in den letzten Wochen eine angenehme Erfahrung gemacht, die ihm denn doch bewies, daß er bei seinem häufigen Subjektivismus seinen Schülerinnen nicht immer tief genug ins Herz schaute. Octavie hatte ihm ihren Entschluß mitgeteilt, von nun ab ein Tagebuch zu führen. Er hielt es erst für Mädchentändelei und achtete kaum darauf; aber aus der Wärme ihrer Worte entnahm er, daß sich das junge Mädchen ernstlich zu vertiefen bestrebt sei. Gern ging er darauf ein und ermunterte sie in ihrem Vorhaben. Es war am Vorabend ihres Geburtstages.

»Wohlan, mein gnädiges Fräulein«, sprach er zuletzt, »ich werde mir gestatten, Ihnen zum morgigen Tage ein von mir selber geheftetes und genähtes Journal von schönstem Papier zu überreichen. Mögen

Sie gute Gedanken und freundliche Erlebnisse darin verzeichnen können!«

Säuberlich trennte er noch desselben Abends die wenigen beschriebenen Blätter heraus und legte sie zu den früheren Tagebuchheften. Er durchflog jenes zuletzt Geschriebene mit schmerzlichem Lächeln. »Das fruchtbare Land, das sich zwischen Rhein und Wasichengebirge gleich einem wohlbebauten Garten erstreckt ... ich bin stolz darauf, Elsässer zu sein ... Es ist zu wenig Liebe in der Welt ... Es verkehrt in unsrem Schlosse eine Frau Marquise v. M., diese sagte mir, daß mir nicht die Bücher, sondern die Liebe die Augen öffnen würde.« Und mit einem Seufzer des Dankes blieb sein Auge auf dem ernsten Satze haften, den dieser Sommer erfüllt hatte: »Ich sehne mich nach einem Freund und Führer, der mich stark und frei machen könnte.«

Das übrige Journal oder Tagebuch mit den unbeschriebenen Blättern legte er seiner Schülerin auf den Geburtstagstisch.

Und Octavie von Birkheim saß noch an demselben Abend an ihrem eleganten kleinen Schreibtisch und begann ihr Tagebuch mit folgenden Worten:

Birkenweier, 22. Oktober 1789.

»Ich bin heute achtzehn Jahre alt. Achtzehn Jahre bin ich auf der Welt, o Gott! Habe ich meine Zeit gut angewandt? Dieser Gedanke betrübt mich. Oh, wenn ich das immer bedacht hätte, ich wüßte heute mehr, als ich weiß, ich wäre besonnener, vielleicht tugendhafter.

Höchstes Wesen, das in meiner Seele liest, vergib mir meine Sünden! Ich entsinne mich zwar keines bestimmten Verbrechens, aber vielleicht sehe ich die Dinge in zu schönem Lichte. Vielleicht nicht so, wie sie sein sollten. Ich habe recht oft gefehlt, recht oft zur Unzufriedenheit meiner Umgebung gehandelt. Gott, vergib mir!

Ich bin kein Kind mehr, ich muß nun mit eigenem Denken anfangen; auch bemühte ich mich darum seit etlicher Zeit. Ich denke nach über alles, was ich vernehme, ich überlege, ob es wohl richtig sei. Aber dieses Aufmerken läßt mich mitunter in einem Fehler entgleiten, vor dem ich mich hüten muß, wenn ich bis zu hohem Grade wahre christliche Liebe besitzen will, wie es doch mein Wunsch ist; denn es ist sehr häßlich, seines Nächsten Fehler zu sehen. Es ist mir untröstlich, daß sie mir nicht entgehen, und ich bin manchmal grausam genug, auch noch andere darauf aufmerksam zu machen; ich gestehe sogar, daß mich das ein wenig amüsiert. Ich will sehr gern dieses boshafte Vergnügen opfern, um mich von diesem Fehler zu befreien; und lieber will ich, obschon es mir schwer fällt, dumm scheinen, als geistreich und bösartig.

Ich gelobe, in diesem Tagebuch von meinen Fehlern zu sprechen. Das Geständnis, obwohl für mich allein, kostet mich etwas, aber das macht nichts; ich werde von Zeit zu Zeit mein Journal wieder durchlesen; und mein Drang, mich vervollkommnet und von Fehlern befreit zu sehen, wird mir Eifer und Mut geben, mein Besserungswert fortzusetzen.«

So schrieb Octavie von Birkheim in ihr Tagebuch ....

Hartmanns Vater, ein Straßburger Gärtner von der alten reichsstädtischen Art und Gattung, war über seines Sohnes Entschluß noch mehr überrascht als die Schülerinnen zu Birkenweier. Er hatte gehofft, seinen einzigen Sohn demnächst in Amt und Würden zu sehen, und hatte sich auf den Augenblick gefreut, wo er durch eine Predigt seines Jungen in der Neuen Kirche oder in Sankt Thomas recht kräftig erbaut würde. Nun entschloß sich sein Viktor, dieser wunderliche »Hans im Schnokeloch« (der will, was er nicht hat, und hat, was er nicht will), von neuem anzufangen! Der alte Herr, sonst knapp und sachlich, raffte sich zu einem umständlichen Briefe auf, in den ein kleiner Gegenstand beigepackt war. Er sagte dem Sohne unverblümt die Meinung. Aber die beiden Hartmanns, an Eigensinn und Selbständigkeit einander ebenbürtig, hatten sich längst daran gewöhnt, sich gegenseitig Bewegungsfreiheit einzuräumen. Und so schloß Johann Philipp Hartmann diesen Teil seines Briefes mit einem kurzen: »Enfin, mach, was du willst!«

Dann aber verbreitete sich der Alte redsprächig über seine neuen Mieter. »In meinem Hause hier ist ebenfalls eine Veränderung zu gewärtigen, indem daß ich den zweiten Stock an eine achtbare Witwe nebst Sohn und Tochter vermietet habe. Und ist es doch eine wunderliche Schickung in der Welt, daß ich diesen drei Leuten oftmals begegnet bin, wenn ich durchs Judentor am Schießrain vorbei nach Schilke und Robertsau hinausspaziert bin, wo sie Verwandte und ich meinen Garten habe. Da ging dann die Dame in schwarzen Kleidern, mit einem Trauerflor den Rücken hinunter, und das Mädchen in Halbtrauer zu ihrer Rechten, und der Sohn zu ihrer Linken. Was für einen guten

Eindruck machen doch diese drei stillen Menschen, Hab' ich da jedesmal denken müssen. Einfach und vornehm – voilà! Und diese kommen
jetzt zu mir und sagen, daß sie dich in Rothau gesehen haben, und
sind meine Mietsleute.«

Bei diesem Schreiben lag ein Goldring, aus dem ein Stückchen
herausgeschnitten war.

»Meine neuen Mieter«, schrieb der alte Herr weiter, »sind grade zu
einer wunderlichen Operation gekommen, nämlich der Goldschmied
hat mir just meinen Verlobungsring vom kleinen Finger abgeschnitten,
indem durch eine Wunde der Finger geschwollen war. Diesen Ring
hat mir deine Mutter am Weihnachtsabend vor vierzig Jahren angesteckt; wir haben uns damals verlobt, und ich bin noch auf zwei Jahre
in die Fremde gegangen, hab' aber den Ring am Finger behalten und
seither durch vierzig harte Arbeitsjahre getragen. Was denn jetzt mit
dem Ring anfangen? sag' ich zur Frau Frank und mach' ein Späßel
dazu. Schenken Sie ihn Ihrem Sohn, sagt sie, er kann einen Stein
hineinsetzen lassen und ihn einmal seiner Braut schenken. Eh bien,
und sie und das schlanke junge Ding, das so gute graue Augen hat,
lachen dazu, und wir packen dann den Ring auch schön miteinander
ein, wobei mir Frau Frank geholfen hat. Es sind gute Leute, ganz
meine Art, kein welsches Gebabbel, kein Jästen und Hasten, aber
herzlich und gern zum Helfen bereit. So nimm denn nun diesen Ring
als ein Geburtstagsgeschenk, mein lieber Viktor! Halte ihn in Ehren,
wie ich ihn in Ehren gehalten habe! Denn deine Mutter ist eine brave
Frau gewesen, verschafft wie ein Specht in der Haushaltung, von früh
bis spät, und hat alle Sorgen, als es uns noch miserabel ging, recht-
schaffen mit mir geteilt. Auf ihrem Todesbett hat sie mit schönen alten
Gesangbuchversen den Pfarrer und uns alle dazu getröstet und gestärkt.
Halte den Ring in Ehren, Viktor! Und was uns zwei anbelangt, so
weißt du, daß ich bin und bleibe Dein Dich liebender und auf Deine
Ehrenhaftigkeit vertrauender Vater Johann Philipp Hartmann.«

Viktor betrachtete den Reif mit heiliger Rührung. Nun war der
Sommer der adligen Leidenschaft dahin – und doch blieb ihm da nun
ein Ring in der Hand: ein schlichter bürgerlicher Ring. Frau Frank
hatte ihn eingepackt; die reinen Augen ihres Töchterchens Leonie
hatten darauf geruht; seine verklärte Mutter hatte ihn an einem
Weihnachtsabend dem Vater an die Hand gesteckt; der Vater hatte
ihn durch vierzig schwere Arbeitsjahre getragen.

»Es ist eine Seele in diesem Ring«, sprach Viktor leise. »Ich lasse ihm einen lichten Bergkristall einsetzen, den ich dahinten im Steintal gefunden habe. In seine Innenseite lass' ich ein Wort eingravieren, das mich fortan geleiten soll. Wenn ich mich einmal verloben sollte, so wird ihn meine Braut erhalten. Ist es mir hingegen nicht beschieden, jene von Urbeginn her im Himmel für mich bestimmte Seele zu finden, von der Oberlin so schön gesprochen hat – nun, mein Ring, so behalt' ich dich am Finger und nehme dich mit in mein Grab.«

Zweites Buch: Straßburg

1. Die Marseillaise

Versprengte Wolkenbataillone werden von einem leichtfüßigen Westwind über den Rhein gejagt. Es ist eine Aprilnacht des Jahres 1792.

Vielzackig, ein abenteuerlich Ungetüm, lagert sich die starke Stadt
Straßburg mit ihren scharfkantigen Bastionen, Mauern und Türmen
inmitten der Wasserläufe der Rheinebene. Die Festung streckt aus ihrer
gedrängten Häuserfülle über alle Kirchen und Kamine das unvergleichlich gewaltige Münster wie einen Stachel empor in die düstergroße
Nacht. Der sumpfige Rheinwald hat ein üppiges Weidengrün über die
stehenden Wasser geworfen. Amseln schlagen in den Gärten der Ruprechtsau. Die Stadtbeleuchtung, erst vor wenigen Jahren eingeführt,
bemüht sich, im Bunde mit überfüllten Bierschenken und Kaffeehäu-
sern, die Gassen der Festung zu illuminieren. Über der Häusermasse
winkt der Krummsäbel des Mondes. Wucht und Wildheit ist in dieser
Nacht. In den Lüften wetteifern Gascognergesang der Soldaten und
deutsche Nachtigallen.

And noch vibriert in den Herzen das heute tausendmal gespielte
Revolutionslied »Ça ira« der Regimentskapellen. Denn es ist der 25.
April 1792. Das revolutionär fiebernde Frankreich hat der bedeutend-
sten Nation Europas den Krieg erklärt. Straßburg hat heute mit Musik
und Umzug die verwegene Kriegserklärung gefeiert. Abteilungen aller
Regimenter der Garnison, zwei Kanonen voran, sind durch die Stadt
gezogen; ihnen folgen blaue Reiter der Bürgerwehr oder Nationalgarde.
In ihrer Mitte reiten, mit dreifarbiger Schärpe umgürtet, der Maire
Dietrich mit dem Stadtschreiber. Auf den hauptsächlichen Plätzen der
Stadt wird in deutscher und französischer Sprache die Kriegserklärung
verlesen.

Krieg mit Österreich! Krieg mit seinen Verbündeten, den Preußen!
Bürger, wir werden diese Tyrannenknechte zermalmen unter dem
Wassentritt freier Bataillone! Gallischer Elan wird mit geschliffenem
Bajonett diese Söldlinge über den Haufen stoßen. Aux armes, citoyens!
Unser Land wimmelt von Scheinpatrioten; und vor den Toren lauern
die Emigranten. Marchez! Marchez! In Phrasen droht die Revolution

zu ersticken: auf zur Tat! Phrasen sind in diesem parlamentarischen Gezänk billig geworden wie Assignaten, dies verzweifelte Papiergeld: hinaus in die offene Schlacht, wem Bayards Heldenblut in den Adern schäumt! Aux armes! Zu den Waffen! An den Feind!

»Kandidat Hartmann? Aber natürlich entsinn' ich mich Ihrer. Neulich sprach mir Ihr Vater von Ihren Studien. Nun? Also zwei Jahre deutscher Gelehrsamkeit – und noch lebendig?«

»Sehr lebendig!« versetzte wohlgemut der lange Hofmeister von ehedem. »Obschon ich fürchte, daß man in diesem lauten Lande unter Leben etwas anderes versteht.«

»Aha, die Revolution, nicht wahr! Das geht hier im Geschwindschritt.«

Man war im Hause des Bürgermeisters Dietrich am Broglieplatz zu Straßburg. Der Maire selbst hatte unter der Fülle seiner Besucher den Kandidaten Viktor Hartmann angeredet. Um die beiden her summte das Geräusch einer großen Abendgesellschaft. Man war nicht mehr im gemächlichen Idyll von Birkenweier. Der heimgekehrte Philosoph und Naturforscher spürte die Veränderung bis in die Verkehrsformen hinein. An diesen offenen Abenden der politischen Führer gab nicht mehr die liebenswürdige Umständlichkeit des aristokratischen *ancien régime* den Ton an, wenn auch die Offiziere von Adel, soweit sie nicht ausgewandert waren, ihre auserlesenen Umgangsformen nicht verleugneten. Der Ton war frei, heftig, unbefangen. Man plauderte mit seinem ersten besten Nachbarn über Politik. Die Frau des Hauses, auf dem Sofa sitzend, erhob sich für jeden Eintretenden, was einer Dame des alten Regime nicht eingefallen wäre. In einem Nebenzimmer saßen anfangs Dietrich und Ehrmann ein Weilchen am Spieltisch; sie rauchten dazu aus langen holländischen Tonpfeifen. Auf einem runden Tisch, von Offizieren umlagert, dampfte die Punschterrine. An Stühlen und Wänden hingen Säbel und Hüte; man bildete sitzend und stehend zwanglose Gruppen. Die Uniform herrschte vor; der Stulpstiefel verdrängte seidene Strümpfe und Schnallenschuhe; schweres Rot und Gold bildeten des Salons kräftige Grundfarbe.

»Wir gehen rapid der Entscheidung entgegen«, fuhr der Maire von Straßburg fort. »Es wird sich binnen wenigen Monaten zeigen, ob die freie Monarchie oder die zügellose Anarchie Frankreich regieren oder verwirren wird.«

Ein düstrer Blick aus des Bürgermeisters blauen Augen durchflog den leicht von Tabaksrauch durchkräuselten Saal. Dietrich war nicht mehr der heitre Optimist von 1739. Bedenkliche Furchen liefen an der Nase entlang zu den Mundwinkeln herunter; man spürte dem Manne an, daß er gearbeitet hatte für das Straßburger Gemeinwesen. Doch seine anmutige Männlichkeit hatte nicht an Würde verloren; ja sie war durch ihren gesetzten Ernst imponierender als zuvor. Noch wußte sich der Maire, dem man sogar den französischen Ministerposten weissagte, Herr der politischen Situation.

»Und wie steht es mit Ihren Absichten hierzulande?« fragte er den Kandidaten. »Jeder tüchtige Zuwachs ist uns willkommen.« – »Ihre Frage«, versetzte Viktor, »erinnert mich an einen der bedeutsamsten Tage meines Lebens.«

»Wann und wo war das?«

»Das war zu Rothau im Steintal vor etwa drei Jahren.«

»Richtig, da waren wir ja beisammen. Waren da nicht unsere vortrefflichen Birkheims dabei und jener ungewöhnliche Pfarrer Oberlin aus Waldersbach?«

»Ganz recht. Und da ist mir eben durch Pfarrer Oberlin eine Erkenntnis aufgegangen, die mich voraussichtlich durch mein Leben begleiten wird. Es wurde dort dem jetzigen Maire von Straßburg der Rat erteilt, über den Parteien zu bleiben. Und es wurde auf die wichtige Zweiheit aufmerksam gemacht, die sich durch alle menschliche Ordnung zieht. Hier politische Welt – dort seelische Welt: das ist die Zweiheit. In Jena, Kant studierend und mit Schiller im Verkehr, habe ich diese Weisheit vollends in succum et sanguinem aufgenommen. Und so bin ich entschlossen, mich auch hier in der Heimat der seelischen Erziehungsarbeit zu widmen und die politische Arbeit andren zu überlassen.«

Es war eine glatte Absage.

Der Maire von Straßburg behielt in gesetzter Haltung die Hände auf dem Rücken und hörte den jungen Mann höflich an. Aber die Fußspitze bewegte sich energisch; und immer kühler und ferner wurde der Blick, mit dem nun der schwer in politischen Kämpfen stehende Führer der Stadt den Philosophen ins Auge faßte.

»Was Sie mir da sagen, mein Lieber«, sprach er dann mit etlicher Schärfe, »klingt philosophisch oder christlich, ist aber eine klingende Ausflucht. Ein Mann von Charakter – diesen Standpunkt vertrat ich schon damals im Steintal – muß Partei ergreifen, wenn sein Volk ihn braucht. Der Gute nimmt durch sein bloßes Dasein Partei gegen die Bösen, die selbst den schweigenden Guten als Vorwurf und Herausforderung empfinden. Ich säße wahrlich lieber im Jägertal über mineralogischen Studien, statt mich hier von Jakobinern beschimpfen zu lassen. Was würde denn aber alsdann aus der öffentlichen Ordnung? Wie würde wohl euch idyllischen Träumern mitgespielt werden, wenn wir nicht für eure Sicherheit sorgten? Sie werden noch umlernen. Elementaren Ereignissen gegenüber ist Philosophie Phrase. Levrault, kommen Sie mal her, bekehren Sie diesen Fremdling aus Jena zur Politik!«

Der Maire hatte die letzten Worte einem bildhübschen jüngeren Manne zugerufen. Levrault, ein Druckereibesitzer, damals Prokurator des Departements, der mit Gloutier, Scholl, Ulrich und einigen andren Freunden Dietrichs in der Nähe stand, trat herzu, verwundert über den etwas nervösen Ton des heute freilich besonders geschäftigen Bürgermeisters. And der Maire eilte zu einer Gruppe von Offizieren. Er mochte sich mit einem Neuling nicht aufhalten.

»Sie kommen von Jena?« fragte Levrault. »Da sind Sie zu rechter Zeit heimgekehrt, sonst wären Sie dort am Ende von unserer Armee besucht worden.«

Der betagte Aktuar Salzmann bewegte sich gemächlich näher.

»Haben Sie unsren Dietrich geärgert, daß er so hurtig weglief und Sie stehen ließ?«

»Ich hoffe doch nicht«, erwiderte Viktor ein wenig bestürzt. »Ich bin nur zufällig hier, habe den Herrn Baron von Birkheim im Komödienhause getroffen –«

»Ah, Birkheim aus Kolmar?« vereinfachte jemand.

»Ja, und bin mit ihm hierhergegangen. Da ich neulich erst heimkehrte und über zwei Jahre abwesend war, so sind mir die Verhältnisse hierzuland noch nicht wieder geläufig. Würden Sie die Güte haben, Herr Aktuarius, mir einige dieser Bürger und Offiziere zu nennen?«

Salzmann warf einen Blick in das Gewimmel der Uniformen und zeigte dem Fragenden einige Freunde des Hauses. Da plauderte der Generalmajor Viktor von Broglie, Chef des Generalstabs der Rheinarmee, mit seinem jungen Adjutanten Desair – »Sie erkennen den aide-de-camp oder Adjutanten an der einen Knopfreihe der knappen Uniform« – und der wohlbeleibte, aber mit anmutigen Gesten seine Rede begleitende Herzog Armand von Aiguillon mit dem freien und frischen, bei den Soldaten beliebten Achille Duchastelet: jener in seinem Benehmen noch ganz der philosophisch gebildete Grandseigneur des ausgehenden Königtums, aber auch er ebenso wie Broglie und die anderen den neuen Ideen zugeneigt und als Deputierter beteiligt an der berühmten vierten Augustnacht. Um den Punschtisch sah und stritt ein Schwarm von Offizieren, darunter Kapitän Caffarelli Dufalga vom Geniekorps: sie entwarfen aus vergossenem Punsch Generalstabskarten auf der Tischplatte und erörterten Zukunftsschlachten. Am Ofen saß, im Gespräch mit dem Oberst eines Schweizer-Regiments, der kleine, alte, verwitterte Marschall Luckner, der in seiner besten Zeit ein äußerst nerviger Soldat war.

»Ich kann Ihnen«, sprach Salzmann, »nicht alle diese goldenen Epauletten und Generalsfräcke nennen. Aber vielleicht interessiert Sie dort noch jener blonde große Kapitän vom Ingenieurkorps, der den beiden jungen Nichten Dietrichs den Hof macht. Es ist Rouget de l'Isle: ein musikalisches und poetisches Naturell, angenehm und anspruchslos, spielt noch meisterhafter als Dietrich die Geige, hat einige Singspiele und dergleichen gedichtet und komponiert, ist mit dem Komponisten Grétry in Paris und dem hiesigen Ignaz Pleyel vom Domorchester befreundet – kurz, lauter Vorzüge, die ihn in diesem musikalischen Hause beliebt machen.«

Unter den Bürgern ragte die mittelgroße, doch würdevolle Gestalt des geist- und gemütvollen Pfarrers Blessig empor, eines glänzenden Kanzelredners, von dessen hoher Stirn, lebhaften Augen und starken, emporstrebenden Augenbrauen Feuer auszustrahlen schien. Pasquay und Ehrmann nebst etlichen Professoren, worunter Jakob Jeremias Oberlin, der Bruder des Pfarrers von Waldersbach, waren dem Kandidaten nicht unbekannt. Von Damen waren nur anwesend die hohe Gattin des kleinen und eleganten Herrn von Oberkirch nebst Frau von Birkheim und ihrer glänzend erblühten Tochter Octavie, die beide bei Frau Luise Dietrich saßen, galant umplaudert von Offizieren. Ebendort fielen die beiden Söhne des Bürgermeisters, Fritz und Albert, beide noch im ersten Jünglingsalter, angenehm auf; sie trugen die schmucke Uniform der Nationalgarde; Fritz war Chef des Straßburger Jugendbataillons.

»Kleidsam, nicht wahr?« bemerkte Salzmann. »Dunkelblauer Rock, weiße Umschläge und scharlachener Vorstoß, Kragen von Scharlach

– und auf den gelben Knöpfen eine königliche Lilie, umringt von den Worten: ›Garde Nationale strasbourgeoise‹.«

Hartmann ließ mit Erstaunen seine Blicke wandern. Das war nicht mehr der weiß-goldene Salon des Rokokoadels, nicht mehr das mädchenhafte Gezwitscher vom Park zu Birkenweier. Hier gab das männliche Element mit sonoren Stimmen den Ton an.

»Nun, was treiben die Studenten zu Jena?« fragte nun seinerseits Salzmann, der einst in der Knoblochgasse mit dem jungen Goethe, mit Franz Lerse und andren Studenten eine unvergeßliche Tischgesellschaft gebildet hatte. »Zu unserer Zeit galt Jena als eine Universität der Raufbolde, wo schlecht gegessen und um so mehr Lichtenhainer Bier getrunken wurde.«

»Das ist dort anders geworden«, beeilte sich Viktor zu versichern. »Es hat sich der Studenten ein metaphysisches Bedürfnis bemächtigt.«

Und Viktor fühlte sich verpflichtet, den Herren anzudeuten, durch welche Äußerung er soeben Dietrichs Verdruß erregt hatte.

»Hätt’ ich zu Christi Zeiten gelebt«, schloß der Philosoph, der in dieser soldatisch-politischen Stimmung in der Tat wie ein Fremdling wirkte, »so hätt’ ich das römische Reich seinen Millionen überlassen und wäre ins stille Galiläa gezogen. Ich hätte nicht Pilatus gedient, sondern Jesus. Ähnlich ergeht es jetzt, wenn ich das vergleichen darf, einem Teil der jungen Deutschen. Sie suchen vor allem ihre Seele, ihre Persönlichkeit; sie beginnen ihr Erziehungswerk mit sich selber. Müßten diese deutschen Studenten in den Kampf ziehen, sie steckten vielleicht Schillers ›Don Carlos‹ oder Kants ›Kritik der praktischen Vernunft‹ in den Tornister.«

Viktor wurde nach und nach warm. Es sammelte sich um ihn eine Gruppe; und ermuntert durch diese Aufmerksamkeit fuhr er mit steigender Beredsamkeit fort: »Allenthalben in jener lieblichen Landschaft, an der Saale, im Paradies, im Wäldchen von Zwätzen, auf der Höhe des Fuchsturms, können Sie junge Deutsche über philosophische Probleme plaudern hören. Kants Metaphysik und Sittenlehre hat Einzug gehalten. Auf dem Katheder steht Professor Reinhold, ein Mann, der seinem Namen Ehre macht, denn rein und hold legt er diese schwierigen Themata der Jugend ans Herz. So ist dort in Jena Philosophie die Königin der Wissenschaft. Und ihre praktische Betätigung heißt Humanität; das heißt, man appelliert an den sittlichen Stolz des einzelnen, daß er vor allem sich selber zu einer edlen Persönlichkeit läutere, ehe er es unternehmen darf, den Staat zu reformieren.«

Viktors Worte waren zwar, nach seiner alten Gewohnheit, ein wenig dozierend, aber mit gewinnender Wärme vorgetragen.

»Professor Reinhold kommt aus Wien, war Mönch, Zögling des Jesuitenkollegiums, warf die Kutte ab und flüchtete nach Weimar. Dort fand er bei Wieland, dem immer gastfreien, ein freundlich Willkomm, wurde dessen Schwiegersohn und hat dann in Wielands Zeitschrift Briefe über die Kantische Philosophie veröffentlicht. Das ist kein trockener Gelehrter, er liebt die Poesie, spricht mit anmutiger Klarheit und stiller Wärme – und so begreift man, daß sich der große, blasse und ein wenig kränkelnde Philosoph hingezogen fühlt zu dem ebenso großen, blassen und kränkelnden Dichter Schiller.«

»Sie kennen den Dichter der ›Räuber‹?«

Frau von Oberkirch warf die Frage herüber.

»Ich habe bei Professor Schiller Vorlesungen gehört.«

»Wie sieht er aus?«

»Wer diesen herrlichen Mann bloß auf dem Katheder gesehen hat, kennt ihn nicht. Aber in seiner Wohnung oder auf Spaziergängen – was für Gespräche, was für unvergeßliche Gespräche! Man ist in Gesellschaft höchster Ideen und glänzender Bilder, man lernt in rastlosem Fortbewegen sein irdisches Dasein als ein Nichts, sein höheres Selbst als etwas Unendliches betrachten. Schillers Aussprache schwäbelt ein wenig, doch lassen Sie diesen großzügigen Deutschen ins Feuer geraten! Da wird der Schwabe zum Weltbürger – nein, zum Himmelsbürger! Es gedeihen in seinem geistigen Klima vortreffliche Menschen; ich sehe noch den edlen Friedrich von Hardenberg mit seinem Engelsgesicht, ganz Auge, ganz Seele; habe auch einmal Herrn von Humboldt, einen geistvollen Freund des Dichters, mir von Kolmar her bekannt, in Erfurt begrüßt. Aber an zäher und starker Leidenschaft im Gestalten und Vergeistigen läßt Schiller alle anderen hinter sich. Wahrlich, es gehört zu den Glücksgütern meines Lebens, daß ich diesen ausgezeichneten Mann kennen gelernt, und ich werde seiner im Tode nicht vergessen.«

Aus einer Fülle warmen Empfindens sprach Viktor. Sein Gesicht wurde schön, seine jung-männliche Stimme bebte vor dankbarer Bewegung. Und er fuhr fort, von Deutschland zu erzählen. Der kriegerische Salon versank; ihm zu Häupten rauschten groß und ernst die

Pappeln des Griesbachschen Gartens, wo Kandidat Hartmann die Ehre gehabt hatte, mit Professor Schiller und Minister Goethe aus Weimar nebst Gelehrten wie Kirchenrat Griesbach oder Hofrat Schütz bedeutende Gespräche zu vernehmen, während die kahlen, steilen Berge des Saaletales erhabene Zuschauer waren – dies elysäische Gestade zauberte der Erzähler mit leuchtenden Augen herauf.

»Meisterhaft!« rief Kapitän Rouget de l'Isle, der herangetreten war. »Ich liebe die Menschen, die sich begeistern können. Enthusiasmus ist Leben, alles andere nur ein stümperhaft Vegetieren.«

»So ist es, Kapitän!« rief der Philosoph von Jena im Schwung der Rede, wobei er dieses »C'est cela, mon capitaine!« mit freudiger Wucht dem Genieoffizier zuwarf. »Sagen Sie statt Enthusiasmus der königlich freie Wille!«

»Nein«, rief Rouget visionär, »ich sage Ihnen ein noch besseres Wort, das alles Strebens und Wollens Erfüllung ist: das *Geniale!* Gebt mir eine Stunde Genialität – und ich bezahle dafür mit einem ganzen langen öden Leben!« – »Und glauben Sie, daß die Revolution Geniales aus dem Menschentypus heraushämmern wird?«

»Das ist der Zweck der Revolution!« klang sofort Rougets Antwort. »Glauben Sie mir, ihr einziger Zweck!«

»Thüringen hat Ihnen gefallen?« unterbrach irgendeiner aus der Umgebung banal genug, da man diesen seltsam flinken und flüchtigen Gedankenblitzen nicht zu folgen vermochte.

»Wir werden es kennen lernen«, rief einer der Offiziere. »In drei Tagen ist unsere Armee zu Jena an der Donau!«

»Die fließt wo anders!« warf der ehemalige Hofmeister kurz und verweisend herum. Und er entrollte mit beredten Worten Landschaftsgemälde von den thüringischen Hügeln.

»Übrigens«, schloß er mit einer verbindlichen Wendung an die Baronin Birkheim, die in der Nähe saß, »traf ich dort in der Rhöngegend einen Verwandten Ihrer Familie, einen Baron von Stein zu Nord- und Ostheim, den Bruder der Frau Waldner von Freundstein. Diesen Jüngling habe ich auf meine hübschen Schülerinnen nicht wenig neugierig gemacht.«

»Nein, was soll man nur dazu sagen!« rief die Baronin ihrem Gatten zu. »Wie frisch unser Herr Hartmann aus sich herausgeht! Frau von Mably würde Sie nicht mehr necken.«

Frau von Mably!

Unerwartet zuckte dieser Name in die Unterhaltung. Hatte jemand mit dem Ärmel ein Saiteninstrument gestreift? War ein Fenster geöffnet worden und fiel der weiche Südwind in die harte Kriegsstadt ein?

Das Gespräch war abgeschnitten. Viktor beugte sich zur Baronin hinüber und erkundigte sich gemessen und freundlich nach der Marquise.

»Zu unseren intimen Freundinnen hat sie ja eigentlich nie gehört«, versetzte die Baronin zögernd. »Der Marquis ist gestorben, das Landhaus hat sie verkauft, und die Tochter soll in Grenoble sein. Ihr selbst geht's freilich nicht gut.«

Sie warf einen fragenden Blick auf ihren Gatten und brach ab. Birkheim aber zog seinen ehemaligen Gouverneur beiseite. »Hätt' ich gestern schon gewußt, daß Sie zurück seien. Hartmann, so hätt' ich Ihnen persönlich einen für Sie bestimmten Brief gegeben, den Ihnen nun Pfarrer Stuber bringen wird. Eine verdrießliche Sache! Die extravagante Dame macht die Schicksale durch, die zu ihrem Naturell passen. Doch hier ist nicht der Ort, darüber zu sprechen.«

Viktor blieb vollkommen ruhig.

»Ich vergaß übrigens«, sprach er, »mich nach Hofrat Lerse zu erkundigen.«

»Der ist nach Wien ausgewandert und erzieht dort den jungen Grafen Fries.«

»Und Pfeffels Militärschule geht ein?«

»Leider! Die Schüler bleiben aus. Alles wird von Politik verschlungen ...«

Es war an solchen Abenden Sitte, daß etwa ein Dutzend oder mehr Gäste zum späten Nachtessen blieben, während sich die übrigen vorher entfernten. Heute waren die geladenen Gäste fast nur Offiziere. Hartmann zog sich mit Salzmann, dem Aktuar und dessen Vetter Rudolf, dem Buchdrucker, nebst einigen andren Bürgern und Professoren beizeiten zurück und wanderte mit ihnen durch die immer noch laute nächtliche Stadt dem Münster zu.

In mitternächtiger Erhabenheit türmte sich die kunstvolle Steinmasse inmitten der schwärzlichen Stadt. Steinerne Könige und Heilige bewachen bis hoch empor den mittelalterlichen Bau, aus demselben Gestein gebildet wie die Kirche selbst, verwachsen mit der Kirche. Wie sich Bettler in eine Nische schmiegen, lauerten um den Fuß des Münsters allerlei Buden und Zelte. Vielverschnörkelt und spielend leicht, gleichwohl aber mit einer Wucht, an welcher Jahrhunderte mitgewirkt hatten, staffelte sich der Turm empor ins fliehende Nachtgewölk, befreundet mit den Gestirnen und doch aus demselben Erdgestein, aus dem alle diese bürgerlichen Wohnungen gekittet sind.

»Da stehen wir vor dem versteinten Mittelalter«, sprach einer der Herren, an Erwins Dom emporschauend, »vor dem vielgescholtenen Mittelalter, das solche Kraft und Kunst entfaltet hat. Da sammelten sich die Menschen immer wieder aus den Wirren der Frau Welt in der dämmernden Innerlichkeit der Kirche, die wie ein ruhiger Freund inmitten der Gemeinde stand. Das griechische Altertum hatte seine Mysterien von Eleusis, sein einigendes Olympia, seine Tempel; auch dort übten sich die Menschen in der heiligen Ehrfurcht. Und wir?«

»Vive la nation!« rief eine Soldatenstimme. Und trunken lachende Volontäre schwankten Arm in Arm, in langer Kette, von der Krämergasse herüber. Im Nu waren die vornehmen Bürger von den Langhosen umzingelt und einem Raketenfeuer von frechen Witzen ausgesetzt. Immer wieder schrie ein zappliger kleiner Trunkenbold jenen patriotischen Ruf am schlanken Hofmeister empor.

»Sans dute«, erwiderte der Elsässer gelassen von oben herab, »vive la Nation!«

»Et puis encore la nation – et toujours la nation – et enfin le roi! Mais – au diable l'Autrichienne!«

Der Knäuel rollte sich auf das Münsterportal zu; gewandt kletterte einer der Burschen dem andren auf die Schultern, über diesen wieder tastete sich ein Dritter empor – und stülpte unter tosendem Lachen der zuschauenden Schar einem Heiligenbild die Jakobinermütze auf das Haupt.

Die Gelehrten gingen still und ernst auseinander.

»Wen meint er mit der ›Autrichienne‹, die er zum Teufel wünscht?« fragte Hartmann.

»Marie-Antoinette.«

»So spricht dieser Bursche von seiner Königin?!«

»Nichts Neues in Frankreich. Ganze Pamphletfabriken haben diese Frau mit Schmutz überschüttet. Die Umgebung des Grafen von Artois oder des Herzogs von Orleans überbietet sich in Verleumdungen. Und ich lege meine Hand dafür ins Feuer, daß die Königin eine zwar leichtlebige, aber reine Natur ist. Erinnern Sie sich noch, Salzmann, wie sie im Jahre 1770 durch dies glänzend illuminierte Straßburg fuhr?

Frankreich betete damals die junge Schönheit an. Heute verflucht man sie bis in die elendeste Strohhütte hinunter. Es hat sich bitter gerächt, daß diese Frau zu viel an ihre Toiletten und Frisuren, zu wenig an den Hunger des Volkes gedacht hat.«

Salzmann, der Aktuar, schritt mit Viktor und Pasquay über den Gärtnersmarkt, der jetzt Gutenbergplatz heißt, nach der Schlossergasse.

»Auf der Plattform unsres Münsters«, sprach der alte Herr, »sind gute Namen in den Sandstein gemeißelt. Goethe, Lenz, Herder, Lavater, Schlosser, Brüder Stolberg – es war eine Morgenröte für die deutsche Seele. Gute Jungen waren's, unser Lerse, Weyland, Engelbach und all die andren; kann's kaum glauben, daß uns nur zwanzig Fahre von jenen frischen Zeiten trennen. Aber da seht euch die geflickte Pfalz an! Und horcht einmal nach den Fenstern der Spiegelsäle hinüber – wie dort die Jakobiner auf der Tribüne bellen, allen voran der feiste Eulogius Schneider!«

Pasquay wohnte in der Schlossergasse.

»Wenn Sie ein wenig länger hier sind«, sprach er beim Abschied zu Viktor, »werden Sie einsehen, daß Ihre heutige Bemerkung unsren Dietrich verstimmen mußte und nicht am Platze war. Der Mann steht schwer im Kampfe. Wohl hält die Stadt mit viertausend Wahlstimmen zu ihm, während die Roten dort kaum fünfhundert zusammenbringen. Aber wer weiß, was alles kommen kann! … Sehen Sie den Anbau da oben auf meinem Dache? Besuchen Sie mich einmal früh morgens, da finden Sie uns dort oben politisieren. Abends in der Freiburgerstube oder in den Hörsälen an der Neuen Kirche. Auf Wiedersehen!«

Im Hause Dietrich war man noch nicht gewillt, einen so kühnen Tag bereits abzuschließen. Vielmehr war die patriotische Schwungkraft noch im Steigen. Die einzigartige Neuheit, daß nun zum ersten Male nicht Ministerkabinett noch Dynastie, sondern eine freie Nation um ihrer freien Prinzipien willen in den Krieg zog; die Aussicht, womöglich das ganze schlaffe Europa mit Freiheitsfeuer anzuzünden: dies allein schon war genügend, Offiziere zu entflammen und Bürger stolz zu machen. Es war ein guter Krieg, denn es war ein Krieg um ein Ideal. Man war im Begriff, dem Lande der Philosophie und Kleinstaaterei zu zeigen, wie man Ideen in praktische Tat umsetze.

Dies flog durch die Gespräche der Dietrichschen Tischgesellschaft.

»Man wird uns als Befreier umarmen!«

»Wir werden vernunftgemäße konstitutionelle Verfassungen in ganz Europa einführen.«

»Vor uns die Dummheit – hinter uns die Freiheit!«

»Die Weltgeschichte hat geschlafen, sie ist wieder in Marsch!«

»Holla, Kameraden, singen wir ihr ein Marschlied!«

»Haben wir denn ein Marschlied?«

»Hat Frankreich einen Kriegs- und Nationalgesang, der dem guten Geschmack genügen könnte?«

»Ah, ça ira«, sang einer, »ça ira, ça ira –«

»Meine Herren, werden Sie mich unpatriotisch nennen, wenn ich Ihnen bekenne, daß ich dieses Ça ira, für einen läppischen Schmarren halte, nicht würdig einer großen und geschmackvollen Nation? Bei dem heutigen Umritt hat mir diese ewig wiederholte Melodie die Nerven mißhandelt. Wissen Sie übrigens, wie es entstanden ist? Es war ein Lieblingstanzlied der Königin Marie-Antoinette; die Melodie ward vom Volke aufgefangen, mit einem Text versehen – und da hüpft nun das revolutionäre Frankreich nach einem Tanzliedchen! Meine Herren, dies frivole Tänzeln paßt nicht mehr für das heroische Frankreich! … Voyons, Kapitän Rouget de l'Isle, stellen Sie Ihr Doppeltalent in den Dienst dieses neuen Frankreich! Seien Sie unser neuspartanischer Tyrtäus! Singen Sie uns ein Kriegslied!«

Der Maire Dietrich war es, der diese Anregung dem Freunde zurief. Er gab dadurch dem Gespräch das feste Rückgrat.

»Wahrlich, ja, Rouget soll uns ein Lied singen, das die Bürger zum Weinen bringt vor Scham, daß sie nicht Soldaten sind!« – »Das den Tyrannen Schauer über die Rücken jagt!«

»Das uns einige Batterien ersetzt!«

»Das als Obergeneral Schlachten gewinnt!«

»Heraus, Kapitän! Warum halten Sie sich versteckt?!«

General Broglie warf ihm dies Wort zu. Sein Zuruf klang wie Befehl. Und nun erhob sich der also Bestürmte, der neben dem jungen Fritz von Dietrich saß.

Es war ein freundlich offenes, kein heroisches Gesicht, das nun langsam am Tisch emportauchte. Der bescheidene Geniekapitän legte die Linke, gleichsam eine Stütze suchend, dem jungen Nationalgardisten auf den braunen Scheitel, während die Rechte das Kelchglas ergriff. Man pflegte diese knabenhaften Soldaten des Jugendbataillons – wie die Findelkinder – mit zärtlichem Stolz »les enfants de la patrie« zu nennen: die Kinder der mütterlichen Nation.

»Er versteckt sich hinter unser enfant de la patrie!«

»Enfants de la patrie sind wir alle!«

Der schlanke rotblonde Kapitän Rouget de l'Isle, aus der Freigrafschaft Burgund von den Hängen des Jura stammend, hatte sich in voller Länge aufgerichtet und warf nun den Kopf empor, der bisher zwischen Epauletten und Kragen in die Halsbinde eingesunken schien. Es war in seiner Familie eine ganz leise Verwachsung erblich; die rechte Schulter war um ein geringes höher als die linke, so daß sein liebenswürdiges Gesicht auf der rechten Seite ein klein wenig nach oben gedrängt schien. Mit halbgeöffneten Lippen, deren Ecken nach unten zurückwichen, so daß etwas wie Melancholie um die Mundpartie flog, warf er einen fast verwunderten Blick in die Gesellschaft, die ihn so plötzlich mit einem einmütigen Vertrauen beehrte. Rouget de l'Isle war Dichter, Komponist und Soldat zugleich – und doch schließlich Dilettant auf allen drei Gebieten, nicht mit voller Energie eine bestimmte Region beherrschend. Wie ein Schatten lag es über dem liebenswürdigen Manne, als hätte sein vorwiegend musikalisches Gemüt schon oft umsonst nach der befreiend entlastenden Form gesucht. Er war, wie alle in diesem Kreise, ein scharfer Gegner der Radikalen und hatte das heute erst in einem temperamentvollen Zeitungsartikel bewiesen. Wie sein Freund Dietrich war auch er ein warmherziger Befürworter der konstitutionellen Monarchie.

»Meine Damen und Herren«, sprach der Kapitän unter dem Kreuzfeuer der Blicke und Worte, »einen Kriegsgesang zu finden, wie ihn diese erlauchte Gesellschaft verlangt, ist nicht das Wert eines einzelnen. Zumal nicht, wenn dieser einzelne mit seinem Singspiel ›Bayard in Brescia‹ ruhmlos an der Pariser Opéra comique durchgefallen ist. Etwas so Heroisches muß aufblitzen im ersten Feuer unenttäuschter Jugend –«

»Papperlapapp, Rouget!« unterbrach Duchastelet. »Ich reise morgen nach Schlettstadt ab; Sie dichten das Lied und senden mir's nach!«

»Tagesbefehl!« toastete General Broglie – nach dessen Großvater, einem früheren Festungsgouverneur von Straßburg, der Platz draußen benannt war. »Rouget de l'Isle nimmt heute nacht seine Geige und singt und spielt einen Kriegsgesang, zu widmen dem Oberbefehlshaber der Rheinarmee, dem Marschall Luckner! Vorausgesetzt« – wandte er sich mit Humor dem Marschall zu – »daß der Herr Obergeneral den Tagesbefehl billigt.«

Luckner, der sich wenig beteiligte, winkte gemütlich herüber.

Die Tafelrunde lachte, durch Zurufe die Order unterstützend. Rouget de l'Isle lachte mit, wehrte mit beiden Armen ungestüm ab, ergriff abermals sein Glas – und nachdem er dem Marschall respektvoll zugetrunken hatte, nahm er wieder Platz.

Nun drohte das Tafelgespräch in Neckereien zu zerflattern; aber Dietrich gab ihm wieder die feste Richtung.

»Meine Herren, unterschätzen Sie mir nicht die Macht der Musik für unsere gegenwärtige Bewegung! Musik versöhnt, wo Parteihatz trennt; Musik beflügelt, wo die trockene Vernunft zaudert. Eine nationale Masse ist unrhythmisch: gebt ihr Musik, und die Volksmasse gerät in Schwingung! Sie werden bemerkt haben, meine Herren Offiziere, wie ermüdete Soldaten auf dem Marsche elastischer zuschreiten, sobald Musik in ihre Reihen fährt. Cromwells Schwadronen sangen ihre Psalmen; die Wittenberger Reformation und die niederländischen Freiheitskämpfe sind nicht denkbar ohne Choräle und fortreißenden Gemeindegesang. Entsinnen Sie sich, Rouget, daß ich Ihnen neulich das Kredo einer deutschen Messe und etliche deutsche Choräle vorgetragen habe? Welche Wucht, nicht wahr, dieses ›Ein' feste Burg ist unser Gott!‹ oder ›Wachet auf, ruft uns die Stimme‹! Wenn die Orgel in unsren Kirchen mit vollen Registern dröhnt, so beben die Steine! Solch ein revolutionäres Tedeum singen Sie uns, Rouget de l'Isle!«

»Dietrich, Sie machen mich durstig nach Musik!« rief Aiguillon. »Holen Sie Ihre Geige! Ans Klavier! Gebt uns große Musik!«

Und der Abend ging über in Musik ...

Jetzt erst, als man ihn unbeachtet ließ, begann die Anregung in Rouget de l'Isle zu wirken. Unauffällig zog er sich zurück. Seine Wohnung lag in der nahen Meisengasse. Kaum zu Hause, griff er zu seinem Instrument. Aufgefordert von hohen Offizieren, Beamten und schönen Frauen, geschmeichelt durch dies Vertrauen, durchglüht vom reinsten Patriotismus, umklungen von Proklamationen und Gesprächen eines kriegerischen Tages: – so griff Rouget de l'Isle zur Geige.

Die ersten Töne, mehr Atem und Erregung als Wort und Form, drängten sich in stürmischer Fülle in die Außenwelt. Es war ein Chaos von Gefühl und Phantasien. Doch ruhiger wogte der Rhythmus; Worte stellten sich ein; Rougets Mannesstimme begleitete den leicht darüber hinfliegenden Geigenton. Der Dichterkomponist schritt auf und ab: mit ihm marschierten die singenden Bataillone. Er warf sich der Länge nach auf den Boden: um ihn her lagerte die Armee im nächtlichen Biwak, zwischen aufgestellten Flinten, am Vorabend der Schlacht. Auf den Hügeln des Elsasses – seht hin, wie mondhell das schöne Elsaß! – schlafen die Linienregimenter; es lagern ungeordnet die oft so schwer zu bändigenden, oft so feig zur Panik geneigten, aber dann wieder unwiderstehlich anstürmenden Kompanien der Volontäre. Was bringt uns der Morgen? Tod oder Sieg? Mit Jauchzen in den Tod, Kameraden, wenn er das Vaterland rettet – – Soldaten, von euch hängt Frankreichs Schicksal ab! Die Geister der alten Ritter aus Bayards Zeiten wandeln durch euer Lager, neigen sich über eure Stirnen, küssen euch Todesmut auf die taufeuchte Wange. Da knirschen die Geweihten trotzig im Schlaf – und über den Himmel her fliegt ein erstes Leuchten: Geistesheere sammeln sich auch dort, mitzukämpfen in den Lüften – der Tag graut – Hörner rufen – Flintenschüsse bei den Vorposten – auf, meine Soldaten!

    »Allons, enfants de la patrie!
    Le jour de gloire est arrivé!«

Rouget de l'Isle sprang auf. Er sang, spielte, marschierte. Mit schnaubendem Atem warf er Text und Noten nur eben so weit hin, daß er ihrer am nächsten Morgen wieder habhaft werden konnte. Nicht er sang dies Lied: die Nation sang ihr Lied! Der kriegerische Geist dieses Tages war in ein Straßburger Zimmer eingekehrt und sprühte Feuer und Dampf in dies Lied aus.

Dann verließ der Genius den Besessenen wieder. Der Sprecher der Nation sank in sich zusammen, warf sich erschöpft auf sein Lager und schlief ein.

Er wird am Morgen wieder erwachen als der liebenswürdige Halbdilettant von gestern. Aber die eingefangenen Strophen laufen nicht mehr fort. Die Melodie ist gebannt. Frankreich hat einen Nationalgesang.

Während Rouget de l'Isle seine geniale Stunde erlebte, lag Viktor Hartmann schlaflos in seinem altbürgerlichen Bett mit den verblichenen blauen Vorhängen und durchdachte die Stimmungen dieser erhitzten Stadt.

Nicht leicht war der innerliche Jüngling Massensuggestionen zugänglich. Und doch gab etwas in ihm den soldatischen Tönen Antwort. Oft sprang er auf und spähte horchend in die Nacht hinaus. Er zählte die langsam, stark und weitschwingend verhallenden Schläge der Münsteruhr; deutlich unterschied er St. Thomas und Alt-St. Peter am Klang ihres Glockenmetalls. Doch diese Stätten der Sammlung, durch ihre Glocken ruhevoll an ihr Dasein gemahnend, waren nicht vermögend, sein Blut zu beschwichtigen. Das elastische Naturell dieser gallischen Rasse und die Champagnerlaune jener Südfranzösin vermischten sich in Viktors Vorstellung. Frankreich schien ihm ein verführerisch Weib; man war dort im Krieg und in der Liebe auf Elan und Rausch gestimmt. Hingegen der deutsche Gottsucher hatte sich geübt in ernster und entsagender Vergeistigung.

Er war männlich geworden in diesen drei Jahren. Er wußte genau, daß ihn keine Marquise künftig überrumpeln werde. Und hoch hallte es wehvoll durch seine Sinne: »Es geht ihr nicht gut!« Mochte diese Frau leichtfertig oder heißblütig sein: sie hatte ihm aber rückhaltlos ihr Herz geöffnet, sie hatte wahre Liebe bei ihm gesucht, sie hatte ihm große Stunden einer wildschönen Poesie gegeben dort an den umblitzten Gebirgen der oberelsässischen Sommernacht. And nun – »es geht ihr nicht gut!« Pfarrer Stuber von der Thomaskirche besaß einen Brief von ihr an Viktor. Und die übrigen Andeutungen – der Marquis tot, das Landhaus verkauft, die seelenvolle Addy von der Mutter getrennt – waren geeignet, den Schlaflosen sehr zu beunruhigen.

Viktor schlug Licht. Er griff, wie manchmal in solchen Fällen, nach dem Notizbuch, das neben dem Neuen Testament auf dem Nachttischchen lag. Es war kein schöngenähtes Journal; es war ein einfach Taschenbuch, schwarz wie die Kleidung der Deputierten des dritten Standes. Werktägliche Notizen und Auszüge aus Büchern gesellten sich darin friedlich zu adligen Gedanken, die er zu seiner eigenen Beruhigung und Klärung zu formen pflegte.

So saß der Kandidat im Schein der Kerze auf seinem zerwühlten Lager, vom lose herabhängenden dunkelbraunen Haar umwallt, und schrieb gebückt in sein Notizbuch:

»Einmal hat eines französischen Weibes Leidenschaft meinen Lebensbach in einen Katarakt verwandelt. Ich werde mich hüten vor den

Katarakten der Politik. Nicht zum Verwunden bin ich gesandt, sondern zum Heilen und Helfen. Wohl vernehme ich in meines Wesens Tiefen die Fähigkeit zur Hingabe an wilde und freie Ideen. Doch will ich diesen furor daemonicus oder gallicus lieber unbeschworen lassen; denn es ist ein furor daemonicus. Ich aber trage an meinem Finger einen himmlischen Talisman. Der Blick auf meinen Goldring mit dem kristallenen Herzen gebe mir edle Geistigkeit und kraftvolle Sammlung!«

Aber den jungen Mann durchschauerte ungestüm das Verlangen nach Liebe.

»Einmal habe ich Liebe und Leidenschaft verwechselt. Ich bereue es – aber ich kann nicht auf Liebe verzichten und werde jene Zeiten niemals schmähen. Ich kann nicht auf Liebe verzichten und schäme mich bitterlich aller Anfechtungen der Wollust. Ach, und diese beiden sind in einem jungen Blut so listig miteinander verbunden und verknüpft, daß mir die Entknäuelung unermeßliche Qualen schafft. Werde ich, nach hinausgeläuterter egoistischer Lust, jemals gewürdigt werden, reine Liebe in ihrer ganzen unaussprechlichen Wonne kennen zu lernen? O Gott, ich suche mit ganzer Inbrunst reine Liebe! Gib mir reine Liebe oder – vernichte wieder dein Geschöpf! Ja, vernichte mich, siehe, ich bin bereit! Denn ich kann nicht leben ohne Liebe!«

So schrieb der einsame Philosoph. Und er seufzte unter dem Schauer der Erinnerungen und Gedankenbilder, die dieser Abend aufgerührt hatte.

Dann lag er wieder ausgestreckt und still, die Hände unter dem Nacken, und überdachte den Gegensatz zwischen Jena und Straßburg.

Ein scharf ausgeprägtes nationales Bewußtsein war in damaliger Zeit noch nicht ausgebildet. Erst die französische Revolution brachte das Wort »Patriot« in Umlauf und nahm nach anfänglichem Weltbürgertum bissige nationale Formen an. Der Heimgekehrte empfand Gegensätze, die dem Durchschnitt nicht bewußt wurden. Seine Freunde, Gevattern und Basen um ihn her betrachteten die Welt unter dem Gesichtspunkt der guten und nahrhaften Unterkunft in Amt und Ehren. Ihm fiel es bedeutungsvoll auf, daß die Anzeigen draußen an den Mauern in zwei Sprachen gedruckt werden mußten; das elsässische Volt verstand kein Französisch; ohne die Soldaten und Beamten aus dem Innern Frankreichs hätten sich die Volksgesellschaften mit deutschen Tagungen begnügen können.

»In eines Volkes Sprache«, dachte Viktor, »sind eines Volkes Gemütswerte beschlossen; in ihr sind die seelischen und geistigen Schätze niedergelegt; ›Muttersprache‹ sagt man: denn an diese Laute wird schon das Kind von der Mutter gewöhnt; und so schafft Sprache eine große Tradition und verbindet die Generationen und Stämme. Wir Elsässer pendeln zwischen zwei Sprachen herum.«

Er dachte an Birkenweier zurück, wie er mit seinem Nachfolger, einem Kandidaten aus Belfort, diese Frage besprochen hatte; dieser Nachfolger gedachte den Unterricht der jungen Birkheims in französischer Sprache zu leiten, hatte aber mit Schwierigkeiten zu kämpfen, da die Kinder an deutsches Unterrichten gewöhnt waren.

Franz Lerse fiel ihm ein, der das unruhige Grenzland verlassen und in Wien Pflichten übernommen hatte. Aber er verwarf den Gedanken, irgendwo anders zu wirken. Denn er liebte dieses unvergleichliche Elsaß und sein reizvolles Gebirge.

Und schon landeten nun seine Gedanken am ruhigen Gestade. Auf den Felsen stand, von edler Abendröte schön umblüht, die Zeder Oberlin. Dieser reife Freund hatte das elsässische Problem und das Lebensproblem in einem höheren Lichte besiegt. Und unmittelbar über Viktor, in diesem Vaterhause, wohnte jene stille Frau Frank mit ihrem Töchterchen Leonie! Welche Fügung! Sollte vielleicht jedem Menschenleben, sobald man sich dem Animalischen der Gattung als ein Sonderwesen zu entringen beginnt, ein geheimer Plan zugrunde liegen, gewoben von unsichtbaren Meistern dieses Planeten?

Wie ein junger Soldat im Gewehrfeuer der ersten Schlacht fiebernd vor Aufregung ins Blaue schießt, plötzlich aber ruhig wird, wenn er hart neben sich die feste Mannesstimme des Offiziers vernimmt: »Ruhig zielen, Leute!« – so wurde Viktor von einer wunderbaren Ruhe durchströmt, als seine Seele die Gestalten Overlin, Johanna Frank und Leonie Frank an sich vorüberziehen sah. Es waren also noch andre Menschen in dieser elsässischen Welt, die fest und klar ihre gesegneten Pfade gingen – aus dem Grenzland ins Hochland.

Hier endete seine Gedankenfolge. Er war entschlossen, gleich nächsten Tages tatkräftig nachzuspüren, wieso es Frau von Mably »nicht gut gehe«, und dann für sie und Addy zu tun, was eben Dankbarkeit und Güte zu tun vermögen.

Rouget de l'Isle erwachte am nächsten Morgen mit dem Gefühl, daß dort auf dem Tisch, in geschwisterlicher Nähe der Geige, etwas Lebendiges auf ihn warte. Er trat fast neugierig näher, er prüfte in klarem Tageslichte Noten und Text. Prachtvoll! Da sind sie, die Flammen von gestern! Da sind sie festgebannt für immer!

Sofort zu Dietrich!

Er traf den Maire noch zu Hause und ließ ihn rufen. Wichtiges wäre zu melden: ein Armeekorps im Anmarsch!

»Ein Armeekorps?« rief Dietrich, bestürzt aus seinem Arbeitskabinett herbeieilend. Aber Rougets heiter gespanntes Gesicht bemerkend, fügte er lächelnd hinzu: »Sie sind wohl der vorauseilende Adjutant?«

»Der General, wenn Sie wollen, der das Armeekorps gleich mitbringt! Lesen Sie das, mein Freund – singen Sie mir das – sagen Sie mir frischweg Ihr Urteil!«

Der Maire las Noten leicht vom Blatt, trat summend den Takt dazu, nickte und rief ins Nebenzimmer: »Luise! Kommt einmal heraus, kommt alle heraus!«

Frau von Dietrich erschien in Morgentoilette; Arm in Arm schoben sich die jungen Nichten neugierig nach. Der Gatte ließ nicht viel Zeit zu Begrüßungen, sondern rief den Damen mit seiner volltönenden Tenorstimme entgegen: »Wir haben unser Kriegslied! Da bringt mir der Kapitän, was er in der Nacht gefunden hat! Das hat Mark! Das hat Haar auf den Zähnen! Heute noch ruf' ich dieselben Offiziere zusammen – und Sie singen uns das! Nehmen Sie die Geige, Rouget!«

Und zu Rouget de l'Isles Geigenspiel sang nun der Bürgermeister von Straßburg jenen Kriegsgesang der Franzosen, der seitdem unter dem Namen »Die Marseillaise« weltberühmt geworden ist.

2. Viktors Vaterhaus

Eine Stadt ist eine steinerne Chronik. In ihren Gassen, Gebäuden und Menschen ist die Geschichte von Zeitaltern und Geschlechtern eingegraben. Der Reichsstädter, der zwischen angegrauten Giebeln und Grünspantürmen seinem Tagewerk nachgeht, fühlt sich selber als ein Stück Geschichte. Seine Väter haben durch Jahrhunderte an diesem wohlgefügten Zellengebilde mitgebaut. Auch ihm gehört jenes Sandstein-Münster, das eine Berühmtheit Europas und doch zugleich ein

Eigentum der Stadt Straßburg ist. Die Kämpfe um die Stadtverfassung, die Unbilden der Geschichte, die Sorgen um die Religion und die Gestaltungen der Zünfte und Körperschaften – es ist eine Arbeitsleistung, an der auch er seinen Anteil hat. Wall und Graben, Tor und Türme schließen das Stadtbild zu einer Einheit zusammen. Wohl ist es eng und dumpf in diesen Winkeln und Gassen; aber von den gedeckten Brücken her, wo jene besonders hohen Festungstürme Wache halten, strömt das starke Doppelwasser der Breusch und Ill herein und spült den Unrat aus vielen Gräben und Kanälen mit hinaus in den unergründlichen Rhein.

Der heimgekehrte Viktor empfand an diesem Morgen die Wohligkeit einer fest umgrenzten Heimat. Draußen auf der Langstraße gellte der übliche Straßenlärm; Verkäufer und Karrenschieber, Bürgerfrauen und Dienstmädchen, alle mit Kokarden an Hauben und Hüten, pfeifende Spatzen und schrill einander zurufende Kinder, eilige und wichtige Männer – – das drängte sich in buntem Wechsel die Straße hinauf und hinunter, vom Gerbergraben, der damals noch offen durch die Stadt floß, bis zum Gärtnersmarkt. Sein Blick, so lang auf das unbegrenzt Geistige eingestellt, ruhte wieder aus in Betrachtung der frischen, anheimelnden Gegenwart.

Der Vormittag war durch neugierige Besucher beschlagnahmt. Und nach dem Mittagsmahl, als sich Viktor einen Augenblick zurückgezogen hatte, erscholl abermals von der Wohnstube her ein lautes Reden, als ob es sich um einen Streit handle. Er lief hinüber und fand dort den Bäcker Hitzinger aus dem Erdgeschoß, den Vater seines Kameraden Leo. Papa Hitzinger und Papa Hartmann lösten miteinander die konfessionelle Frage.

»Ihr habt kein' Kirch', ihr Protestanten!« rief der kleine Bäcker, der in Pantoffeln und weißem Wams heraufgekommen war. »Unsereinem ist's heilig zumut, wenn da vorn die Monstranz glänzt und das Glöcklein klingt, denn der Heiland in Person ist in der Kirch' –«

»Gott ist Geist, steht in der Bibel!« widersprach der Lutheraner Johann Philipp Hartmann. »And du sollst ihn im Geist und in der Wahrheit anbeten! Unsre Kirch' ist da, wo das Wort Gottes vernommen und in werktätigem Glauben angewandt wird, wo unsre schönen alten Choräle – –«

»Die Bibel?« unterbrach Hitzinger. »Die legt ja jeder von euch anders aus! Ihr habt ja keine Autorität! Einer aber muß Herr sein im Hause – –«

Dies war ein unglückliches Argument. Meister Hitzinger schnappte jählings ab. Ein anzügliches Räuspern des protestantischen Gegners warf ihn um. Es war nicht zu bestreiten, daß die Körperwucht und Seelenderbheit der Frau Hitzinger das Erdgeschoß beherrschte.

Und nun ergriff der untersetzte, markige Hausbesitzer die Waffe, die der andren Konfession aus der Hand geglitten war.

»Hitzinger, Euch hat der Begriff ›katholisch‹ den Augapfel gefärbt! Was nicht katholisch getauft ist, das hat in Euren Augen ein peinlich Fegefeuer zu gewärtigen oder hoffentlich sogar die ewige Höllenpein. Eure Frau aber? Und die Zwillinge? Die sind zwar der Kummer Eures Lebens, aber da sie katholisch sind, kommen sie halt nach ein bissel Fegefeuer eher ins Himmelreich als der bravste Protestant. Potztausend, Hitzinger, ich hab' Euch ganz gern, Ihr seid ein bravs Männel, aber bleibt mir mit Eurem konfessionellen Tatterich aus meiner Stube fort! Gott sieht das Herz an, nicht den Taufschein!«

»Worüber erhitzt ihr euch denn?« fragte Viktor begütigend.

»Ach, über meinen Sohn Leo«, seufzte der Bäcker.

»Ei, wie geht's dem Leo?«

»Recht hart, recht hart«, versetzte Papa Hitzinger kummervoll. »Er hat der neumodischen französischen Regierung den Eid verweigert. Nun wird er von der Maréchaussée, den Gendarmen, mit manchem andren treuen Priester im Ried oder in den Bergen herumgehetzt. Er hält aber aus, bringt in Verkleidungen sterbenden Katholiken das heilige Sakrament und liest nachts in Bauernhäusern die heilige Messe. Denn die Leute wollen von den neumodischen Priestern, die der Regierung den Bürgereid geschworen haben, nichts wissen. Und der Bischof und der Heilig' Vater in Rom auch nicht. Mein Leo ist brav und gehorcht der Kirche. Und darin muß ich ihm halt recht geben.«

Der früh gealterte Mann strich seufzend über sein dürftig Perückchen. Sein verwelktes, etwas gedunsenes Gesicht war voll Furchen und Falten; die Lippen schienen geschwollen vom Beten, die Augen vom Weinen. Er war etwas kränkelnd. Leo, körperlich der Mutter ähnelnd, hatte des Vaters Gutartigkeit geerbt und war sein Liebling.

»Der Fürstbischof Rohan«, bemerkte der alte Hartmann, »hat eure Priester in einen üblen Zwiespalt gebracht, indem er ihnen Ungehorsam gegen die neue Regierungsform befiehlt. Er selbst hat sich von Zabern nach Ettenheim ins Badische geflüchtet, sitzt dort in Sicherheit und hetzt. Und dies verhetzende Rundschreiben an die elsässischen Priester nennt der Halsband- und Cagliostro-Rohan einen ›Hirtenbrief‹? ... Siehst, Viktor, und wie ich ihm das in aller Ruhe zu Gemüt führe, wird er auf einmal wild. Na, und da sind wir halt e bissel ins Jäschte 'komme.«

Der alte Herr klappte mit Energie seine Schnupftabaksdose auf, zauderte noch eine Sekunde und bot sie dann mit schnellem Ruck seinem Widersacher an. Hitzinger kannte diese Bewegung als ein Zeichen versöhnlicher Gesinnung. Er tauchte seufzend zwei Finger ein, sagte »merci«, beugte sich schnupfend vor und streute mit ungeschickter Verschwendung den bräunlichen Tabaksstaub auf sein mehlweißes Wams. Der alte Gärtner mit den verwitterten Nasenflügeln tat kräftig und kunstgerecht dasselbe. Und der gebildete Hofmeister aus Birkenweier wandte sich lächelnd ab, als die nun entstehende Pause mit Schnupfen und Niesen musikalisch ausgefüllt wurde. Hernach fing der Bäcker von irgend etwas Alltäglichem an; Papa Hartmann stimmte mit elsässischer Gemütlichkeit bei; und so ging man friedlich auseinander.

»Du weißt, Viktor, daß ich gern Ordnung hab'«, sprach der Alte, als sie wieder allein waren. »In meinem Hause sind Hölle, Welt und Himmel unter einem Dache vereinigt. Im Erdgeschoß und Hinterhof hausen die Hitzingers; da ist Feuer im Backofen und Händel in den Stuben. Nur der Alte ist brav, wenn auch e bissel bigott. Die Kujons, die Zwillinge, wollt' ich schon ins Regiment stecken und ihnen die Ausrüstung bezahlen; aber die Feiglinge beißen nicht an. Im ersten Stock wohn' ich selber mit der Tante Lina. Na, die kennst du; sie brummt gern. Im zweiten Stock aber ist ein kleines Himmelreich; denn da wohnt Madame Jeanne Frank mit ihrem Töchterchen Louise-Leonie. Der Sohn ist jetzt in Paris. Sieh, Viktor, ich war schon oft in Versuchung, die Bäckerfamilie hinauszuwerfen, denn die Zwillinge sind Unkraut, und Mama Hitzinger ist, was Mundwerk anbelangt, ein Pritschenweib von der Ill. Aber der alte Mann hat mich immer wieder gedauert. Eh bien, so duld' ich sie denn halt. Und es geht ja auch so weit; denn sie wissen: es ist einer da, der hält auf Ordnung.«

Vater Hartmann war meist wortkarg, herb, trocken. Sein bräunlichgesundes Gesicht mit der etwas breiten, rötlichen Nase lag in strengen

Falten, wenn er zwischen seinen Blumen draußen in der Ruprechtsau hantierte. Aber er hatte seine aufgeweckten Tage; da traf er kernig das rechte Wort und schüttete allerlei Gedanken aus, die sich in der Schweigezeit angesammelt hatten. Er war ein alter Reichsstädter, aber er hatte sich die Welt angesehen: im Erdgeschoß nannte man ihn nur den »Amerikaner«. Seine Hausfrau hatte er sich auf den Hügeln von Oberbronn geworben; die rasche und fromme Frau war früh gestorben. Eine etwas grämliche Schwester verwaltete sein Haus; und der Alte blieb einsam. Zärtliche Liebe verband ihn zwar mit dem Sohne; aber es lag nicht in beider Art, diese Liebe zärtlich zu äußern. Mancher Zug war beiden gemeinsam; so der Sinn für Ordnung, so die spröde Zurückhaltung in Herzensdingen. Auch Bewegungsfreiheit brauchten beide. So gingen denn diese süddeutschen Naturelle in ihrem Leben ebenso selbständig und querköpfig ihren Weg, wie sie bei ihrem gesprächigen Philosophieren in der Stube umeinander herumliefen und oft hartnäckig aneinander vorbeiredeten. Von Zeit zu Zeit blieb der Alte vor seinem Blumen-Erker stehen oder nahm eine Prise; schaute wohl auch flüchtig in den Spiegel und schnellte mit den Fingerspitzen Tabaksspuren von dem grauen, groben Bürgerfrack hinweg oder ordnete seine kleine Zopfperücke.

»Viktor«, fuhr er fort und warf sich ein wenig in angreifende Haltung, denn er hatte bisher diesen peinlichen Punkt vermieden, »da wir von Ordnung sprechen – ich möcht' auch in deinen Studien Ordnung sehen. Verstehst? Du bist dem Pfarramt ausgewichen und Hauslehrer 'worden. Eh bien, ich hab's gelten lassen, du hast Schliff gelernt. Dann aber brennst du mir auf eine deutsche Universität durch? Studierst Philosophie, Anatomie, Botanik – und was weiß ich, was alles? Eh bien, sag' ich abermals, mein Viktor gehört zu den Langsamen; er geht genau und sicher seinen Gang wie der Paßesel. Na, und wo stehen wir jetzt miteinander? Ich fürchte, du schwebst mir zuviel in der Luft.«

»Ich muß erst innerlich mit mir fertig werden«, wich Viktor aus. »Dazu eben verhilft dir ein festes Amt!« versetzte der Vater schlagfertig.

»Papa«, erwiderte Viktor, »laß mir meine Weise und vertraue mir! Es wird gut werden. Auch du bist weit gewandert, aber du hattest deine heimliche Braut im Herzen und hast dich zu ihr heimgefunden. So hab' ich ein Ideal im Herzen. Sieh, du hast dich weder von deinem Stammtisch noch von sonstigen Mitbürgern bestimmen oder verwirren lassen. Wenn sie in der ›Laterne‹ oder im ›Rebstöckl‹ unsauber schwatzten, so war es mein Vater, der die Courage hatte, aufzustehen und nach ein paar kräftigen Wörtchen das Lokal zu verlassen. So hat mir dein charaktervolles Beispiel von Kind an imponiert. Ich hoffe, daß auch ich noch so fest und sicher werde wie du – und dabei gut, Papa, seelengut zu jedermann. Nur hab' ich eben einen viel schwereren Bildungsgang zurückzulegen. Wieviel Papiermassen sind da zu ordnen! Wieviel Probleme zu lösen! ... Übrigens bleib' ich dabei, Lehrer zu werden. Ich hab' gestern den jungen Redslob getroffen, auch Goepp und Trawitz, und alle sagen, daß mit Pädagogik viel, mit Medizin noch mehr zu machen sei. Auch hat mich bereits ein junger Mediziner um botanische Stunden gebeten, so daß ich mir mit Informationen mein Taschengeld verdienen werde.«

Über Papa Hartmanns scharf markiertes Gesicht mit der hohen Stirn und den mancherlei Lebensfurchen flog ein Schmunzeln. Er war leicht zu beruhigen, sobald er merkte, daß sein Sohn nicht »in den Tag hinein« lebe.

»Mach was du willst, Viktor! Mach's lang oder kurz, nur mach's gut! Das Gebabbel der Leut' verdrießt mich wenig; doch möcht' ich deine Studien abgeschlossen und dich im Amt sehen. Red mit Professor Hermann, der meint's gut mit dir. Du hast Freude an Botanik und Exkursionen – gut, nimm in Buchsweiler oder Brumath oder sonstwo eine Stelle als *instituteur public* an! Und – der Politik bleib von Leibe!«

Sie wurden unterbrochen. Frau Frank schickte ihr Dienstmädchen herunter: ob ihr der junge Herr Hartmann die gestern versprochenen Bücher geben könne?

»Ein höflich Kompliment an Frau Frank, und ich käme gleich selber hinauf.«

Viktor lief in sein Zimmer, machte sorgfältige Toilette, suchte dann Bücher und Zeichnungen und stieg empor in das Reich der Frau Frank.

Ein sanftes Mittagslicht flutete dem Gast entgegen. Auf allen Gesimsen und Stühlen saßen Sonnengeistchen, schwirrten empor wie Mücken und führten den Eintretenden im Triumph der Hausherrin zu. Es war, als trete man aus dunklem Waldgewirr auf eins sonnenstille Lichtung.

Vor der aufgezogenen Schreibkommode stand die Witwe und legte Papiere beiseite; in der Fensternische hatte auf einem niedrigen Lehnsessel, inmitten von Stickereien, Stoffen und Fadenknäueln, Leonie Platz genommen und mußte das alles erst vom Schoße räumen, ehe sie sich errötend aus dem Labyrinth erheben konnte.

Die guten und doch festen Stimmen der beiden Frauen, sein gedämpft wie die warme Atmosphäre um sie her, taten dem Besucher
geradezu körperlich wohl. Wieviel Seele in diesen Stimmen! Wieviel
Seele in diesen beim Sprechen und Lächeln reizvoll belebten Gesichtern!
Im dunklen Kreppkleid der Witwe, in der dunkelbraunen Ausstattung
des Zimmers, das sich die vermögende Frau selber hatte täfeln lassen,
lag eine unaufdringliche Vornehmheit. Es war nicht der leichte zierliche
Goldglanz von Birkenweier, auch nicht der Prunk von Villa Mably;
hier war alles gewichtiger und massiver, von Handwerkern gezimmert
und durch Generationen treu behütet. Die Zeit ging hier langsam und
wohlbenutzt ihren sicheren Gang, wie jener schwere Pendel der alten
Wanduhr. Es war bürgerliche Aristokratie.

Gern holte hier Viktor wieder die Formenhöflichkeit hervor, die er
als Hofmeister geübt hatte und unten im ersten Stockwerk verstauben
ließ. Doch er verband sie mit Herzlichkeit und Vertrauen. Viktor besaß
natürliche Höflichkeit des Herzens; er brauchte jedoch gesellschaftliche
Zurückhaltung. Es war ihm unmöglich, sich kurzerhand, etwa beim
Weine, mit Tafelgenossen anzubiedern; gern behielt er zwischen sich
und den Mitmenschen etlichen Zwischenraum, worin sich dann aber
die eigentliche Liebenswürdigkeit seiner nur ungern und leidend verschlossenen Natur oft entzückend zu entfalten pflegte, sobald er Widerhall spürte.

»Im stillen bewundre ich Sie nicht wenig«, sprach er nach einigen
einleitenden Worten, »daß Sie dieses doppelte Hauswesen hier und in
Barr so ruhig leiten, als wäre dies die selbstverständlichste Sache von
der Welt. Man hat bei Ihnen das Gefühl, als könnte Ihnen das Leben
gar keine Schwierigkeit bereiten. Sie sind morgens die Erste, abends
die Letzte – und Ermüdung kennen Sie anscheinend ebensowenig wie
Aufregung.«

»Unser Leben ist ja so einfach«, erwiderte Frau Frank lächelnd.
»Meine Kinder sind brav. Albert macht bei einem Onkel in Paris seinen
Weg, Leonie hilft mir hier im Haushalt, meine Kutschersleute in Barr
besorgen dort Haus, Garten und Weinberg. Das macht sich ganz von
selber. Die größeren Weinberge außer dem Heiligensteiner Rebstück
hab' ich verkauft. Und schließlich: Arbeit macht mir Freude. Der
Verkauf oder das Einmachen meiner Birnen, Mirabellen, Reineclauden
und was sonst der Garten abwirft – nun, das ist ja einfach. Das
Scheuern und Putzen in einem großen Hause ist schon verdrießlicher,

gel, Leonie! Aber man tut's ja für liebe Gäste, man erholt sich wieder auf Wanderungen ins Gebirge, man liest gute Bücher, spielt gute Musik und singt – und so wissen wir nicht, trotz unsres eingezogenen Lebens, was Langeweile ist. Auch habe ich in einer so glücklichen Ehe gelebt, daß die Erinnerung daran mich durch mein ganzes Leben begleitet.«

»Das ist schön«, nickte Hartmann, auf das angenehmste berührt von der praktischen Festigkeit und Ruhe der freundlich-unbefangenen Frau. »Und sicherlich erhält Sie auch dieser Wechsel zwischen Stadt und Land frisch und empfänglich.«

»Ja, wir freuen uns immer wieder aufs Land, wenn im Mai die Störche über der Stadt fliegen. Und im Spätherbst bleiben wir an den Hügeln von Barr, bis die Bäume und Reben goldig sind. Ich liebe den schönen, stillen Herbst über alles. Er entspricht meiner Seelenstimmung von allen Jahreszeiten am meisten. Erst wenn der Nebel die Farben zudeckt, ziehen wir wieder in die Stadt.«

Frau Frank verschloß den altertümlichen Schreibtisch.

»Wenn Sie erlauben«, sagte sie, »so leg' ich die Rechnungen unsres braven Tapezierers Lefèbvre in ihr Fach und setz' mich wieder an meine Stickerei. Und Sie lesen uns dann aus Ihren mitgebrachten Sachen vor. Ist es Ihnen recht?«

Hartmann versicherte, daß er sich in diesem traulich durchsonnten Eckzimmer wie in einer andren Welt fühle. »Man merkt hier gar nicht, daß draußen Krieg ist oder Revolution.«

»Ich bin doch ein wenig in Sorgen um Albert in Paris und schließlich auch um mein Barrer Haus«, bemerkte die Witwe, indem sie sich zu Leonie setzte und eine Handarbeit auf den Schoß nahm. »Man weiß in diesen unordentlichen Zeiten nicht, ob man vor den eigentlichen Landsleuten, besonders vor den Volontären, des Lebens sicher ist.«

Der junge Wandrer ließ sich willig von dieser milden und reinen Atmosphäre umfangen. Er schaute Frauenarbeiten gern und mit ehrlicher Bewunderung. Welch ein Zauber lag darin, wenn diese seinen Frauenhände und deren Schatten leis und leicht über die kunstvollen Stickereien glitten! Die sechzehnjährige Leonie war streng und einfach erzogen; sie pflegte sich in Gegenwart eines Fremden am Gespräch nicht zu beteiligen. Nur ihre sprechenden Augen, blaßblau wie Glockenblumen an einem Tannenwald, und ihn: leicht errötenden

Züge drückten ihre Teilnahme aus. Es war ein wohlig-warmes Leuchten um diese hohe und schlanke, dabei feste Gestalt. Sie trug ein schwarzes Sammetkleid, das den Hals freiließ; und um den offenen Hals hing ein Goldkettchen, dessen Medaillon in der Einbuchtung der Kehle ruhte. Auf Viktor übte diese knospenhafte Jungfräulichkeit, die noch alle Reize gläubiger Kindlichkeit in sich barg und doch die Formen des Weibes entfaltet hatte, einen fast religiösen Reiz aus. Alles Einfach-Gute in ihm trat vertrauensvoll vor die Türe. Seine Haltung, die Klangfarbe seiner Stimme, die Wahl seiner Worte – alles war in solcher Stunde eine kniend dargebrachte Verehrung edler Weiblichkeit. Dies fühlten die Frauen. Und so stellte sich das Beste auch in ihnen mit Viktors Bestem in strahlenfeine Beziehung.

Der heimgekehrte Elsässer zeigte Bilder aus Thüringen und las oder erzählte von seinen Wanderungen. Er wurde beredt, er wurde sogar dichterisch. Seltsames offenbarte sich ihm, seitdem er diese Stube betreten hatte; der Gedanke an eine adlige Mutter nebst Tochter hatte ihn nicht verlassen und nötigte ihn nun zu einem stillen Vergleich mit dieser bürgerlichen Mutter und Tochter. Dort war Flamme, hier war Wärme. Schönes auch dort, unvergeßlich Schönes! Ihn durchrieselte Wehmut und Sorge. Im Lichtbezirk dieser keuschen Frauen, deren er sich nicht würdig fühlte, empfand er in voller Stärke die Art jener damals aufgewirbelten, nunmehr gegenstandslos irrenden Liebe. Dies gab seinen Wandergeschichten einen Klang suchender Sehnsucht, so daß seine Worte wie eine Mollmelodie dahinrollten, um nur gelegentlich mit leiserem Wellengeräusch um den festen Felsen Oberlin zu schäumen, den Hartmann mit Ehrfurcht erwähnte.

»Ich habe«, sprach er, »dem guten Pfeffel in Kolmar ein Wort zu verdanken, das ich wie ein Kleinod verwahre. Es steht in der dramatischen Dichtung, ›Iphigenie‹ von Goethe, die ich inzwischen gründlich gelesen habe. Kein Wort der deutschen Literatur ist mir lieber als diese Tröstung, daß wir auch in Nächten der Not und des Irrtums nie allein sind:

»Denken die Himmlischen
Einem der Erdgebornen
Viele Verwirrungen zu,
Und bereiten sie ihm
Von der Freude zu Schmerzen

Und von Schmerzen zur Freude
Tief erschütternden Übergang:
Dann erziehen sie ihm
In der Nähe der Stadt
Oder am fernen Gestade,
Daß in Stunden der Not
Auch die Hilfe bereit sei,
Einen ruhigen Freund'.« ...

Beide Frauen, Mutter und Kind, spürten dieses Heimverlangen eines einsamen Menschen. Sie legten die Hände in den Schoß und lauschten mit großen, glänzenden Augen in seine Seele hinein. Für den Erzähler hatten diese milden Zuhörerinnen einen Lichtrand um das goldbraun im Nachmittagslicht aufschimmernde Haupthaar. Sie glichen sich beide, wie sie nun horchend vor ihm saßen. Doch lag über der reifen Frau Johanna eine natürliche Herrscherwürde, über Leonies rosigen Wangen aber die entzückende Unschuld und Anmut eines verehrenden Gehorsams.

Dieses trauliche Daheimgefühl, dem sich der Gast zu überlassen begann, wurde durch das Läuten der Korridorschelle unterbrochen. Das Dienstmädchen meldete den greisen Pfarrer Stuber von der St. Thomaskirche.

Viktor sprang auf. Ein elektrischer Strom durchbebte den Jüngling. Er wußte, daß ihm eine entscheidende Stunde bevorstand.

Der Bote des Schicksals war ein kleiner Mann mit einem auffallend großen und steilen Kopf. Diakonus Stuber hatte Leonie konfirmiert; er hatte ihre Eltern getraut und den Vater begraben. Er war auch den Hartmanns wohlbekannt.

Der siebzigjährige Greis mit den sanften und geistvollen Augen bestand nach erledigten Begrüßungen darauf, daß Stickerei und Unterhaltung fortgesetzt werde wie zuvor. »Wovon sprach man, als ich hereintrat?«

Als man das Thema vom »ruhigen Freund inmitten der Unruhe der wechselnden Zeiten« angab, fügte der Geistliche sogleich eine vertiefende Bemerkung hinzu.

»Unser ruhiger Freund«, sprach er, »ist der Meister und Mittler Jesus und, durch ihn wirkend, unser Vater im Himmel.« Und als man Oberlin nannte, rief er lebhaft:

»Mein Nachfolger im Steintal? Ja, nicht wahr, welch ein energischer und guter Mann! Ach, ich kann Ihnen nicht sagen, wie entmutigend das war, als ich vor einigen dreißig Fahren jene verwahrlosten Dörfer kennen lernte! Gleich am Tage nach meiner Ankunft in Waldersbach wanderte ich hinauf nach Bellefosse und wollte dort die Schule besuchen. ›Nun, Leute, wo habt ihr denn euer Schulhaus?‹ Man zeigt mir eine elende Hütte. ›Das ist das Schulhaus?!‹ Gut, ich trete ein. In einem niedrigen und schmutzigen Zimmer lärmen Kinder durcheinander. Es wird still bei meinem Eintritt. ›Kinder, wo habt ihr den Schulmeister?‹ – ›Dort liegt er!‹ Ich trete näher und sehe auf einem ärmlichen Bett ein graues abgezehrtes Männchen liegen. ›Seid Ihr der Schulmeister, lieber Freund?‹ – ›Ja, Herr‹, ächzt das Männchen, ›der bin ich.‹ – ›Was lehrt Ihr denn die Kinder?‹ – ›Nichts.‹ – ›Warum denn nicht?‹ – ›Weil ich selber nichts weiß.‹– ›Wie seid Ihr denn alsdann Schulmeister worden, wenn Ihr selber nichts wißt?‹ – ›Sehen Sie, lieber Herr, ich bin viele Jahre lang Schweinhirt gewesen. Weil ich aber vorgerückten Alters halber unfähig worden bin, die Schweine zu hüten, so hat man mir die Kinder anvertraut.‹... Dies war mein erstes Erlebnis im Steintal.«

Der kleine Mann sprach ungemein ausdrucksvoll. Man hörte ihm gefesselt zu; und Leonie strahlte nicht wenig vor Vergnügen, als der Diatonus scherzhaft auf die vielen Nastüchlein anspielte, die in jener Schule – *nicht* vorhanden waren.

Hartmann wußte, warum Pfarrer Stuber gekommen war. Aber der Schüler Kants beherrschte sich willensruhig und erzählte unbefangen, wie er Oberlin zum erstenmal gesehen habe: auf einen Spaten gestützt, bescheiden den Hut in der Hand, umgeben von arbeitenden Bauern seiner Gemeinde.

»So sollte man ihn abmalen«, bemerkte Frau Frank.

»Ja, das ist so seine Art«, bestätigte Stuber. »Er legt selber Hand mit an, als wär' er Bauer – dann geht er in die Studierstube und spricht wie Swedenborg mit dem Wort Gottes und mit Geistern .... Wissen Sie, wie ich ihn meinerseits zuerst gesehen habe? Als ich aus dem Steintal an die hiesige Thomaskirche gerufen wurde, war ich in Sorge um einen tüchtigen Nachfolger im Ban de la Roche. Man macht mich auf den Kandidaten Oberlin aufmerksam. Es war das im Jahre – warten Sie mal – 1767. Gut, ich suche ihn auf und finde ihn drei Stiegen hoch in einem Dachstübchen. Beim Eintreten fällt mir ein Bett ins Auge:

das war mit Vorhängen aus zusammengeklebtem Papier versehen. Über dem Tisch hängt von der Decke herunter ein eisernes Pfännchen. Der Kandidat aber liegt hinter den papierenen Vorhängen und hat Zahnweh. ›Sagen Sie einmal, Herr Kandidat, was soll denn dieses sonderbare Pfännchen?‹ – ›Das ist meine Küche.‹ – ›Wieso?‹ – ›Ganz einfach: bei meinen Eltern ess' ich zu Mittag, nehme mir ein Stück Brot von dort mit hierher, gieße des Abends Wasser ins Pfännchen, schneide Brot ein, tu' Salz dazu – und stelle die Lampe darunter. Und binnen kurzem kocht dann über mir eine Brotsuppe. Das ist dann mein Nachtessen.‹ – ›Sie sind mein Mann!‹ hab' ich da gerufen. ›Solch einen brauch' ich da hinten, wo sich Fuchs und Hase gute Nacht sagen!‹ Sehen Sie, so hab' ich dann Oberlin für jene rauhe Pfarrstelle gewonnen, um die sich niemand reißt.«

»Wie haben Sie sich denn mit der Sprache zurechtgefunden?« fragte Frau Frank. »Jene Mundart, das Patois, ist so fremdartig.«

»Ein abenteuerlich Kauderwelsch freilich!« versetzte der Geistliche. »Die Sprachenfrage hat uns anfangs Schwierigkeiten gemacht. Man mußte den Leuten erst ordentlich Französisch beibringen, ehe man zu ihren Seelen hindurchdringen konnte. Leonie, paß mal auf, ob du folgendes Verschen in Steintaler Mundart verstehst?

Hai drelo, mo petit colo!
T'ersenne mou bi to pére:
T'é mindgi le tché do pot,
Et t'é laichi lé féves.

Na, was heißt das, Leonie? Das ist das Liedchen einer Mutter an ihr Kind und heißt etwa: ›Ho, Schelm, meine kleine Taube! Du bist ganz deines Vaters Ebenbild: du hast das Fleisch aus dem Topfe gegessen und die Bohnen liegen lassen!‹ Drollig, nicht wahr?«

Leonie lachte. Und Hartmann, der ernst und still dabeisaß, schaute im Geiste die Hütten und Häuschen von Waldersbach und Bellefosse, das Kirchlein von Belmont und das grüne Solbach, wie man sie etwa vom fels- und farnreichen Katzenstein aus wundervoll im Abendsonnenschein von den gegenüberliegenden Hängen herüberschimmern sieht.

»Im übrigen bin ich diesmal wegen einer traurigen Angelegenheit gekommen«, sprach der Geistliche plötzlich. Und sein unvermittelt ernster Ton wirkte nach der kurzen Heiterkeit doppelt schwer. »Ich habe eigentlich *Sie* gesucht, lieber Hartmann. Daß ich Sie aber bei Frau Frank finde, scheint mir ein Wink der Vorsehung. Wir können das nun gemeinsam besprechen.«

»Worum handelt es sich?« fragte Frau Frank.

»Um eine Dame zu Paris«, erwiderte der Diakonus, seine Brieftasche ziehend, »von der ich durch Baron Birkheim einen Brief an unsern Kandidaten abzugeben habe. Sie wiederholt in diesem Briefe jedenfalls das, was sie schon an Birkheim geschrieben hat.«

Viktor nahm den versiegelten kleinen Zettel mit der bekannten Handschrift in Empfang, erhob sich sehr bleich, aber in vollendeter äußerer Ruhe, und trat ans Fenster.

»Sie trinken gewiß beide mit uns Tee«, lud Frau Frank ein. »Leonie, du gehst vielleicht in die Küche und hilfst.«

Leonie erwiderte ihr freundlich-gehorsames »Ja, Mama«, wickelte ihre Arbeit zusammen und entfernte sich.

Und Viktor stand im Frühlingslicht am Fenster und las still den Brief der Marquise von Mably:

»Mein lieber Freund! Eine Mutter hat Sie bei jenem Abschied mit einer Bitte beehrt. Ich weiß, daß Sie sich dieser Bitte entsinnen, und ich weiß, daß Sie mit ganzen Kräften zu deren Erfüllung beitragen werden. Ich brauche Sie jetzt, mein Freund. Einst bracht' ich Ihnen Übermut und Leidenschaft, heute bring' ich Ihnen in wehrloser Demut eine Pflicht, wenn Sie es als solche anerkennen wollen. Ich sitze als Gefangene in den Kerkern der Abtei, vom Herzen meiner Addy losgerissen!! Verwandte haben mein Kind mit nach Grenoble genommen; aber es sind Menschen, denen ich mein Liebstes nicht anvertraut wissen möchte. Ich komme zu Ihnen, durch Birkheims Ihre Adresse erforschend, und beschwöre Sie, Viktor: nehmen Sie sich meiner Addy an! Ich habe meine schweren Fehler und weiß, daß man mich der Aufnahme in den Pfeffelschen Tugendbund nicht gewürdigt hätte. Aber ich weiß auch, daß ich nichts, nichts, nichts auf der Welt so rein geliebt habe wie mein Kind. Um dieser Liebe willen flehe ich Sie an: Sorgen Sie, daß meine kranke Addy Aufnahme findet bei wahrhaft guten Menschen – so gut, wie Sie selbst gut sind, mein Freund, dessen ich mit Tränen gedenke! Mich richte Gott, vor dem ich in diesen feuchten Kellern auf den Knien liege; aber meinem Kinde sei er ein gnädiger Vater! Viktor, ich bin nicht mehr, die ich einst war; ich bin krank und elend. Ach, aber ich habe ein unermeßliches Vertrauen zu Ihnen, Sie werden mich in dieser Sache nicht im Stich lassen! Näheres erfahren Sie durch Birkheim. Elinor.«

Viktor Hartmann stand leichenblaß. Er biß die Zähne zusammen und fühlte die Wucht und Bedeutung dieser Stunde. Nach den ersten Schauern des Entsetzens entrang sich seiner Seele ein unendliches Mitleid, ein unendlicher Dank gegen Gott, daß ihm, gerade ihm diese Pflicht auferlegt werde. Mit einem großen, fast feierlichen Ausdruck, als wär' er in einer einzigen Minute hinausgewachsen über den ganzen früheren Zustand, trat er zu den beiden andren heran und steckte den Brief bleich und schweigend in die Tasche.

»Nicht wahr, es handelt sich auch in diesem Briefe um das Kind?« fragte Stuber, der inzwischen Frau Frank über die Sache unterrichtet hatte. »Die Dame hat sich schon an Birkheim gewandt, ob man dem jungen Mädchen irgendwo in guter Luft und vor allem in viel Stille eine Zuflucht verschaffen könnte. Denn das Mädchen ist herzleidend. Was tun wir nun? Birkheim ist überlastet, sein Haus laut und unruhig, Pfeffels Haus desgleichen. Wissen Sie, was ich mir daher gedacht habe? Wir bringen die Kleine zu Oberlin ins Steintal.«

»Ich will Ihnen einen einfacheren Vorschlag machen«, entgegnete Frau Frank, die mit der ihr eigenen Besonnenheit unterdessen zugehört und sich das Ganze zurechtgelegt hatte. »In wenigen Wochen ziehe ich mit Leonie nach Barr. Mein Garten dort ist von der Welt durch eine hohe Mauer abgetrennt; still ist es bei uns immer; Leonie wird eine Gespielin haben und ich eine zweite Tochter. Die Hauptsache ist freilich: hat das Mädchen einen guten Charakter, Herr Hartmann? Ist sie verwöhnt, verzogen oder anspruchsvoll? Wäre sie für Leonie ein passender Umgang?«

»Addy ist ein Engel«, sprach Hartmann bewegt.

»Dann dürfen wir es also wagen, lieber Herr Pfarrer, und ihr unser bescheidenes Haus anbieten.«

»Echt Frau Frank!« rief der silberhaarige kleine Pfarrer beglückt und streckte der Witwe beide Hände hin. »Gott lohne Ihnen dies Werk der Barmherzigkeit! Ganz insgeheim habe ich nämlich sogleich an Sie gedacht, als ich da vorhin die breite Treppe heraufstieg. Des Kindes Vermögensverhältnisse werden wohl nicht glänzend sein. Ihr Schloß ist verbrannt; und außer ein paar Schmucksachen –«

»Ach, Herr Pfarrer, reden wir gar nicht davon! Es soll mich freuen, wenn ich der armen Kleinen geben kann, was sie braucht – vor allem ein wenig Mutterliebe.«

So besprachen sie miteinander die Angelegenheit. Hartmann, der anfangs mit starrem Blick nur immer ein großes Ölbildnis der Königin Marie-Antoinette ins Auge gefaßt hatte, um sein Inneres zu beruhigen, wurde nach und nach beredt und pries das junge Mädchen so warmherzig, daß Frau Frank und der Pfarrer fortan mit der Wendung »Ihre junge Freundin« von ihr sprachen.

Plötzlich fuhr Viktor heraus:

»Und läßt sich denn nichts für die Mutter tun?«

»Ich habe das auch Birkheim gefragt«, antwortete Stuber. »Aber Sie wissen ja, wie jetzt die Dinge in Frankreich liegen. Die Marquise hat Brüder bei den Emigranten und hat sich in schärfster Weise gegen die neuen Zustände geäußert.«

»Ja, das ist so ihr Naturell!« rief Hartmann in Weh und Wonne.

Frau Franks weiblicher Instinkt war längst auf Viktors überstarke Seelenbewegung aufmerksam geworden.

»Ob sich vielleicht unser Maire Dietrich für Ihre Freundin verwenden könnte?«

Hartmann sprang auf.

»Das ist ein Gedanke! Dietrich hat Einfluß.«

»Nicht mehr wie früher«, wandte der Prediger bedenklich ein. »Die Tragödie Dietrich berühren wir lieber nicht.«

»Ich werde gleichwohl mit dem Maire sprechen.«

»Suchen Sie vorher Birkheim auf! Er ist noch in Straßburg.«

Leonie trat herein und deckte den Tisch. Hartmann blieb nicht zum Tee. Er verabschiedete sich in sichtlicher Unruhe. Der Witwe entging es nicht, wie sehr sein Inneres brannte. Sie war nicht neugieriger als irgendeine andere Frau; aber sie liebte Klarheit.

»Du bekommst eine Gespielin, Leonie«, bemerkte sie. »Aber es ist noch Geheimnis, wie vor Weihnachten, wenn's Christkind! kommt. Sie heißt Addy. Wie sieht sie denn aus, Herr Hartmann?«

»Damals war sie schlank und schmächtig und die Vornehmheit und Güte selber. Sie müssen recht gut zu ihr sein, Leonie.«

Das klang so unbefangen, daß die feinhörige Frau im klaren war. Doch stellte sie an der Türe noch eine weitere Frage:

»Die Marquise ist wohl noch sehr jung?«

»Sehr jung!« kam es wie ein Seufzer zurück. Ein vibrierendes Herz
entlud sich darin.

»Es ist also die Mutter«, dachte Frau Frank.

Und sie wußte nun, daß der stille Gelehrte Wunden in sich trug.

3. Der Maire von Straßburg

Am Fuße des Münsters steht der fürstbischöfliche Palast der Rohans.

Der letzte Rohan, jener Freund Cagliostros, jener Kardinal Louis
René von Rohan-Guemenée, der einst seine Augen zur Königin erhoben und durch den Halsbandprozeß das Ansehen der Königtums ge-
schädigt hatte, saß in Baden als Verbannter. Das stolze Geschlecht,
schon ums Jahr Tausend in der Bretagne begütert und hernach mit
französischen Königen verwandt, hatte das weitläufige Zaberner Schloß
ebenso aufgegeben wie diesen vornehmen Straßburger Rokokobau.
Die Stadt hatte das Gebäude vor kurzem angekauft und in ein Rathaus
verwandelt. Wo Klerus und Adel Feste gefeiert hatten, residierte nun
zwischen Akten und Beamten der Maire von Straßburg.

Es war ein grauer Werktag, als sich Viktor Hartmann durch die
vielbeschäftigten Menschen dieser glänzenden Bürgermeisterei hin-
durchforschte, um den Maire zu finden. Vom Trieb des Helfens angefeuert, kannte er keinerlei Zaudern. Doch stand er den politischen
Verhältnissen zu fern und stellte sich die Möglichkeit einer Hilfe allzu
einfach vor.

Als er sich vom Portier zu Schreibern und Unterbeamten hindurch-
geredet hatte; als er vernommen, daß der Maire eine fünfstündige
Sitzung hinter sich habe und gänzlich erschöpft sei; als er vom Friedensrichter Schöll, den er zufällig traf, einen Begriff erhalten, was alles
für Arbeitslast auf den Schultern des Bürgermeisters laste: da stutzte
der Idealist. Er stand in diesen hohen und geräumigen Sälen wie in
einer neuen Welt. In seiner Kindheit war er einmal hereingewischt
und entsann sich der rotseidenen Tapeten und glänzenden Kronleuchter aus Bergkristall – mit Kristallen, groß wie Hühnereier –, der römi-
schen Kaiserbüsten, der marmornen Kamine, der goldverbrämten
Stühle, der Vasen und Wandspiegel, der umfangreichen Bibliothek
und irgendwo in all dem Prunk einer kleinen Kapelle mit einem roten
Fünkchen darin: der ewigen Lampe.

Alles erloschen! Bürgerliche Arbeitsenergie hatte von dem Luxuspalast Besitz genommen.

Es ging dem Gelehrten eine Ahnung auf von der umwälzenden, sachenhaften Wucht der Revolution. Die Kühnheit dieses Unternehmens, das mit der Organisation und Gruppenbildung von Jahrhunderten mit einem Schlage aufzuräumen und Neues an die Stelle zu setzen entschlossen war, verwirrte ihn. Aber es lockte zugleich seine Energie heraus.

Schon war er im Begriff, sich für heute zurückzuziehen, doch zu einer günstigeren Stunde aufs neue einzudringen, als er sich angerufen hörte.

Es war der Maire selbst. Der neue Herr des Palastes trat mit der ihm angeborenen Würde aus einer der hohen Türen, Akten unter dem Arm, begleitet vom Greffier Hermann und dem Prokurator Mathieu. Viktor eilte auf ihn zu. Es war derselbe Dietrich, der sich vorgestern zwischen seinen Gästen elastisch bewegt und gestern Rougets Kriegslied gesungen hatte, der musikalische, geistvolle Baron der Gesellschaft. Auch die Kleidung, diese schwarzseidenen Strümpfe, dieser braune Frack mit weißer Weste, wich nicht erheblich von damals ab. Doch sein Gesicht war etwas verändert. Heute stand er kühl und herb, mit heruntergezogenen Mundwinkeln, was ihm einen nüchternen Ausdruck gab, dem ein Zug von vornehmer Abweisung nicht fehlte. Er kam aus dem Gefecht.

»Was treibt unsren gelehrten Hartmann in diese nüchternen Hallen?« fragte der Maire im Begriff vorüberzugehen und dem Besucher nur das Profil zukehrend. »Suchen Sie mich? Kommen Sie mit in mein Kabinett, ich hab' eine Minute Zeit.« Hartmann folgte. Die Begleiter entfernten sich. Der Maire legte die Papiere auf den überladenen Tisch und warf sich aufatmend in den Fauteuil.

»Nehmen Sie Platz!«

Viktor leitete mit Entschuldigungen ein. Aber Dietrich strich mit der Hand über das müde Gesicht und unterbrach ihn:

»Sie haben ja recht: man arbeitet wie ein Pferd. Aber Arbeit ist Bewegung, Bewegung ist Energie, Energie ist Leben. Pah, das bißchen Arbeit! Jedoch das andre, mein Werter: die Verleumdung, die Niedertracht!«

Hartmann hatte für die fesselnde Erscheinung dieses eleganten und energischen Politikers immer eine Zuneigung empfunden. Er sagte

einige bedauernde Worte über jene neuliche Bemerkung im Dietrichschen Salon.

»Mir, der ich aus Büchern komme«, sprach er, »schwebt als Ideal
ein Elsässer wie Tauler vor, der gewaltige Prediger, der in einem
Jahrhundert voll Haß zwischen Kaisern und Päpsten als eine Friedens-
gestalt die Seelen ins Reich Gottes erhob. Entschuldigen Sie, daß ich
damit in Ihrem Salon die Politik verglich!«

»Nicht weiter schlimm«, erwiderte der Maire, der nicht auf dergleichen Mystiker des vierzehnten Jahrhunderts gestimmt war. »Sie sind
eben schlecht oder gar nicht über unsre politischen Verhältnisse unterrichtet.«

Und der Mann, den vorhin irgend jemand »gänzlich erschöpft« ge-
nannt hatte, gab plötzlich mit Geist und Feuer und nicht ohne
Selbstbewußtsein einen Überblick über den bisherigen Verlauf der
Revolution.

»Fragen Sie Ihren Vater«, schloß er, »was für glänzende Verbrüde-
rungsfeste wir in diesen drei Jahren gefeiert haben hier in Straßburg!
Wie freudig, gewillig, brüderlich alle Bürger ohne Ausnahme gestimmt
waren! Es ist mir gelungen, unsre zähen Elsässer zu beflügeln, mitzu-
reißen. Aber seit dem unglückseligen Fluchtversuch des Königs im
vorigen Sommer, als man ihn von Varennes im Triumphzug nach
Paris zurückbrachte, ist die republikanische Partei fanatisch an der
Arbeit, alles gegenseitige Vertrauen zu vergiften. Was für Mühe gibt
sich mein Freund General Lafayette, das Königtum zu halten! Aber
an entscheidender Stelle versagt man. Und so wird unser tapfer
durchgeführter Versuch, die französische Nation aus dem Absolutismus
in eine besonnene konstitutionelle Monarchie friedlich hinüberzuleiten,
von einer skrupellosen Minderheit bis aufs Messer bekämpft. Diese
Beller wollen nun einmal die Republik. Das sind die ›Jakobiner‹ –
seltsame Mönche das, nicht wahr, die dort in Paris im früheren Jako-
binerkloster ihre Klubsitzungen abhalten! Danton, mit der Stimme
eines Schlächters und den Lastern eines Roué; und im Hintergrund
der kleine, grüne, giftige Advokat Robespierre, der auf seine Stunde
wartet. Vorerst herrscht die Girondistenpartei. Uns aber haßt man als
die Gemäßigten – Maß halten ist natürlich Sünde in einer Zeit, wo
jeder durch Unmaß den andren zu übertrumpfen sucht! Und man
wirft uns mit der Partei der ›Feuillants‹ zusammen. Wir aber sind
weder Feuillantiner noch Girondisten: wir sind Straßburger! Wir

wünschen die konstitutionelle Monarchie gesetzmäßig und in Ordnung eingesetzt und durchgeführt. Leider aber ist es so, daß die Pariser Parteien den Ton angeben.«

Der Maire trank ein Glas Wasser und fuhr fort: »Paris gibt den Ton an. Genau wie zu den Zeiten des Absolutismus. Ich trug mich mit der Hoffnung, daß nach der Schwächung der absolutistischen Despotie alle Provinzen und alle Stände an der Regierung teilnehmen würden, in echt liberaler Verteilung der Macht. Ich trug mich mit der ehrgeizigen Hoffnung, daß unser Straßburg, diese bedeutende Grenzstadt, gewichtig den Gang der Revolution mitbestimmen könne, sobald es uns gelänge, hier vorbildliche Reformen ins Werk zu setzen. Noch habe ich diese Hoffnung nicht begraben. Die westlichen Departements schauen alle nach Straßburg; sehen Sie da: Zustimmungsbriefe die Fülle! Aber unsre schöne städtische Einheit ist zerrissen – zerrissen durch eingewanderte Demokraten. Diese Hetzer sind Phrasendrescher aus dem inneren Frankreich; und einer der unangenehmsten dieser Patrone ist ein Pfaff aus dem Rheinland. Die nisten sich hier bei uns ein, kennen unsre Wesensart nicht und versuchen uns gleichwohl zu bevormunden. Da sie mich aber wachsam und ihrer plebejischen Tonart nicht geneigt finden, so geht natürlich ihr Bestreben dahin, gerade mich zu verdächtigen, zu verleumden, zu vernichten. Und da ist jedes Mittel recht. Hat einmal die Munizipalität keine Rechnung abgelegt, so bin ich natürlich schuld, obschon mich dieser Punkt gar nichts angeht. Sind die Pontons im Zeughause in schlechtem Stand, so habe ich das verschuldet, obgleich das Gesetz vom 10. Juli 1791 der Munizipalität ausdrücklich verbietet, sich in militärische Angelegenheiten einzumengen. Tat ich den Vorschlag – nicht etwa im geheimen Komitee, sondern in öffentlicher Sitzung des Gemeinderats –, die Frage zu untersuchen, ob nicht unsre Grenzstadt bei Annäherung der Feinde in Kriegszustand zu setzen sei: – so verwechselt man absichtlich Kriegs- und Belagerungszustand und schreit mich als Verräter aus, weil ich die Stadt der Militärbehörde ausliefern wolle. Reißt in Saargemünd das Husarenregiment Sachs aus und ich sende sofort 300 Mann, um die Lücke zu stopfen – so will ich natürlich die Stadt Straßburg ihrer Verteidiger entblößen, um sie desto leichter dem Feinde übergeben zu können! Ist das nicht Gesindel?!«

Der vornehme Mann, von Natur auf Harmonie gestimmt, war in starker Erregung. Es tat ihm wohl, sich einem neutralen Anfänger gegenüber zu entlasten. Jetzt rief ihn ein Sekretär hinaus. Und es entspann sich im Nebensaal eine lebhafte Erörterung.

Hartmann sah in die Welt der Politik. Zorn bemächtigte sich des jungen Moralisten. Er trat ans Fenster und betrachtete das ungeheure Hochgebirge des Münsters, das in erhabener Plastik über den Zeiten stand, den wechselnden Parteien nicht erreichbar. Der braune Sandstein war feucht und wirkte wie mit Schatten durchsetzt. Viktor dachte an ein Abendrot in Birkenweier, wie er mit dem inneren Auge dies gigantische Turmgebilde erschaut hatte. Doch hier in der gegenständlichen Nähe war alles derber und rauher. Der zurückgebliebene Greffier wickelte ein Brötchen aus einem Papier, trat kauend heran und machte sich mit Viktor bekannt.

»Muß man sich denn das gefallen lassen von diesen Jakobinern?!« schrie ihn Viktor an. »Kann man da nicht mit einem Donnerwetter dazwischenfahren?!«

»Klingt sehr einfach, aber wie denn das?« bemerkte der Alte. »Sie haben da draußen einen Hauptschreier der Jakobiner, den Redakteur Laveaux vom ›Courier de Srasbourg‹, ins Cachot gesteckt. Kennen Sie die Geschichte? Na, nun geben Sie da mal einen guten Rat! Kommt da vorige Woche der katholische Pfarrer von Börsch mit verbundenem Kopf auf den Spiegelklub und heult den Radikalen vor: ›Die Konstitutionellen von Börsch haben mich verprügelt, verwichst, verwamst – guckt euch mal meinen Kopf an!‹ Ha, das ist so ein Futter für den Welschen Laveaux. Er springt auf die Tribüne und läßt wieder einmal am Maire und den Departements kein gut Haar. Man solle, meint er, auf die Absetzung der Departementsverwalter dringen, die solche Männer wie den verprügelten Pfarrer nicht zu schützen wissen; und falls diesem Gesuch nicht entsprochen würde – *tant pis,* so sollten die patriotischen Bürger *selber* ausziehen und unter dem Schutz der Gesetze die Aristokraten und unbeeidigten Priester totschlagen! *Hein?* Nicht übel! Auf das hin hat ihn Scholl als einen Aufruhrstifter eingesteckt. Was macht Laveaur? Er spektakelt, und alle seine Freunde spektakeln: ›Wie? Aufruhr hätt' ich gepredigt?! Ich hab ja deutlich hinzugefügt: ›unter dem Schutz der Gesetze!‹ Sehen Sie den Filou?! Ich wette mit Ihnen, man muß ihn laufen lassen.«

Der Maire trat wieder ein.

»Meine Zeit ist leider um«, sprach er zu Viktor. »Sie hatten ein Anliegen?«

Der Sekretär verschwand. Viktor erzählte zaudernd, denn er spürte, daß er hier nicht an rechter Stelle war.

Dietrich unterbrach ihn denn auch bald.

»Nein, mein Lieber, das ist nichts für mich. Das ist Sache der südfranzösischen Abgeordneten. Oder ist die Dame Elsässerin? So könnte man sich an unsren Vertreter Schwendt oder an den Kolmarer Reubell wenden. Nein? So mag das irgendeiner von den Girondisten versuchen. Sprechen Sie mit Birkheim darüber! ... *A propos,* noch eins: Ihr Vater bleibt im Klub der Jakobiner?«

»Ich habe fast noch nichts mit ihm über Politik gesprochen.«

»Sagen Sie ihm doch, er solle vernünftig sein. Er hat Einfluß unter den Gärtnern, er war früher unter den fünfhundert Schöffen, er billigt meine Politik. Warum kommt er nicht zu uns, in den Klub der Freunde der Konstitution?«

»Weshalb hat sich eigentlich die Volksgesellschaft gespalten, Herr Maire?«

»Weshalb? Da müssen Sie Herrn Eulogius Schneider fragen. Oder Laveaux, Laurent, Teterel, Rivage, Alexandre und andre Gegner meiner Politik. Diese haben die vornehmeren Elemente aus der gemeinsamen Gesellschaft hinausge– wie soll man sagen? – hinausverleumdet. Man riet mir einst in Rothau, der Maire solle über den Parteien bleiben. Unmöglich! Ich bin der Exponierteste von allen. Ich *muß* eine Gruppe um mich haben, auf die ich mich verlassen kann, und *will* nicht Freund sein mit Plebejernaturen wie diesem Zyniker Schneider, der mir unangenehm ist. So bin ich im Januar mit ausgetreten und habe mich dem neuen Klub angeschlossen. Einmal, vor wenigen Wochen, habe ich zwar noch einmal eine Aussöhnung versucht; wir sind eines Abends einmütig vom Auditorium aufgebrochen und in den alten Klub nach der Langstraße gewandert, um angesichts der Kriegsgefahr eine Einigung vorzuschlagen. Das war eine demütigende Stunde, mein Lieber. Wir mußten erfolglos wieder abziehen.«

Dietrich reichte seinem Besucher die Hand.

»*Au revoir, mon cher!* Sie sehen, wie ernst unsre politische Lage hier ist in Straßburg ... Und sehen Sie: so rächt sich der vertriebene Kardinal Rohan, in dessen Gemächern wir hier stehen! er hat seinen Priestern verboten, der französischen Regierung den Bürgereid zu leisten. Wir mußten also diese widerstrebenden Priester absetzen, was mich bei den Katholiken verhaßt machte, und mußten an ihrer Stelle neue berufen. Freund Blessig empfahl mir den freisinnigen Priester und Professor Eulogius Schneider aus Bonn als Vikar unsres neuen Bischofs Brendel. Wohlan, ich rief ihn her, gestattete ihm Zugang in meine Zirkel – und nun ist dieser abtrünnige Pfaff mein schlimmster Feind. So rief ich mir meinen Feind ins Nest. So rächt sich Rohan.«

Dämmerung sank über die glühenden Giebel und flammenden Wasserläufe. Viktor sah sich wieder am Ausgangstor des Stadthauses und war seinem Ziele keinen Schritt näher gekommen. Wohl aber hatte er einen Einblick getan in die Wirbel der Politik. Seine Rauflust erwachte. Doch als ob sich dem Kantianer die Unzulänglichkeit persönlichen Willens gegenüber elementaren Vorgängen sinnbildlich darstellen sollte, ward ihm der Ausgang versperrt. Bewegte Menschenmassen drängten sich auf dem Münsterplatz; Trommeln und Musik beflügelten marschierende Kolonnen; dröhnender Männergesang schlug an den vielzackigen Domwänden empor. Viktor, der Einzelmensch, sah sich machtlos an die Wand gepreßt und spähte ärgerlich nach dem Grunde dieser Vergewaltigung aus.

Es war ein Volontärbataillon. Im Geschwindschritt französischer Infanterie kam es von der Krämergasse her und flutete nach der Kalbsgasse vorüber, um irgendwo, in der Fischertorkaserne oder draußen in der Zitadelle, Quartier zu beziehen. Soldaten anderer Waffengattungen, Nationalgardisten, Gassenvolk und Neugierige aller Stände strömten herbei, begleiteten den Marsch und vermehrten das Gedräng und Getöse. Das wälzte sich gleich einem trübflutenden Hochwasser zwischen den Steinmauern dahin. Unglaubliche Gesichter! Und unglaubliche Uniformen! Sie zogen in der fahlen Dämmerung, während das Abendrot noch auf der Münsterspitze saß, in gespensterhaften Reihen rasch vorüber, die Flinten mit den blitzenden schlanken Bajonetten auf den Schultern, singend, mit einer seltsamen Wildheit immerzu singend. Sie schauten gradaus, sie schauten nicht rechts noch links in die Vivats der mitgeschwemmten Menschenmasse. Sie hatten irgendein fernes Ziel im Auge, das sie mit einem schrecklichen und abstrakten Fanatismus zu verfolgen schienen. Ihr Haar war nicht mehr in den Zopf gezwängt, wie bei den exakten Linienregimentern; es flog wirr und schwarz um die schlecht rasierten Gesichter. Und so war auch die Marschordnung ein aufgelöster, freier Rhythmus. Nur in den breiten, weißen, über der Brust gekreuzten Bandelieren, woran Säbel und Patronentasche an die Beine klatschten, waren sich alle gleich.

Auch der blaue Rock und die rot, weiß und blau gestreifte Langhose war den meisten eigentümlich. Dort aber trug einer statt des dreieckigen Hutes eine Pelzmütze, dort ein andrer einen Raupenhelm; der dort hatte einen grünen Rock irgendwo erbettelt oder ergaunert und darunter eine knallrote Weste; jenem flatterte ein langes blaues Tuch um den Hals; viele hatten sich Bündel auf den Rücken geschnürt, als wären's reisende Handwerksburschen; nicht wenige trugen Brotlaibe an die Bajonette gespießt; dort hämmerte ein blutjunger Trommler; der dort schleppte einen steinernen Schnapskrug mit. Knaben zwischen ergrauten Schnauzbärten; gut uniformierte Burschen besserer Stände zwischen halben Briganten; dann Markedenterwagen, Bagage, Offiziere zu Pferd und allerlei Nachzügler – – und da ist der jauchzende, singende, tosende Troß vorbei!

Die Menge wälzt sich nach und wird wie ein Strudel eingeschluckt von den Gassen hinter dem Lyzeum ...

»Und was sagst du dazu, Combez? Ist in alledem nicht eine wilde Poesie?«

Viktor hörte durch die nun auffallende Stille diese Worte hinter sich fallen. Er kannte die Stimme, drehte sich um und sah einen Offizier der Nationalgarde Arm in Arm mit einem Kavallerieoffizier einherschlendern.

»Frühinsholz?«

»Wahrhaftig! Und du bist Hartmann!«

Ohne Umstände schloß der Nationalgardist den Jugendfreund in die Arme und küßte ihn auf beide Wangen.

»Viktor, Papiersack, wie kommst *du* hierher? Nicht mehr in Jena? Das da ist mein Freund Combez, Eskadronchef bei den Jägern zu Pferd. Und der Zivilist da, lieber Rittmeister, der wie Papier knistert, wenn man ihn anfaßt, ist mein Schulkamerad Hartmann, ein grundguter, gewissenhafter Kerl, der vor lauter Allerweltsstudium nie fertig wird, weder mit sich noch mit dem Examen noch mit dem Leben – kurzum, ein Zukunftsmann! Na, Viktor, Alterle, und was sagst du zu den Volontären? Und steckst noch nicht im Rock der Nationalgarde?!«

Es war Johann Georg Frühinsholz aus Schiltigheim, der den Freund so stürmisch begrüßte.

»Combez, wir nehmen ihn mit in die ›Laterne‹! En avant!«

Der sechzigjährige Schnauzbart Combez, der sich schon im Siebenjährigen Krieg herumgehauen hatte, und der zwiefach so junge

Frühinsholz, ursprünglich Theologe und später Offizier in den Revolutionsschlachten, nahmen den Kandidaten heitren Mutes unter die Arme und entführten ihn nach dem Gasthof zur Laterne.

Es verkehrten dort viel Offiziere. Und so sah sich Viktor plötzlich in eine Welt hineingerissen, der er noch im Dietrichschen Salon mit kühler Ablehnung gegenübergestanden hatte. Er war hier unter Elementen, die nicht zu grübeln, aber um so flinker zu handeln gewohnt waren. Und was ihn erschreckte und entzückte zugleich, war dieses: etwas in seinem Blute gab Antwort!

Frühinsholz war nicht so ungestümer Art, wie er sich bei der ersten Begrüßung angelassen hatte. Dieser soldatische Elsässer war tapfer, bescheiden und ein gradherzig treuer Kamerad. Man konnte sich prächtig mit ihm unterhalten. Der einfache Combez liebte ihn zärtlich; und auch auf Viktor wirkten solche offenen und braven Naturen äußerst anziehend. Kandidat Hartmann wurde lebendig; die andere, die lebhaft leidenschaftliche Hälfte seiner Seele, die sich tagsüber eingeschlossen hielt, sprang heraus – wie dort in den Sommernächten am Gebirge, wie dort im Gespräch mit Lerse und Humboldt, wie oft auch in bedeutenden und erhitzenden Unterhaltungen zu Jena. Er wurde kühn und männlich; er ward erfaßt vom erobernden Wanderdrang nach unbegrenzten Fernen und unbekannten Möglichkeiten. Wie es sich oft in ernsten Naturen und Nationen ansammelt, um jählings in einem hinreißenden Elan genial herauszubrausen und Revolutions- oder Völkerschlachten zu schlagen.

Sie sprachen von Wert und Wucht des Krieges.

»Nicht aus den Parlamenten«, so faßte Frühinsholz ihre Gedanken zusammen, »nicht aus Bürgermeistereien noch aus Zeitungsredaktionen wird das Genie der Zeit hervorgehen. Ich sag' euch: es erscheint in *Uniform*! Alexander hat mit dem Schwert den gordischen Knoten zerhauen, nicht mit dem Papiermesser. Wenn ich an Klebers Löwenstimme oder an des noblen Hoche Zornkraft denke – *morbleu*, da ist Zukunft! Combez lacht, weil ein Theologe den Krieg feiert? Aber ich sage Ihnen, Combez, Krieg und Kirche sind Vettern: haben nicht Schwert und Kreuz dieselbe Form? Wird nicht in beiden, im Krieg und in der Kirche, das Blut geschätzt, dies heiligste Element des Lebens? Und in beiden wird geopfert! Opfer ist das Erhabenste in der Welt, das Gegenteil und die Vernichtung des gemeinen Egoismus. Die Mutter opfert sich für ihr Kind, der Soldat für seine Nation. Und drum hat der alte Pindar unrecht: nicht ›Wasser ist das Beste‹, sondern das Allerbeste in der Welt ist das heilige *Blut*!«

Sie gerieten ins Feuer. Und Combez rief plötzlich: »Hartmann, Sie haben das Zeug zum Soldaten! Versprechen Sie mir, wenn wir Sie brauchen im Felde, so kommen Sie nach!«

»Ich komme!« rief Viktor feurig.

Das Lokal füllte sich bei vorrückendem Abend. Viele rauchten Tonpfeifen; im dicken, stockenden Rauch stand ein gleichmäßig tosender Lärm. An einem Nebentische saßen Artilleurs von der Metzgertorkaserne, vermischt mit Genieoffizieren. Einer hatte eine Blumenverkäuferin um die Taille gefaßt, kaufte ihr alle Blumen ab und verteilte die Maiglöckchensträuße an seine Kameraden. Ein andrer, neben Desaix' bizarrem Gesicht auftauchend, grüßte mit dem Glas zu Viktor herüber, der sich des rotblonden Kopfes sofort entsann.

»Ah, Kapitän Rouget de l'Isle!«

»Sie haben neulich brillant erzählt!« rief der Kapitän. »Nicht wahr, das Dietrichsche Haus: Stimmung! Ich werde viel verlieren; ich bin nach Hüningen versetzt. Waren Sie inzwischen dort?«

»Bei Dietrichs? Nein.«

»Sie werden Frau Luise in einem Labyrinth von noch nassen Notenblättern finden. Eine talentvolle Frau! Sie stellt von einem Lied, das ich gefunden habe, Partituren her für Klavier und andere Instrumente.«

»Ein Lied? Was für ein Lied?«

»Ein Kriegslied natürlich. Na, nicht viel. Wir lassen's bei Dannbach drucken. Und am Sonntag wird's die Kapelle der Nationalgarde auf dem Paradeplatz spielen.«

»Das sollten Sie uns singen«, rief Viktor.

»Holla, Rouget de l'Isle hat einen Kriegsgesang komponiert?«

Es redete sich herum. Und im Nu sah sich der Dichterkomponist umringt von Kameraden aller Waffengattungen, die ihn ermunterten, das Lied zu singen.

Es war in dem sonst ruhigen Gasthof in diesen letzten Tagen eine laute, kriegerische Stimmung eingekehrt. Eine wogende Stimmung war es. Ein Lied voll Kraft und Schwung wurde von selbst getragen, wenn es sich wie eine Kriegsgaleere diesen Wogen anvertraute.

Und so sprang Rouget de l'Isle ohne Ziererei auf einen Stuhl und sang in das verstummende Rauchgewölk seinen ungestümen Gesang. Und der fremdartige, energisch-düstere, gleich einem Trompetensignal aufstörende Kehrreim ward in Empfang genommen von begeisterten Offizieren, der Saal dröhnte, und eine Ahnung von den künftigen Wirkungen dieses Schlachtengesanges ging durch die Zecherversammlung: »Aux armnes, citoyens! Formez vos bataillons!« ...

Viktor brachte aus diesem lebensprühenden Abend Bedeutendes mit nach Hause. Er hatte dort in der Mairie einen Eindruck erhalten von dem zerreibenden Kleinkampf der Tagespolitik. Nun aber ahnte er die Erlösungskraft einer großen und wilden Schlacht, wenn Parteien und Nationen sich rettungslos in die Sünden der Mißverständnisse und der Gehässigkeiten verstrickt haben.

Am nächsten Tage betrat Baron von Birkheim, den Viktor vergeblich im Gasthof zum Raben und bei den Oberkirchs in der Blauwolkengasse gesucht hatte, unerwartet das Hartmannsche Haus.

Vater und Sohn empfanden den Besuch als eine Ehrung.

»Ich wohne weder dort noch bei den Oberkirchs«, bemerkte der Edelmann zu Viktor, »sondern im Hause des alten Dietrich, des Stettmeisters, am Nikolausstaden. Und habe dort« – fügte er in seiner offenen und leutseligen Männlichkeit hinzu – »eine etwas unruhige Nacht verbracht. Ich hatte die Sache Mably zu leicht genommen. Nun hat mich ja Stuber inzwischen wissen lassen, wie schön sich das alles zu lösen scheint. Und dann wollt' ich Ihnen sagen, daß meine Frau und Octavie einen guten Einfall hatten, wie man die junge Mably ohne Aufsehen ins Elsaß schaffen kann. Es ist nämlich in Grenoble ein junger Wann aus guter Familie, ein gewisser Périer, der sich als Privatzögling bei Pfeffel angemeldet hat. Wir werden ihm schreiben und das Kind mit ihm einladen. Er bringt die Kleine nach Kolmar; und Sie, Hartmann, holen sie bei uns ab und bringen sie zu dieser guten Frau nach Barr. Nicht wahr? Wobei ich indessen ausdrücklich hinzufügen will, daß unser Haus der Kleinen ebenso gern offenstünde, wenn sie nicht besonders dringlich der Stille bedürfte.«

»Und die Mutter?« rief Viktor. »Herr Baron, sollen wir denn die Marquise verkümmern lassen?«

Der alte Hartmann war in den Keller gegangen, um eine Flasche seines besten »Gutedel« heraufzuholen.

»Die Marquise?« Der Baron legte seinem ehemaligen Hofmeister bedächtig die Hand auf die Schulter. »Ihr Mitgefühl in Ehren, mein Lieber, aber da steckt noch der weichliche Hartmann. Zunächst kann ich Sie versichern, daß einige Abgeordnete umsonst versucht haben, etwas für die exaltierte Frau zu tun. Sodann darf ich Ihnen jetzt ruhig gestehen, daß es mir damals nicht entgangen ist, wie sehr jene kapriziöse Dame unsern guten Hartmann verwirrt hat. Indessen: ich ließ den Degen in der Scheide. Beißt er's nicht selber durch, dacht' ich, na, um so schlimmer für ihn! Nun, und jetzt? Wollen Sie sich abermals die Fittiche versengen? Wissen Sie, was sie mir ausdrücklich geschrieben hat? ›Ich will nicht freigebettelt sein, merke sich das jedermann!‹ Wollen Sie nun den dortigen Gewalthabern beweisen, daß diese fanatische kleine Frau jene Wirtschaft nicht haßt? Aber sie sagt's ja den Herren ins Gesicht!«

»Es ist aber Selbstmord! Sie sollte leben um ihres Kindes willen!«

»Ja, ihr Kind!« nickte Birkheim. »Da ist in der Tat der Punkt, wo man einsetzen muß. Sorgen wir für ihr Kind, so haben wir der Mutter das Beste getan, was man ihr unter diesen Umständen tun kann.«

»Ich muß Ihnen recht geben, aber es ist grausam!« beharrte Viktor. »Und dieser Frau tun alle unrecht, alle ohne Ausnahme! Ich allein hab' ihr in die Seele gesehen!«

Der alte Hartmann trat wieder ein.

»Mein Sohn schwärmt manchmal«, bemerkte er gelassen. »Heute früh sprach er mir von den Herrlichkeiten des Soldatenstandes. Na ja, ich hab' nichts dawider; aber man muß auch die Rückseite sehen: die Laster und liederlichen Krankheiten und andre böse Sachen. Im Raspelhaus dahinten hat manche Kindsmörderin geweint; und der Schuft, der sie elend gemacht, sitzt in irgend einem Wirtshaus und singt Schelmenlieder.«

»O nein, Papa!« rief Viktor zurück. »Ich halte mich weder mit Schwärmen noch mit Bejammern oder Vorurteilen gern auf. Das hab' ich mir abgewöhnt. Ich suche vielmehr sofort den Punkt, wo ich selber helfend einspringen kann, ich suche die Tat, ich suche meine persönliche Pflicht – wenn es sein muß, auch als Soldat!«

Der Oberst a. D. Birkheim, der selber einst in seiner kleidsamen Panzer-Uniform das Regiment Royal-Alsace kommandiert hatte, nickte ihm zu. Das Gespräch tauchte in die Waldungen der Politik unter. Viktor nahm erregten Herzens nur wenig Anteil; doch gab er des Bürgermeisters Frage weiter, warum sein Vater im Jakobinerklub verharre.

»Warum? Freilich bleib' ich drin, mein lieber Viktor!« versetzte der Alte eigensinnig. »Die Revolution hat an jenem Tage begonnen, als die beiden oberen Stände, Adel und Klerus, zu hochmütig waren, um mit dem dritten Stande gemeinsam zu beraten. Sie haben sich getrennt, aber der dritte Stand ist zäher gewesen; er ist geblieben – und hat die Herren gezwungen, zu ihm zurückzukehren. Das hat's entschieden. Als dort Mirabeau im Namen des dritten Standes dem Großzeremonienmeister des Königs zurief: ›Sagen Sie Ihrem Herrn, daß wir auf Befehl des Volkes hier sind und nur der Gewalt der Bajonette weichen‹ – da hat die Energie gesiegt. Denn Revolution ist Energie, Herr Baron. So hat sich auch hier in Straßburg die vornehme Bürgerschaft gesondert von den roheren Teilen. Ja, und jetzt? Jetzt sitzt die Intelligenz dort an der Neuen Kirche – und die derbe Kraft hier in den Spiegelsälen. Es sollen aber alle zwei zusammenwirken, Kraft und Intelligenz! Drum bin ich grad zu Leid geblieben!«

Der alte Herr stopfte mit heftigem Stoß eine Prise in die breitflüglige Nase und stand straff wie ein Soldat. Mit einem »voilá« klappte er die Dose zu, ohne sie jemandem anzubieten.

»Der Maire hat auch hierin zu vornehm Partei genommen«, fuhr er fort, »der Maire hat seine Person überhaupt zu viel dem Lob und dem Tadel ausgesetzt. Sie hätten ihn sehen sollen bei den Festen der Revolution, etwa bei der Einsetzung der Munizipalität vor zwei Jahren. Er hat eine prächtige Figur gemacht, alle Achtung! Ich seh' ihn noch, wie er auf dem Gerüst steht, dort auf dem Paradeplatz, und eine Glanzrede hält: ›Wir wollen jede Erbitterung und jeglichen Parteigeist opfern auf dem gemeinsamen Altar des einen großen Vaterlandes‹ – worauf er alle seine Gemeinderäte umarmt und worauf auch wir Bürger alle auf dem weiten Platz uns gerührt umarmt haben. Arm in Arm sind wir dann miteinander nach dem Münster und in die Neue Kirche marschiert. Dort sprach Blessig. Sie kennen Blessig! Es war wie im Theater; wunderschön! Da seh' ich wieder unsern Maire, wie er auf eine Aufforderung des Predigers hin an den Altar läuft, um ihn her Nationalgardisten mit gezogenem Degen, und die Hand schwörend an den Altar legt: ›Mitbürger, meine Brüder! Was ich unter freiem Himmel, vor Gott und unsrem Volke angelobt habe, das wiederhole, bestätige und beschwöre ich aufs neue hier an dieser heiligen Stätte: mit Gut, Blut und Lebensgefahr will ich die Konstitution und Freiheit beschützen‹ – – und wieder Umarmungen, und alles ein Herz und eine Seele! O Himmel, ich gesteh's ehrlich: wir Alten haben Tränen geweint. Und immer Dietrichs Name vorn dran. Ein andermal, auf dem Paradeplatz, im letzten Herbst, bei der Feier der Vollendung der Konstitution, kommt eine Deputation von zwölf Frauen, an ihrer Spitze eine neunzigjährige Matrone, geführt von einem zwölfjährigen Mädchen, sie steigen auf das Gerüst – und die Matrone überreicht dem Maire einen Blumenstrauß, das Mädchen aber setzt ihm eine Bürgerkrone auf. Dietrich hat freilich den Kranz bescheiden auf die Konstitutionsurkunden gelegt. Aber es war doch wirksam und geschmackvoll organisiert. Alles vergöttert den gewandten Maire, der einen Überschuß hat von – wie soll ich sagen? – von repräsentativer Kraft, von gefährlichem Talent, sich selber alle Last und alle Ehren aufzuladen. Wenn die Waisenkinder öffentlich auf der Schloßterrasse gespeist werden, ist Dietrich dabei und hilft sie bedienen; wenn irgendwo ein Volksball stattfindet, so tanzt der Maire mit seiner Frau sicherlich eine Anglaise mit. Aber die Radikalen verachtet er. Und diese wissen genau: fällen wir Dietrich, so fällen wir das vornehme Bürgertum.«

Der alte Hartmann war nicht unbedeutend. Er achtete Dietrich, aber in seinen Worten war Kritik. Birkheim spürte das und fiel ein: »Sie meinen, er hätte der Volksgesellschaft gleich nicht beitreten sollen? Und wäre dann auch nicht in die Lage gekommen, sich von den Jakobinern zu trennen?«

»So ist's«, erwiderte der Gärtner. »Jetzt hat er Partei genommen und hat die Gegner erst recht erbittert.« – »Und wären diese Republikaner wohl nicht seine Gegner, wenn er ferngeblieben wäre?«

»Hm, 's ist wahr.«

»Sehen Sie, Herr Hartmann, drum mein' ich: von Schuld oder Unschuld kann man da nicht reden. Dietrich ist das Musterbild eines vornehmen Bürgers – und diese Gattung soll eben vom Jakobinertum beseitigt werden. Alles hängt nun davon ab, wer in Paris siegt.«

»Kann sein«, versetzte Vater Hartmann.

Der Frühsommer, der in den Rheinsümpfen blühte und in den Störchen und Tauben gen Himmel stieg, sah neue Freiwilligenbataillone nach Norden marschieren. Im Hof des Stadthauses hatten sie sich eingeschrieben. Von Ansprachen und Musik befeuert, verließ einer nach dem andern die Reihen der Nationalgarden, stieg auf die Tribüne, trug seinen Namen ein und ward unter Musiktusch von Bürgermeister und Stadtvätern umarmt. Ältere Bürger brachten Geldspenden zur Ausrüstung unbemittelter Volontäre. Der Maire war auch hier allen voran; er schickte beide Söhne, Fritz und Albert, in den Krieg. Auch das Unglaubliche geschah, daß einer der Zwillinge Hitzinger, von Vater Hartmann bearbeitet, die Tribüne erkletterte; und tags darauf schloß sich ihm, zur Verzweiflung des Bäckers und der tobenden Mutter, auch der unzertrennliche zweite an. Doch wußte der lächelnde Hausgeist des Hartmannschen Erdgeschosses damals bereits, daß beide schon im Herbst wieder auf ihrem trauten Strohsack liegen werden – »krank, verlumpt und verlaust«, wie der zornige Papa Hartmann feststellen wird.

Es war noch kein Schwung in jenem Kriegsjahre. Viktor meldete sich als Nationalgardist bei seiner Sektion und übte auf den Wällen oder auf der Metzgeraue.

Anfang Juni geschah es, daß der alte Hartmann ein Druckblatt nach Hause brachte und schweigend vor seinen eifrig studierenden Sohn auf den Schreibtisch legte. Es war eine Reimerei von Eulogius Schneider. Viktor hatte von dem Gedicht und der Wut, die es unter Dietrichs Freunden hervorgerufen, bereits vernommen. In Etampes war ein Maire namens Simoneau von aufrührerischem Pöbel ermordet worden. Ihn verherrlichte Eulogius bei einer Straßburger Gedächtnisfeier. Aber Schneider schändete die Würde der Poesie und des Todes; sein Trauerlied auf den Maire von Etampes war ein Schmählied auf den Maire von Straßburg.

> »Keiner lebte noch im Frankenreiche,
> Keiner starb so tugendhaft wie er:
> Ach, daß ihm an Bürgersinne gleiche
> Jeder Volksbeamte, jeder Maire!
>
> Er versuchte nicht das Volk zu blenden
> Durch Betrug und falschen Andachtschein,
> Und das fromme Christenmahl zu schänden,
> Um bewundert und gewählt zu sein.
>
> Er verlangte nicht von seinen Söhnen,
> Das zu glauben, was ihm Torheit schien;

Führte nicht, um einem Hof zu frönen,
Heuchelnd sie zum fremden Priester hin.

Er beherrschte nicht des Volkes Wahlen,
Er betrog den schlichten Landmann nicht;
Sagte nicht, bei Gläsern und Pokalen:
Bürger, schreibt, was euer Sultan spricht!« ...

So ging es durch viele Strophen; so lobte das Gedicht und verleumdete zugleich. Dietrichs eheliches Leben wurde ebenso verdächtigt wie seine politische Tätigkeit. Viktor zerknitterte das Papier.

»Was sagst du zu diesem ehemaligen Franziskanermönch, Viktor?«

»Verse und Gesinnung sind miserabel.«

Hartmann, der Alte, mit seinen etwas barocken Manieren, hatte seine schweigsame Stunde. Er schnupfte und bot dem Sohne die Tabaksdose dar. Sie standen hier der Gemeinheit gegenüber; beide haßten dergleichen auf den Tod.

»Was meint er übrigens mit dem Schänden des Christenmahls?« fragte Viktor nach ingrimmiger Pause.

»Aha!« brach der Alte los, »da beißt wieder einer an! Du bist heute schon der Dritte, der so fragt! Auf diese Fragen: was meint er mit dem – was meint er mit jenem? hat's ja eben der Reimer abgesehen! Man schimpft erst, man stutzt dann, fragt, tuschelt, zuckt die Achseln – und die Verleumdung sitzt! Ein paar Brauseköpfe haben geschworen, diesen Schneider in Stücke zu hauen; aber der Maire ist dahinter gekommen und hat solch unvornehme Hauerei verboten ... Von jener Sache weiß ich nur soviel: Dietrich soll sich in Paris als Katholik gebärdet haben und hat, sagt man, seine Söhne um ihres Fortkommens willen katholisch taufen lassen. Hier in Straßburg hat man nun darauf gespannt, ob er wohl zum protestantischen Abendmahle gehen würde. Es ist kurz vor den Wahlen gewesen; die Protestanten haben die Mehrheit. Nun, und er ist ja auch gegangen – und da haben sie's ihm als Wahlspekulation ausgelegt. Was kann man wissen! Jedenfalls ist da etwas Unklares; er hat nicht den Charakter seines glaubenstreuen Ahnherrn Dominikus. Meines Erachtens ist Dietrich weder Protestant noch Katholik, sondern halt ein gebildeter Freigeist. Und ehrgeizig mag er auch sein. Wer aber von seinen Feinden ist nicht ehrgeizig?«

Der Alte schwieg. Doch tags darauf, als sie beim Mittagessen einander gegenübersaßen, ließ er nebenbei die Bemerkung fallen:

»Ich bin aus dem Jakobinerklub ausgetreten.«

So lange die Franks über ihm wohnten, war die Schwüle der politischen Luft noch zu ertragen. Unter irgend einem leicht gefundenen Vorwand stieg Viktor die Treppe hinauf, gewöhnlich dann, wenn er sie oben beim nachmittäglichen Sticken und Nähen wußte. Doch Anfang Juni siedelten sie nach Barr über. Und damit wich viel Sonnenschein aus dem Hartmannschen Hause und setzte sich drüben an den blühenden Bergen fest. Auch täuschte der anregende Verkehr bei Pfarrer Blessig oder bei Lehrer Friese vom protestantischen Gymnasium, bei Pasquay in der Schlossergasse und besonders beim naturwissenschaftlichen Professor Hermann sowie eigenes Arbeiten und Unterrichten über manches hinweg. Doch unaufhaltsam nahte der Zusammenbruch.

Mitte Juni erhielt der Maire amtliche Kenntnis von den gegen ihn umlaufenden Anklagen. Minister Roland schrieb ihm, es habe sich das Gerücht verbreitet, daß der Maire und einige Verwalter die Stadt Straßburg den Feinden zu überliefern gesonnen seien. Dietrich verlas dem Gemeinderat diesen Brief und erbat sich Urlaub, um sich sofort zu rechtfertigen. Nach langer Debatte beschloß man, ihn nicht nach Paris ziehen zu lassen, weil er in Straßburg unentbehrlich sei. Dafür setzte der Gemeinderat eine Protestschrift wider die Verleumder auf, gerichtet an die Nationalversammlung, endigend mit den Worten: »Wir erklären Ihnen, und durch Sie dem ganzen Frankreich, daß Dietrich und die anderen öffentlichen Beamten, welche bei dem Minister des Innern angeklagt sind, allezeit unser Zutrauen genossen haben und noch genießen.« Viertausend Bürger unterschrieben die Adresse. Auch Hartmann, Vater und Sohn, setzten mit Wucht und Wonne ihre Namen darunter. Ebenso erließen benachbarte Gemeinden Entrüstungsadressen. Zwei Abgesandte brachten sie nach Paris und verlangten vom inzwischen entlassenen Roland, daß er die Verleumder nenne; doch er weigerte sich dessen.

Und schon kommt der zwanzigste Juni! Der Pöbel der Vorstadt Saint-Antoine überschwemmt das Tuilerienschloß und beschimpft den König und seine Familie. Die Radikalen und Republikaner jubeln. In der maßvolleren Bürgerschaft hingegen flammt zum letztenmal ein leidenschaftlich Mitgefühl mit dem bedrohten König empor. Proteste und Adressen fliegen nach Paris. Der König, mochte er schwach und schwankend sein, ward als letztes Bollwerk der Ordnung empfunden.

Auch Dietrich und die Straßburger Bürgerschaft nehmen in einer Protestadresse Partei zugunsten des Königtums; die Jakobiner in einer zweiten Adresse zugunsten der Republik. Jene ist von viertausend Bürgern unterzeichnet; diese von fünfhundert. Jene wollen die Urheber des zwanzigsten Juni bestraft sehen, besonders »jene Korporation von Verschwörern und Anarchisten, die unter dem Namen Jakobiner bekannt ist«; diese ermuntern die Gesetzgeber, »große Maßregeln« zu ergreifen, denn »die Tage der Gelindigkeit und Güte seien vorbei«.

Da sprach der entscheidende zehnte August das letzte Wort. Dieser Tag brachte den Tuileriensturm und damit das Ende des Königtums und den Sieg der Jakobiner.

Und nun, da Straßburgs Gesinnung so deutlich bekannt war; da vollends durch eine zweite, von mehr als 5000 Bürgern unterzeichnete Adresse diese königstreue Gesinnung noch schärfer betont wurde: nun konnte kein Zweifel mehr obwalten, welches Schicksal der Stadt am Rhein bevorstand.

Die Tuilerien verwüstet wie einst die Bastille! Die Schweizer und alle männliche Dienerschaft des Schlosses hingemordet, der König gefangen! Diese Nachricht war ein betäubender Schlag. Der Straßburger Gemeinderat glaubt eine Katastrophe nahen zu sehen; die Wachen werden verdoppelt, die Vorposten verstärkt, die Klubs geschlossen. Von Paris kommen vier Kommissäre der nun siegreichen Jakobinerpartei, freudig empfangen von den Straßburger Demokraten, die ihnen mit bekränzten Mädchen und Pikenträgern entgegenziehen. Der Gemeinderat wird abgesetzt, Dietrich vor die Schranken der Gesetzgebung gefordert.

Als der Maire und die Gemeindeverwalter ihre Schärpen ablegten, fiel manche Träne dumpfen Zornes auf dies Abzeichen ihrer Würde. Dietrich erklärte, daß er sich bereitwillig stellen würde, sobald er seine Verteidigungspapiere gesammelt habe, und erbat dazu eine achttägige Frist. Alles verlief in Ordnung; Straßburg blieb ruhig wie der Maire, der nächtlicherweile ohne Aufsehen nach seinem Waldgut Jägertal bei Niederbronn abreiste, um dort in der Stille seine Dokumente zu sammeln. Damit hatte des verdienstvollen Mannes Leidenszeit begonnen. Noch ehe die acht Tage um waren, erwirkte ein radikaler Abgeordneter der Nationalversammlung ein Verhaftungsdekret, wonach der Maire durch die Gendarmen vorgeführt werden sollte. Dietrich war bereits auf dem Wege nach Paris. Mit seiner Gattin fuhr er über Bitsch nach Metz; dort erfuhr er Genaueres über die Anarchie in der Hauptstadt und den Verhaftungsbefehl. Und er entschloß sich, geordnete Zustände abzuwarten, entwich über die Grenze nach Deutschland und durch Pfalz und Baden nach der Schweiz ...

Viktor hatte diese Ereignisse unter leidenschaftlicher Spannung in sich aufgenommen. Sie lebten in ihm; sie formten seine Welt. Er fühlte sich mitbeteiligt. Und er hatte sich's nicht nehmen lassen, noch einmal in die Privatwohnung Dietrichs vorzudringen und energisch für ihn Partei zu bekunden.

»Nur auf eine Minute, Madame!« rief er bewegt, als er mit anderen zudrängenden Bürgern vor der Frau des Hauses stand. »Ich muß Ihnen und muß unserm Maire die Hand schütteln, ehe Sie reisen!«

Dietrichs Gattin hatte vor kurzem einem spätgeborenen dritten Kinde das Leben geschenkt. Die bleiche Frau stand weinend inmitten der Freunde des Hauses, ohne die beiden Söhne, die sich im Kriege für das Vaterland herumschlugen.

»Sie meinen es gut«, sprach sie, »ich danke Ihnen allen, allen. Wissen Sie noch, wie wir an jenem Abend der Kriegserklärung einen National-gesang für die Armee ersehnten? Was für ein schönes Lied hat Rouget de l'Isle gefunden! Und nun haben es die Marseiller Demokratenbataillone, diese Briganten, diese Zerstörer der Tuilerien, auf dem Marsche nach Paris gesungen; ihnen singt es das Volk nach« – –

Der Maire war ins Zimmer getreten, ernst und gefaßt, überall Hände schüttelnd. Er vernahm die letzten Worte und fiel ein.

»Die Marseillaise? Ja, das flammt nun durch Frankreich und die Heere an der Grenze. Und welche Ironie! Dies Lied, durch meine Anregung hier in unsrem königstreuen Hause entstanden, war das Marschlied der Marseiller Republikaner und half das Königsschloß zertrümmern! Dafür also hab' ich jahrelang gearbeitet bis an die Grenzen meiner Kräfte! Dafür mein Herzblut gegeben, mein Vermögen erschöpft! Und muß nun bei Nacht und Nebel wie ein Verbrecher meine Vaterstadt Straßburg verlassen!« Es überwältigte den Maire. Er zog sich zurück.

In diesen Tagen war es, als der Nationalgardist Viktor durch die schwüle Straßenluft von einer Übung nach Hause marschierend, am

Fenster des geschnitzten Erkers neben dem Vater ein fremdes Gesicht bemerkte. Es war ein junger schlanker Mann. Als Viktor hinaufkam, erkannte er den Fremden sofort an der Ähnlichkeit mit Leonie.

»Das ist Albert Frank!« rief er. »Sie kommen aus dem chaotischen Paris?«

»Aus Paris, ja, über Pfalzburg und Zabern«, erwiderte Albert. Auch in seiner etwas leisen und höflichen Stimme war er ganz Leonie. Und nicht minder in der freundlich rosigen Gesichtsfarbe und in den glänzenden, gleichsam schüchtern blickenden Augen. Zugleich war in ihm viel Festigkeit und ein stiller Ernst.

»Er will nach Mainz, unter Custine fechten«, erklärte der Alte. »Zuvor aber ein paar Wochen nach Barr.«

Sie setzten sich zum Essen. Albert ging nicht leicht aus sich heraus. Er hatte im Grenadierregiment »Filles Saint-Thomas« der Nationalgarde gedient und den zwanzigsten Juni in unmittelbarer Nähe der Königsfamilie miterlebt. Er schien verlegen, daß er am zehnten August den König nicht verteidigt habe.

»Aber wir haben nicht gewußt, wer eigentlich befehlen sollte und wohin zu marschieren war. Hätten wir einen General an der Spitze gehabt, wir hätten das Gesindel in Stücke geschossen. Denn sie sind feig; das hab' ich einmal auf dem Marsfeld erlebt.«

»Und wie war es am zwanzigsten Juni?«

»Wir haben um die Königin und ihre Kinder herumgestanden und haben sie vor dem Andrang des Pöbels geschützt, fast vier Stunden lang. Ich habe die Königin Ströme von Tränen weinen gesehen – so etwas vergißt man nicht mehr. Viele von uns hatten selber nasse Augen; und geplatzt sind wir fast vor Wut. Aber wir waren eine Handvoll gegen mehr als Zehntausend. Als der König endlich wieder in seinem Zimmer war und auch um die Königin Luft wurde, lief sie mit den Kindern zu ihm und hat ihn mit lautem Weinen wohl zehn Minuten lang umklammert. Wir hatten sie begleitet und standen dabei. O, die schmutzigen Reden, die sie vier Stunden lang hat hören müssen! Und der Geruch dieser Schnapsbataillone!«

Der hübsche, junge Bursche atmete schwer. Er schien sich zu schämen, hielt den Kopf gesenkt und spielte mit dem Tischmesser.

»König und Königin dankten uns mit Tränen in den Augen und wollten unsre Namen wissen. Ich hätte gern gesagt: ›Sire, ich bin ein Elsässer, und meine Landsleute verabscheuen diese Verbrechen und ehren Eure Majestät – aber wir schwiegen. Es war uns selber ums Heulen; wir bissen in die Lippen, und jeder schaute nach einer anderen Ecke. Unser Kapitän sagte endlich, und man spürte, daß es auch in ihm würgte: ›Wir haben nur unsere Pflicht getan, danken Sie uns nicht. Wir haben sie gern erfüllt und hätten noch mehr getan, wenn wir einen Lafayette an der Spitze gehabt hätten‹ … Nun ist's mit dem König aus. Er war zu gut. Er hatte am zehnten August fast tausend Schweizer und zweihundert Edelleute. Er hätte sich und sein Haus und seine Würde verteidigen sollen bis auf die letzte Patrone. Er aber gab den Schweizern Befehl, nicht zu schießen. Nun ist alles aus. Er war zu gut.«

»Zu gut? Zu schwächlich!« rief der alte Hartmann mit zornrotem Kopfe. »Das ist kein Repräsentant einer tapfren Nation! Er hat seine Pflicht vergessen! Seine Pflicht war schon seit vielen Jahren, für sein hungernd Volk zu sorgen. Und gegen den Pöbel war seine Pflicht: *Kartätschen!*«

Viktor schlug auf den Tisch und stimmte bei. Die beiden Hartmanns flammten vor militärischem Zorn. Albert reiste nach Barr. Der Jüngling war still. Es umwölkte ihn noch lange der Pulverdampf der Tuilerien. Er flüchtete aus dem Unrat in die ehrliche Feldschlacht und wollte sich vorher im heiligen Bezirk des mütterlichen Hauses erholen.

Und tags darauf erhielt Viktor einen Brief aus Birkenweier: »Adelaide Mably, ist in Kolmar angekommen und in Pfeffels Landhäuschen Bagatelle angestiegen. Wollen Sie die Waise abholen und nach Barr bringen?«

4. Adelaide

An der elsässischen Ebene glühte der Sommer; an den Bergen kochte der Wein. Die Zeit schien still zu stehen. Manchmal nur machte sich weit draußen ein Wind auf; dann zog eine weiße Staubsäule aus einer fernen Straße dahin; aber sie verschwand bald auf den bestäubten Wiesen. Und die alte Sommerstille brannte wieder auf die heiße Ebene.

Das schattige Besitztum der Frau Frank befand sich am nördlichen Rande des Hügelstädtchens Barr.

Um den Garten sonnten sich die Weinberge. Durch eine Baumlücke konnte man die Burg Andlau über dem Hügelrücken erspähen. Kloster

Odilienberg und die nähere Ruine Landsberg waren nicht sichtbar. Wald und Reben schoben sich dazwischen.

Der nicht allzu große, aber mit gebauschten Wipfeln und schweren Fruchtästen ebenso wie mit Buschwerk, Blumen und Küchenkräutern wohlgefüllte Garten ließ in der Mitte eine grünschimmernde Rasenfläche frei.

Auf dem geschorenen Grün stand ein Liegestuhl. Darin schlief ein Mädchen. Ihr Gesicht war mit einem feinen Gazegewebe überschleiert, ihr Körper mit einer farbigen Decke zugehüllt. Auf dem Rasen daneben reckte sich ein zweites Mädchen vor einem Buch, stützte den Kopf in beide Hände und las.

Im Hintergrund des ansteigenden Gartens ging Frau Frank mit Viktor Hartmann unter Bäumen auf und ab und ließ sich von Kolmar erzählen. Die Stimmen klangen nicht laut. Auch aus dem schmalen Hof, wo der Kutscher Lederzeug flickte, kam nur ein unmerklich Geräusch. Es dehnte sich ein Hund auf dem warmen Kies; Tauben spielten auf dem Dache der Kutscherwohnung. Und groß und kühl lag das alte Haus. Wer durch den rötlichen Steinbogen jenes fast immer geschlossenen Tores in diese Stille eingetreten war, der spürte gelinderen Hauch im Wesen der Menschen und in der eigenen Seele. Denn sanfter floh hier der Sommerwind durch das kaum bewegte Laub.

»Ans Ufer geworfen von den Schlammwellen der Revolution«, sprach Viktor, »so liegt dort das liebe Kind. Ich kann Ihnen nicht sagen, Frau Frank, wie sehr mir dies Schicksal ans Herz greift. Auch Pfeffel ist durch die Ereignisse bedrückt. Seit drei Jahren quälen ihn rheumatische Gesichtsschmerzen, die er sich auf einem Ausflug durch Erkältung geholt hat. Und die neueste Wendung der Revolution macht auch ihm Sorge. Ich selbst hab' so stark an alte Zeiten denken müssen, als ich die wohlbekannten Orte wiedersah – die Nappoltssteiner Schlösser, Ortenburg, Ramstein, Hohkönigsburg und die Türme von Kolmar – daß ich ganz die Gegenwart vergaß. Und als ich dann Addy begrüßte, hatte ich Mühe, die Tränen zurückzuhalten. Ganz noch Kind wie einst – und doch, was für ein leidvoll verfeinert Gesichtchen!«

»Wissen Sie, was Leonie sagte, als wir nach der Begrüßung wieder allein waren? ›Mama, sie sieht so katholisch aus.‹ – ›Wie meinst du das, Kind?‹ – ›So wie die Madonna drinnen auf dem alten Wandbild.‹ – ›Nun, die hast du ja immer so gern gehabt?‹ – ›Ich hab' auch Addy gern.‹ – Das Kind hat recht. Es ist etwas so Frommes in Addys Gesicht, etwas, was über die Welt hinausweist. Was für unergründliche meergraue Augen hat das Mädchen! Und was für ein überraschendes Lächeln, nicht wahr, plötzlich mitten in all den Ernst! Gestern hab' ich sie auf die Arme genommen und ins Bett getragen – ach, sie wiegt so leicht! Und da konnt' ich mich nicht enthalten: wie sie so die Arme um meinen Hals schlang und vertrauensvoll die Kinderaugen zu mir aufschlug – ich hab' sie geherzt und geküßt wie ein Wickelkind. Das liebe Geschöpf!«

Viktor hatte so viel Innigkeit in seiner immer so sicher beherrschten Nachbarin gar nicht vermutet. Er war dankbar bewegt.

»Wie mich das freut, Frau Frank, daß Sie sich so des Mädchens annehmen!« rief er erleichtert aus. »Ich war etwas bange, ob es auch einen Akkord zwischen Ihnen, Leonie und Addy geben würde.«

»Ich vielmehr habe Ihnen zu danken«, erwiderte Frau Johanna. »So wunderlich es Ihnen klingen mag, es ist dennoch Tatsache: in meinem Leben war ein wenig Stillstand eingetreten. Meine Kinder gehen ihren Weg ohne viel Mühe, unterstützt von einem gesunden Naturell; und ich habe sie so erzogen, daß ihnen Selbständigkeit etwas Natürliches ist. Aber ich selbst, die ich noch nicht weit über die Vierzig hinaus bin, fühle mich noch zu jung, um bereits Zuschauerin zu sein. Und da kommt nun dies verlassene Mädchen zu mir. Wissen Sie, wie mir zumute ist? Als wär' ich noch einmal Mutter geworden und hätte ein spät gekommenes Kind zu hegen und zu betten. Wie das beglückt, das kann nur eine Mutter nachfühlen. Alles, was an Liebe – ach, das Wort Liebe reicht da gar nicht aus! – was an Opferkraft und Hingebung in uns Frauen lebt, bricht bei solchem Anlaß aus. Man könnte sein Blut hingeben, um so ein süßes, so ein hilfloses Geschöpfchen vom Untergang zu retten.«

Die stattliche Frau, die da mit starken Hüften, kräftigem Brustbau und ungebleichtem Haar in einem weiten, mattblauen, mit schwarzen Spitzen besetzten Sommerkleid durch den Garten schritt, hatte Tränen in den Augen.

»Sie scheinen immer so ruhig, Frau Frank«, setzte Viktor mit achtungsvollem Tone das Gespräch fort. »Aber ich glaube, Sie haben doch auch Ihre stille Wunde.«

»Man spricht nicht darüber«, erwiderte sie einfach, tupfte mit dem Taschentuch zweimal über die Augen und steckte es wieder in den Busen. »Ich habe schon vor Jahren meinen Gatten verloren, noch in der Vollkraft meines Lebens. Ich hing mit ganzer Seele an ihm und war gern Mutter. Kurz vor seinem Tode hatten wir ein bildschönes fünfjähriges Mädchen an den Blattern sterben sehen. Ein Jahr zuvor meinen Bruder, einen blühenden Offizier. Schon im Anfang unserer allzu kurzen Ehe waren uns beide Eltern gestorben. Lieber Viktor, da wird man still und ernst. Die Kämpfe, die eine kräftige und gesunde Frau durchmacht, wenn sie sich mit einigen dreißig Fahren Witwe sieht, das weiß nur eine Frau, die dergleichen erlebt hat, und Gott allein. Jetzt ist's überstanden. Aber wenn ich ein so herziges Geschöpf wie diese Addy in die Arme nehme, so spüre ich, wie jenes Überwundene wieder in mir aufweint und herauswill. Ich drücke in ihr meinen Gatten ans Herz und mein totes Kind und alle ungeborenen Kinder und begrabenen Hoffnungen. Das liebe Wesen! Der Himmel hat mir's geschenkt.«

Die innig bewegte Mutter schwieg. Ihrem Begleiter war zumute, als hätte er einem Gottesdienst beigewohnt.

»Es ist in jedem tieferen Menschen ein Geheimnis verborgen«, begann Viktor nach einem Weilchen zu philosophieren. »Der eine trägt es in sich als verklärtes Leid, der andere als wertvolle Erinnerung, der dritte als geheime Liebe, religiöse Hoffnung oder dichterische Ahnung von einem höheren Zustand. Es wird wohl alles dies zusammenwirken. Dahin ziehen wir uns zurück aus der Außenwelt und stärken uns daran und unterreden uns mit den dort wohnenden reinen Mächten. Bei Ihnen bricht's jetzt als aufgesparte Mutterliebe heraus. Meine Kämpfe waren andrer Art. Sehen Sie sich einmal diesen Ring an: den hat mir mein Vater geschickt, ehe ich nach Jena ging. Entsinnen Sie sich, daß Sie ihm diesen Ring eingepackt haben?«

Frau Johanna entsann sich dessen.

»Ich habe mich sehr darüber gefreut«, fuhr Viktor fort. »Denn indem Papa Sie in seinem Briefe erwähnte, stellte sich mir eine Gedankenverbindung her, die mir stärkend war. Ich dachte an Nothau, wo ich Sie kennen gelernt habe, und dachte an Pfarrer Oberlin. So habe ich denn diesen einfachen Bergkristall einsetzen lassen, den ich einmal im Granit bei Waldersbach gefunden habe; und ließ ein Leitwort eingraben – sehen Sie, da steht es inwendig um den Ring herum.« Viktor hatte den Reif abgezogen und ihn dargereicht. Sie las: »*Durch Reinheit stark.*«

»Ein schönes Wort, Viktor.«

»Ein lichtes Herz, das die Sonne rein und kräftig widerspiegelt, scheint mir der schönste Besitz«, erwiderte Viktor, den Reif wieder an den Finger steckend. »Ich will den Ring meiner Braut schenken, falls ich mich einmal verloben sollte. Dieser Spruch ist noch kein Zustand, sondern vorerst nur ein Ideal. Ich bin nach Jena fortgelaufen, um dort dem Ideal näherzukommen. Doch ich weiß nicht, ob ich schon über den Berg bin.«

Frau Frank blieb stehen.

»Sie haben mir vorhin gesagt, ich hätte manches Schwere erlebt, Viktor. Das Nämliche darf ich wohl Ihnen sagen, obwohl Sie das nach außen wenig merken lassen.«

»Man spricht nicht darüber«, entgegnete er nun seinerseits mit ihren eigenen Worten. »Nur selten einmal, im Gespräch mit einem vertrauenswürdigen Menschen, freut man sich, festzustellen, daß auch andere gelitten und gekämpft, geirrt und gesühnt haben.«

»Kommen Sie«, sagte Frau Frank. »Ich höre die Mädchen. Addy ist aufgewacht.«

Als sich Frau Johanna und Hartmann dem Rasenplatz näherten und das idyllische Bildchen überschauten, wurde Viktor von einer ungewohnten und nicht schönen Empfindung flüchtig gestreift.

Der junge Albert Frank war aus dem Hause gekommen und hatte sich zu den beiden Mädchen auf den Rasen gesetzt. Der schlanke Jüngling war in bürgerlicher Kleidung; der Rock war ihm etwas zu eng und die Ärmel zu kurz, so daß der Zwanzigjährige wie ein aufgeschossener Junge von Fünfzehn aussah. Er hatte sich eben mit scherzender Galanterie auf ein Knie niedergelassen, Leonie kniete auf der andern Seite des Liegestuhls, während er nun Addys linke Hand faßte, hob Leonie die rechte – und so zogen die Geschwister das lachende Mädchen aus der liegenden Stellung in die sitzende empor. Addy schüttelte die Decke ab und stellte, auf der Seite Alberts, die Füße auf den Rasen nieder.

»*Bon soir, mes amis! Me voilà!*« sagte sie heiter mit der ihr eigenen zarten Sopranstimme, die sich eigenartig von Leonies ruhiger Altstimme abhob. »Da bin ich!«

»Aha, Leonie, und auf meiner Seite!« rief Albert lachend und klatschte in die Hände. »Siehst du, ich hab's gleich gesagt!«

Aber Leonie hatte sich über den Stuhl hinüber neben Addy geschwungen, schlang den Arm um die Gespielin und sagte:

»Was der sich einbildet! Er will mich wohl eifersüchtig machen, Addy? Aber das gelingt ihm nicht!«

»Nein, Leonie, das gelingt ihm nicht.«

In diesen Dreien hatte weder Eifersucht noch Liebelei Platz; sie waren einfache Naturen und unbefangene Herzen. Aber in Viktor war etwas aufgeflammt – nur einen Augenblick, aber schmerzhaft zu spüren – was mit Eifersucht peinlich benachbart war. Da saß nun dies überaus reizvolle und liebenswerte Geschöpf, verwandt in einigen Gesichtslinien, wenn auch gänzlich verschieden im Naturell, mit der Mutter. Ihre ebenmäßig bleichen Züge waren von einem leisen und feinen Rosenhauch überschimmert; die Augen dieses ovalen Gesichtchens, das von bräunlichen Ringellocken geschmückt war, schienen meist halb geschlossen und fast nach japanischer Art geschlitzt zu sein, überschattet von halbmondförmigen Augenbrauen und langen Wimpern, waren aber groß und von fremdartiger Tiefe, wenn sie weit offen waren; und so war auch das Lächeln, das von den Mundwinkeln auszustrahlen schien – jenes blitzartig hinfliegende und wieder erlöschende, das ganze Gesicht geheimnisvoll erhellende Lächeln – ein Wetterleuchten von jenseits der Berge, wo eine andere Sprache und Gemütsart üblich war, seltsame Gegenden enthüllend und wieder in magisches Dunkel senkend. Das längliche Köpfchen, mocht' es auch nicht groß sein, schien doch den langen Hals zu beugen, als wäre die Blume zu schwer für den schwankend feinen Stengel. So saß das Mädchen aus der Fremde zwischen den beiden gesunden Alemannenkindern, umflossen von einem faltigen, blaßgrünen Mousselinkleid, das um den Gürtel von einer breiten weißen Seidenschärpe zusammengehalten war. Als sich die vornehm zarte Gestalt erhob, stand sie wie eine ätherische Göttin zwischen den fest verkörperten Erdenkindern.

Viktor war aus dem Gebüsch getreten, als Albert jenen Triumphruf ausstieß. Es tat ihm weh. Schon Frau Frank hatte ihm ja soeben kund getan, wie völlig und gut Addy bei ihr aufgehoben sei. Nun war hier auch noch ein liebenswürdiger junger Mann, der ihr ein Gespiel werden konnte – und vielleicht mehr. Viktor kam sich wieder einmal überflüssig vor. Das Schicksal hatte ihm Addys Mutter versagt) er klagte nicht mehr, es mußte sein, es war alles zu wild und zu gesetzlos. Nun aber nahm man ihm auch die Tochter. Es tat ihm weh.

Las Addy mit dem Feingefühl der Kranken diese Stimmung auf seinem Gesicht ab? Sie hatte bei aller Langsamkeit ihrer Bewegungen eine gleichsam südfranzösische plötzliche Art, ganz rasch einem Einfall zu folgen und heftig, fast überstürzt französische Worte von den Lippen zu schütteln.

Sie trat auf ihn zu und hielt ihm begrüßend die Hand hin, indes vom Arm der weite Ärmel zurückfiel und das Armband bloßlegte:

»Sie machen Ihr ernstes Gesicht, Herr Hartmann? Sind Sie betrübt? Das sollen Sie nicht, Sie dürfen nicht traurig sein, nicht wahr, Sie sind nicht traurig?«

So sprudelten ihre Fragen.

»Er ist nicht traurig, Addy«, beruhigte Frau Frank lächelnd. »Ernst ist er ja immer. Das macht die viele deutsche Philosophie, die er studiert hat. Doch kommt, Kinder, nun wird Kaffee getrunken.«

Viktor hatte Addys Hand behalten und ihren Arm unter den seinen gezogen, Frau Johanna nahm sie am anderen Arm – und so schritten sie den Garten hinan in die Laube, wo bereits der Tisch gedeckt stand. Leonie in ihrem weißen, mit schwarzen Sammetbändern besetzten Sommerkleid war über den Rasen hin vorausgelaufen, um bei Tisch zu bedienen. Ihre Art und Anmut entfaltete sich nicht in der Ruhe, wie es bei Addy der Fall war, sondern in der geschäftig zugreifenden, nie überhastenden, lautlos sicheren Bewegung der Arbeit. Da kam denn Rhythmus in ihre etwas eckigen Formen, in ihre Hände, mit denen sie bei unbeschäftigtem Stillsitzen nicht viel anzufangen wußte; mit hausfraulicher Sicherheit handhabe sie die Kanne und wanderte, sorgsam einschenkend, um den Tisch herum, während die Mutter für »Prinzessin Addy« ein Kissen in den Lehnstuhl schob.

»Es gehört Talent dazu, mit Geschmack und Haltung von anderen bedient zu werden«, dachte Hartmann im stillen. »Addy hat dieses Talent. Sie kann mit Blicken danken und mit einer leisen Geste Höflichkeiten sagen. And wenn sie sich einmal unauffällig hinüberbeugt und ihrer mütterlichen Wohltäterin die Hand küßt, so verrät sich in dieser Bewegung allein schon eine jahrhundertalte Kultur.«

So saßen sie beisammen und bildeten eine idyllische Welt für sich.

Hartmann bezeugte kein Bedürfnis, aus diesem Gartenidyll nach Straßburg zurückzukehren. Das Unterrichtswesen war in die Brüche gegangen; Politik und Krieg verschlangen alles; er setzte sein Studium privatim fort und wartete auf bessere Zeit. Manchmal hallten Nachrichten aus der Außenwelt in den heiligen Hain dieser schöngestimmten Menschen, die ihren Sommeraufenthalt recht lang in den Herbst hinein zu verlängern gesonnen waren. Der Maire Goepp vom benachbarten Heiligenstein oder der Friedensrichter Kuhn aus Epfig waren Freunde des Hauses und trugen gelegentlich Neuigkeiten heran. Im übrigen blieb man in Stube und Garten, am Klavier und im Bücherzimmer; und wenn man ausging, so wanderte man durch die Weinberge bis zu den Hagebutten des Waldes empor, der die Höhen krönt und von wo die Burgen Andlau und Spesburg nebst den südlichen Vogesen sichtbar werden. Addy galt, selbst bei den Kutschersleuten, als »Besuch aus Kolmar« und als »Verwandte des Hauses«. Sie sprach mit elsässischer Schattierung und französischen Brocken ein ziemlich gutes Deutsch; sie hatte manches Buch in dieser Sprache gelesen und manchen deutschen Brief in den letzten drei Jahren an ihren Freund Viktor Hartman geschrieben – aber niemals abgesandt.

Dieser Freund Viktor Hartmann hatte keine Ursache, auf jemanden eifersüchtig zu sein. Stillschweigend räumten ihm die drei anderen seine offensichtlich bevorzugte Stellung bei Addy ein. Es war ihnen dies etwas Selbstverständliches. Als die Geschwister bald hernach, in einer ähnlichen Situation wie damals auf dem Rasen, scherzhaft stritten, auf welcher Seite des Stuhles Addy aufstehen würde, beteiligte sich auch Viktor an dem Spiel und stellte sich mit ausgebreiteten Armen vor den Stuhl. Mit einem Male sprang das Mädchen nach vorn ab und flog in seine Arme. Aber die Bewegung war so heftig gewesen, daß ihr Herz stürmisch zu klopfen begann; sie erblaßte, und ihr Kopf sank an Viktors Schulter. And während die Geschwister, einander auslachend, mit den Decken nach der Laube vorausgingen, sagte Addy leise zu dem erschrockenen Freund: »O, wie mein Herz klopft! Fühlen Sie nur!«, Zart legte sie seine Hand an ihren jungen Busen – und er vernahm entsetzt ein heftiges Pochen.

»Das wollen wir nicht wieder tun, Addy«, sprach er besorgt. »Ich weiß auch ohne solche Proben, daß Sie meine gute Freundin sind und mich ebenso liebhaben, wie Sie die drei andren lieben, nicht wahr?«

Sie blieb stehen, schlug ihr großes Auge zu ihm auf und flüsterte innig:

»Viel lieber!«

Viktor drückte als Antwort ihren Arm fester in den seinen. Es durchströmte ihn unter diesem Blick und Wort ein unbeschreiblich

Glücksgefühl, vermischt mit einer jähen Ahnung. Indem sie zur Laube schritten, kam ihm plötzlich eine intuitive Erkenntnis, die ihn zu überwältigen drohte. So hatte einst die Mutter dieses Kindes seine Hand an ihre Brust gezogen – aber in leidenschaftlichem Aufruhr, an eine vollwogend gesunde Brust, auf der ein Blutstropfen glühte, und hinter der ein nicht minder glühendes Blut nach Glück verlangte. Und an Addys auffallendes Verhalten in jenem Sommer zurückdenkend, stieg ihm mit einem Schlage die Gewißheit auf, daß in diesem Mädchen damals schon ein unendlich zartes Gefühl erwacht sei, durch das sie jetzt vollends mit ihm verbunden war. Nun war es ja nur noch ein Schritt zu der weiteren Gewißheit: daß die Mutter dies Gefühl ihrer Tochter bemerkt habe – daß sie aus diesem Grunde mit dem Kinde nach Paris entflohen sei – in den Kerker, in den Tod!

Mit Wucht fiel ihm diese Erkenntnis auf die Seele. Und in diesen Tagen, während er solche Qualen zu verarbeiten hatte, drang die Kunde von den grauenhaften Pariser Septembermorden nach Barr und warf seine Gefühlswelt vollends um. Der massive, stürmische Danton, dieser lasterhafte Mirabeau des Pöbels, hatte dort zu Paris das furchtbare Programmwort ausgegeben, daß man mit dem »terreur«, mit dem Mittel des Schreckens, die Feinde der Republik einschüchtern müsse. Man fing damit an, daß man in drei Tagen und Nächten die Gefangenen der Pariser Kerker hinschlachten ließ!

Viktor war rasend. Fieberhaft stürmte er zu den Kutschersleuten und hielt mit der Familie Frank einen geheimen Rat ab: vor Addys Ohren nichts, aber auch nichts verlauten zu lassen von der greuelvollen Schlächterei. Man hatte es schon bisher vermieden, von den Pariser Gefängnissen zu sprechen; wenn auch mancher Schatten in die Gespräche fiel, so war doch immerhin noch Hoffnung gewesen. Von jetzt ab war Hoffnung ausgeschlossen. Man erfuhr Genaueres über das wahnwitzige Blutbad. Es konnte kein Zweifel mehr sein: in einem Winkel der Abtei, zwischen Haufen von Leichnamen, lag auch die schöne, kleine, lebensprühende Marquise, von einer breiten Pike brutal durchstochen! Und an der Stelle, wo einst ein reizvoll in das Liebesspiel verwobenes Blutströpfchen geglüht hatte – klaffte nun der tödliche Blutfleck!

Adelaide war schon schlafen gegangen, als der alte Goepp das Entsetzliche erzählte. Man hatte ihr in ihrem Schlafzimmer, mit taktvoller Rücksicht auf ihre Religion, ein Weihwasserkesselchen mit einem

Kruzifix angebracht. Sie pflegte jeden Morgen und Abend sich zu be-
kreuzigen und für ihre Mutter und Freunde zu beten. Viktor, der nach
Goepps Weggang bei Frau Frank in der Dämmerung saß, hatte just
vorhin einiges von diesem zarten Kindergebet vernommen und war
aufs tiefste bewegt. Er verhüllte das Gesicht, er stöhnte aus Herzens-
grund. Der Schein des Kaminfeuers griff empört an den weißgetäfelten
Wänden empor und neigte sich wie tröstend über die zusammengebro-
chene Gestalt. Auch Frau Frank saß betäubt und starrte in das glühende
Holz.

»Gut also!« rief endlich Viktor, sprang auf und lief hin und her.
»Das war also wieder ein Phantom! Die glorreiche, liebenswürdige,
ritterliche Nation der Franzosen beschmutzt sich abermals! Hat sie
nicht schon eine Bartholomäusnacht in ihren Annalen zu verzeichnen?!
Nun auch noch die Septembermorde! Paßt auf: jetzt kommt die Königsfamilie dran! Paßt auf: und unser Maire Dietrich endet im Blut!
Und alle Edlen enden im Blut – denn in Frankreich regiert die Bestie!«

»Wir wollen von näheren Dingen sprechen, lieber Viktor«, sprach
Frau Frank nach einem langen Schweigen leis und traurig. »Wir haben
hier ein Mädchen unter uns, das ans Land geworfen ist aus diesen
wüsten Gewässern, wie Sie einmal gesagt haben. Ich will nicht indiskret
sein, Viktor. Aber es ist nun ein neuer Zustand eingetreten; Addy ist
Waise und fortan mein Kind. Lassen Sie sich nun einmal ganz ruhig
folgendes erzählen. Heute früh, als ich mit Albert und Leonie allein
war – Addy schlief noch –, kamen wir, ich weiß nicht wie, auf den
Ring zu sprechen, den Sie am Finger tragen. ›Es ist mir fraglich, ob
sich Hartmann jemals verheiraten wird, warf Albert hin; ›er ist ein
viel zu ernster Einsiedler‹ Drauf Leonie verwundert: ›Aber das ist doch
klar, daß er sich verheiraten wird! Ihr Männer seid recht blind‹ –
›Wieso? Mit wem denn?‹ – ›Aber doch natürlich mit Addy!‹ – ›So,
so‹, sagte der Junge und schwieg. Und heute mittag, nachdem er den
Vormittag verdüstert herumgelaufen, kommt Albert plötzlich zu mir
und sagt mit etwas gekünstelt forscher Heiterkeit, daß sein Urlaub zu
Ende sei. Lieber Viktor, es kommt mir unzart vor, diesen Punkt zu
berühren. Ich hab's auch Leonie verwiesen, solche Dinge zu sprechen.
Aber Sie sehen daraus, daß da irgendwo etwas Unklares oder Unge-
sundes oder Sentimentales steckt, nennen Sie's, wie Sie wollen. Und
ich denke doch, wir wollen alle ganz klar miteinander stehen. Es ist
darum gut, daß mein Junge wieder zum Regiment geht; er fing mir

an, weichlich zu werden. Um eine interessante und liebenswerte Leidende wie Addy ist immer ein wenig Gefahr der Verweichlichung. Ich spreche nicht lieblos, Viktor, denn Sie wissen, was mir dies Kind ist. Aber darum möchte ich deutlich sehen, wie Sie – nun, lassen Sie mich's stracks heraussagen: wie Sie zur Mutter gestanden haben und wie Sie zu dem Kinde stehen. Ist es unzart?«

Viktor blieb stehen und schaute die mütterliche Freundin offen und entschieden an:

»Mein Entschluß ist gefaßt, liebe Frau Frank! Diese wahnsinnige Panik im jetzigen Frankreich kann ich mir nur durch die Kriegsangst erklären. Dem Herzog von Braunschweig und seinem hochmütigen, drohenden Kriegsmanifest danken wir nicht wenig von dieser schändlichen Verwirrung. Fetzt gilt es, den Feind abzuwehren und das innere Land zu entlasten. Dort an der Grenze, dort ist noch eine Möglichkeit, dem Vaterland in reiner Weise zu dienen. Albert und ich gehen gemeinsam zur Armee. Nicht zu den spielerischen Bataillonen der Nationalgarde, sondern in das Linienregiment, wo Albert seine Kameraden hat. Dieses Zusehen hier in der Stille macht wahnsinnig. Nicht lange, so brechen die Preußen und Österreicher über das Elsaß her – und wir erleben hier im Lande, hier in Barr vielleicht, dieselben Schlächtereien wie dort in Paris.«

Er ging mit heftigen Schritten durch die rötlich matte Beleuchtung des Zimmers, während Frau Frank schweigend am Kamin in ihrer Decke saß.

»Und dann«, fuhr er fort, »will ich Ihnen auch über das andre Klarheit geben. Hören Sie also: Addys Mutter hatte mich lieb; Addys Mutter hat mich mit der Bitte beehrt, ihrem Kinde ein väterlicher Beschützer zu sein. Eine Liebe, die mehr wäre als zarteste geschwisterliche Freundschaft, ist also der Tochter gegenüber völlig ausgeschlossen.«

Und sich neben die reifere Freundin auf einen Stuhl werfend, fuhr er erregt und leiser fort:

»Sie sind die erste, Frau Johanna, mit der ich über diesen Gegenstand spreche. Auch Sie muß ich um Verzeihung bitten, daß ich überhaupt unritterlich genug bin, dies zu berühren; denn es handelt sich um eine Frau und um eine Tote. Mag manches in meinem unreifen Leben Verirrung sein – nun, in Gottes Namen, ich beuge mich in Demut. Aber sagen muß ich: für mich waren manche Verirrungen entscheidende Erlebnisse, die in ihren Wirkungen dennoch schließlich Tapferes bei mir auslösten, so daß ich ohne sie nicht der Mensch wäre, der ich heute bin oder wenigstens zu werden hoffe. Im übrigen haben Sie das Wort gelesen, das hier in meinem Ring steht. Zweifeln Sie nicht daran, es ist mir damit heiliger Ernst!«

»Ich danke Ihnen, Viktor«, antwortete die Witwe. »Noch eins freilich muß ich hinzufügen: und Addy? Wir müssen da vorsichtig sein. Ein Mädchenherz, besonders unter so ungewöhnlichen Verhältnissen, träumt sich leicht in etwas hinein, was nachher schwer wieder auszuwischen ist.«

Hier aber war die sonst so taktvolle Frau zu weit gegangen. Viktor fuhr fast zornig empor.

»So lassen Sie ihr doch das bißchen Träumen! So lassen Sie ihr doch das Restchen Glück! Wollen Sie denn an dies sterbende Kind denselben Maßstab anlegen wie an ein gesundes Bürgermädchen?! Und selbst wenn mich Addy ein wenig mehr verehren sollte, selbst wenn sich Bräutliches in ihrer reinen Seele regen sollte – – o Himmel, Frau Frank, lassen Sie doch mir und lassen Sie Addy dies unvergleichlich zarte Verhältnis! Oder trauen Sie mir nicht den nötigen Takt zu? Glauben Sie mir, es ist das Reinste, was ich je erlebt habe! Und ich weiß keinen schöneren Weg der Entsühnung, als diesem Kinde innig gut sein zu dürfen bis in den Tod!« Seine vibrierende sonore Stimme drohte unter den Erschütterungen des Tages in ein grimmiges Weinen überzugehen. Man hatte sein Heiligtum angetastet.

Er verließ das Zimmer. Aber die Freundin eilte ihm nach.

»Viktor!« rief sie, mit beiden Händen seine Rechte fassend, »ich bin in meinen Sorgen um das Kind kleinlich geworden, verzeihen Sie mir! Es soll ganz so bleiben, wie es bisher war. Schöner kann es nicht sein. Ich vertraue Ihnen von ganzem Herzen. Und kein Wort mehr über diese zarten Dinge!«

Der Erregte beugte sich herab und küßte Frau Franks bürgerliche Hände. Dann lief er hinaus, um sich auf einem Spaziergang durch die traurig herandämmernde Herbstnacht zu beruhigen.

Im Spätsommer 1792 begann zu Paris das Werk der Guillotine. Von jetzt ab kam sie auf Jahre nicht mehr außer Übung. Die Konventswahlen fielen in jakobinischem Sinne aus; Frankreich wurde am 22. September zur Republik erklärt. In der Kanonade von Valmy donnerte

Kellermann die schwerfällig durch unermeßliche Regengüsse watenden Preußen zurück. Speier fiel in Custines Hände.

Albert, dessen rosige Gesundheit sich rasch wieder zu frischer Natürlichkeit des Benehmens zurückgefunden hatte, war eines Morgens verschwunden, nachdem er tags zuvor durch Andeutungen Abschied genommen.

»Wenn ich zur Armee abmarschiere«, hatte er gesagt, »wird nit lang g'heult. Eines Morgens findet ihr das Nest leer, und auf dem Tisch liegt ein Zettel: Adje bisamme!«

Und so geschah es. Nur lag auf dem Tisch kein flüchtiger Zettel, sondern ein warmherziger Brief, zum Vorlesen bestimmt, mit einem besondren Papier für die Mutter allein. Frau Johanna war sehr still. »Er wird als braver Soldat seine Pflicht tun«, war alles, was sie sagte.

Dann reiste auch Viktor nach Straßburg, um seine Prüfungen abzuschließen und hernach gleichfalls in die Armee einzutreten. Aber ihm widersetzte sich der alte Hartmann mit Entschiedenheit. »Du bist Nationalgardist – das ist einstweilen genug! Exerziere du auf der Metzgerau, in der Zitadell' und auf den Wällen – und warte, bis man dich bei der Armee braucht! Ich hab' nur *einen* Sohn.« Viktor brach den Streit hierüber ab, nahm seine Studien und Privatstunden wieder auf, diente straff in der Bürgerwehr und bezog seine Wachen. Die andren soldatischen Gelüste ließ er sich scheinbar ausreden. Und die Professoren, die er besuchte, bestärkten ihn darin. Es fanden sich glücklicherweise ruhige Inseln inmitten der haßvollen Unruhe. In Blessigs geselligem Kränzchen ward er wieder zum Griechischen und zur Beschäftigung mit schöner Literatur ermuntert. Durch Freund Redslob fand er bei Türckheims Zugang. Hier war, unter Frau Lilis milden Augen, auch jetzt noch eine edle Geselligkeit im Schwange; man trug vor und musizierte, man sprach über Kunst und Literatur, über Politik und Religion. Künstler wie der Maler Guérin, der freilich meist zu Paris lebte, oder der Bildhauer Ohnmacht, Gelehrte wie Koch, Blessig und Haffner waren im Hause des Bankiers Türckheim beliebte Gäste.

Und sehr befreundet fühlte sich Viktor mit dem Professor Johannes Hermann, einem langen, hageren, lebhaft tätigen Naturforscher von bemerkenswerten Verdiensten, und dessen talentvollem Sohne, der soeben das medizinische Doktorexamen abgelegt hatte. Hier bei Hermann, im Naturalienkabinett, im Studium der Kräuterkunde, der

Zergliederungskunst, der Chemie, auf wissenschaftlichen Exkursionen in die botanische Umgebung – hier, in so sachlicher Arbeitsstimmung, vergaß er oft gänzlich seiner persönlichen Gefühle und Gefühlchen. Und vergaß die strenge Frage, die in seinem Geiste immerdar hochaufgerichtet am Horizonte stand: die Frage nach Sinn und Geheimnis des rätselvollen Lebens überhaupt und nach der Pflicht des Grenzlandbewohners im besonderen, bei so verwirrendem Sturmwind aus Westen – die Frage nach seiner eigenen Stellungnahme zwischen politischem Zwang und seelischem Ideal.

Und doch verhehlte er sich nicht, daß ein Tieferes in ihm nach Ausdruck und Vollendung rang. Philosophie? Er wappnete sich seit Jena damit. Wissenschaft? Er hatte davon die Fülle. Kunst und Literatur? Er legte Wert auf Geschmacksbildung. Aber da war noch ein Tieferes – jenes Etwas, was vom Gedanken an das Steintal so wohltuend ausstrahlte, was ihn mit der Stille des Frankschen Hauses so wohltuend verband. War dies Tiefste dem *Religiösen* verwandt? Auch an religiösen Anregungen fehlte es nicht. Es war in den Kreisen um Blessig oder Türckheim eine veredelte Religiosität, wie er sie schon in Kolmar und Birkenweier geschätzt hatte. Sie legte ihren Schwerpunkt auf die Tugend; sie übte sich in Achtung vor der Kirche.

Wenn Viktor in der Thomaskirche am Sonntagmorgen neben dem Vater im Kirchenstuhl stand, indessen der steinerne Bau unter der Wucht der Orgel erzitterte, so ward er, auf die würdevollen Nachbarn um sich blickend, an die großen kirchlichen Zeiten dieser Stadt erinnert. Die grauen Köpfe, die da in feierlicher Haltung die Bänke entlang standen, hatten Ernst in ihren Mienen und Würde in ihrer Haltung; ihre Gestalten paßten zum Orgelklang und zum Dröhnen der ehernen Glocken. In diesen Elsässern war die große Tradition des bürgerlichen Christentums spürbar, es waren verkörperte Proteste gegen den Carmagnolentanz des Zeitgeistes. Und wenn Viktor Fugen von Meister Bach vernahm – feste Grundmelodie, kunstvoll umrankt von beherrschter Phantasie –, so schienen ihm die revolutionären Zeitgenossen diesem Manne gegenüber wie schwatzende Buben.

Viktor Hartmann war keine theologische Natur, kein Dogmatiker; das hatte sich während seines Theologiestudiums deutlich erwiesen. Aber sein Wesen war auf Ehrfurcht eingestellt; er brauchte Liebe; er fühlte sich nur wahrhaft lebenswarm im schöpferischen Element der gebenden und empfangenden Güte. Und das »höchste Gut« war ihm Gott.

Aber das Wirken in diesem Sinne war ihm unterbunden; denn rund herum war die Welt auf Haß gestimmt ...

Spät im Herbst, als der Garten entblättert lag, war Frau Frank mit den beiden Mädchen zögernd und ungern in die verwildernde Stadt zurückgekehrt.

Regendüstre Tage! Schon am 27. September, als zu Straßburg die soeben ausgerufene Republik mit Trommelschlag, Umzug und Illumination gefeiert werden sollte, versagte der Himmel seine Erlaubnis zur Beleuchtung des ehrwürdigen Münsters. Der alte Dom, geschaffen von gläubigen Geistern, verhielt sich dunkel und düster; Regen peitschte sein vielzackig Gestein; Weststurm pfiff durch die Lücken und Lichtungen des hochstrebenden Baues. Die Fahnen hingen in Fetzen; Trommeln und Trompeten klangen unfreudig; nur die dumpf dröhnenden Kanonen auf den nassen Wällen bedeuteten die eigentliche Feststimme, die fortan diesem ehernen Zeitalter gemäß war.

Die Bürger waren trüb und ahnungsvoll. Als man ihnen erlaubte, bei den Neuwahlen der Munizipalität frei zu wählen, also auch die Entlassenen vom 27. August wieder zu berufen, machten sie gründlich von diesem Rechte Gebrauch. Kein einziger Jakobiner kam in den Straßburger Gemeinderat. Zum Bürgermeister aber wählten sie Dietrichs Freund, den Bankier Bernhard Friedrich Türckheim, Lilis Gatten.

Dietrich hatte sich inzwischen, im Vertrauen auf sein reines Gewissen und auf ruhigere politische Lage, in Hüningen gestellt. Er wollte es verhüten, daß er auf die Emigrantenliste gesetzt und daß dadurch das Vermögen seiner Familie staatlich eingezogen wurde. Ein Offizier begleitete ihn nach Paris. Dort war man auf eine so freimütige Rückkehr nicht gefaßt; die neugewählten Gesetzgeber wußten gar nicht, warum eigentlich der frühere Maire von Straßburg angeklagt war. Aber Dietrichs Gegner, darunter der radikale Elsässer Rühl, ein Mitglied des Parlaments, trugen ein neues Anklageheft zusammen. Zum Verdruß der Jakobiner schickte man den Gefangenen nach Straßburg zurück, damit er dort gerichtet werde.

Im Gasthof zum Geist, wo sich Herder und Goethe zum erstenmal gesprochen hatten – grade gegenüber dem Nikolausstaden, wo einst sein Ahnherr Dominikus eine leidgeprüfte Seele ausgehaucht –, nimmt

Dietrich vorläufige Wohnung, bis das für ihn bestimmte Gefängnis in Stand gesetzt ist. And nun bekundet sich Straßburgs Dankbarkeit. Täglich strömen Besucher aus und ein, die dem gefangenen Ex-Maire dankend die Hand zu schütteln das Bedürfnis haben, die sich nun erst recht zu ihm bekennen, die ihm Blumen bringen und dafür sorgen, daß Straßburgerinnen sein Essen bereiten, denn – man fürchtet Gift. Und der neue Maire Türckheim ist männlich genug, in seiner Eröff-nungsrede auch seines Freundes zu gedenken: »Entrissen ist er aus unserer Mitte, der Unerschrockene, der unsre Ruhe und an den Rheinufern die französische Revolution gesichert hatte.«

Unter den Besuchern waren auch Hartmann und sein Vater. Sie fanden den Gefangenen in einer edlen Fassung; bei ihm war seine Gattin, die fortan seine Gefangenschaft zu teilen gesonnen war. Es wurde nur weniges gesprochen; man freute sich über die Anhänglich-keit der Straßburger. Und Frau Luise sagte wehmütig lächelnd zu Viktor: »Was für unmusikalische Zeiten, nicht wahr!«

Als sie das Haus verließen, hatten sie einen rührenden Anblick, der viel Volk zusammenrief. In langer Prozession wanderten die Waisen-kinder zu dem eingetürmten Maire, um ihm zu danken für das viele Gute, das er ihnen während seiner Amtsführung erwiesen hatte. Der alte Hartmann, als er den langen Zug dieser kleinen Menschenkinder sah, wischte sich die Augen und sprach den ganzen Abend kein Wort mehr.

Aber die Jakobiner schäumten. Diese Veranstaltungen, die durchaus wieder im Geiste der Dietrichschen Epoche gehalten waren, suchten sie als eine wohlberechnete Komödie verächtlich zu machen. Gleich-wohl spürten sie erbittert, daß es im Grunde elementare Ausbrüche des altreichsstädtischen Bürgergeistes waren. Sie entsandten Deputierte nach Paris; sie verlangten, hinweisend auf diese Protestkundgebungen, daß Dietrich nicht in Straßburg gerichtet werde, da hier Befangenheit oder Aufruhr zu befürchten wären, sondern in gesicherter Stadt des Innern – in Besançon, das gut jakobinisch war, in Besançon, wo Dietrichs Feind Karl von Hessen als Platzkommandant Einfluß besaß! Außerdem forderten sie neue Kommissäre, die den Straßburger Ge-meinderat sichten sollten.

Es war wider alles Gesetz. Aber nicht das Gesetz herrschte, sondern die Partei. Und so wurde ihrem Wunsche willfahren.

Dietrich wird nach Besançon gebracht; seine Gattin begleitet ihn und teilt mit ihm das Gefängnis. Und es kommen nach Straßburg die neuen Kommissare Rühl, Dentzel, Couturier, die den vom Volke gewählten Gemeinderat einfach wieder absetzen.

Am 21. Januar aber donnert die Nachricht in diese aufregenden Gewaltsamkeiten hinein: sie haben den König guillotiniert! Jetzt legt es sich wie Erstarrung über die alte Stadt am Rhein. Die von den Kommissaren an Stelle der widerrechtlich abgesetzten Mitglieder neu ernannten Vertreter der Bürgerschaft weigern sich, soweit sie nicht Jakobiner sind, einer solchen Regierung zu dienen. Das bessert nichts; die Jakobiner besetzen nun auch diese Stellen mit den Ihrigen. Und an die Spitze des Gemeindewesens setzen sie, an Stelle des vornehmen Türckheim, den noch nicht fünfundzwanzigjährigen Savoyarden Monet, der kein Wort Deutsch versteht. Die Stadt Straßburg ist jakobinisch.

Ebenso werden nun auch Departements-, Finanz- und Gerichtsverwaltung mit jakobinischen Elementen besetzt. Da man nicht genug Leute zur Verfügung hat, drängen sich mitunter mehrere Ämter auf dieselbe Person zusammen. Auch der zweimal vom Volke zum öffentlichen Ankläger beim niederrheinischen Gerichtshof erwählte Bürger wird von den Pariser Bevollmächtigten fortgejagt; an seine Stelle tritt Eulogius Schneider, der frühere bischöfliche Vikar. Fünfzehn der Vornehmsten unter diesen Abgesetzten sehen sich zudem in das innere Frankreich verbannt. Türckheim selbst muß sich mit Frau Elisa und den fünf Kindern nach seinem lothringischen Gut Postorf bei Finstingen zurückziehen. Jene fünfzehn aber begeben sich zornmütig vor die Schranken des Pariser Parlements und verlangen in eindringlicher Rede, daß man sie wieder nach Straßburg zurücklasse. Dies geschieht. Im übrigen – bleibt alles, wie es die Jakobiner bestimmt haben.

Und am Ostersonntag des Jahres 1792 war es, als die Stadt Straßburg zum ersten Male mit einem Instrument bekannt gemacht wurde, das in Paris bereits seit Monaten in blutiger Tätigkeit war. An diesem Auferstehungstage errichtete man auf dem Paradeplatz, unweit vom Gasthof zum roten Hause, die Guillotine. Drei Bauernburschen aus der Gegend von Molsheim, die bei der Einberufung zum Militär Zusammenrottungen angeführt hatten, wurden enthauptet.

Die Elsässer konnten es kaum glauben. Sie strömten von Stadt und Land herbei, um sich von dem widernatürlichen Schauspiel zu überzeugen. Alle Gassen und Gäßchen, die dort münden, alle Fenster und

Dachluken, die wie runde schwarze Augen auf den sonst militärisch belebten Platz zu schauen pflegen, waren mit Menschen besetzt. Langsam, unter eintönig abgehacktem Trommelgeräusch, nahte der unglückselige Zug. Voraus ritt, in blauer Uniform und roter Schärpe, Pistolen im Gürtel, den Säbel in der Hand, einen Federbusch auf dem Hut, der ehemalige Geistliche Euloglus Schneider. Dann wurden, zwischen Soldaten, die das Gerüst umstellten, die drei gebundenen Jünglinge herbeigeführt, die ersten Revolutionsopfer im Elsaß. Hinter ihnen schlich ein Trupp Mitgefangener, die zwar meist freigesprochen, aber doch noch gezwungen waren, das Schicksal der Rädelsführer aus unmittelbarer Nähe mit anzusehen. Man hatte den drei Verurteilten, um den Eindruck zu verstärken, Trauerflore um die weißen Hemdärmel und an die Mützen gebunden. Die Schlachtopfer blieben standhaft, küßten das Kruzifix und legten sich unter das Fallbeil.

Eulogius winkte, die Beilschläge dröhnten, die Trommeln fielen ein – und der Scharfrichter hob die abgehackten, bluttriefenden Häupter in die Ostersonne. Spärlich erklang, nach Pariser Vorbild, der Ruf: Es lebe die Republik!

Die Masse auf Platz und Dächern stand in eisiger Betäubung. Man hatte Adelaide den Winter über mit ausgesuchter Zartheit behütet. Hartmann erinnerte sich nicht, jemals ein so feingestimmtes Weihnachtsfest gefeiert zu haben. Tante Lina zerging in Tränen der Rührung; man sang alte deutsche Weihnachtslieder, man las das schlicht-erhabene Evangelium der Liebe. And Viktor hatte mit Frau Frank zusammen sein erfinderisches Gemüt angestrengt, um bei der Auswahl der Geschenke Nützliches mit Sinnigem zu verbinden.

Aber in den Ostertagen griff Niedrigkeit in diesen reinen Bezirk. Die Zwillinge, sonst in ihrem Hinterhof hausend, pflegten durch eine Seitentür aus und ein zu gehen, die in ein Gäßchen lief. Die Ankunft der fremden Schönheit lockte sie mehr und mehr ans Hoftor; dort lungerten sie herum, mehlbestäubt und mit aufgestülpten Hemdärmeln, um die beiden Mädchen recht nahe zu sehen und womöglich ein Späßchen zu wagen. Viktor kam rasch dahinter; dem sonst so friedfertigen Gelehrten schoß das Blut zu Kopf, und er flammte die Burschen übel an.

»Die Zwillinge werden frech«, sprach er zornig zu seinem Vater. »Schon die Blicke dieser Kerle beschmutzen. Hast du keine Augen im

Kopf, Papa, und siehst nicht, wie sie jahraus, jahrein dahinten Lieder-lichkeiten treiben? Setz die Sippe vor die Tür!«

»Solang sie zum Hintertürchen aus und ein gehen«, knurrte der Alte, »hab' ich nichts einzuwenden. Jetzt aber wird's mir freilich auch zu scheckig. Die Alte sitzt in jedem Jakobinerklub auf der Tribüne und schimpft auf die Aristokraten. *Die* ganz besonders geht mir auf die Nerven.«

Jener blutige Ostersonntag wühlte die Phantasie der niederen Seelen auf und entsetzte die vornehmeren Naturen. Alle Welt sprach von der Guillotine; die Cafés und Wirtshäuser strotzten von erregten Gästen. Und am Ostermontag, als die beiden Mädchen von einem stillen Gang nach dem Münster, wohin Leonie die katholische Freundin zu begleiten pflegte, zurückkamen, drang die Gemeinheit auch in Addys heiligen Bezirk. Die Brüder Hitzinger, reichlich betrunken, kamen gleichzeitig mit den beiden Freundinnen am Hoftor an, und der eine rief dem vornehmen französischen Mädchen erst auf elsässisch, dann, damit sie's nur ja verstehe, in mangelhaftem, aber verständlichem Französisch zu, ob die Citoyenne das Spielzeug auf dem Paradeplatz gesehen habe? »So haben sie's deinem Papa und deiner Mama gemacht«, johlte der Tropf, »den Kopf herab! A-bas la tête! So geht's dir auch noch, Mamsell! Ça ira, ça ira, de-n-Aristokrate de Kopf ›era‹!«

Totenbleich kam Addy nach oben. Leonie weinte und streichelte die Freundin.

»Ist es wahr? Haben sie's so meiner Mutter gemacht?!« schrie das Kind unter durchdringendem Schluchzen und klammerte sich an Frau Frank. »Und geschieht das auch mir?«

Frau Frank erschrak auf den Tod. Sie nahm das erregte Mädchen in die Arme, hauchte ihre eigene Kraft der vom Herzkrampf geschüt-telten Kranken ein, wiegte sie zärtlich und brachte endlich die erschöpft Eingeschlummerte zu Bett. Dann ging sie zum alten Hartmann hinun-ter und erzählte den Vorfall.

Der alte Herr hatte tagsüber geschwankt zwischen Neugier und Zorn, bis die Neugier den Sieg davongetragen hatte. Vom Fenster eines Freundes aus hatte er die Hinrichtung mit angesehen. Die Zeremonie, der abtrünnige Geistliche auf dem Gaul und der standhafte Tod dieser drei Jünglinge hatten ihn auf das kräftigste erschüttere. Er hatte sich bei Freunden leichter zu reden gesucht; aber sein ehrlich Gemüt rang umsonst nach Gleichgewicht.

Und nun kam Frau Frank. Als er die Roheit vernommen, brach das Wölfische seiner Natur mit Ungestüm heraus. In Filzschuhen und Hausrock stürmte der Alte die Treppe hinunter, traf in der Wohnstube der Bäckersleute nur den kränkelnden Alten und sein Weib und donnerte sie mit den wildesten alemannischen Flüchen an. »Am ersten Juli geht ihr Pack mir aus dem Haus! Ihr Pack, ihr Lumpenpack, ihr Bagage! Wo steckt der liederlich' Kaib?!« Er schnaubte in den Hinterhof, willens, den Schuldigen persönlich zu züchtigen; hätten die Zwillinge nicht die Türe verriegelt, es wäre wohl gar zu einem unwürdigen Faustkampf gekommen. So aber vertobte der Alte seine Wut an der Türe und ließ sich endlich von der entsetzt herbeigeeilten Schwester keuchend wieder hinausleiten. Frau Frank hatte sich zurückgezogen.

Am andern Morgen schnob die robuste Frau Hitzinger ins erste Stockwerk empor, innerlich unsicher, äußerlich dreist. Sie verlangte Rechenschaft; sie brachte persönlich die Vierteljahrsmiete und hoffte – mit der ganzen Wucht ihrer Beleibtheit auftretend, eine gewaltige Kokarde an der kecken Schneppenhaube –, Bürger Hartmann werde sie und ihre Familie um Pardon bitten. Aber sie kannte den Bürger Hartmann unvollkommen. Schon als sie ihm das Bündel Assignaten hinwarf, ward sein so wie so gerötetes Gesicht rotblau. Und nun prasselte ein wahres Schnellfeuer auf die »Jakobinerin« und die »miserable Bäckersippschaft«, die nun schon zum drittenmal mit dem schlechtesten Staatspapiergeld zahle, selber aber klingendes Geld zusammenscharre. »Da – und da! Die Hälft' davon nehm' ich nit! And am ersten Juli geht ihr mir aus dem Loch 'raus! Miserables Brot backt ihr, es ekelt einen davor, aber in den Klubs und Wirtshäusern jäschte und die rote Mütze auf den Grindkopf setze – das könnt ihr!« – ein so vernichtend Schnellfeuer, daß Frau Hitzinger unter Pulver und Rauch verschwand. Sie war dem Amerikaner nicht gewachsen.

»Dü denksch noch an unsri Assignate, Citoyen!« rief sie von unten und schwang das Papierbündel. Dann entwich sie zu ihrem kummervollen Gemahl.

Viktor erfuhr das Vorgefallene erst am Dienstag Vormittag. Er flog in Ängsten zu den Freundinnen hinauf, war aber freudig überrascht, Mutter und Tochter beim Packen und Addy zwar leidend, aber mild und müde lächelnd in ihrem Fauteuil zu finden. Sie hatte ein Blatt Papier in der Hand; Viktor erkannte seine Handschrift.

»Ich lese wieder einmal das Gedicht ›Adelaide‹ von Matthisson«, sagte sie, »das mir Herr Pfeffel in Kolmar gesagt hat, und das Sie mir abgeschrieben haben. Bitte, lesen Sie es mir vor!« Sie empfand nach der Häßlichkeit des gestrigen Tages ein gesteigertes Bedürfnis nach Liebe.

Viktor legte den Arm um die Lehne ihres Sessels und las das klangschöne Gedicht mit gedämpfter Zartheit und seelenvollem Ausdruck:

»Einsam wandelt dein Freund im Frühlingsgarten,
Mild vom lieblichen Zauberlicht umflossen,
Das durch wankende Blütenzweige zittert,
Adelaide!

In der spiegelnden Flut, im Schnee der Alpen,
In des sinkenden Tages Goldgewölken,
Im Gefilde der Sterne strahlt dein Bildnis,
Adelaide!

Abendlüftchen im zarten Laube flüstern,
Silberglöckchen des Mais im Grase säuseln,
Wellen rauschen und Nachtigallen flöten:
Adelaide!

Einst, o Wunder! entblüht auf meinem Grabe
Eine Blume der Asche meines Herzens;
Deutlich schimmert auf jedem Purpurblättchen:
Adelaide!

Beide junge Menschen waren allein in der Wohnstube. Addy atmete schwer; sie kämpfte mit einem großen Verlangen und heftete ihre meergrauen Augen unablässig auf den Freund. Plötzlich legte sie beide Arme zart um seinen Hals und flüsterte innig:

»Viktor, haben Sie mich so lieb, wie in diesem Gedichte steht?«

Der Überraschte behielt seine Fassung, löste langsam ihre Arme und erwiderte gütig:

»Addy, was haben Sie mir einmal in Barr geantwortet, als ich Sie etwas Ähnliches fragte? Wissen Sie es noch?«

»Ja, ich weiß es noch.«

»Viel lieber!« Ein Wonnelaut war ihre Antwort und abermals ein ungestümes Umklammern. Er wendete das Gesicht ab; sie küßte mit kaum merklicher Berührung seinen Hals und legte das Köpfchen an seine Brust.

»Recht ruhig bleiben, nicht wahr, Addy? Unser Liebling soll gesund werden!«

»Ja!« rief sie, »gesund werden! Und übermorgen fahren wir nach Barr! Und mein Freund kommt nach, nicht wahr?«

So endeten die Ostertage des Jahres 1793.

5. Die Jakobiner

Dämonen durchstreiften das Land und suchten ihre Opfer: Köpfe, die sie verwirren oder abhacken konnten, Herzen, die sich dem Haß oder der Furcht zugänglich erwiesen. Wo Dämonen an der Arbeit sind, haben Engel keine Stätte. Die Geister der Liebe warten, bis die düsterflammende Kraft jener Zerstörer verbraucht ist; dann treten sie in einem wunderbar milden, neuartigen Lichte hervor und richten auf, was noch der Aufrichtung zu harren fähig ist, und dienen den Menschen, die in der Prüfung standgehalten haben.

Vater Hartmann wanderte durch das Steintor in die ernste Herbstlandschaft, um auf dem Friedhof das Grab seiner Gattin zu besuchen. Er trug einen Kranz am Arm, den er selber in seinem Ruprechtsauer Garten geflochten und mit Blumen durchwoben hatte. In der schweren müden Luft standen im Westen, unter dem bleichen Himmelsgrau, die ausdruckslos verschwimmenden Berge. Der Alte dachte an die drei weiblichen Wesen drüben am Gebirge und dachte an seinen fernen Sohn.

Wenn Papa Hartmann tagsüber in seinem Garten saß, zog er mitunter die Psalmen, das Neue Testament oder Thomas a Kempis, »Die Nachfolge Christi«, aus der Tasche und las wohl auch einmal ein kernhaft Gesangbuchslied. Seine Frau hatte ihn hierin beeinflußt; sie war dem Pfarrer Lorenz in der Jung St. Peterkirche zugetan gewesen und hatte den Herrnhutern und dem Pietismus Einflüsse zu verdanken. So hatte sich seine Liebe zur Natur vermischt mit der Liebe zum Garten Gottes. Dies vollzog sich bei ihm in der Stille. Abends beim

Stammschoppen war der aufgeweckte Mann wieder der helläugige Diesseitsbürger. Nicht viele kannten seine Innenwelt.

Er hatte am heutigen Todes-Gedenktage seiner Gattin den neunzigsten Psalm gelesen. Und ahnungsvoll klangen ihm die Worte nach:

»Ehe denn die Berge worden und die Erde und die Welt geschaffen worden, bist du, Gott, von Ewigkeit zu Ewigkeit.

»Der du die Menschen lassest sterben und sprichst: Kommt wieder, Menschenkinder!

»Denn tausend Jahre sind vor dir wie der Tag, der gestern vergangen ist, und wie eine Nachtwache« ...

Vater Hartmann hatte seine weiche Stunde. Er fühlte sich sehr allein. Und er schalt sich selber ob dieser Gemütstrauer; denn dieser Charakterkopf pflegte seinem persönlichen Schicksal kühl und sachlich gegenüberzustehen. Er entdeckte denn auch bald, daß es das Schicksal der Zeit sein mochte, was so drückend über ihm lag. Und in dies Schicksal der Zeit sah er nun auch den Sohn versponnen.

Denn Viktor war auf dem Schlachtfeld. Viktor war in die Wirbel des französischen Kriegsfeuers mitfortgerissen, wie einst in die Wirbel der französischen Marquise.

Eines Tages hatte der junge Elsässer, der seine Entschlüsse im Innern zur Reife brachte und dann entschlossen hervortrat, seinen Vater zwiefach überrascht. Er trat, von der Akademie zurückkommend, im Feiertagsgewand in die Stube, bleich, abgearbeitet und stolz, und rief: »So, Papa! Fertig!« – »Womit?« – »Mit dem Examen! Kannst mich Doktor und Magister nennen; ich hab' Anatomie genug, ich darf Botanik und Naturlehre unterrichten, beherrsche Französisch, Englisch, Deutsch, habe weder Latein oder Griechisch noch Philosophie, Theologie oder Geschichte vergessen – und kann nun junge Menschen formen nach Herzenslust!« Der Alte hatte es geahnt, war aber doch auf das angenehmste verblüfft. Sie besprachen dies bedeutende Ereignis mit aufgeregter Freude. Und plötzlich sprang der Sohn, dessen Nerven noch in hoher Spannung waren, mit der zweiten Überraschung heraus: »Und jetzt, Papa, werd' ich Soldat!«

Das gab eine harte Stunde. In jenen Zeiten wurden zwar, vom Jüngling bis zum Greis, alle Männer zum städtischen Waffendienst herangezogen; aber ein Zwang zum feldmäßigen Kriegsdienst bestand noch nicht. Bürger Hartmann hatte in Geldbeiträgen Erkleckliches geleistet; er wollte nicht auch noch den einzigen Sohn opfern. Doch

Viktor war des Papieres ebenso satt wie der erbitternden politischen Zustände; und in Addys weichflutender Liebe auszuruhen, schien ihm unmännlich und für das Kind bedenklich. Hier mußte zeitweilige Trennung stattfinden. Er war dort nicht notwendig; Frau Frank war stark genug. Doch im Felde – da konnte man dem Ganzen dienen, da konnte man sich heroische Pflichten aufpacken. »Frühinsholz hat mir geschrieben und ebenso Albert. Die Hochschulen leeren sich, die Lehrer tragen den Waffenrock oder können nicht mehr bezahlt werden. Soll ich nun bei den Frauen in Barr Mirabellen pflücken und Nüsse schlagen? Soll ich auf den Wällen die Störche zählen? Du erwartest das nicht, Papa. Ist die Gefahr an den Grenzen überwunden, so kommt um so rascher Ordnung ins Land!« Dem allem war schwer zu widersprechen. Der alte Mann hielt seufzend inne, schnupfte und sprach endlich langsam und mit gleichsam belegter Stimme: »Du hast recht, aber ich habe nur dich auf der Welt. Dort in der Schublade liegen alle deine Briefe und deine Spielsachen von Kindheit an, schön in Päckchen geordnet und mit Aufschrift. Ich muß gestehen, Viktor: es fällt mir ein wenig schwer.« Die drei letzten Worte – er sagte nur: »ein wenig schwer« – mit der hindurchzitternden Gemütsbewegung fielen dem Jungen mehr aufs Herz als die ganze vorausgehende Zwiesprache. Doch mit zarter Festigkeit setzte Viktor die Erörterung fort und riß endlich den Vater in seine Kampfstimmung mit; er verabschiedete sich in herzlichen und zuversichtlichen Briefen vom heiligen Hain zu Barr, besonders von Addy – und umarmte wenige Tage danach stürmisch den hageren und abgeschabten, doch frohgemuten Albert Frank.

In Straßburg selbst bildete sich noch im Laufe des Jahres ein neues Freiwilligenkorps aus guten Bürgersöhnen; die Bataillon marschierte nach Fort Louis in der Sesenheimer Gegend, um später nach dem Fall der Feste von den Österreichern gefangen in die Ferne geschleppt zu werden. Auch einer der Zwillinge entschwand um diese Zeit endgültig. Das Ehepaar Hitzinger aber schob den Möbelkarren nach der Weißturmstraße. Und unten im Hartmannschen Hause verkaufte fortan Witwe Kraus mit ihren Töchtern Obst und Gemüse ....

Indes der stille, alte Herr seines Weges schritt, ward er eines Staubgewölkes ansichtig, das von fern auf der Landstraße heranzog. Im Begriff, nach dem Helenen-Friedhof abzubiegen, blieb er stehen und beobachtete das herankommende Getöse.

Einige bewaffnete Reiter eröffneten und beschlossen den Zug. Auf einem kleinen Wagen saß hinter dem Fuhrmann und einem jungen Menschen, der ein Schreiber sein mochte, ein einzelner Mann im Rock der Nationalgarde, zwei Pistolen in der dreifarbigen Gürtelschärpe, auf dem Haupt eine rote, mit Pelz verbrämte Jakobinermütze, den Kavalleriesäbel vor sich auf den Knien. Der Mann war kurz und stämmig, feist und fest. Buschige rote Augen flammten aus dem blatternarbigen Gesicht; um den sinnlichen, schnurrbärtigen Mund lagerte ein herausfordernd ironisches Lächeln. Hinter seinem Gefährt rasselte ein Leiterwagen; dort saßen, zu je zweien, gebundene Bauern: trübselige Gefangene, die jener Mann nach Straßburg brachte.

Es war der ehemalige Mönch und Professor, nachmalige bischöfliche Vikar und jetzige öffentliche Ankläger, Eulogius Schneider.

Gassenjungen aus den Vororten und verworfenes Volk schwärmten um den Leiterwagen her und sangen den Marseiller Marsch; vorübergehende Bürger blieben stehen; und in einiger Entfernung folgten, matt vom langen Laufen, mit verweinten Augen und verstörten Gesichtern, Angehörige der gefangenen Familienväter, besonders ein immer noch stoßweis herausheulendes junges Weib, um den Kopf das Bauernhalstuch, den Schürzenzipfel an die Augen pressend vor Scham und Herzeleid. Sie war vom Waschtrog weg im Hauskleid den weiten Weg mitgelaufen, um zu sehen, was mit ihrem Manne geschehen würde. Wo der Mönch Eulogius zog, blieben Tränen zurück und Blut.

Das Flammenauge des *accusateur public*, der eher barock als bedeutend wirkte, hatte den einfachen alten Herrn erspäht, der, mit seinem stillen Totenkranz am Arm, einen seltsamen Gegensatz bildete zu diesem lärmenden Aufzug.

»Bürger Hartmann, was machen deine Assignaten?«

Scharf klang es herüber. Der Gärtner hatte sich in seiner innerlichen Welt abgeschieden gefühlt von diesem wüsten Treiben und fuhr zusammen, als von diesen Lippen sein Name fiel. Er stellte sich in Positur und schob die Unterlippe vor, als gälte es einen Angriff abzuwehren. Aber der joviale Staatsanwalt lachte nur verfänglich und drohte mit dem Zeigefinger herüber. Und schon war der Zug ins Steintor eingebogen.

»Will er mich schröpfen?« dachte Bürger Hartmann. »Hab' ich nicht einen Sohn im Feld und der Republik alles entbehrliche Geld geschenkt? Sollt' er's riskieren und mich nichtsdestoweniger einen schlechten Patrioten nennen? ... Männel, Männel, paß dü uff dich selber uff! ... Alles an diesem Heillosius ist frech und rund, Kopf, Brustbau, Hände, Vorder- und Hinterbacken!«

Die derbe Stimmung rückte wieder an.

So ging Papa Hartmann in die Totenstadt, hängte seinen Kranz über das Steinkreuz seiner Liesel, neben der noch zwei früh gestorbene Kinder begraben waren, und setzte sich auf das Bänkchen, das am Fußende stand. Düstren Mutes saß er und schaute mit gefalteten Händen bald auf den nahen Grabstein unter dem Akazienbäumchen, bald auf jenes andere Kreuz, das fern und klein auf der Münsterturmspitze in der farblosen Luft stand.

»Du lässest sie dahinfahren wie einen Strom«, murmelte der Greis, »und sind wie ein Schlaf, gleichwie ein Gras, das doch bald welk wird; das da frühe blühet und bald welk wird und des Abends abgehauen wird und verdorret .... Unser Leben währet siebzig Jahre, und wenn es hoch kommt, so sind es achtzig Jahre; und wenn es köstlich gewesen ist, so ist es Mühe und Arbeit gewesen; denn es fähret schnell dahin, als flögen wir davon .... Siebzig Jahre? ... Ich bin auch mit fünfundsechzig zufrieden.«

In den nächtlichen Gassen der Stadt Straßburg staut sich ein fester und finsterer Nebel. Die spärlichen Laternen sind machtlos gegen die fahle Finsternis. Mit Handlaternen huscht hier und dort ein Bürger über die Gasse; hohl schallt mitunter ein Husten durch die feuchte Nachtluft an den Häuserwänden empor. Die Masse des Münsters ist nicht zu sehen, nur zu spüren. Selbst die Glocken scheinen ihre Klangkraft verloren zu haben; und es mag wohl die Befürchtung aufsteigen, daß die tote Stadt – wie mancher Kirchturm im Elsaß – der Glocken beraubt sei, damit sich deren Metall in der Stückgießerei in Kanonen verwandle.

Die Wohnung des öffentlichen Anklägers lag in der Blauwolkengasse, an der Ecke des Jung St. Peter-Plätzchens. In einem Zimmer brannten Kerzen, um etwas wie festliche Beleuchtung herzustellen für die Männer, die soeben gespeist hatten und nun ihre Tonpfeifen in Brand setzten. Der lastende Nebel von draußen schien auch die Stubenluft zu verdichten; im aufwirbelnden Tabaksqualm wirkten die Revolutionsmänner gespensterhaft. Ihre vielfältigen Schatten, von den Flämmchen der Kerzen zurückgeworfen, tanzten an den Wänden einen unrhythmischen Totentanz. Und so waren auch ihre Gespräche auf Blut und Tod gestimmt und ihre Einfälle ohne Harmonie und Rhythmus.

Man sprach anfangs über die gefährliche Kriegslage. Diese Männer wußten deutlich, woran sie waren; sie hatten jede Nacht ihre Pistolen schußgerecht neben dem Bett liegen und hätten sich bei siegreichem Vordringen der Österreicher selber entleibt, um nicht von den Feinden gerädert zu werden. Und nicht minder umdroht waren sie im Innern. Denn dumpfer Groll erfüllte die Straßburger, die man ihrer alteingesessenen, erprobten Führer beraubt hatte und durch hergelaufene Abenteurer auf das bitterste drangsalieren ließ. Die zwölf Bürgersektionen setzten den Kampf fort, in dem altstraßburgische Aristokratie, vertreten durch Dietrich und Türckheim, erlegen war. Und besonders haßte man Eulogius Schneider.

Das verworrene Gespräch der rauchenden und trinkenden Revolutionäre sprang auf Dietrich über. Monet, der junge Savoyarde, der jetzt Maire der alten Reichsstadt war, spähte mit listigen kleinen Augen zu Schneider hinüber, der heißblütig den Rock abgeworfen hatte und rittlings auf einem Stuhl saß; und er warf die spöttische Bemerkung hin: man munkle, Eulogius habe der hübschen Frau Dietrich den Hof gemacht und einen Korb erhalten.

»Er gefällt mir, unser Maire, wenn er Spaß macht«, versetzte Schneider, die Arme auf der Stuhllehne und seinen Pfeifenkopf beobachtend. Seine Augen funkelten rot und scharf. Doch sein Pockengesicht zuckte nur wenig; er paffte mit einem gewissen Ingrimm – und es schien, als ob sich das Temperament des sinnlichen Mannes durch das enge Pfeifenrohr dampfend einen Ausweg suche. »Dann wäre wohl Neid auf Dietrich der Schlüssel zu meiner revolutionären Gesinnung, heh? Nicht schlecht!«

»Hast du nicht als Mönch und Professor anakreontische Lieder gedichtet auf hübsche Mädchen?« rief einer aus dem Hintergrunde.

»Womit du sagen willst, daß mich vielleicht unterdrückte Sinnlichkeit zum Revolutionär gemacht hat?« rief Schneider zurück. »Auch nicht übel! … Ich will euch etwas sagen: wer meinen revolutionären Zorn verstehen will, der betrachte die stupiden und genußsüchtigen Luxushöfe zu Köln und Bonn und schon zu Stuttgart. Je älter der Adel, um so dümmer der Schädel! Der Hochmut wetteifert dort mit der Dummheit, und die Unzucht ist allen beiden kongenial. Ich habe zu Bonn vom Katheder herunter die Revolution verherrlicht. Und als mich hier eine dieser Damen in einem Dietrichschen Zirkel verwundert fragte: ›Es ist Ihnen also Ernst mit Ihren revolutionären Ideen? Aber dergleichen druckt man doch nur!‹ – hab' ich dem Dämchen geantwortet: ›Verflucht ernst, Madame! Ich gedenke für mein Revolutionsideal zu leben und, wenn es sein soll, zu sterben!‹ … Und feig, denk' ich, hat mich noch keiner genannt.«

Es war nur ein flüchtig Vibrieren, ein kaum wahrnehmbares elektrisches Jucken, was zwischen dem Savoyarden und dem mainfränkischen Winzersohn hin und her flog. Doch es genügte. Etwas in ihnen, feiner als das Bewußtsein, wußte, daß sie nicht aufeinander gestimmt waren.

Und das Gespräch summte weiter. Der Exmönch, trotz aller Bildung und Belesenheit von einem fleischlichen Temperament, geriet leicht in ein jovial übermütig Wesen und herrschte gern beim Bankett wie im Klub. Es wölkte sich wie ein Dampf um das ungesammelte, versprühende Lebensfeuer des oft zynischen Mannes, dessen ehrlicher Republikanismus ebensowenig zu bezweifeln war wie sein Mut und seine sanguinische Eitelkeit.

»Daß sie den Verräter Dietrich nicht gleich zu Besançon vom Zahnweh kuriert haben«, fuhr er fort, »verdankt er seinen eleganten Phrasen, seiner schönen Geste. Ein Blender! Typus der hierzulande reich gewordenen Rasse! Immer Er selber im Mittelpunkt, Er, der Sultan von Straßburg! Und nette Weiber, die ihn vergöttern, gerührte Matronen, gefütterte Waisenkinder, Ergebenheitsadressen, Denkmünzen, Bürgerkronen – und edle Pose, mit der er theatralisch alle seine Verdienste ablehnt! Im Grund ein Schwächling, vielleicht ganz gutmütiger Art, ohne republikanisches Rückgrat! Wer ihm schmeichelte, der hatte ihn. Er paßt zu dem Theaterhelden Lafayette. Diese ganze fettgemästete Sippschaft der Reichen hier in Straßburg *spielte* mit der Revolution; *wir* machen Ernst damit. Dieser Schönredner war Lyriker: wir Demokraten sind Dramatiker – und zwar der Tragödie fünfter Akt mit wirklichem Blut! Ich kenne die lyrische Feigheit, ich habe die neun schönsten Jahre meines Lebens in einem finstern Kloster verbracht und anakreontisch den Musen unters Kinn gegriffen; aber ich brauche jetzt derbere Kost. *Vive la république!*«

Der kurze, stämmige Mann hob das Glas mit dem funkelnden Rotwein. Und die Freunde, immer bereit, sich zu erhitzen und zu betäuben, stießen ermunternd im Chor mit an: »*Allez, c'est cela, la république, la sainte montagne!*«

Clavel, ehemals Vergolder und Bilderhändler, jetzt Richter, schrie herüber, daß man in Paris diesen verfluchten Feuillant und Verräter Dietrich nicht entschlüpfen lasse.

»Teterel schreibt von dort: ›ich bring' ihn eigenhändig um, wenn sie ihn laufen lassen‹!«

Dietrich war in Besançon freigesprochen worden. In glänzender Rede hatte er sich der Richter und der zahllosen Zeugen noch einmal erwehrt. Aber der öffentliche Ankläger hatte dekretiert: des Verrats ist er frei, nicht aber als Emigrant; er ist nach Paris zu überführen!

»Und an dem Tage«, warf ein anderer ein, der im Hintergrunde auf einem Diwan lag, »an dem in Paris Dietrichs Kopf fällt, arrangieren wir hier wieder einen Ball – wie am Charfreitag!«

Die Baßstimmen lachten im Chor. Und Eulogius rief: »Oho! Auf daß wir wieder eine Kapuzinerpredigt heraufbeschwören wie damals? Um Gotteswillen – das heißt, wenn Sie noch an einen Gott glauben! Haben Sie doch zum öffentlichen Beweis vom Gegenteil einen Ball gegeben am Charfreitag und drei arme Unschuldige am heiligen Ostersonntag geköpft! Um Gotteswillen, seid doch gescheit!« Der ehemalige Mönch karikierte dies Zitat aus einem Briefe, wobei er besonders das »um Gotteswillen« zu komischer Wirkung brachte. »Dem erbaulichen Stil nach kann der anonyme Briefschreiber ein hiesiger Bürger aus der Langstraße sein, den ich längst als Dietrichianer und Assignatenverächter in meinem Notizbuch liebend vermerkt habe und mir nächstens einmal heranwinken werde. Das Männchen saß früher im Jakobinerklub, ist aber vor moralischer Entrüstung aufgesprungen, weil ihm mein Gedicht auf den Maire Simoneau auf die Nerven fiel. Haha, mein Gedicht hat gesessen!«

Monet lachte nicht mit. Ihn störte nicht der Hohn an sich; er stand der Kirche innerlich ebenso fern wie sein Vater, der in Zabern mit Kirchengewändern Handel trieb. Doch Schneiders Bauernhumor war nicht seine Art. Schon tauchte in den Kreisen der geborenen Franzosen, die in dieser jakobinisch regierten Stadt herrschten, gelegentlich die Wendung gegen Eulogius auf: »*ce capucin de Cologne*«, dieser Kölner Kapuziner! War er ihnen zu derb? War er ihnen zu mittelalterlich-deutsch und offen? War er ihnen zu mächtig? Oder mißtraute man dem ehemaligen Kuttenträger, weil die Sprache der unfreien Preußen und Österreicher seine Muttersprache war?

Das ziellose Gespräch flackerte weiter. Der massive und ehrliche Schuhflicker Jung, jetzt Munizipalbeamter, hielt dafür, daß die Guillotine, die mit drohend hochgezogenem Fallbeil auf dem Paradeplatz stand, eine pädagogische Notwendigkeit sei. »Denn der revolutionäre Gedanke ist noch nicht durchgedrungen hier in Straßburg. Wir haben zur Ersparung des Mehls den Puder abgeschafft; es soll sich auch auf das Gesetz kein Puderstaub legen! Wir müssen die Straßburger Geldmacher und Aristokraten zur Höhe des republikanischen Ideals hinaufprügeln, sonst –«

»Verprügeln sie uns!« rief schlagfertig der sonst etwas indolente Taffin, ehemals bischöflicher Vikar, jetzt Gerichtspräsident. Und Jung schalt zornig in das abermals anschwellende Gelächter. Er war trotz Gemeinderatsschärpe in einer Klubsitzung verprügelt worden und ein andermal knapp einem Säbelhieb entgangen.

»Ihr kennt die elsässischen Dickköpfe noch lange nicht!« schrie er in die rauchende, zechende und lachende Bande. »Ihr seid zu kurze Zeit im Elsaß! Zu Molsheim habt ihr ein riesengroßes Komplott gewittert – ach was, Komplott! Der Elsässer jäscht, schimpft und händelt, wenn er eins im Dach hat – aber dann geht er wieder querköpfig und eigensinnig seinem Handwerk nach und läßt Republik Republik sein. Dem ist's Wurst, ob Republik oder Monarchie, wenn er nur brav Geld verdient und sein Schöppel in Ruh' trinken kann. Aber eine elsässische Rebellion und Vendée? Dumm!«

»Du widersprichst dir ja, Bürger Jung!« rief Schneider seinem Freunde zu. »Bald verteidigst du deine Landsleute, bald schiltst du teufelsmäßiger als wir alle. Was hat denn die revolutionäre Idee damit zu tun, ob wir andern hier in eurem Winkel geboren sind oder nicht? Die meisten Straßburger sind österreichischer gesinnt als die Bewohner Wiens, das steht fest. Haufenweise wandern sie im unteren Elsaß aus. Und neulich beim Umzug, als du, Edelmann und ich vor der Köpfmaschine herritten – wie viel Zustimmung habt ihr denn wohl auf den Gesichtern abgelesen? Das guckte sich unwirsch um, als wollten sie sagen: ›was sind denn das jetzt wieder für Plän?‹ Und als wir auf der Finkmatte Marats Gedächtnis feierten und reihenweise die Carmagnole um den Freiheitsbaum tanzten – wo blieben denn da die vornehmen Damen und Herren, die sonst zu Dietrichs pompösen Festen geströmt sind? Und auf dem Paradeplatz, als wir die sieben Bataillone der Nationalgarde nebst Reiterei und Artillerie versammelt hatten – haben Monet und ich etwa schlechter gesprochen als ehedem Dietrich? Und unter Dietrich meldeten sich Hunderte von Freiwilligen, bei uns aber ganze zweiundzwanzig! Pfui Teufel, und wer hat mir denn die Guillotine zerschlagen und nachts mit Spektakel vor mein Haus geführt und am Tor gelärmt und des öffentlichen Anklägers Kopf verlangt? Es ist mir verdrießlich, die Straßburger Luft zu atmen. Das sind hier Menschen, die durch lange Privilegien und aufgehäufte Reichtümer und liederliches Genußleben für das republikanische Ideal verdorben sind!«

»Sei gerecht, zum Donnerwetter!« schrie da der ältere der Brüder Edelmann, der etwas stotterte, und die Brillengläser des Komponisten funkelten wie seine ehrlich ergrimmten Augen. »Wir Republikaner sind *auch* – sind auch Straßburger! Mein Bruder und ich sammeln – sammeln unermüdlich für die Armee. Und Straßburg hat Geld, Effekten und Truppen so gut gegeben wie – wie irgend eine andere Stadt. Andre Volksrepräsentanten loben – loben den aufopfernden Dienst unserer Nationalgarde – was Teufels sollen uns diese Beschimpfungen und – und unschickliche Reden? Ich ehre die Wahrheit, aber man sage sie mit Würde! Sind etwa in Lyon, Nantes, Marseille – sind etwa in Toulon *keine* Verräter?!«

»Die Munizipalität wird schon« – – er wollte »wachsam sein« hinzufügen, der Maire Monet; jedoch Eulogius war in Hitze, seine roten Augen glühten, er fiel dem Chef des Gemeinderats fast mit Wut ins Wort:

»Ach was, die Munizipalität! Die zerhackte Guillotine – hast du sie mir nicht bis an den hellen Tag hier liegen lassen, Bürger Maire?! Und wäre Jung nicht gekommen und hätte sie weggeräumt – sie läge heute noch hier! Die Munizipalität? In Zabern hat einer gesungen: ›Es lebe die Munizipalität, die hinten und vorn nichts versteht!‹ Und eine Frau hab' ich eingesteckt, weil sie zu sagen wagte: ›nachdem der Maire Dietrich den Karren aus dem Dreck gefahren, kann jetzt jeder Lausbub Maire sein!‹«

Das war deutlich. Der junge, ehrgeizige Mann, den man über Nacht zum Bürgermeister einer alten Reichsstadt ernannt hatte, zuckte empfindlich zusammen. Er fühlte, daß ihn der Schatten seines bedeutenden Vorgängers erdrückte; er hielt sich scheu und intrigant im

Hintergrunde; Schneider durchschaute seinen Mann und hatte Monets verletzbare Stelle getroffen.

Der arglistige Savoyarde mit dem rundlichen Mädchengesicht und den runden, scharfen Äuglein war schlau genug, sich nichts merken zu lassen. Er rauchte und hüllte sich und seine letzten Gedanken in ein Gewölk. Später erst, als das Gespräch ins Harmlose weitergerollt war, begann er ganz sachte, gleichsam zur Probe, zwischen den Zähnen nur, einen furchtbaren Plan anzudeuten, der ihm selber noch dunkel war, und den später erst andre Fanatiker scharf und unverworren herauszusprechen wagten. Von Massenvernichtungen murmelte er, die man auch in Straßburg anwenden müsse – – Es war jener Herbst, da man in Nantes ganze Schiffe voll Rebellen ersäufte und im verwüsteten Lyon durch Blut stampfte – –

Ein gestaltlos unbestimmtes Grauen ging durch die Stube, besonders durch die geborenen Straßburger. In seiner Sonderung, wieder dem Bewußtsein kaum bemerkbar, schoben sich zwei bis drei Gruppen auseinander, die sich untereinander trotz aller Einheit der Schlagworte als etwas Fremdes betrachteten: Elsässer, Franzosen und deutsche Eingewanderte. Weder die Elsässer noch die Deutschen waren geneigt, Monets Andeutungen aufzunehmen und gesprächsweise weiter zu verarbeiten. Es lag einen Augenblick ein dumpfes Schweigen über der Versammlung. Man stellte sich, als hätte man nicht verstanden. Und aus dem Rauchgewölk bildete sich ein unförmlicher Drache; und der Drache hing hämisch über den verstummten Gästen und zählte die Köpfe derer, die hier noch zu fällen waren: Schneider, Jung, die Brüder Edelmann ...

Dann warf Monet den Mantel um, steckte seine Pistolen ein und verabschiedete sich; mit ihm seine Freunde, denen die übrigen bald folgten. Die Lichtflämmchen zuckten bei der Luftbewegung; die Schatten an den Wänden tanzten toller; und Schneider sah sich im rauchigen Zimmer zwischen leeren Gläsern sich selber überlassen. Wie ein Geist trat seine hohe und düstre Schwester ein, neigte den dunklen Lockenkopf mit dem roten Bande und blies schweigend eine Kerze nach der andren aus, bis auf eine. Sie dachte im stillen, daß alle diese Revolutionsmänner, die nun in den Nebel entschwunden waren, vom Odem der Zeit ausgepustet würden wie diese Lichter. Nur ihr Bruder, wähnte sie, würde alle andren überleben, wie diese letzte Kerze, die sie für ihn brennen ließ.

»Vor diesem savoyischen Mausfallenhändler muß ich mich hüten, Marianne«, sprach Schneider, stämmig und erhitzt in Hemdärmeln und Stulpenstiefeln im Zimmer auf und ab schreitend. »Ich lade mir an meiner ausgesetzten Stelle den Haß des gemeinen Volkes zu und mache mich bei den Straßburger Aristokraten, Assignatenverächtern und Wucherschelmen, die das gesetzliche Maximum übertreten, verhaßt genug. Diese da bleiben im Hintergrund und lassen mich's ausfressen. Weißt du das Neueste? Es werden wieder zwei Volksrepräsentanten mit außerordentlichen Vollmachten vom Konvent gesandt werden, einer davon der eisige Saint-Just, Busenfreund Robespierres. Na, willkommen! Auch mit euch wird im ›Argos‹ deutsch geredet, wie mit euren Vorgängern, wenn's euch hier nach Despotismus juckt!«

Die Schwester war nach einigem murrenden Schelten über das ganze Treiben davongegangen.

Eulogius war allein.

Es war eine Stunde, die zur Einschau herausforderte, eine Stunde zwiefacher Stille nach verklungenem Lärm. Auch hatte der Mönch von ehedem in der Tat eine sekundenlange Vision: war diese große, leere Stube nicht das mitternächtige Refektorium eines Klosters? Die Brüder waren in ihre Zellen gegangen; der Abt wandelte noch betend im Kreuzgang; Nachklänge der Gespräche rauchten noch die Stubendecke entlang. Es wuchsen manche fromme Stätten der Urbarmachung und Vergeistigung am Wasgenwald: von Neuweiler oder Maursmünster mit ihren herrlichen Kirchen bis hinauf nach Pairis und Murbach. Doch es war nur eine Sekunde. In Schneiders sinnlichem und im Grunde nüchternem Temperament, das sich in Reimen und Reden ergoß, hatte wahre Poesie keine Bleibekraft. Er hatte die Fühlung mit den Melodien der Seele ebenso verloren wie die Fühlung mit den Feinheiten und den heimlichen Stimmen der Natur und der Sprache. Der haltlos dahintreibende Mann brauchte Lärm und Umwelt, Widerspruch und Betäubungen. Auf dem Tische lag kein Brevier, sondern eine doppelläufige Pistole; an der Wand hingen zwei gekreuzte Säbel, kein Kreuz. Und die Klöster im verödeten Frankreich standen verwüstet und seelenlos.

So setzte sich denn der Politiker an seinen Schreibtisch und verfaßte, noch dampfend von Wein, Rauch und Gesprächshitze, einen Kampfartikel für sein republikanisch Blättchen »Argos«, das am Alten Fischmarkt erschien – in der Nähe des Hauses, das einst den sonnigen

Dichterjüngling Goethe beherbergt hatte. Monet aber, mit seinen Begleitern durch den nächtlichen Nebel nach dem Stelzengäßchen heimstapfend, erwog in seinem Herzen, daß es günstig und geraten wäre, insgeheim dem kommenden Saint-Just nach Zabern entgegenzureisen und sich beizeiten mit dem mächtigen Volksrepräsentanten anzufreunden.

Die Weißenburger Linien, diese Verschanzungen vom Hardtgebirge bis zum Rhein, waren auf das äußerste bedroht. Man hatte versucht, mit einem der großartigen, aber in ihren Wirkungen so minderwertigen Gewaltmittel jener Zeit die ganze Bevölkerung gegen den Feind aufzurufen. Drei Tage läuteten in allen Ortschaften des Elsasses die Sturmglocken. Die Bauern und Bürger strömten mit Piken, Heugabeln, Sensen und Äxten ihren Sammelorten zu und wälzten sich mit ihren Proviantwagen nordwärts, angeführt von Bürgermeistern oder Gemeinderäten in dreifarbigen Schärpen. Dort lagerten sie, in ungeordneten und kaum zu ordnenden Massen und Klumpen; und die viertausend Sundgauer schimpften mit dem General herum, warum er sie nicht sofort gegen den Feind führe und der Sache ein Ende mache, sie müßten heim, die Ernte warte. Solche Truppen gegen die Flinten und Kanonen eines geübten Feindes führen? Es wäre Massenmord gewesen. So verkrümelte sich denn ein Haufe nach dem andren; die Laubhütten, die sie sich erbaut hatten, leerten sich; und die Liniensoldaten waren froh, diese Schwärme von Bauern mit ihrem kräftigen Appetit los zu sein. Bald war alles wieder nach Hause hinweggeschmolzen. Das Massenaufgebot war gescheitert.

Mehr Erfolg hatte man mit einem dreitägigen Bombardement auf Kehl; man schoß es in Grund und Boden, um die Österreicher zu verhindern, dort Fuß zu fassen. Aber die Entscheidung lag an den Weißenburger Linien ...

Um jene Zeit saß Vater Hartmann in der Dämmerung am Fenster und las einen Brief seines Sohnes. Das Haus war ruhig; Frau Frank weilte noch in Barr; Tante Lina war ausgegangen.

»Wir zehren uns auf«, schrieb Viktor, »in erbitterten Kleinkämpfen. Wir verlassen abends, was wir am Morgen eingenommen haben. Was wird aus Landau werden? Schick mir Schuhe, Hemd, Gamaschen – vor allem Schuhe! Rauhes Wetter, kümmerlich Obdach! Aber ich bin gesund, Albert auch. Das Einerlei der täglichen Attacken wird selten durchbrochen. Ich sah, wie man den Grafen Mouny erschoß, einen Emigranten, der in unsre Hände gefallen. Er starb furchtlos mit *vive le roi*! wir antworteten: *vive la république*! Man liest im Lager den ›*Père Duchesne*‹ und andre republikanische Blätter, man wird von der Energie der Volksrepräsentanten angefeuert, – und so erzieht das Heer zu einem kameradschaftlichen Republikanismus. Im Bienwald haben unsre Sansculotten einen der berüchtigten Rotmäntel gekreuzigt, das ist eine türkische Truppe der Österreicher, barbarische Menschen! Er litt, bis ihn zufällig eine österreichische Kanonenkugel in Stücke riß. Die Preußen unter dem Herzog von Braunschweig gehen zögernd vor; übrigens ist auch der Herzog von Weimar darunter, der irgendwo bei Bitsch manövriert. Es kommt mir vor, als wären Wurmser und Braunschweig aufeinander eifersüchtig; jeder möchte das Elsaß einstecken; und zwischen beiden operiert der Emigrantenchef Condé und mißgönnt unser Ländl allen beiden. Ich schreib' ein bißchen durcheinander, lieber Vater, ohne logische Folge und ordentlichen Zusammenhang. Noch eins muß ich dir sagen, was mich in aller Fühllosigkeit, zu der man hier verhärtet, sehr erschüttert hat. Es hat's mir einer vom dritten Bataillon erzählt. Die lagen bei Bergzabern in scharfem Gefecht. Aber die Vordren hatten sich verschossen. ›Wer trägt ihnen Patronen in die Gefechtslinie?‹ wird gefragt. Es meldet sich ein junger Unteroffizier zu dem gefährlichen Gang, bringt die Patronen glücklich in die Front, erhält aber dann einen Schuß in den Unterleib und stirbt tags darauf zu Weißenburg. Dieser tapfere Junge war der älteste Sohn des Pfarrers Oberlin von Waldersbach im Steintal. Erst einundzwanzig Jahre alt! Es hat mich sehr bewegt. Ich habe eine schlaflose Nacht hindurch das Heimweh nach der stillen ›Zeder‹ dort auf ihren Bergen nicht aus dem Herzen bannen können. Lieber Vater, das muß halt hier durchgebissen werden. Adieu, Du guter, lieber, alter Papa! Dein Viktor.«

Papa Hartmann saß lange ohne Licht und ließ sich dies alles durch den Kopf gehen.

Da wurde draußen die Schelle gezogen. Der Alte begab sich hinaus und öffnete selber. Ein kräftiger Metzgerknecht in rötlicher Bluse stand vor ihm.

»Kann ich mit 'm Citoyen Hartmann e paar Wort' rede'?« fragte er auf elsässisch.

»Der bin ich. Un' was jetzt?«

Der Fleischer schloß die Türe, folgte dem Hausherrn in die Stube und fragte gedämpft:

»Kennen Sie mich noch?«

»Um's Himmels willen – Leo Hitzinger!«

»Still, Mann!« rief der hohläugige Abbé. »Wollen Sie mich aufs Schafott bringen?«

»Aber, Leo, ungeschworener Pfarrer, du wagst dich nach Straßburg?! Weißt du, daß du guillotiniert wirst, wenn sie dich erwischen? Und weißt du, daß sie mir's ebenso machen, wenn ich dich bei mir verstecke?«

»Ich kann nichts dafür«, sagte jener und ließ sich auf einen Stuhl fallen. »Ich hab' mich mehr als ein Jahr in Verkleidungen herumgetrieben, heimlich Kranke besucht, Sterbende mit dem Sakrament versehen und Messe gelesen. Jetzt bin ich verbraucht. Will meine Eltern noch einmal sehen, Geld bei ihnen holen und mich von einem guten Freund bei Wanzenau über den Rhein setzen lassen, um drüben im Badischen in Frieden zu sterben. Find' nun aber da unten fremde Leut'. Und so bin ich heraufgekommen. Haben Sie – vielleicht – eine Kleinigkeit zu essen?«

Er hatte kaum ausgesprochen, so lag er auch schon ohnmächtig am Boden.

Das war für den Alten kein geringer Schreck. Er lief an den Schrank, holte Kirschbranntwein und rieb dem Erschöpften die Stirn.

»Jeden Augenblick kann Tante Lina zurückkommen – Sackerlot – die wird ein Geschrei machen!«

»Ich kann nicht gehen«, murmelte der hagere, todbleiche Abbé, »bringt mich um – aber ich kann nicht.«

»Was machen wir denn aber mit dir?«

Der Amerikaner schaute sich einen Augenblick ratlos um. Dann ließ er den Leidenden ein Schlückchen Schnaps trinken, richtete ihn auf und half ihm mühsam die Treppe empor in eine Dachkammer. Es war eine Art Fremdenzimmer, voll Bücher und Gerümpel, und enthielt ein einfach Lager.

»Leg dich hin, Leo – knüpf das Halstuch auf – ich bring' dir zu essen. Heut' nacht aber gehst du mir aus dem Hause!«

Er wollte dem Kranken Halstuch und Bluse öffnen, um ihm Luft zu machen. Doch der Priester griff hastig nach der Brust. Und Vater Hartmann zog taktvoll die Hände zurück: er hatte gespürt, daß der verkappte Geistliche ein Kruzifix auf der Brust trug. Dann schleppte er Wein und Essen herauf; der Ausgehungerte aß hastig und schlief fast noch über dem Essen ein, zugedeckt vom Alten, der ihm Vorsicht einschärfte und die Kammer hinter sich abschloß.

»Kein übler Witz!« dachte Papa Hartmann im Hinuntergehen. »Daß ich zäher Lutheraner in Lebensgefahr komme, weil ich einen katholischen Priester beherberge – kein übler Witz!«

Um Mitternacht schlich der alte Herr, in Hausrock und Zipfelmütze, mit der Laterne hinauf, um den gefährlichen Gast auszuwerfen. Aber als er vor der Türe stand und drinnen den heftigen und kurzen Atem des Schlafenden vernahm, übermannte ihn das Mitleid. Der alte Mann dachte an seinen Sohn. Ein Weilchen hielt er den Schlüssel zaudernd an die Öffnung; dann aber steckte er ihn wieder in die Tasche und ging beschämt hinunter. Es war nicht ehrenhaft, die Gastfreundschaft zu verletzen ...

Und die Weißenburger Linien fielen.

Die bedrängte republikanische Armee wich hinter die Moder zurück; und Preußen und Österreicher strömten durch den zerrissenen Damm ins Elsaß nach.

In Paris, das von den Fiebern parlamentarischer Parteiwut durchzuckt war, beantwortete man den Fall der berühmten Linien damit, daß man die »Österreicherin« tötete: die Königin. In Straßburg ernannte man ein außerordentliches Volksgericht, das fortan mit der Wanderguillotine, begleitet von berittenen Gendarmen, durch das Land ziehen und innerhalb vierundzwanzig Stunden verhaften, urteilen und hinrichten sollte. Öffentlicher Ankläger auch dieses Gerichts wurde Eulogius Schneider, der bereits das niederrheinische Departement zu richten hatte. Auch ein Wachsamkeitsausschuß war an der Arbeit. Verhaftungen und Bestrafungen rasselten aufs Geratewohl Tag und Nacht über die betäubte Stadt hernieder. Man lauschte kaum noch aus halbgeöffnetem Fenster, wenn nachts aus dem Nachbarhause mit Gepolter und Wehklagen der Familienvater herausgerissen und in die überfüllten Gefängnisse abgeführt wurde. Das Priesterseminar ward in einen Kerker verwandelt; das Lyzeum füllte sich mit gefangenen Frauen. Ob schuldig oder unschuldig, wurde nicht untersucht; der Verfolgungswahn erspähte in allen Ritzen Verräter.

Und vor den Wällen wurden die Gebäude und Bäume hinweggrasiert, die bei etwaiger Belagerung den Ausblick hindern konnten. Denn schon war die Armee hinter die Suffel zurückgedrängt. Hier fiel auch Hartmanns Gartenhaus. Seine Zwetschgen, Reineclauden und Mirabellen, seine Aprikosen und sein Spalierobst wurden ebenso zerstampft wie seine vielen Rosenstöcke. Es hatte sich raublustiges Gesindel zu dieser Art von Arbeit eingefunden, da es an redlichen Handlangern fehlte; und die Räumung war gründlich. Wogen von Schmerz und Entrüstung gingen über den alten Gärtner hinweg, der seines Lebens edelste Stunden in diesem Garten verbracht hatte.

Der Dietrichsche Kreis war ebenso zersprengt wie seine Familie. Aiguillon und Broglie hatten auf die Frage der Volksrepräsentanten, ob sie der Republik zu dienen gedächten, mit nein geantwortet; der erstere sollte in der Fremde, der zweite auf dem Schafott sterben. Mit nein hatte sich auch Rouget de l'Isle in Hüningen dem Dienste der Republik entzogen, ward abgesetzt und durchstreifte als Flüchtling die Südvogesen; von den Lippen seines Führers vernahm er eines Tages sein eigen Lied; es duldete ihn nicht mehr in der Verbannung, er trat abermals in das Heer ein, führte aber ungebärdig wieder seine Absetzung herbei, geriet in den Kerker und kehrte später in unfrohe Freiheit zurück. Mit einem langen unbedeutenden Leben bezahlte Rouget jene geniale Aprilnacht. Zwischen zwei Gendarmen ist der stolze Stettmeister Dietrich, der Greis, in das Gefängnis marschiert. Türckheim und Frau Elisa sind nach Lothringen verbannt und entfliehen von ihrem Gute Postorf unter Gefahren nach Deutschland. Im Kerker sitzt Frau von Oberkirch und kann von Glück sagen, daß man in einem Geheimfach ihres amtlich versiegelten Schreibtisches nicht den Brief der Königin Marie-Antoinette gefunden hat, den sie dort seit langem aufbewahrt. Im Kerker sitzt auch die Gattin des Rittmeisters Dietrich mit ihrer Tochter Luise, der älteren Nichte des Maire, die freiwillig die Gefangenschaft ihrer Mutter teilt. Die Familie Birkheim bleibt im ruhigeren Kolmar im ganzen unbehelligt, hat sich aber doch zeitweise sicherheitshalber nach Basel zurückgezogen ....

Nun schlug auch Vater Hartmanns Stunde.

Als der Alte am Morgen nach Hitzingers Ankunft zu seinem bedenklichen Gast hinaufschlich, fand er den Entkräfteten im Fieber. Der Gärtner war kräuterkundig; er knurrte, aber er pflegte. Er verfiel auf den Gedanken, Blumenstöcke hinaufzuschaffen, die eine tägliche Beobachtung verlangten. Und so saß denn der Lutheraner oft stundenlang am Lager des körperkranken und seelenwunden Katholiken, erstaunt über Leos Zartheit hinter der groben Außenseite. Er unterhielt sich mit ihm über einfache oder ernste Dinge, las ihm auch wohl einmal aus Thomas a Kempis vor und schmuggelte ihm listig die Nahrung zu. Leo aber erfuhr mit Verwunderung und Entzücken, daß Adelaide im Lande sei und in den Gemächern unter ihm zu wohnen pflege.

Eines Nachts erschollen am Haustor die bekannten Kolbenschläge. Ehe Papa Hartmann sich recht den Schlaf aus den Augen gewischt hatte, standen Gendarmen in seinem Zimmer und verhafteten den Alten.

»So, so«, sagte der Gefangene, »was hab' ich denn ang'stellt?«

Seine Knie zitterten, sein Herz pochte vor Entsetzen, daß sein heimlicher Gast verraten sei. Aber er behielt äußerlich Fassung.

»Citoyen Hartmann«, sagte der Gendarm, der ihn kannte, »eigentlich geht mich das nichts an. Ich hab' meine Leute ins Cachot zu holen, und damit gut. In deinem Fall weiß ich zufällig, daß du schon lang von Schneider als suspect notiert bist: bedank dich dafür bei der Bürgerin Hitzinger, die dich denunziert hat! Allons jetzt, *en avant*!«

Man durchsuchte, durchwühlte, versiegelte Stuben und Schränke. Der Hausherr hatte sich erholt und wanderte würdig zwischen seinen Begleitern in die Nacht hinaus. »Vergiß d' Blume nit ze spritze!« schärfte er jedoch der jammernden Tante Lina ein. Und draußen besah er sich noch einmal sein Haus, als ob er geahnt hätte, daß er es nicht wiedersehen würde.

Als sich die Tante so weit erholt hatte, daß sie in die Dachkammer zu den Blumen emporklettern konnte, wäre sie vor Bestürzung beinahe umgefallen. Da war ein zerwühltes, noch warmes Lager, da waren Arzneigläser und Geschirre. »Was für Gesindel, um Gottes willen, haust denn da oben?!« Sie trug hastig alle Blumenstöcke hinunter und riegelte ihr mageres Persönchen ein, tagsüber mit Ängsten darauf gefaßt, daß auch sie arretiert würde. Als jedoch nichts erfolgte, ging sie aus und dingte sich eine entfernte Verwandte, die ihr fortan die Ausgänge besorgte.

Der Sohn der Frau Hitzinger hatte den nächtlichen Lärm vernommen. Es war ihm nicht zweifelhaft: das galt ihm und seinem Pflegevater Hartmann! Leo sprang auf, zog sich taumelnd an und griff nach dem Metzgerstock, bereit, sich zu verteidigen. So stand er bebend und lauschend. Es ward unten still. Der junge Priester ließ den Stock fallen, riß sein Kruzifix unter der Bluse hervor und kniete zu inbrünstigem Gebet für sich und seinen Wohltäter vor dem Lager nieder.

Endlich schlich er wankend hinunter, fand das Tor offen und tastete sich in der Morgendämmerung an den Häusern entlang nach seiner Eltern Wohnung.

Der Volksrepräsentant Saint-Just durchmißt mit festen Schritten seine Wohnstube im Tribunalgebäude von Straßburg.

Manchmal bleibt er am Fenster stehen; der Balkon geht auf die Blauwolkengasse und liegt dem Schneiderschen Hause gegenüber. Noch häufiger tritt er vor den Spiegel. Dem Schreiber, der zwischen zwei Armleuchtern am Tische zu schaffen hat, daß die Feder saust, diktiert er seine straffen Dekrete.

Der elegant gebaute junge Republikaner mit dem hübschen, blassen und kalten Gesicht legt Wert auf seine stramm sitzende Kleidung. Er wirkt verschlossen und vornehm. Besonders fällt die große, vielverschlungene Krawatte auf, die bis an das starke Kinn hinan Kopf und Hals umpanzert, so daß er, nach Camille Desmoulins' Wort, den Kopf wie eine Monstranz trägt. Um die mädchenhaft jungen Züge des sechsundzwanzigjährigen Mannes hangen wie pechschwarze Eisendrähte die langen Haare straff herunter. Die ungewölbten Augenbrauen haben die Eigenart, daß sie sich bei jeder Verfinsterung des Gesichts zusammenziehen und eine einzige schwarze Querlinie bilden, während an ihrem Vereinigungspunkt eine Zornfalte steil in die Stirn fliegt. Er trägt den langen, braunen Frack der Volksrepräsentanten mit der dreifarbigen Schärpe; die Frackschöße reichen bis an die Stulpstiefel herunter.

Neben diesem raschen und eiskalten Revolutionsmann mit den Manieren des Marquis, der alles Gefühl und Gewissen der abstrakten Idee geopfert hat und die Menschheit ausrotten möchte, um eine neue an deren Stelle zu setzen, wirkt Schneider wie ein Jahrmarktsprediger: feist, laut und formlos. Es scheint, als hätte die Natur in Saint-Just und seinem hageren Meister und Freund Robespierre Versuche und Ansätze zum Diktatortypus gemacht. Doch erst in Napoleon gelang der Versuch.

Mit imponierender Einseitigkeit diktierte der junge Volksrepräsentant seine Erlasse.

»Die Verwaltung des niederrheinischen Departements wird abgesetzt; die Mitglieder derselben, ausgenommen die Bürger Neumann, Didier, Mougeat, Teterel, Berger, sollen auf der Stelle angehalten und sogleich nach Metz geführt werden .... Die Munizipalität von Straßburg ist gleichfalls abgesetzt, der Bürger Monet, Maire, ausgenommen .... Die Straßburger Distriktsverwaltung ist gleichfalls abgesetzt und soll in Verhaft nach Besançon geführt werden .... Der Kommandant von Straßburg, General Dièche, hat den Auftrag, gegenwärtigen Schluß also zu vollziehen, daß die Mitglieder der abgesetzten Gewalten morgen früh um acht Uhr außerhalb der Stadt sind.«

Saint-Just blieb stehen und griff nach einigen Notizen.

»Weiter! An die Munizipalität! Zehntausend Mann sind bei der Armee barfuß, ihr müßt heute noch allen Aristokraten in Straßburg die Schuhe abnehmen, und bis morgen früh um zehn Uhr müssen die zehntausend Paar Schuhe auf der Reise nach dem Generalquartier sein.«

Wieder ein Blick in die Notizen und Papiere.

»Ihr seid ersucht, Bürger, uns zu wissen zu tun, wie weit es mit Eintreibung des Anlehens der neun Millionen gediehen ist.«

Dazwischen eine Proklamation, an die Mauern anzuschlagen, in derselben lakonischen Kürze:

»Die Bürgerinnen Straßburgs sind eingeladen, die deutsche Tracht abzulegen, da ihre Herzen fränkisch gesinnt sind.«

Es klang imponierend; es wirkte. Wie weit die Befehle vernünftig, gerecht oder sogar ausführbar waren, fiel nicht ins Gewicht.

Ein Beamter meldete den Bürger Taffin, Präsidenten des Revolutionstribunals. Saint-Just, der vor dem Spiegel stand und seine Krawatte ordnete, drehte sich erst um, als der Gemeldete längst im Zimmer stand. Da er den Kopf nicht hätte wenden können, so fuhr der ganze Saint-Just herum und machte Front gegen Taffin, die Hände auf dem Rücken, immer mit dem gleich strengen und kalten Blick. Er und Lebas, ein gleichfalls junger Mann von geringerer Entschiedenheit, hatten absichtlich keine Antrittsbesuche der Behörden erwidert, um schon dadurch ihre Ausnahmestellung zu betonen.

»Wieviel Köpfe?« rief er Taffin entgegen.

Der ehemalige Priester und jetzige Revolutionsrichter stand verblüfft.

»Ich komme«, sprach er, »um über die vollzogene Errichtung unseres Revolutionstribunals Bericht zu erstatten.«

»Eben darum frag' ich: wieviel Köpfe?«

»Aber wir haben uns erst vor zweimal vierundzwanzig Stunden konstituiert.«

»Und habt noch keine zweimal vierundzwanzig Köpfe springen lassen?«

»Wir haben uns bemüht, den Kurs der Assignaten zu erhöhen, und hoffen, daß wir das nationale Papier – –«

»Was singst du mir da? Seid ihr eingesetzt, um euch mit Papier zu beschäftigen? Sag den Leuten deines Gerichts, wenn sie nicht Köpfe nehmen wollen, so nehm' ich die ihrigen! ... Also konstituiert habt ihr euch? Und wie das?«

Der angedonnerte Taffin stand wie ein gescholtener Junge vor diesem Ahriman der Revolution. Er berichtete, daß man zunächst einmal mit der Guillotine durch die Stadt gezogen sei. Danach habe man etliche Urteile gefällt. Ein Mehlhändler hatte nach der Verkündigung des amtlichen Maximums seinen Laden geschlossen, weil er bei solcher niedrigen Verkaufstaxe nicht bestehen könne: »verurteilt zu 1000 Livres und vierzehn Tagen Gefängnis. Ein Bäcker in der Weißturmstraße desgleichen: 1500 Livres Strafe. Eine Krämerin desgleichen: 600 Livres Strafe. Ein Tabakshändler desgleichen: 300 Livres Strafe und drei Tage Turm. Eine Gärtnerin aus der Ruprechtsau, die etliche Salatstöcke zu teuer verkauft hat: 3000 Livres und sechs Monate Turm – – –«

Hier unterbrach der Repräsentant, der mit Ungeduld diesen Bericht entgegengenommen hatte.

»Mehlhändler, Bäcker, Gärtnerin – sind das die Aristokraten von Straßburg, vor denen man in Paris zittert?! Sind das die Dietrichianer, die Wucherer und Verräter, von denen diese Stadt wimmelt?! Der Konvent will, daß man mit der Schärfe des Beils die Aristokraten ausrotte, sag das den andern!«

Taffin zog sich zurück. Saint-Just diktierte weiter. Bogen auf Bogen flog beiseite; und im Nebenzimmer wartete bereits der Übersetzer, der sie ins Deutsche zu übertragen hatte, damit die Erlasse in beiden Sprachen öffentlich angeschlagen würden.

Nach einiger Zeit stellte sich der Vertreter des Militärgerichts vor.

»Nun, Bürger Schramm, ich fragte soeben den Bürger Taffin: wieviel Köpfe? Der Konvent legt dir dieselbe Frage vor: wieviel Erschießungen?«

»Wir haben einige Individuen zu Gefängnis, andere zur Deportation verurteilt – –«

»Ach was, Gefängnis, Deportation! Braucht man dazu ein besonderes Gericht? Erschießen! Erschießen!«

Auch der militärische Richter zog sich nach erstattetem Bericht in Bestürzung zurück.

Unmittelbar hernach, als schon der frühe Abend sein grelles Feuerwerk über die Stadt ergoß, tauchte der Maire Monet auf. Als einen Bekannten begrüßte ihn der Repräsentant. Der Sekretär wurde ins Nebenzimmer geschickt. Die beiden blieben allein.

Sie kannten sich von Zabern her. Monet war den beiden Volksrepräsentanten entgegengereist und hatte sie die elsässischen Verhältnisse mit seinen Augen schauen gelehrt. Mit bösen Vorurteilen gegen die Elsässer kamen die Pariser an.

Monet berichtete, daß der angesehene Kaufmann Mayno – während Pasquay, zu 150.000 abgeschätzt, und andere sofort bezahlten – von den 200.000 Livres, die er zu den neun Millionen beizusteuern habe, erst 180.000 aufgebracht habe; das übrige innerhalb vierundzwanzig Stunden zu zahlen, sei er jedoch nicht gewillt oder nicht vermögend.

»Gut, so ist der alte Herr morgen früh von zehn bis ein Uhr an der Guillotine auszustellen! … Im übrigen hast du recht, Bürger Maire: dieser ehemalige Pfaff und geborene Österreicher Schneider und sein Freund Jung sowie Anhang sind kleine Geister, die sich an die großen Spitzbuben nicht heranwagen. Entweder aus Mangel an Scharfblick oder aus Mangel an Größe. Oder sie sind Kompromissen zugänglich. Er ist wohl für fette Mahlzeiten und hübsche Frauen empfänglich? Ich habe mir übersetzen lassen, was er in seinem ›Argos‹ gegen die früheren Volksrepräsentanten geschleudert hat. Und ich wundere mich, daß man sich solche Angriffe gefallen ließ. Man muß diesen meineidigen Expriester im Auge behalten. Er ist geborener Österreicher – Geburt und Erziehung streifen sich nicht ab wie ein Kamisol.«

»Dietrich hat ihn hergerufen«, ließ hier der kluge Savoyarde einfließen; »Dietrich und dessen Freund, der Prediger Blessig, der als verdächtig im Seminar sitzt.«

»Aha! Der deutsche Charakter dieser halsstarrigen Bevölkerung wird durch solche Mitläufer der Revolution verstärkt«, fuhr Saint-Just fort, immer straff und donnernd auf und ab schreitend, indes das zornrote Sonnenauge über der vielzackigen Jung-Sankt-Peter-Kirche glühte.

»Man spricht in diesem Lande äußerst spärlich die Sprache der freien Franken. Ich gedenke folgendes vorzuschlagen: Die reichen Gegenrevolutionäre werden guillotiniert; die reichen Teilnahmlosen werden um ihr Vermögen gebracht und als ruinierte Leute einflußlos; bezüglich der übrigen Bevölkerung wäre eine Verpflanzung nach dem innern Frankreich erwägenswert; im Elsaß könnte man dafür Kolonien aus dem Innern ansiedeln. Dem platten Lande werden wir französische Schulen aufzwingen, damit jeder ohne Ausnahme Französisch lernt. Sodann hab' ich soeben dem Schreiber einen Erlaß in die Feder diktiert, daß die jetzigen Behörden – mit Ausnahmen, die ich namentlich angebe – abzusetzen sind; sie sind trotz wiederholter Ein- und Absetzung offenbar noch nicht geläutert genug. Du erschrickst, Bürger Maire? Beruhige dich, du bist nicht dabei. Ferner muß aus dem Innern ein Schock zuverlässiger Patrioten, echte Jakobiner, als Propagandisten hierherkommen. Sie müssen reden können. Sie sollen die Bevölkerung, die Armee und den Jakobinerklub durchsäuern. Die deutsche Sprache ist in den Volksgesellschaften zu verbieten; wer nicht Französisch kann, bleibt draußen. Helfen alle diese Mittel nicht – nun, so bleibt uns noch das Gewaltmittel von Lyon.«

So sprach der furchtbare junge Mann, der noch vor wenigen Jahren, ebenso wie Eulogius Schneider, als Dichter in die Öffentlichkeit getreten war und sich nun in einen Richter verwandelt hatte. Und es war keine Redensart. Dem Fanatismus jener Zeit war jedes Mittel willkommen; auch im Elsaß wurde mit gefälschten Briefen und bezahlten Denunziationen gearbeitet. Und Saint-Just, unbeweglich sein Programm entfaltend, war sich seiner Wirkung bewußt. Man hätte sagen können: es war Pose in dem jungen Mann. Aber seine Herzensmeinung war um nichts milder als seine Sprache. Seine Pose war echt.

»Vorerst muß ich mein Augenmerk der erschlafften Armee zuwenden«, sprach er weiter. »Gestern begegnet mir ein Kapitän der Chasseurs auf der Straße, kennt mich nicht und fragt mich nach dem Weg zur Komödie. Ich hab' ihn sofort arretieren lassen. ›Was? Der Feind ist bis Wanzenau vorgedrungen, und du hast Zeit zum Amüsement? Dein Posten ist am Rhein, nicht im Theater!‹ Ich will die Armee säubern und stählen, die Österreicher aus dem Lande jagen, dann seh' ich mir die Herren Straßburger an.«

Lebas trat ein, der andere Repräsentant, jung wie Saint-Just, doch zu seinem düstren Gesellen der etwas hellere Hintergrund. Er war noch nicht lange verheiratet, hatte mit Verdruß sein Weib zu Hause gelassen und spielte mit seinem Hund »Schillickem«, den er nach dem nahen Dorf Schiltigheim benannt hatte. Er fragte nach der Straßburger Musik und plauderte von den Hauskonzerten, die sie in Paris bei Robespierres Wirtsleuten, den Duplays, veranstaltet hatten; er sprach von Racines Tragödien, die man mit verteilten Rollen gelesen hatte, unter Mitwirkung des Advokaten von Arras; er rühmte Saint-Justs Dichtung, eine Nachahmung von Voltaires »Pucelle«.

»Wir spielen und lesen nicht mehr, mein lieber Lebas«, warf Saint-Just ein, »wir *machen* Tragödie.«

So wehte der Westwind durch Straßburg ...

In der Nacht noch wurden die Verwaltungsbehörden verhaftet. Freund und Feind waren bestürzt. Am Morgen lief Schneider zu Saint-Just, um noch einige wenigstens loszubitten; auch Monet tat unbefangen und schloß sich der Bitte an. Der Repräsentant lag zu Bett, hörte mit halbem Ohr herüber, drehte sich endlich zu dem stämmigen Bittsteller um und erwiderte kalt: »Es mögen ein paar Unverdächtige darunter sein. Aber wir sind in Gefahr und wissen nicht, wo zugreifen. Nun, wenn ein Blinder im Staub eine Nadel sucht, so packt er die ganze Handvoll Staub, und er hat sie sicher ...«

Kinder und Frauen jammerten inzwischen am geschlossenen Gittertor jenes glänzenden Stadthauses zwischen Münster und Ill. Aber man ließ den Gefangenen, worunter Professor Oberlin, keine Zeit selbst zu den nötigsten Bedürfnissen. Der ewig betrunkene Stadtkommandant Dièche kam fluchend an, ordnete die Verpackung, und die gestopft vollen Wagen rollten davon ins innere Frankreich.

Eulogius Schneider und die Seinen spürten die neuen Energien. Mit *diesen* Repräsentanten »deutsch zu reden«, war weder ratsam noch notwendig. Die Guillotine trat wieder in Tätigkeit; sieben Bürger von Geispolsheim ließen auf dem Paradeplatz das Leben; ihnen folgte eine Frau Poirson aus Illkirch, der alte Schaffner Rausch, der Einnehmer Ehrmann aus Buchsweiler, vier Bürger aus Oberschäffolsheim, der betagte Pfarrer Fischer aus Dorlisheim. So regneten in jenem November die Todesurteile. Verhaftet wurden die Führer der Sektionen; verhaftet die Chefs der Nationalgarde. Hinter den Wällen aber knallten die Flinten und räumten unter den Offizieren auf.

Und der öffentliche Ankläger Eulogius Schneider rüstete seine Wanderguillotine zu einer Fahrt über Land.

Er richtete sein Augenmerk auf das Städtchen Barr.

6. Kriegskameraden

Die jungen Straßburger Viktor und Albert standen inzwischen im Feld und fochten unter harten Entbehrungen gegen die vordringenden Österreicher.

Der östliche Flügel der republikanischen Armee lagerte gegen Ende Oktober in der Wanzenau nördlich von Straßburg. Die Avantgarde unter Brigadegeneral Combez hatte Dorf und Umgegend besetzt. In den benachbarten Gärten um Kilstett und Reichsstett befehligte Desair. Die Gefechtslinie in diesen mühseligen Kämpfen war derart auseinandergezogen, daß sich die Armee als lebendige Mauer vom Rhein nach den Vogesen hinüberdehnte: hinter der Suffel und der Zorn, von Schiltigheim über Brumath bis Zabern, wo die Kanonen des äußersten linken Flügels im Park des Rohanschen Schlosses standen. Jenseits des Gebirges schloß sich die ebenso ausgedehnte Moselarmee an. Man kannte noch nicht die rasche, wuchtige, konzentrierte Gefechtsweise der napoleonischen Schlachten; das Genie war noch nicht in Erscheinung getreten.

Am Rande des Dorfes Wanzenau, in einem sogenannten »Knitschloch«, in dem man Hanf zu brechen pflegt, saßen die Leutnants Frank und Hartmann am Feuer und brieten in der glühenden Asche Kartoffeln. Es war spät in der Nacht. Die Kameraden schliefen. In Dorf und Landschaft war das Gesumme einer unzufriedenen, schlechtgenährten, niedergedrückten Armee langsam verstummt. Durch den lastenden Nebel glühten die Wachtfeuer. Kein Kavalleriesignal mehr bei den zwanzig Eskadrons; die zwölf Bataillone der Vorhut schliefen in Häusern und Scheunen, Zelten und Gräben; die zwei Freikompanien hielten den Dorfrand besetzt. Durch Verhaue deckte man sich gegen den Feind; rechts schützte der breitflutende Rhein; lässig patrouillierten die Vorposten. Eines Überfalls war man nicht gewärtig, obschon das Waldecksche Korps kaum zwei Stunden entfernt lag.

Die zerrissenen und ausgehungerten Kriegskameraden hatten sich merklich verändert. Der lange Viktor war »dürr wie ein Rebstecken«, nach Alberts Ausspruch, sein hager Gesicht durch Bartwuchs verwildert; das Haar drang ohne Zopf in braunen Strähnen unter dem Hut hervor; nichts mehr an der äußeren Erscheinung des Leutnants Hartmann, wie er da mit hochgezogenem Mantelkragen auf zusammengelegten Kartoffelsäcken am glimmenden Feuer saß, erinnerte an den Hofmeister von Birkenweier.

Sie stocherten mit den Säbeln in der Aschenglut herum, spießten schwarz gebratene Erdäpfel heraus, schälten sie flüchtig und schlangen die mehlige Frucht hinunter.

»Weißt du, wen ich neulich traf, Albert?«

Albert murmelte und kaute.

»Freund Friansol.«

»Wen?«

»So nennt ihn Combez, er meint aber Frühinsholz. Reicht mir vom Pferd herunter die Hand. ›Ah ça, Hartmann, erst Leutnant? Guck her, ich trage die Generals-Epauletten! Und trotz aller Gefechte und Schutz in den Schenkel erzlebendig!‹ Und plaudert gemütlich und reitet weiter. Ein guter Kerl.«

»Was mich betrifft, Viktor«, sagte Albert und blies in seine heiße Kartoffel, »so hab' ich ein Dessert in der Tasche.«

»Was denn?«

»Rat mal!«

»Aus Barr?«

»Stimmt!«

»Brief?« – »Voilà!«

Und schon saßen die Freunde Schulter an Schulter und breiteten drei zierliche Blätter auf ihren Knien aus, um sie im Flimmerschein des matten Feuers zu lesen. Es war ein herzlicher Brief von Addy, mit Nachrichten der Mutter und einigen Schlußsätzen in der großen, schönen und langsamen Schrift Leonies.

Als sie einträchtig gelesen hatten, geriet Albert ins Träumen und säbelte aufs neue in der Asche herum. Der genaue Magister Hartmann aber hatte etliches nicht nach Wunsch entziffert und las den ganzen Brief noch einmal.

Dann plauderten sie halblaut, um die nahe schlafenden Kameraden nicht zu wecken.

»Wir nehmen morgen Urlaub«, begann Albert. »Die Rückzugsbewegung hat jetzt ein Ende. An Straßburg wagen sich die Weißröcke nicht heran, obschon der Pulvervorrat unsrer mageren Festung nicht lange reichen dürfte. Doch bald bekommen wir Zuzug und Pichegru als neuen Obergeneral – und dann rücken wir vor. Vorher aber essen wir uns bei deinem Vater satt und machen einen Sprung nach Barr.«

»Über die politischen Zustände in Straßburg hört man böse Sachen«, versetzte Viktor düster. »Und ich bin seit langem ohne Brief von Papa.«

»Es wundert mich überhaupt, daß du aushältst, Viktor.«

»Wieso?«

»Nun, du steckst doch eigentlich hier in einer recht unnatürlichen Situation.«

»Wär's besser, wenn ich in Fort Louis Erbssuppe verbrennen ließe vor lauter Studium, wie sie mir neulich vom guten kurzsichtigen Redslob schrieben? Nein, lieber in der Front als in jenem überfüllten Schnaken-Fort, das die Österreicher nächstens in Brand schießen werden samt dem Straßburger Bataillon!«

»Du stehst deinen Mann, Viktor, ich muß das sagen. Aber du bist doch eigentlich nur aus Pflichtgefühl Soldat, sozusagen aus Philosophie, und bist nun mal hier nicht auf deinem rechten Posten.« – »Ja, die Zeder ist weit von hier«, murmelte Viktor trübe. »Noch weiter die Süßlichkeiten oder Dämonien von Birkenweier. Die heroisch durchgeführten Maximen der Pflicht ohne Wenn und Aber – du hast recht, das bestimmt mich. Wenn ich aber einmal dessen würdig bin, so wird mich Gott ganz von selber aus diesen Niederungen herausholen und auf die Berge stellen, wo ich Menschen zur Würde ihres Menschentums erziehen darf. Kann ich einstweilen meinen Mitmenschen nicht mit Geist dienen – sei's drum, so dien' ich mit Blut. Darf ich nicht Erzieher sein, so bin ich Soldat.«

»Es freut mich immer wieder an dir, wie du bei all deiner Gelehrsamkeit so bescheiden bist.«

»Ich bescheiden? Du kennst mich schlecht, Albert. Ich muß das Höhergeistige Schritt für Schritt meiner Natur abringen. Ich bin von Natur sehr hoffärtig, darum sehr übelnehmend; ich bin erpicht darauf, geliebt und gehätschelt zu werden, statt selber zu lieben; ich bin weichlich, ausweichend, mürrisch, rechthaberisch – kurz, ich muß Schritt für Schritt dem Niedrigen in mir den Fuß auf den Nacken setzen. O mein guter Albert, dem Geheimnis der Liebe steht ihr alle näher. Ihr seid viel treuer, einfacher, reiner als ich, du und Leonie und Addy und deine Mutter. Gott ist mir oft so fern; ich bin dann so leer und leide unsäglich. Hätte mir Gott nicht wertvolle Menschen gesandt, die auf mich einwirkten, ich wäre verkommen. Verstehst du nun, warum ich hier sitze? Um den Weichling in mir zu ducken und den selbstlosen Helden frei zu machen. Ich leide unter der Unzucht des Lagerlebens, unter diesem Schimpfen und Fluchen und all den stumpfen Unsauberkeiten der Gespräche – aber ich beiß' es herzhaft durch. Und gern, mein Lieber, gern beiß' ich's durch. Wir sind bevorzugt, wir Zwei. Wir kennen brave Menschen, für die wir kämpfen und die herzlich an uns denken. Und schließlich, glaub's oder glaub's nicht: ich habe in meiner Natur ein Stück Soldatentum.«

Der flaumbärtige Jüngling an seiner Seite hatte gerade eine Schnur zwischen den Zähnen, womit er seine zerfetzten Gamaschen festband. Er lächelte den Kameraden von der Seite an und sagte: »Es philosophiert wieder einer. Und der heißt mit dem ersten Buchstaben Viktor.«

Hartmann betrachtete ihn einen Augenblick.

»Wenn du so lächelst, siehst du deiner Schwester zum Verwechseln ähnlich. Himmel, was habt ihr für ein gutes Lächeln! Ich kann dir gar nicht sagen, Albert, wie dankbar ich euch bin.«

»Wofür?«

»Daß ihr auf der Welt seid.«

»Sag einmal, Viktor, du hast vorhin den Brief oder eigentlich die drei Briefe ohne Umstände eingesteckt, als gehörte sich das nicht anders. Sie sind aber an uns beide gerichtet. Allons, komm, wir lassen das Los sprechen! Wer's längst' Steckl zieht, der darf den längsten Brief behalten.«

Er meinte Addys Brief. Und schon hatte er von einem Hanfstengel drei Stäbchen gebrochen, verdeckte ihre Länge in der Hand, ließ die drei Enden gleichmäßig herausragen und hielt sie Viktor hin.

»Aha«, sagte nun Viktor lächelnd, »es spekuliert wieder einer. Nämlich auf Addys Handschrift. Übrigens wollen wir deine Schwester nicht unterschätzen, Albert. Sie hat neben unsrem Sorgenkind Addy keinen leichten Stand. Und Leonie hat Takt, viel Takt.«

»Ein gutes Kind«, meinte Albert flüchtig, »aber einer Addy kommt sie nicht gleich. Zieh!«

Viktor zog – und zog das kürzeste der drei Stäbchen.

»Famos, Viktor! Du erhältst Leonies kurzen Zettel, ich Addys langen Brief – und der Brief von Mama ist ohne weiteres mein!«

Viktor packte den Jungen in einem plötzlichen Anfall von Zärtlichkeit und preßte ihn kräftig ans Herz.

»Du guter, lieber Kerl du! Wie er sich nun freut! Könnt' ich euch doch so recht sagen, wie ich euch gut bin!«

»Recht so!« meinte Albert, ließ sich gemütlich schütteln und herzen und steckte derweil den Brief ein. »Ich frier' ohnedies wie ein Schneider!«

»Frierst, Kleiner? Wart'!«

Und Viktor sprang auf, nahm die Säcke, auf denen er gesessen, und umwickelte den jüngeren Freund zärtlich mit Kartoffelsäcken.

»So, mein Alterle, jetzt legst dich aufs Ohr und schläfst!«

»Un morje gehn mr heim«, murmelte Albert aus seiner Verschalung heraus und war binnen kurzem entschlummert.

Viktor vermochte nicht zu schlafen. Es durchrieselte den sensiblen Menschen eine merkwürdige Unruhe. Etwas wie eine schwermutvolle Weise weinte durch diesen wuchtenden Nebel, in dem die Weidenbäume standen wie erfrorene Schildwachen. Er horchte in das leise Summen der fröstelnden Nacht; er schien allein zu wachen auf einem endlosen Meer; und die große Trauer der Einsamkeit überkam ihn wieder einmal, eine gleichsam musikalische Trauer, den Worten unzugänglich. Die Vaterstadt Straßburg mochte knapp zwei Stunden entfernt sein; war es vielleicht möglich, die heimatlichen Töne der Münsteruhr durch die graue Herbstnacht hindurch zu vernehmen? Er stand, hielt die Hand ans Ohr, lauschte. Dann spähte er nach den Vorposten und versuchte die österreichischen Biwakfeuer zu erkennen. In seinem Tornister steckten Kants »Praktische Vernunft« und ein Band von Zollikofers Predigten; doch begnügte er sich damit, ein nasses Zeitungsblatt heranzuspießen, das in seiner Nähe lag, und einen Blick hineinzuwerfen. »Die österreichische Megäre hat an derselben Stelle, wo der Tyrann Capet sein Haupt verlor, die verdiente Strafe erhalten ....« Er hatte genug und warf das Blatt angewidert ins Feuer.

»Wie komm' ich in diese Regionen des Hasses? Gott der Liebe, den ich suche mit meiner tiefsten Seele, was hab' ich mit dieser Gattung der Raubtiere gemein? ... Unritterlich, grausam und wollüstig ist jetzt diese Nation, die ehedem geschmackvoll und ritterlich schien! Ihre Kultur ist Firnis! ... Gleicht nicht Saint-Just körperlich jenem Karl IX., dem treulosen König der Bartholomäusnacht? Robespierre hat es behauptet. Und ich vernahm von einer Frau in Straßburg, sie hätte visionäre Geister an der Arbeit gesehen, darunter im blutigen Gewande den Admiral Coligny, den sie in jener Blutnacht getötet haben .... Sind die dreißigjährigen Hugenottenkriege zwischen den Guisen und Coligny in neuen Formen aufgewacht? Haben sich jene Geister abermals in dämonischen Scharen auf die Erde gestürzt und toben nun mit Hilfe einer Geschwindmaschine in drei Jahren aus, was sich einst in dreißig nicht erschöpft hat? ... Es standen Condés und Bourbons an der Spitze der Hugenotten und errangen in Heinrich IV. den Königsthron – zweihundert Jahre vor der Revolution, die sie nun wieder hinwegfegt! ... Mein Ohr ist in dieser düstren Nacht auf schwermütige Melodien gestimmt. Ich will an gute Meister und Menschen denken, an das Nestchen in Barr, an Jena und an meinen Oberlin in Waldersbach – und an dich, mein alter Vater, dem ich ein freundlich Abendrot um den Scheitel legen will« ...

Und er stand, den dreieckigen Militärhut mit der Kokarde auf dem tiefgeneigten Kopf, im Mantel der französischen Infanterie, die Arme verschränkt. Unbeweglich stand er am Ufer des elsässischen Nebelmeeres und wälzte das Heimwehwort aus seiner Lieblingsdichtung Iphigenie im Sinn: »Und an dem Ufer steh' ich lange Tage, das Land der Griechen mit der Seele suchend.«

Spät schob er einen Holzblock ans Feuer, setzte sich neben Albert, stützte den Kopf in beide Hände und schlief ein ....

Die Österreicher hatten sich durch Verrat die französische Parole verschafft. Sie verließen gegen Morgen ihr Lager. Prinz Waldeck hatte fünf Bataillone, fünf Divisionen Kavallerie und zwölf Kompagnien Rotmäntel zu einem Handstreich bestimmt. Die Lagerfeuer wurden täuschend weiter unterhalten, mit Vorsicht rollten Kanonen und Pulverkarren; kein glimmend Schwämmchen in der Tabakspfeife; die Trommel hängt mit abgespanntem Fell dem Trommler auf dem Rücken. An Kreuzwegen, wo sich gespenstische Züge berühren, wird flüsternd nach dem Bestimmungsort gefragt. Und auf den Nebelwiesen immer näher rückt das Schattenheer heran. An der Spitze die katzenhaften Rotmäntel, mit Pistolen und Damaszenerdolch im Gürtel, Flinte mit Bajonett im Arm. Ihr Bestimmungsort ist Wanzenau.

Sind das dort republikanische Schildwachen? Das steht bewegungslos, gebannt, erstarrt. Nein, es sind entblätterte Weidenstämme. Halt! Da scholl ein deutlich »qui vive!« Emigranten vor! Gebt den Carmagnolen in gutem Französisch die französische Tagesparole! Zuruf dort – Antwort hier – alles in Ordnung! Aufgerückt, rasch, Rotmäntel, Batterien, Kavallerie – – jetzt: – – und mit ihrem furchtbaren »Allah! Allah!«

stürzt die wilde Truppe der Rotmäntel über die Republikaner herein. Trommeln, Trompeten, Schüsse – die Schanzen sind genommen! Die österreichischen Kanonen rasseln in die Dorfstraße und donnern in die unbeschreibliche Panik. Gebrüll, Getöse, Tumult der Flucht! Klumpen fliehender Franzosen wirbeln aus den Häusern, Massen von Kavallerie überschwemmen Wiesen und Feld und suchen die Eskadrons der Republikaner – wohl stoßen Chasseurs und Husaren zusammen – wohl kommen französische Batterien zum Feuern – aber Infanterie und Freikompagnien werden aufgerollt bis in den Wald von Ruprechtsau und an den Rand von Hönheim. Horch, es wird auch bei Desair lebendig! Es knattert in den Höfen von Kilstett. Dort liegen die wenigen Pariser Jäger, denen der hitzige Hohenlohe auf den Leib rückt. Doch die kleinen Pariser sind Meister im Tirailleurgefecht, täuschen die Österreicher über ihre Zahl und jagen sie bis Hördt zurück. Wanzenau freilich bleibt besetzt. Ein Dutzend Kanonen ist verloren. Am Abend des Tages sind die französischen Vorposten bis Fuchs-am-Buckel und in den Englischen Garten zurückgedrängt.

Als um Viktor her Schüsse knallten und das Getöse der Flucht die Schläfer emporriß, ward auch Leutnant Hartmann einen Augenblick in das heisere »*Sauve qui peut!*« mit hineingewirbelt. Aber nur ein paar Sprünge – und da war er wach und sah sich nach seinen Leuten um. Mit dröhnender Stimme schrie er seine Kommandos; der militärische Zorn bemächtigte sich des Elsässers; mit der Kraft dieses Zornes arbeitete er sich durch die verknäuelten Wagen und Menschen und ordnete die nächsten Kolonnen. Es bildete sich eine Stauung. Und da war auch sein Kapitän an seiner Seite. Und bei ihm ein wilder kleiner Trommler, ein durchgebrannter Uhrmachersohn aus Paris, für den Viktor manchen Brief an die Eltern geschrieben hatte: der bearbeitete mit wahrer Wut sein Kalbfell und schrie mit schriller Knabenstimme und singend gedehnter Endsilbe sein »*en avant! en avant!*« in die flüchtige Masse. Und das Gefecht kam zum Stehen. Die kleinen Blauen huschten hinter Bäume und Büsche und eröffneten ein rasches und gewandtes Feuer. Kavallerie droht das Geschütz zu nehmen, das in ihrer Nähe Aufstellung versucht; die Gruppe teilt sich: eine Rotte von Sansculotten spannt sich wild und energisch vor das Geschütz und rollt mit ihm zurück; die andere unterhält das Feuer und rückt langsam nach.

Viktor hatte mehrmals seinen Freund Albert bemerkt, aber jeder hatte zu sehr mit seiner eigenen Abteilung zu schaffen, soweit überhaupt bei dem Durcheinander Pelotons und Rotten zusammenzuhalten waren.

Jetzt erst, als sie im Laufschritt mit dem geretteten Geschütz nach Hönheim zurücktosten, inmitten einer ziehenden und schiebenden Wolke von Infanterie, umspritzt von Granaten, umknallt von Schüssen, jauchzte Viktor auf. Mit dem Ärmel über das schweißtriefende Gesicht fahrend, erschaute er im Dämmerlicht des Nebelmorgens auf der andern Straßenseite Alberts heitres Jünglingsgesicht. »Albert, Albert, hier bin ich!« – »C'est ça, Viktor, un do bin ich!« Und Albert schwang den Säbel, denn einen Hut besaß er nicht mehr.

Doch eine Minute später sprang Leutnant Frank hoch auf und war dann verschwunden.

»Albert?!«

Viktor blieb stehen, drang durch das Gewimmel hinüber und kniete neben dem Getroffenen.

»Laß mich liegen, Viktor! Mach, daß du heim kommst! Da – nimm die Briefe mit – und die Uhr – grüß' Mama!«

Und da lag der Junge und rührte kein Glied mehr. »Nein, Albert, nein!«

Der fabelhaft schnelle und ungestüme Rhythmus der Schlacht kennt kein Besinnen. Viktor riß mit gesteigerter Kraft den Freund wie ein Strohbündel empor, nahm ihn auf die Arme und lief mit der Beute querfeldein in den Schutz einer feuernden Batterie. Er dampfte vor Schweiß, er rief sich selber und dem Freunde Ermunterungsworte zu. Ein Weilchen ging es, dann zuckten und zitterten die Kniee – er suchte Deckung – fand sie und ließ sich samt seiner Last erschöpft zu Boden sinken. Da fuhr ein scharfer, stechender Schmerz in seine rechte Hand und in die rechte Schulter – und Viktor lag ohnmächtig neben dem ohnmächtigen Kameraden.

»*Tuez moi!*« Von diesem flehentlich gestöhnten »tötet mich!« erwachte Leutnant Hartmann. Es war Tag. Französische Ambulanzen sammelten Verwundete. Viktors erster Blick fiel auf einen Chasseur mit zerschossener Brust, dem noch der Pfropfen in der roten Wunde zu glimmen schien. Albert lag auf einer Tragbahre. Der Boden schütterte unter fernem Kanonendonner; doch in der Nähe winselten nur die Opfer, die das Nachtgefecht auf diesen Nebelfeldern ausgesäet hatte.

Hartmann glaubte gehen zu können, wenn man ihm den Arm in einen Notverband legte. Doch er überschätzte seine Kraft; man mußte auch ihn aufladen.

Und am Abend lagen beide Kämpfer im Straßburger Militärspital: Viktor nicht allzu schwer, Albert aber tödlich verwundet.

Die Weiden der nebelnassen Wanzenau tanzten durch die Fieberträume der beiden Freunde, die in getrennten Sälen lagen. Sie waren in monatelangen Kämpfen mit wenigen Schrammen und Beulen davongekommen, und nun sollten sie im letzten dieser niederdrückenden Rückzugsgefechte umgeworfen werden.

Sobald es möglich war, diktierte Viktor einige Zeilen an seinen Vater. Statt des erwarteten Vaters kam nach mehreren Tagen des Zauderns die zaghafte Tante Lina. Sie brachte die Nachricht: Vater Hartmann sitzt im Gefängnis.

Das war für den verwundeten Vaterlandsverteidiger eine schwere Prüfung. Er lag mit großen Augen, fragte leise, schüttelte den Kopf und fragte wieder, knirschte endlich und schwieg.

Einen oder mehrere Tage später – Viktor lag in einem Traumzustand und hatte das Gefühl für das Zeitmaß verloren – ward ihm durch einen Besucher ein Brief zugesteckt, der die kurzen, kräftigen Schriftzüge seines Vaters trug.

»Mein lieber Viktor! Habe durch Tante Lina in Erfahrung gebracht, daß du im Spital liegst, indessen zum Glück nicht auf den Tod verwundet bist. Dafür wollen wir den Vater im Himmel preisen. Er führt uns in diesen Zeitläuften recht wunderlich. Doch brauchst Du Dir um mich keine Sorgen zu machen. Es ist eine Ehre, mit den besten Bürgern, wohl tausend und noch mehr, gefangen zu sitzen. Meinen Garten haben sie demoliert; aber sie lassen mich dafür hier im ehemaligen katholischen Priesterseminar hinter dem Münster wohnen, wo man im vierten Stock eine Aussicht ins Badische hat, welches den Tyrannen gehört und die Segnungen der großen Revolution noch nicht erfahren hat. Es sitzen in meiner Nähe der alte Stettmeister Dietrich, Pfarrer Eissen, Professor Reiheißen, und überhaupt die meisten Professoren der Universität, sofern sie nicht als Medizinkundige in den Spitälern brauchbar sind. Der Stettmeister erinnert sich Deiner von Rothau her; er hängt an seinen Waldungen ebenso wie am Ruhm seiner nunmehr gänzlich ruinierten Familie, in welcher ihm sein jüngerer Sohn, unser armer Maire, immer noch gefangen in der Abbaye zu Paris, besonderes

Herzeleid verursacht. Desgleichen sitzt hier Pfarrer Blessig. Vor einigen Wochen ist Monet mit den Seinen mitten in einer Predigt in die Neue Kirche eingedrungen, als Blessig auf der Kanzel stand, haben ihm den Gottesdienst untersagt und die Kirche in ein Fruchtmagazin, hernach in einen Schweinestall verwandelt; Sankt-Wilhelm ist ein Spital, Jung-Sankt-Peter ein Heumagazin worden. Gib acht, lieber Viktor, daß sie diesen Brief nicht erwischen, ich schreibe ihn heimlich und schmuggle ihn Dir mit List zu, denn es ist uns alles verboten. Doch hat Pfarrer Blessig ein Kaffeekännchen mit einem doppelten Boden; darin schickt ihm seine Frau Pfarrerin jeden Tag einen Brief und er desgleichen, wenn das Kännchen zurückgeht; so kommt halt jetzt auch dieser Brief zu Dir, durch Vermittlung des jungen Heitz. Wir sind zu vier bis acht in einem Zimmer, in den großen Sälen sind gegen achtzig Gefangene und machen die Luft nicht besser. Das Essen ist schlecht, dafür dürfen wir es aber auch selber bezahlen. Schlechtes Mehl, das ein betrügerischer Bäcker mit Gips vermengt hatte, konnte man neulich weder den Volontären noch den Bürgersektionen als Brot anbieten; jetzt kracht dies Brot zwischen den Zähnen der Gefangenen. Manche werden krank; wenn's schlimm wird, schafft man sie ins Bürgerspital. Lieber Viktor, mir mangelt halt ein wenig die frische Luft, an die ich alter Gärtner gewohnt bin. Mein Hals macht mir zu schaffen. Aber sorge Dich nicht um mich, kurier Dich selber gut! So zwei einfache Leute wie Du und ich kommen leicht durch die Welt. *Au revoir!* Dein Vater!«

Und dann, als ihn das Wundfieber verlassen hatte, kam ein Tag, der den langsam genesenden Viktor auf das heftigste erschütterte. Er hatte mehrfach bedenkliche Krankheitsberichte von Freund Albert vernommen. Frau Johanna war hergereist; sie saß bleich, aber in ihrer beruhigenden Stille oft drüben am Feldbett des Sohnes. Und eines Morgens stand die große, schön gewachsene Frau in ihrem vornehm-einfachen schwarzen Gewand an Viktors Lager, hielt ihr Tuch an die Augen und sagte mit leisem Weinen: »Er ist hinüber.« Der Kranke, der den rechten Arm und die Schulter in Verband und Schlinge trug, schaute sie einen Augenblick starr an, dann zuckte sein eingefallenes Gesicht – und der geschwächte Kämpfer brach in ein unwiderstehliches, krampfartiges Weinen aus. Er hatte den Jungen brüderlich geliebt. Stromweise flossen die Tränen; das ganze Weh über diese entsetzliche Zeit ergoß sich in diesen Tropfen. Er hielt die linke Hand mit dem

Goldring und dem Bergkristall aus dem Steintal an die Augen und schluchzte wie ein Knabe.

Frau Frank beugte sich zu ihm hernieder, am Bettrand kniend: »Nicht so weinen, lieber Viktor, nicht so weinen!« Und sie küßte seine Wange, legte aber dann selber ihren Kopf neben ihn ins Kissen und überließ sich einen Augenblick gänzlich ihrem Schmerz. »*Allons, citoyenne, allons!*« rief der Arzt. Und sofort erhob sie sich, küßte Viktor noch einmal: »Dank, Viktor, was Sie für ihn getan haben!« und ging still davon.

7. Vom Grenzland ins Hochland

An einem ärmlichen Lager im Bürgerspital sitzt der halbgeheilte Viktor Hartmann und hält mit der gesunden Linken die Hand eines abgezehrten Kranken.

Vom fadenscheinigen blauen Rock der Felduniform hängt der rechte Ärmel lose herunter; der Arm steckt noch in Bandage. Die Hand, womit einst Viktor Hartmann in die Dornen gegriffen, ist auf lange hinaus wund; das Schultergelenk ist kraftlos.

Alle vier Betten im Zimmer sind besetzt, denn Straßburg hat in jenem Unglücksjahr fast doppelt so viel Todesfälle zu verzeichnen als sonst. Und so spricht Viktor, um nicht zu stören, mit dem Kranken nur flüsternd.

Der Kranke, der bereits als Sterbender vor ihm in den Kissen lehnt, ist Vater Hartmann.

Als Viktor aus dem Militärspital entlassen war, galt sein erster Ausgang dem gefangenen Vater. Langsam und fast schleichend erreichte er das Seminar; da bedeutete man ihm, daß der Sträfling Johann Philipp Hartmann krankheitshalber ins Bürgerspital überführt worden sei. Und so saß jetzt der Sohn, selber bleich und verfallen, vor dem sterbenden Vater und versteckte die pressende Fülle seines Kummers unter einem lächelnden Gesicht.

Papa Hartmann konnte nicht mehr sprechen. Doch sein Geist war klar; seine braunen Augen leuchteten mit unnatürlicher Helle. Ein milder, fast kindlicher Zug hatte in sein ehedem strenges, oft sarkastisches und dann wieder sehr gütiges Antlitz Einkehr gehalten. Nichts von Trauer; nichts von Angst.

Neben ihm auf dem Tischchen lag zwischen den Arzneigläsern das Neue Testament. Er deutete darauf; Viktor reichte es ihm dar. Mit zitternden Händen blätterte der Greis darin und entnahm dem Buch einen Zettel, den er Viktor übergab. Durch Gebärdensprache machte er ihm deutlich, daß er ein Abschiedswort aufgeschrieben habe, da er nicht mehr zu sprechen imstande sei.

Es waren draußen Sturmregen über das schneelose Land gegangen. Die Straßen waren aufgeweicht; die Baumreiser feucht und schwarz. Doch heute war der Himmel weich und mild.

Viktor neigte sich dem Fenster zu und las, während der sehr schwache Vater mit etwas ängstlichem und fast kindlichem Ausdruck auf den Sohn schaute, als wollte er um Entschuldigung bitten, falls er zu zittrig und schwer lesbar geschrieben habe.

»Mein lieber Viktor! Es ist mir in diesem Christmond nunmehr beschieden, die Erde zu verlassen. Ich will Dir daher danken für die Treue, welche Du Deinem einfachen und ungelehrten Vater gehalten hast. Mein Leben ist hart gewesen, und das Deine läßt sich nicht leichter an. Aber Du hast echte Freunde, der liebe Gott möge sie segnen, sonderlich die brave Frau Frank, Leonie und die liebe Addy. Mach Deinem irdischen Vater Ehre und sei ein Wohlgefallen Deines himmlischen Vaters, auf daß ich samt Deiner Mutter Dich dermaleinst an der Pforte des ewigen Lebens freudig empfangen darf. Mein zerstörtes Gartenstück verkaufe; den alten Joseph, der mir treu dort gedient hat, bring als Portier bei uns unter. Gehe zu Hitzingers und erkundige Dich nach Leo. Unsere Finanzen sind in Unordnung; sieh zu, was Du daraus machst. Danke meiner Schwester Lina für allen Fleiß im Haushalt. Meine Grabstätte weißt Du, meine wahre Heimat weißt Du auch. Gott führe Dich in die Höhe, lieber Viktor, dorthin, wo der Friede des Herzens wohnt, den die Welt nicht trüben kann. Ich bin und bleibe bis zum Wiedersehen im Himmel Dein Dich herzlich liebender und für Dich betender Vater.«

Viktor war noch wenig widerstandsfähig. Er ließ mit gepreßten Lippen die Tränen rinnen und schaute lange auf diese zitternde Handschrift, auf diese schlichten Worte. Und indem er sich auf eine Antwort besann, fiel ihm sein Goldring ins Auge. Leicht streifte er ihn mit dem Daumen von dem mageren Ringfinger ab und zeigte seinem Vater die Inschrift, die er ihm leise vorlas: »Durch Reinheit stark.« Es klang wie ein Gelübde. Der Vater verstand, nickte lächelnd, streichelte segnend über den Ring und steckte ihn mit schwachen Fingern seinem Sohn selber wieder an die Hand. Dann faltete er die Hände und verlor das Bewußtsein. Bald wandten sich die Augen nach oben; das Herz arbeitete stärker. Der vorbeikommende Arzt warf einen Blick herüber und bemerkte halblaut zu Viktor: »Laß ihn schlafen, er erwacht nicht mehr.«

Nach einer halben Stunde hatte Vater Hartmann ausgeatmet.

Als Viktor das Bürgerspital verlassen hatte und nun verwaist durch Straßburg schlich, mutete ihn dieser ganze politische Wirrwarr mit dem Herzeleid, das er im Gefolge hatte, unsagbar nichtig an. Er kam aus einer andren Welt. Sein Auge hatte sich in Tränen reingewaschen und sah nun still und unverworren in die Wirklichkeit der Dinge. Seine Seele hatte sich durch Schmerzen verfeinert und war nun für die groben und heftigen Leidenschaften dieser Zeit nicht mehr empfänglich.

Er trat vor das erhabene Münster. Mit seelischen Organen erfaßte er diese Symphonie der Jahrhunderte.

Die gewaltige Lichtrose über dem mittleren Portal bildet das Herz des Münsters; aber auf dem Gipfel des wolkenragenden Gebäudes, das von Stangen und Zacken umflogen ist und trotz aller Massigkeit den leichten Lichtgestalten überall Durchlaß gewährt, erhebt sich das Kreuz. Sieghaft und dankbar wird dieses Symbol der Schmerzen von der steinernen Riesenhand emporgehalten: »Da hast du wieder das Erdenkreuz, das du mir auferlegt hast, Vater der Liebe! Ich danke dir dafür, denn es hat mich geübt und gestählt, es hat mich geläutert und vertieft.«

Der braunrote Stein flammte in einem violetten Abendlicht, als der bleiche Krieger davorstand. Auch an diesem Riesenwerk hatte das Geziefer der Revolution herumgeknabbert. Die Steinfiguren der Könige und Heiligen waren zertrümmert oder der Köpfe beraubt. Quer über die Portale hinweg lief eine breite Tafel mit der Aufschrift: Tempel der Vernunft. Und das Steinkreuz der Spitze – wo war das Kreuz? Eine große rote Blechmütze war über das Kreuz gestülpt. Auch das Münster sollte der Partei dienen; den Ausweg in die Ewigkeit sollte eine Jakobinermütze zusperren. Im verödeten Innern aber, wo sonst in den kraftvollen Farben alter Kirchenfenster Ornate geblitzt und Weihrauchkessel ihre bläulichen Düfte um uralte Kultushandlungen gehüllt hatten, erhob sich ein künstlicher Berg mit revolutionären Symbolen, den Sieg der Bergpartei darstellend.

Der Elsässer betrachtete diese Geschmacklosigkeit ohne jede Erregung. Die Revolution war ihm gleichgültig geworden.

»Es ist ein stümperhafter Dilettantismus«, sprach er zu sich selber; »er sucht durch lärmende Greueltaten seine Unfähigkeit zu verdecken; wir warten immer noch auf das Aufblitzen des Genies. Das Genie, das diesen Untaten ein Ende macht, wird nicht mit Engelzungen sprechen, sondern mit Kanonenzungen. Es wird dort einsetzen, wo der König versagt hat: mit Kartätschen wird er diesen Pöbel in seine Löcher zurückjagen. Aber ich – was hab' ich mit diesem blutgierigen Staatswesen zu schaffen? Kann ich meinen Seelenhunger bei Saint-Just, Schneider oder Monet stillen? Mag der Berufene mit ihnen sprechen. Ich habe das Meine getan. Nun steh' ich endlich dort, wo ich theoretisch in den Gesprächen mit Humboldt und Oberlin schon vor drei Jahren gestanden. Ein weiter Umweg!«

Eine geistige Geographie ward ihm offenbar. Was das stürmische Mittelalter eines Walther von der Vogelweide und der Hohenstaufen-Kreuzzüge »Frau Welt« nannte, das trennte sich nun von ihm und trat zurück. Die bleibende Kraft aber wuchs herauf, die sich ehedem in der Kirche sammelte und alle Philosophie und Weisheit umfaßte. Seine Heimat war nicht mehr dieses äußere Elsaß, nicht mehr Politik noch Partei, nicht mehr Frankreich noch Revolution; seine Heimat war das Land der Weisheit und der besonnen tätigen Liebe. Vorhin am Krankenbett des nunmehr freien Vaters, drüben im heiligen Hain zu Barr – überall, wo Bedürftige zu stärken oder Hilfeflehende zu ermuntern waren, überall, wo Unmündige Erziehung und Wißbegierige Unterricht brauchten, überall, wo ein edles Verlangen Stillung wünschte – – da war seine Heimat.

Es fiel ihm auf, wie viele Fensterläden geschlossen waren; vornehme Häuser standen lichtlos und verwaist; die winterlich feuchte Stadt war grau und still.

Ein Bekannter kreuzte seinen Weg. Es war ein ungeklärter, leicht erregbarer junger Gelehrter, der ebenso wie Hartmann in Kolmar und in Jena geweilt und von Friederike Pfeffel einen starken Herzenseindruck erhalten hatte, ein aus Dänemark verflogener Schöngeist, der in Schneiders Gefolge den Besessenheiten der Zeit erlag. Hastig schoß er dahin, einen journalistischen Artikel im Kopfe wälzend, als wäre das Wohl der Menschheit davon abhängig, daß dieser Leitartikel im »Argos« oder im »Weltboten« erschiene.

»Nun, Hartmann, verwundet? Bravo, bist ein Patriot! Woher? Wohin?«

Viktor beschaute den Unsteten mit ruhiger Verwunderung.

»Noch immer im Fieber, Butenschön? Ich meinerseits komme vom Totenbett meines Vaters; den habt ihr in der Kerkerluft des Seminars getötet, während ich auf dem Schlachtfeld blutete. Nun such' ich eine reinliche Stätte, wo ich meine Wunden ausheilen und von eurer Freiheit, Gleichheit und Brüderlichkeit genesen kann. Willst du mit?«

»Das wäre! Wo hier alle Hände voll zu tun sind! Wo Freund Schneider, der auf dem Land Widerspenstige straft, in Gefahr schwebt, dem Einfluß eines Saint-Just oder Monet zu erliegen! Denn Saint-Just kehrt übermorgen von Paris zurück, mächtig wie zuvor; die Ausschußwahlen sind zu Robespierres Gunsten ausgefallen. Und ich traue dem Repräsentanten nun einmal nicht. Unser Schneider ist ihnen zu bieder, zu brav, zu tugendhaft, zu deutsch!«

Viktor mußte in aller Trauer lächeln über den Mißbrauch dieser herauspurzelnden Worte, vor allem der Worte »tugendhaft« und »deutsch«. Doch schwieg er gelassen; die Revolution zeichnete sich ja gerade durch dieses Spiel mit tönenden Worten aus; und vor allem das Wort »Tugend« nahm sich in diesem blutigen Spiele besonders drollig aus.

Ein Trupp grotesker Schnauzbärte wanderte schwatzend und fuchtelnd vorüber. Diese abenteuerlichen Gestalten trugen faltige Mäntel, im Gürtel Pistolen und Säbel, und auf den langen Haaren die Rotmütze mit großer Kokarde.

»Kennst du die?« fragte Butenschön. »Sind Franzosen aus dem Innern. Mitglieder der sogenannten Propaganda. Wohnen im ehemaligen Jesuitenkollegium am Münster, füttern sich vortrefflich, saufen in diesen Zeiten der Teurung unendlich viel Wein und fühlen sich hier als Halbgötter. Na, die solltest du in der Volksgesellschaft hören! Es darf dort nur noch Französisch gesprochen werden, und so hält sich die Mehrzahl der Bürger fern. Wir um Schneider herum sind diesen Burschen gegenüber gemäßigt.«

»Ihr gemäßigt? Nicht schlecht!«

Man hatte in der Volksgesellschaft, die von einigen sechzig eingewanderten Propagandisten aus dem inneren Frankreich vergewaltigt war, offen für die Tötung sämtlicher Straßburger Gefangener gestimmt; es mochten zweitausend Menschen eingekerkert sein. Und im Kreise der Intimen, um Dièche und Monet, raunte man von einem Plan, die sechstausend Nationalgardisten der Stadt Straßburg auf großen Booten im Rhein zu ertränken, indem man sie anscheinend gegen die Österreicher senden und dann vom eigenen Ufer aus in Grund bohren wollte. Doch fanden sich keine ausführenden Leute, die mit solcher Greueltat die Ehre des Krieges zu beflecken und das Vertrauen des Heeres zu täuschen wagten. Viktor, der mit seinem verbundenen Arm unter dem übergehängten Mantel unbeweglich vor dem erregten Revolutionär stand, brach das Gespräch ab.

»Auf die Gefahr hin«, sprach er, »daß du mich wehleidig schiltst, muß ich dir bekennen, daß ich mich innerlich von diesem Chaos gelöst habe. Ich kann meiner Vaterstadt nicht mehr dienen und muß halt warten, bis sie mich wieder braucht. Ihr seid terrorisiert von der Pariser Partei des sogenannten Heiligen Berges und von der Partei des Pariser Pöbels. Straßburg ist terrorisiert von Paris. Ihr seid Affen des Pariser Blutsystems, du magst mich meinetwegen denunzieren. Aus nichtigen Anlässen bringt dein Eulogius Schneider Menschen um, und unreife junge Leute wie Saint-Just und Monet gebärden sich, wie sich eben bösartige Knaben gebärden, wenn man sie plötzlich über eine würdige Stadt setzt. Ist das Freiheit, Gleichheit oder Brüderlichkeit? Nein, das ist Fieber. Ihr habt Angst voreinander, ihr habt Angst vor aller Welt – und nun schlagt ihr tot, ihr Kleingeister, um nicht selber getötet zu werden. Gott befohlen, mein Lieber! Ich mache nicht mehr mit.«

»Du hast ja allerdings ein Recht auf Mitleid, armer Bursch, du bist Invalide«, warf der Journalist achselzuckend hin.

»Mitleid?! Versuchst du mich durch Mitleid zu beleidigen? Du kannst dir wohl nicht vorstellen, daß es Stolz ist, wenn ich mich von euch trenne? Ich bin Invalide, aber nicht am Geist. Der ist nüchtern und klar, denn er ist fieberfrei. Und nicht am Willen bin ich Invalide. Nur richtet sich mein Wille fortan auf reinere Ziele. Leb' wohl!«

Sie gingen auseinander.

Noch ein markantes Vorkommnis drängte sich dem Heimkehrenden auf, unmittelbar vor dem Vaterhause. Inmitten eines Menschenanlaufes wetterte und fluchte dort ein Soldat in Generalsuniform, aber mit den Manieren eines Unteroffiziers. Es war der Stadtkommandant Dièche. Derb und polternd, stets in halbem Rausch von den vielen Flaschen im Keller des Darmstädter Hofes, hatte er mit seinem Adjutanten eine Bürgerin zur Rede gestellt. Die Frau trug trotz des Verbotes die altreichsstädtische Schneppenhaube. Mit einem unverständlichen Wortschwall riß der General die Haube herab, warf sie zu Boden und stampfte sie mit seinen Stiefeln in den Schmutz. »Was steht an den Affichen?!« schrie er in französischer Sprache. »Die Bürgerinnen sind ersucht, die deutsche Tracht abzulegen, da ihre Herzen fränkisch sind. Steht's nicht deutsch daneben?! Kannst du nicht lesen, Canaille, so laß' dir's vorlesen!« Doch der Kommandant war an eine aus dem Finkweiler oder aus der Krutenau geraten, die zwar kein Wälsch verstand, aber in ihrem Zorn, daß man auf ihrem Wege zu einer Kindtaufe derart in ihren besten Kleiderstaat fahre, in dampfende Wut geriet. Alemannische Schimpfworte prasselten kübelweise auf den Angreifer herab. Sie riß die Haube aus dem Schmutz empor, zeigte auf die Kokarde und schrie: »Was, du trittst auf der Kokard' herum?! Du willst General sein und trittst auf der Kokard' herum?!« Und machte das durch Gebärdenspiel so anschaulich und sammelte durch ihr Ungestüm so rasch um sich her eine Zuhörerschaft, daß der Stadtkommandant vorzog, seinen Rückzug durch ein bärbeißig Lachen zu verbergen und rasch zu entrinnen.

Auf den Treppen des Vaterhauses drohte den Invaliden der Schmerz zu übermannen. »O du altvornehme Reichsstadt! O du braver Vater, du letzter Reichsstädter! In welche Schande sind wir geraten!«

Oben jedoch fand er einen unvermuteten Gast, der ihn mit willkommenem Frohmut ablenkte. Es war Hans von Uhrweiler, der ehemalige Kutscher Jean der Marquise von Mably!

Viktor freute sich über den hellen und offenen Hanauer Bauern, der nun mit seinem Bischhölzer Käthl zu Imbsheim am Bastberg hauste und mit zwei Schimmeln zu Felde fuhr.

»Du weckst mir alte Erinnerungen, Hans. Aber das ist dahinten und gründlich überwunden. Ich bin in einer Lage und Stimmung, die man nur *einmal* im Leben durchmacht. Ich habe meinem nächsten und ältesten Freund und Blutsverwandten, meinem Vater, die Augen zugedrückt, wie man zu sagen pflegt; doch ist das in diesem Falle nicht ganz richtig, denn mein sorgfältiger Papa hat die seinen eine Minute vor dem Tode selber geschlossen ... Du braver alter Mann! So charaktervoll und so weitherzig, so voll Fehler eines hitzigen Geblüts und doch so gut und fromm! ... Ich bin selber noch elend, nehmt's nicht übel, wenn man da weich wird! … Tante Lina, er hat mir's aufgeschrieben, ich soll dir danken für deine Treue … Ach Leute, Leute, mir ist, als hätt' ich einen neuen Blick in den Augen: alles Irdische fern und klein, wie wenn man ein Fernrohr um ein paar Schrauben weiterdreht. Und der Tod dieses guten Mannes war so einfach … Bring' etwas zu trinken für Hans, Tante! … Bleibst ein paar Tage bei uns, bist mein Schreiber; dann fahren wir zu den Franks nach Barr, Addy wird sich freuen, wenn sie dich sieht … Gutes tun, Hans, das ist fortan mein ganzer Wahlspruch. Und dann unauffällig heimgehen wie mein stiller Vater.«

Dies war Viktors Totenrede. Sie ermangelte der pathetischen Sprache. Doch spürte man, wie die Flut des Unausgesprochenen hinter diesen Worten emporwühlte, wie es in ihm würgte, um die Lippen zuckte und feucht in die Augen stieg. Er trug viel mehr in sich, als ihm jemals auszusprechen vergönnt war.

Der lange Hans, ein ausgeprägter Republikaner, war samt Gespann und Schimmeln auf der Flucht vor den Österreichern, die das untere Elsaß bis auf den Bastberg und an den Bergrand von Ernolsheim und Sankt-Johann besetzt hielten. Doch war er heiter und unverzagt und trug seine Hakennase hoch im Wind. Er wußte sein Haus und sein Weib im Schutze Gottes und eines rüstigen alten Vaters. Nur er selber hatte zu hitzig für die Republik Partei genommen und hatte mithin Grund, die Rache der Emigranten und Österreicher zu fürchten.

»Jetzt kommandiert der Pichegru bei der Rheinarmee«, sprach er zuversichtlich, »und der Hoche bei der Moselarmee. Das sind tüchtige Generale. Jetzt geht's druff! In vierzehn Tagen ist Landau entsetzt, *parole d'honneur!*«

Unter seinen Landsleuten war Hans eine Ausnahme; die Bauern jenes patriarchalisch regierten hessisch-darmstädtischen Bezirkes, ehedem Grafschaft Hanau-Lichtenberg, wollten von Republik und Wälschtum nichts wissen.

»Und ich muß sagen«, fügte Jean hinzu, »wenn die hergelaufenen wälschen Kindsköpf' hier in Straßburg noch lang so fortmachen, so tut's mir leid, daß ich mein' Haut aufs Spiel setze. Aufgeblasenes Wesen kann ein richtiger Elsässer nit leiden. Da hat gestern einer von diesen Propagandisten, so ein junger Naseweis, von der Tribüne herunter Jesus einen Charlatan genannt und auf Gott und Welt geschimpft – Sackerlot, ich wäre dem Wagges fast an die Gurgel gefahren. Dafür hat ihm dann freilich ein Elsässer namens Jung geantwortet. Und saftig! ›Das muß eine kleine, eine niederträchtige Seele sein, die über den besten aller Menschen spotten kann. Den Buben hätte man in der Wiege ersticken sollen!‹ So hat er's ihm gesteckt. Es fehlt diesen Wälschen etwas. Wissen Sie, was ihnen fehlt? *Ehrfurcht.* Diesen Mangel nennen sie Freiheit. Es ist aber ein Schreibfehler für *Frechheit.*«

»Es ist ein Mangel, der eine Nation vernichten kann«, bestätigte der Erzieher Hartmann.

Hans hatte im Hotel de France, im sogenannten »Fufzehnsoustückl«, wo man für fünfzehn Sous übernachten konnte, Quartier bezogen. Aber Viktor bat ihn, im Hartmannschen Hause Gast zu sein.

»Du kannst mir manches besprechen helfen, Hans. Auch bin ich in Sorgen um Addy. Eulogius Schneider streicht mit der Guillotine in der Gegend von Barr herum. Bedenk', das Kind ist herzkrank. Wenn es Aufregungen durchmachen müßte!«

Sie ordneten des Vaters Papiere. Friedensrichter Schöll hatte die Siegel abgenommen und nichts Verdächtiges gefunden. Alles Kirchliche war damals verboten; und so war der stille Gärtner sang- und klanglos beerdigt worden. Die lebendige Gegenwart rief rasch wieder alle Spannkraft auf den Plan. Überall wo Viktor Besuche machte, traf er Trauer in den Familien. Professor Hermanns begabter Sohn, der junge Arzt, war einer Epidemie erlegen. Die Familie Hitzinger war ruiniert; die Madame lag krank zu Bett; der Bäcker saß verbittert am erkalteten Ofen. Hier erst erfuhr Viktor die Geschichte Leos, der nicht über den Rhein geflohen, sondern sich in neugekräftigter Verwegenheit abermals nach dem oberen Elsaß gewagt hatte. Viktor lief von Haus zu Haus, um seine Bekannten und Freunde zu trösten und sein Bargeld zu verteilen.

Und als er spät und erschöpft nach Hause kam, traf er den Kutscher von Barr: – der war als reitender Eilbote gekommen und brachte einen Brief von Frau Frank.

»Mein guter Viktor! Wir sind mit Tränen des zartesten Mitgefühls bei Ihnen, den wir als unsren teuersten Freund lieben und verehren, und wir gedenken Ihres heimgegangenen Vaters mit inniger Achtung und Dankbarkeit. Ich selbst bin noch vom Schmerz um Albert betäubt. Indessen läßt das Schicksal uns allen keine Muße, der Bekümmernis nachzuhängen. Denken Sie sich, Kuhn in Epfig soll guillotiniert werden! Ebenso etliche andere hier und in Oberehnheim! Und dem Städtchen sind ungeheuerliche Geldlasten auferlegt, so daß ich fast alles hergegeben habe. Besonders aber bin ich in Angst um unsere Addy. Es waren neulich einige Jakobiner hier und forschten ziemlich grob, was an dem Gerücht sei, daß ich eine Emigrantin beherberge. Zum guten Glück waren die Kinder schon zu Bett gegangen, und ich konnte die Klubisten mit einigen Flaschen Wein und guten Worten fortschicken, ohne daß Addy davon erfahren hat. Ich zittre jedoch bei dem Gedanken, daß noch einmal irgendwelche Roheit, wie zu Ostern dieses Jahres, sei es von Schneider oder von andren, in mein stilles Haus eindringen könnte. Mit einem Wort, werter Freund, Addy ist bei mir nicht mehr sicher. Und sie nach Straßburg zu bringen, hieße sie vollends dem Verderben ausliefern. Erwägen Sie, guter Viktor, sobald es Ihnen die so traurigen Umstände und Ihre Gesundheit erlauben, was hier zu tun sei. Für mich und meine Leonie seien Sie nicht besorgt; wir wissen uns zu wehren; aber die kranke Addy darf nicht der Möglichkeit einer Aufregung oder gar Verhaftung ausgesetzt werden. Besprechen Sie alles mit dem Kutscher Jacques. Ich erwarte sehnlich Ihre Antwort.«

Viktor wurde durch diese Nachricht nur wenig überrascht; ein Notruf dieser Art lag in der Luft, seit er vernommen, daß Schneider jenen Bezirk heimsuchte. Nun aber, als die Tatsache vorlag, sprang seine Energie hervor. Addy war sein empfindlichster Punkt; er fühlte sich verantwortlich für des Kindes Wohl. »Kommt her, wir müssen das sofort besprechen!«

Und er setzte sich zu Hans und dem Kutscher Jacques, einem gebürtigen Lothringer von den Kirschbaumhügeln bei Büst und Wintersberg, wo der Pfalzburger Wind über die Hochebene läuft. Beides waren zuverlässige Männer. Man konnte offen reden.

Der Lebenskandidat Hartmann fühlte, daß wieder ein wichtiger Wendepunkt gekommen war. Nachdenklich stützte der vorerst noch einarmige Kriegsmann den Kopf in die Hand und sann. Sollte er für Addy kämpfen? Konnte hier überhaupt von Kampf die Rede sein? Oder war entschiedene Trennung von den Blutregionen der Revolution ein für allemal auch hier der gebotene Ausweg?

»Man sollte den Astrologius Schneider zu Fall bringen«, riet der unverbrauchte Hans. »Man sollte dem Monet oder dem Saint-Just ein Bein stellen.«

»Meinst du, daß dies nicht schon genug versucht wird?« versetzte Viktor. »Und meinst du, daß mit Vernichtung einiger Personen das

System vernichtet wäre? Nein, Hans, ich habe in den letzten Wochen über dies alles bis zum Bodensatz nachgedacht. Straßburg wird schimpflich behandelt, das ist wahr; der Name ›Freiheit‹ wird fratzenhaft mißbraucht, wir sind einer Partei von Bluthunden ausgesetzt – alles zugegeben. Ich habe Blut geopfert, ich habe den Vater verloren, ich sehe nun das Zarteste bedroht, was ich kenne. Was nun dagegen unternehmen? Hierüber nachzusinnen, über das Rätsel des Dämonismus, könnte einen tiefen Menschen krank und wahnsinnig machen. Eingreifen aber und durch Schurkereien und Kniffe diese Kniffe und Schurkereien übertrumpfen – nein, das muß ich den Bürgersektionen, den Parteien, den Volksrepräsentanten und andren politischen Faktoren überlassen. Ich bin kein Politiker. Dieser Kampf ist und bleibt unreinlich; selbst der Sieg befleckt. Meint ihr, ich würde mich fürchten, vor Monet oder Saint-Just zu treten? Der Erfolg wäre, daß ich im Seminar den Platz einnähme, der durch meines Vaters Tod frei geworden ist. Und dann? Was wäre gewonnen? Darum heißt es: ruhig überlegen und rasch und fest ausführen! Als ich vorgestern aus dem Schlaf erwachte, hatte mir von einer Lerche geträumt, die aus düstern Frühnebeln singend emporflog ins Morgenrot der wahren Freiheit. Es war meines Vaters Sterbetag. Es kann sich aber auch auf die Lerche Addy beziehen, die sich gern in eine freie, reine Höhe emporschwingen möchte – so wie sich mein eigenes Herz hinaufsehnt nach Licht und Himmelsluft.«

Und ihm klang, noch während er sprach, ein Wort des Pfarrers Stuber blitzhaft in das Ohr, ein Vorschlag, den der Geistliche damals in der Frankschen Wohnung geäußert hatte, als es sich um Addys Zufluchtsort handelte. Taghell stand mit einem Male vor Viktors innerem Auge das Hochland des Friedens. Er wußte plötzlich: in jenem Hochland wartet die Erfüllung! Dort leuchtete jetzt ein glänzend reiner Schnee über der unbefleckten Gebirgslandschaft; der Wintertag verglomm in wundersam zarten Farben. Die Rehe standen oben am Saum der dunklen Tannenwaldung, und in der Tiefe floß, schwarz inmitten des weißen Schneelichtes, ein rauschend Wasser. In den Hütten blitzten frühe Lichter; groß und blank funkelte über den Salmschen Bergen der Abendstern. Erste Weihnachtslieder sammelten sich in harmonisch bewegter Luft; im Hochwald fanden sich Geister der Liebe zusammen und beredeten, wie sie den Menschen des Tales Weihnachtsfreude bereiten könnten. Dort wohnte kein Dämon des Hasses. Vielmehr

stand in edlen Gebetsgedanken am Fenster, in die beginnende Winter-
mondnacht hinausschauend, der geistige Führer jenes Hochlandes:
Pfarrer Oberlin.

»Ich bringe Addy ins Steintal!« rief Viktor laut und freudig. »Nun
ist es klar und sicher: dahin geht der Weg! Unser braver Oberlin hat
Schützlinge genug, er wird auch für mich und dieses Kind Unterkunft
schaffen. Du hast deinen Wagen mit, Hans, du wirst Addy und mich
fahren. Du aber, Jacques, reitest nach Barr zurück und bringst sie in
aller Heimlichkeit nach Molsheim, wo wir sie in Empfang nehmen.
Und das alles ohne Zaudern, sofort morgen! Wenn ich frisch genug
bin, nehm' ich einen deiner Schimmel, Hans, und reite selber mit
Jacques nach Barr.«

Eulogius Schneider war am Schloßplatz zu Barr im Hause des Lohger-
bers Lanz abgestiegen. Die zusammenlegbare Guillotine, die hinter
ihm herzufahren pflegte, wurde aufgerichtet; die übrigen Richter
wohnten im Gasthof zum Hechten; die Soldaten verteilten sich in benachbarte Quartiere.

Ein Wagner aus Dambach war der erste, der unter dem Fallbeil
starb. Das Gefängnis war nebenan; um jedoch den Eindruck zu verstärken, führte man den einfachen, ärmlichen Mann, der vor Todes-
angst zitterte, vorher mit Trommelgeräusch durch den ganzen Ort
und verlängerte so seine Todesqual. Hernach fuhr das Gericht nach
Oberehnheim, köpfte dort zwei Bürger und kehrte nach Barr zurück.
Gleichfalls in Oberehnheim ward ein zweiundsiebzigjähriges Mütter-
chen aus Mittelbergheim vorgeführt; zitternd löste sie die Haube und
legte sich unter das Beil; ihr Verbrechen bestand darin, daß sie ihrem
Sohne, der bei den Emigranten weilte, einen Brief geschrieben und
etwas Geld geschickt hatte. Ihre erwachsene Tochter wurde mit ihr
getötet. Desgleichen der Friedensrichter Doß, der sie beraten hatte,
und ein andrer Bürger.

Dazwischen feierte man in Barr das Fest der Vernunft.

Bei dieser Feier schwor der dortige katholische Priester seinen
Glauben ab. Nach ihm betrat Eulogius die Kanzel und kündigte den
Versammelten an, daß sich jener Priester zu vermählen gedenke; möge
die Jungfrau, die er wählen werde – so klang es drohend – nicht zaudern, sein Weib zu werden; mögen die Einwohner Barrs durch reich-
liche Brautgeschenke ihre patriotische Denkart bekunden! Dies war

eine Einleitung zu seinen eigenen Hochzeitsplänen. Ihm gefiel die blühende, kräftige Sarah Stamm, eines dortigen Steuerbeamten Tochter. Doch rasselte seine Guillotine vorerst nach Epfig: dort guillotinierte man drei Bürger, darunter den Friedensrichter Kuhn. Er zog weiter nach Schlettstadt – und zwei unbedeutende alte Bäuerlein aus Scherweiler fielen unter dem Beil ...

Mitten unter diesen Blut-Orgien saßen die drei weiblichen Wesen, die dem Herzen Viktors am nächsten waren, in ihrem heiligen Hain zu Barr, am äußersten Rande des Städtchens, dort wo der Weg nach Heiligenstein durch die Reben läuft. Es war spät in der Nacht. Sie saßen eng aneinandergeschmiegt in ihrem warmen Wohngemach. Eine rosige Ampelbeleuchtung umschimmerte die trauliche Gruppe. Sie hatten mit Lesen und Arbeiten aufgehört und schwiegen nun miteinander. Die uralte Wanduhr tickte; der Wind schlich leise um das Haus. Addy saß der Pflegemutter auf dem Schoß und hatte die Arme um ihren Hals geschlungen; Leonie hatte auf dem Stuhl daneben Platz genommen, legte den linken Arm um die Schulter der Mutter und hielt mit der Rechten Addys schmale liebe Hand. Noch wirkte der Tod Alberts nach; sie waren alle in dunkler Kleidung und in trauervoller Gemütsverfassung. Und aus der feindlichen Umwelt konnte jeden Augenblick neue Gefahr hereindringen.

»Viktor zeichnet manchmal hübsch«, sagte Frau Frank, um ein wenig abzulenken. »So wie wir drei nun hier beisammen sitzen, sollte er uns zeichnen. Nicht wahr, mein Jüngstes, meine Addy?«

»Liebe Mutter«, flüsterte Addy in einer zärtlichen, aber etwas angstvoll unruhigen, weich andringenden Stimmung, »ihr verwöhnt mich, ach, aber es tut mir so wohl, mich von euch verwöhnen zu lassen, ich bin so gern geliebt. Nur diese gute Schwester Leonie kommt dabei zu kurz. Alles dreht sich immer um mich, weil ich leider krank bin. Und dabei übersieht man leicht den Wert unsrer braven Leonie, die immer so fleißig ist, immer ganz still neben mir zurücktritt. Liebe Leonie, du machst das absichtlich und meinst, ich merke das nicht, aber ich merke es wohl.«

Und Addy ließ sich vom Schoß der stattlichen Mutter heruntergleiten und umschlang plötzlich Leonie in einem jener krankhaft stürmischen Anfälle von Innigkeit, die das leidende Kind mitunter befielen. Doch ihre Liebkosungen gingen in heftiges Schluchzen über. Sie lehnte den Kopf an Leonies kräftige Schulter und weinte krampfhaft, geschüttelt von Schmerz.

Erschreckt suchte man sie zu beruhigen. Die Mutter wollte sie wieder zu sich nehmen, aber Leonie ließ sie nicht los.

»Was hast du denn, meine Addy? Bin ich vielleicht zu kalt gegen dich gewesen? Hab' ich dich irgendwie gekränkt?«

»Nein, nein, du bist immer gleich gut, du stille Leonie, bist besser als ich, bist nicht so weichlich, nicht so verzärtelt wie ich. Ach, aber du bist *gesund!* Leonie, du bist *gesund!* Du darfst leben, ihr alle dürft leben, ihr alle dürft ihn lieben und dürft geliebt werden, und ich muß *sterben*« – –

Das Wort »sterben« hallte laut und unsagbar wehvoll durch das nächtliche Zimmer. Das kranke Mädchen weinte fassungslos. Es war ein Anfall, wie ihn Addy nie zuvor gehabt hatte. Heute zum ersten Male schien der Ärmsten die Tatsache bewußt zu werden, daß sie dem sicheren Tode geweiht sei. Mutter Frank nahm das unglückliche Kind tröstend in die Arme und trug sie unter vielen Küssen und Koseworten in das Schlafzimmer. Bestürzt blieb Leonie am Kamin zurück.

Leonie Frank war eine unbefangen fleißige, auf Ehrfurcht und Gehorsam eingestellte Tochter und Schwester, voll von natürlicher Lebenswärme, mit herzlichen blauen Augen voll Gemüts- und Seelenkraft. Sie war immerzu im Haushalt beschäftigt, doch gleichsam geräuschlos, und behielt dabei ein aufmerksames Ohr für geistige Gespräche. In ihrer natürlichen Unschuld hatte sie über sich und Addy und das Verhältnis all dieser Menschen untereinander nicht weiter nachgedacht. Sie hatte das Rechte unbewußt getroffen; sie hatte sich neidlos zurückgehalten, damit sich alle Sorgfalt der Mutter und Viktors auf die Kranke sammeln konnte. Jetzt ward es ihr fühlbar, wie sehr sie durch das Geschenk einer kernhaften, blühenden Gesundheit bevorzugt sei vor der todgeweihten Pflegeschwester. Ihr Herz erfloß in Mitgefühl; sie klagte sich der Kälte an; neben der wortefeinen und wortewarmen Französin Adelaide schien sie gewiß oft kühl und herb, zu still und zu verschlossen. Dazu rund herum die schreckliche Zeit! Und Albert tot! Und Viktors Vater! Und Viktor selber wund! ... Und so saß auch Leonie Frank am Kaminfeuer und weinte vor sich hin.

In diesem Augenblick erklangen Hufschläge auf der nächtlichen Straße, und gleich darauf wurde die Schelle des Hoftors in Bewegung gesetzt. Leonie sprang ans Fenster: zwei Reiter hielten am Tor. Ein tödliches Entsetzen durchrieselte das junge Mädchen. Ihr erster Gedanke, wie immer bei allem Ungewöhnlichen, war der Ruf nach der Mutter. Doch die Mutter war bei Addy, und Addy durfte nicht erschreckt werden. So warf denn Leonie ein Tuch um und rannte mit verweinten Augen, bebend und beherzt zugleich, die Treppe hinunter.

Drunten lief bereits die Kutschersfrau mit der Laterne über den Hof und rief erregt: »'s isch der Jacques!«

Das Tor ging auf: und Jacques und Viktor ritten herein.

Eine ungeheure Last fiel vom Herzen der zitternden Leonie. In heftigster Erregung klammerte das große, schön gestaltete Mädchen beide Arme um den todmüden Kriegsmann, preßte das verweinte Gesicht an Viktors eingefallene Wange und rief immerzu: »Gott sei Dank, o, Gott sei Dank!« Und als er ihr Gesicht emporhob und erschrocken fragte: »Tränen, Leonie?«, riß sie sich hastig los, stürmte die Treppe hinauf und rief in einem Freudensturm: »Viktor ist da!« ...

In der nächsten Morgenfrühe, noch vor Tagesanbruch, verließ Addy nach vielen Umarmungen, gestärkt durch die Freude, mit ihrem Freund und Beschützer zusammen reisen zu dürfen, das stille, hohe Haus. Jacques führte die beiden an den Eingang des Breuschtals. Im Rebstock zu Molsheim wartete Hans von Uhrweiler; und nach einer kräftigenden Rast drang man in das Tal ein, hinweg aus den blutigen Revolutionsbezirken der elsässischen Ebene.

Hinter ihnen feierte der Mönch Eulogius seine Bluthochzeit.

Mitten in der Nacht wurde der Steuereinnehmer Stamm von zwei Richtern aus Schneiders Gefolge herausgeklopft. Die ganze Familie zog sich an und kam ins Wohnzimmer. In zwei knappen Briefen an Vater und Tochter ließ der öffentliche Ankläger um Sarahs Hand ersuchen. Das beherzte Mädchen sagte zu. Tags darauf, von den Hinrichtungen in Epfig und Schlettstadt kommend, zog der Bräutigam selber in Barr ein. Der Maire nahm die Trauung vor. In sechsspännigem Wagen, um der aufgeweichten Straßen Herr zu werden, trat die Familie samt Brautpaar, begleitet von Guillotine, Scharfrichter und dem militärischen Gefolge, die Hochzeitsfahrt nach Straßburg an. Unterwegs gesellte sich die berittene Nationalgarde von Barr zu dem bereits bemerkenswerten Zuge; die übermütigen Burschen gedachten den Hochzeiter zu ehren und ihre patriotische Gesinnung zu bekunden, aber sie trugen zu seinem Verderben bei. Denn in großem, allzu großem Gepränge, mit gezogenem Säbel und geschwungener Fahne, rollte der Troß an der präsentierenden Torwache vorbei in Straßburgs Mauern ein.

Der Volksrepräsentant Saint-Just stand am Fenster und sah aus unmittelbarer Nähe mit an, wie der kotbespritzte Hochzeitswagen rasselnd und lärmend die Blauwolkengasse herunterfuhr und inmitten einer Menschenmenge vor dem Hause Halt machte. Das Haus des Repräsentanten – der damalige Tribunalpalast – und des öffentlichen Anklägers Haus lagen sich verhängnisvoll gegenüber. Dieser unrepublikanische Aufzug, eines Königs würdig, aber die spartanische Strenge des Saint-Justschen Staatsideals gröblich verletzend, bot sich als ausgezeichneter Anlaß dar, den längst verdächtigen »capucin de Cologne« einzustecken.

»Will uns der Deutsche da verhöhnen? Will er uns seine Machtstellung recht pompös vor Augen führen? Oho, er irrt sich, dieser kosmopolitische Hanswurst! Dieses Schneiderlein flickt an kleinen Leuten herum und wagt sich nicht an die Großen heran – voyons, wir werden ihn lehren!«

Sofort diktierte der Repräsentant eines seiner straffen Dekrete.

»Die zur Rhein- und Moselarmee außerordentlich abgesandten Repräsentanten des Volkes, unterrichtet, daß Schneider, Ankläger beim Revolutionsgericht, vormals Priester und geborener Untertan des Kaisers, heute in Straßburg mit einer übermäßigen Pracht eingefahren, von sechs Pferden gezogen, von Gardisten mit bloßen Säbeln umgeben – beschließen, daß gedachter Schneider morgen, von zehn Uhr des Morgens bis zwei Uhr nachmittags, auf dem Schafott der Guillotine dem Volke zur Schau ausgestellt werden soll, um die den Sitten der entstehenden Republik angetane Schmach abzubüßen, und soll alsdann von Brigade zu Brigade zu dem Komitee des öffentlichen Wohls der Nationalkonvention geführt werden. Dem Kommandanten der Festung ist die Vollziehung dieses Schlusses aufgetragen.«

Nachts um zwei Uhr drang der Stadtkommandant Dièche mit seinen Soldaten in Schneiders Haus ein. Der öffentliche Ankläger hatte bis Mitternacht seine Gäste bewirtet; er wurde gepackt, von der jammernden Schwester und der ohnmächtigen jungen Frau hinweggerissen und nach dem Gefängnis an den gedeckten Brücken gebracht, dort wo Breusch und Ill, an finstren und hohen Türmen vorüber, ihre vereinigten Gewässer in die Stadt einwälzen. Am andren Vormittag führte man den ungewöhnlichen Gefangenen unter starkem Zusammenlauf des Volkes auf den Paradeplatz und auf das Gestell der Guillotine. Mit forscher Dreistigkeit betrat der redegewandte Priester und Professor von ehedem das Gerüst; unstete Blicke der roten Flammenaugen durchirrten die Menge; er trug einen Mantel, darunter die Uniform der Nationalgarde und darüber die jakobinische Pelzmütze. »Uniform herunter!« schrie es aus der Menge. »Ich bin noch nicht gerichtet!« schrie Schneider zurück. Aber die wilden Rufe »Uniform herunter!« häuften sich so drohend, daß er zornig Mantel und Uniform abwarf. Und in Hemdärmeln wurde nun der todbleiche Mann an den Pfahl der Guillotine gebunden.

Er stand dort vier Stunden, Beschimpfungen und Wurfgeschossen ausgesetzt. Die Menge staunte, wogte, summte um ihn her. Endlich um zwei Uhr fuhr an der nahen Hauptwache ein geschlossener Wagen vor. Schneider ward hineingetan, an den Füßen gefesselt und unter Bedeckung davongeführt nach Paris – in dasselbe Abtei-Gefängnis, wo noch immer sein Gegner Dietrich saß.

Viktor aber fuhr mit Addy vom Grenzland ins Hochland.

Im Tal waren die Wege mühsam; von den Bergen herab grüßte glänzender Neuschnee. Als der Wagen in Fouday über die Brücke rollte, einkehrend in das Land reiner und natürlicher Menschlichkeit, vernahmen sie von einem vorübergehenden Bauern, daß Pfarrer Oberlin in einer benachbarten Hütte weile. Sogleich sprang Viktor vom Wagen und trat ein. Und bald kam er heitren Angesichtes wieder heraus, und mit ihm der gute Vater Oberlin, der die leichte Addy vom Wagen hob, auf beide Wangen küßte und mit seiner festen, herzlichen Stimme rief: »Willkommen im Steintal!«

Drittes Buch: Steintal

1. Gottesdienst im Steintal

Auf den zerstreuten Granitblöcken zwischen den Ginsterstauden der Perhöhe rauchte der feine Tau in die Morgensonne. Der Nebel hatte sich verflüchtigt; das Gebirge stand entschleiert. Das mächtige Licht war über das Hochfeld herübergestiegen; sein leuchtend stiller Glanz durchdrang das ganze Steintal.

Von Waldersbach herauf kam langsam und besinnlich ein hoher, etwas schmächtiger und gebückter junger Mann in der dunklen Sonntagskleidung des Geistlichen oder Gelehrten. Er trug den Mantel auf dem Arm und ein offenes Heft in der Hand. Häufig blieb er zurückschauend stehen, tauchte den Blick in die großartige, duftblaue, von Nebelwölkchen umwogte Gebirgswelt, atmete tief auf und setzte dann sein Schreiten fort.

Auf der Höhe breitete er das Getüch sorgsam über einen der kleinen Felsensitze, strich darüber, nahm Platz und trug nach diesen etwas umständlichen Vorbereitungen mit lauter Stimme den versammelten Stauden und Halmen eine Rede vor.

»Meine lieben Brüder und Schwestern! Groß ist die Würde des Menschen, des Sohnes der Freiheit, des Eigentümers der Vernunft. Erhaben ist die Bestimmung des Menschen, des Herrn der Erde, des Erben der Ewigkeit. Unser aufrechter Gang, unsere Stimme und Sprache, das Angesicht als Spiegel der Seele, all unsere vielfältigen Kräfte und Gaben lehren uns, daß fortschreitende Vervollkommnung das Ziel unsres Daseins ist. Bei allen meinen Handlungen und Neigungen muß ich dieses Ziel vor Augen haben. Ich soll durch Bessermachen besser werden .... Wie nun aber, meine Mitbürger, wenn uns gewaltsame Ereignisse in diesem Entwicklungsgang hemmen? Wie nun, wenn wir uns bei reinsten Absichten in unsren Mitteln irren? Wenn wir Schaden anrichten statt der Verbesserung? Wir sind vielleicht durch die Sinnlichkeit zu Taten verleitet worden, die unser Gewissen verletzen: womit werden wir es heilen? Menschliche Bosheit hat vielleicht die Früchte unseres Fleißes und die Wonnen unsres Familienlebens vernichtet: wer wird unsre Bitterkeit mäßigen? Wir sehen vielleicht um uns her das Gemeinwesen ausgesetzt den niedrigsten Leidenschaften, wir sehen uns umringt von Kränkungen, Irrtümern und lasterhaften Geschehnissen: – wer, meine Freunde, wird unsren Glauben an die Würde des Menschen sicher durch dieses Meer von Blut und Tränen steuern? ... Denn wir alle sind in diesen schrecklichen Zeiten verwundet worden. Sei es ein Blutströpfchen, das uns leidvoll in der Seele brennt, sei es eine schwere Wunde, die wir tragen oder am Nachbar mitfühlend zu lindern suchen – wir alle wissen von Wunden zu erzählen. Und viele sitzen wie Hiob und fragen unter Seufzen empor, ob nicht ein Erlöser nahe, ein ruhevoller Freund, der uns in dieser fiebernden Welt wiederum das Ewige offenbare und bleibend in uns befestige ... Darum seien dieser Ansprache, der ihr mich heute in eurem gastlichen Steintal würdigt, zwei Worte aus dem heiligen Buche zugrunde gelegt. Das erste Wort schaut schwermutvoll auf diese Erde voll Blut und Revolution und spricht (Psalm 90,5): ›Du lässest sie dahinfahren wie einen Strom, und sind wie ein Schlaf, gleichwie ein Gras, das doch bald welk wird; das da frühe blühet und bald welk wird, und des Abends abgehauen wird und verdorret.‹ Das zweite Wort schaut lebensgewiß gen Himmel und wird von dem mächtigen Freunde Jesus zur Samariterin gesprochen (Joh. 4,14): ›Wer aber des Wassers trinken wird, das ich ihm gebe, den wird ewiglich nicht dürsten‹« ...

So sprach der Lernende. Und nun richtete er, von dieser Blickveränderung sprechend, sein eigen Angesicht empor in das duftige Morgenlicht. Feierlich bewegt schaute er umher in die Taufunken und wiederholte langsam die erhabenen Worte: »Den wird ewiglich nicht dürsten« ...

Der Sommermorgen, der den Einsamen umglühte, schien den Atem anzuhalten. Die Sonne stand still und umfaßte Tal und Höhen mit innig fester Glut. Glocken einer Herde, die oben am Walde weidete, schwangen mit leisem Geläut an den Halden entlang.

Und auf der Perhöhe zwischen Rothau und Waldersbach saß Viktor Hartmann und überlas die Predigt, die er am heutigen Sonntag in Fouday zu halten gedachte.

Über seinem leicht geröteten Antlitz lag eine merkliche Schwermut. Halblaut sprach er den Text der Ansprache, die er seinen Mitbürgern vorzutragen beabsichtigte, vor sich hin und verlor sich manchmal träumerischen Blickes in der Morgenschönheit dieser ruhigen und großen Landschaft. Es waren um ihn her tausend Augen, diamanten-schön an allen Büschen und bewegten Blumen blitzend. Mit dem Tauglanz dieser Augen der Natur verband sich ihm die Erinnerung an menschliche Augen, an beseelte Blicke, die er auf sich gerichtet fühlte. Er sah seine schwesterliche Freundin Addy bei ihrer guten Wirtin Catherine Scheidecker in Fouday auf ihrem Stuhle liegen, mit halbgeschlossenen Augen, lächelnd, schon mehr einer geistigen Welt angehörend als der unsren. Er sah die jungfräulich glänzenden Blauau-gen der taktvollen Leonie, die ein klein wenig in die Breite lächelte, rosig, gesund und doch voll Zartheit der Seele. Und hinter beiden leuchtete die ruhige Tiefe der Frau Johanna. Er sah seines väterlichen Freundes Oberlin mildes Augenpaar, durch das man hindurchschauen konnte in die Gefilde und Wahrheiten des jenseitigen Landes. Und in weiterer Entfernung tanzten die Mädchen aus Pfeffels Bezirken ihren Nymphenreigen, und Aristides-Birkheim hielt mit männlichem Wohlwollen seine schirmende Hand über die Siebenzahl seiner Kinder.

Aber der Schattentanz des Todes mischte sich in diesen Reigen des Lichtes. Auf dem Schlachtfeld sah er Albert, auf dem Siechenlager einen sterbenden Vater. Und zu Paris war der Maire von Straßburg auf dem Schafott gefallen.

Oh, dieser Totentanz! Dieser endlose Zug des Todes! Fast noch mächtiger war er als der Lichtertanz, an Eindruckskraft dem Funken-spiel dieses Sonntagmorgens überlegen. Der edle, lebensvolle, elastische Dietrich war tot. Nach langer Haft hatten sie ihn vor die Schranken gerufen und die alten sinnlosen Anklagen wiederholt. Unter den heftig aussagenden Zeugen stand auch der gefangene Eulogius Schneider. Der Maire verteidigte sich nicht mehr. Er ward verurteilt und am nächsten Tage getötet. Ein Vierteljahr später wanderte der ehemalige Mönch Eulogius, ein »Miserere« murmelnd, gleichfalls auf die Guillo-tine. Und es folgten ihm Jung, die Brüder Edelmann und andere ihrer Art, nicht schlechter noch besser als so viele, die in dieser Raserei den Tod erlitten, man wußte kaum warum. Massenlieferungen wurden zur Guillotine gebracht; Menschen und Pferde stampften durch Blut; die Hinrichtungsmaschine dampfte vor Überarbeit. Den zähesten Parisern wurde dies stumpfsinnige Töten ein Greuel; sie schlossen ihre Fenster-läden, um das tägliche Vorüberrollen der Karren nicht mehr zu sehen. Unentwegt aber ließ der fahle Dämon Robespierre seine Orakelsprüche verlautbaren, wonach ungefähr alle Welt verderbt war außer seinem nächsten Anhang. Bis er dann selber gefällt wurde. Ein Versuch, sich durch einen Pistolenschuß der öffentlichen Hinrichtung zu entziehen, mißlang; mit blutig verbundener Kinnlade wurde der halbtote Diktator auf das Blutgerüst geschleift. Das Volk, durch Blutschauspiele gefüttert wie einst das Rom der Cäsaren, hatte sein effektvollstes Schauspiel: als der Scharfrichter dem Verwundeten die Binde von der Kinnlade riß, schrie Robespierre mit einer Mark und Bein erschütternden Stimme gellend auf – der Dämon, der ihn besessen, fuhr aus. Es blieb eine Hülse zurück, die man unter das Fallbeil schob und köpfte. Und es fiel mit ihm Saint-Just, kalt und straff bis zuletzt, und mit ihm Robespierres Trabanten. Dann ebbte nach und nach das haßvolle Morden. Doch die seelischen Wunden, die während dieser Greuel dem Glauben an die Menschenwürde geschlagen worden, vernarbten so leicht nicht mehr. Das ganze nachfolgende Jahrhundert bis zum heutigen Tage litt unter den Nachwirkungen dieser Philosophie des Hasses ...

»Machtlos! Machtlos starrten wir in dieses Chaos von Greueln, von Tribünen-Phrasen, von journalistischem Mißbrauch edelster Worte! Dämonismus hat sich Europas bemächtigt; die Engel der Güte stehen fern und hoch am Lichthorizont und warten vergeblich auf ihre Stunde, denn ihre Elemente sind zu rein, um sich mit dieser unratvollen Luft verbinden zu können ... O Kant! O Willen und Würde des Menschen! Bataillone des Hasses brüllen über die Erde hin ihren Blutgesang! ... Und auch ich, seit eine Marquise den Brand in mein Leben geworfen, auch ich wußte nicht meine Stätte, bis ich sie nun gefunden habe oder bald und sicher zu finden und festzuhalten hoffe. Meine Stätte ist dort, wo es gilt, den Lichtgästen der Liebe den Weg zu bahnen in die schwarzen Regionen der Dämonie.«

Viktors Lebensproblem, das er oft betastet und besprochen hatte, lag nun in Sonntagsklarheit vor ihm ausgebreitet. Erkenntnis und Entschluß hielten sich die Wage. In dieser heutigen Ansprache, der er große Bedeutung beimaß, suchte Viktor die Summe seines Erkennens und Wollens zu ziehen. Und so schien ihm dieser Sonntag die Schwelle zu einem neuen Dasein. Der Schlüssel knarrte in der Pforte zum wahren Leben ...

Vom Berghang links von Belmont, aus der Richtung der Farm Morel, war ein Wanderer herabgekommen und stand plötzlich zwischen den Ginsterbüschen.

Es war ein noch junger bürgerlicher Mann von derber und großer Gestalt mit einem ansehnlichen Bart, ein Ränzel auf dem Rücken und in der Hand den Dornenstock. Aufgeworfene Lippen, buschiges Haar, düster glutende Augen – eine Erscheinung, die nicht in diese durchgeistigte Morgenstille zu passen schien.

Jedoch des Fremden Organ klang tief, gut und voll. Er schien müde zu sein.

»Bin ich auf dem Weg nach Walderobach und Fouday?«

Hartmann erhob sich. Diese Stimme und dieser Mann waren ihm nicht fremd.

»Sie kommen mir bekannt vor«, sprach er. »Wo mag ich Sie schon gesehen haben?«

»Eine heilige Sendung verbietet mir, mich in ein Gespräch einzulassen«, erwiderte jener.

»Gesehen habe ich Sie sicher schon einmal«, fuhr Hartmann fort. »Allein Tausende sterben ja jetzt im Kerker oder auf der Guillotine. Wir andren leben zwar, aber nur noch halb. Unser Gedächtnis wird irr.«

Der Fremde antwortete nicht, sondern schaute in einer gleichsam betenden Stellung zu Boden.

»Doch ist meine Stimmung wohl nur eine Nebenwirkung der Rede, die ich hier lerne«, sprach Viktor weiter, indem er den Unbekannten prüfend beschaute und zum Sprechen zu locken trachtete. »Wollen Sie den Pfarrer von Waldersbach besuchen? Es ist am heutigen Detadi in Fouday Gottesdienst – das heißt: Klubsitzung. Wir halten natürlich statt der Gottesdienste Klubsitzungen ab, wie es die Regierung vorschreibt. Oder sind Sie als Spion oder dergleichen ins Steintal geraten? Dann, Fremder, kehren Sie lieber auf der Schwelle wieder um. Denn hier ist schuldloses Land. Auch hat unser Vater Oberlin neulich in Schlettstadt vor den Richtern gestanden und ist mit Worten des Lobes wieder entlassen worden.«

Doch schien es nicht möglich, den Fremden zum Plaudern zu bringen. Es entstand eine kurze Pause.

»Ich komme nicht in dieser Absicht, Viktor Hartmann«, tönte es endlich von den bärtigen Lippen. Und der Mann warf seinen Löwentopf empor und fragte aufs neue: »Wo liegt Fouday?«

»Dies dort ist Waldersbach«, antwortete der erstaunte Hartmann. »Und rechts hinab, eine Viertelstunde weiter, liegt Fouday. Sie kennen mich also?«

»Danke«, sagte der andere und ging davon.

Und jetzt erst, am wiegenden Gang und an der entschiedenen Art, wie der Wandrer den Stock aufstieß, erkannte ihn Viktor.

»Leo!« rief er.

Abbé Hitzinger blieb stehen.

»Viktor«, rief er zurück, »tu mir den Gefallen und forsche mir heute nicht nach. Es könnte mich in Lebensgefahr bringen. Noch vor Abend sollst du alles erfahren.«

»Aber, Leo, welch ein Zusammentreffen! Ich habe dich seit jener Nacht an der Kolmarer Landstraße nicht wieder gesehen!«

Jedoch der Abbé war schon durch die Ginsterstauden entwichen und wanderte an den Hängen hin in der Richtung nach Fouday.

Ahnungsvoll bewegt durch dieses fast feierliche Benehmen des Jugendkameraden begab sich Viktor nach Waldersbach hinunter. Auf eben dieser Perhöhe hatte einst jenes entscheidende Gespräch mit Oberlin stattgefunden: jenes Gespräch über die beiden ungleichen Kandidaten mit ihrer gleichen Lebensverstrickung. Und da betrat nun auch Leo Hitzinger Oberlins Bezirk! Seltsam! In welcher Absicht wohl? ...

Pfarrer Oberlin machte sich zum Aufbruch nach Fouday bereit, als Hartmann im Pfarrhaus erschien. Der Straßburger Gast wohnte in einem Bauernhause von Waldersbach; er war allen in diesem Tale durch sein unermüdlich Botanisieren bekannt; er stand in Erziehung, Studien, praktischen Fragen lernend an der Seite des Pfarrers. Und seine feinste Pflicht, die den zartesten Takt erforderte, bestand darin, täglich mit der leidenden Freundin Addy, dieser frühgereiften Jungfrau, in Fühlung zu bleiben, an aufmerksamer Liebe wetteifernd mit den Bewohnern des Pfarrhauses und der braven Witwe Scheidecker.

Er frühstückte und wanderte dann mit Pfarrer, Schulmeister und andren Kirchgängern nach Fouday hinunter. Viktor hatte seinem väterlichen Freunde das Konzept seiner Predigt gegeben; es zeichnete sich durch ebenso sorgfältige Stilistik aus wie die Reinschrift. Der Geistliche war viel zu gütig, um seinem gewissenhaft und reinlich arbeitenden Zögling die Freude an dieser schön empfundenen Abhandlung über die Menschenwürde zu beeinträchtigen. Grosse Milde strahlte auch heute aus Oberlins Augen und Angesicht; aber die feste Nase und der seinen Mund fügten dieser Milde eine edle Geschlossenheit und Festigkeit hinzu. Zuzeiten konnte Zorn aus dem Hochlandspfarrer heraussprühen. Denn dieses Mannes Milde war Schulung und Errungenschaft. Er verbarg es vorerst dem trefflichen Hartmann, daß er heute früh versucht gewesen, jenes Predigtkonzept ob etlicher rationalistischer Wendungen an die Wand zu werfen.

»Du stehst unter dem Einfluß der Vernunft-Philosophie und des Doktor Blessig, lieber Viktor«, begnügte sich Oberlin unterwegs zu bemerken. »Der arme Blessig, den sie noch immer im Straßburger Seminar gefangen halten, ist ein äußerst edler und gebildeter Mann. Er ist für die elsässische Kirche von Bedeutung und ein hervorragender Kanzelredner. Ich entsinne mich, wie sehr er mit seiner Rede gelegentlich der Einweihung des Grabdenkmals, das man in der Thomaskirche dem Marschall von Sachsen errichtet hat, Aufsehen erregte; die Offiziere klatschten mitten in der Predigt Beifall. Indessen fehlt mir etwas in dieser Art von Theologie und Christentum. Es fehlt mir die herzliche Schlichtheit, die geniale Innigkeit, besonders im Verhältnis zu Christus. Denn unser Heiland ist keine Theorie, sondern ein lebendiges Wesen, unser bester Freund. Er ist dem Ärmsten hier im Steintal ebenso nahe oder vielleicht näher als dem Gelehrten auf dem Katheder, der sich, seltsam genug, durch einen Denkprozeß hindurch den Weg zu dem lebens- und liebevollen Herzen des göttlichen Menschenfreundes erzwingen will. Einfachheit, lieber Viktor – darin ruht das Geheimnis.«

Und er fügte hinzu:

»Du hast mit großer Liebe deine Ansprache gearbeitet. Sprich herzhaft heraus! Was etwa zu ergänzen sein mag, werde ich hernach sagen, indem ich nach dir als zweiter Redner die Kanzel betrete und mit einem Gebet schließe.«

So schritten sie denn wohlgemut durch den Sonntagmorgen, begleitet vom Rauschen der kleinen Schirrgoutte, die dort durch den samtgrünen, gut bewässerten Wiesengrund in die Breusch hinuntereilt.

Hartmann hatte im Pfarrhause, nur nebenbei und zum Pfarrer allein, die befremdende Begegnung mit Abbé Hitzinger erwähnt. Auch Oberlin horchte auf. Er warf die Vermutung hin, daß dieser verkleidete Priester vielleicht in einer der katholischen Nachbargemeinden eine heimliche Amtshandlung vorzunehmen beabsichtige, was bei den bekannten Regierungserlassen gegen die ungeschworenen Geistlichen und die Kirche allerdings mit Lebensgefahr verknüpft war.

Das Elsaß, reich an Dörfern und Glockentürmen, hatte damals keine sonntäglichen Melodien mehr. Der Sonntag selbst war ebenso abgeschafft wie die christliche Zeitrechnung; statt des Sonntags feierte man alle zehn Tage den sogenannten Dekadi mit Klubsitzungen in den Kirchen, die in »Tempel der Vernunft« verwandelt waren. Viele Glocken waren zu Kanonen umgeschmolzen worden; das Geläute des Friedens donnerte als Zorn und Haß auf den Schlachtfeldern der Republik.

In der heutigen Sitzung zu Fouday gedachte Viktor zum ersten Male vor den Gemeinden des Steintals öffentlich zu sprechen. Nicht als Geistlicher, nur als Mitbürger, nur als dankbarer Gast dieses frommen Tales. Viktor war kein flammender, jedoch ein fester und gemütvoller Redner. Einige Schwierigkeiten machte ihm das Französische, sofern er deutsch zu denken gewohnt war; er arbeitete daher die Rede erst deutsch aus, übersetzte sie dann ins Französische und lernte sie auswendig.

So betraten sie Fouday und grüßten nach allen Seiten die Leute, die ihre Holzschuhe in die Ecken gestellt hatten und heute in Schuhen sonntäglich vor ihren Türen standen und auf das Glockenzeichen warteten. »*Bonjour, Charité! Bonjour, Bienvenu!*« Und überall freundliche Antwort. Oberlin gedachte noch rasch einer Kranken ein gutes Wort zu sagen; und Viktor ging zu Addy.

Adelaide von Mably war im Häuschen der Witwe Catherine Scheidecker untergebracht. Sie bewohnte dort ein reinlich Zimmerchen, das der Sonne zugänglich war.

»Schade, Addy, daß du nicht mit kannst!« rief Viktor heiter. »Aber ich werde dir meine Ansprache noch besonders halten. Morgen vielleicht, denn heute besuchen dich allerlei Leute, so daß du hernach Ruhe brauchst.«

Addy saß in ihrer bleichen Ruhe im Lehnsessel und hatte neben sich eins der Flachsköpfchen von Frau Scheidecker, dem sie Zöpfchen geflochten hatte. Indes sie das angeschmiegte Kind noch mit der Linken umarmt hielt, winkte sie dem Freund und Beschützer mit der schlanken Rechten lächelnd entgegen. Sie trug ihr Sommerkleid, das in faltigem Musselin ihre länglich feine Gestalt umfloß; doch die Haare waren nicht mehr in geringelte Locken gebrannt, sondern um die Stirn madonnenhaft angescheitelt und fielen dann über die linke Schulter in bräunlicher Flut nach vorn, lose zusammengehalten mit einem blauen Bande. Diese Haarflut floß über das kranke Herz und schien es schützen zu wollen. Und unter dem Bogen des schönen Haares, der etwas vorstehend die Schläfen umwölbte, leuchteten Addys blaugraue Augen hervor, glückselig und fremdartig tief, als wollte sie ihre Herzensfreundlichkeit, die sie nicht durch viel Bewegung äußern konnte, möglichst in den Blick bannen.

»Geh, mein Kind!« sagte Addy leise mit einer ihrer kurzen, anmutigen und doch so gebietenden Handbewegungen, denen niemand widerstand. Die vornehme Tochter aus altem Adel, die in dieser armen Hütte wohnte, fiel auf durch ihre vergeistigte Hoheit. Hätten nicht außergewöhnliche Herzenseigenschaften diesem geborenen Herrschertalent die Wage gehalten, es hätte sich vielleicht Eigensinn und Laune in dieser liebevoll verwöhnten Kranken eingenistet. Doch Addys Geist und Addys Herz waren in Einklang und von ungewöhnlicher Reinheit und Reife. »Und du hast deine Ansprache Wort für Wort auswendig gelernt, Viktor?«

»Wort für Wort, Addy!«

»Und es sitzt gut?« – »Vollkommen!«

»Und mein Freund ist nicht befangen?«

»Seh' ich befangen aus, kleine Addy?«

»Nein, sogar heiter. Wie mich das freut! Und bist du nicht zu gelehrt geworden für diese einfachen Bauern? ... Nun, Gottes Segen, lieber Viktor!«

Daß er zu gelehrt sprechen könnte, hatte er allerdings nicht erwogen. Er stutzte ein wenig. Doch er wußte, daß er aus dem eigenen Erleben geschrieben hatte, möglichst aufrichtig und getreu. Und so verabschiedete er sich von Addy und wanderte nach der Kirche. Die Kranke, die das Haus nicht mehr verlassen konnte, winkte ihm in ihrer abgeklärten Heiterkeit freundlich nach.

Fouday liegt im grünen Tal der Breusch, deren Wasser breit und klar über Sand und glänzende Steine dahinrauschen. Der Ort ist eine Stunde von Rothau entfernt, das man am Fluß entlang erreicht. Ostwärts oberhalb der Breusch, steil am Waldhang empor, liegt das umwipfelte Solbach mit seinen Matten und Feldern. In westlicher Richtung, nach St. Blaise und Saales, verbreitet sich das sonnedurchflutete Tal; Berg schichtet sich hinter Berg und schließt den Horizont ab, so daß man sich, zumal in den purpurnen Färbungen des Abends, in einer scheinbar endlosen Gebirgswelt fühlt. Früher hatte die Gegend einen schrofferen Charakter. Unter Oberlins Einwirkung milderten und veredelten sich die Züge der Menschen und die Züge der Landschaft.

Eine Gruppe vornehmer Damen, in Begleitung eines hübschen jungen Mannes, plauderte in diesem Sinne über das Steintal. Sie wanderten von Rothau nach Fouday und schienen, wie die andren von den Bergen herabströmenden Sonntagsgäste, an der Klubsitzung teilnehmen zu wollen. Alle waren ernst gestimmt. Es schritt unter ihnen eine trauernde Witwe zwischen zwei reifen Damen von etlichen vierzig Jahren, mit guten und feinen Gesichtern. Die übrigen waren schöne und vornehme junge Mädchen.

Diese Kirchgänger suchten zunächst das Haus der Frau Scheidecker auf. Die Witwe stand in ihrem weißen Halstuchs, worüber ein kluges Gesicht leuchtete mit Augen voll Ehrfurcht und Güte, in ihrer Haustüre und hieß die Gäste mit freudiger Überraschung willkommen. Und drinnen klatschte Addy nach ihrer alten Gewohnheit entzückt in die Hände, als sie die Namen hörte und die Stimmen erkannte. Und bald war sie, mit geziemender Rücksicht auf ihren Zustand, von dem Schwarm der Besucherinnen auf das zärtlichste umarmt und geküßt.

Doch nicht lange wurde geplaudert; man gedachte bald zu längerem Besuche wiederzukommen. Die Schar verflog in die Küche und erfrischte sich an Frau Catherines Ziegenmilch. Die Dame in Trauer unterhielt sich mit der Hausfrau. Und nur eine der beiden reiferen Damen, eine schlanke Gestalt mit edelschönen Zügen, blieb bei Addy zurück.

Es war ein kurzes, aber inhaltvolles Gespräch. Das Gespräch verriet, daß die beiden weiblichen Wesen miteinander vertraut und befreundet waren. Die weit ältere Freundin aus Rothau neigte die schwere dunkelblonde Haarkrone und das etwas blasse Gesicht zu der Leidenden, nahm Addys Madonnenköpfchen in ihren Arm und hörte an, was ihr das Kind fast flüsternd anvertraute.

»Du mußt wissen, gute Friederike, daß ich nicht mehr lange leben werde«, flüsterte Addy. »Darum sollst du mir nun einen Rat geben, ich habe nämlich noch zwei große Wünsche. Ich wage sie aber weder Vater Oberlin noch Viktor Hartmann zu sagen. Den einen Wunsch nicht, weil es sie kränken könnte, den andern nicht, weil es ihnen sonst gleich Sorge macht.«

»Sag mir beide, Addy«, erwiderte die Freundin.

»Willst du mir's aber auch selber nicht verargen?«

»Gutes Kind, wie sollt' ich dir etwas verargen!«

»Nun, ich meine, weil du eines evangelischen Pfarrers Tochter bist ... Denn sieh, ich bin in einem Kloster aufgewachsen. Meine Mutter hat sich streng zur Kirche gehalten und ist oft mit mir zur Beichte gegangen. Im Traum seh' ich meine Mutter sehr oft; sie scheint mich zu bitten, ich solle noch einmal vor meinem Hinübergang in unsrer katholischen Weise beichten und kommunizieren. Aber ich bin hier unter lauter evangelischen Christen. Verarg es mir nicht, Friederike, ihr seid alle sehr gut zu mir. Aber – aber ich sehne mich nach einem Priester unsrer Kirche. Ich habe es bis jetzt nur in einem Briefe an eine entfernte Freundin ausgesprochen, an eine fromme katholische Familie in Rappoltsweiler, deren Verwandte Geistliche sind. Friederike, ach, es kommt mir wie Verrat und Untreue vor, daß ich das nicht offen meinen hiesigen Freunden zu sagen wage.«

»Liebes Kind, das ist nicht Verrat, das ist von dir nur eine große Zartheit, wofür ich dir diesen Kuß gebe, meine gute Addy. Ich will mit Papa Oberlin oder Hartmann sprechen. Sie werden das leicht verstehen. Und dein zweiter Wunsch?«

»Ich möchte noch einmal Leonie und Frau Frank sehen, bevor ich sterbe. Auch vielleicht Jean und seine Frau. Sie waren zwar im Frühjahr bei mir, aber ein zweites Frühjahr werde ich nicht mehr erleben.«

»Nicht so trübe Dinge denken, Addy«, beruhigte Friederike.

»Ach, Liebe, fühl nur mein Herz, wie es durch die kleine Erregung eures Besuches schmerzhafte Sprünge macht! Es will heraus, fort, in Freiheit und himmlische Luft!«

»Wie wir alle«, versetzte Friederike Brion ...

Sie hatten die Glocke überhört, die zum Gottesdienst läutete. Jetzt kamen die andern, verabschiedeten sich rasch von Addy, und alle wanderten mit Frau Scheidecker in das Gotteshaus. Nur die zwei jüngsten Kinder blieben bei der Leidenden zurück.

Die Kirche von Fouday war damals noch neu. Der greise Baron Johann Dietrich, der Stettmeister, der bis vor kurzem gefangen war und nun lebensmüde drüben in Rothau seinen letzten Sommer verbrachte, hatte das Haus bauen lassen. Man steigt wenige Stufen empor, überschreitet den Friedhof, auf dem nun Oberlins Gebeine ruhen, und befindet sich in der schönen Einfachheit einer ländlichen Dorfkirche. In jenem Jahre 1794 war es ein Klubhaus. Aber die Gemeinde sang wie sonst. Und wie sonst saßen auf der einen Seite die Frauen, auf der andern die Bürger und ihre Vorsteher. Oben auf der Tribüne, um die Orgel her, waren die jungen Leute gruppiert.

Oberlin und seine Volksschullehrer hatten den Gemeindegesang zu hoher Vollendung gesteigert. Man hatte in den ersten Jahren noch keine Orgel; aber man behalf sich. Der Lehrer gab den Ton an; geschulte junge Stimmen begannen; die übrige Jugend gesellte sich hinzu; die Bässe geübter Männer übernahmen die zweite Stimme; die Frauen fielen ein – – und schließlich war die ganze kleine Kirche ein vielstimmig Tongewoge, wobei sich die geschmeidigen Stimmen der Bergbewohner auf das schönste entfalten konnten. Die Orgel verstärkte dann noch diese mächtige und vielfältige Gesangswirkung.

Die Versammlung begann. Die Knaben und Mädchen wurden von einem Schulvorsteher – man nannte sie gewöhnlich Regenten, weil der Name Lehrer unter den früheren Verhältnissen unbeliebt geworden war – der Reihe nach über die Menschenrechte ausgefragt. Mit lauter und rauher Stimme, denn so liebten es die Zuhörer, sagten die jungen Republikaner ihr Sprüchlein auf. Befriedigt nickten die Alten. Dann erhob sich der Präsident des merkwürdigen Klubs und verlas ein kurzes Protokoll der letzten Sitzung; es war darin die Rede von einer Ansprache, die das Klubmitglied Bürger Oberlin gehalten habe. Zum Schluß forderte der Präsident – es war der Bürgermeister von Waldersbach – das genannte Mitglied Oberlin auf, sich über den neulich behandelten Gegenstand heute des weiteren auszusprechen. Der Aufgeforderte stand auf, dankte für das Zutrauen, bat jedoch, zunächst dem ihnen allen bekannten Klubmitglied Hartmann das Wort zu erteilen. Dies geschah. Und der lange Viktor Hartmann bestieg in seinem gewöhnlichen Sonntagsrock ernst und gemessen das Rednerpult, das man ehedem Kanzel nannte. Er sprach mit Unbefangenheit; er sprach mit wachsender Wärme seine sicher beherrschte Rede.

Ausgehend von der Würde des Menschen und seiner Bestimmung zu immer größerer Vollendung kam er auf die tausenderlei Gefahren zu sprechen, die des Menschen Aufwärtsgang erschüttern und zu lähmen drohen, und legte seine zwei Bibelworte der eigentlichen Betrachtung zugrunde: aus dem Alten Testament das eine, düster und herb wie jene Jehova-Epoche der strafenden oder lohnenden Gerechtigkeit; aus dem Neuen Testament das andre, trostvoll wie die ganze neue Epoche, die mit dem Erscheinen des göttlichen Sohnes, des Verkünders der ewigen Liebe, hereinbrach. Der Hypochonder von ehedem, durchbebt von persönlichen Gemütserlebnissen, verweilte lange, zu lange beim ersten Teil; der johannische Abschnitt kam zu kurz. Und als er gar, gegen Ende der Predigt, ganz hinten in der Kirche, neben Catherine Scheidecker, wohlbekannte Gesichter entdeckte, deren Blicke unbeweglich an seinem Munde hingen; als der Schüler Oberlins, anhebend mit dem Preisen des reinen Herzens inmitten weltlicher Greuel und sprechend von der Trostkraft eines ruhigen Freundes mitten in Schuld und Schicksalswirrung, plötzlich erkannte: Da sitzt ja Octavie von Birkheim! da sitzen ja meine Schülerinnen aus Birkenweier! und dort Frau Luise Dietrich – dort Demoiselle Seitz und die Schwester des Pfarrers Brion – – – da zerriß ihm der Faden. Es gelang ihm noch, einen Schlußsatz zu bilden; dann verließ er die Kanzel und bat Oberlin, das Schlußwort zu sprechen. Die Mehrzahl merkte nicht, daß er aus dem Text geraten war. Vielmehr machte das Abbrechen den Eindruck, daß hier menschliche Worte überhaupt versagten und der Sterbliche überwältigt und anbetend verstummen müsse.

Mit diesem Gedanken schloß denn auch Oberlin seine Rede an. Aber mit einer Energie und Gedankenfülle, die weit über Viktors Korrektheit hinausragte, führte er nun den zu kurz gekommenen zweiten Teil zu einem gewaltigen Gebilde aus. Der Eindruck, wie hier der reife Mann des jüngeren Anfängers Stammeln in reife Worte verwandelte, war groß und unvergeßlich. Klub und Politik, Raum und Zeit versanken; eine vor dem ewigen Gott, nicht vor dem vergänglichen Gesetz anbetende Waldgemeinde war zur Andacht versammelt. Ihre Andacht verdichtete sich zu einer Stimme. Diese Stimme sprach von der unbeschreiblichen, den ganzen Menschen erneuernden Seligkeit jener Erkenntnis, die durch keine philosophische Vernunft und kein ethisches Verdienst aus sich allein heraus erzeugt wird, die vielmehr, allerdings nach edlen Kämpfen, als *Geschenk* frei von Gott herabklomm. Hartmann hatte von der *Würde des Menschen* gesprochen: Oberlin sprach nun von der *Gnade Gottes*.

So etwa sprach Oberlin. Er sprach in einfachen Worten, in biblischen Wendungen, in naturhaften Gleichnissen. Nicht die Redegabe war seine hervorstechendste Eigenschaft; viele seiner Predigten unterschieden sich nicht wesentlich von den Ansprachen sonstiger Landpfarrer. Ihm aber wohnte ein größeres Talent inne: die Gabe des Gespräches gleichsam, des Gespräches mit Gott und mit jeder einzelnen Seele. Es war Eindringlichkeit und Überzeugungskraft darin; und den Hintergrund bildeten Mystik und Theosophie. Es war, als stiege aus uralten, von Mönchen liebevoll mit karminroten und goldnen Anfangsbuchstaben gezierten Pergamenten jener mittelalterliche Duft empor, wie er alten Urkunden zu eigen ist. Doch im Emporsteigen verwandelte sich dieser Verwitterungsgeruch des vergilbten Papiers in lebendige Gestalten, in Licht, in Farbe, in Wärme. Und siehe, das vordem schwere, verschlossene, vermoderte Buch mit seinen altertümlichen Propheten, Aposteln und heiligen Männern war entzaubert. Die Männer der Bibel traten heraus, grüßten die Steintäler und unterhielten sich mit ihnen über Freud und Leid und alle Dinge des tiefsten seelischen Lebens.

Sehet an – so sprach er etwa – das Baumreis im Winter: es ist dunkel, schmucklos und scheinbar tot. Nun aber kommt die Frühlingssonne. Und was tut die Sonne? Sie verwandelt, was sie berührt. Sie verwandelt den kahlen Baum in einen grünen Glanz; sie verwandelt den dürren Stengel in eine farbige Blume. Erkennt ihr daraus die Tätigkeit der Schöpfung? Die Tätigkeit der Schöpfung ist Verwandlung in Licht. Und wem verdanken wir dieses Wunder? Es ist die Berührung durch die Sonne, der wir dieses Wunder verdanken. Unter dieser weckenden Berührung wird die vor der stumpfen Erde ein Preisgesang auf das Wunder des Lebens. So entsteht aus der Liebe zwischen Sonne und Erde das Wunder des Lebens. Aus der Liebe entsteht Leben; Liebe ist Leben.

Meine Freunde, siehe, ich sage euch ein Geheimnis. Es ist zwischen den Vorgängen der Natur und den Vorgängen des Reiches Gottes eine genaue Entsprechung. Die unerweckte Seele ist das Baumreis im Winter. Nun aber kommt die Berührung durch eine andere, flammende, liebevolle Seele und siehe, unter dieser Berührung entsteht in dem starren Gebilde Leben und Liebe. Und der vordem stumpfe Mensch verwandelt sich in einen Preisgesang auf das Wunder des göttlichen Lebens.

Unsere geistige Sonne aber ist Gott; und seine irdische Gestaltung und Offenbarung in Wort und Wesen ist der Logos Christus. Dieser Christus ist die Verkörperung der Liebe; denn Gott ist die Liebe. Und wo in einem Menschen hilfsbereite, reine, gütige Liebe mächtig ist, siehe, da wirkt in diesem Menschen der Sonnenstrahl, den wir Christus nennen. Tausendfach und in verschiedenen Namen und Nationen, Formen und Dogmen offenbart sich Christus, wie die Natur voll vielfarbiger Gebilde ist, angestrahlt von der einen Sonne. Lasset uns weitherzig sein! Wo die schaffende, tapfere und doch zarte und taktvolle Liebe an der Arbeit ist – meine Brüder, da ist das Reich Gottes, da ist Christus!

Dieses gewaltige Reich ist nicht an Raum noch Zeit gebunden; es ist unbegrenzt, es ist ewig. Es kennt keinen Tod. Im Reiche Gottes gibt es nur Übergänge, keinen Tod; Übergänge nämlich von einer Reifenstufe zur andren. In Zustände der größeren oder geringeren Liebe teilt sich das Reich Gottes, wie die Natur sich in Landschaften und Nationen einteilt. Dieses Reich ist innerhalb der lebenden Menschheit ebenso wirksam und gegenwärtig wie innerhalb der sogenannten gestorbenen Menschheit. Denn nicht eines Menschen Geistgestalt stirbt, sondern seine Körpergestalt wird abgelegt, um dadurch anzuzeigen, daß nun eine Reifestufe beendet sei und ein neuer Zustand beginne. Wer diese Wahrheit schaut, für den ist die Scheidewand zwischen Tod und Leben gefallen; der ist es, von dem Christus spricht: er wird den Tod nicht schauen. Denn siehe, wie die Knospe aufspringt, so ist in ihm ein neues Organ aufgesprungen: mit diesem neuen Auge schaut er durch Leid und Tod hindurch in das dahinter glühende Leben. Das Universum ist eine einzige Flamme des ewigen Lebens. Wir schauen mit den körperlichen Augen nur das, was der Körperwelt entspricht, aber mit den geistigen Augen schauen wir die Länder und Gestalten des Geistes. Es sind unter uns welche, die mit ihren Gestorbenen verkehren in trauter Zwiesprache; andere, von gleich starkem Glauben, haben diese besondere Gabe nicht erhalten; doch wissen auch sie, daß es keinen Tod gibt, und begeben sich in die Länder des Jenseits, wie sich etwa ein Auswanderer nach Amerika begibt. Gleichwie Christus gesagt hat: Ich gehe hin, euch die Stätte zu bereiten, denn in meines Vaters Hause sind viele Wohnungen.

O meine Brüder und Schwestern, zu dieser Erkenntnis reift die Menschheit nur langsam. Christus hat sich geopfert, d.h. er ist Fleisch und Blut geworden, um uns verdunkelten Menschen dies Licht zu bringen. Der Frühling dieser Erkenntnis ist voll Überschwang und Entzückung; dann kommt der Sommer der stillen Glut, der heißen Arbeit mit Schmerzen und Gewittern; hernach der Herbst, der ohne Hoffart seine Frucht abgibt, in einer edlen Stille, in einer glücklichen Dankbarkeit, daß er überhaupt geben *darf*. Denn es ist eine Gnade, meine Freunde, und ist eine Ehre, unsren Mitmenschen *geben zu dürfen.*

Mein Freund, Willen und Würde des Menschen sind eine große Sache; wir ehren und pflegen sie. Aber größer ist die *Gnade.* Denn es ist Gnade, berührt zu werden von der Sonne der Weisheit und der Liebe. Und all unsere Gebetsenergie gehe dahin: Berühre mich, befruchte, begnade mich, o göttliche Sonne! Komm in mein Herz, himmlischer Gast! Laß mich die Erde sein, du sei die Sonne! Und in innigem Zusammenarbeiten laß in mir ein Neues aufblühen: das Wunder ewigen Lebens, das Geheimnis göttlicher Liebe! ...

Der Abbé Leo Hitzinger war nicht ins Pfarrhaus gegangen. Er ließ Waldersbach zur Linken liegen. Von einigen Knaben, die eine Ziegenherde hüteten, hatte er leicht erfragt, was er erfragen wollte. Dann begab er sich an ein kleines Wasser, lagerte sich, wusch die Hände und – nahm den falschen Bart ab. Und als er sich etwas zurechtgemacht hatte, schritt er weiter nach Fouday. Die Glocke läutete aus; das Dorf wurde still und leer; alles war im Gottesdienst versammelt. Dies war seine Stunde. Er begab sich schnellen Schrittes in die Gassen hinunter und fand rasch das Haus der Witwe Scheidecker.

Addy lag in ihrem Lehnstuhl im Stübchen und schaute durch das niedere offene Fenster auf die großen goldnen Sonnenblumen, die im Garten mit ihren leuchtenden Köpfen das Licht einsaugten. Sie schaute dann weiter hinauf nach den Hängen, wo die stillen Herden weideten, während ganz oben der Nadelwald schwarz und stumm das Tal behütete. Ein vergoldetes Gebetbuch lag in ihrer Hand; es war ihr noch von der klösterlichen Schule her verblieben, gefüllt mit französischen und lateinischen Gebeten, Psalmen und Litaneien. Die Kinder spielten auf dem Hausflur. Die Sonne saß an den weißen Wänden und auf den durchsummten Blumen, in denen die Bienen geschäftig waren.

Um sie her und in ihrem Herzen war eine große Stille. So etwa, als säße sie in einem Klostergärtchen, im Dufte der Reseden, jenseits der Dinge dieser Erde.

Da näherten sich feste Mannesschritte. Ein Schatten fiel ins Fenster, eine Baßstimme fragte die Kinder, ob hier Frau Scheidecker wohne und ob wohl Fräulein Adelaide zu Hause sei. Addy richtete sich verwundert auf und fragte durch das Fenster den unsichtbaren Ankömmling, ob man sie zu sprechen wünsche. Es klopfte an die Stubentüre:

und Abbé Hitzingers große, dunkle Gestalt stand in dem niedren Gemach.

Der Abbé atmete schwer, als er das bleiche Gesichtchen der jungen Kranken sah. Wie ein Bettler hielt er bescheiden den Hut in beiden Händen und lehnte sich erschöpft an den Türpfosten. Unverwandt schaute er mit seinen schwarzen, fremden Augen in seinem suchenden hilflosen Gesicht mit den aufgeworfenen Lippen und dem halboffenen Mund das Mädchen an. Die vornehme Kranke blieb in ruhiger und edler Fassung zurückgelehnt liegen, konnte aber ihr Erstaunen nicht verbergen.

»Mutter Scheidecker ist in der Kirche«, sagte sie. »Ich selbst bin krank. Darf ich fragen, womit wir Ihnen dienen können?«

Der Mann an der Türe legte sein Ränzel sorgsam auf den Tisch, so etwa, als stelle er ein kostbares Gefäß auf. Dann ließ er gedämpft mit seiner rauhen, aber gutartigen Stimme die Worte laut werden, die er sich unterwegs viele Male heimlich zurechtgelegt hatte:

»Ich bin ein Diener der Kirche. Ich bin obdachlos und viel verfolgt. Auch Ihnen will ich nur einen kurzen Gruß bringen und dann wieder gehen – einen Gruß aus der Rappoltsweiler Gegend, von der Familie Liechtenberger, an die Sie geschrieben haben, Fräulein Adelaïde.«

Addy fuhr in die Höhe, beide Hände auf die Stuhlkanten stützend. Eine jähe Röte stieg in ihr alabasternes Gesicht, und sie rief:

»Sie sind der Abbé, den wir dort manchmal gesehen haben, meine Mutter und ich!«

Der Fremde verbeugte sich ein wenig.

»Abbé Hitzinger aus Rappoltsweiler.«

»O mein Gott!« rief Addy und faltete die Hände. »Gibt es denn noch Wunder und Zeichen? Erhört denn Gott so wunderbar Gebete?«

»Ich bin über alles unterrichtet, liebes Fräulein«, fuhr der Priester fort. »Man hat mir einige Stellen Ihres Briefes vorgelesen. Ich bin bei Nacht über das Gebirge gewandert und bringe in dieser Tasche eine geweihte Hostie. Auch habe ich Chorgewand und Stola mitgebracht. Wir können sofort zum Werke schreiten.«

Addy war im Glauben an das Wunderbare großgezogen. Durch das Außerordentliche wurde man in jenen außerordentlichen Zeiten nicht erschreckt. Sie saß mit feuchten Augen und gefalteten Händen und schaute den Ankömmling wie eine überirdische Erscheinung an. Der Priester, durch die Verfolgungen geübt in einem raschen und heimli-

chen Dienst, gab den Kindern mit freundlichen Worten einiges
Naschwerk, sandte sie zum Spielen in den Hof und verschloß die Türe.
Und die Todgeweihte legte in seine Hände ihre Beichte ab und empfing
den Leib des Herrn, den der Abbé unter Lebensgefahr über das Gebirge
getragen hatte.

Dann, als der Geistliche alles beendet und wieder die Tasche auf
den Rücken gebunden hatte, vernahm Addy, die mit geschlossenen
Augen von ihrer tiefen Gemütsbewegung ausruhte, die seltsamen
Worte:

»Gott sei gelobt, jetzt kann ich ruhig sterben.«

Und plötzlich kniete der junge Priester seinerseits vor Addy, berührte
zart die feinen Fingerspitzen und bat mit einem Tone unbeschreiblicher
Innigkeit:

»Segnen Sie mich! Denn obschon ein Priester, bin ich doch ein
sündiger Mensch.«

Addy legte wie traumbefangen die schmale, fein geäderte, fast
durchsichtige Hand auf das buschige Löwenhaupt und sagte leise:

»Innigen Dank! Die Jungfrau und alle Heiligen seien mit Ihnen!«

Der junge Mann, bei dem nun die Erschöpfung durchbrach, seufzte
heftig. Tränen fielen auf seines Beichtkindes Hände. Dann erhob er
sich rasch, streichelte einmal, kaum berührend, Addys mattblonden
Madonnenscheitel und ging in großer Bewegung stumm davon. Er
war zu erschüttert, um auch nur das leiseste Abschiedswort äußern
zu können.

Adelaide aber blieb wie eine Verklärte zurück ...

Unterdessen ging der andre Gottesdienst seinem Ende zu. Pfarrer
Oberlin ging über in Gebet. Beim Gebet pflegte man im Steintal zu
knien. Und so kniete auch der Pfarrer auf der Kanzel und mit ihm
die ganze Gemeinde.

»Christus, du kommst wie ein Strahl der nährenden Sonne, wie die
Taube über den Wassern, du kommst freiwillig herab, und als die
verkörperte Gnade Gottes machst du dein Volk selig! Dein Volk? Wer
ist dein Volk? Sind es Juden oder Christen, Römische, Reformierte
oder Lutheraner? O Herr, du kennst die Deinen und findest sie heraus
überall und aus allen Glaubensformen und Nationen der Erde. Überall
da ist dein Volk, wo zerknirschte und zerschlagene Herzen sich sehnen
nach dem Strahl von oben, sie mögen Wiedertäufer oder Kalvinisten
oder lutherisch oder römisch heißen! Da suchst du dein Volk, wo

Herzen sind, die Leid tragen, denen nichts so sehr angelegen ist, als das Wort Gottes zu tun, denen eine Sünde mehr Herzeleid verursacht, als wenn sie das beste Stück von ihrem irdischen Gut verlören. Diese sind es, die du selig machst! O Herr Jesu, vermehre täglich ihre Anzahl! Herr Jesu, erbarme dich *aller*, der Franzosen *und* der Deutschen, bereite dir aus *beiden* eine reine Kirche, ein heiliges Volk, das dein eigen sei und fleißig zu guten Werken! Herr, nimm Wohnung in meiner Waldgemeinde bei Gesunden und Kranken! Erleuchte sie alle, damit ich einst mit den Vorangegangenen unter Triumphgesängen des Lebens ihnen entgegenkommen und sie hinübergeleiten darf in die Wohnungen der ewigen Seligkeit! Amen.«

So schaute man im Steintal Christus.

Octavie glaubte der Erde entrückt zu sein. Hier waltete eine andere Kraft als im Tempel der Vernunft zu Kolmar, wo man das schöne Mädchen nahezu genötigt hätte, die »Göttin der Vernunft« darzustellen. Die bleiche Frau von Dietrich, die neben Octavie die Stirn auf die Bank legte, fühlte dort, wo ihre Hände die Brust berührten, ein leises Rascheln; sie trug dort ihres hingerichteten Gatten letzte Liebeszeichen: letzte Briefe. Neben Henriette von Birkheim kniete der junge Begleiter der Damen, der ebenso schöne wie liebenswürdige und frühreife Franzose Augustin Périer. Er war Katholik, von den Oratorianern in Lyon erzogen, doch zugleich ein Freund und Schüler des Protestanten Pfeffel. Gespannt und hingerissen schaute der empfängliche Jüngling auf den betenden Geistlichen und rieb nach seiner Gewohnheit langsam die gefalteten Hände, ein Zeichen seiner tiefen Befriedigung und Anteilnahme. Die Reihe schloß mit Demoiselle Seitz, der geschätzten Erzieherin in der Rothauer Familie Dietrich, und Friederike Brion.

Dieser ganze Gemeindekörper war von elektrischen Strömen durchrollt, die sich in Geisteslicht und Gemütskraft umsetzten, ausgehend vom pulsierenden Herzen, vom betenden Pfarrer Oberlin. Dann, nach dieser Andacht, schloß sich der Himmel wieder. Man kehrte wieder die Formen der Klubsitzung heraus. Der Präsident gab das Wort einem seit kurzem im Steintal ansässigen Bürger, der über die Errungenschaften der Freiheit, über den damals üblichen Telegraphen von Berg zu Berg und über andre nützliche Dinge nüchtern sprach. Die Dorfzeitung wurde verlesen und der Klingelbeutel für die Armen in Bewegung gesetzt. Und es entfernten sich die Frauen und jüngeren Leute, während die Klubisten noch verweilten.

Die Gäste aus Rothau hatten heute nicht viel Zeit. Sie begrüßten vor der Kirchtüre Oberlins älteste Tochter Karoline, ein Mädchen mit einem ebenso anmutigen wie klaren und sanften Gesicht, und deren jüngere Schwester Friederike Bienvenue. Die älteste der Schwestern Birkheim, die in ihrer schlanken Gestalt selber als leuchtende Schönheit inmitten der Bäuerinnen stand, machte hierbei eine ebenso richtige wie liebenswürdige Bemerkung: die Gesichter der Steintälerinnen, meinte sie, gleichen sich alle in dem durchgehenden Zug von freundlicher Sanftmut.

»Ihr seid alle eine große Familie und gleicht einander«, sagte Octavie zu Karoline Oberlin. »In euren Gesichtern ist ein stilles Glück; ihr habt alle ein Geheimnis, das euch glücklich macht.«

»Das Geheimnis der Liebe«, fügte Frau von Dietrich hinzu. »Ihr seid Spiegel von Oberlins Seele. Grüßen Sie Ihren Vater, gute Karoline! Er hat mir heute wunderbaren Trost gegeben.«

Und nun trat Hartmann heraus und wurde von allen Seiten in herzlichem Andrang begrüßt, befragt, beglückwünscht. Er hatte nicht Hände genug, seinen ehemaligen Schülerinnen zu danken.

»O wieviel haben Sie durchgemacht!« rief Octavie. »Seit wir zum ersten Male dort oben nach Fouday herunterfuhren – wissen Sie noch, Herr Hartmann? Wie traurig waren Sie damals! Und wie sind Sie nun herzlich und heiter trotz des Schweren, das Sie erlebt haben! Wissen Sie noch, wie wir an Ihrem letzten Tage in Birkenweier alle weinend beisammensaßen? Als hätten wir all das Kommende geahnt! Und Ihr Arm ist gesund? Wir fürchteten für Ihre Lunge. Und wissen Sie, daß auch unser guter armer Pfeffel einen Sohn dem Vaterlande geopfert hat? August hat sich auf einem strengen Marsch erhitzt und ist dem Fieber erlegen! Pfeffels Schmerz können Sie sich vorstellen.«

So tauschten sie ihre Erlebnisse aus. Fast stürmisch drängten sich die Gemütskräfte wieder empor, die so lange zurückgescheucht waren. Und die biedren Leute des Steintals wetteiferten miteinander, die Besucherinnen aus Rothau zum Mittagessen einzuladen. Eine angesehene Bürgersfrau aus Fouday hatte an diesem Tage Oberlin zu Gast und bat die Damen, sich anzuschließen; Catherine Scheidecker erhob Einspruch, da sie näheres Anrecht habe, die Rothauer Gäste zu bewirten. Aber man schlug beides freundlich ab und wanderte, nach viel Abschiedsrufen und Grüßen an Addy und Papa Oberlin, an der Breusch entlang nach Rothau zurück.

Hartmann seinerseits schritt in einem Zustande feiner Beschämung nach Waldersbach hinauf.

»Gott macht's mir schwer«, sprach er zu sich selber. »Er demütigt mich sehr oft. Ich habe mir so viel Mühe gegeben mit dieser Rede und habe mich so gefreut auf diesen Tag. Und nun ist es eine Niederlage geworden. Denn ich bin mit meinem Geschwätz von der Würde des Menschen ein unreifer Knabe neben den Sehorganen des Mannes Oberlin. Was er gesagt hat, ist keine Ergänzung: es ist eine Umwälzung. Es ist das Geniale. Ich will es mit Denken erzwingen: er aber *schaut*. Ich räsoniere, lege dar, beweise – er aber *besitzt*! ... O mein Gott, ich will nun ganz stille halten, ich will mich mit Sonnenstrahlen durchdringen lassen wie diese Blumen am Wege, ich will hoffen auf deine Gnade – komm zu mir, wie durch eine rein gestimmte Äolsharfe der melodische Wind weht! Ja, den Tod nicht schauen! Nur Licht und Liebe! Siehe, wie schön ist dieser Sonntag, wie schön die Erde! Denn es sind unsichtbar um uns her freundliche Führer, gute Meister, Engel der Liebe, liebevolle Verstorbene – o Welt voll Liebe, voll Leben!«

Und indem sich ein Neues in ihm hindurchrang zum Siege, trat aus dem Gebüsch sein derber Kamerad Leo Hitzinger lächelnd an seine Seite.

Noch leuchteten seine Augen, erfüllt von den großen Vorgängen dieses Sonntagmorgens. Und mit dem verhüllenden Bart war Schatten und Stummheit von seinem sonst so knochig düstern Gesicht gewichen.

»Du bist bei unsrer Begegnung heut' in der Frühe nicht recht klug aus mir geworden, Viktor«, sprach er unbefangen. »Nun, meine Mission ist jetzt beendet. Ich bin wieder ein natürlicher Mensch und darf sprechen. Vor allem bin ich hungrig und todmüde. Hast du in deiner Stube ein Plätzchen für mich? Über meinen Bart verwunderst dich? Den hatt' ich zu meinem Schutze angelegt, hab' ihn aber abgenommen, um Fräulein von Mably nicht zu erschrecken. Fortan liegt mir nicht viel dran, ob sie mich erwischen.«

Und der Abbé erzählte dem Jugendfreund in kurzen und fast trockenen Worten, die keinen Begriff gaben von der dahinter leuchtenden Seelenromantik, seine ungewöhnliche Mission. Es war Heiterkeit und Freiheit in dem äußerlich so ungeschlachten Gesellen. Der Bann war gewichen; die Dämonen hatten ihn verlassen. In mehrjährigen geheimen und gefährlichen Amtierungen am Oberrhein, unter Strapazen, die einen schwächeren Körper vernichtet hätten, war Leo Hitzinger dieser Ehre teilhaftig geworden.

Auf Viktors Stube aß er ein Geringes; dann streckte er sich auf einer Bank aus, den Kopf auf sein Bündel legend, schloß die glänzenden Schwarzaugen, hinter deren Spiegelscheiben sein Heiligtum verborgen stand, und faltete über der Brust, wo er das eiserne Kruzifix trug, die Hände. Und während auf entfernten Höhen Kinder durch den Sonntag sangen, umfing ihn ein tiefer, glücklicher Schlaf.

2. Religiöse Märtyrer

In der Frühe des nächsten Morgens, als der erste Hauch des Tages über das spärliche Sommerkorn flog und im Steintal das Wetzen der Sicheln erklang, stand Viktor bereits am raschen, kalten Wiesenwasser, das hinter dem Hause zu Tal schoß. Er wusch sich Kopf, Hals und Brust im elektrischen Naß, das mit den Kräften der Erde geladen war. Dann nahm er sein Frühstück ein: Milch und Brot.

Der Genesende hatte mehr und mehr auf den Körper achten gelernt und sich zur Natur in ein gesünderes Verhältnis gestellt. Sie war ihm nun nicht bloß ein Botanisierfeld. Es gingen magische Ströme vom Körper hinüber zu den Tätigkeiten der Seele und des Geistes. Alle drei waren ihm fortan der Ehrung und Sorgfalt wert, weil sie miteinander zu wirken berufen waren. Er mied erhitzende Speisen und berauschende Getränke, die beide in der Revolution eine so verhängnisvolle Rolle spielten; er hütete sich vor zu schwerem und reichlichem Essen und hütete sich vor zu vielem Sitzen.

»Gesundes Leben ist harmonische Bewegung«, hatte er unlängst in sein Notizbuch geschrieben. »Seitdem meine seelischen Kräfte harmonisch um einen festen Punkt zu kreisen begonnen haben, empfinde ich das Bedürfnis nach Rhythmus in allem. Blutumlauf und Sternenumlauf – ist es nicht derselbe pulsierende Rhythmus? Die Jahreszeiten in ihrem Wechsel, das Anschwellen und Vergehen der Pflanzen – Rhythmus! Und sollte nicht auch unser Schicksal seinen Rhythmus haben? Liegt nicht allem Geschehen eine geheime Melodik zugrunde? ... Ich bin übrigens einem Geheimnis auf der Spur. In drei Stufen staffelt sich des Menschen Bau empor. Den unteren Rumpfpartien sind die tierischen Funktionen anvertraut; dem Herzen die seelische

Arbeit; dem Kopf aber das Geistige. Also Körper, Seele, Geist – Erdgebiet, Seelenregion, Himmelreich – so staffelt sich das empor. Wer zu viel aus den unteren Rumpf- und Sumpfpartien lebt, wird auch Seele und Geist zur Materie herabziehen und zu Sklaventum erniedrigen. Sünden von dort verderben den ganzen Organismus. Und umgekehrt. Es ist die Absicht dieser planmäßigen Gliederung, daß nach und nach der Mensch in das Geistige emporwachse – genau so wie die Pflanze aus Wurzeldünger und Stengelgebilde emporwächst in die Blüte. Wurzel, Stengel, Blüte – dreieinig auch die Pflanze! Es soll ein Italiener namens Dante ein dreiteiliges Lebensgedicht geschrieben haben: Hölle, Läuterung, Paradies. Wurzel und Stengel sind die Wege zur Blüte, wichtige Wege, ehrenwerte Wege; aber das Ziel ist die Blüte, die Frucht, der Geist. Es ist das *Haupt*, auf dem die Krone glüht, die Krone des *Sieges*!«

Der übermüdete Abbé Leo Hitzinger lag bis in den hellen Vormittag hinein schlafend auf seiner Holzbank. Er hatte das Bett verschmäht und sich mit einer Decke begnügt, die jetzt in wirrer Verwicklung um den Schläfer herumhing.

Viktor setzte sich vor seinen Gast und betrachtete ihn nachdenklich.

Dieses knochige Gebilde war nicht schön. Eine niedrige Stirn, eine aufgestülpte Nase, ein fleischiger Mund ließen ihn etwas beschränkt und fast häßlich erscheinen; aber eine gewisse Kühnheit der Linien gab dem Gesicht dennoch einen imponierenden Zug. Sein Löwenkopf zuckte gern empor, herausfordernd, gleichsam die Mähne nach dem Nacken werfend. Und über das dumpf melancholische Gesicht verbreitete sich von den Augen aus ein Schimmer von Kindlichkeit, als ob der Träger dieser Züge in einer steten horchenden Verwunderung durch die unverstandene Welt ginge und auf etwas wartete. Er war von Natur ein Draufgänger und Soldat, dem Kommando gehorsam, und hätte im Mittelalter unter der Kutte den Panzer getragen. Aber hinter diesen sinnlichen Rauheiten suchte sich eine sehr zarte Seele zu entknospen.

Viktor beneidete schier den Schlafenden. Es war in diesem Menschen Einfalt, sofern ihm Probleme höherer Ordnung nie das Herz beschwert und den Geist gefurcht hatten. Er diente mit List und Leidenschaft seiner Kirche und überließ ihr die Verantwortung.

»Da ruhst nun auch du, mein guter Leo«, so sann er vor sich hin, »am Ufer der Revolution, in einem neuen Land und Zustand! Welche Gebilde der Astrologie knüpfen denn wohl dein Geschick so sonderbar an das meine? Auch ich will zur edlen Einfalt hindurchdringen, aber in den mir gemäßen Formen. Ich will auch das letzte Rätsel, den Tod, als einen klar vertrauten Freund empfinden, nicht als ein Problem. Wer hat denn die Mär erfunden, das Leben sei voller Probleme? Das *Herz* nur ist voller Probleme, nicht das Leben. Gib meinem Herzen klare Ruhe, mein Gott, so wird auch um mich her klare Ruhe sein.«

Es klopfte jemand an das niedere Fenster. Ein Waldwart aus Rothau kam vorüber und streckte ein Briefchen herein von Demoiselle Brion. Mit großer, schöner Schrift sprach sie Viktor nochmals ihren Dank aus für die gestrige Predigt, entschuldigte sich, daß man so rasch wieder nach Rothau zurück mußte, und deutete alsdann Addys Wünsche an.

»Der erste Wunsch ist schon erfüllt«, murmelte Viktor. »Den zweiten werden wir sofort seiner Erfüllung zuführen.«

Er ahnte, daß Addys Ende nahe sei. Bekümmert setzte er sich hin und schrieb in diesem Sinne zwei Briefe: den einen nach Barr an Frau Frank, den andern nach Imbsheim.

Inzwischen erwachte Hitzinger. Er rieb sich die Augen und beschaute mit verwunderten schwarzen Augen den Schreibenden und die Umgebung. Als er sich dann zurechtgemacht und gestärkt hatte, nahmen sie beide den Weg unter die Füße und wanderten ins Pfarrhaus.

Unterwegs sprachen sie von Addy. Der evangelische Theologe und der katholische Priester, die hier nebeneinander durch Waldersbach schritten, waren einig in einer verehrungsvollen Liebe zu diesem fremdartigen Geschöpf, das nur halb der Erde angehörte.

»Es ist zwar«, bemerkte Viktor, »wieder mehr Sicherheit ins Elsaß eingekehrt, wenn auch nicht für euch Priester. Der neue Repräsentant Foussedoire hat bereits eine Anzahl Gefangene aus dem Seminar entlassen. Ich könnte es allenfalls wagen, Addy wieder nach Barr zu bringen; aber ihr Zustand erlaubt keine Reise mehr. Ach, Leo, es ist mein Verhängnis, daß ich Wunden empfangen muß, ohne mich wehren zu können: wie das ganze Land in dieser Vergewaltigung durch die Pariser Parteien. So schmilzt uns nun auch Addy unter den Händen hinweg. Meine Wunde an der Schulter ist noch nicht ganz ausgeheilt; mein Mut zum Leben oft noch angefochten. Hier in diesem stillen

Steinland Galiläa, wo ich dies alles so recht durchdenken konnte, bin ich vorerst ohne Möglichkeit der Betätigung am großen Ganzen. Ich hätte ohne den festen Punkt, der Oberlin heißt, schwerlich das Gleichgewicht behalten. Wahrlich, Leo, ich habe in den letzten Jahren eine Gemütskrankheit durchgemacht, die ich nach außen hin nur wenig merken ließ. Nun kämpfe ich mich langsam ins Helle durch ... Du wirst übrigens an Papa Oberlin nichts besonders Auffälliges entdecken. Es ist sein Dasein an sich selber, das beruhigend wirkt.«

»Auch ich hab' harte Knochen gebissen«, versetzte Viktors Kamerad. »Aber was so von außen kommt, pah, das ist Kinderspiel gegen den Satan von innen. Ein Saint-Just oder Robespierre haben mich weiter nicht entsetzt; denn ich hatte selber so ein paar Bluthunde in mir. Die Zwillinge – du kennst sie – haben mir schon vor der Firmung mehr getan als alle Republikaner zusammen. Ich bin aussätzig, Viktor, ich bleib' aussätzig. Durch die Gefahren der Revolution ist dann der Löwe in mir aufgewacht; also hat mir die Revolution Wohltat erwiesen. Ich lag vor dem Kruzifix auf den Knien und bat Gott, mich im Dienst der Kirche zu verbrauchen und als Märtyrer sterben zu lassen. Dann fing das Schöne in meinem Leben an, nämlich jene Stunden, in denen ich verfolgten Gemeinden und einsamen Sterbenden als Priester beistehen durfte. Und Gott hat mir zu gleicher Zeit ein Menschenbild gesandt. Ein Menschenbild, Viktor, an dem ich meine eigene Unwürdigkeit so recht hab' abmessen können. Ich darf dir's ruhig sagen, Viktor: an ihre Reinheit denkend, hab' ich manchmal bitterlich über mich geweint. Und die Viertelstunde gestern in ihrem Häuschen – – Größeres kann es hienieden nicht geben. Jetzt noch eine treue Amtsführung, so lang's noch glückt – und dann, wenn's Gott erlaubt, einen Märtyrertod. Viktor, 's ist schwer, dies Leben! Aber der gestrige Tag wiegt alles auf. Ich kann dankbar sterben.«

Der entsühnte Abbé, der breit und wiegend in seinen derben Stiefeln neben dem zierlichen und schlanken Viktor einherschritt, sprach mit bewegter Stimme. Sie waren schon noch einmal nebeneinander einhergewandert, diese Schulkameraden, die so verschiedenartig durch die Welt liefen und sich nun in Oberlins und Addys Hochland wiederum trafen. Aber damals, auf der Straße von Kolmar, hatte am Himmel und in den Herzen schwefelgelbe Gewitternacht gelauert, und unstete Geister waren auf drohenden Blitzen vorübergeritten; jetzt war ein freundlicher Sommertag um sie ausgebreitet, und über ihnen, im höchsten Ätherblau, drängten sich die Engelsköpfe weißer Wölkchen.

Und wieder erwog Viktor den Gedanken, daß die Millionen Menschen durcheinandergehen und aufeinanderwirken nach ähnlichen Gesetzen wie die Millionen Sonnen, Planeten und Kometen. Solche, die günstig aufeinander gestimmt sind, berühren sich durch tausend belanglose andere Menschen hindurch mit strahlender Kraft. Und so geht ein Netz von strahlendem Leben durch die Menschheit. Aber es gibt auch zerstörende Zusammenstöße, Verbrennungsprozesse, wenn ein Gestirn seinen Rhythmus verliert und von der Gnade verlassen ist ...

Sie betraten das Pfarrhaus. Und hier hatte der sinnenstarke Leo wieder so viel zu schauen und zu horchen, daß Mund und Augen und hochgerunzelte Stirn eitel Staunen ausdrückten.

Er vergaß dabei sogar, daß er noch wenige Minuten zuvor, beim Gang durch das Dorf, einen Augenblick erbleicht und heftig erschrocken war. Es war nur ein Bildchen gewesen, ein Schattenriß; aber es war wirksam genug. Vor einem entfernten Wirtshause, oben in der Dorfgasse, hielten zwei Berittene; es war die Uniform der Gendarmerie. Der eine saß zu Pferd, den Arm in die Seite gestützt, der andere war abgesprungen und hielt ein Glas Wein in die Sonne, ehe er es hinabstürzte. Das war alles. Der verkleidete Priester ließ sich nichts merken, wußte jedoch, daß also die Todfeinde aller Verfemten und Verfolgten in seiner Nähe waren.

Sie trafen im Pfarrhause die Rothauer Gesellschaft, aber ohne Frau von Dietrich und Demoiselle Brion. Statt ihrer war Frau von Oberkirch mit ihrer Tochter Marie mitgekommen, um den Bürgerpfarrer zu begrüßen. So war das ohnehin gefüllte Haus samt den beiden Gärtchen sehr belebt. Aber die rastlos geschäftige, strahlend freundliche Haushälterin Luise Scheppler, die aufmerksamen Kinder und der Hausherr selber mit seinen einnehmenden Manieren widmeten sich ihren Besuchern mit einer so natürlichen Freundlichkeit, als wäre dergleichen eine selbstverständliche und alltägliche Sache.

Das Pfarrhaus von Waldersbach liegt neben der kleinen Kirche mit dem schlanken, spitzen Türmchen inmitten des Dorfes. Betrat man das damals noch ganz neue Gebäude, so fielen zunächst die Sprüche auf, die von allen Türen leuchteten. Sie stellten die geistige Stimmung der Bewohner dar. »Eins ist not« – »Der Engel des Herrn lagert sich um die, so ihn fürchten« – »Beständige Güte, sanftmütige Festigkeit, unveränderliche Liebe« … Das Haus glich überhaupt ein wenig einem Museum. Da hingen an den Wänden Karten, die Oberlin selbst gemalt, getrocknete Pflanzen, die der Heil- und Kräuterkundige selber gesammelt hatte; dann Insekten- und Steinsammlungen; Hörner von verschiedenen Tieren; dazwischen ein Christuskopf oder ein Gemälde von Johannes dem Evangelisten; auf einem Schrank ein Totenschädel mit genauen Strichen und Zeichnungen nach der Gallschen Schädellehre, welcher der Pfarrer ebenso zugetan war wie der Lavaterschen Physiognomik; mehrere Büchergestelle mit deutschen und französischen Werken; Bildnisse, selbstgefertigte Zeichnungen und anderes mehr.

Der merkwürdige Pfarrer ging in seinem langen Rock mit zugeknöpften Aufschlägen und in runder Perücke mit kleinem Zopf durch die Zimmer und erklärte seinen Besuchern in fesselnder Weise die einzelnen Gegenstände. Nichts von Eitelkeit oder Pose, aber auch nichts von falscher Demut oder Frömmelei war in seiner natürlichen Würde. Von seinen edelkräftigen Gesichtszügen ging ansteckende Wärme aus. Das Geistige der inneren Welt und das Natürliche der sichtbaren Dinge verband sich bei ihm auf die ungezwungenste Weise.

»Wissen Sie«, sagte er, als sie den Saal betraten, wo die Zöglinge versammelt waren, »womit wir uns vorhin beschäftigt haben? Sie sehen da Kleistertöpfe und farbiges Papier; wir waren nämlich grade beim Buchbinden. Das Papier haben wir selber gefärbt. Ist es nicht eine angenehme Farbe? Für mich ist die Natur und selbst das Himmelreich ohne Farbe unvorstellbar. Der Regenbogen z.B., kann es ein köstlicheres Schauspiel geben? Farben haben eine geheime Bedeutung; jeder Mensch hat seine Grundfarbe. Aber die Farbe aller Farben ist weiß; denn alle anderen Farben sind darin enthalten, wie im weißen Sonnenlicht die Farben des Regenbogens. Darum verspricht unser Herr Jesus Christus den Überwindern weiße Kleider; wohl deshalb, weil der Gereifte, welcher das Recht hat, weiße Kleider zu tragen, damit alle anderen Farben in sich vereinigt: wie er ja alle Stufen und Stimmungen in Leid und Freude vorher durchgemacht und überwunden hat.«

Hieran schloß sich ein teilweise neckisches Gespräch. Man stellte jedes einzelnen Lieblingsfarbe fest, woraus man dann Schlüsse auf seinen Charakter zog. Von Hitzingers dunklem Blau einer dumpfen Frömmigkeit bis zu Viktors geistigem Rosarot, vom Orangegold der

Frau von Oberkirch bis zum Violett und Lila der jüngeren Mädchen und zu Périers strahlendem Grün waren fast alle Farben vertreten.

»Es gibt viele Mittel, um einen Charakter von mehreren Seiten ins Klare zu setzen«, fügte Oberlin hinzu, nachdem er Octavie wegen ihrer Vorliebe für ein violett überhauchtes lichtes Blau gelobt hatte. »Eins meiner Hauptmittel ist der Schattenriß: die Silhouette. Ich stand einmal mit einem französischen Bischof am Fenster meines Zimmers; da machte mir dieser Herr über die Charaktere der Vorübergehenden, die er doch noch gar nicht kannte, erstaunlich richtige Bemerkungen. ›Woraus schließen Sie das?‹ fragte ich. Nun, er schloß das aus der Schädelform, aus dem Profil, aus den Blicken und Bewegungen. Ich spürte nach und fand alles bestätigt. Sehen Sie, hier habe ich mir mehrere Folianten mit Schattenrissen meiner Gemeindeglieder gefüllt. Aber ich muß Ihnen freilich bekennen: manchmal stimmt es auch nicht, manchmal wird manch verinnerlichter und delikater Mensch nach seinem ererbten ungünstigen Schädel oder Körper beurteilt und auf das schmählichste verkannt. Man muß eben die Sehorgane der *Seele* ausbilden. Und da schaut man oft ganz andere Verhältnisse, als wenn man nur so mit körperlichen Organen oder bürgerlichen Vorurteilen seine Mitmenschen ins Auge faßt. Weltliche Wissenschaft ist wertvoll; aber Weisheit der Seele steht eine Stufe höher.«

Dann verteilte sich die Gesellschaft im zwanglosen Weiterwandern. Viktor blieb bei Octavie und Frau von Oberkirch, die von ihren Kerkerleiden erzählte; Demoiselle Seitz, im Freundeskreise »Pallas« genannt, ging mit Luise Scheppler, Henriette und Augustin Périer durch die Wirtschaftsräume; die jungen Mädchen gaben sich mit Oberlins Töchtern ab. Und so war das ganze Haus ein Bienenkorb; und des Summens war kein Ende. Hitzinger aber schritt mit Oberlin im Garten hin und her, offenbarte sich ihm als katholischer Pfarrer und teilte ihm die geheime amtliche Handlung mit, die er gestern vorgenommen hatte.

Der Pfarrer blieb erstaunt stehen. Aber er nahm die Tatsache genau so auf, wie der Abbé erwarten durfte. »Ich selbst«, sprach er, seine Beziehungen zum Katholizismus andeutend, »bin mit dem bedeutenden Abbé Grégoire von Emberménil befreundet und stehe mit den Katholiken der Umgegend in einem herzlichen Verhältnis. Ich nenne mich einen katholisch-evangelischen Geistlichen; denn die ganze Urkirche durch tausend Jahre und noch mehr haben wir mit den Katholiken gemeinsam. Mein Landsmann Tauler ist mir ebenso lieb wie mein Landsmann Spener; und heilige Männer wie Augustinus und Franziskus sind jedem edlen Protestanten verehrenswert. Früher gab es für die Katholiken unserer Gegend nur zweierlei Menschen: Katholiken oder Ketzer. So machten sie sich das Leben eng und die Gewissen schwer. Da ich ihnen aber gesprächsweise oftmals dartun konnte, daß wir nicht an Luther, sondern an Christus glauben, daß unsere Glaubensgrundsätze gemeinsam sind, daß die ›katholischen Briefe‹ eines Petrus, Jakobus oder Johannes ebensogut in unserer Bibel stehen, daß Werke der Liebe auch für uns die maßgebenden Beweise eines inneren Glaubenslebens sind, obwohl wir nicht glauben, uns damit den Himmel zu verdienen – nun, so verwunderten sich diese katholischen Christen außerordentlich, daß wir doch sozusagen auch Christen seien. Und so leben wir in unserer Ecke in Frieden miteinander. In meiner Kirche sind oft Katholiken, Lutheraner und Kalvinisten zu gemeinsamer Andacht vereinigt. Erst vor kurzem hat ein junger katholischer Geistlicher zu einem andern gesagt: wenn er wüßte, daß alle protestantischen Pfarrer so gute Katholiken wären wie der Pfarrer von Waldersbach, so würde er nicht einen Augenblick zaudern, uns Brüder zu nennen. Denn sieh, mein lieber Bruder Hitzinger, das ist eben unser Unglück: wir kennen einander zu wenig.«

Leo Hitzinger war ein Mensch von treuem Empfinden; er konnte sich an einer geistigen Erörterung nicht gut beteiligen; doch waren in ihm starke Instinkte und ein Drang zu stummer Verehrung. Er fühlte auch hier die edle Gesinnung und empfand dem Pfarrer gegenüber eine rasche und starke Zuneigung. Keiner von beiden ahnte, daß Pfarrer Oberlin schon vor Jahren, mit Viktor auf der Perhöhe wandernd, grade von diesem katholischen Theologen gesagt hatte, er sei dem Reiche Gottes näher als der damals noch recht hochmütige und im Übelnehmen verhärtete evangelische Kandidat Hartmann. Nun wanderte Leo selber neben Oberlin und schaute ihn häufig und heftig nickend an, nur aufnehmend, mit den sprechenden Augen eines treuen Hundes. Nicht mehr die Weihe des gestrigen Tages lag über dem jungen Priester; doch schwoll ihm gleichsam wieder die Brust zu neuen Heldentaten; und aus dem geistig nicht bedeutenden Priester war etwas wie ein heroischer Zug herauszuspüren.

Als man wieder in Oberlins großem Studierzimmer beisammen saß, wurden aus einem Karton Losungen der Herrnhuter gezogen. Frau von Oberkirch, in deren intelligentem Gesicht zudringende Teilnahme und vornehme Zurückhaltung wechselten, hatte den Vortritt; sie tauchte die lange und spitze Hand in die Papiere und zog das Wort heraus: »Befreie uns nun wieder, nachdem du uns so lange plagtest, nachdem wir so lange Unglück leiden.« Hier war die Deutung naheliegend. Octavie ergriff den einfachen Spruch: »Ertraget euch untereinander!« Und geübt in einer bewußten Selbsterziehung, nahm sie sich vor, dieses Spruches und des Pfarrers von Waldersbach in ihrem Leben oft und gern zu gedenken. Und so zogen auch Augustin Périer und alle anderen ihre Lose. Jeder las seinen Spruch laut vor; und unter Oberlins Mitwirkung wurden Bemerkungen daran geknüpft. Viktor erhielt das sinnreiche Wort (Ps. 84): »Wohl den Menschen, die dich für ihre Stärke halten und von Herzen dir nachwandeln; die durch das Jammertal gehen und machen daselbst Brunnen! Und die Lehrer werden mit viel Segen geschmückt.« Durch das Jammertal gehen und für die durstigen Karawanen Brunnen graben – »o, welch ein ehrenvoller Beruf, welch ein anschaulich Geleitwort!« rief Oberlin. »Und grade für das Segenswerk des Erziehers!«

Leo Hitzinger war bescheidenerweise der letzte. Ihm blieb ein Wort aus der Offenbarung des Johannes aufgespart (7, 14): »Diese sind es, die gekommen sind aus großer Trübsal und haben ihre Kleider gewaschen und haben ihre Kleider helle gemacht im Blute des Lammes –« ein Wort, das sich später der Greis Oberlin neben Psalm 103 als Leichentext wählen sollte. Niemand hatte den etwa nach einem Knecht oder Kutscher aussehenden Bürger Hitzinger sonderlich beachtet; er hatte bisher kaum den Mund aufgetan; von Viktor war er mit den Worten »mein Freund Hitzinger« vorgestellt worden. Aber als er jetzt mit rauher und tiefer Stimme langsam den Spruch der Versammlung vorlas, stieg das gestrige Erlebnis weich und melodisch wieder aus seinen Tiefen empor; der Spruch hatte seine Wunde berührt; er schluckte vor Gemütsbewegung und konnte kaum zu Ende lesen. Oberlin bemerkte es und nahm sogleich das Wort; er deutete den Versammelten taktvoll an, daß »unser Gast« während der Revolution Schweres erduldet und mitangesehen habe. Man kam auf die religiösen Verfolgungen zu sprechen. Jemand hatte in Kolmar Genaues von der Hinrichtung des Priesters Joseph Thomas aus Gebweiler vernommen. Dieser milde, bereits ältere Mann hatte sich in der Revolution geheimer Seelsorge gewidmet; er war von Verwandten verraten und vor Gericht geschleppt worden; ein Gendarm hatte ihn, den Schweigenden, der katholische Familien verraten sollte, mit Fäusten und mit dem Säbel schwer mißhandelt; doch er verriet nichts und wurde, halbtot von Mißhandlungen und Blutverlust, auf das Blutgerüst geschleppt und enthauptet. Er war nicht der einzige, der in dieser Weise als Märtyrer starb. Abbé Hitzinger saß während dieser Erzählung stumm und mit schwerem Atem neben Oberlin und starrte seinen Spruch an.

Der Pfarrer legte dem verkappten Geistlichen den Arm auf die Schulter.

»Bürger Hitzinger, weißt du auch, wie es dort in der Offenbarung Johannis weiterheißt? Hinter dem schönen Spruch von den weißen Kleidern, den dir das Los geschenkt hat, kommt folgender Vers: ›*Darum* sind sie vor dem Stuhl Gottes und dienen ihm Tag und Nacht in seinem Tempel‹ – beachte dies starke, trostvolle ›Darum‹! Eben weil sie aus großer Trübsal siegreich hervorgegangen sind, heißt es nun: *darum* sind sie vor dem Stuhl Gottes. Und dann schließt sich ein Satz an, der zu deinem gestrigen Texte und deinem heutigen Losungswort patzt, lieber Viktor: ›Sie wird nicht mehr hungern noch dürsten; es wird auch nicht auf sie fallen die Sonne oder irgend eine Hitze: denn das Lamm wird sie weiden!‹ O meine Freunde, glaubt ihr denn, daß ein Mensch, dem dies alles durch tausendfältige innere Bestätigung als Gewißheit in der Seele glüht, jemals unglücklich sein kann? Die Märtyrer unter Nero haben gesungen auf ihren Scheiterhaufen – versteht ihr wohl? Gesungen! Stephanus hat den Himmel offen gesehen; und auf dem Berge Tabor sprachen die Jünger und Christus mit den Geistern eines Mose und Elias – – will jemand glauben, daß dies alles Einbildungen seien? O nein, meine Freunde, es ist hinter dem Sichtbaren ein gewaltiges Unsichtbares, ein Reich, strahlender als das unsere, dem göttlichen Lichte näher!«

Und das Gespräch nahm eine Wendung in das Übersinnliche. Frau von Oberkirch spielte lebhaft mit ihrer Perlenkette und hatte längst die großen und klugen Augen auf eine sonderbare Karte geheftet, die an der Wand hing.

»Ich entziffere da Namen wie Neues Jerusalem und Berg Zion«, sagte sie. »Ist es neugierig, wenn ich nach dem Sinn dieser Karte frage? Sind es vielleicht – wenn ich mich knapp ausdrücken darf – gemalte Ideen von Swedenborg?«

»Gemalte Ideen von Swedenborg – schön gesagt!« rief Oberlin. »O, wer das vermöchte! Wer Swedenborgs weitläufige und tiefe Gedanken und Gesichte in anschauungskräftige Bilder zusammendrängen könnte, in farbenstarke Kunstwerke, die alle Welt einzuführen vermöchten in das Reich Gottes, in die Gewißheit, daß es keinen Tod gibt! ... In der Tat, die Karte, die dort an der Wand hängt, ist eine einfache, von mir selbst gemalte Landkarte des Jenseits.«

»Des Jenseits?«

»Es ist eine Veranschaulichung der verschiedenen Stufen oder Bleibstätten im Jenseits.«

»Verschiedene Stufen? Ist denn nicht das Jenseits entweder Himmel oder Hölle?« – »O nein! Man hat leider in der jetzigen Christenheit gewaltig springende Begriffe vom Jenseits. Alle Entwicklung geht stufenweise, so hier auf Erden und so drüben im Geisterland.«

»Unsere Freundinnen möchten darüber so brennend gern Näheres hören«, bemerkte Demoiselle Seitz, die Oberlins Anschauungen kannte.

»Es ist darüber nichts zu berichten, was nicht schon von der Bibel und vielen Sehern und weisen Männern der ganzen Geistesgeschichte ausgesprochen worden wäre«, bemerkte der Pfarrer. »Aber diese Wahrheiten sind nur für stille und gesammelte Gemüter. Hier im abgelegenen Steintal haben viele das Ferngesicht ins Reich der Geister; und wir verkehren im Innern oder im Gesicht unbefangen mit unseren Toten – wenn das Wort ›Tote‹ überhaupt hier angewendet werden darf. Denn sie sind mindestens so lebendig wie wir. Nur ihre Daseinsform ist eine andere. Was aber die Landschaften des Jenseits anbelangt, so sind das keine räumlich abgezirkelten Orte, sondern es sind Zustände, die jeder einzelne Geist selber erwirbt oder verschuldet. Die Entwicklung unserer Seele zu immer größerer Reinheit und Vollendung hört auch drüben nicht auf; und je nach unserer Entwicklungsstufe bilden wir dort mit den Geistesverwandten, die in gleichem Zustand sind, seelische Landschaften oder Nationen oder Gruppen – ihr könnt ja das nach Belieben benennen. Wer ein Engel wird, trägt den Himmel in sich und strahlt ihn aus in Liebe und Weisheit wie ein von ihm ausgehendes glänzendes Seelenlicht. Je mehr solcher selbstleuchtender Gestalten, um so schöner ist der Himmel.«

»Demnach verfertigt sich die Seele selber das Gewand, das sie einst tragen wird?«

»So ist es. Aus der Summe ihrer Kräfte und Tugenden bildet sich ihr künftiger Zustand, das Resultat ihres Lebens; sie legt den Körper ab und tritt in ihrem recht eigentlichen Wesen unentstellt hervor. Von großen und schönen Seelen geht ein unbeschreiblicher Glanz aus. Die Stärke ihrer Leuchtkraft ist der Gradmesser ihres Wertes. Doch wollen wir nicht vergessen, meine Freunde, daß alle Bestrebungen der Seele erst durch die helfend entgegenkommende Gnade rechte Kraft und Weihe erlangen. Sie würde matt werden auf ihrem Wege ohne jene Hand von oben.«

Alle saßen mit verwundertem Gemüt um den ruhig plaudernden Geistlichen. Doch Oberlin wandte sich wieder der nahen Wirklichkeit zu und sprach weiter über religiöse Verfolgungen. Er zog Hitzinger ins Gespräch. Und der bisher stumme Abbé wurde nach und nach lebendig. Frau von Oberkirch war auf diesen Unbekannten mit den großen Schwarzaugen und dem kühnen Kopf aufmerksam geworden; sie ermunterte durch geschickte Fragen zum Sprechen und lockte ihn aus sich heraus; Hitzinger ging ungekünstelt, ja ungestüm auf die Lockung ein und erzählte von den Verfolgungen in Rappoltsweiler und Umgegend während der Schreckenszeit.

»Das muß man gesehen haben!« rief er. »Man muß es erlebt haben, wie da ein Dutzend oder mehr Augustiner in der ersten Morgenfrühe, wo noch alles schläft, weinend aus dem Kloster hinwegschleichen, ausgetrieben von der Behörde, an ihrer Spitze der Älteste, ein einundachtzigjähriger Greis, gestützt auf den Prior und Subprior. Sie haben Gutes getan, haben ihre Gemeinde geliebt und sind geliebt worden; jetzt jagt man sie fort im Namen der Freiheit und zieht ihre Güter ein. Das Kloster wird in einen Kerker verwandelt und füllt sich fortan im Lande der Freiheit mit Gefangenen. Oder stellt euch vor, wie eine Rotte betrunkener Patrioten und Speckreiter mit Äxten und Brecheisen nach der Dusenbachkapelle zieht und das Heiligtum zerhackt, verbrennt, verwüstet! ... Ja, so ist es leider, die schöne Kapelle, an der mein Herz hing, liegt ganz in Trümmern. Zwar hat die Volksmenge gejammert, hat dort durch den Wald hin gekniet und gebetet; aber mit Kolbenstößen hat man sie auseinandergejagt, und niemand hat den Greuel hindern können. Oder da weiß ich ein Dorf im Ried, bei Markolsheim; ein sterbender Greis bittet um die letzte Ölung. Der Sturm peitscht den ohnedies heftigen und gefährlichen Rheinstrom; es ist eine bitterkalte Nacht; doch der Schifferseppel mit zwei Freunden entschließt sich, fährt mit seinem Nachen über den Rhein und holt einen Priester, der dort in einem badischen Dorf immer für die elsässischen Riedgemeinden bereitstand. Es war eine Fahrt auf Tod und Leben; wir sind um ein Haar ertrunken – aber es gelang zuletzt doch. Wiederum war es einmal, daß ein verfolgter Priester einem Betrüger in die Hände fiel, der ihn für teures Geld nachts ins Badische hinüberzuführen verspricht; der Bösewicht steckt den Lohn ein, fährt aber den Verfolgten nur bis auf eine Kiesinsel im finstern Rhein – ›so, das ist Baden!‹ – und rudert wieder zurück; dort auf der öden Insel hat der Ausgesetzte unter eisigem Sturm und Regen drei Tage gehungert, hat sich vergeblich durch Rufen bemerkbar zu machen gesucht und wäre zugrunde gegangen ohne eine badische Schildwache, die im letzten Augenblick den Halbtoten ans Ufer geholt hat. Ein andermal hatte ich – hatte derselbe Priester in einem Bauernhause nächtlich die Messe gelesen für das heimlich versammelte Dorf und wollte nun in der Frühe das Haus verlassen, als Metzgerbursche verkleidet. Da halten die Gendarmen im Hof und besetzen alle Zugänge! ›Ihr seid denunziert, Seppel, heraus mit dem Pfaffen, den ihr versteckt habt!‹ – ›Ich?‹ sagt der Joseph. ›Nun wohl, sucht ihn!‹ Sie durchsuchen das Haus mit Lärm und Zorn – und ich stehe derweil in meiner Metzgerbluse und feilsche um ein Kalb. Danach ging ich langsam davon. Sie haben mich nicht erkannt. Gott hatte mich zu anderem aufbewahrt.«

So erzählte der Abbé.

Und jedermann wußte nun, wes Standes der sonderbare Fremdling war. Die Maske war von seinem Wesen gefallen; er bemühte sich nicht, sie wieder aufzuheben. In seinem groben dunklen Bürgerfrack stand der Priester inmitten der weißen Damenkleider, mit ungestümen Gebärden seine eigenen Unbilden erzählend.

Da ging ein Ruck durch die Gesellschaft. Rasch und laut ward an die Türe gepocht. Die Karte des Steintals, die dort hing, flankiert von Bibelsprüchen, zitterte heftig. Oberlin erhob sich; alle schauten nach der Türe. »Herein!« Die schwarzkattune Kappe und das rotbackig gesunde, eckige, ausdrucksvolle Gesicht der Luise Scheppler wurde sichtbar. »Gendarmen halten im Hof!«

Alles sprang auf. Der elektrische Augustin Périer schlug auf das Knie und schnellte an die Tür, als wollte er gewaltsam den Zugang versperren. Verstörte Gesichter hefteten sich auf den evangelischen Pfarrer und den erbleichten katholischen Priester.

»Wen suchen sie?« fragte Oberlin gefaßt.

»Ein unbeeidigter Priester hätte sich ins Steintal geflüchtet. Sie wollen Haussuchung halten.«

»Sag ihnen, sie möchten heraufkommen.«

Luise ging. Oberlin nahm den todblassen Leo an der Hand, öffnete die Türe seines Schlafzimmers und schob ihn hinein. »Ganz ruhig bleiben!« Kaum hatte er wieder geschlossen, so stampften auch schon Reiterstiefel die Treppe herauf. Der Pfarrer hatte nur noch Zeit, mit gepreßten Händen gen Himmel zu rufen? »Rette ihn, Vater, rette uns! Ich weiß, daß du Gebete erhörst!« Und zu den anderen: »Betet unterdessen!« Da bebte auch schon unter kräftigem Anpochen die Türe, an deren oberem Querbalken der Spruch stand: »Der Engel des Herrn lagert sich um die, so ihn fürchten.«

»Herein!«

Ein Gendarm stand im Zimmer.

»Entschuldige, Bürger Oberlin!« sprach der schnauzbärtige Sundgauer. »Wir sind einem ungeschwornen Priester auf der Spur, der uns das Leben sauer genug macht. Du mußt gestatten, daß wir uns deine Gäste genauer ansehen und dein Haus untersuchen.«

Die Zeder stand ruhig. Es ging hier auf Tod und Leben. Jedermann wußte das. Am so wichtiger war es, daß niemand die Fassung verlor.

»Du meldest dich ein wenig ungestüm an, Bürger Gendarm. Indessen bist du in Ausübung deiner Pflicht; und die Pflicht ist jedem Christen und jedem Republikaner heilig. Durchsuche denn also mein Haus! Dieser junge Bürger aus Grenoble ist in Rothau zu Besuch – –«

»Hier, Bürger Gendarm, ist mein Militärschein«, bemerkte Périer mit ausgesuchter Eleganz. »Ich bin zum Dienst nach Paris einberufen und du ersiehst daraus, daß ich Urlaub habe bis zur Ablegung meines Examens.«

»Und dies«, fuhr Oberlin fort, »ist ein ehemaliger Soldat, der hier im Steintal seine Wunde ausheilt – – «

»Wir kennen den Mann, den wir suchen«, unterbrach der Wachtmeister. »Meine Pflicht schreibt mir vor, das Haus – –«

Er blickte nach den Seitentüren.

»Das Haus zu durchsuchen«, fiel Oberlin ein, faßte den Gendarmen am Arm und öffnete die Stubentüre. Und mild und fest zugleich forderte er ihn auf: »Folge mir, ich werde dich führen.« Es ging ein Bann von ihm aus.

Der Soldat war durch die erstarrte, gleichsam feierliche Haltung der Gesellschaft, die kein Auge von ihm wandte, etwas außer Fassung geraten. Er folgte dem Pfarrer auf den Korridor hinaus. Die Gesellschaft war allein und brach sofort in die fieberhafteste Aufregung aus; ein Gewirr von Vorschlägen und beruhigenden Worten und »leise, leise, um Gotteswillen leise!« drohte alles zu verderben. Hier war es Viktor, der mit harter Energie und gepreßten Zähnen von einem zum andern ging, die unruhigsten seiner ehemaligen Zöglinge mit eisernem Griff am Arm packte und zischte: »Schweigt! Betet! Es geht um den Kopf!« Seine Festigkeit machte Eindruck. Hände falteten sich; die Mädchen von Birkenweier beteten, Tränen der Angst in den verstörten Augen.

Und hinter der Tür, in Oberlins Schlafgemach, lag Leo Hitzinger. Er lag auf den Knien und stammelte mechanisch, keiner Andacht fähig vor Erregung, seine lateinischen Gebete, ein Kredo, ein Sanktus, ein Sündenbekenntnis, wie es ihm in den Sinn flog, und starrte dabei auf die Türe, an der mit Kreide etliche Namen geschrieben waren. Ein Öffnen und Schließen ging unten durch das ganze Haus; im Hof drängten sich die verängsteten Kinder; der zweite Gendarm hielt am Hoftor Wache; die Pferde stampften auf den Steinplatten.

Und dann kam Oberlin mit dem untersuchenden Gendarm zurück. Er, der Pfarrer, hatte die Führung; der andere trottete bärenhaft hinter ihm her.

»Du hast nun das Haus durchsucht«, sprach Oberlin mit immer gleicher Gefaßtheit. »Hier ist noch mein persönliches Schlafzimmer: willst du auch dieses sehen?«

Und der Pfarrer trat an sein Schlafgemach und öffnete ganz langsam die Türe, den Wachtmeister fest und gebietend ins Auge fassend. Dieser warf nur einen flüchtigen Blick in den sichtbaren Teil des Schlafzimmers und versetzte dann verdrießlich:

»Es genügt. Ich bitte um Entschuldigung. Es ist mir selber ärgerlich. Wir waren dem Kerl durch das ganze Weilertal auf der Spur, haben ihn aber hier im Steintal aus den Augen verloren. Nichts für ungut.«

»Du hast deine Pflicht getan«, versetzte Oberlin, geleitete ihn die Treppe hinunter zu seinem Kameraden und bot ihnen etwas zu essen an. Sie dankten; sie wären nicht hungrig; und sie stiegen auf und ritten davon.

Nun stürmten die Kinder und die Zöglinge mit Luise Scheppler fragend und aufgeregt die Treppe hinauf. Dort, in der großen Studierstube, die sich auf diese Weise mit Menschen füllte, fiel der Pfarrer ebenso wie alle Anwesenden auf die Kniee nieder und entlastete sich und seine Gäste in einem herzbewegenden Dankgebet. Der gerettete Abbé hatte die Türe des Schlafzimmers leise geöffnet: Leo kniete im Rahmen der Türe mit den Betenden. Alle waren blaß vor Erregung. Und als sie sich dann erhoben und den Abbé mit Glückwünschen umdrängten, murmelte er mit bebendem Ernst: »Diesmal noch, das nächste Mal nicht mehr.«

Oberlin war umsichtig genug gewesen, den beiden Reitern durch die Gärten hinab seinen Knecht nachzujagen; er sollte von fern erkunden, wohin sie sich entfernten. Der Knecht kam zurück und meldete, daß sie nach Fouday und von dort ohne Aufenthalt ins Tal nach Rothau hinausgeritten seien. Hitzinger hatte keine Ruhe mehr; er war aufgestört und keine Stunde länger zu halten; im Haslacher Tal, bei Nideck – sprach er – hielten sich einige verfolgte Priester auf, die müsse er besuchen. Hartmann holte Leos Knotenstock und Bündel; man versah ihn reichlich mit Speisen; und binnen kurzem war der unstete Gesell nach eindringlichem Abschied wieder auf der Wanderschaft.

»Hat denn dieser abenteuerliche Mensch«, rief Frau von Oberkirch, als er mit Oberlin und Viktor die Stube verlassen hatte, »dessen Augen mich entzücken und der von irgend einer Urrasse abstammt, nirgends eine Heimat?«

»Ich vermute, daß er die Kirche seine Heimat nennt«, versetzte Périer.

Der Pfarrer und Viktor begleiteten den Flüchtling in den Hof.

Leo strömte über von Dankbarkeit. Er sprach von jenem anderen Falle, wo er dem alten Hartmann heimliche Pflege zu verdanken hatte; er pries sein Schicksal, das ihn so oft mit guten Menschen zusammengeführt habe, wobei er zaghaft an Addy Grüße auftrug.

»Mein Bruder«, bemerkte der protestantische Pfarrer, »du hast dir durch diese heimlichen Amtierungen eine bedenkliche Bürde auferlegt. Hättest du diese Opfer und Entsagungen übernommen, um dir etwa durch fromme Werke den Himmel zu verdienen, du wärest wohl fern vom Reich Gottes. Denn Himmel und Hölle sind weder Lohn noch Strafe, sondern Anziehungen; wohin die reine oder unreine Seele sich mächtiger gezogen fühlt, da ist ihr Ort, ihr Zustand, ihre natürliche Heimat. Du aber tust deine Werke, weil du dich mächtig gezogen fühlst vom Reinen. Aus dieser Liebe heraus dienst du deiner Kirche. Was auch dein Schicksal sein möge, sei gesegnet um dieser Liebe willen, mein tapferer Bruder!«

Und Oberlin schloß den Priester in die Arme. Viktor tat dasselbe. Und so verließ der Abbé das evangelische Pfarrhaus.

»Viktor«, sprach Oberlin, als sie in das Haus zurückschritten, »ich wollte diesem gläubigen Gemüt nicht wehe tun. Sonst hätt' ich ihm ohne Umschweife bekennen müssen: hör einmal, mein Lieber, ich billige nicht den Standpunkt deiner Bischöfe. Welch ein System von Verstellung, von Unwahrhaftigkeit, von Heimlichkeit wird durch diesen Kampf gegen die Regierung gezüchtet! Wie manche Familie hat in Lebensgefahr geschwebt! Wie mancher mußte sein Haupt lassen, weil sich ungeschworene Priester bei ihm verborgen hielten! Ist es wirklich der Mühe wert, solche Gewissenskonflikte zwischen Geistlichkeit und Regierung heraufzubeschwören? Und wird nicht durch Erregung der Leidenschaften und des Fanatismus mehr gesündigt, als wenn das Reich Gottes groß und still, von diesen politischen Dingen unberührbar, seine Herzensarbeit fortsetzte, so gut es eben geht? ... Die Revolution ist freilich ein häßlich Werk, das ist wahr. Aber auch die Scheuer- und Putzarbeit am Samstag ist ein häßlich Werk. Da wird Wasser ausgegossen, Staub ausgeklopft, geputzt, gefegt, gebürstet – der Hausherr entsetzt sich. Aber der Sonntag kommt, es glänzt alles blank und frisch, und ist vielleicht besser, als es am Freitag war.«

Der Abbé, der sich mit solchen oder ähnlichen Gedankengängen nie belastet hatte, sondern seine Kraft in dienendem Gehorsam verbrauchte, schritt unterdessen zur Perhöhe hinan. Oben im Sommerwind und Ginsterduft wandte er sich nach links und verschwand im Walde von Solbach.

3. Addys Tod

Regen und Gewitter waren mit großen Melodien über das Steintal gezogen. Die Blumen in den Gärtchen standen gebückt und tropfend. Wasser und Wässerchen wehklagten im tosenden Gebirge und flohen weinend von allen Felsen ins Tal.

Die Regengüsse verlangsamten sich in ein traurig Rieseln. Stimmen der Wehmut schienen über Land zu wandern; um die Dächer der verregneten Hütten her war ein Seufzen und ein Tasten. Auch dieses verstummte. Dann spannte sich eine tiefgraue glatte Wolkendecke von Climont bis nach den Bergen von Fouday und Rothau herüber. Und darunter war eine feierliche Stille.

Eines Morgens begegnete Viktor einer Frau aus Fouday, die das zweite Gesicht besaß. Die Seherin hatte die Hacke auf der Schulter und ging oben auf der Böschung, schwarz und scharf hervorstechend vom Hintergrunde des Wolkenhimmels.

»Eure Freundin wird binnen wenigen Tagen hinübergehen«, sagte sie nach etlichen Wechselworten mit ruhiger und freundlicher Bestimmtheit. »Es sind befreundete Geister um sie tätig, besonders ihre Mutter.«

Viktor erschrak. Aber er ließ sich nichts anmerken.

»Danke vielmals, Concorde«, erwiderte er, grüßte und setzte seinen Weg nach Fouday fort.

Seine Seele war lange schon auf das Unabänderliche eingestellt. Er übte sich, dem Tod ins Auge zu schauen als einem gottgesandten Führer in eine neue Daseinsform. Nach seiner Weise war er in den letzten Monaten wieder in ein beschauliches Einsammeln und Botanisieren geraten. Die energische Hälfte seines Wesens ruhte. Doch es genügte bei seiner Doppelnatur nunmehr ein einziges Wort oder ein unscheinbares Vorkommnis, und der Träumer war wieder straff und zur Tat bereit.

Taten waren angesichts des unabwendbaren Sterbens dieses holdseligen Geschöpfchens nicht zu verrichten. Aber die Sterbende war sein Sorgenkind; die Tat bestand darin, daß man diesem Ereignis gewachsen war. Oft hatte ihn Furcht überschauert, wenn er den Gedanken ins Auge faßte: Addy wird sterben, und ich werde machtlos zusehen. Jetzt aber, dem nahen Ereignis gegenüber, fühlte er sich von Furcht befreit und mit Feierlichkeit erfüllt.

Die Silhouette der Seherin, die sich in dunklem Ernst vom Horizont abhob, blieb lange in ihm haften.

»Warum sind diese Leute von einer so freundlichen Festigkeit?« fragte er sich. »Nicht der Tod und nicht das Hinter-dem-Tod erschüttert ihren sicheren Frieden ... Daß dieses feine Seelchen Addy zunichte werde, auch ich kann mir's nicht vorstellen. Ich *glaube* an Unsterblichkeit, Gott, ich glaube! Jedoch meine Anschauung verlangt über Glauben und Theorie hinaus noch unerschütterlichere Gewißheiten. Ich will zu Hause sein in jenem unbekannten Reiche und gleichwohl der Erde treu bleiben, die der Ort meiner Lebensarbeit ist.«

Die Geisterseherei des Steintals und die Swedenborgischen oder apokalyptischen Anschauungen Oberlins hatten ihn zwar gelegentlich beschäftigt. Jetzt aber bekam er Gelegenheit, die Probe aufs Exempel zu machen und seines Glaubens Kraft zu beweisen. Seit seines Vaters Tod hatte der Vorgang des Sterbens an Schärfe und Bitterkeit für ihn verloren. Er spürte, wie sich ihm die scheinbare Nacht des Jenseits unter solchen persönlichen Erlebnissen in einen neuen Tag verwandelte, wie sich sein Auge daran gewöhnte, auch dort im scheinbar gestaltlosen Nichts Fülle von Gestaltung zu ahnen.

Inzwischen waren weder Frau Frank mit Leonie, noch der lebensvolle Hans mit seinem regsamen Käthl im Steintal eingetroffen. Die jungen Hanauer waren durch dringende Feldarbeit abgehalten. Und ein leidiger Unfall, eine Fußverstauchung, hielt Frau Johanna fest; sie sandte vorerst nur einen feinen südländischen Wein und stellte ihren oder Leonies Besuch in baldige Aussicht. Im Frühling hatten sie Addy besucht und längere Zeit im Steintal geweilt; es war damals die Hochflut der Robespierreschen Herrschaft, und eine Rückkehr der Leidenden nach Barr war nicht ratsam. So ließen sie das Kind in Oberlins und Viktors Hut; es fehlte nicht an mannigfacher und zarter Umhegung der Kranken, von Oberlins Töchtern bis zur verständigen Catherine Scheidecker und ihren Nachbarinnen; und jede Woche kamen von Barr Briefe oder kleine Sendungen ...

Addy saß, in Kissen gebettet, in ihrem Lehnstuhl, unfern vom immer offenen Fenster. Ein Stück grauen, glatten Himmels umrahmte die bleiche Gestalt; sie sah mit geschlossenen Augen und gefalteten Händen. Wieder war sie, wie einst im Sommergarten zu Barr, in ihr blaßgrünes Kleid gehüllt und hatte ein weißes Tuch um die Schultern, das Viktor noch von ihrer Mutter her kannte.

»Mein lieber Freund«, flüsterte Addy und nahm Viktors Hand, »mein lieber, lieber Freund! Wie treu bist du zu mir!«

Er setzte sich neben sie auf einen Schemel und behielt ihre Hand. Sie war sehr matt, schloß die Augen und schien lächelnd wieder einzuschlummern.

Frau Catherine hatte ihm erzählt, daß Addys Zustand zwischen Herzkrämpfen, erschöpftem Schlummer und überaus klarem, heiterem Wachen abwechsle. Aber so schwer auch die Anfälle seien, so schiene sie doch rasch wieder erholt zu sein und keine Schmerzen zu leiden; meistens liege sie in einem milden Halbschlummer und lächle vor sich hin.

So lag sie auch jetzt. Und als sie nach einer kleinen Weile die Augen wieder aufschlug, war ein Ausdruck von Verwunderung darin.

»Wenn ich schlafe, steht sie dort am Fenster«, sagte sie leise. »Und wenn ich die Augen öffne, ist sie wieder fort.«

»Wer denn, Addy?« – »Meine Mutter.«

Viktor schwieg. Catherine, die sich in der Nähe beschäftigt hatte, verließ geräuschlos das Zimmer und ging ihrer Arbeit nach.

Beide waren nun allein, und Addy wandte sich dem Freunde zu.

»Du sollst das Kästchen an dich nehmen, Viktor, wenn ich gestorben bin. Es liegt in der Schublade. Den kleinen Schlüssel trag ich am Halse neben dem Medaillon. Das Medaillon sollst du auch behalten. Sie will es so, und ich will es auch.«

Viktor wurde einen Augenblick von Rührung übermannt. Er lehnte sanft den Kopf an ihre Schulter.

»Meine gute kleine Addy!« – »Mein guter Viktor!«

»Es ist mir so leid, daß Frau Frank und Leonie nicht kommen können.«

»Grüße sie alle. Sie sind freundlich zu mir gewesen. Auch den guten Priester – ich weiß seinen Namen nicht mehr – – den Abbé. Ich bin seitdem so ruhig.«

Sie verfiel wieder in ihr traumhaftes Lächeln. Durch das einfache Bauernstübchen verbreitete sich eine feine Stille. Viktor erhob sich möglichst leise aus seiner etwas unbequemen Stellung und setzte sich ihr wieder gegenüber, doch nahe genug, daß sie die Stimme nicht anzustrengen brauchte, und ihre Hand in der seinen behalten konnte.

Und schon bewegte sich wieder Addys marmorschönes Köpfchen. Sie schaute auf ihre linke Hand und zog einen Ring vom Finger. Und den Ring betrachtend, sprach sie leise, mühsam und manchmal stockend:

»Du hast mir von deinem Ring erzählt. Das hat mich immer so gefreut. Dieses hier ist ein kleiner, echter Diamant. Nicht wahr, er ist sehr schön? Viktor, ich will ihn dir anstecken – wie die Braut dem Bräutigam den Ring ansteckt. Und doch nicht ganz so, denn du sollst ihn nicht behalten.«

Und noch einmal entfaltete das vornehme Kind ihre unvergleichlich reizvolle Anmut des Lächelns und der Bewegungen, als sie nun seine Hand ergriff und den Finger suchte, an den wohl der Ring passen möchte. Ihr Leiden schien auf einen Augenblick fortgezaubert; es war die adlige Französin, die mit dem ihr eigenen bestrickenden Wesen und fast schelmisch seine Finger absuchte und graziös plaudernd den kostbaren Reif anprobierte.

»Ist dies der rechte? Nein, er paßt nicht, er will den Ring nicht. Auch du nicht – der auch nicht – meine Freunde, wir müssen uns wohl an den kleinsten von euch halten – richtig, am kleinsten paßt er ausgezeichnet. Nicht wahr, Viktor? Ist es nun nicht, als hätt' ich mich meinem Liebsten anverlobt? Du bist mein Liebster, du! Indes, ich sagte dir, du darfst ihn nicht behalten. Du sollst ihn an eine Freundin weitergeben, auf die ich manchmal – leider – ein wenig eifersüchtig war. Weißt du, wen ich meine? Rat' einmal!«

Viktor litt unter diesem Gespräch.

»Liebe Addy, hab' ich dir jemals Ursache gegeben, anzunehmen, daß mir jemand teurer sei als du?«

»Aber sie«, versetzte Addy. »Sie hat dich lieb: – Leonie.«

»Addy!«

»Sie hat's nicht gesagt – sie weiß es vielleicht noch gar nicht – aber es ist so. Und warum soll sie nicht? Sie ist gesund – und ich muß sterben.«

Wieder, wie damals in Barr, ging ein Seufzer durch das stille Zimmer. Aber diesmal leise, zart und langsam; das Schwere war überwunden. Des jungen Mädchens Lebensleid lag in diesem Seufzer, aber auch der Sieg. Über ihr Gesichtchen zuckte noch einmal der Schmerz. Sie lehnte die Schläfe ins Kissen und schloß die Augen. Dann, nach einer langen Pause, fuhr sie fort:

»Viktor, wenn du ihr den Ring gibst, sag' ihr, daß ich ihr gut bin. Ich bin ihr sehr, sehr gut, trotzdem ich manchmal etwas eifersüchtig war auf ihre Gesundheit. Ach, ich war immer eifersüchtig – ihr habt es nur nicht gemerkt – schon auf meine Mutter war ich eifersüchtig. Papa hat uns zu wenig lieb gehabt. Daher kommt es vielleicht. Wir wollten doch auch gern geliebt sein.«

Es war nur ein Hauchen, so leise sprach sie und so wehvoll. »Addy, wir haben dich sehr lieb.«

»Ihr habt mich sehr lieb ... Aber das ist's nicht ganz« ...

Sie brach ab und blieb mit geschlossenen Augen liegen. Ihre Worte hatten einen so traurigen Klang, und dieses Stimmchen war so melodisch, aus so zerbrechlich feinem Metall, daß Viktor seine Bewegung nicht mehr zu meistern vermochte. Er winkte Catherine heran, die durch das Fenster im Garten sichtbar war, und ging bei ihrem Erscheinen lautlos hinaus. Draußen rang er stumm die Hände. O Gott, wie elend war dieses Kindes Mutter gestorben! Wie elend siecht es nun selbst dahin! O du Gott der Liebe, wie bist du unbegreiflich!

So erging er sich in Klagen. Und um ihn her im spätsommerlichen Gärtchen standen die hohen Sonnenblumen und hielten die großen, schweren, goldenen Fruchtscheiben unbeweglich ins matte Licht. Leise Tropfen zitterten manchmal noch von einzelnen Blumen. Die Welt war stumm und still. Das Hochlandstal wartete in Ergebung, ob sich die graue Wolkendecke endlich löse und der Lichtfülle dahinter Zugang verstatte.

Nicht lang hernach kam Pfarrer Oberlin das Tal herab, begleitet von einem seiner Lehrer. Als Viktor des wohlbekannten Mantels ansichtig ward, der dem mittelgroßen Manne bis fast auf die Knöchel reichte, stürzte er hinaus und Oberlin entgegen.

»Addy stirbt!«

Der Pfarrer beruhigte ihn. »Wir wollen ihr den Übergang nicht erschweren, Viktor, sondern uns auf Lob und Dank stimmen.« Und er warf seinen Mantel ab und begab sich mit dem Begleiter, der ärztlich gebildet und arzneikundig war, in Addys Stübchen.

Viktor blieb diesseits der angelehnten Türe. Und um ihn versammelten sich die Kinder, denen des Pfarrers Besuch bemerkbar geworden war. Drinnen plauderten sie sachlich, freundlich und fast heiter; dann sprach Oberlin ein Gebet; auch die Kinder in der Wohnstube sanken auf die Knie und falteten ihre Händchen, wobei die Größeren den beiden Kleinen ermunternd zunickten. Und während des Gebets lichtete sich der abendliche Himmel. Er ließ einen Sonnenstreif herüberfallen, so daß es wie ein Entzücken durch Addys schönheitsfrohe Seele ging, obwohl sie, die mit geschlossenen Augen saß, die willkommene Sonne nicht eigentlich sah, sondern vielmehr in sich einsog mit dem ganzen durchsichtigen Körperchen, dessen Verwandlung in Licht bereits begonnen hatte.

Hernach traten Oberlin und sein Begleiter wieder aus der Kammer, durch deren nun voll geöffnete Türe strahlendes Abendsonnenlicht in die Wohnstube und auf die immer noch knienden Flachsköpfchen fiel.

»So ist's brav, ihr Kleinen! Betet brav, denn gute Engel sind im Hause und wollen Tante Addy abholen! ... Begleite mich, Viktor! Wir wollen nun unsre Kranke ruhen lassen.«

Der Pfarrer verabschiedete sich vom zurückbleibenden Lehrer und der treuen Pflegerin und schritt mit Viktor langsam die Straße nach Rothau hinaus. Die sogenannte »*pont de charité*«, die Liebesbrücke, die er einst mit seinen Bauern selber gebaut hatte, war beschädigt. Man arbeitete an ihrer Ausbesserung, und der Pfarrer wollte die Arbeit besichtigen.

Die Abendsonne war hindurchgedrungen und warf einen duftigen, nur angedeuteten Regenbogen von ätherischen Farben an die gegenüberliegende Wolkenschicht. Das Tal war in eine zauberhafte Beleuchtung getaucht.

Und Oberlin erzählte in dieser Helle von seinen persönlichen Erfahrungen bezüglich Tod und Jenseits.

»Ich habe kein Buch geschrieben, Viktor, und ich werde kein Buch schreiben. Die Dörfer und Seelen dieses Steintals sind die Blätter, auf die ich schreibe. Doch ist mein Haus, das weißt du ja, ein Museum und eine Bibliothek praktischer und geistiger Dinge. Ich lese meine Bücher genau, mit Stift oder Feder in der Hand, mache Randglossen oder Auszüge und führe Tagebuch. So habe ich zum Beispiel den großen Swedenborg ebenso gründlich studiert wie Botanik, Anatomie, Heilkunde und Galls Schädellehre. In diesem Durst nach mannigfaltigem Wissen sind du und ich einander verwandt, lieber Viktor; und Swedenborg selber war nicht nur Seelenforscher, sondern auch ein wahrhaft genialer Naturforscher ... Nun also, aus Lektüre und aus Erlebnis sind auch meine Erfahrungen über das Jenseits herausgewachsen. Als ich hieher ins Steintal kam, fand ich hier Leute, die das Ferngesicht oder Feingesicht in die Geisterwelt besitzen. Es mag vielleicht mit der Abgeschiedenheit unsres Tales oder mit dem Magnetismus der hiesigen Erde zusammenhängen; man sagt ja Ähnliches von Bewohnern der Shetlandsinseln und schottischer oder norwegischer Täler. Ich jedenfalls eiferte anfangs mit soldatischem Ungestüm und den Waffen des Gebildeten gegen diesen vermeintlichen Aberglauben. Aber die Leute erwiderten lächelnd: ›Aberglauben? Aber wir glauben oder behaupten ja nichts, wir schauen ja nur‹ … Kurz, es war nichts zu machen.«

»Ich kenne Kants scharfsinnige Schrift gegen Swedenborg«, schob Viktor ein.

»Die ›Träume eines Geistersehers‹? Ja, sie mag sehr scharfsinnig sein. Aber hier handelt es sich nicht darum, ob man das Dasein von Amerika scharfsinnig beweist oder hinwegbeweist: man reist selber hinüber und erzählt dann davon. Unsre Seher hier im Steintal machten mir Mitteilungen, die mich überraschten; es war etwas Gemeinsames in ihrem Schauen, eine innere Ordnung, ein geheimer Sinn. Es stimmte mit dem überein, was ich in mystischen Werten gelesen hatte, von denen diese einfachen Leute nichts wußten … Die hinübergeschiedenen Seelen machen in den Regionen der Atmosphäre verschiedene Zustände durch, bis hinauf in das Vorparadies und in das göttliche Licht. In den unteren Regionen ist noch Schwere, sie haften noch an den Sorgen oder Lüsten der Erde; nach und nach aber, entsprechend ihrer Vergeistigung und Läuterung, folgen die Geister höheren und feineren Anziehungen. Edle Menschen, die nicht beschwert sind von Laster und Leidenschaften, steigen sofort nach dem Tod in die lichteren und leichteren Bezirke auf, die ihrem feinen seelischen Magnetismus entsprechen … Ich habe nach dem Tode meiner Frau – es ist über ein Jahrzehnt her – neun Jahre lang mit ihrer Geisterperson verkehrt. Ich habe unzählige Male, meist im Halbtraum morgens um eine bestimmte Stunde, mit ihr gesprochen über Dinge, die meinen Geist beschäftigen oder mein Herz beschwerten. Dann hörten die Erscheinungen plötzlich auf. Und es kam ein Mann aus Belmont zu mir, der das Gesicht hat, und teilte mir mit, er hätte meinen verstorbenen Sohn in der Jenseitswelt gesprochen und von ihm erfahren, die Mutter könne fortan nicht mehr erscheinen, weil sie in eine höhere Sphäre emporgestiegen sei.«

Viktor, der in stiller Trauer, aber horchbegierig neben dem ungewöhnlichen Manne einherschritt, warf hier die Frage ein:

»Wie unterscheiden sich denn aber gewöhnliche Träume, die meist so verworren sind, von eigentlichen Visionen?«

»Einem Menschen«, erwiderte der Geisterseher, »der nichts Ähnliches erfahren hat, diesen Unterschied begreiflich zu machen, ist fast ebenso schwer, als wollte ich einem Blinden den Unterschied zwischen blauer und grüner Farbe verdeutlichen. Keine Beschreibung ersetzt hier die

Anschauung. Der Unerfahrene wird dies als Einbildung oder Aberglauben ablehnen. Mag er es tun! Es ist für den Glauben nicht entscheidend und es verhilft nicht zur Seligkeit, ob man dergleichen annimmt oder auf sich beruhen läßt. Ich streite daher hierüber mit niemandem.«

»Ein liebes Weib von einem Tag auf den andern verlieren«, bemerkte Viktor ablenkend, »muß eine ungeheure Erschütterung sein.«

»Wahrlich, ja!« rief sein Begleiter. »Wer so etwas durchgemacht und verarbeitet hat, der ist Schwerstem gewachsen. Als mein blutjunger Sohn der Kugel erlag, war es zwar ein herber Schmerz. Aber als uns ein befreundeter Geistlicher besuchte, glaubte er mich und meine Familie in tiefster Trauer zu finden, war jedoch sehr erstaunt, uns so ruhig und gefaßt zu sehen. Warum denn niedergeschmettert sein? Wissen wir doch, daß mein Sohn ebenso wie meine Gattin in andren Sphären eine andre Aufgabe zu erfüllen hat. Doch damals, vor elf Jahren, war es sehr, sehr schwer. Denn Mann und Weib bilden ein Ganzes; und dies Ganze wurde jäh und heftig auseinandergerissen. Da ist es kein Wunder, lieber Viktor, wenn ein Teil von ihr in mir zurückblieb und sie Jahre dazu brauchte, bis sie sich ganz aus mir herausgelöst hatte. Es gibt nach Swedenborg Ehen, die im Himmel geschlossen werden; es sind das unzertrennliche Kameraden, die einander im Emporstieg helfen, gleichsam Doppelsterne. Manche sind nur vorübergehend einander zugesellt, weil sie einander grade zu einer bestimmten Zeit zu gegenseitiger Einwirkung – oft auch heftiger Art – brauchen. So ist es manchmal auch mit Freundschaften. Das Förderliche, was diese Freundschaften wirken, bleibt; die Personen selbst gehen wieder neue Verbindungen ein. Und so ist es auch mit Feindschaften oder Leiden. Das ganze Weltsystem ist ein Netz von wechselseitigen Einwirkungen, um jeden einzelnen und zugleich das Ganze vorwärts zu treiben, der uns innewohnenden Bestimmung entgegen. Unsre Bestimmung aber und unser Seelenziel ist das himmlische Jerusalem. Du wirst mich allmählich genügend verstanden haben, um zu wissen, daß dies kein geographischer Ort ist im irdischen Sinne, sondern ein Vollendungszustand. Jerusalem, du hochgebaute Stadt, wollt' Gott, ich wär' in dir!«

Viktor fing an, mit Oberlins Augen zu schauen. Er begriff, daß sich seinem Begleiter biblische Namen wie Jerusalem, Berg Zion, Kanaan und dergleichen zu sinnbildlichen Bezeichnungen formten, hinter denen sich seelische Zustände verbargen. Nun verstand er jene Karte, die in

Oberlins Studierzimmer neulich Verwunderung erregt hatte. Aus dem Sodom und Gomorra der Sünde emporzubringen in die Burg Zion eines neuen und himmlischen Jerusalems: war es nicht ein sofort verständlicher Entwicklungsweg? Das Überraschende bestand für ihn darin, daß bei dieser großzügigen Entwicklung der leibliche Tod gar keine Rolle spielte, gar nicht wichtig schien; der Tod wurde nur als eine Veränderung der Daseinsform empfunden, nicht aber als eine Änderung des Seelenzustandes und des Seelenwertes. Denn Himmelreich oder Hölle – so führte der Schüler Swedenborgs aus – gehen mitten durch die Menschheit hindurch; und jeder von uns gehört schon auf Erden einer bestimmten Gruppe an, je nach seinem Reifezustand; und so befinden sich in diesen geistigen Gruppen oder Nationen sowohl verkörperte als auch entkörperte Geister; denn sie verbindet nicht der Ort, sondern die geistige Verwandtschaft.

»Welch ein lebensvolles Universum!« rief Viktor. »Welch eine himmlische Geographie!«

Und er blieb stehen, umflossen und durchdrungen von dem mächtig herüberbrandenden Abendlicht und dem inneren Lebensfeuer, das jenem äußeren Lichte Antwort gab. An seinem kleinen Finger blitzte Addys Diamant; und am Nachbarfinger der bescheidene bürgerliche Bergkristall mit dem Gelübde-Wort.

»Eros!« rief er. »Das ist Eros, der Gott der Liebe, den aber Plato als den Drang nach Vollendung deutet! So sprach mir einst der edle Humboldt, so spricht nun Vater Oberlin und deutet mir dies als den Wanderdrang nach dem himmlischen Jerusalem. Es ist die Liebe, die alle Gestirne treibt und als Lebensfeuer in allen Menschenseelen tätig ist, heftig und unedel in gemeinen Naturen, aber harmonisch in gereiften. Sie führt uns zueinander und läßt uns umeinander kreisen, sie zieht uns hinan in die Ursonne, in die Gottheit. Denn Gott ist die Liebe! In ihm leben, weben und sind wir!«

»Ja, wie das schon Sankt Paulus herrlich gesagt hat«, vollendete Oberlin. »Und der große Fackelbringer der Liebe ist Jesus Christus, der ausging aus dem Vater, wie ein Strahl ausgeht aus der Sonne ... Viktor, und laß dir wiederholen, was ich an jenem Sonntag in Ergänzung deiner Predigt gesagt habe: groß und gut ist der Kantisch geschulte Willen – aber größer ist die Gnade. Jene männliche Kraft treibt uns titanenhaft empor; diese aber kommt uns wie eine Jungfrau liebend und gütig von oben entgegen und zieht uns hinan. Beides ist wichtig;

das letztere aber ist die Erfüllung. Um sie zu empfangen, braucht es nur – ›nur‹, sage ich, Viktor, aber es wird spät und schwer gelernt – des stillehaltenden Vertrauens, wie die Kinder vertrauen. Den Kindern gehört darum das Himmelreich, denn in ihrem rührenden Vertrauen sind sie rein – so rein wie dort unten in Fouday Addys reines Seelchen, das nun heimkehrt in das ewige Licht.«

Beide Männer schwiegen bewegt. Denn mit ihren Gedanken verband sich wieder Addys Leidensbild und gab ihrer Geistigkeit eine zarte, warme Menschlichkeit.

Oberlin dachte an das liebste Menschenkind, das er selber hatte sterben sehen.

»Meine Frau und ich«, sprach er, »waren oft so beschäftigt, daß wir uns nur im Vorübereilen in einer besonderen Art die Finger zu berühren pflegten. Ich erkannte sie später bei ihren Geisterbesuchen an dieser flüchtigen, aber herzlichen Grußform. Aus Nutzwirkung besteht alles Leben; auch in der jenseitigen Welt. Auch dort sind Schulen, wenn ich so sagen darf; auch dort sind belehrende oder warnende Wechselwirkungen zwischen reifen und unreiferen Geistern. Ich sah dort Schulen, die in ungemein reizenden Gärten und Landschaften abgehalten werden. Die Schüler waren munter und freudig. Es ist dort auch ein besonderes Kinderland; und in zierlichsten Kleidern von himmlischen Farben leuchten die versammelten kleinen Seelen, unterwiesen von Engeln, bis sie herangewachsen sind für reifere Bezirke. Alle Engel haben übrigens die Stufen des Menschentums durchgemacht, sind also ehemalige Menschen und fühlen darum Menschliches nach. Ich sah einmal meine Frau in Gegenwart eines erhabenen Greises junge Seelen unterrichten. Sie kam gewöhnlich, um mich nicht zu erschrecken, um eine bestimmte Zeit zu mir, meist morgens um drei Uhr. An der Leidenschaftlichkeit, mit der ich sie anfangs festzuhalten suchte, merkte ich, daß ich an ihr noch mehr hing als an Christus. Dann wurde mir im Gesicht bedeutet, daß sie sich von den Anziehungen des Fleisches gelöst habe. Und nach und nach begegneten wir uns mit einer herzlichen Feierlichkeit, mit einer innigen Freundschaft, die durch eine früher noch nicht ausgebildete gegenseitige Ehrfurcht veredelt war … An allen unsren kleinen oder größeren Sorgen hat sie teilgenommen. Einmal hat sie sogar meine Obermagd drei Nächte hintereinander im Traum gewarnt, unser ganzer Vorrat wertvollen Weines sei in Gefahr, auszulaufen. Die Magd wird unruhig, läuft in den Keller, findet nichts, wird abermals gemahnt – und entdeckt endlich, daß Reifen gesprungen sind und das kostspielige Naß um ein Haar verloren gegangen wäre. Einmal führte sie mich im Jenseits in das Studierzimmer eines verstorbenen Professors. Ich sah dort außer bekannten Instrumenten viele unbekannte. Es wäre da noch viel zu erzählen. Und dann also blieb sie plötzlich fort. Ihre Kleider waren, ihrer wachsenden Reife entsprechend, immer glänzender geworden. Nun suchte um jene Zeit Joseph Müller aus Belmont seinen Onkel Morel in der andren Welt; er wurde durch meinen verstorbenen ältesten Sohn zu ihm geführt; und von meinem Sohn erfuhr er hierbei, wie ich dir schon sagte, daß meine Frau in eine höhere Wohnung der Seligen aufgestiegen sei und sich mir fortan nicht mehr sichtbar machen könne.«

Sie waren an der beschädigten Brücke angekommen. Viktor wandelte traumhaft neben dem merkwürdigen und doch so natürlich sprechenden Geisterseher und schaute wie verwundert auf, als irdische Menschen um ihn her die Mützen zogen, inmitten von Balken, Steinen und silberklar schimmerndem Granitkies, zwischen denen sie arbeiteten.

Der Pfarrer erkundigte sich nach dem Fortgang der Arbeit und ließ eine Handvoll Sand und Kies durch die Finger gleiten. »Wie schön ist das, Leute! Läßt sich damit nicht eine prächtige Brücke bauen?« Und Viktor an der Hand fassend, schritt er ein wenig mit ihm abseits, aus dem Geräusch der Schaufeln hinweg, und schloß das Gespräch ab.

»Ich will dir auch noch sagen, wie sie gestorben ist. Am Abend waren wir noch still und traulich beisammen; sie war leidend, aber wir besorgten keine Gefahr. In der ersten Frühe stürzt meine Magd herauf und klopft mich wach: ›Madame ist krank‹. Totmüde hör' ich es kaum und schlafe weiter; und wieder kommt sie herauf: ›Madame ist sehr krank‹. Ich eile hinunter: da sitzt sie auf dem Bett, hat die Füße im Wasser, den Kopf an die treue Luise Scheppler gelehnt und atmet schwer. Ich nehme das teure Haupt in die Arme und vernehme in ihrer Brust ein Knacken und Knistern, als ginge etwas entzwei; lege sie endlich sanft in die Kissen und fühle den Puls. Kein Puls! den Herzschlag: kein Herzschlag! Der Arzt kommt; ich lasse ihn bei der Sterbenden, eile auf den obersten Boden und werfe mich vor Gott auf die Knie, betend, stammelnd, weinend um ihr Leben. Doch sieh, es drängt sich mir immer nur der Spruch auf die Lippen: ›Lobet den Herrn, alle Heiden! Preiset ihn, alle Völker!‹ Dann ging ich gefaßt hinunter; ich wußte nun, daß sie gestorben war. Gestorben? O, nein, gleich am ersten oder zweiten Abend, wie ich mich in meinem Schlafzimmer entkleiden will, erscheint mir ihre Gestalt, wirft sich mir um den Hals und sagt: ›Ich werde erstaunend viel um dich sein‹ – und ist verschwunden. Wunderbar hat mich diese Erscheinung gestärkt! ... Doch nunmehr gute Nacht, mein tiefer, ernster, vielgeprüfter Freund! Du mußt durch viele Anfechtungen hindurch, aber du wirst fest werden. Nicht traurig sein, mein Freund, sondern vielmehr ein herzhaftes, fröhliches: ›Lobet den Herrn!‹ Und wenn im Elsaß wieder reinere Luft ist: Arbeit! Schöpferische Arbeit!«

Und der Pfarrer packte selber eine Hacke und ging seinen Bauern mit ermunterndem Beispiel voran.

Viktor, der noch nicht recht ausgeheilte Soldat, war von diesen Gesprächen und Ereignissen äußerst ergriffen und ging bewegt nach Hause. »Süße Addy!« rief er aus, einmal über das andre die Hände faltend, wie im Gebet, als er in seiner Kammer wieder einsam hin und her ging, »wenn du nun hinüberkommst in jenes Reich der Antwort aus unsrem Lande der Fragen, so bitte für mich bei den Wissenden, so sende mir helfende, überzeugende Engel! Denn ich bin noch nicht zum Glauben dieses Mannes hindurchgedrungen.«

Doch er war gereifter, als ihm selber vorerst bewußt war. Eine unruhvolle Nacht, in der sich die Gedanken peitschten wie der Wasgenwald im Novembersturm, war das letzte Anzeichen einer absterbenden kleinmütigen Lebensstimmung. Diese Tage waren eine Krisis. Oberlins Wesen, trotz alles Befremdlichen seiner persönlichen Vorstellungsart, entfaltete immer mehr seine werbende Persönlichkeitskraft. Ein Neues ging in Viktor auf: eine edle Sicherheit und vertrauende Ruhe, ein Lebensmut, ein Glaube an die geheime Leitung alles Schicksals.

In der Frühe des nächsten Morgens brachte ein reinlich gekämmtes Kind der Catherine Scheidecker aus unschuldigem Munde die Nachricht, daß Adelaide von Mably in der Nacht einem Herzkrampf erlegen sei.

Viktor vernahm die Todeskunde ohne Erschrecken. Es war in ihm eine erhabene Stille. Oberlins Wort drängte sich auch ihm auf die Lippe: »Lobet den Herrn, alle Heiden! Preiset ihn, alle Völker!« und zu Frau Salome, seiner Wirtin, sprach er schlicht: »Addy ist zu ihrer Mutter heimgegangen.«

Als er in Frau Catherines Hütte hinunterkam, lag Adelaïdens schuldlos Körperchen bereits in weißen Kleidern auf dem Lager, mit einem freundlich ausdruckslosen Lächeln, von Blumen umkränzt und mit weißen Astern in den gefalteten Händen. Viktor stand lange vor der friedevollen Gestalt, vor dieser erlösten Seele, deren Erdenwandel so eng mit seinen Sorgen und Schicksalen verwachsen gewesen. Aber es kam keine Träne in sein Auge. »Leb' wohl, kleine Addy!« sagte er zart und strich ganz leise über die weißen Hände.

Das Medaillon und das Schlüsselchen hatte sie selbst noch am Abend abgenommen; ein Bild ihrer Mutter sollte mit ihr begraben werden. Man fand auf ihren schön geordneten und mit Bändern anmutig zugeknüpften Papieren obenan Briefe an ihre Freunde, nach Addys Tode zu öffnen. In Gegenwart Oberlins wurden die nötigen Verfügungen getroffen; und man beriet sich über Eilboten, die etwa nach Barr und vielleicht auch nach Imbsheim zu senden wären. Auf das letztere verzichtete man um der weiten Entfernung willen; über das Hochfeld nach Barr zu reiten, bot sich Viktor selber an. Er hatte nun, aufatmend von einem langen Druck, ein Bedürfnis nach starker körperlicher Bewegung. So entzog er sich den nüchternen Vorbereitungen, die um den entseelten Körper her noch zu treffen waren. Er begab sich nach Rothau und bestellte sich im Gasthof das Pferd, das ihm schon öfter gedient hatte. Durch das Tal der Rothaine gedachte er emporzudringen und dann durch jene ausgedehnten Nadelwälder zwischen Hochfeld und Odilienberg auf weichen Graswegen das Gebirge zu durchreiten, um über Hohwald und Andlau nach Barr zu kommen.

Aber ihm waren in Rothau selbst Überraschungen vorbehalten, die zuletzt die Reise überflüssig machten.

Während man das Pferd besorgte, begab sich Viktor in das Dietrichsche Schloß, um die Todesnachricht persönlich zu überbringen.

Er vernahm, daß die jungen Damen mit Demoiselle Seitz beim Unterricht waren. Aber im Garten sah er drei Gestalten wandeln, die zu seiner eigenen Trauer stimmten. Es war die einst so anmutig bewegliche Witwe des Maire Dietrich, nunmehr in düstrer Witwenkleidung; im gebückten Greis daneben erkannte er den Stettmeister, ihren vornehmen Schwiegervater; im Jüngling zu ihrer Linken ihren Sohn Fritz. Es war ein unfroh Wandern. Sie blieben von Zeit zu Zeit stehen und besprachen sich untereinander, wobei der Jüngling der lebhafte Anreger schien, sichtlich bemüht, den gebrochenen Greis, der vor kurzem erst das Gefängnis verlassen hatte, ermutigend emporzurichten.

Man begrüßte sich. Viktor brachte seine Nachricht an.

»Das liebe Kind ist gut aufgehoben«, sagte die Witwe gefaßt. »Sie ist Emigrantin geworden in das Land der wahren Freiheit. Wir andren ringen noch … Wir besprachen hier soeben die etwa noch möglichen Maßnahmen, meinen verstorbenen Gatten wenigstens von der Liste der Emigranten streichen zu lassen. Wenn es uns nicht gelingt, sind wir unsres Vermögens verlustig.«

Viktor beglückwünschte den alten Stettmeister zur wiedererlangten Freiheit.

»Freiheit?« erwiderte der Greis gedehnt, hob das bedeutende und würdige Haupt empor und warf einen spähenden Blick auf den Hauslehrer von ehedem. »Sie sind der Sohn des braven Hartmann, mit dem ich eingetürmt war. Waren Sie nicht dabei, als ich mich hier mit meinem Sohn über das liberale Prinzip unterhielt? Nun, und jetzt? Was anderes als das liberale Prinzip hat ihn denn getötet? Hab' ich nun recht behalten oder nicht?!«

Der Alte stieß den schweren Stock auf und fuhr fort:

»Geben Sie acht, junger Mann, was sich nun im Laufe der nächsten hundert Jahre ereignen wird! Der Absolutismus des Pöbels wird den Absolutismus der Könige ablösen. Europa wird ein großes Parlament werden; der Schuft und Intrigant hat darin dasselbe Stimm- und Schwatzrecht wie der edelste Mann. Dies wird man Gleichheit nennen. And mit den heuchlerischen Phrasen ›Freiheit, Gleichheit, Brüderlichkeit‹ wird die Masse der Brutalen die Minorität der vornehmen Naturen vergewaltigen. Denn alles handelt sich fortan um Majorität und Partei.«

Es lasteten schwere Schatten über dieser einst angesehenen Familie, die noch vor wenigen Jahren das reiche und gebildete Elsaß auf das glänzendste vertreten hatte.

Man streifte das Schicksal der Türckheims, die nun in Erlangen ruhigere Zeiten abwarteten. Viktor vernahm dann Zusammenhängendes über die letzte Lebenszeit des hingerichteten Maires von Straßburg. Die Pariser Richter hatten ihm dieselben beschuldigenden Fragen vorgelegt wie die Richter in Besançon: er habe rebellische Priester beschützt, er habe die Volksgesellschaft in Straßburg verfolgt, er habe mit Lafayette konspiriert, er habe mit den Feinden Briefe gewechselt – und was des längst widerlegten Unsinns mehr war. Dietrich antwortete das erstemal energisch. Am nächsten Tage dieselbe Szene vor einem neuen Richter und dem damals am übelsten berüchtigten öffentlichen Ankläger. Des unglücklichen Mannes erbitterte Feinde traten als Zeugen gegen ihn auf, unter ihnen der soeben gefangen in die Abtei gebrachte Eulogius Schneider, der heftig wider den Mitgefangenen aussagt. Nun ist Gegenwehr umsonst. Dietrich schweigt. »Ich weiß, daß mein Los entschieden ist«, bemerkt er bloß. Man sprach das Todesurteil. Und der Verurteilte, müde der langen Haft, wünschte sofort hingerichtet zu werden; einem Mitgefangenen zu Liebe, dem derselbe Gang zur Guillotine bevorstand, wartete er bis zum nächsten Tage, wo er dann ruhig in den Tod ging.

Dies erzählte man in demselben Rothau, in dem einst Viktor jener hoffnungsfreudigen Tischgesellschaft beigewohnt hatte.

»Man hat ihm wenigstens die Geige gelassen«, bemerkte Frau Luise Sibylle. »Er hat im Gefängnis viel komponiert. Und seine letzten Briefe sind mein Heiligtum. Ach, wir haben manchmal in früheren Jahren unsrer Ehe mehr nebeneinander als miteinander gelebt, wie es eben der große Ton des Pariser Hofwesens mit sich brachte. Aber das Leid hat uns gereift. Noch in Besançon war ich immer bei ihm, bis sie ihn dann nach Paris wegführten und ich ohnmächtig oben auf dem Stubenboden liegen blieb.«

»Das französische Königtum hat den Ammeister Dominik Dietrich in den Kerker gesteckt, die französische Republik hat den Bürgermeister Dietrich getötet«, schloß der alte Stettmeister das Gespräch mit harter Stimme. »Ich habe von dieser Welt genug.«

Und der Greis schritt am Arm seines Enkels in das Haus zurück.

Viktor schied von dieser Stätte der Trauer. Sein Leid um Addy erweiterte sich; durch die ganze Nation ging ja derselbe große Schmerz.

Und als er vom Schloß nach dem Gasthof ging, kam er an einer Gruppe von Bürgern vorbei, die vor einer Schmiede standen und erregt eine Neuigkeit besprachen. Der kräftige Schmied, ein kirchentreuer Katholik, wetterte nicht wenig. Viktor blieb aufhorchend stehen und wurde sofort in die leidenschaftliche und bekümmerte Erörterung mit hineingerissen. Man sprach von einem aufregenden Ereignis, das sich, dem Gerücht nach, am Schneeberg abgespielt hatte. Dort, in einer Höhle, hatten sich vier katholische Priester verborgen gehalten; sie waren entdeckt und von Gendarmen erschossen worden.

Hartmann fuhr zusammen. Hitzinger?! ... Er stellte Fragen über Fragen. Es waren keine Namen zu erfahren; doch war ihm sofort die Tatsache gewiß, die sich später bestätigte: den Abbé hat sein Schicksal erreicht!

»Ist dort nicht das Haslacher Tal und die Burg Nideck?«

»Freilich«, erwiderte der erzählende Schmied und zeigte mit der klobigen Faust in die Ferne, »es heißt, daß dort Riesen gehaust haben, und daß einmal die Riesentochter eine Schürze voll Bauern heimgebracht habe, denn sie hat das für Spielzeug gehalten. Dort sind die frommen Männer versteckt gewesen und sind auf der Flucht totgeschossen worden.«

Viktor, der mit so ruhevoller Andacht von Addys Totenbett geschieden war, fand sich wieder den leidenschaftlichen Erregungen der Welt ausgesetzt. »Will denn« – rief er – »dieser Tag Schmerz auf Schmerzen häufen?!«

Doch im Gasthof wartete eine Überraschung. Nicht sein Pferd war gesattelt, wohl aber hielt vor dem Tor ein Wagen, der ihm bekannt schien, mit zwei wohlgenährten Schimmeln, die ihm erst recht bekannt waren. Und wahrhaftig! Als er die Steintreppe hinaufstieg, sprang oben mit einem jubelnden Ruf Leonie Frank aus der Türe! Das herrlich gewachsene, tannengerad und federnd einherschreitende Mädchen strahlte vor Gesundheit und Freude und schüttelte dem Verblüfften immer wieder beide Hände. Und hinter ihrem großen, mit Efeu und Wildrosen gezierten Mädchenhut tauchte in hellgrünem hanauischen Bauernrock und elsässischer Haube »'s Käthl von Bischholz« und der lange Jean oder »Hans von Uhrweiler« mit der Adlernase und den hellen Augen auf, beide mit ihren rotbraun gesunden Bauerngesichtern trefflich zu Leonies rosigen Wangen stimmend. Sie hatten sich, nach brieflicher Verabredung, in Mutzig getroffen und waren in diesem Augenblick in Rothau angekommen, wollten sich erfrischen und dann weiterfahren, um Addy zu überraschen. Frau Frank, immer noch leidend, war zurückgeblieben.

Und so umwogte nun den plötzlich wieder auflebenden Viktor eine dreifache Gesundheit und sang ein Hohelied vom Leben. Doch das Lied verwandelte sich freilich schroff genug in erschrocknen Ernst und in Laute der Wehmut, als er nun möglichst schonend Addys Heimgang erzählte. Also zu spät gekommen! Leonie, zum erstenmal ohne ihre Mutter unterwegs, sah sich vor eine harte Probe der Selbständigkeit gestellt; sie verstummte und konnte ihre Tränen nicht verhehlen. Und die schmerzliche Tatsache: »Addy tot!« machte auch dem guten Jean zu schaffen. Käthl, die der Entschlafenen ferner gestanden hatte, schien besonders darüber bekümmert, daß sie nun keine Trauerkleider anzuziehen habe; und die Aussicht, sich mit den Kleidern einer Steintälerin behelfen zu müssen, war für die junge Bäuerin, die auf Etikette hielt, recht wenig erbaulich.

»Wir Lebenden wollen den Kopf nicht hängen lassen, sondern uns um so lieber haben«, ermunterte Viktor.

Man erwog einen Augenblick einen Besuch auf dem Schloß. Aber besonders Leonie war dazu nicht in der Stimmung und bat in ihrer schüchternen Art, man möge lieber gleich »zu Addy« fahren.

Und so bestieg man den Wagen und fuhr zu Addy. Es war Viktor, bei aller innerlichen Trauer, nach den wechselnden Ereignissen der letzten Tage und nach so langer Anpassung an die Krankenstube, heute zum ersten Male wieder lebenswarm zumute, als er nun Leonie gegenübersaß und dem Plaudern der Ehefrau Katharina zuhörte.

Leonie selber schwieg. Sie verbarg ihre Gemütsstimmung hinter einem Lächeln, wobei sich ihr wehmutstilles Gesicht wunderbar verschönte; oder sie nickte, um nicht unaufmerksam zu scheinen, zu Katharinas lebhaften Erzählungen. Und sie suchte durch dieses höflich aufrechterhaltene Lächeln die Tränen zu verbergen, die in übermächtigem Aufquellen immer wieder die blauen Augen füllten.

4. Lebenswende

Es war am Abend nach Addys Begräbnis. Der Versammelten bemächtigte sich eine weiche und gütige, nicht durch Trübsinn niedergedrückte Stimmung. Ein Klang und Duft von Liedern und Blumen war in den Seelen und Sinnen zurückgeblieben. Es hatten gute Geister mitgefeiert; von solchen Gästen der unsichtbaren Welt pflegte Oberlin zu sagen, daß sie einen »Vorschmack des Himmels« mitbrächten und auf der Erde zurückließen.

Als man miteinander von Rothau, wo man den Begräbnistag verbracht hatte, durch die Waldung zurückschritt, von den befreundeten Schloßdamen ein Streckchen begleitet, war allen zumute, als ob sie von einer gemeinsamen Abendmahlsfeier nach Hause gingen. Mit

Addy war ein Harfenklang dahingegangen, dessen Grundton Liebe war. Dieser vergeistigte Ton umkoste noch nachschwingend die Lebendigen, veredelte ihre Trauer und verband sie um so inniger untereinander.

Dann trennte sich die Gesellschaft. Viktor, Leonie, Hans und Katharina wanderten nach Fouday und Waldersbach.

Käthl, die sich denn doch entschlossen hatte, ihren lichten Rock mit dem dunklen einer Steintälerin zu vertauschen, trug nach elsässischer Sitte noch ein Büschel Rosmarin in der Hand. Hans, ein bibelfester Christ, der sein deutsches Gesangbuch kannte, fühlte sich angeregt durch die religiöse Luft im Steintal und führte das Gespräch. Doch besaß er Takt. Er wurde bei aller Freude an süddeutschem Räsonieren nicht vorlaut.

Auch Viktors Gedankenstrom geriet nach und nach wieder in stärkere Bewegung. Er hatte jene schirmende Pflege, die er als Pflicht empfand, bis zu Ende durchgeführt; er hatte es gern getan; er fühlte sich reifer in dieser Hingabe. Nun aber war ihm doch leicht zumute. Der letzte Nachhall einer unruhvollen Epoche verwehte nun und löste sich auf im spätsommerlichen Abendwind. Gegenwart nahm ihn wieder an der Hand, klare, gesunde Gegenwart.

»Pfeffel hat mir in diesen Tagen geschrieben«, sprach er. »Man trägt sich in Kolmar mit dem Gedanken, eine Zentralschule ins Leben zu rufen, wenn die Verhältnisse ruhiger geworden sind. Und Professor Hermann in Straßburg lud mich gleichfalls in einem ehrenden Angebot zur Mitarbeit ein. Gott sei Dank! Endlich doch werd' ich meinen Platz einnehmen dürfen, und sei er noch so unscheinbar, und werde meine Studien und Erfahrungen in Erziehungsarbeit umsetzen. Ich lebe noch!«

Der lange schmale Hauslehrer von ehedem reckte sich, breitete die Arme in den Abendwind und rief noch einmal aus tiefster Brust: »Ich lebe noch!«

»Jeden Morgen dank' ich unsrem Herrgott, daß ich lebendig bin und schaffen darf«, stimmte Hansjery bei, der mit dem Käthl auf dem Waldweg voranging.

Sie unterhielten sich in ihrer unterländischen Mundart und fühlten sich einander traulich nahe. Zwischen dem elsässischen Bürgertum und der vornehmen Einfachheit des unterelsässischen Bauernstandes, wie er dort im Hanauerlande gedeiht, wurde kein Standesunterschied empfunden.

Viktor erzählte in liebevoll abgeklärter Weise von Addy. Immer wieder fielen ihm kleine Züge ein. Und immer wieder glitt das Gespräch dankbar in Oberlins Revier hinüber. Des tiefen und doch so einfachen Mannes Persönlichkeit stand beruhigend neben Addys Leidensbild.

»Ich habe mein Bestes von Oberlin gelernt«, bekannte Viktor. »Lebensmut und Todesernst in natürlicher Weise zu verbinden und in Einklang zu bringen: das ist das Geheimnis des Seelenfriedens. Dieser Mann hat mit seiner gläubigen Festigkeit das ganze Steintal angesteckt.«

»Es ist merkwürdig«, sagte die aufmerksame Zuhörerin Leonie. »Wir gehen immer von Addy aus und enden immer bei Pfarrer Oberlin.«

Sie wanderte elastisch und leicht wie ein französisches Mädchen, aber zugleich hoch, aufrecht und ruhig wie eine deutsche Jungfrau. Sie wanderte neben Viktor einher als das verjüngte Ebenbild ihrer Mutter. Manchmal warf sie den glänzend-blauen Blick aus etwas verweinten Augen auf den Freund hinüber; doch im ganzen pflegte sie vor sich hinzuschauen und zu schweigen, überschattet von dieses Tages Trauer, und verriet dann nur durch das Lächeln ihres ausdrucksfeinen Gesichtes ihre innere Anteilnahme. Überhaupt kam ihr jungfräulich rosiges Antlitz leicht ins Glühen vor verhaltener Spannung bei lebhaften Erörterungen der Männer; aber sie griff selten mit Worten ein.

»Wissen Sie, was Ihr schönstes Talent ist, Leonie?« sagte Viktor plötzlich.

»Was denn?«

»Sie können zuhören«, erwiderte er.

»Ist das ein Talent?« fragte Leonie.

»Ein großes Talent«, versicherte der Philosoph. »Man muß nur dabei spüren, wie jemand innerlich mitgeht. Ihnen liest man das alles vom Gesicht ab; nein, vielmehr ich spüre Ihre Zustimmung oder Ihr Bedenken, ohne daß ich Sie überhaupt ansehe, als gäb' es noch andre Strahlen, übersinnlicher als die Strahlen des Auges und die Schallwellen der Ohren. Sie und Ihre Mutter haben dies Talent des Zuhörens. Es geht mir damit eigen: das Zuhören von Ihnen beiden macht mich schöpferisch, nämlich es belebt mich, es regt mich an, es gibt mir Gedanken ein, die mir erst während des Sprechens kommen. Es ist mir dann, als hätten *Sie* die Gedanken gehabt und ich hätte sie nur in Form gebracht und ausgesprochen. Oft, wenn ich von Gesprächen mit Ihnen und Ihrer Mutter nach Hause kam, habe ich meine besten Gedanken niedergeschrieben.«

»Das muß ich Mama schreiben, das wird sie freuen«, versetzte Leonie, die alles Erfreuliche mit ihrer Mutter zu teilen gewohnt war.

Es war zwar draußen in den Städten das republikanische »Du« im Umlauf; doch Viktor hatte sich nie entschließen können, Leonie oder Frau Johanna so vertraulich anzureden. Addy war in ihrer zarten und zuletzt kranken Weichheit zum traulichen »Du« übergegangen. Aber bei dieser bürgerlichen Leonie hielt ihn merkwürdigerweise ein Abstandsgefühl zurück, über das sich Viktor eigentlich wunderte. Brauchten Mutter und Tochter, wie manche Bilder, vom Beschauer einige Entfernung, wenn man ihre sittsam geschlossene Einheit voll erkennen und in sich aufnehmen wollte? Oder fühlte er sich ihnen innerlich so nahe, daß er von außen um so mehr der Schicklichkeit Genüge tun wollte?

Indem Viktor neben Leonie auf dem Waldweg wanderte, fühlte er sich wundersam beruhigt. Es ging von ihr ein magnetischer Strom aus, der bisher gehemmt gewesen war. Es waren zwischen ihm und ihr weder viel Worte noch Betonungen der Freundschaft nötig; auch brauchten die etwa gewechselten Worte nicht besonders laut zu sein; jene geheime Kraft bewirkte leicht die gegenseitige Verständigung. Wie taktvoll hatte sich dieses gesunde Mädchen neben dem umhegten Sorgenkind Addy benommen! Wie übte sie neben dem schönen Zuhören das noch schönere Talent, unauffällig sich auszustreichen, damit sich alle Teilnahme auf die Bedürftige sammle, und dabei dennoch tätig zu sein und gleichsam nur durch Taten zu sprechen: durch Harmonie in der Häuslichkeit. Dies bedachte Viktor in aufwallendem Gefühl des Dankes. And es gingen unsichtbare Funken einer herzlichen Wertschätzung zu dem schlanken Mädchen hinüber, das an Höhe noch die Mutter übertraf. Die Bewegungen ihres Körpers waren rhythmisch; die Art ihres gelegentlichen kleinen Räusperns, wenn sie nach längerem Schweigen bescheiden eine Bemerkung in das Gespräch flocht; die Art, wie sie ihre Füße beim Schreiten nach vorn aufsetzte und nicht etwa nach der Seite ausbog, so daß ihr edelstolzer, gleichmäßig wiegender Gang entstand; oder wie sie manchmal nach dem Hinterhaupt griff, um zu prüfen, ob ihre braune Haarmasse in Ordnung sei – – dies und andere anmutige Kleinigkeiten, aus denen sich eines Weibes Wesen zusammensetzt zur schönen Linie, erfüllten den Genesenden mit einer glücklichen Stimmung, der er sich selber kaum bewußt war. Denn mit ganzer Treue sprachen sie von Addy.

»Wir werden nachher ihren Nachlaß verteilen« bemerkte Viktor. »Sie hat alles in Päckchen eingebunden.«

Dabei fiel ihm plötzlich der Diamantring ein, den er am kleinen Finger trug und den er an Leonie mit jenen Worten Addys weitergeben sollte. Unwillkürlich hob er die Hand auf, warf einen Blick auf das Kleinod und ließ sie wieder sinken. »Jetzt nicht«, dachte er. Er sann über jene Worte nach, die Addy dabei gesagt hatte: sie wäre oft eifersüchtig gewesen auf die schwesterliche Freundin.

Leonie hatte die Bewegung wahrgenommen und warf einen halben Blick herüber, fragte aber auch diesmal nicht nach dem Ring, den sie von Addy her genau kannte und sofort an Viktors Finger bemerkt hatte. Und doch überschattete sich ihr arglos Gemüt einen Augenblick. Das junge Mädchen erinnerte sich genau, daß Addy ihr häufig versprochen hatte, ihr diesen Ring zu hinterlassen, wenn sie einmal, wie gewiß zu erwarten war, vor Leonie sterben sollte. Nun hatte sie ihn also einem noch lieberen Freunde geschenkt … der es ja aber auch in der Tat verdiente … Und Leonie, erzogen und geübt im Niederkämpfen kleinlicher Regungen, schämte sich plötzlich, ergriff unvermittelt Viktors Hand und sagte herzlich:

»Ich bin so froh, daß Addy den Ring *Ihnen* geschenkt hat.«

»Ja, aber nicht zum Behalten«, versetzte Viktor kurz.

Leonie richtete ihr schönes Auge fragend auf den Freund. Doch dieser schwieg. Und so schwiegen beide und hörten fortan Hans zu, der vom Hanauer Ländl Lebendiges erzählte und dadurch die Trauerstimmung auszugleichen trachtete. »Ich bin Republikaner«, sprach Johann Georg, »weil ich sehe, daß wir anders nicht vom Fleck kommen. Aber wir Bauern aus der Grafschaft Hanau-Lichtenberg haben eigentlich nicht viel Ursache gehabt, gegen unsre Herrschaft Revolution zu machen. Von unerträglichen Lasten war nicht viel zu spüren; und wir hatten unsre Fürsten lieb, wie sie uns auch. Geht einmal durch die Dörfer dort bei Buchsweiler, Ingweiler oder Pfaffenhofen! Geht überhaupt durch das ganze Elsaß zwischen Weißenburg und dem Kochersberg! Da seht ihr saubere Ortschaften, gut bebautes Feld, fleißige Bauersleute und rotwangige Maidle so wie ungefähr mein Käthl!«

Katharina verwies ihm den Scherz, der zum heutigen Tage unpassend sei.

»Es ist kein Spaß«, erwiderte der junge Ehemann, in welchem nach der Gehaltenheit des ernsten Tages die natürliche Lebensfreude wieder zutage drängte. »Es ist nur die Freude an meiner Frau. Und zudem ehrt man die Toten nicht durch Kopfhängen … Kurz, Monsieur Viktor, stellt Euch einmal auf den Bastberg oder auf den Herrenstein oder auf die Burg Lichtenberg oder auf den Hohbarr bei Zabern und schaut einmal über unser Ländl! Auf jedem Hügel und in jedem Tal ein Kirchturm! Ich hab' einmal vom Hohbarr aus mehr als zwanzig Ortschaften gezählt.«

»Als ob wir das nicht schon lange wüßten«, unterbrach wieder die junge Bäuerin, die dem Gatten gern die Flügel stutzte.

»Ich will ja auch nichts Neues erfinden«, erwiderte Hans gutmütig, indem er zäh bei seinem Gegenstand beharrte. »Aber ich erinnere mich doch an etwas, was ihr gern gesehen hättet. Wie ich nämlich vor ein paar Jahren ums Käthl freite und mich in Buchsweiler aufhielt, um dann zu Pferd nach Bischholz zu reiten, hab' ich zugeschaut, wie sie in Buchsweiler zum letztenmal ihren hessisch-darmstädtischen Fürsten empfangen haben. Das war im Mai des neunziger Jahres, und war das ganze Land voll Blüten.«

Hans erging sich mit Freuden in dieser Erinnerung.

Er hatte sich mit seinem Schimmel andren festlichen Reitern angeschlossen, die den von Norden kommenden Fürsten auf der Grenzhöhe seines Ländchens empfangen sollten. Jene Ecke, beherrscht vom Waldschloß Lichtenberg, hatte eine reizvolle, manchmal derbe und abenteuerliche Geschichte unter den Grafen von Lichtenberg erlebt und manche knorrige Fehde, manchen bizarren chronikalischen Zug zu verzeichnen. Von den Hanau-Lichtenbergern war das fruchtbare Gelände übergegangen an Hessen-Darmstadt; die große Landgräfin Karoline hatte in Buchsweiler residiert; ihre Tochter, die Herzogin Luise von Weimar, Gemahlin des berühmten Karl August, hatte dort ihre Jugend verbracht. Es war ein patriarchalisch Verhältnis zwischen Fürsten und Volk. Und so blieb es bis in die Revolution hinein. An jenem Maientag kam Landgraf Ludwig zum letzten Male in sein elsässisch Residenzstädtchen. Vor allen Dörfern, die er berührte, standen die Bauern aufgestellt, an ihrer Spitze der Geistliche; Frauen und Mädchen überreichten Blumen; eine von ihnen trat an den offenen Wagen heran, Glas und Flasche in der Hand, und sprach treuherzig: »Gnädiger Herr, da Sie von der beschwerlichen Reise und Hitze müde und durstig sein werden, so erlauben Sie uns, daß wir Ihnen ein Glas Wein anbieten.« Und der Fürst nahm gern diese bäuerliche Gastfreundschaft an; er und der mitreitende Präsident der Residenz Buchsweiler – es war ein Herr von Rathsamhausen – tranken auf des Dörfchens Wohl. Und die Reiter jedes Dörfchens schlossen sich an und vermehrten das Ehrengefolge. Nur vier von den Gendarmen, die am Wagen ritten, trugen die neufranzösische Kokarde; sonst niemand. Die andern alle hatten an den Hüten deutsches Eichenlaub und elsässische Blumen. Die jungen Reiter aus Ingweiler trugen blaue Uniform; die von den Dörfern erschienen in schönen roten wollenen Röcken, die mit blauen oder grünen Bändern verziert und weiß gefüttert waren. Auf der Anhöhe zwischen Ingweiler und Niedersulzbach hielten die blau uniformierten Reiter von Buchsweiler in zwei Reihen an der Straße hin, mehr als hundert. Und vor der Residenzstadt selber waren wohl Tausende aus der ganzen Gegend zusammengeströmt, darunter die Schulkinder mit ihren Lehrern. Und alle hatten Blumen, die ganze Straße war mit Blumen bestreut, es war ein Rausch von Duft und Farbe. Die Bürgerschaft stand unter Gewehr – Grenadiere, Jäger und Musketiere – und dabei vierundzwanzig Mann in weißen Kleidern, die dem Fürsten die Pferde ausspannen und ihn in die Stadt ziehen wollten; doch bat der Landgraf, sie möchten bloß als ein Ehrengeleite neben dem Wagen einherschreiten. Und so zog das Gewimmel unter tausenderlei Vivats, Geschützdonner, Glockengeläute und Musik zum Buchsweiler Obertor hinein, die Herrengasse hinunter, auf den Schloßplatz und ins Schloß. Dort, auf der Brücke, standen wieder mehr als siebenzig Mädchen in weißen Kleidern und blauen Schärpen; jede hatte ein niedlich geschmücktes Körbchen; eine überreichte ein Gedicht; und unter einem Blumenregen betrat der Fürst sein Schloß ... Am Abend war die Stadt beleuchtet. Die Juden hatten sogar die Synagoge illuminiert und einen Moses gemalt, der vor einem Altar kniete, worunter dann der Vers zu lesen war: »Hier kniet Moses, seufzt und spricht: Ach Fürst, verlaß auch Israel nicht!« Und vor dem Tor ward ein Freudenfeuer angezündet; zu Fuß ging der Fürst dorthin und zündete den Scheiterhaufen mit einer Wachsfackel an. In allen Wirtshäusern der vielwinkligen Hügelstadt Gesang und Musik, vor allen Fenstern Lichtchen ... Tags darauf besuchte der Fürst, über Imbsheim und den Bastberg fahrend, von vielen Ehrenreitern umschwärmt, den Kardinal Rohan in Zabern und kehrte über Neuweiler zurück. Dann reiste er, gerührt von tausenderlei Beweisen der Anhänglichkeit, nach Norden und – sah sein Land nicht wieder. Bald auch verschwand Rohan nach Baden und kehrte gleichfalls nicht mehr zurück. Das Elsaß mit seinen bunten kleinen Herrschaften verwandelte sich in zwei Departements und ward endgültig ein Teil des französischen Staates.

»Unseren Charakter ändern sie freilich nicht«, fügte Hans hinzu. »Wir sind zäh, wir hanauischen Bauern. Aber vorerst geht's nit anders. Also: *vive la république!*«

»Bist du nicht auch Soldat gewesen, Jean?« fragte Viktor.

Hans bejahte zögernd. Er wußte nicht recht, ob die Frage neckisch gemeint sei, trotz des gedämpften Tones, in dem diese Gespräche stattfanden. In der Tat hatte Johann Georg am Massenaufgebot teilgenommen, als die Wurmsersche Armee über die Weißenburger Linien vorzubrechen drohte. Mit einer Jagdflinte versehen, war er an die Spitze seiner Dorfmannschaft, die sich mit Sensen, Heugabeln und Äxten bewaffnet hatte, ins Gebirge marschiert und hatte einen Paß besetzt.

»In der Gegend von Bitsch«, erzählte Hans, der gut im Zuge war, »trifft man kein Kruzifix mehr an; die Sansculotten, unsre Volontärs, haben alle Statuen und Heiligenbilder im eigenen Lande in Stücke geschlagen. Es tat im Lager jeder, was er wollte; ihr konntet den Tambour mit dem Hauptmann Arm in Arm marschieren sehen. Ich hab' die lustige Anordnung mit angesehen. Na, dann also wurden wir Bauern selber unter die Waffen gerufen, lagerten irgendwo beim Schloß Lichtenberg, zwischen Lützelstein, Bitsch und Bärental, und haben uns aus Baumästen Hütten gebaut, wie Israel beim Laubhüttenfest. Zwei Kanonen mit zweihundert Mann hätten uns tausend Bauern leicht über den Haufen geblasen. Wir waren denn auch einmütig zum Ausreißen entschlossen, blieben aber in unsren Schanzen, solange der Proviant reichte. Unsere Heldentaten waren nicht gering: einmal zum Exempel schlugen wir einigen Waldarbeitern die Schlapphüte von den Ohren, weil sie keine Kokarde trugen, wobei wir auf unsrer Seite keinen einzigen Mann verloren; eines Nachts gab eine Schildwache Feuer, alles stürzt unter die Waffen, soweit man sich nicht ins Stroh verkroch – und was war's? Auf einem Meierhofe hatte ein Hund gebellt. Ein andermal wieder ein Schuß, Generalmarsch, Pikete werden ausgesandt – und das Resultat der Untersuchung? Ein Igel hatte unsere Vorräte gewittert, und Igel tappen bekanntlich wie Menschen, so daß die

Schildwache krampfhaft mit ihrem bissel Französisch rief: › *Qui vit?* *Qui vit?* Herr Jerum, bin ich denn allein verloren?!‹ – und also Feuer gab und davonrannte. Das Ding wurde nach und nach langweilig; auf den Feldern warteten die Herbstgeschäfte; also brannte man Nacht für Nacht einfach durch, wobei es zerstoßene Schienbeine, verlorene Uhren und andere Mißhelligkeiten gab, aber keinen einzigen Toten. Noch einmal aber wurde die Sturmglocke geläutet, und wir sammelten uns diesmal am Schloß Waldeck, hinten bei Niederbronn. Wir waren anfangs an achthundert Wann und legten derartige Verhaue an – daß unsrem eigenen, vor uns operierenden Korps der Rückzug gründlich erschwert wurde. Bald aber hatten sich wieder alle nach Hause vertröpfelt – außer etwa vierzig Mann; und das waren die Offiziere. Wir beschlossen, uns dem regulären Bataillon bei Reichshofen anzuschließen; ich glaube, es kommandierte dort der General Sauter. Aber zweiundzwanzig von uns letzten Getreuen protestierten durch die Tat und liefen ebenfalls heim. Na, als sich schließlich das französische Korps zurückzog, sind wir auch gelaufen und haben noch gesehen, wie der Tresorier seine Assignaten-Kasse im Stich ließ und mit der Bespannung durchbrannte, während die Chasseurs mit den vordersten Preußen plänkelten. In Buchsweiler haben dann die Österreicher die Sansculotten verjagt und einen Augenblick wieder die hessisch-darmstädtische Regierung eingesetzt; aber seitdem, nach dem verlorenen Gefecht am Bastberg, haben sie wieder zurückgemußt. Saint-Just und Lebas – das muß man ihnen lassen – haben Straffheit in die Armee gebracht.«

Johann Georg hatte sich mit Absicht dieser breiten Plauderei überlassen. Er wollte die Freude am Leben wieder anzünden; er hatte von Natur und von den Vätern her elsässisches Rebenblut in den Adern und war nicht zu Trübsinn veranlagt; und so schnellte er sich durch die Erzählung dieser ungefährlichen Soldatengeschichten wieder in seine natürliche Lebenslust zurück.

Auch Viktor und die andren vergaßen sich ein Weilchen und hörten ihm mit Vergnügen zu. Aber angesichts der ersten Häuser wurde man wieder still. Im Außenzustande als solchem konnte der geistig gestimmte Viktor nie lange verharren. Die Welt der Ideen und die Welt der Seele war seine Heimat. Und die Dinge und Menschen der Außenwelt wurden ihm erst wertvoll oder anziehend, wenn er sie mit seelisch erwärmten Augen betrachten oder zu Ideen in Beziehung setzen konnte. Das ganze sinnliche Geschwätz und Gebaren der Revolution war schließlich ermüdend und belanglos. Aber den inneren Menschen immer reiner und wärmer zu gestalten und dann von innen heraus das Schöne zu schaffen und das Gute zur Tat werden zu lassen: nach dieser edlen Tätigkeit sehnte sich sein Herz.

»Morgen abend sind wir wieder unter den Nußbäumen von Imbsheim«, sagte Hansjery plötzlich.

»Wenn doch auch ich wüßte, wo meine Nußbäume stehen und mein Haus auf mich wartet!« seufzte Viktor. »Du hast's gut, Hans.«

»Viktor Hartmann wird's auch noch gut bekommen«, antwortete Hans mit der ihm eigenen bestimmten Zuversicht.

Die Männer von Waldersbach hatten Feierabend gemacht und saßen in Hemdärmeln vor den Türen; sie rauchten ihre Pfeifen; hier und da hörte man in Stall oder Küche noch ein Holzschuhklappern oder ein Mädchenlied. Alle grüßten höflich. Es war ein milder Abend.

Die Leidtragenden gingen auf Viktors Bitte mit ihm auf seine Stube. Dort lagen auf dem Tisch allerlei Päckchen. Es war Addys Nachlaß.

Die Päckchen waren mit blauen Bändern geschnürt. Auf jedem Paket stand in Addys schöner Schrift der Name des Besitzers; Viktor, Mama Frank, Leonie, Hans und Käthl waren bedacht. And Viktor wußte, daß auch Papa Oberlin und Frau Scheidecker nicht vergessen waren. Bewegt verteilte er die Gaben unter die Anwesenden. Doch konnte sich niemand entschließen, die Bänder jetzt bereits zu lösen.

»Dazu muß man allein sein«, sagte Viktor und verschloß sein Kästchen in den Wandschrank.

Dann gingen alle still und ernst in das Pfarrhaus, dessen frühes Küchenlicht bereits in das dunkelnde Tal herabgrüßte.

Oberlin, der Unermüdliche, war noch auf Krankenbesuchen in Solbach und Wildersbach. Aber Luise Scheppler, die Hände rasch an der Schürze abtrocknend, hieß die Gäste willkommen. Käthl konnte nicht zusehen, wo geschafft wurde; sie warf sofort eine Hausschürze um und griff mit an.

Luise Scheppler war schon als ganz junges Mädchen ins Pfarrhaus gekommen. Sie hing ihrem Herrn und den Kindern in unverbrüchlicher Treue an. Zehn Personen zu logieren, und zwar gemütlich zu logieren, war ihrem Haushaltungstalent eine Kleinigkeit; Betten überziehen, Stuben scheuern, Essen anordnen und tausend ähnliche Dinge des umfangreichen Haushalts brachte sie nicht aus dem Gleichmut. Sie war von immer gleichmäßig freundlicher Gemütsart, dabei gesund

und regsam, bis in den Grund ihrer Seele treu und selbstlos. Nicht allein war sie Haushälterin: sie ging auch dreimal wöchentlich in die Dörfer des Steintals und unterrichtete einige fünfzig kleine Kinder, die sich dort versammelten. Eben war sie von Solbach zurückgekommen.

»Was lehren Sie denn die Kinder?« fragte Leonie in schüchterner Bewunderung.

Sie erwiderte einfach:

»Ich lehre sie, was ich weiß. Wir stricken miteinander, und während der Arbeit lasse ich sie Geographie oder Naturgeschichte wiederholen oder erzähle ihnen biblische Geschichten. Denn hier bei Papa im Pfarrhause lernt man immer etwas; man braucht nur ordentlich zuzuhören. Selbst beim Kartoffelschälen sagt man sich einen Psalm oder ein Lied auf. Besonders sing' ich mit den Kleinen Lieder; das macht ihnen viel Freude.«

»Und wie machen Sie's, daß die Kinder das behalten?« fragte Leonie mit entschiedener Zuneigung zu der tatkräftigen Magd.

»Oh, das kommt ganz von selber«, erwiderte Luise in ihrer einfachen und sicheren Heiterkeit. »Es ist kein Unterrichten, es ist ein Unterhalten. Die Kinder merken es kaum; und nach und nach, durch unmerkliche Wiederholungen, prägt es sich ein und sitzt fest.«

Darüber kam der Pfarrer nach Hause. Der vierundfünfzigjährige Mann mochte noch so müde sein: er hielt sich straff und strahlte immer die gleiche Lebensheiterkeit auf die Bedürftigen aus. Er hatte durch viele Jahre das Talent geübt, sein Lebensfeuer in sich gesammelt zu halten, so daß es immer zur Hand war, wenn er Licht und Wärme brauchte. Infolge dieser religiösen Willensübung konnte sich selten üble Laune oder schwüle Stimmung in seinem Bereich verdichten, ohne daß sie rasch und energisch zerstreut worden wäre.

Beim Nachtessen, an dem auch Knecht und Mägde mit um den großen Tisch sahen, sprach der Pfarrer das Tischgebet und gedachte darin nochmals der entschlafenen Addy. »Es ist uns feierlich zumute«, sprach er, »denn der Tod ist ein Geburtstag in die andre Welt. Feierlich ist uns zumute, aber nicht traurig. Wir wären keine Christen, wenn wir jammern würden. Du willst unsre zarte Freundin in unsichtbaren Reichen verwenden, lieber Vater im Himmel, und von uns willst du, daß wir im Sichtbaren weiterwirken. Dein Wille sei gelobt! Amen.«

Es war sonst ein Fest, mit Oberlin zu plaudern. Doch heute sehnte sich Viktor nach seiner Stube. Er war gewohnt, bedeutende Eindrücke in der Einsamkeit zu verarbeiten. So verlangte auch dieser Tag nach Einsamkeit und nach Verarbeitung. Und so verabschiedete sich Viktor frühe.

»Du wirst uns hoffentlich nicht ebenso rasch verlassen wie diese Gäste aus dem Buchsweiler Ländchen?« fragte der Pfarrer.

»Gern will ich noch einige Tage bleiben und in Ruhe alles ordnen«, antwortete Viktor. »Dann bring’ ich Leonie persönlich nach Barr zu ihrer Mutter.«

»Und dann?«

»Nun, dann mit Gottes Hilfe nach und nach ins Lehramt, wenn sich im nächsten oder übernächsten Jahre die Kolmarer Zentralschule verwirklicht!«

»Und das Pfarramt?«

»Ich achte es hoch, aber ich habe mich zum Lehramt entschlossen.«

»Nun, greife kräftig zu, sowie es die politischen Verhältnisse wieder erlauben, lieber und wunderlicher Viktor! Vieles wirkt auf den Menschen ein. Freundliches und Grauenhaftes, Erstrebtes und Ungewolltes. Wenn wir nur in uns selber fest und fromm beharren, aufschauend zu den Hügeln der Gnade, so müssen alle Dinge doch zuletzt unsre Erzieher zum Guten werden. Ich bin euch allen und meiner ganzen Gemeinde ebenso zu Dank verpflichtet, wie sie vielleicht mir. Gott wirkt in allen.«

Leonie saß in seiner Wehmut etwas befangen zwischen den Töchtern des Hauses. Links plauderte die zwölfjährige Friederike Bienvenue, rechts bemühte sich Fidelité Karoline um die still-anmutige Besucherin aus dem Elsaß, die so schön zuhören und gleichsam mit dem Gesicht wundervoll antworten konnte, ohne nur den Mund aufzutun, so daß ihre bloße Gegenwart angenehm war. Manchmal suchte ein herzlicher Blick des einfachen und vertrauenden Mädchens ihren Freund Viktor, dem sie von allen Anwesenden doch am nächsten stand, so etwa, als gehöre man in guter Kameradschaft zusammen, auch wenn man nicht miteinander sprach. Aber der Tag war erschöpft. Jeder freute sich auf die Ruhe und Stille der Nacht: die eine, um unbeobachtet der entschwundenen Addy nachzuweinen, der andere, um den Sinn des Tages zu bedenken, die übrigen aber aus Bedürfnis nach Schlaf und Ruhe.

Hans und sein Weib waren denn auch kaum auf ihrem Zimmer angekommen, so löste Käthl mit hastiger Neugier das blaue Band, und sie bewunderten miteinander das Spitzentuch, das ihnen Addy hinterlassen hatte. Hans legte es seiner Ehefrau galant um den Hals. Sie sprachen noch etliches über das herzensgute Kind und schliefen dann fest und gesund.

Leonie besah im Kerzenlicht ihres Stübchens das verhältnismäßig kleine Päckchen. Aber sie löste das Band nicht; sie las nur wieder die Worte: »Meiner zärtlich geliebten Freundin und Schwester Leonie«, schaute sich in dem einsamen Zimmer um und suchte die Mutter. Und schon hatte sie die Augen voll Tränen. Es war noch kein Jahr her seit des Bruders Tod; und nun war auch Addy dahin. Sie stellte sich ihre Mutter vor, wie sie sich damals über Addy gefreut, wie sie jetzt vereinsamt in die lange Dämmerung hineinträume und über die Ebene horche, ob nicht doch noch ein müder Soldat durch den Staub der Heerstraße wandre und spät am Hoftor poche: »Mach auf, Mama, Albert ist da!« Dann legte sie das uneröffnete Päckchen unter das Kopfkissen, löschte rasch das Licht und weinte sich in den Schlaf, der zum Glück nicht lange auf sich warten ließ.

Viktor allein durchwachte die ganze Nacht.

Auf dem Tische lagen die Gegenstände ausgebreitet, die seine Seele noch einmal zu einem rückschauenden Selbstgericht veranlaßten. Es waren viele Briefe, ein Medaillonbild der Frau von Mably, ein Medaillonbild Addys, geflochtene Haare, Bänder, vertrocknete Blumen und ähnliche sorgsam behütete Erinnerungen einer jungfräulichen Innerlichkeit. Häufig waren die Worte wahrzunehmen: »Nach meinem Tode zu öffnen«. Wohl pflegen gesunde junge Mädchen, die noch fern vom Sterben sind, manchmal mit so feierlichen Aufschriften Sachen zu versiegeln, die ihnen bedeutsam, den Erwachsenen aber kindlich erscheinen. Aber dieses frühreife Mädchen hatte nie getändelt; ihr gaben diese Andenken Seelenkraft; und nahe dahinter stand, von ihr deutlich empfunden und voraus gewußt, der Tod.

Obenauf lag ein Brief Addys: »An meinen geliebten Bruder und Beschützer Viktor Hartmann«.

Viktor glaubte nie etwas Seelenvolleres gelesen zu haben. Um das nächtliche Haus gingen leise Stimmen der Sommernacht, zauberhafte, melodische Stimmen; eine davon, die trauteste, kam herein, umschwebte den Freund und offenbarte sich als Addys Geisterstimme.

»Mein lieber, lieber Viktor! Mein bester Freund auf Erden! Ich werde nun bald hinübergehen. Aber Du sollst nicht traurig sein über meinen Tod, denn auch ich bin nicht traurig. Wir haben beide hier im Steintal gelernt und wissen genau, dank unsrem guten Vater Oberlin, daß Gott uns unaussprechlich lieb hat und in allen Dingen weiß, was unsrer Seele heilsam ist. Darum bin ich glücklich und überlasse mich seiner himmlischen Führung mit ganzem Vertrauen, so ungefähr wie ich Dir vertraue, Du mein treuer Bruder Viktor. O glaube mir, ich habe oft im stillen zugesehen, wie Du zu Sorgen neigst und von geistigen Fragen bedrückt wirst. Ich habe Dir aber leider zu wenig dabei helfen können; ich war nicht gelehrt genug und war nicht gesund. Auch bin ich etwas ängstlich und wagte während Deiner Anwesenheit nicht leicht, Dir all das Innige zu sagen, das ich für Dich empfinde. Doch ich habe jeden Tag für Dich gebetet zu Gott und zur Jungfrau und zum Heiland und allen Heiligen. Du und Leonie und die herzensgute Mama Frank – daß ich euch drei zurücklasse, das allein schmerzt mich ein wenig. Aber nicht sehr. Mein unauslöschlicher Dank bleibt bei euch. Ihr werdet euch gewiß untereinander sehr lieben, und ich freue mich vom Himmel aus über euer gemeinsames Glück. Du leidest oft an einer traurigen Stimmung; Leonie wird Dich fröhlich machen. Sag meiner Leonie, sie soll Dich glücklich machen, so glücklich als man einen Menschen beglücken kann, den man von ganzem Herzen lieb hat. Und ihr beide macht unsere Mutter Frank glücklich; ersetze ihr den verlorenen Albert, lieber Viktor. Ihr habt mir die Welt verschönt, denn ihr hattet mich lieb. Ich aber muß nun hinüber; denn meine Mutter braucht mich. Sie ist mit ihrem schweren Erdenlos auch drüben noch nicht ausgesöhnt; ich muß zu ihr, damit sie wieder an Liebe glauben lernt. Mein Freund, gib Leonie meinen Ring und bitte sie dabei in meinem Namen um Verzeihung. Ich habe schon lange gewußt, daß ihr beide einander durch euer ganzes Leben hindurch lieben werdet, während ich scheiden muß. Das hat mich am Anfang ein wenig eifersüchtig gemacht auf meine glücklichere Schwester Leonie. Aber jetzt schon längst nicht mehr. Du lieber Bruder, ich möchte Dir so gern sehr viel Inniges sagen. Im Grunde Deines Herzens bist Du ganz voll Güte, lieber Viktor; niemand weiß das so sehr wie ich. Süßer Freund, wenn Du an mich denkst, so soll Dir heiter zumute sein, denn ich denke ebenso süß und heilig an Dich. Es war so schön, unser Zusammenleben, daß es mich wie ein Vorhof des Himmels berührte. Du weißt, daß Gebetsgedanken Kraft haben. Sei unbesorgt um Deine Zukunft, ich werde für Dich und euch alle im Himmel beten, wie ich auch euch bitte, meiner in eurer Fürbitte zu gedenken, ihr herzlich Geliebten! Auf Wiedersehen im Himmel! Adelaide. – *NB*. Du darfst diesen Brief Leonie und ihrer Mutter zu lesen geben. Ich habe vor euch kein Geheimnis gehabt; ihr werdet auch untereinander kein Geheimnis haben. Addy.«

Dies war Addys Brief.

Als der tiefbewegte Viktor diese Worte voll Zartsinn und Liebe gelesen hatte, fiel er an seines Lagers Rand auf die Knie und sprach in Oberlins genialer Art unmittelbar mit Gott. Es war ein Loben und Danken in Worten, die jenseits der Sprache sind. Dieses Kind, aus zu leichten Stoffen gewoben für die grausame Luft der Erde, hatte hienieden eine Mission erfüllt; es ging nun hinüber, um auch dort eine Mission zu erfüllen. Liebe solcher Art ist das Genialste der Menschenseele; Liebe solcher Art ist verwandt mit der geistigen Sonne: sie entzündet die Planeten um sich her und empfängt in belebender Wechselwirkung deren Wärme zurück. »O Wunder des Lebens, Wunder des Menschenherzens! Elinor wurde geadelt durch die Liebe zu dieser Addy; und wir wurden geadelt, indem wir uns üben durften in pflegender Liebe zu diesem reinen Kinde. *Liebe* ist der *wahre Adel*, unzerstörbar durch alle Revolutionen der Welt! Vater im Himmel, ich danke dir, du hast mich entsühnt und du hast mich geadelt! Du hast mir die Gnade geschenkt, daß ich dieses Mädchen in edler Freundschaft lieben durfte bis in den Tod! Du hast gute Menschen um mich herum aufgestellt wie Engel um die Pforten des Paradieses!« ...

Und Viktor erhob sich, die Augen voll Tränen der Wehmut und des Dankes, reckte sich mächtig und schüttelte die Last von Jahren ab. Jetzt erst, nachdem diese letzte Welle der Empfindsamkeit über ihn hinweggegangen war, schien er neugeboren zu sein, neugeboren zu einem Leben in mutiger, schaffender Liebe. Er verstand nun, was Oberlin die »Wiedergeburt« nannte.

Noch warf er einen Blick in die fieberhaften Briefe der Frau Elinor, aus dem Gefängnis an Addy gerichtet. Die Briefe waren heftig, stolz, bissig; sie waren voll Auflehnung gegen die Unbilden der Revolution und des Schicksals; dazwischen leidenschaftliches Händeringen der Mutterliebe, wobei auch Viktors Name hie und da fiel, meist jedoch flüchtig hingeschnellt, einmal auch in einer Aufwallung von Dankbarkeit. Und alles wortreich und wortgewandt, in der bekannten kleinen, jagend vornübergebeugten Schnellschrift der Marquise. Die seelenkundige Addy mochte recht haben: diese Frau war noch nicht beruhigt!

Und keine Wendung in diesen Papieren gab ihm die kurze, knappe, endgültige Formel für Frau Elinors widerspruchsvolles Wesen. *Gab* es denn bei so wechselnder Beweglichkeit überhaupt eine Formel?

Wie graziös und hochgemut lächelte hier, auf dem von Guérin gemalten Medaillonbild, das kokette Gesichtchen mit dem schmalen, scharfen Mündchen, dem weit entblößten Halse, dem kecken großen Federhut! Es war das alte Regime in seiner Luxuspracht, nunmehr erstickt in Blut!

Und der einsame Betrachter ordnete die kleinen Heiligtümer. Da war ein verblaßtes violettes Band, einst von Addy im Haar getragen, jetzt war ein Zettelchen daran: »Dieses Band habe ich aufbewahrt, weil es ihm gefallen hat. Sommer 1789.« Und so noch mancherlei Rührendes. An einer kleinen Strähne von Addys Haar jedoch fand er die Worte angeheftet, die sie wahrscheinlich von Viktor oder Oberlin vernommen hatte: »Ehre den Tod und sei dem Leben treu!«

Dem Leben treu!

»Ich weiß es zwar: ein Ton der Trauer wird niemals ganz aus meinem Leben schwinden. Wer das erlebt hat, wird nie mehr restlos fröhlich werden. Aber dennoch, ja: dem Leben treu!« ...

So verklang dieser ernste Tag.

Lange noch schritt Viktor auf lautlosen Hausschuhen hin und her, begleitet vom Schatten, den das versiegende Öllämpchen an die getünchte Wand warf. Wer anschwellende Nachtwind erinnerte ihn an die Außenwelt; Blumentöpfchen pochten an die Fensterscheiben. Er öffnete und horchte hinaus. Brunnen rauschten, und ein fernes Wasser toste. Er schaute empor in die Stille der Sterne, an deren Stellung er wahrnahm, daß der Morgen nicht mehr ferne sei.

Und in der Tat, schon begann sich um die Randlinien der östlichen Gebirge der Himmel zu versilbern, um dann langsam überzugehen in eines neuen Tages Morgenrot.

5. Leonie

An den Hängen des Steintals wanderten Viktor und Leonie durch Ginster und graues Granitgeröll. Auf allen Höhen war Sonne: und in Viktor schnellte die lange daniedergedrückte Lebenskraft sonnendurstig wieder empor. Er hatte die ihm zugemessene geistige Höhe erreicht. Dies Errungene galt es nun, in die Tat umzusetzen. Denn den steilen Weg in Entsagung und Einsamkeit emporzusteigen, lag nicht in seiner Lebensbestimmung.

Noch einmal vor dem bevorstehenden Abschied wollten sie das Steintal auf Bergpfaden umwandern, wollten die strenge Schönheit der Landschaft in sich eintrinken und mit hinabnehmen in die elsässische Ebene, wie sie Oberlins Wort und Wesen mit hinabzunehmen gesonnen waren. In Bellefosse gedachten sie sich mit dem Pfarrer zu treffen, der dort zu tun hatte. Aber sie wanderten zunächst die entgegengesetzte Perhöhe hinauf und an deren Hängen entlang nach Belmont, um von dort nach dem Steinschloß zu gelangen, das über Bellefosse in einem Bergwald lagert.

Von der Perhöhe nach Belmont wandelnd, sahen sie nun die große Landschaft wieder einmal vor sich. In blauer Breite zeigte sich südwärts der Climont, nordwärts der große Donon mit dem spitzen Kegel des kleineren Gipfels; dazwischen der wohlbekannte Kranz der anderen Berge, die durch das Salmsche Gebiet von Westen nach Norden das Steintal umschirmen.

Während sie emporstiegen, weidete oben am Horizont des kahlen Berglammes eine vielköpfige Rinderherde. »Wie entzückend!« rief Leonie. Die Gestalten der Rinder hoben sich als feinschwarzes Schattenspiel von der Kammlinie ab. Gesträubte Schwänzchen springender Kälber, die zarten Striche der vielen Füße, die Köpfe und Hörner – wundervoll wanderte diese Silhouettenschar am Himmelsrand entlang. Und weiter unten am breiten Berge, wo die volle Sonne die meist schwarz und weiß gefleckten Tiere beschien, sah es aus, als hätte sich eine Mövenherde und ähnliches Seegevögel an den Hängen eines nordischen Fjordes niedergelassen. Das zahlreiche graue Granitgeröll, das fleckig im grünen Ginster zerstreut lag, verstärkte den Eindruck des Nordischen. Hie und da waren kleine Haine angepflanzt, Ruheplätze für die Herden. And allenthalben Wassertröge als Tränken für die

Tiere: gehöhlte Baumstämme, die mit dem frischesten Quellwasser gefüllt waren. »Das Steintal hat Wasser die Fülle!« rief Viktor, der immer einen Taschenbecher bei sich hatte und an jedem klaren Kies- und Sandquell oder stark rauschenden Brunnenrohr dankbar das sprudelnde Naß in Empfang nahm, auch wenn er gar keinen Durst hatte. »Es könnt's übelnehmen, wenn man vorübergeht«, sprach er lächelnd zu Leonie .... »Denn ich weiß es von mir selber: geben zu dürfen, macht Freude.«

»Überhaupt«, fuhr er freudig fort, »fließende Wasser sind die Stimmen dieser Berge, die keine Baumblätter haben, um damit zu rauschen. So singen denn diese Wasser und ersetzen den Waldwind. Lebendiges, klares, kühles Bergwasser, zumal wenn es in der Sonne funkelt, mutet mich an wie ein gesundes, junges Mädchen, das herausspringt in die Arme des sonnigen Tages: ›da nimm mich!‹ Und etwas in mir fängt an mitzusingen und in wandernde Bewegung zu geraten.«

»Ja, ich hab' es auch sehr gern«, sagte das gesunde, junge Mädchen an Viktors Seite. Sie bückte das erhitzte Gesicht über den schießenden Quell, schöpfte mit der langen, festen Hand und schlürfte in vielen kleinen Zügen das kühlende Getränk. Dann strich sie das Braunhaar von der Schläfe zurück, schaute ihren Begleiter mit ihren veilchen-blauen Augen lächelnd an und trocknete sich am Taschentuch die Hände.

»Auf den Bergen ist die Luft rein und das Wasser ist rein«, fuhr Viktor fort, belebt und frohgemut. »Auch die Blumen haben kräftigere Farben. Und der staubfreie Himmel ist blauer, zumal wenn er sich wie heute von solchen einzelnen, scharf umrissenen, sehr weißen Schwimmwölkchen abhebt. Wie schön das aussieht, wenn die Schatten dieser großen fliegenden Schwäne über das Bergland laufen! Aber die Landschaft wäre immer noch tot, wenn nicht ein steter Bergwind die Ginster und Halme bewegte und untereinander in spielende, tosende Berührung brächte – und wenn eben nicht diese herzigen Wässerchen aus dem Granit sprängen: ›Guten Tag, ihr zwei, Leben ist Liebe! Habt euch lieb!‹«

»Es ist wohl darum hier im Sommer so schön«, bemerkte Leonie, »weil die Leute im Winter sehr unter Schnee und Kälte leiden.«

»Ja, der ›Roßschinder‹ und andere Sturmgattungen pfeifen hier nicht schlecht«, entgegnete Viktor. »Und auch Gewitterwolkenbrüche hausen manchmal dämonisch in diesen Tälern. Früher soll das noch schlimmer gewesen sein. Besteht am Ende ein Zusammenhang zwischen Witterung und menschlicher Gesittung? Wird mit wachsender Kulturveredlung die Erdatmosphäre wohnlicher? Oder vielmehr: weil sie wohnlicher wird, unsere abgeglühte, ruhende und beruhigte Erde, verfeinert sich auch die Menschheit? Wer mag in diese kosmischen Gesetze Einblick tun! Aber etwas gibt es, das über den Wechsel erhaben ist: die unvergängliche Sonne des Geistes. Man kann sie vielleicht Liebe nennen. Eine Liebe freilich, die zugleich Weisheit ist, nicht düstere Leidenschaft oder weichliche Sentimentalität … Und, Leonie, der alte Pindar behält doch recht, reines, lebendiges Bergwasser ist doch das Beste! Es ist Elektrizität drin, verlaß dich drauf: Lebensbewegung!«

Sie waren an eine Stelle gekommen, von der aus einige Hauser von Fouday sichtbar wurden. Unwillkürlich verstummten beide. Eine Geistergestalt schwebte wieder ein Weilchen neben ihnen her.

Dann dachte Leonie an ihre Mutter, von der sie einen Brief bei sich trug. Und sie sprachen beide von der baldigen Heimkehr. »Mein Vater war Ihrer Mutter eigentlich in einem Punkte ähnlich«, sprach Viktor. »Auch er hat es nicht leiden mögen, wenn man sich um ihn sorgte. Dahingegen nahm er selber das Recht für sich in Anspruch, für andere sorgen zu dürfen. Vornehm! Leonie, das nenn' ich einen vornehmen Zug.«

»Ja, Mama ärgert sich immer, wenn man sich um sie Sorgen macht«, bestätigte Leonie.

»Und ist selber unermüdlich für ihr Nestchen tätig«, fügte Viktor hinzu.

»Ich spiel' ihr aber manchmal einen Streich«, fuhr Leonie fort, mit einem schelmischen Lächeln in ihrem kindlichen Gesicht. »Sie findet bald da eine Blume, bald dort eine Tafel Schokolade, die sie nämlich gern ißt – und dann lach' ich sie aus, wenn sie etwa das Nähtischchen geschäftig aufzieht und auf einmal verwundert fragt: ›Leonie, sag mal – wann hab' ich denn die Schokolade hierhergelegt?‹ Es ist zum Lachen. Manchmal bind' ich ihr auch einen Zettel dran und schreib etwas drauf. Ich halt' mich dann gewöhnlich in der Nähe auf, nur um's mit anzuhören, wie sie sich mitten in der Geschäftigkeit unterbricht, einen Augenblick stillsitzt, den Faden am Munde feuchtet und dann anfängt: ›Leonie, sag mal!‹«

Das junge Mädchen lachte und fügte dann schnell und ernsthaft hinzu: »Ich schenke ihr aber meist nur Sachen, die ich selber geschenkt bekommen. Denn sie hat's nicht gern, wenn man für Näschereien Geld ausgibt, und mir macht etwas nur dann Freude, wenn sich Mama mitfreut.«

So plauderte das bürgerliche Kind. Es machte ihr Vergnügen, von der fernen Mutter unscheinbare Dinge zu erzählen. Viktor hörte zu; und es war ihm, als hätte eines dieser Bergwasser Gestalt und Stimme angenommen und liefe melodisch neben ihm her.

Er hatte mit der ihm eigenen Gründlichkeit tagelang seine Bücher, Pflanzen, Mineralien und präparierten Tiere geordnet und eingepackt, die naturwissenschaftliche Beute seines Aufenthalts im Steintal. Addys Ring trug er noch immer an der Hand. Befangenheit und die nachwirkende Trauerstimmung hatten ihm noch nicht gestattet, ihn an Leonies Finger, der nur von einem kleinen Drahtring geziert war, weiterzugeben. Es war bisher noch nicht der rechte Augenblick gekommen. Er fühlte, daß die Überreichung dieses Ringes eine bedeutungsvolle sinnbildliche Handlung darstellen werde. Denn eine Aussprache war damit verbunden; es galt, Addys Bitte um Verzeihung in irgend einer Form Leonie mitzuteilen. Das ließ sich ja gewiß alles scherzend und harmlos erledigen; aber bei dem tiefempfindenden und gern ins Symbolische tauchenden Viktor nahmen solche Begebenheiten Gewicht und Schwere an.

Das Verhältnis dieses ernsten und umständlichen jungen Mannes zu Leonie war von jeher kameradschaftliche Unbefangenheit gewesen. Ihre Freundschaft, die in solcher traulichen Art nur bei reiner Denkweise und gesunden Naturen möglich ist, war durch nichts getrübt worden. Sie waren immer einig gewesen in der Sorge um Addy; und ihn beschäftigte die weitere Sorge um das Schicksal der Nation. Erst Addys Bemerkung hatte ihm die Unbefangenheit beeinträchtigt und eigentlich recht die Augen geöffnet. Seit dieser Zeit schwang etwas Neues in seinen Empfindungen mit. Leonies jungfräuliche Sittsamkeit empfand dieses Neue sofort. Es ging etwas zwischen ihnen hin und her, worüber sie sich noch keine Rechenschaft gaben; am wenigsten hätten sie es mit dem Wort Liebe bezeichnet; das hätte viel zu feierlich geklungen bei ihrem Zustand eines selbstverständlichen Zusammenhaltens.

So liefen sie denn wie Hänsel und Gretel unter ziehenden Wolkenschatten die Berghalde entlang. Er schritt in seinem langhin fliegenden dunkelblauen Rock mit breitem Kragen, in Stülpstiefeln, den dreieckigen Hut in der Hand; sie aber war in ihrem silbergrauen Kleide, das nicht auf Trauer um die Freundin eingerichtet war, neben dem dunklen Denker das lichte Leben. Sie ließen die Häuser von Bellefosse zur Rechten liegen und drangen empor in die busch- und beerenreiche Waldung, die das Ruinengeröll umgibt. »Hier haben die Herren des Steintals gesessen«, erklärte Viktor, als sie das damals noch umfangreiche Trümmerschloß erkletterten. »Welch eine Aussicht über ihren Besitz!«

Der Blick umfaßte vom schwärzlichen Porphyrfelsen aus die ehemalige Herrschaft *Ban de la Roche*.

»Einst hausten hier Raubritter«, erzählte Viktor. »Es sollen schon vor vielen Jahrhunderten drei Schwestern die Burg besessen haben; sie lebten vom Straßenraub, aber man nannte sie die drei Prinzessinnen. Unter dem Schutze eines dicken Nebels überfielen die Herren von Schirmeck und Colleroy-la-Roche das Raubnest, als eine der drei Schloßherrinnen grade Verlobung feierte. Man warf die Sippschaft in den Kerker und zerstörte das Schloß, hat es aber später wieder aufgebaut; es gehörte – ich weiß nicht, wem alles – ich glaube den Herren von Rappoltstein und später den Edlen von Rathsamhausen, die den Titel ›zum Stein‹ ihrem Namen beifügten. Einer von diesem Geschlecht war gleichfalls ein berüchtigter Wegelagerer. Seltsam, Leonie, daß sich hier, wo die Luft mit Räuberei geladen scheint, ein Reich der Liebe entwickelt hat! Da rückten übrigens die Straßburger samt Bischof und Herzog von Lothringen am Sankt-Georgentage des Jahres 1469 vor dieses Felsenhaus und schossen es in Trümmer. Später kam das Gebiet an die von Pfalz-Veldenz – und endlich an den alten Baron Dietrich. Und dabei fällt mir ein: wie traurig war doch ehedem die Feindschaft zwischen Katholiken und Protestanten hierzulande! Ein bürgerlicher Katholik wollte das Gebiet kaufen; aber der König erhob Einspruch: ob denn kein Edelmann da sei? So gab man es dem Edelmann Dietrich, obschon er Protestant war und weniger geboten hatte. Darob großer Jammer in Rothau, das viele Katholiken hat: › *Oh mon Dieu, un seigneur Huguenot!*‹ Und einer rief: ›Wenn wir nun ebenso lang *ihre* Hunde werden sollen, wie sie die unseren waren – o weh!‹ Oberlin hat's mir erzählt. Sie hatten Verfolgungen auf dem Gewissen, die früheren katholischen Herren zur Zeit des vierzehnten Ludwig. Wie viel Arbeit hat's ihn gekostet, unsren *wahren* Herrn des Steintals, bis er die ganze Gegend überzeugt hatte, daß kein Mensch des andern Hund oder Herr sein dürfe, sondern daß die gleiche Liebe beide Konfessionen durchdringen müsse.«

Leonie trat etwas nahe an den Rand und spähte hinunter.

»Geben Sie acht, daß man Sie nicht hinabstürze!« rief Viktor scherzend und zog sie zurück. »Denn das Schloß ist von Geistern bewohnt. Die Concorde hat ihr schändliches Treiben mitangesehen; da wurden sie wild, als sie sich beobachtet sahen, und wollten sie hinabstürzen. ›Sagt mir lieber, ob ich durch irgend etwas eure Leiden lindern kann‹, sprach sie ruhig. – ›Durch nichts, als durch Gebet‹, war die Antwort. Und einer schrie: ›Empfehlt mich eurem Pfarrer Oberlin zur Fürbitte.‹ – ›Wer bist du?‹ fragte die Seherin. ›Ich bin Gerotheus von Rathsamhausen.‹ Das war ein Name, den die Concorde nie gehört hatte. – ›Du bist wohl schon lange gestorben?‹ – ›Schon vor mehr als zweihundert Jahren‹, erwiderte der Geist, ›aber wir haben von eurem Pfarrer reden hören …‹ Sie hat dieses dem Papa Oberlin erzählt. Und denken Sie sich, Leonie, der gute Oberlin hat auch diesen Namen an die Tür seines Schlafzimmers geschrieben, um für den friedlosen Geist zu beten!«

Der Kandidat verstummte jählings. Denn er gedachte, nach der deutlich sichtbaren Perhöhe hinüberschauend, jener Stunde, da er selber den Pfarrer von Waldersbach um diesen Dienst ersucht hatte.

»Ich möchte keine Seherin sein«, bemerkte Leonie und verließ die schwarzen Trümmer eilig. Sie hatte keine Freude an Geistergeschichten. Im Walde stürzte sie sich in ein Meer von Blumen, pflückte die schönsten und ließ sich von ihrem Begleiter die Namen nennen.

»Ich habe Blumen lieber als Geister«, sagte sie, »und will einen Strauß mitnehmen nach Barr.«

Sie suchten sich einen Rasenplatz, überschattet von einer jungen Birke. Und Leonie neigte ihre schön gerundeten rosigen Wangen über die Blumen, die sie im Schöße liegen hatte; sie hielt sorgsam Auslese und stellte den Strauß zusammen. Viktor setzte sich neben sie. Er schaute mit der ihm eigenen Andacht ihrer kunstvollen Hantierung zu. Den großen Mädchenhut hatte sie neben sich gelegt und in den Hut das Taschentuch, mit dem sie von Zeit zu Zeit über die perlende Stirn und das erhitzte Antlitz fuhr. Der Busen hob und senkte sich in einem gleichmäßig ruhigen Atem; und mit jedem Atemzug hob und senkte sich das goldne Herz, das sie an schwarzem Sammetband um den offenen Hals trug. Sie war die Verkörperung einer edelnatürlichen und kerngesunden Jungfräulichkeit.

Stärker als je ging der magnetische Strom zu dem nahesitzenden Freund hinüber, der so lange krank gewesen war und nun in allen Adern Gesundheit spürte. Er verhielt sich in einer holden Traumhaftigkeit schweigend und schaute dem Spiel ihrer blumenflechtenden Hände bewegungslos zu.

»Ich habe mich noch eines Auftrags zu erledigen«, begann er endlich langsam. Er sprach mit belegter und befangener Stimme.

Sein Entschluß war gefaßt. Und wenn es einmal bei ihm so weit war, so gab es kein Zaudern mehr. Es war seiner Schüchternheit nun allerdings nicht möglich, Addys delikaten Auftrag mündlich zu äußern. Er griff in die Rocktasche, suchte unter den dort verwahrten Schriftstücken und entnahm dem Notizbuch Addys letzten Brief. Sorgsam öffnete er das Papier und legte es dann offen auf Leonies Schoß.

»Sie sollen das lesen, Leonie«, sagte er leise.

Das junge Mädchen fühlte die Schwingungen, die sich seines Gemütes bemächtigt hatten. Viktors Befangenheit ging auf Leonie über. Sie ließ den fast fertigen Strauß liegen, nahm den Brief, sagte halblaut und etwas gepreßt: »Von Addy?« und las.

Viktor stützte derweil die Ellenbogen auf die Kniee, den Kopf in die Hände und bedeckte beide Augen. In dieser sinnenden und gefaßten Stellung verfolgte er im Geist die Zeilen, die seine Nachbarin schweigend las. Er hätte nicht den Mut gehabt, mit einzuschauen; denn den Gewissenhaften überkam nun die volle Erkenntnis von der abschließenden Bedeutung dieser Stunde .... »Du leidest« – so las nun seine Nachbarin – »Du leidest oft an einer traurigen Stimmung, Leonie soll Dich fröhlich machen. Sag meiner Leonie, sie soll Dich glücklich machen, so glücklich, als man einen Menschen beglücken kann, den man von ganzem Herzen lieb hat. Und ihr beide macht unsere Mutter Frank glücklich; ersetze ihr den verlorenen Albert, lieber Viktor ... Mein Freund, gib Leonie meinen Ring und bitte sie dabei in meinem Namen um Verzeihung. Ich habe schon lange gewußt, daß ihr beide einander durch euer ganzes Leben hindurch lieben werdet, während ich scheiden muß. Das hat mich am Anfang ein wenig eifersüchtig gemacht auf meine glücklichere Schwester Leonie. Aber jetzt schon längst nicht mehr ...«

Dies und alles andere las Leonie. Viktor spürte, daß ihr hart neben ihm liegender Arm ins Zittern geriet. Als sie zu Ende war, atmete sie heftig; der Schmerz der letzten Tage und die Befangenheit vor dem gänzlich Neuen stiegen jäh in dem kindlichen Mädchen empor; sie verhielt sich regungslos und wußte nicht, was hier zu sagen sei. Auch er schaute sie nicht an, wie sie erglühend und mit ihren Empfindungen kämpfend neben ihm saß, sondern löste nur Addys Diamantring, suchte Leonies Hand, fand den Verlobungsfinger und steckte ihr schweigend den Ring an. Dann behielt er ihre zitternde Hand in der seinen. Es zog ihn mit fast übermächtiger Gewalt zu diesem lebenswarmen Mädchen, dessen blühende, atmende Gesundheit er bis in das Innerste empfand. Er wollte den Arm um sie legen und sie an sich ziehen; das Leben, an das er fast nicht mehr geglaubt hatte, drang mit überwältigender Stärke auf ihn ein. Doch er faßte sich und widerstand, er ließ die Fluten des neuen Daseins über sich dahinrollen, durchschauert von einem demütigen Dank, daß er an der Pforte der Erfüllung stehe, daß Jungfräulichkeit im reinsten Sinne des Wortes zu ihm getreten sei, um ihn an der Hand zu nehmen und hinüberzuführen.

Und so saß auch sie, bebend unter diesem neuen Erlebnis, und fühlte dumpf das Große in ihr bis dahin traulich umhegtes Dasein treten. Sie empfand dieses Hand-in-Hand, dieses stumme Sitzen und diesen ganz seltsamen Vorgang wie eine Verlobung, von deren Sinn und Wesen sie oft gehört, die sie sich aber niemals deutlich vorgestellt hatte. Es war zu viel für ein Mädchen, das sich noch nie so lange und unter so ungewöhnlichen Verhältnissen von der Mutter entfernt hatte. Unversehens fing Leonie an zu weinen. Und ihre Tränen rollten auf Addys Brief und die Waldblumen des Steintals.

Jetzt legte Viktor zart den Arm um das gute Kind und sagte innig: »Liebe Leonie.« Weiter nichts. Er strich ihr die Tränen aus den Augen und wiederholte noch zarter und inniger: »Liebe, liebe Leonie.« Sie blieb einen Augenblick an seine Schulter gelehnt; in ihrer vertrauenden Kindlichkeit überließ sie ihm gänzlich die Führung; der Duft ihres Haares und ihres sommerlich warmen Körpers wehte kräftigend in seine Sinne. »Gott sei Dank«, sang es in ihm, »ich bin noch lebendig – und ein Lebendiges hat mich lieb!« Doch löste sie sich, tastete mit nassen Augen nach ihrem Taschentuch und wischte sich die Augen. Er steckte den Brief wieder ein. Leonie aber erhob sich, schüttelte die

Reste der Blumen ab und wischte, von ihm abgewandt, immerzu mit dem Taschentuch die tränenvollen Augen.

Auch er stand auf und sagte, ihre Tränen in bewußter Ablenkung der Trauer um Addy zuschreibend:

»Leonie, wir wollen nicht mehr um Addy traurig sein, nicht wahr? Vielmehr wollen wir uns nun erst recht lieb haben, so wie sie hier in ihrem Briefe schreibt. Einverstanden? Hand drauf, Leonie!«

Er sprach es mit etwas absichtlich frischer Stimme und hielt ihr die Hand hin. Sie reichte ihm die ihrige, behielt aber, halb verlegen lächelnd, halb weinend, das Tuch vor den Augen.

Viktor hielt ihre Hand fest und fuhr fort:

»Das liebe Kind hatte wahrlich keinen Grund zur Angst oder Eifersucht. Denn wir waren ja alle untereinander eine einzige Familie.«

»Wie konnte sich Addy nur darüber ängsten!« sprach endlich Leonie. »Hätt' ich doch das geahnt! Es ist ja doch selbstverständlich, daß Sie Addy immer lieber hatten als uns andere. Im Gegenteil, ich hab' mich oft weggeschlichen, wenn ich euch beisammen wußte, um Addy recht ungestört mit Ihnen plaudern zu lassen. Und dann hattet ihr ja auch die Mutter. Ich war ja nie so wichtig oder nötig. Die gute Addy, wie konnte sie grade um meinetwillen sich ängsten! Ich dachte es gut zu machen, als ich mich so zurückhielt, und nun hat sie dennoch gelitten!«

»Leonie«, beruhigte Viktor, »Addys Eifersucht – wenn man das so nennen darf – galt dem Leben, galt den Gesunden, von denen sich das arme Kind ausgeschlossen wußte. Aber auch das war nur anfangs und nur selten bei ihr. Der Brief ist ja so voll Güte, daß ich etwas Rührenderes nie gelesen habe.«

»Sie war besser als ich«, erwiderte die immerzu leise weinende Leonie. »Wär' sie doch am Leben geblieben! Ach, ich wär' so gern statt ihrer gestorben.«

»Warum, Leonie?«

»Dann wären Sie beide glücklich gewesen.«

»Ich, Leonie? Mit Addy?«

Die Weiblichkeit in Leonie brach durch. Nur ein Weib konnte dem Gespräche diese überraschende Wendung geben. Die letzten Worte, rasch herausgesagt, waren halb Natur, halb Herausforderung. Es brach in ihr etwas durch, was wohl schon lange in ihr geschlummert hatte; nicht Eifersucht, das Wort wäre zu hart gewesen, aber doch Ungewißheit, ob der brüderliche Freund nicht doch Addy unendlich viel lieber gehabt habe, und daß er vielleicht niemals Leonie beachtet hätte, wenn jenes liebreizende Wesen noch am Leben wäre.

Viktor verstand. Er überlegte einen Augenblick, dann sprach er frei heraus:

»Liebe Leonie, ich will Ihnen etwas anvertrauen. Addys Mutter hatte sich in ihrer Not und Verlassenheit sehr leidenschaftlich zu mir gehalten; Addy selber aber war mir nie mehr als eine liebe, liebe Schwester und wäre auch als gesundes Mädchen nie etwas anderes geworden. So wie sich Braut und Bräutigam lieben, habe ich Addy nie geliebt. Ich war ihr Bruder und Beschützer. Das wußte Addy. Und sie wußte auch, daß ich Leonie anders lieben würde und Leonie vielleicht auch mich, nicht wie Bruder und Schwester, sondern – wie Bräutigam und Braut, wie Mann und Frau. ›Ihr gehört zusammen‹ hat sie oft zu mir gesagt. Und ich weiß nicht, Leonie, ob ich – ohne dich und deine Mutter jemals glücklich sein kann. Glaubst du mir das?«

Es war herausgesprochen. Das hohe Mädchen stand vor ihm, heftig atmend, mit gesenktem Kopf und an beiden Seiten herunterhängenden Armen. Sie ließ es geschehen, als er beide Arme um ihre Schultern legte und mit großer Innigkeit in ihr Ohr sagte:

»Ich hab' dich lieb, Leonie. Du mich auch?«

Es bedurfte keiner Antwort. Sie ließ den Kopf auf seine Schulter sinken und verharrte in dieser Lage, stumm verwirrt und bebend vor Glück und Empfindungsfülle.

Dann löste er sich. Er küßte sie nicht. Er bückte sich, hob ihr Strauß, Hut und Mantille auf und rief heiter:

»Leonie, und nun ein fröhlich Gesicht! Wir wollen als neue Menschen aus diesem Walde springen! Nicht wahr!«

Und noch einmal die kleine Waldlichtung überschauend, fügte er munter und herzlich hinzu:

»Bitte, Leonie, halten Sie 'mal die Sachen fest! Ich muß eine Gedenktafel schreiben.«

An die Birke tretend, unter der sie gesessen hatten, schnitt er das Datum dieses bedeutungsvollen Tages und darunter ihren Doppelvornamen Louise-Leonie nebst seinem eigenen Rufnamen in die Rinde ein und zog eine Herzform um die Inschrift. Als er sich bei diesem etwas hastig vorgenommenen Werk den Finger ritzte, so daß ein winzig Blutströpfchen sichtbar wurde, erschrak er, dachte jäh an einen ähnlichen Vorgang, ließ sich aber nichts merken und sog den Tropfen rasch hinweg. Er vollendete die Schrift, steckte das Messer ein und sagte feierlich zu seiner Gefährtin:

»Leonie, wir wollen uns diese Stelle merken. Denn unter dieser Birke haben sich Leonie Frank und Viktor Hartmann verlobt. Nicht wahr, ich darf es so nennen?«

Er schaute sie wartend an, sie nickte errötend und wandte sich ab.

»Und übermorgen, liebes, liebes Mädchen, sind wir in Barr; dann bitt' ich unsre Mutter in aller Form um deine Hand. Und am Weihnachtsabend steck' ich meiner Braut auch diesen zweiten Ring an den Finger, den Verlobungsring meiner Eltern. Leonie, wie viel Segen sammelt sich auf dich, grade auf dich, du Stillste von allen!«

Er zog sie, die in ihrer bräutlichen Hoheit vor ihm stand, in einem Sturm von Glück ans Herz. Dann verließen sie miteinander den Bergwald.

Und als ihr gelehrter Freund fortan mit »wir« lebhaft von seinen Zukunftsplänen sprach, hörte die junge Braut mit einer neuen und starken Anteilnahme zu und schaute ihn mit Blicken einer herrlich herausstrahlenden unverbrauchten Liebe an. So hatte Viktor niemals das Lebensfeuer ihrer glänzenden Augen leuchten sehen.

Im Dörfchen Bellefosse rauschten die starken Brunnen. Eine junge Frau saß vor der Haustüre und nährte ihr Kind. Und inmitten eines ganzen Schwalles von eben aus der Schule strömenden Kindern stand, ein Felsen zwischen spielenden Wellen, Oberlins Gestalt und hatte für jeden der Kleinen ein freundlich Wort.

»Dort steht unser ruhiger Freund!« rief Viktor. »Leonie, er soll unseren Bund segnen.«

Sie traten zu ihm. Und man plauderte zunächst von den Kindern, die nach allen Seiten in ihre abendlichen Hütten auseinanderliefen.

»Ich entsinne mich eines Maientages«, sprach Vater Oberlin im Weiterwandern, »ganz im Anfang meiner hiesigen Tätigkeit, da lief drüben in Belmont gleichfalls solch ein Rudel Kinder um mich herum. An jenem Tage konnte ich mich der Tränen nicht erwehren, als ich die damals noch so verwahrloste Jugend sah, die zu Hause mehr mit Schelten, Fluchen, Schwören und Prügeleien gefüttert wurde als mit nahrhaftem Brot. Ich bat den lieben Heiland inständig, auch ihnen eine Aufseherin zuzuführen. Denn was kann es Heiligeres geben als die Kinderpflege! Es war da eine gewisse Marie Bohy; sie schien mir wohlgeeignet. Aber ihre Mutter wollte sie nicht hergeben. Das hat mir sehr zu schaffen gemacht, und ich habe heftig zu der störrischen Frau gesprochen. Umsonst, ich ging nach Hause, ohne daß mein Gebet erhört war. Zu Hause ließ ich eine Frau Loux aus Waldersbach kommen und begehrte auf dieselbe Art ihre Tochter für den Schuldienst. Und siehe, diese Frau, früher recht weltlich, war ganz vor kurzem durch einen Gottesdienst ergriffen worden, gab ihr Kind mit Freuden und ließ sich trotz ihrer Armut nur mit Mühe eine Entschädigung aufreden, damit sie sich eine Magd halten konnte. Ihr Mann, der gleich nachher vorbeikam und dem ich's erzählte, war zu Tränen gerührt ob der veränderten Denkart seiner Frau. Tags darauf – was geschieht? Schon um fünf Uhr früh steht Marie Bohy draußen, strahlt übers ganze Gesicht und sagt: ›Einen schönen Gruß von der Mutter und sie hat die ganze Nacht nicht geschlafen, so sehr bereut sie ihr unchristliches Benehmen, und ist gestern nach Solbach, um mit dem Vogt zu sprechen, und ich darf mich nun dem Schuldienst widmen!‹ Wohlan, da hatten wir nun gleich zwei für eine! Und ich konnte die eine nach Solbach tun, die andere nach Belmont.«

So plauderte Oberlin von seinen Kleinkinderschulen. Und kam dann überhaupt auf die Schwierigkeiten zu sprechen, die sich ihm anfangs, aus den Gemeinden heraus, entgegenstellten. Legten ihm doch wüste Burschen einmal sogar einen Hinterhalt, um ihn zu mißhandeln! Er aber ging erst recht zu Fuß durch jenen Hohlweg, ließ sich das Pferd nachführen und schaute den bösen Gesellen mit freundlichem Gruß fest und ruhig ins Gesicht. Und ging ein andermal stracks in das Haus, in dem sie ihr Komplott schmiedeten, und sprach dort so eindringlich und so liebreich, daß er sie aus Feinden umschmolz in treue Freunde. »Eine herrliche Tätigkeit!« rief Viktor. »Ich wollte, auch ich könnte dies mit allen Feindseligkeiten des Lebens fertig bringen: in ehrlicher Arbeit sie umzuschmelzen in Freundschaften!«

Und seine Dankbarkeit brach durch.

»Lieber Herr Pfarrer«, sprach er, »man nennt Sie hier im Steintal ›papa‹ oder auch ›le cher papa‹, den lieben Vater Ihrer Gemeinden. Gestatten Sie auch mir, gestatten Sie uns beiden, mit diesem dankbaren und ehrerbietigen Worte ›Vater‹ Ihrer zu gedenken. Und segnen Sie uns, bitte! Segnen Sie uns, lieber Vater Oberlin, als Kinder Ihres Geistes und Herzens: Leonie ist meine liebe Braut!«

Überrascht blieb der Pfarrer stehen.

»Du stilles, junges Menschenkind«, sprach er zur erglühten Leonie und zog sie ans Herz, »willst du wirklich als ein freundlicher Schutzgeist neben diesem aparten, gewissenhaften und treuen Menschen einhergehen? Wie mich das freut, du liebes Geschöpf! Seid gesegnet, ihr beiden! … Ich habe demnach nicht mehr nötig, Viktor, deinen Namen an meine Tür zu schreiben, wenn er auch in meinem Herzen bleibt; dieses Mädchen wird ihn fortan täglich in ihr Gebet schreiben. Und so gesellt sich die Unschuld der ersten Kindheit zur neu errungenen Unschuld einer zweiten Kindheit, so gesellt sich Leonie zu Viktor. Euer Vater? O, wie gern will ich das sein! Wie tief das Wort, daß nur Kinderseelen in das Himmelreich einziehen! Kinder schreiben nichts sich selber zu, sie empfangen es vertrauend und dankbar von den Eltern, sie machen sich keine Ängste um die Zukunft, denn sie wissen, daß ihre Eltern alles wohlmachen. Und so ist es mit der neuen Kindschaft; die Kinder Gottes haben ein unerschütterlich Vertrauen zu ihrem himmlischen Vater, von dem sie alles empfangen, auch wenn es manchmal bitter scheint; in ihrer dankbaren Hand verwandelt sich alles in Licht und Gold, da sie die verklärenden Augen der Gottesliebe darauf richten. Es hat dir, mein Viktor, an dieser sieghaften Kindlichkeit in deinen mannigfachen Unsicherheiten und Angstzuständen oft gefehlt. Es waren Entwicklungszustände; es war die Wiedergeburt in das Reich Gottes, die unter Schmerzen vor sich geht. Nun aber soll diese hoch und sicher schreitende Jungfrau fortan deine Begleiterin sein; und du selbst hast gehen gelernt und wirst auch noch das freudige Lachen lernen.«

Leonie trug ihren umfangreichen Waldstrauß und hatte den Bänderhut an den Arm gehängt. In ihren rosig leuchtenden Wangen, die von starker Haarfülle überschattet waren, in dem strahlenden Glück, das über dem jungfräulich befangenen Antlitz lag, schien sie von idealer Schönheit. Etwas Überirdisches schwebte in dieser Jungfrau neben den beiden Männern einher.

Und Viktor, der selten ohne Buch und Botanisierbüchse ausging, griff in die Tasche und entnahm ihr Goethes »Iphigenie«.

»In diesem Buche«, sprach er, »steht mein Lieblingswort vom ruhigen Freund. Sie, lieber Vater Oberlin, waren mein ruhiger Freund. Sie waren und sind es durch Ihr bloßes Dasein. Wenn ich verwirrt war, so dacht' ich an Sie und habe mich an Ihnen wieder zurechtgefunden.«

Und er sprach die ihm teuren Worte:

»Denken die Himmlischen
Einem der Erdgebornen
Viele Verwirrungen zu,
Und bereiten sie ihm
Von der Freude zu Schmerzen
Und von Schmerzen zur Freude
Tief erschütternden Übergang:
Dann erziehen sie ihm
In der Nähe der Stadt
Oder am fernen Gestade,
Daß in Stunden der Not
Auch die Hilfe bereit sei,
Einen ruhigen Freund.
O segnet, Götter, unsern Pylades
Und was er immer unternehmen mag!
Er ist der Arm des Jünglings in der Schlacht,
Des Greises leuchtend Aug' in der Versammlung:

Denn seine Seel' ist stille; sie bewahrt
Der Ruhe heil'ges unerschöpftes Gut,
Und den Umhergetrieb'nen reichet er
Aus ihren Tiefen Rat und Hilfe.«

Diese schönen Worte hatte Viktor auswendig gesprochen. Er fühlte
sich selber als ehedem umgetriebener und nunmehr beruhigter Orest.
Und dann schlug er das Buch auf und sprach weiter:
»Und wie ich heute morgen zufällig in dieses Buch schaue, auf
welche Stelle stoße ich?

›So steigst du denn, Erfüllung, schönste Tochter
Des größten Vaters, endlich zu mir nieder!‹

Ich hab' es wie ein Schicksalswort der Herrnhuter Losungen aufge-
faßt und habe beschlossen, am heutigen Tage mit Leonie zu sprechen
und diese Epoche der Unruhe zu beenden, falls dieses Mädchen so
denken würde wie ich. Und sie hat gedacht wie ich. Leonie, was sagt
hier Iphigenie?«
Sie blieben stehen, und er hielt ihr das Buch hinüber.

Lieblich verlegen las sie das Wort: »Mein Schicksal ist an deines fest gebunden.«

Er schwieg bewegt. Grade ihre Stimme tat ihm immer so wohl; ihre Stimme und der Blick der Augen; beides war voll beruhigender Wärme. Recht hörbar klappte er das Buch zu und steckte es ein, mit einer gleichsam abschließenden Bewegung; das eherne Tor einer Lebensepoche war fernabdonnernd hinter ihm zugefallen ....

Oberlin nahm das Gespräch auf und leitete es weiter.

»Mein guter Viktor«, sagte er in seiner Wahrhaftigkeit, die jeder Eitelkeit oder Pose entbehrte, »ich möchte nicht haben, daß du den Pfarrer von Waldersbach als eine Art Mustermenschen überschätzest. Daß dir meine Welt und mein Wesen von Nutzen geworden sind, das ist göttliche Fügung, worin ich nur Werkzeug war. Jeder Mensch ist begrenzt und hat seine mannigfaltigen Seiten und Eigenarten, worin er an den Begrenztheiten der menschlichen Natur teilnimmt. Behalte Fühlung mit den Gelehrten in Jena, mit den großen Dichtern Deutschlands, mit den heiligen Männern aller Zeiten und obenan mit dem Mittler Jesus, dem Meister aller Meister! Ich selbst habe viele Charaktere studiert, viele Schattenrisse gezeichnet und führe über die Seelen meiner Gemeinden ein geheimes Buch. Aber ich muß sagen, daß ich nicht einmal über mich selber eine runde, klare Charakteristik aufstellen könnte. Sieh, ich bin von Natur Soldat, ein Bewunderer militärischer Zucht: und doch bin ich Prediger der Liebe geworden. Ich bin heftig und jähzornig, habe mich aber durch Selbsterziehung in einer festen Milde geübt, wenn ich so sagen darf, und verliere selten die Fassung. Ich bin einsichtsvoll, treibe viele Studien und besitze doch nur beschränkte Geisteskräfte; ich bin vielleicht klüger und politischer als viele Amtsbrüder und doch schweren Übereilungen ausgesetzt. Ich bin aufrichtig und redlich, aber auch gern jedermann gefällig, daher nicht immer ganz treuherzig. Widerstand ruft in mir Stolz und Festigkeit hervor; aber Großherzigkeit entwaffnet mich sofort. Ich habe lebhafte Einbildungskraft, aber kein sachliches Gedächtnis; daher mein Notizenkram. Ich schriftstellere nicht und werde kein Buch hinterlassen: und doch mach' ich mir Auszüge aus Büchern, schreibe meine Randglossen, disponiere Predigten, entwerfe Lehrpläne – kurz, ich habe gleichwohl ein gestaltendes, schriftstellerisches Bedürfnis. Ich bin immer geschäftig und tätig, habe aber in mir eine Sehnsucht nach Bequemlichkeit und nach den Freuden des Himmels. Ich nehme an den kleinsten Sorgen des Haushalts und der Gemeinde teil – und sehne mich nach einem höheren Zustande, der das alles abwirft. Ich habe achtungsvolle Verehrung für das weibliche Geschlecht, und doch ist mir mein Weib frühe schon genommen worden, und ich werde durch ein vielleicht noch langes Leben allein wandern .... So könnt' ich fortfahren, liebe Kinder. Das Leben ist vielfältig, und jeder Mensch ist ein Vielfältiges. Aber es kommt darauf an, daß man in aller Vielheit den innersten Blick stetig und stark auf das Eine richtet, was über allen Wechsel erhaben ist.« Sie hatten Waldersbach erreicht. Aus den Kaminen erhob sich der abendstille Rauch. Oberlin hatte in einem Hause zu tun, worin man ihn bald mit einem leichtlebigen Schuldenmacher ziemlich zornig schelten hörte; und die beiden Verlobten warteten so lange an einem Brunnen.

»Ich werde die Wasser des Steintals nicht vergessen«, sagte Leonie im Verlauf des Gespräches. »Und Oberlins Worte auch nicht.«

»Und auch nicht die Birke dort oben, nicht wahr, Leonie?« ergänzte Viktor lächelnd. »Ich liebte früher besonders die dunkle Bergtanne. Aber die weiße Birke gehört dazu wie das Weib zum Manne, wie die Freude zum Ernst – wie Leonie zu Viktor.«

6. Abschied vom Steintal

In Oberlins Studierzimmer lagen aufgeschlagen die Bibel und Miltons »Verlorenes Paradies«.

Der Pfarrer von Waldersbach wandelte in seinem langen schwarzen Rock sinnend zwischen der Fülle der ihn umgebenden Gegenstände. Er hatte seine praktischen Arbeiten unterbrochen und sich für heute den Büchern zugewandt. Der Tag war, nach der üblichen Morgenandacht, mit Holzhacken begonnen worden, wobei sein Sohn Gottfried mit Hand angelegt hatte; dann war Latein, Griechisch und Hebräisch an die Reihe gekommen. Eine Stelle im hebräischen Text hatte ihn zu Milton geführt; der englische Dichter hinwiederum leitete hinüber zum schwedischen Seher Swedenborg. Und da stand denn der Pfarrer vor seiner Bücherei, hielt die französische Ausgabe eines Werkes von Swedenborg in Händen und unterstrich mit grüner Tinte Aussprüche dieses erleuchteten Geistes. »Die göttliche Wahrheit entströmt der göttlichen Liebe, ungefähr wie Licht und Wärme aus der natürlichen

Sonne auf die Erde überfließen; die Liebe ist vergleichbar der Wärme, die Wahrheit vergleichbar dem Lichte« ... Manchmal auch stutzte er, griff abermals zur Feder und Tinte und schrieb in seiner biegsam festen, klaren Schrift an den Rand des Buches Ergänzungen oder Einwände.

Das Jahr ging in den Herbst über. Der Nachmittag war lind unter dem etwas gedämpften Sonnenlicht. Die hohen weißen Zirruswölkchen durchsetzten den Äther wie ein Archipel von kleinen Inseln eines jenseitigen Ozeans. Kaum daß gegen Abend durch den weißen Duft die rote Sonnenscheibe hindurchdrang und das Tal mit einem goldbraunen Glanz übergoß.

Solche Tage der Innerlichkeit liebte der Pfarrer zwischen den vielen geschäftigen Werktagen, die ihm auferlegt waren. Die Stimmen des Innern sind dann reiner vernehmbar. Wie die Quellen bei Nacht deutlicher rauschen, wie die Fixsterne bei Nacht sichtbar werden: so machen sich die Stimmen der Seele feiner und reiner bemerkbar, wenn um und in uns Stille die nötige Bedingung schafft. Auch breitet sich dann über das Gemüt eine gelassene Freundlichkeit. Und in diesen Bezirk treten dann ungehindert die Gedanken und Gestalten der reinen Atmosphäre, die während der finstren Gewitter-Energien gewartet haben.

An diesem Nachmittag voll verhaltener und innerlicher Leuchtkraft kamen die Gäste aus Rothau, um sich vom Pfarrhause zu verabschieden. Es waren die drei älteren Schwestern Birkheim und Demoiselle Seitz nebst der jungen Luise von Dietrich, begleitet von Augustin Périer und Fritz von Dietrich, Luisens Vetter. Zu ihnen gesellten sich nun Leonie und Viktor, die am folgenden Morgen gleichfalls von Rothau mit den Birkheims abzureisen gedachten und ihre Sachen bereits in das dortige Schloß vorausgesandt hatten.

Den Ankömmlingen schien sich die Stimmung des sonnenstillen Himmels mitgeteilt zu haben. Sie waren auf Innerlichkeit gestimmt, redeten wenig und ließen die würdige Demoiselle Seitz in ihrer gesetzten Weise das Wort führen. Oberlin räumte Bücher vom immer belegten Sofa und bat seine Gäste Platz zu nehmen und die Gedanken mit ihm weiterzudenken, die ihn zurzeit beschäftigten.

Es fügte sich dabei, zufällig oder mit etwas Nachhilfe, daß Viktor neben Leonie, Augustin neben Henriette, Fritz Dietrich neben Amalie Birkheim zu sitzen kam. Octavie und Luise setzten sich Arm in Arm zu Oberlins ältester Tochter. Demoiselle Seitz in ihrer freundlichen Würde thronte im Lehnstuhl. So bildeten sie eine kleine Gemeinde und vereinigten ihre Blicke auf den Geistlichen.

Diese empfängliche Zuhörerschaft war ihm willkommen. Sein ausdrucksvolles und menschenfreundliches Gesicht bekundete, daß sein Inneres geladen war mit Gedanken und Gefühlen. In dieser nämlichen Stube hatte sich vor kurzem jener aufregende Vorgang abgespielt, der um ein Haar zur Verhaftung eines Verfolgten geführt hätte. Jetzt lag des Abbés verbrauchter Körper irgendwo in den Waldungen am Schneeberg begraben; und auch Addy war nicht mehr im Menschenland. Die Anwesenden aber waren im Begriff, wieder hinabzuziehen aus dem Himmel dieses Hochtales in die elsässische Ebene, in die immer noch ruhelose Revolutionswelt.

»Ihr kehrt mit ein wenig Bangen in eure Welt zurück«, sprach Vater Oberlin. »Ihr seid durch die schrecklichen letzten Jahre erschüttert worden in eurem Vertrauen auf die Menschheit. Da ihr gut seid, so setztet ihr auch bei andren Güte voraus; aber ihr habt Raubtiere kennen gelernt. Da mußten denn freilich eure erschütterten Kinderherzen umlernen; und ihr habt mit Schrecken wahrgenommen, daß auf dieser Erde Engel und Teufel in derselben Menschengestalt nebeneinander und durcheinander wohnen ... Dies bedachte ich soeben, als ich in Swedenborgs Werken las, in diesen außerordentlichen Büchern, in denen ich Lichter, Belehrungen und Erkenntnisse so wunderbarer Art gefunden habe, daß ich Gott nicht genug dafür danken kann. Meine lieben Freunde, nun bitt' ich euch aber um eins: werdet nicht irre an der Liebe und Weisheit Gottes! Vielmehr untersucht einmal eure früheren Begriffe von Gott und Welt, sonderlich ihr jungen Damen, die ihr in einem holden Feenschloß wohlbehütet aufgewachsen seid – laßt mich einmal deutlich reden: untersucht einmal, ob eure Begriffe nicht vielleicht zu schöngeistig gewesen seien? Ihr habt oder hattet unter Führung unsres lieben Freundes Pfeffel einen seelenvollen Freundschaftsbund. Ihr nanntet – wenn mein Gedächtnis recht hat – unsern Augustin Périer den ›Lorbeer‹, mich die ›Zeder‹; dort sitzt ›Eglantine‹, die wilde Heckenrose, und neben Octavie die weise ›Pallas‹ Seitz. Das alles war für jene Zeit und jenes Alter wunderschön; und eure Losung: ›Vereinigt, um besser zu werden‹, gilt für alle Zeiten. Aber ihr seid aus dem Spiel in den Ernst getreten. Ihr habt nun Gelegenheit gehabt, eure Grundsätze zu bewähren und zu berichtigen. Würdet ihr irre werden an der Menschheit, so wären eure Grundsätze nicht die rechten, so wäre eure Liebe nicht im Göttlichen gegründet. Irre werden an der Menschheit und die Hände in Bitternis untätig in den Schoß legen – das würde heißen: irre werden an der Gottheit. Wie könnten wir aber irre werden an Gott, der die großen Sonnen leitet und das kleinste Kraut nicht vergißt? In uns selber sind Stoffe zu Revolutionen, wir verzweifelten oft an uns selber – aber wir rafften uns immer wieder auf und arbeiteten weiter, ›um besser zu werden‹. Darum nehmt nun, ich bitte euch, dies Wort mit hinaus: wenn ihr jemals auch nur einen einzigen Menschen kennen gelernt habt, dem ihr von Herzen gut sein könnt und den ihr achtet, so haltet um dieses *einen* Menschen willen euer Herz warm für die *ganze* Menschheit! Also noch einmal, wir wollen nicht bitter sein wegen der Greuel dieser Revolution, die ein Ungewitter war. Dies Versprechen wollen wir uns geben, wir alle, die wir in irgendeiner Form darunter gelitten haben. Nicht wahr?«

»Ja, das wollen wir!« rief der junge Franzose Périer elastisch und hell, sprang nach seiner gewohnten Weise auf und schlug die Hände zusammen. Und Pallas erhob sich und ergriff Oberlins ausgestreckte Rechte; Octavie, auf der andren Seite, ergriff des Pfarrers Linke; die andern schlossen sich an – und im Augenblick hatte sich eine Kette gebildet: – ein neuer Perlenkranz!

»Nicht verachten, sondern lieben!« rief Oberlin laut. »Dies laßt eure Losung sein draußen in einer Welt, die unter Haß und Ängsten leidet! Und wo man eure Hilfe nicht will – unbitter vorübergehen!«

Die schönen jungen Mädchen, deren Busen unter den leichten Umhüllungen wogten von schmerzvoller Erinnerung und sehnsüchtiger Hoffnung auf Besseres, waren eine Gemeinde der Zukunft. Sie reihten sich jenen stillen, warmen und schöpferischen Menschen ein, die in Frankreich, Elsaß und Deutschland von innen heraus das Werk der Erneuerung versuchten, ausgehend vom heiligen Hain des eigenen Herzens und der Familie. Sie standen hier um die Zeder Oberlin, wie einst um den Dichter Pfeffel, genannt Belisar, dem sie nach wie vor Treue hielten, der aber letzterhand nicht die eindrucksvolle Kraft der Persönlichkeit besaß, wie sie der auf den Felsen des Steintals wachsenden Zeder eigentümlich war.

Als sie die Hände wieder lösten und Platz nahmen, ergab es sich, daß Leonie und Viktor weltvergessen die ihrigen ineinander behielten, ohne daß jemand darauf achtete oder daran Anstoß nahm. Die junge

Braut bewährte ihr schönes Talent des stark teilnehmenden Zuhörens; sie saß in ihrer graden Haltung, und ihre Mienen und leuchtenden Augen verrieten das innere Gedankenspiel. Auch in Viktors fein vergeistigtem Angesicht war eine Helle heraufgewachsen, die ihn jünger und heitrer erscheinen ließ als je zuvor. Es war in beiden eine innere Schönheit aufgegangen. Sie waren das erste Brautpaar in diesem Kreise, in dem sich noch andere finden sollten. Sie waren ein erstes Zukunftspaar im Sinne Oberlins.

Hatte der Hochlandspfarrer etwas von diesem verklärenden Leuchten gemerkt? Er sprach jedenfalls recht anmutig im Verlauf der weiteren Unterhaltung von einem Entwicklungsgesetz im Seelenland. »Seelen, die den Aufstieg zu Gott begonnen haben«, führte der absonderliche Mann aus, »werden vermöge der in ihnen wirkenden und wachsenden Leuchtkraft nicht etwa älter, wie es in der Körperwelt der Fall ist, sondern gleichsam jünger. Denn es ist dort nicht Zeit noch Raum, es herrscht dort der Zustand. Je reiner aber unser Tun und Denken, um so strahlender unser Geist, um so sonniger unser Herz – und siehe, darum um so jünger und um so schöner! Also voran, ihr lieben Mädchen, die ihr vereint seid, um besser zu werden! Ihr werdet mit wachsendem Erfolge nur immer schöner! Und zwar von einer Schönheit, die nie vergeht, sondern wächst, je näher ihr der göttlichen Sonne kommt, denn eure Schönheit wächst von innen heraus!«

Der manchmal drollige Augustin Périer, dem das Stillesitzen schwer fiel, klatschte mit den Fingerspitzen Beifall, blickte sich triumphierend um und rief: »Herrlich!« Man mußte unwillkürlich über ihn lächeln; er tat, als hätte er selber diese Weisheit ausgesprochen und erwarte nun, daß man ihn belobige. Die Versammelten, die bisher ihre Spannkraft und Aufmerksamkeit auf Oberlin gesammelt hatten, gaben dieser Entspannung ins Harmlose heiter nach.

Es fügte sich reizend an, daß in diesem Augenblick die Haushälterin Luise Scheppler den Kopf zur Türe hereinstreckte und mit dem freundlichsten Lächeln von der Welt zum Abendessen einlud: »Die Kartoffeln werden sonst kalt.«

Diese gefährdeten Kartoffeln mitten in hochgeistiger Unterhaltung weckten wieder ein vergnügtes Lachen. Amélie fand, Luise Scheppler, die etwas verblüfft und errötend stehen blieb, sehe geradezu goldig aus.

»Deck' die Servietten drauf, Luise«, rief Papa Oberlin etwas ärgerlich lachend, »so werden sie warm bleiben.«

Und als sie gegangen war, fuhr er fort:

»Wird sie nicht immer jünger und in ihrer Art schöner, unsre grundbrave Luise? Ihr Wesen hat eine einzige Richtung: mit allen Kräften ihres gesunden, reinen und muntren Naturells ihrem Heiland zu dienen, indem sie sich ganz ihrem Pfarrer und dessen Familie widmet. Sie ist jetzt – wartet einmal, wie lange ist sie denn bei mir?«

Er nahm das Pfarr-Register herunter.

»Mein Gedächtnis ist manchmal unscharf. Also – da haben wir's ja – Bellefosse ... Jean Georg Scheppler ... Catherine Marguerite Ahna ... sehr arme, gottesfürchtige Leute, sind einmal in ihrem Häuschen eingeschneit worden ... ihr drittes Kind ist Luise, geboren am 4. November 1763, dient im Pfarrhause seit dem 16. Juni 1779, ist also nun schon seit ihrem fünfzehnten Jahre in meinem Hause.«

Er stellte das Register wieder in die Reihe.

»Ihr müßt euch das Leben in unsren armen Hütten vorstellen: von früher Kindheit an Arbeit, Armut und Krankheit. Da kommt dann die Religion wie ein Sonntagsgast aus der Höhe und sucht empfängliche Herzen. Diese Luise ist mir im Konfirmanden-Unterricht aufgefallen; ebenso meiner Frau, die sich gern von dem fröhlichen kleinen Mädchen durch die Dörfer begleiten ließ. Wir haben fünf Dörfer zu besorgen, haben bei schlechtem Wetter entsetzliche Wege zu machen und müssen oft bis an den Gürtel im Schnee waten, gepeitscht von scharfen Winden. Hierzu gehört jene Freudigkeit, die auf ewigem Grunde wächst. Und diese Spannkraft besitzt unsre Luise. Meine Frau führte Näh- und Strickschulen ein und lief von Dorf zu Dorf; dabei half dieses Mädchen. Dann kam, lebhaft befürwortet von der braven Sara Banzet, die uns früh verlassen hat, und andren dieser prachtvollen weiblichen Energien, wie sie hier im Steintal unter der Sonne der Religion aufgeblüht sind, die Idee der Kleinkinderschulen auf. Unter der Führung meiner Frau galt es, auch die ganz kleinen Kinder ihren mühsam arbeitenden Eltern abzunehmen und in zwangloser, jedoch geordneter Weise zu beschäftigen. Auch hier hat Luise mit Freudigkeit und Talent zugegriffen. Nachts und in der Frühe hat sie sich selber weitergebildet; hat mit ihrer festen, etwas groben, aber sehr deutlichen Schrift ihre Lieblingslieder in ein besonderes Heft geschrieben und hat das Erlernte auch andre gelernt. Und wenn das Pfarrhaus versorgt ist, wenn Reisbrei, Mehlsuppe und Kartoffeln gekocht sind, so wirft dieses Wesen, diese einfache Dienstmagd, die Schürze ab und eilt als *Conductrice* durch die Dörfer, um die Kleinen zu unterrichten. Reichsgottesarbeit, nicht wahr?! Nach dem Tode meiner Frau, als ich mit den sieben Kindern allein stand, kam sie zu mir und bat, mir fortan ohne Gehalt den Haushalt leiten und die Kinder erziehen zu dürfen.«

Der Pfarrer zögerte ein wenig. Dann nahm er aus einer der säuberlich geordneten und mit Rückentitel versehenen Mappen, die mehrere Bücherbretter füllten, einen Brief.

»Liebe Freunde«, sprach er, »ich begehe keine Unzartheit, wenn ich diesem schönen Kreise einige Sätze aus dem Briefe vorlese, den mir Luise damals geschrieben hat. Hören Sie also: ›Da ich nunmehr unabhängig bin‹, schreibt sie, ›keinen Vater und also keine Verpflichtungen mehr gegen ihn habe, so ersuche ich Sie, teurer Papa, mir die Gunst nicht zu versagen, mich als Ihre Tochter anzunehmen. Ich bitte Sie, mir keinen Lohn mehr zu geben. Zur Erhaltung meines Körpers bedarf es wenig. Meine Kleider, Strümpfe und Holzschuhe werden einiges kosten, aber wenn ich etwas dergleichen bedarf, werde ich es von Ihnen verlangen, wie ein Kind es von seinem Vater begehrt.«

Der Pfarrer, der mit gedämpfter Stimme gelesen hatte, brach ab; es ging eine zarte Bewegung der Teilnahme durch die Anwesenden. Und Oberlin, der noch ein zweites Blatt in Händen hielt, fuhr fort: »Ehrlicherweise müßte ich Ihnen auch gleich einen zweiten Brief unsrer Luise vorlesen, einen Brief, der mich beschämt hat, denn ich hatte dieses Bauernmädchen unterschätzt. Da sie nämlich von mir durchaus kein Geld mehr annahm, so ließ ich es ihr durch einen guten Freund auf dem Umweg über Straßburg senden. Aber sie kam rasch dahinter und schrieb mir diesen zweiten Brief voll stolzer Würde und voll rührender Innigkeit. Aber das ist so zart, daß ich dies Papier verborgen halten will. Jenes Geld hat sie den Armen geschenkt. Und ich nahm mir die Lektion zu Herzen und erkannte, daß auch in diesen Armen und Einfachen *Adelstugenden* mächtig sind, meine Freunde! ... Jetzt kommt aber schnell, sonst werden die Kartoffeln kalt!«

Er hatte das Wort »Adelstugenden« mit lauter Stimme hinausgesprochen und dabei einen Rundblick über die ganze Versammlung geworfen. Es zuckte wie ein Blitz über die Gäste hin; sie ahnten den Sinn der Revolution.

Die Kartoffeln waren unter den schneeweißen Servietten warm geblieben, »wie die Herzen unter den weißen Kleidern«, scherzte Augustin, als man sich in der unteren Stube zu Tisch setzte. Die älteste Tochter stellte sich als Hausfrau dar, zerlegte, bediente, ermunterte zum Essen mit einer so natürlichen Anmut und ungekünstelten Bescheidenheit, daß die adligen jungen Damen von ihr entzückt waren. Auch sie war in ihren Gebärden und Worten keine Enthusiastin, so wenig wie ihr ruhiger Vater. Ein maßvolles Urteil, eine milde Festigkeit zeichneten überhaupt den menschlichen Bezirk aus, auf den sich Oberlins Wirkung erstreckte. Hier drängte sich dem wenig hervortretenden, nunmehr in der Stille nach dem Sturm angenehm ausruhenden Viktor ein Vergleich mit Birkenweier auf. Wie schwer hatte er dort Anschluß gefunden! Welche Neigung zu vornehmer Absonderung in damaligen Adelskreisen, in denen nur Künstler und Gelehrte von Ruf neben dem Adel als Zierden eines Salons geduldet und zur Unterhaltung herbeigezogen wurden. Und da saß man nun einträchtig um Oberlins Tisch, *Adel und Bürgertum.* Leonie neben Octavie, Gottfried Oberlin neben Luise von Dietrich, Henriette von Birkheim neben dem bürgerlichen Périer, dem sie einst als Gattin folgen sollte. Es wäre niemand eingefallen, hier noch einen Standesunterschied zu empfinden. Die abendlich getönte Luft verdichtete sich zu einem rosigen Glanz, der sich mit gleichmäßiger Freundlichkeit über *alle* verbreitete. Man achtete nicht genauer auf die Lichtquelle, sondern ließ sich wohlig die Stirnen vergolden und freute sich, wie schön die bereits von innen erstrahlenden Menschen in dieser gefälligen Beleuchtung aussahen.

Allen Kindern Oberlins, die mit zu Tische sahen, war eine fesselnde Besonderheit eigen, eine glückliche Mischung von geistiger Energie und seelischer Milde. Die Kleineren nebst zwei Pensionärinnen waren um einen Nebentisch gruppiert. Oberlin hatte immer Zöglinge oder sommerliche Besucher im Hause. Und es war ein Wunder, wie der gering besoldete, aber freilich ausgesucht sparsame Landpfarrer neben aller ausgedehnten Hilfstätigkeit noch in so weitgehendem Maße Gastfreundschaft üben konnte.

Wie gewöhnlich vor dem Essen betete Oberlin auch jetzt und flocht einige Wünsche für die scheidenden Gäste mit ein. Dann sang man gemeinsam einige Strophen, wobei Luise Scheppler mit angenehmer und tonreiner Stimme voranging. Die Melodie war einförmig; aber sie hatte etwas Beruhigendes und versetzte die Anwesenden in eine einheitliche rhythmische Stimmung. Man empfand das Zusammensein als ein Abschiedsmahl. Doch kam keine Wehmut auf; jene unbefangene Heiterkeit, die sich oben im Studierzimmer verbreitet hatte, hielt vor. Und so plauderte Oberlin von äußeren Dingen. Der Naturfreund erzählte, daß er mehr als achtzig nutzbringende Kräuter in seinen Bergen gefunden und gesammelt habe; er trank einen Tee, der aus solchen Kräutern zusammengesetzt war.

»Wir leben hier hauptsächlich von vegetarischer Kost«, sprach er, »obenan Milch und Schwarzbrot, dann Kartoffeln – unsre Steintäler Kartoffeln sind berühmt –, Hafer, Reis, Mehlpudding, Obst, Beeren. Und nicht zu vergessen Granitwasser und frische Bergluft. Unser junges Volk gedeiht dabei und ergötzt uns durch rote Backen, heitre Herzen und Lieder, die der Alltagsarbeit Schwung und Leichtigkeit geben. Nicht wahr, Kinder? Wenn's zu toll wird, so wirft mal Papa dem Übeltäter das Käppchen an den Kopf; aber das war mehr früher … Unsere Steintäler sind zäh, wollten nicht ans Baumpflanzen; aber ich habe ihnen durch eigenes Vorangehen gezeigt, daß Obstbäume hier vorwärts kommen. Und bei der Armenunterstützung machte ich zur Bedingung, daß jeder so viel Bäume gepflanzt haben müsse, als seine Familie Köpfe zählt. Ungern griffen sie zu, als wir die Hausspinnerei einführten! Erst als meine Frau voranging, ließen auch sie sich langsam in Bewegung schieben … Ja, ja, meine Freunde, der Pfarrdienst hier war wohl Aufopferung und ein immerwährender Frondienst. Aber das Reich Gottes ist weder Schwärmen noch schöngeistiges Genießen, sondern Wirken in Liebe und Weisheit, in Schönheit und Güte. Und ein wirkender Mensch, der einmal in dieser Aufwärtsbewegung begriffen ist, schwingt weiter und weiter, durch Äonen, bis in das Herz Gottes.«

Aber man mußte an das Scheiden denken. Die Sonne hatte sich in die westlichen Bergwaldungen niedergelassen. Die Scheidenden hatten ihre Namen in Oberlins Fremdenbuch eingetragen; und im abendlichen Glanz, der die Studierstube füllte, saß als letzter und jüngster der Franzose Augustin Périer und ergoß sein dankerfülltes Herz in begeisterte Worte.

»Ich werde« – schrieb er in Oberlins Fremdenbuch – »niemals den dreifach guten Mann vergessen, den ich in diesen Bergen bewunderte. Ich werde bis zum Grabe und jenseits des Grabes mich an den glücklichen Tag erinnern, an welchem dieses Heiligtum der Tugend für mich das Heiligtum der Freundschaft wurde. Die Erinnerung an Oberlin wird mir zur Aufmunterung im Guten und zum Schütze wider das Böse dienen. O verehrungswürdiger Oberlin, den ich liebe wie einen Freund und verehre wie einen Vater, ich preise den Himmel dafür, daß er mich Dir so nahe gebracht hat, in demselben Augenblick, wo ich mich auf ein durch Schiffbrüche furchtbares Meer wagen will. Lebe wohl, mein Freund, mein Vater! Der Segen Gottes bleibe auf Deinem Hause! Und wenn ich Dich hienieden niemals wieder sehen soll, so nimm mit jener festen Hoffnung vorlieb, daß ich Dich im Schoße jener zweiten Existenz wiedersehe, wo die selige Vereinigung aller getreuen Anbeter des guten und ewigen Herrn und Meisters stattfindet.«

Der hübsche begeisterungsfähige Jüngling war hierin eines Sinnes mit dem ernsten Elsässer Hartmann, der ihn zu der längst schon wartenden Gesellschaft herunterrief. Man brach auf. Oberlin selbst gedachte sie noch zu begleiten bis auf die Perhöhe. Die Gesellschaft, auch Leonie und Viktor, begab sich zu Fuß nach Rothau, um dort zu übernachten und in aller Frühe über Schirmeck und Mutzig nach Barr zu fahren, von wo für die Familie Birkheim nebst Périer Schloß Birkenweier leicht zu erreichen war.

Die Leute standen vor den Türen und es gab manchen Gruß und manches Händeschütteln. Der Lehrer Sebastian Scheidecker, ein vortrefflicher Mitarbeiter Oberlins, war noch rasch aufgetaucht; Catherine Scheidecker aus Fouday stand gleichfalls unten, und Viktor wurde der Abschied von ihr schwer; die kleine alte Catherine Gagnière, eine der ältesten Schulvorsteherinnen des Steintals, ließ es sich in ihrer Lebhaftigkeit nicht nehmen, ein Streckchen mit die Perhöhe hinaufzuwandern. Und als die vielen Abschiedsworte, Dankbezeugungen und all das Tücherschwenken und Händewinken vorüber war, schritt nun die Gesellschaft durch Waldersbach hinaus, den steinigen Höhenweg hinan. Als letzte standen vor dem Hoftor Luise Scheppler und Addys Pflegerin Catherine Scheidecker, erstere winkend, letztere die Augen wischend. Dann lag das Dorf dahinten.

»Die Lehr- und Wanderjahre sind zu Ende, Leonie«, sprach Viktor. »Jenseits der Perhöhe wartet das Leben.«

Die Abendröten im Elsaß sind wunderschön; die Abendröten im Steintal nicht minder. Der Rosenglanz über den duftig blaudunklen Bergen schien nun erst recht zu wachsen und die Wandernden mit himmlischen Blumen zu überstreuen. Die ostwärts weichenden

Wölkchen röteten sich. Das Himmelsblau trat kraftvoll hervor, gold-überhaucht, in allen Farben schimmernd und wechselnd, vom Oran-gegold bis zum dunklen Purpur. Die Erde verharrte in ihrer erhabenen Ruhe. Der Bergwind schlief in irgend einer Mulde oder hob sich nur sachte einmal hinter nickenden Halmen empor. Aber der Himmel wanderte mit; Rosenwölkchen zogen den Scheidenden ins Elsaß voraus.

Während Augustin, der junge Dietrich und die Damen um die lu-stige alte Gagnière eine lebhafte Gruppe bildeten, schritten Oberlin und Viktor allein voraus.

»Was soll ich dir zum Abschied noch Gutes und Herzliches mitge-ben, mein lieber Viktor?« fragte der Pfarrer.

»Ich habe noch eine Sorge, die mir Vater Oberlin ins Klare bringen könnte«, erwiderte Viktor.

»Wie heißt die Sorge?«

»Grenzland heißt sie.«

»Du mußt deutlicher sprechen, lieber Philosoph.«

»Nein, es ist keine Sorge mehr, ich drücke mich ungenau aus«, führte Viktor aus. »Ich möchte nur noch einmal von Papa Oberlin bestätigt hören, daß ich auf dem rechten Wege bin. Wir Elsässer wurzeln mit unsrer Stammesart, unsrer Volkssprache, unsrer besten Bildung im deutschen Geistes- und Gemütsleben. Aber staatlich gehö-ren wir nun zu Frankreich. Ich habe für diese Nation mein Blut ver-gossen und gedenke ihrer Verfassung treu zu bleiben; denn ich möchte unser Grenzland nicht zwischen Österreich, Preußen oder ei-nem Emigrantenführer zerrissen sehen. Und doch sind unsre besten Kräfte drüben in Deutschland; ich habe dort Freunde, ich habe dort Führer und große Männer und Meister gefunden. Und unsre Sprache ist deutsch wie unser Empfinden. Wie nun? Wo geht der Weg?«

Oberlin blieb stehen, legte dem jungen Freunde die Hand auf die Schulter und sagte ausdrucksvoll:

»Vom Grenzland ins Hochland.«

Dann schritt er weiter.

»Das ist es!« rief Viktor. »Eben das wollt' ich sagen und fand nicht das rechte knappe Wort. Aus dem Grenzland Galiläa kam Christus und war das Licht der Welt. Denn seine wahre Heimat war nicht Po-litikland, sondern Seelenland. Nicht wahr, Vater Oberlin? Ist es nicht eben dies, was Sie damals in Rothau dem Maire Dietrich dargelegt haben?«

»Eben dies«, versetzte der Pfarrer. »Die andren verwunden – heile du diese Wunden! Sei Sonntag in ihrem Werktag! Bleibe *über* den Leidenschaften und halte immer einen Vorrat von hochherziger Liebe bereit! Als ich hierher kam, mußte ich erst das Kauderwelsch der Steintäler in brauchbares Französisch umsetzen, um dann durch das Mittel der Sprache hindurch Fühlung zu finden mit den dahinter wohnenden Seelen. Diese aber, die Seelen, sind die Hauptsache. Unsere Muttersprache ist deutsch; ich schreibe meine Tagebücher meist in deutscher Sprache. Männer, die ich hoch verehre, gehören der deutschen Sprache an. Wir Elsässer sind nun seit Ludwigs Gewaltstreich in einer eigentümlichen Zwischenlage und Unnatur. Aber es hülfe wenig, diese realen Machtverhältnisse philosophisch aufzudecken und politisch zu bekämpfen. Seien wir praktisch! Nützen wir unsre Lage, so gut es geht, zum Wohle des Ganzen. Vor allem: der Weg nach *oben* und nach *innen* ist frei. Wird es dir im Grenzland zu eng, so suche das Hochland des Geistes und der großen Herzen! ... Sieh, Viktor, du hast mir von einem gewissen Humboldt und vom Dichter Schiller erzählt. Wenn ich dich recht verstanden habe, so deutet meine Denkart in eine ähnliche Richtung. Nur dürfte für mich, der ich im Praktischen stehe, ihre Art vielleicht zu philosophisch sein, ich weiß das nicht. Für mich ist, ebenso wie bei Swedenborg und bei der Theosophie aller Zeiten, Seelenland eine Welt der Gestalten und der Zustände, nicht der Begriffe und Ideen. Darin bin ich zu Hause; das ist meine höhere Heimat. And dann hast du mir einmal vom Kapitän Rouget de l'Isle erzählt, der das Kriegslied gedichtet hat; ihr habt, sagtest du, gesprächsweise als Zweck und Trieb der revolutionären Bewegung das Suchen nach dem Genialen erkannt. Glaube mir, Viktor: es ist *auch* ein Geniales, dieser dumpfen Menschheit den Weg in das Land der großen Herzen zu zeigen, worin es weder Angst noch Haß noch Tod gibt, sondern Mut und Leben, Licht und Liebe!«

Sie waren auf der Perhöhe angelangt. Nun blieben sie zwischen den wehenden Gräsern stehen, um die Gesellschaft nachkommen zu lassen. Leonie hatte sich als erste gelöst und schritt rascher; Viktor rief ihr zu, und nun standen alle drei beisammen auf dem Bergsattel, von dem sich zur Rechten und Linken das Gelände zwischen Climont und Donon ausbreitet. Sie schauten noch einmal über Waldersbach, Belmont und Bellefosse und dachten an Addy. And Viktor und seine Braut fühlten sich in edlem, gefaßtem Ernst auf der Grenzscheide zwischen den Erhabenheiten des Jenseitslandes, in dem sie Freunde besaßen, und den Anforderungen des diesseitigen Lebens, das gleichfalls durch Freundschaft verschönt war. Sie gedachten beiden die Treue zu halten.

Die andren kamen heran, lachend und unbesorgt. Catherine Gagnière hatte ihr Leben erzählt, ein Leben voll Feuer, Energie und Selbstbezwingung.

»Ich habe immer bedauert, so klein zu sein«, sagte sie. »Wär’ ich ein Mann, ich wär’ Soldat geworden – wie unser Papa Oberlin ja auch Soldat werden wollte. Aber Gott hat meine Lebhaftigkeit gedämpft, ich hab’ in jungen Jahren einen phlegmatischen und langsamen alten Mann heiraten müssen. Oh, das war hart! Ich hab’ mich an der Erde gewälzt vor Wildheit und Kummer. Aber Gott wollte mich eben durch diese Ehe erziehen. Es war der beste aller Männer; meine Lebhaftigkeit beruhigte sich indessen nur langsam durch Gebet und Nachdenken. Als er gestorben war, bezahlte ich seine Schulden und gab die Hälfte des Nachlasses seinen Erben, obwohl ich es nach unsrem Ehekontrakt nicht nötig hatte. Und dann widmete ich mich unter Papa Oberlins Leitung der Arbeit am Reich Gottes, besonders an den Kindern und den Kranken.«

Die Damen waren im Lauf des Gespräches erstaunt, wie scharf diese Frau, die nicht ohne Humor war, in alle Winkel und Kniffe des Menschenherzens Einblick bewies. Sie war über all ihren Lebenserfahrungen nicht bitter geworden, zeichnete sich vielmehr durch jenen heitren und höflichen Freimut aus, der in diesem Revier nicht selten war.

Der »Lorbeer« Périer, der einem geistreichen Wettkampf nie aus dem Wege ging, fühlte sich angereizt, ihren Betrachtungen über die Ehe zu widersprechen.

»Topp, wir wollen einmal Mann und Frau spielen!« rief die Sechzigjährige und titulierte sofort das dreimal so junge Bürschchen »mein Mann« und »mein Augustin«. Dieser ging darauf ein; der Streit flog hin und her; das junge Volk war aufs äußerste belustigt.

»Gestatte mir, liebe Frau«, rief Augustin, »dir in Erinnerung zu bringen, daß nach des Apostels Wort das Weib dem Manne gehorchen soll. Hast du etwa deine Bibel vergessen, Catherine? Wie sagt Sankt Paulus? Der Mann ist nicht vom Weibe, sondern das Weib ist vom Manne – nämlich aus unsrer Rippe seid ihr verfertigt! He, und nun?«

Aber die grauhaarige Gagnière war schlagfertig und bibelfest.

»Ganz recht, lieber Mann, das Wort steht im Korintherbrief. Aber dort heißt es weiter: wie das Weib von dem Manne, also kommt auch der Mann durch das Weib – denn auch du hast eine Mutter, mein lieber Augustin, und hättest ohne das Weib nicht den Vorzug, auf der Welt zu sein und mich hübsche kleine Person deine Frau zu nennen!«

Alles lachte über die »hübsche kleine Person« mit den Spinnwebhaaren und dem faltigen Gesichtchen. Augustin kapitulierte.

»Mit euch Steintälern läßt man sich besser auf keinen biblischen Wettkampf ein. Wie aber, wenn ich nun hartnäckig bliebe? Und wenn keins von beiden nachgäbe?«

Katharina richtete sich plötzlich aus dem Scherz zu einem hoheitvollen Ernst empor und sprach erhaben:

»Das Reich Gottes steht nicht in Worten, sondern in Kraft. Auch das steht im Korintherbrief. And steht dort ferner geschrieben: Ist aber jemand unter euch, der Lust zu zanken hat, der wisse, daß wir solche Weise nicht haben, auch nicht die Gemeinde Gottes.«

Mit diesem ernsten Ton ging man auseinander. Oberlin gedachte noch ein Streckchen mitzuwandern; die alte Steintälerin kehrte um.

Augustin umarmte sie herzlich und mit Anmut. »Ich umarme in Ihnen das ganze Steintal und bitte Sie, im Gebete meiner zu gedenken, wenn ich in Paris weile.«

Sie versprach, ihn täglich in ihr Gebet einzuschließen, verabschiedete sich von allen und wanderte zurück in das helle Tal.

»Nur eine Bäuerin von außen, nicht wahr«, sprach Oberlin, »aber von innen eines jener Menschenkinder, die eine Krone tragen.«

Man schritt auf der Höhe des Kammes entlang. Zur Rechten öffnete sich der Blick auf das liebliche Wildersbach und darüber hinaus auf den Struthof. Die beiden Gipfel des Donon standen dunkelblau am blassen Nordhimmel. Über das Hochfeld kam der Mond.

»An diesem Felsen, von dem ich euch noch lange nachschauen kann, laßt uns Abschied nehmen«, sagte der Pfarrer. »Die Nacht wird hell werden. Ihr kommt ohne Schwierigkeit nach Rothau hinunter, und ich kehre in mein Tal zurück. Jedes an seine Arbeit – und im Herzen jedes des andren in Liebe gedenkend. Ihr habt mir manche Anregung in meine Welt gebracht, habt Dank dafür! Und seid gesegnet, meine guten Freunde!«

Er umarmte alle nacheinander mit väterlicher Freundschaft und nannte sie mit ihren Vornamen. Und sie erwiderten seine Umarmung mit Verehrung. Den Damen war das Herz schwer; sie waren plötzlich nach der lauten Heiterkeit gänzlich still geworden. Sie suchten vergeblich nach passenden Worten und stammelten nur Grüße an die Zurückgebliebenen, Danksagungen und was sonst ein empfindungsvoller Abschied an unzulänglichen Worten einzugeben pflegt. Es war, als ob sie ihre natürliche Heimat verließen und wieder in die Fremde müßten.

»So wie hier im Steintal«, begann Viktor nach einer Pause, als sie nun ohne Oberlin in der Kühle weiterschritten, »so müßten die Menschen in aller Welt miteinander leben: so in göttlicher Freiheit, Gleichheit und Brüderlichkeit! Das wäre die rechte Republik.«

Und er blieb stehen. Die Erinnerung an alles, was er im Steintal erlebt hatte, packte ihn. Doch als er, die Hand über den Augen, nach der Höhe zurücksah, rief er laut:

»Schaut empor!«

Oberlin stand noch auf der Höhe und schaute seinen Gästen nach. Der Fels unter ihm und seine grade Gestalt hoben sich scharf, schwarz und deutlich von dem hellen Himmel ab. Hinter ihm das verblassende Abendrot; zu seiner Rechten der Vollmond.

Alle standen und prägten sich das erhabene Bild ein.

»Die Zeder!« sagte Octavie.

7. Ausklang in Birkenweier

Es ist drei Jahre nach jenem Abschied vom Steintal.

Herbstblätter fallen im Park von Birkenweier. Der Himmel ist hoch, weiß und weit. Die Trümmerburgen stehen in grauem Duft unter dieser verschwimmenden Himmelsfarbe. Felder, Obstgärten und Weinberge haben ihre Frucht abgegeben und sind still und leer. Jeder Ton klingt gedämpft, doch weithin vernehmbar über das herbstliche Elsaß, das vom heißen Sommer mit seinen Gewittern und Ernten ausruht. Familie Birkheim wandert mit ihren Gästen durch den Park. Es ist anscheinend ganz wie einst, als sie mit Belisar über diese Wiesen zogen; die jungen Damen breiten voll jugendlicher Fröhlichkeit die schlanken Hände in das fallende Goldlaub. Doch eine von ihnen ist nunmehr Ehefrau und weilt nur zum Besuch im väterlichen Schlößchen; ihre neue Heimat ist in den Waldungen von Reichshofen, Niederbronn und Jägertal: Amélie ist die Gattin von Fritz von Dietrich.

Und Henriette ist verlobt mit Augustin Périer. Annette von Rathsamhausen, immer durch ein starkes Bedürfnis nach teilnehmender Freundschaft ausgezeichnet, steht in Briefwechsel mit dem Franzosen Joseph von Gérando, dem sie bald zum Altar folgen sollte. Friederike Pfeffel, des Dichters Lieblingstochter, hat eine stille Liebe begraben; sie bleibt unverheiratet. Ihr Vater wandert, von ihr und Annette geführt, mit der Gesellschaft durch den Park. Und so schiebt sich eine Gruppe der andern zwanglos und langsam nach; man bewegt sich im Spaziergang auf das herbstliche Feld hinaus.

Octavie plaudert mit den Schwestern. Aber sie ist heute befangen und unruhig. Es ist ein Vetter aus Thüringen unter der Gesellschaft, ein Bruder der gegenwärtig schwerkranken Frau von Waldner-Freundstein. Der ungestüme, kraftvolle Baron von Stein – so heißt der Vetter – hat mehrmals schon in den letzten Tagen verfänglich mit ihr gesprochen; es ist kein Geheimnis mehr im Hause Birkheim, daß er das schöne Mädchen nach Thüringen entführen will. Sie selbst weiß es und bangt dem entscheidenden Wort entgegen.

Die Damen alle strahlen in Anmut, Jugend und Gesundheit, wenn auch Annettens zarte Brust ein wenig Anlaß zu Besorgnissen gibt. Sie tragen die kleidsame Tracht, die gegen Ende des Jahrhunderts aufkam, ähnlich dem Gewand, in dem wir Königin Luise im Bilde zu schauen pflegen: hohen Gürtel unmittelbar unter der Brust, langwallendes Gewand, offenen Hals mit einem schleierähnlich zurückfliegenden Tuch. Reizvoll verbindet sich das Weiß der Gewänder mit dem matten Blau des Himmels und dem tiefen Gold der herbstlichen Blätter. Und auf entferntem kleinen Parksee schwimmen die Schwäne.

Der Thüringer Baron, ein großer, stattlicher Mann, geht mit Viktor Hartmann und dessen Gattin Leonie etwas hinter den jungen Damen und dem Dichter Belisar. Hinter ihnen folgen gemächlich die Alten mit Frau Elisa von Türckheim und Frau von Oberkirch.

Leonie und Viktor wandeln gemessen Arm in Arm. Sie sind seit bald drei Jahren verheiratet; ihr Erstling ist seit einigen Tagen bei Frau Frank in Barr, die dort das Hereinholen der Früchte persönlich leitet. Sie gehen sicher und ruhig ihres Weges, gleichsam mit elsässischer Schlichtheit und Sachlichkeit, die aber nicht des inneren Leuchtens entbehrt. Manchmal, wenn das aristokratische Völkchen ausgelassen oder vertändelt scheint, richtet Leonie ihr ruhiges, der Mutter gleichendes Lächeln zu Viktor empor, als wollte sie sagen: was für dumm'

Dings mache doch die große Kinder, gel', Viktor! Ihr Gatte, dessen Gesicht runder und voller, dessen Haltung männlich geworden, unterhält sich mit dem thüringischen Edelmann über das Saaletal und verbindet damit Bemerkungen über das Steintal.

»Wenn mich jemand fragt«, sprach der junge Professor Hartmann, »wo mein Geist die Freiheit und meine Seele den Frieden gefunden, so antworte ich: im Saaletal und im Steintal. Dort Wissenschaft, Philosophie und Kunst – hier Religion und Herzenstiefe. Nichts von beiden möcht' ich meiden. Oh, daß wir dem Wunder des Lebens gegenüber elastisch und aufnahmekräftig bleiben möchten! Im Zusammenblitzen, Austauschen und Wechselwirken besteht das Geheimnis. Aber der Freund dort im Steintal gab mir die große und sichere Beharrlichkeit.«

Viktor hatte auch jetzt, seit er Lehrer an der Zentralschule in Kolmar war, sein leises Dozieren beibehalten; doch war Wärme und Überzeugungskraft darin, ja er konnte in Feuer geraten und seine Jungens mitreißen. Seine Frau, rosig wie immer, neckte ihn mitunter in ihrer nie verletzenden Art. Sie war keine literarische Natur; aber sie hatte die Anschmiegsamkeit des Weibes, fühlte sich in seine Interessen wundervoll ein und konnte mit Verständnis seine theoretischen Sorgen anhören. Und sie übte ihr schönes Talent: durch verständnisfeines Lauschen seine Schöpferkraft zu beflügeln. Und immer, wenn seine geistige Welt etwas farblos zu werden drohte, überströmte ihn von Leonie her eine warme Welle blutvollen Lebens. Sie las gern Märchen und freute sich schon darauf, ihrem Kleinen einmal erzählen zu dürfen.

Stein unterhielt das junge Ehepaar von Fichte, Schiller und Goethe, nach denen Viktor mit Begierde forschte. Der freimütige, etwas rauh und fest zugreifende Baron war nicht recht bei der Sache; er war vor allem Landwirt und Jäger. Noch war er in Gärung und hatte Weltreisen vor, falls ihn Octavie nicht erhören würde. Und es bedurfte dringender Briefe seines Vaters, um ihn daran zu erinnern, daß zu Nord- und Ostheim, auf dem väterlichen Gute, seine Wirkungsstätte sei und nicht in der zerstreuend weiten Welt.

»Schiller hat sich, so viel ich weiß, vom Katheder zurückgezogen«, erzählte er. »Aber er hat etwas Lebendiges dafür gewonnen: er ist mit Goethe befreundet. Die werden was Tüchtiges miteinander schaffen! … Fichte, der Philosoph, das ist ein kurzer, stämmiger Mann; hat eine große Nase wie ein Raubvogel, der Beute sucht; runde, tiefe Augen, die oft zornig und furchtbar blicken; die ganze Persönlichkeit ist verkörperte Energie. Ein Mann der Zukunft! Solche Leute brauchen wir jetzt; denn Kunst allein verweichlicht. Von seiner Philosophie versteh' ich nichts; aber das verstehe ich, daß alles bei ihm auf tatkräftiges Handeln drängt. Er soll im Verkehr kein Hofmann sein; er ist gepanzert mit Grundsätzen. Aber der Mann hat Durchschlagskraft. Er hat die deutschen Studenten und also die deutsche Zukunft.«

So sprach der Thüringer. Er machte seine Sache kurz. Es war in seinem heutigen Wesen etwas von elektrischer Unruhe und Unternehmungskraft; er lief mit den Augen voraus und suchte die Elsässerin Octavie, die seine werbenden Blicke und seine von fern her tönenden Worte förmlich fühlte.

»Dort ist die Laube, in der wir einst die Zeder feierlich in unsern Bund aufgenommen haben«, rief Octavie.

»Und wo uns Belisar so schön und ernst von seinem Leben erzählt hat«, ergänzte Immortelle.

Es war kein Tempel mehr, es war nunmehr eine offene Laube aus festem Holz mit moosigem Dache.

Die Gruppen verschoben sich. Baron von Stein nahm seinen Vorteil wahr und schmuggelte sich an Octavies Seite.

»Darf ich das Gespräch von heute morgen fortsetzen?« fragte der stattliche blonde Mann so zart, als es seiner Jägernatur möglich war.

Octavie, den Kopf zur Seite neigend, rupfte einen Halm ab und bat ihn, lieber von etwas anderem zu sprechen. Ihr Herz sei zu schwer von mancher Sorge, besonders um die kranke Frau von Waldner.

»Meine Schwester steht in Gottes Schutz«, erwiderte Stein. »Er weiß am besten, was uns kleinen Menschenkindern frommt. Doch gut, plaudern wir von andrem!«

Und er sprach Worte dankbarer Bewunderung über Pfeffel, der diesem Kreise so viel schöne Seele gegeben, über das ganze Haus Birkheim, obenan den trefflichen Baron, genannt Aristides, der Gerechte. Dann kam er auf die einzelnen Mädchen zu reden und endete bei Octavie, der er nun trotz ihrer Abwehr in vollem Herzensungestüm seine Liebe erklärte.

»Liebes Mädchen, gehen Sie als meine Braut und Gattin mit mir nach Thüringen! Es ist nicht das erstemal, daß sich Elsaß und Thüringen verbinden, ist doch meine eigene Schwester einem Manne hierhergefolgt. In Ihnen, liebe Octavie, verbindet sich französische Beweglichkeit mit deutscher Gemütswärme. Sie sind für mich an Körper und

Geist das Ideal einer Frau. Ich bin Ihrer nicht wert, das weiß ich, Sie stehen hoch, hoch über mir. Verzeihen Sie mir, wenn meine Bitte kühn, ja tollkühn ist. Aber ich habe immer Kühnes und Großes gesucht, das darf ich wohl von mir behaupten; und es ist etwas Großes, denk' ich, eine Frau wie Sie von meinen Fahrten heimbringen zu dürfen als mein schönstes, heiligstes Gut. Glauben Sie mir das, Octavie! Ich mag viele Fehler haben, aber einen habe ich nicht: ich bin nicht verlogen, ich mache keine Salonphrasen.«

Sie blieben beide in ihrer äußeren Haltung unverändert, um sich nicht vor den Nachkommenden zu verraten. Jetzt wollte er ihre Hand ergreifen. Aber sie entzog sie ihm, bückte sich nach einer Blume, um ihr glühendes Gesicht zu verbergen und sagte hastig, was eben ein gutterzogenes Mädchen in solchen Fällen zu erwidern pflegt: »Sagen Sie's meiner Mutter!« Stein verstand das Ja-Wort; seine Kraftnatur stieß einen thüringischen Jodler aus, wie er am Rennstieg nicht echter vernommen wird, und er warf den Dreispitz in die Luft, um ihn mit Fechtergeschicklichkeit wieder aufzufangen. Dann schlug er ihn aufs Ohr, blieb stehen und erwartete die andern.

»Jerum nee!« rief Fanny, die Jüngste, in komischem Elsässer-Deutsch. »Unser Cousin het e Rabbel!«

»Ich bin halt fröhlich!« rief Stein. »Und weil ich halt fröhlich bin, so bin ich halt fröhlich.« Und er spähte sofort nach der Baronin Birkheim aus, um auch dort zum Sturmangriff überzugehen.

»Ist das der thüringische Baron, den man da hört?« fragte Belisar lächelnd. »Ein unbehauener Stein offenbar – aber guter Baustoff. Sie sind unter ihrem großen Friedrich von Sanssouci ein wenig übermütig geworden, diese Norddeutschen.«

»Ja, denken Sie sich«, versetzte Fanny empört, »er hat gesagt, sie würden unsren General Bonaparte bei nächster Gelegenheit prügeln.«

Man lachte, und Viktor rief dem Thüringer zu:

»Ist's wahr, Baron Stein, Sie wollen den Bonaparte prügeln? Na, passen Sie auf, ob er nicht flinker ist als die Potsdamer Wachtparade!«

Es erwuchs daraus ein politisch Geplänkel. Frau Leonie langweilte sich darob, drückte mahnend des Gatten Arm, schaute ihm innig in die Augen und flüsterte: »Laß die Politik, Viktor! Was geht sie *uns* an?«

Viktor erwiderte den liebevollen Blick.

»Mein Weibchen hat ihr Nest und ihren Jungen darin und eine glückliche Großmutter und einen ziemlich braven Mann – Glücks genug, gel, Leonie!«

Und er schaute scheinbar erstaunt auf ihre Hand mit den Halbhandschuhen, ging in neckischen Scherz über und fragte: »Sag' einmal, was hast du denn da für Ringe am Finger?«

»Alle drei mein!« antwortete Leonie flink. Es war ein oft gewechseltes Scherzwort zwischen den Gatten, wobei Frage und Antwort immer in genau denselben Ausdrücken verliefen.

»Und diese drei Ringe – Addys Diamant, Viktors Bergkristall und der Ehering – diese sind deine Welt, nicht wahr, du gutes Herz! Aber eines Mannes Geist ruht nicht hierbei aus. Die Bewegung der Menschheit verlangt unaufhörlich unsre Teilnahme.«

»O ja, das sollst du auch, lieber Viktor«, versetzte Leonie schlicht. »Aber auch deine Frau und dein Kind sind Menschheit. An uns kannst du dich in der Liebe zur Menschheit praktisch üben. Komm, üb dich ein wenig, Viktor!«

Die sonst sehr schamhaft zurückhaltende junge Frau war in liebend andringender Stimmung; sie hatte ihn auf einem schmalen Pfad durch Buschwerk geführt, blieb stehen und hielt ihm rasch den Mund hin, aus dem Bedürfnis heraus, sich unter so viel schönen jungen Damen gleichsam ihres Besitzes zu vergewissern. Er schüttelte lächelnd den Kopf, neigte sich dann und küßte sie. Leonie hatte die gedämpfte Art und die leise gute Stimme ihrer Mutter; und so wirkte dergleichen bei ihr eher schüchtern und mädchenhaft als keck und schelmisch: denn es kam selten vor, daß sie so aus sich herausging.

»Viktor heißt Sieger – aber mein Weib besiegt mich fortwährend und fängt mich in die kleinen Dinge des Lebens ein.«

Sie hatte das Gesicht an seiner Brust versteckt, schaute nun aber auf und wurde ernst.

»Sind das kleine Dinge, Viktor? Sag doch lieber: warme und natürliche Dinge! Dinge, die dich vor dem Grübeln bewahren. Halt' ich dich jemals von deinen schönen und sorgfältigen Arbeiten ab? Gelt, das sagst du nicht! Mach' ich deine Gedanken und Gesinnungen jemals weniger hochherzig, Viktor?«

»O nein, liebe Leonie, du beschwingst meinen Geist, du kluge Zuhörerin! Ich scherzte nur.«

»Besieh's einmal genau«, fuhr sie fort, »ob das, was du manchmal für groß hältst, nicht etwas allzu Geistiges sein könnte! Liebster, ich möchte nicht, daß du dir in deinen dunklen Stunden auch nur ganz im Heimlichsten klagst, die Ehe ziehe einen hohen Menschen herab, wie es manche sagen. O nein, nicht wahr, Viktor, sie macht dich natürlich und warm, sie bewahrt dich vor Verstiegenheiten. Liebling, bleib ganz, was du bist, so zäh und treu in deinen geistigen Arbeiten und so gewissenhaft in deiner Pflicht – und ich will bleiben, was ich bin: nur eine Frau. Aber wir wollen einander mitteilen, was wir Besondres haben. Und dann sind wir alle zwei Sieger – oder jeder ist gern vom andren besiegt und siegt dann wieder übers andre, nicht wahr, in wechselseitiger Liebe, bis in den Tod und darüber hinaus!«

Leonie sprach sehr herzlich und dabei mit jener schönen Gehaltenheit, die ihrem Wesen eigen war. Sie war in den drei Jahren wunderbar gereift; das Leuchten ihrer Augen hatte sich vergeistigt. Viktor war oft überrascht, wie das genial Weibliche in ihr Gestalt und Form gewann, wobei ihre sinnengesunde Natur immer maßvoll und harmonisch blieb. Er blieb stehen und sah ihr gerührt in die blauen Augen.

»Eine rechte Ehe ist ein Lebenswunder, Leonie, ich kann's nicht anders nennen. Wir entzünden einander in gutem Sinne, wie zwei elektromagnetische Pole; aber wir üben uns auch bei allem gesunden Drang in einem schönen Maßhalten; und so treiben wir uns in der Entwicklung höher hinan. Und es will keines wissen, braucht's auch gar nicht zu wissen, wem von beiden das größere Verdienst gebührt. Ich will dir darum nur ganz einfach sagen: ich bin dir dankbar, Leonie, und hab' dich sehr lieb.«

»Ich hab' dich auch sehr lieb«, antwortete sie innig und preßte seinen Arm, an dem er sie führte, mit ihrer ganzen unentweihten Kraft.

Dann verließen sie den goldenen Park und traten hinaus ins freie Feld.

»Wie sicher und ruhig beweg' ich mich jetzt in diesem adligen Kreise!« bemerkte Viktor nach einigem Stillschweigen. »Wie schön arbeitet es sich mit meinen Kollegen Berger, Heß, Chayrou und besonders dem gediegenen Pfeffel! Reinheit und Ruhe – o Leonie, was für ein Geschenk, was für eine Gnade! Und im Hintergrunde wartet die Berufung nach Straßburg und ein erweitertes Wirken, aber in der alten Stille und Einfachheit. Ich hätt' es nie gedacht, daß mir dieser Zustand jemals beschieden wäre, hätte nie gehofft, daß auch ich als *ebenbürtiger Edelsasse* zwischen diesem alten Adel einherschreiten würde.«

Es fiel ein Schatten über seinen Ton.

»Ich war einst voll von Untugenden, Leonie.« Sie antwortete in der ihr liebsten Sprache: sie drückte stark den Arm des ehemaligen Düsterlings an ihre weiche Brust und schaute ihn liebevoll an.

»Du bist so reich«, sagte sie.

»Ja, ich bin reich!« erwiderte er hell und herzlich. »Ich habe aus meinen Irrtümern Erfahrungen geprägt, habe Freunde und Schüler die Fülle – und mein köstlichster Besitz heißt Leonie.«

Und er neigte sich zu der geliebten Frau, deren Körper ihm ein Heiligtum war, und küßte die Hand mit den drei Ringen.

Der Herbsthimmel um die beiden Glücklichen her war weit und mild. Er hatte der Welt einen heißen Sommer und einen fruchtreifen Herbst geschenkt; er hatte Gewitter, Wolkengüsse, Sonnenströme, blaue Luft und holde Stille gegeben. Nun stand er erhaben über den Dingen, als wär' er der Dichter von dem allem, der vom Glück der andren erzählend selber verzichtet. Die Dörfer und Scheunen zu seinen Füßen waren satt und voll; er aber, der Himmel, der um die Burgen träumte, sann dem Wechsel des Irdischen nach und plante neue Taten.

Auf dem freien Felde der Rüben, Stoppeln und Hasen, als man in der Ferne die Hohkönigsburg und die Rappoltsweiler Schlösser vor sich sah, als drüben Zellenberg, Beblenheim und andre Dörfer zwischen vergilbten Weinbergen sichtbar wurden, vereinigte sich die ganze Gesellschaft. Es war des lebhaften Durcheinanderplauderns kein Aufhören. Diese Lebhaftigkeit gestattete dem Baron Stein nicht, seine Werbung anzubringen und Octavies Mutter durch geschicktes Manövrieren abzuschneiden.

Die bildschöne Fanny, der Schwestern Jüngste, erzählte in Verfolgung des vorhin angeschlagenen politischen Gespräches, wie sie neulich mit Fritz von Dietrich und Amélie in Straßburg den berühmten General Bonaparte gesprochen habe.

»Marie Oberkirch und Annette, die sich auch in Straßburg aufhielten, waren ganz trostlos, daß sie ihn verfehlt hatten. Wir unsrerseits haben mit Bonaparte gefrühstückt, denkt euch, und ich war völlig unerschrocken. Es war im Hotel ›Rotes Haus‹, dort wo früher die Guillotine gestanden hat. Viele Menschen waren zusammengelaufen, um ihn zu sehen. Bonaparte ist ganz Feuer und Kraft, eine geladene

Kanone! Aber ich versichre euch, man kann im Umgang nicht einfacher und entzückender sein. Klein, hager, bleich, aber das markigste Profil der Welt! Amélie – ich wollte sagen: Frau Amélie von Dietrich – wurde mit feinster Höflichkeit von ihm empfangen. Ach, sie war aber auch so süß, so elegant zugleich – wirklich, Amélie! Und zu mir war er auch reizend. Der General hat sich nur so lange aufgehalten, bis die Pferde gewechselt waren. Er hat Fritz und Amélie nach Rastatt eingeladen. Während seine Adjutanten mehrere Tassen Kaffee tranken, begnügte er sich mit einer einzigen. Er ist mäßig und braucht wenig Schlaf. Sehen Sie, Vetter Stein, solche Berühmtheiten haben wir hier! Und was habt *ihr* dort oben an der Elbe?«

Stein lachte laut und kräftig.

»Wir dort oben an der Elbe sind Sklaven des Königs von Preußen, essen Sauerkraut und gehen in Fellen« –

»Oho, er weicht aus!« rief Amélie.

»Wir da oben an der Elbe«, fuhr Stein fort, »achten euren genialen kleinen Bonaparte immerhin. Warum? Weil dieser Artillerist den blutigen Phrasen von der allgemeinen Brüderlichkeit ein Ende machte und mit Kanonen diese verlogene Freiheit, Gleichheit und Brüderlichkeit in Stücke schoß.«

»Ach was, erzählen Sie schleunigst und ohne Flunkerei«, rief die heitre Jüngste und schüttelte ihre außerordentlich reiche Lockenfülle, »was für interessante Berühmtheiten Sie unsrem Bonaparte entgegenzustellen haben!«

»Nun also«, erwiderte Stein, sich besinnend, »da ist zum Beispiel die herrliche junge Frau, die soeben Herrscherin von Preußen geworden ist: Königin Luise!«

Es ging bewundernde Zustimmung durch die Damenschar. Man hatte von der Schönheit, Güte und leutseligen Natürlichkeit der jungen Königin viel Rühmendes gehört. Vorerst freilich konnte niemand in diesem elsässischen Kreise aus der jetzigen politischen Lage erraten, daß sich der Kriegsgeist der französischen Revolution, verkörpert in Napoleon Bonaparte, und das Vorbild deutscher Seelenwärme, Königin Luise, einst in Tilsit so bedeutsam gegenüberstehen würden. Noch weniger konnte irgend eine Phantasie vorausahnen, daß ein Sohn dieser Königin – der soeben in diesem Jahre 1797 geborene Prinz Wilhelm – einst als erster deutscher Kaiser diese elsässische Landschaft wieder mit Deutschland vereinigen würde.

Birkheim wußte anzumerken, daß Königin Luise am Hof zu Hessen-Darmstadt erzogen worden sei; auch habe die große Landgräfin Karoline früher mehrere Jahre zu Buchsweiler im unteren Elsaß residiert.

»Und eine Tochter dieser verstorbenen Landgräfin Karoline«, fuhr Stein fort, »heißt gleichfalls Luise. Und während sich jene Prinzessin nach Preußen vermählte, wurde diese Luise aus Elsaß und Hessen nach Thüringen entführt, und ist die Gemahlin des Herzogs Karl August von Weimar. Diese Wanderungen von Süden nach Norden waren von beiden Luisen äußerst lobenswerte Entschlüsse. Der König von Preußen und der Herzog von Weimar samt ihren hohen Gemahlinnen – vivant hoch!«

Der Baron schrie es in seiner jungwilden Ausgelassenheit gewaltig über das Rübenfeld. Die Gesellschaft lachte nicht wenig über den Wikinger und Nordlandssohn.

»Aber hören Sie, lieber Teutone«, rief ihm Pfeffel zu, »haben Sie denn vergessen, daß Sie hier auf den Feldern der Republik stehen? Wir sollen wohl Ihretwegen nachträglich noch ins Pfefferland Cayenne deportiert werden?«

»Wenn mich eine der hier anwesenden Elsässerinnen begleitet«, erwiderte der unentwegte Stein, »wie jene Herzogin Luise von Weimar den wilden Karl August – wohlan, so lass' ich mich sofort ins entfernteste Pfefferland verbannen.«

Es war der verwegenen Deutlichkeit fast zu viel. Die sehr aufs Schickliche bedachte Octavie glühte und umgab sich mit einem Karree von Freundinnen, möglichst fern vom tollen Vetter. Aber Fritz von Stein hatte in seinem Blick, in seiner Stimme und in seinem ganzen Gehaben bei allem markigen Freimut eine so offene, klare Kindlichkeit, daß man diesem jungen Siegfried nicht grollen konnte.

Nach und nach aber wurde man ernst. Und als man in das Schlößchen zurückgekehrt war, fand sich denn auch der Augenblick, wo Stein seine Werbung anbringen konnte. Es traf sich dort unter weiblicher Mithilfe, daß der Thüringer, Frau von Birkheim und Octavie allein im Zimmer blieben. Und nun war der junge Held plötzlich sehr gehalten und bat bescheiden und bewegt um Octavies Hand. Er schaute mit so kindlicher Angst abwechselnd das Mädchen und die Mutter an, die ihn, gemäß ihrer feinen Zurückhaltung, erst völlig ausreden ließ, daß beide von seinem starken und ungebrochenen, in phrasenlosen Worten hervorbrechenden Empfinden gerührt wurden.

Die Mutter leitete nun das Gespräch; sie übergab ihr hohes, schönes, weich empfindendes Kind seiner rauhen Kraft und bat in wenigen eindringlichen Worten, alles zu tun, was er zu ihrem Glück beitragen könnte. Ein erster Kuß wurde erlaubt; und der stürmische Mann bedeckte Octavies Hand oder vielmehr Handschuh mit zahllosen weiteren Küssen. Es lag ein tiefer Ernst über dem Vorgang; Frau von Birkheim hatte von Steins Schwester gesprochen, die diese Verbindung begünstigt hatte: und diese junge Frau Waldner von Freundstein verließ an diesem Tage – das erfuhr man am andern Morgen – die Erde, starb mithin am Glückstage des Bruders. Zögernd trat Henriette ein; der neue Schwager küßte ihr galant die Hand und bat um ihre Freundschaft. Birkheim und Sigismund folgten. Dem letzteren flog Stein um den Hals: »Lieber Sigismund, wir sind Brüder für immer!« Es näherte sich die ganze Gesellschaft. Und das gastliche Zusammensein verwandelte sich in ein Verlobungsfest.

Als man beim Tee in zwanglosen Gruppen beisammen saß und ein heiter-ernstes Plaudern den alten schönen Salon belebte, erhob sich Pfeffel und bat um einen Augenblick Gehör. Belisars Gesicht, obschon von Schmerzen gefurcht, strahlte wieder einmal in der früheren, etwas schelmischen, geistbelebten Herzlichkeit. Die Brauen hochgezogen, durch das Gehör mit den Anwesenden Verbindung herstellend, stand er, drehte an einem Knopf seines dunklen Rockes und sprach nach der Richtung hin, wo Octavie saß.

»Meine nicht genug zu verehrenden Freunde! Unsere Politiker werden sich nächstens in Rastatt versammeln und sich ohne Zweifel mit der Redlichkeit, die allen Diplomaten eigen, selbstlos bemühen, zwischen den Völkern deutscher Zunge und der französischen Republik Frieden zu schließen. Leider bin ich lichtloser Mann zu diesem Kongreß der Scharfsichtigen nicht eingeladen worden. Hätte man mich mit einer Einladung belastet und beehrt, so hätte ich den Diplomaten die Möglichkeit genommen, das Feuerwerk ihres Geistes sprühen zu lassen. Denn ich hätte ohne Umstände das Mittel verraten, wie man zum wünschenswerten Frieden kommt.«

Und in Verse übergehend, die er mit Anmut vortrug, fuhr der Dichter fort:

»Wohlan, hör' ich die Herren sagen,
Darf man dich um dein Mittel fragen?

Warum nicht? Zwar es ist nicht mein,
Doch um des liebens Friedens willen
Erlaubt mir die Erfinderin,
Das weiß ich, gern, es zu enthüllen.
O, käme sie nach Rastatt hin,
Ihr alle würdet eure Degen
Und Federn ihr zu Füßen legen,
Ihr würdet, süß getäuschet, sie
Mit Herz und Mund *Irene* grüßen
Und ... doch mein Mittel wollt ihr wissen?
An eines deutschen Ritters Hand
Zieht sie, umschwebt von Amoretten
Und Grazien, mit Rosenketten
Umschlungen, in sein Vaterland.
So löset Hymens Zauberband
Der Diplomatik Zweifelsknoten.
Gesteht, ihr Herren Friedensboten,
Daß dieser Weg den Völkerzwist
Zu schlichten, ungleich kürzer ist
Als eure trägen Konferenzen.
Darum, wenn man euch raten kann,
So rat' ich euren Exzellenzen:
Traut jeden *deutschen* jungen Mann
Mit einem schönen Kind der *Franken*,
So wird euch unsre Republik
Und Deutschland bald das süße Glück
Des engsten Friedensbunds verdanken.«

Der Dichter hatte diese gereimte Ansprache mit dem ihm eigenen
Talent ausdrucksfein vorgetragen, er verneigte sich freundlich und
nahm Platz. Und unter dem willigen Beifall der frohgestimmten Hö-
rerschaft flogen wie einst die drei ältesten Nymphen heran und um-
rankten den blinden Greis mit Danksagungen. Es war ein sinnig Bild
und nicht ohne tiefere Bedeutung. Drei schöne Schwestern umstanden
den Dichter wie drei Strahlen, die nach drei Richtungen auseinanderliefen: – Amélie war Gattin eines Elsässers, Henriette erwählte sich
einen Franzosen, Octavie folgte einem Thüringer.

»Ihr wißt, Lieblinge«, sprach Pfeffel, wieder in den Ernst überleitend, »in unsrem Kreise hat das Ehrenwort ›Freund‹ Gehalt und Klang. Denn, was ich einmal in einem Gedicht an unsre Annette gesagt habe, das gilt auch von Octavie, gilt von euch allen:

> Du kennst den Eigensinn
> Des alten Belisar: er reicht die Schale
> Der Freundschaft keinem dar, der nicht zuvor
> Den *Kelch des Leidens* trank. Auch du hast ihn getrunken ...«

Die überstandene Revolution hatte einen nachzitternden Ernst in den Gemütern zurückgelassen.

Viktor stand bei Frau von Oberkirch; auch sie streifte in ihren Gesprächen das Erlebte; und die geistreiches Frau wußte bedeutend von einer neuen Dichtung Goethes zu erzählen, deren Wärme, Klarheit und Reife sich entzückend abhebe vom düstren Hintergründe der Revolution. Sie meinte »Hermann und Dorothea«.

»Ich kenne die Dichtung, von der Sie sprechen«, entgegnete der gute, kluge und unphantastische Professor Hartmann, »und ich liebe sie wie einen Teil meines Selbst. Ich habe sie den Meinen vorgelesen, ich habe mir manches auswendig gemerkt. Es sind Lebensleitworte darin, wie in desselben Dichters ›Iphigenie‹, die ich zu meinen Lieblingsbüchern zähle; und die Sprache ist von wunderbarer Gehaltenheit und Schönheit.

> ›Denn der Mensch, der zur schwankenden Zeit auch schwankend gesinnt ist,
> Der vermehrt das Übel und breitet es weiter und weiter;
> Aber wer fest auf dem Sinne beharrt, der bildet die Welt sich.
> Nicht dem Deutschen geziemt es, die fürchterliche Bewegung
> Fortzuleiten und auch zu wanken hierhin und dorthin.‹ ...

Sie sehen, ich kenne das Gedicht. Doch muß ich bei dieser Gelegenheit gestehen, daß ich nicht gern über Kunstformen plaudre; es reizt mich nicht, das eine Kunstwerk gegen das andre abzumessen oder auszuspielen. Denn wichtig ist mir vor allem der dichterische Lebensodem, den ich in einem Buche spüre; das Schöne setzt sich bei mir in Seelenwärme um, in Entschlüsse, in Poesie der Tat. So vermag ich es dann weiterzutragen und meine Schüler damit zu entzünden.«

Birkheim trat heran, zog seinen ehemaligen Hauslehrer vertraulich beiseite und forschte ihn aus. »Wie gefällt Ihnen der Bräutigam?« Victor lächelte. »Lassen Sie die beiden ihre Torheiten machen und ihre Tugenden entfalten!« sprach er. »Das Leben wird sie formen, und sie werden das Leben formen, es ist mir nicht um sie bange. Da ich selber einst verzagt genug war, so rat' ich jedem, mit *Kühnheit* das Abenteuer des Lebens zu bestehen.«

Der Baron nickte. »Sie haben recht. Unser Entchen mag zeigen, daß es schwimmen kann!«

»Komplettiert ihr wieder?« rief die heranhuschende Braut. »Ihr beiden habt immer zusammengehalten gegen uns arme Frauen!«

»Oh, die armen Märtyrerinnen!« rief der Baron lachend, küßte die Tochter auf die Wange und lief in seiner gastfreudigen Erregung weiter.

»Wie gefällt er Ihnen?« flüsterte Octavie hastig.

Hartmann war schalkhaft genug, zu erwidern:

»Ihr Vater? Ein ausbündig redlicher und liebenswerter Edelmann!«

»Ach, Sie wissen sehr wohl, wen ich meine! Aber alle Welt gefällt sich heute darin, mich zu necken. Es stünde Ihnen viel schöner an, wenn Sie mir einen Trost mitgäben, einen ernsten Spruch, da ich doch nun mein Vaterland wechsle und so weitab ziehe.«

Es wurde in diesem Augenblick ein uralter Jahrgang elsässischen Edelweins herumgereicht. Hartmann erhob sein Glas und wandte sich an die ganze Versammlung:

»Meine verehrungswerten Damen, meine würdigen Freunde! Hier neben mir steht meine ehemalige Schülerin, unsre glückliche Octavie, und bittet ihren Lehrer mit etlicher Bangigkeit, ihr einen ernsten Spruch, ein Trostwort mitzugeben, da sie ja nun ihr Vaterland wechselt und dem Manne folgt, den ihr Herz lieb hat. Wohlan, mein liebes Fräulein, wohl sind die fein organisierten und adligen Seelen draußen in der Welt immer in der Minderheit. Aber es ist auch für Trost und Kraft gesorgt. Nehmen Sie in jenes liebenswürdige Thüringerland, das so edle Meister hat, unsre elsässischen Farben mit! Diese Farben sind Rot und Weiß. Rot ist die Farbe des warmen Blutes, weiß ist die Farbe der reinen Seele. Rot und warm ist das Leben, die Liebe, die Kraft und Leidenschaft des energievollen irdischen Werktags; weiß und rein sind die Gewänder des Feiertags, die Sonntagsgedanken, die Empfindungen des Göttlichen. So setzt sich aus Rot und Weiß, aus Erdenblut und Himmelsgeist, aus irdischen Kämpfen und himmlischen Siegen das Leben zusammen. Nehmen Sie, edle und liebenswürdige Octavie, *beide* mit hinaus, das energische Rot und das zarte Weiß, die Rose und die Lilie, so haben Sie mit unsrer dauernden Liebe und Achtung unser schönes Elsaß mit hinausgenommen, so wird Ihnen jeder Wirkungskreis zum seelischen Vaterland, so sind Sie echte Elsässerin überall und immer in dieser vielgestaltigen Schöpfung, tätig und beglückend, wo Sie auch weilen und wirken mögen!«

Diese festen und zugleich sehr herzlich gesprochenen Worte machten im Saale tiefen Eindruck. Die Gläser klangen in die Stimmen, wurden aber rasch beiseite gestellt: denn die Frauen hatten bewegten Gemütes das Bedürfnis, die Braut zu umarmen und sich untereinander ans Herz zu schließen; und die Baronin weinte ein wenig. Der Thüringer drückte kraftvoll und fast schmerzhaft lange des Elsässers Hand; und Birkheim rief ein »Bravo, lieber Freund!«

Viktor aber trat zu der stillen Frau Lili von Türckheim.

»So ist's recht, Herr Professor«, sprach die Edelfrau und wandte ihm ihr friedevolles, klassisches Gesicht zu, »setzen Sie sich ein bißchen zu mir her und verraten Sie mir Ihr Geheimnis.«

»Mein Geheimnis?« fragte Viktor und schob einen Stuhl an das Sofa. »Worin sollte mein Geheimnis bestehen?«

»Ihr Gesicht hat sich verändert. Sie haben zwar darin etwas wie eine feine Wehmut, aber zugleich eine freundliche Stille. Und von innen heraus strahlt etwas Ruhevolles, das ich auch im Gesicht Ihrer guten Gattin zu bemerken glaube.«

»Frau Baronin, Sie und Herr von Türckheim kennen dieses Geheimnis«, erwiderte Hartmann mit edlem Ernst. »Mein Freund Redslob hat mir erzählt, was Sie durchlebt und durchlitten haben. Aber er wußte auch zu bestätigen, daß Sie dadurch nicht schwächer, sondern stärker geworden sind.«

Man berührte die abenteuerliche Flucht der Familie Türckheim. Töne der Revolution klangen ein letztes Mal gedämpft herüber. Als Bäuerin verkleidet, ein Kind auf dem Rücken, ein Töchterchen an der Hand – so war Goethes Lili nach einer nachtlangen Wanderung bei Saarbrücken mitten durch die französischen Vorposten nach Deutschland entwichen. Die Soldaten auf der Brücke wollten die hübsche Bäuerin anhalten. Jedoch mit dem tapferen und schlagfertigen

Wort: »Ist es französischer Soldaten würdig, eine Mutter zu belästigen?«
zwang sie die Zudringlichen zur Achtung und ging frei ihres Weges.
Der Hauslehrer Fries, Redslobs Vorgänger, durchwatete inzwischen
mit den beiden Knaben an einer seichten Stelle die Saar und entkam
gleichfalls. Und schon zuvor hatte Türckheim selber, vor einem Ver-
haftbefehl fliehend, in der Kleidung eines Holzhackers, die Art auf
dem Rücken, unbehelligt die Grenze überschritten.

»Wir waren in der Tat glücklicher als die Familie Dietrich, die ja
nun wenigstens ihr Vermögen wieder erhalten hat«, sprach Frau Lili.
»Wir sind alle beisammen geblieben und gehen aus der allgemeinen
Erschütterung gestärkt und gesegnet hervor. Das Feste und Beharrende
in uns hat sich noch mehr gefestigt: Gott und Gesetz, Haus und Herz,
und was sonst noch einer schwankenden Zeit zu widerstehen vermag.
Auch des Todes Bild, nachdem wir ihm so deutlich in die Augen geschaut, steht nicht mehr als Schrecken vor uns; sondern es lehrt uns,
um so fester zu handeln, sobald zu handeln ist, und um so vertrauens-
voller ins künftige Heil emporzublicken, wenn unseres Handelns Ende
kommt ... Und Sie waren bei Oberlin?«

»Ich war an den Quellen des Steintals und habe von meinem väterlichen Freunde Oberlin dasselbe gelernt. Was Sie hier als Ihr Geheimnis
verraten, ist auch mein Geheimnis. In stiller Tätigkeit und vornehmer
Gesinnung sein Leben auch im Kleinen für das große Ganze bedeutend
zu machen – kann es ein reineres Glück geben?«

Frau von Türckheim betrachtete ihren reif und ruhig vor ihr sitzen-
den Schützling von einst mit mildblauen Augen, die in einem feuchten
Glanze lagen.

»Man spricht allenthalben wohlwollend von Ihrem sanften und
glücklichen, doch zugleich festen Einfluß auf die Jugend. Ich freue
mich herzlich darüber. Wissen Sie noch, wie ich Sie einst in diesem
Saale zu ermutigen suchte, als Herr Hofrat Lerse Sie ein wenig geneckt
hatte? Sehen Sie, es ist nun Erfüllung geworden.«

Als Leonie und Viktor am Wagen auf Pfeffel und seine Tochter warteten, um mit ihnen nach Kolmar zurückzufahren, dämmerte die
milde Herbstnacht. Das Auge des Mondes schaute träumerisch aus
dem Duft des Gebirges. Die Glocken der Dörfer hatten ihre Gebete
beendet; ihr Abendläuten auf den Hügeln und in der Ebene verhauchte
melodisch in unbewegter Luft.

Das Schlößchen Birkenweier aber samt seiner Umgebung stand lichterhell und lebensvoll. Die Dienerschaft hatte die Lampions vom letzten Erntefest zusammengesucht, aufgereiht und angezündet. Zu vielen Farben strahlte der wipfelschwere Park. Der kleine See funkelte in diesen Farben; und auf dem See schwammen noch immer die weißen stummen Schwäne. Oder waren es weiße Lotosblumen, die Blumen der Weisheit und Schönheit, die sich zwischen schwimmendem Goldlaub spät und still der herbstlichen Mondnacht öffneten?

Viktor und seine Gattin wandelten in der festlichen Bestrahlung um das Haus, bewunderten das Leuchtwerk und kehrten gemächlich an den Wagen zurück. Wenn die beiden allein waren, so befanden sie sich gleichsam in einem magischen Ring, in dessen feine Stille die Geräusche der Welt nicht mehr eindrangen.

»Was denkt mein Viktor?« fragte Leonie leise, wie sie oft zu fragen pflegte.

»Ich bin glücklich, Leonie«, erwiderte Viktor. »Ich fühle mich durchströmt von der Freude, freie und fromme Jugend bilden zu dürfen. Und es stimmt mich dankbar, daß die Erwachsenen mich mit ihrem Vertrauen und mit ihrer Liebe beehren.«

»Und was schaust du so gedankenvoll nach den Bergen?«

Viktor war in einer weichen, doch keineswegs weichlichen Stimmung. Er legte mit zarter Umrankung den Arm um seines Weibes Schulter und sagte langsam, den Blick auf den silbernen Rand der dunklen Berge gerichtet:

»Auf einem fernen Felsen steht ein Mann und schaut uns nach. Um ihn her ist ein ruhiges Abendrot; des Mannes Gestalt steht fest und deutlich darin. Man sieht nicht seine Augen; doch seine ganze Umgebung ist ein einzig schimmernd Auge, ein einzig Lebenslicht, das über jenen Höhenrändern die Nacht hindurch Wache hält, bis der Morgen es ablöst ... Weißt du noch, Leonie, wie das groß und schön war? Wir werden den Freund im Steintal nie vergessen.«